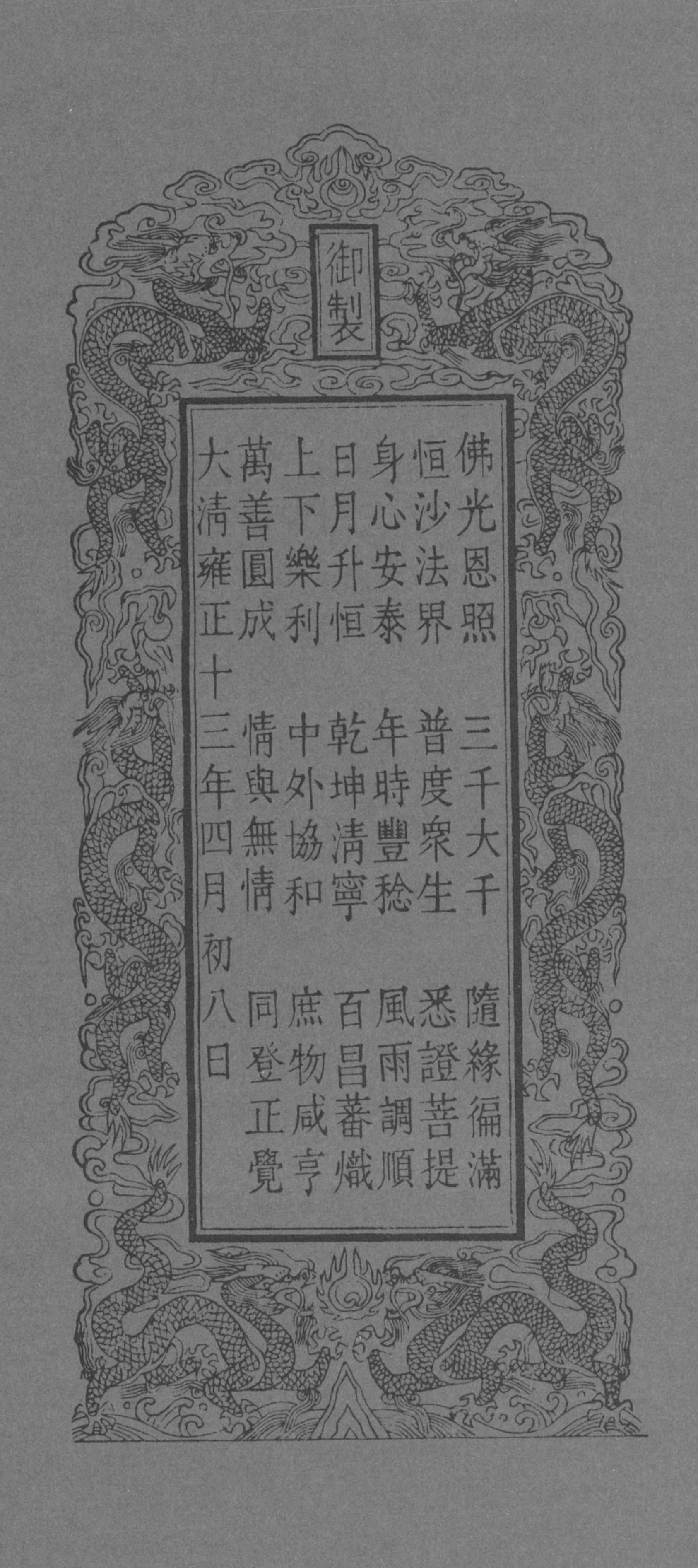

御製

佛光恩照　三千大千　隨緣徧滿
恒沙法界　普度衆生　悉證菩提
身心安泰　年時豐稔　風雨調順
日月升恒　乾坤清寧　百昌蕃熾
上下樂利　中外協和　庶物咸亨
萬善圓成　情與無情　同登正覺
大清雍正十三年四月初八日

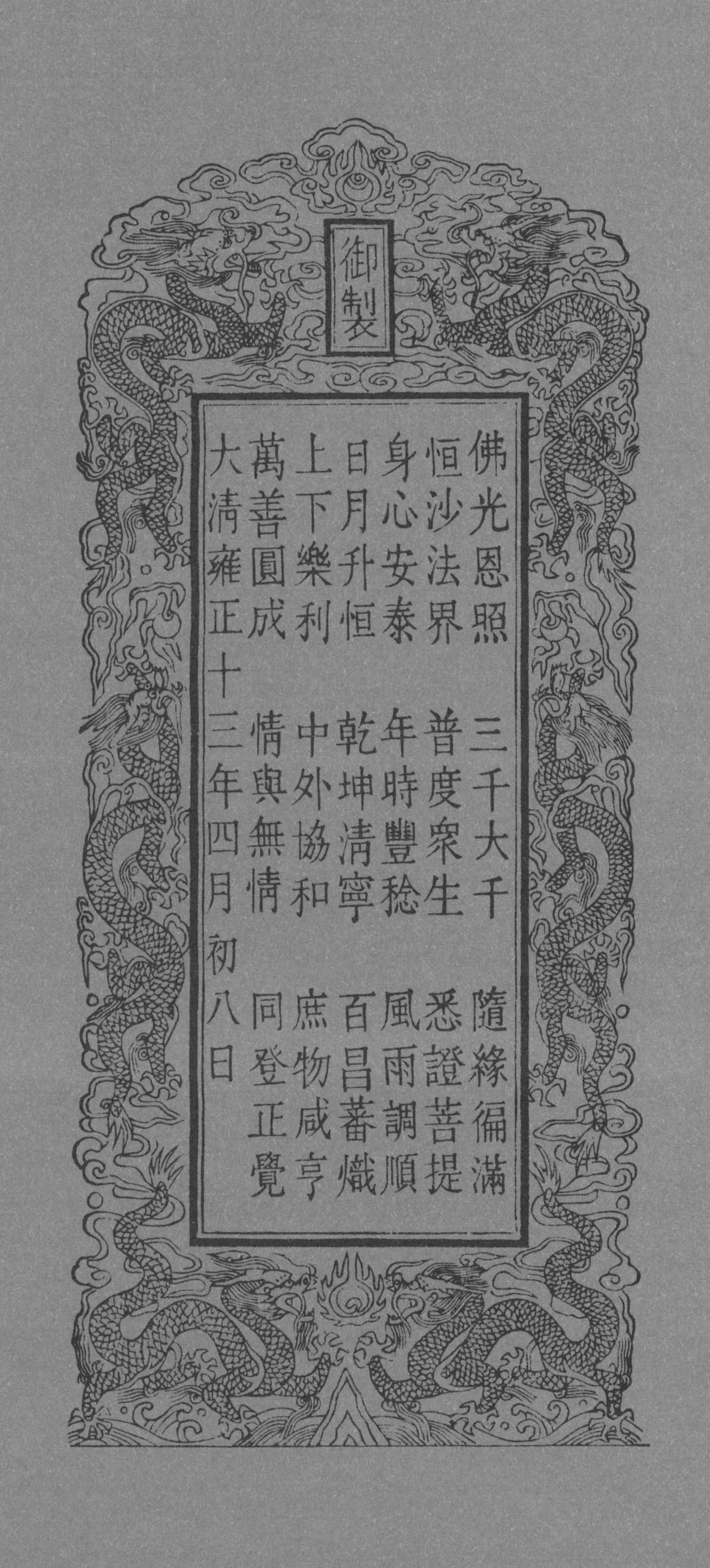

御製

佛光恩照　三千大千　隨緣徧滿

恒沙法界　普度衆生　悉證菩提

身心安泰　年時豐稔　風雨調順

日月升恒　乾坤清寧　百昌蕃熾

上下樂利　中外協和　庶物咸亨

萬善圓成　情與無情　同登正覺

大清雍正十三年四月初八日

第四九冊　小乘經　阿含部（一）

中阿含經

東晉罽賓三藏瞿曇僧伽提婆譯

清刻龍藏佛說法變相圖

中阿含經卷第一 有五品半合有六十四經

東晋罽賓三藏瞿曇僧伽提婆譯

七法品第一 有十經 初一日誦

善法晝度樹　城水木積喻　善人往世福

七日車漏盡

七法品善法經第一

我聞如是一時佛遊舍衛國在勝林給孤獨園爾時世尊告諸比丘若有比丘成就七法者便於賢聖得歡喜樂正趣漏盡云何爲七謂比丘知法知義知時知節知己知衆知人勝如云何比丘爲知法耶謂比丘知正經歌詠記說偈咃因緣撰録本起此說生處廣解未曾有法及說義是謂比丘爲知法也若有比丘不知法者謂不知正經歌詠記說偈咃因緣撰録本起此說生處廣解未曾有法及

說義如是比丘爲不知法若有比丘善知法者謂知正經歌詠記說偈咃因緣撰録本起此說生處廣解未曾有法及說義是謂比丘善知法也云何比丘爲知義耶謂比丘知彼彼說義是彼義是此義是謂比丘爲知義也若有比丘不知義者謂不知彼彼說義是彼義是此義如是比丘爲不知義若有比丘善知義者謂知彼彼說義是彼義是此義是謂比丘善知義也云何比丘爲知時耶謂比丘知是時修下相是時修高相是時修捨相是謂比丘爲知時也若有比丘不知時者謂不知是時修下相是時修高相是時修捨相如是比丘爲不知時若有比丘善知時者謂知是時修下相是時修高相是時修捨相是謂比丘善知時也云何比丘爲知節耶謂比丘

知節若飲若食若去若住若坐若卧若語若默若大小便捐除睡眠修行正智是謂比丘爲知節也若有比丘不知節者謂不知若飲若食若去若住若坐若卧若語若默若大小便捐除睡眠修行正智如是比丘爲不知節若有比丘善知節者謂知若飲若食若去若住若坐若卧若語若默若大小便捐除睡眠修行正智是謂比丘善知節也云何比丘爲知已耶謂比丘自知我有爾所信戒聞施慧辯阿含及所得是謂比丘爲知已也若有比丘不知已者謂不自知我有爾所信戒聞施慧辯阿含及所得如是比丘爲不知已若有比丘善知已者謂自知我有爾所信戒聞施慧辯阿含及所得是謂比丘善知已也云何比丘爲知衆耶謂比丘知此刹利衆此梵志

衆此居士衆此沙門衆我於彼衆應如是去如是住如是坐如是語如是默是謂比丘爲知衆也若有比丘不知衆者謂不知此剎利衆此梵志衆此居士衆此沙門衆我於彼衆應如是去如是住如是坐如是語如是默如是比丘爲不知衆若有比丘善知衆者謂知此剎利衆此梵志衆此居士衆此沙門衆我於彼衆應如是去如是住如是坐如是語如是默是謂比丘善知衆也云何比丘知人勝如謂比丘知有二種人有信有不信若信者勝不信者爲不如也謂信人復有二種有數往見比丘有不數往見比丘若數往見比丘者勝不數往見比丘者爲不如也謂數往見比丘人復有二種有禮敬比丘有不禮敬比丘若禮敬比丘者勝不禮敬比丘者爲不如也謂禮敬比丘人復有二種有問經有不問經若問經者勝不問經者爲不如也謂問經人復有二種有一心聽經有不一心聽經若一心聽經者勝不一心聽經者爲不如也謂一心聽經人復有二種有聞持法有聞不持法若聞持法者勝聞不持法者爲不如也謂聞持法人復有二種有聞法觀義有聞法不觀義若聞法觀義者勝聞法不觀義者爲不如也謂聞法觀義人復有二種有知法知義向法次法隨順於法如法行之有不知法不知義不向法次法不隨順法不如法行若知法知義向法次法隨順於法如法行者勝不知法不知義不向法次法不隨順法不如法行者爲不如也謂知法知義向法次法隨順於法如法行人復有二種有自饒益亦饒益

他饒益多人愍傷世間爲天爲人求義及饒益求安隱快樂有不自饒益亦不饒益他不饒益多人不愍傷世間不爲天爲人求義及饒益求安隱快樂若自饒益亦饒益他饒益多人愍傷世間爲天爲人求義及饒益求安隱快樂者此人於彼人中爲極第一爲大爲上爲最爲勝爲尊爲妙譬如因牛有乳因乳有酪因酪有生酥因生酥有熟酥因熟酥有酥精酥精者於彼中爲極第一爲大爲上爲最爲勝爲尊爲妙如是若人自饒益亦饒益他饒益多人愍傷世間爲天爲人求義及饒益求安隱快樂此二人如上所說如上分別如上施設此爲第一爲大爲上爲最爲勝爲尊爲妙是謂比丘知人勝如佛說如是彼諸比丘聞佛所說歡喜奉行

七法品晝度樹經第二

我聞如是一時佛遊舍衛國在勝林給孤獨園爾時世尊告諸比丘若三十三天晝度樹葉萎黄是時三十三天悅樂歡喜晝度樹葉不久當落復次三十三天晝度樹葉已落是時三十三天悅樂歡喜晝度樹葉不久當還生復次三十三天晝度樹葉已還生是時三十三天悅樂歡喜晝度樹不久當生網復次三十三天晝度樹已生網是時三十三天悅樂歡喜晝度樹不久當生如鳥喙復次三十三天晝度樹已生如鳥喙是時三十三天悅樂歡喜晝度樹不久當開如鉢復次三十三天晝度樹已開如鉢是時三十三天悅樂歡喜晝度樹不久當盡敷開若晝度樹已盡敷開光所照色所映香所熏周百由延是時三

十三天於中夏四月以天五欲功德具足而自娛樂是謂三十三天於晝度樹下集會娛樂也如是義聖弟子亦復爾思念出家是時聖弟子名爲葉黃猶三十三天晝度樹葉萎黃也復次聖弟子剃除鬚髮著袈裟衣至信捨家無家學道是時聖弟子名爲葉落猶三十三天晝度樹葉落也復次聖弟子離欲離惡不善之法有覺有觀離生喜樂得初禪成就遊是時聖弟子名葉還生猶三十三天晝度樹葉還生也復次聖弟子覺觀已息內靖一心無覺無觀定生喜樂得第二禪成就遊是時聖弟子名爲生網猶三十三天晝度樹生網也復次聖弟子離於喜欲捨無求遊正念正智而身覺樂謂聖所說聖所捨念樂住空得第三禪成就遊是時聖弟子名生如鳥喙猶三十三天晝度樹如鳥喙也復次聖弟子樂滅苦滅喜憂本已滅不苦不樂捨念清淨得第四禪成就遊是時聖弟子名生如鉢猶三十三天晝度樹如鉢也復次聖弟子諸漏已盡心解脫慧解脫於現法中自知自覺自作證成就遊生已盡梵行已立所作已辦不更受有知如眞是時聖弟子名盡敷開猶三十三天晝度樹盡敷開也彼爲漏盡阿羅訶比丘三十三天集在善法正殿咨嗟稱歎其尊弟子於其村邑剃除鬚髮著袈裟衣至信捨家無家學道諸漏已盡心解脫慧解脫於現法中自知自覺自作證成就遊生已盡梵行已立所作已辦不更受有知如眞是謂漏盡阿羅訶共集會也如三十三天晝度樹下共集會也佛說如是彼諸比丘聞佛所說

歡喜奉行

七法品城喻經第三

我聞如是一時佛遊舍衛國在勝林給孤獨園爾時世尊告諸比丘如王邊城七事具足四食豐饒易不難得是故王城不爲外敵破唯除内自壞云何王城七事具足謂王邊城造立樓櫓築地使堅不可毀壞爲内安隱制外怨敵是謂王城一事具足復次如王邊城掘鑿池壍極使深廣修備可依爲内安隱制外怨敵是謂王城二事具足復次如王邊城周帀通道開除平博爲内安隱制外怨敵是謂王城三事具足復次如王邊城集四種軍象軍馬軍車軍步軍爲内安隱制外怨敵是謂王城四事具足復次如王邊城豫備軍器弓矢鉾戟爲内安隱制外怨敵是謂王城五事具足復次如王邊城立守門大將明略智辯勇毅奇謀善則聽入不善則禁爲内安隱制外怨敵是謂王城六事具足復次如王邊城築立高墻令極牢固泥塗堊灑爲内安隱制外怨敵是謂王城七事具足也云何王城四事豐饒易不難得謂王邊城水草樵木資有豫備爲内安隱制外怨敵是謂王城一食豐饒易不難得復次如王邊城多收稻穀及儲畜麥爲内安隱制外怨敵是謂王城二食豐饒易不難得復次如王邊城多積葫豆及大小豆爲内安隱制外怨敵是謂王城三食豐饒易不難得復次如王邊城畜酥油蜜及甘蔗糖魚鹽脯肉一切充足爲内安隱制伏怨敵是謂王城四食豐饒易不難得如是王城七事具足四食豐饒易不難得不爲外敵

破唯除内自壞如是若聖弟子亦得七善法逮四增上心易不難得是故聖弟子不爲魔王之所得便亦不隨惡不善之法不爲染污所染不復更受生也云何聖弟子得七善法謂聖弟子得堅固信深著如來信根已立終不隨外沙門梵志若天魔梵及餘世間是謂聖弟子得一善法復次聖弟子常行慙恥可慙知慙惡不善法穢汙煩惱受諸惡報造生死本是謂聖弟子得二善法復次聖弟子常行羞愧可愧知愧惡不善法穢汙煩惱受諸惡報造生死本是謂聖弟子得三善法復次聖弟子常行精進斷惡不善修諸善法恒自起意專一堅固爲諸善本不捨方便是謂聖弟子得四善法復次聖弟子廣學多聞守持不忘積聚博聞所謂法者初善中善竟亦善有義有文具足清淨顯現梵行如是諸法廣學多聞翫習至千意所惟觀明見深達是謂聖弟子得五善法復次聖弟子常行於念成就正念久所曾習久所曾聞恒憶不忘是謂聖弟子得六善法復次聖弟子修行智慧觀興衰法得如此智聖慧明達分別曉了以正盡苦是謂聖弟子得七善法也云何聖弟子逮四增上心易不難得謂聖弟子離欲離惡不善之法有覺有觀離生喜樂逮初禪成就遊是謂聖弟子逮初增上心易不難得復次聖弟子覺觀已息内靖一心無覺無觀定生喜樂逮第二禪成就遊是謂聖弟子逮第二增上心易不難得復次聖弟子離於喜欲捨無求遊正念正智而身覺樂謂聖所說聖所捨念樂住空逮第三禪成就遊是謂聖弟子

逮第三增上心易不難得復次聖弟子樂滅苦滅喜憂本已滅不苦不樂捨念清淨逮第四禪成就遊是謂聖弟子逮第四增上心易不難得如是聖弟子得七善法逮四增上心易不難得不爲魔王之所得便亦不隨惡不善之法不爲染汚所染不復更受生如王邊城造立樓櫓築地使堅不可毁壞爲内安隱制外怨敵如是聖弟子得堅固信深著如來信根已立終不隨外沙門梵志若天魔梵及餘世間是謂聖弟子得信樓櫓除惡不善修諸善法也如王邊城掘鑿池塹極使深廣修備可依爲内安隱制外怨敵如是聖弟子常行慙恥可慙知慙惡不善法穢汙煩惱受諸惡報造生死本是謂聖弟子得慙池塹除惡不善修諸善法也如王邊城周帀通道開除平博爲内安隱制外怨敵如是聖弟子常行羞愧可愧知愧惡不善法穢汙煩惱受諸惡報造生死本是謂聖弟子得愧平道除惡不善修諸善法也如王邊城集四種軍象軍馬軍車軍步軍爲内安隱制外怨敵如是聖弟子常行精進斷惡不善修諸善法恒自起意專一堅固爲諸善本不捨方便是謂聖弟子得精進軍除惡不善修諸善法也如王邊城預備軍器弓矢矛戟爲内安隱制外怨敵如是聖弟子廣學多聞守持不忘積聚博聞所謂法者初善中善竟亦善有義有文具足清淨顯現梵行如是諸法廣學多聞翫習至千意所惟觀明見深遠是謂聖弟子得多聞軍器除惡不善修諸善法也如王邊城立守門大將明略智辯勇毅奇謀善則聽入不善則

禁爲内安隱制外怨敵如是聖弟子常行於念成就正念久所曾習久所曾聞恒憶不忘是謂聖弟子得念守門大將除惡不善修諸善法也如王邊城築立高墻令極牢固泥塗堊灑爲内安隱制外怨敵如是聖弟子修行智慧觀興衰法得如此智聖慧明達分別曉了以正盡苦是謂聖弟子得智慧墻除惡不善修諸善法也如王邊城水草樵木資有豫備爲内安隱制外怨敵如是聖弟子離欲離惡不善之法有覺有觀離生喜樂逮初禪成就遊樂住無乏安隱快樂自致涅槃也如王邊城多收稻穀及儲畜麥爲内安隱制外怨敵如是聖弟子覺觀已息内靖一心無覺無觀定生喜樂逮第二禪成就遊樂住無乏安隱快樂自致涅槃也如王邊城多積秥豆及大小豆爲内安隱制外怨敵如是聖弟子離於喜欲捨無求遊正念正智而身覺樂謂聖所說聖所捨念樂住空逮第三禪成就遊樂住無乏安隱快樂自致涅槃也如王邊城畜酥油蜜及甘蔗糖魚鹽脯肉一切充足爲内安隱制外怨敵如是聖弟子樂滅苦滅喜憂本已滅不苦不樂捨念清淨逮第四禪成就遊樂住無乏安隱快樂自致涅槃佛說如是彼諸比丘聞佛所說歡喜奉行

七法品水喻經第四

我聞如是一時佛遊舍衛國在勝林給孤獨園爾時世尊告諸比丘我當爲汝說七水人諦聽諦聽善思念之時諸比丘受教而聽佛言云何爲七或有一人常卧水中或復有人出水還没或復有人出水而住或復有人出

水而住住已而觀或復有人出水而住住已而觀觀已而度或復有人出水而住住已而觀觀已而度度已至彼岸或復有人出水而住住已而觀觀已而度度已至彼岸至彼岸已謂住岸人如是我當復爲汝說七水喻人諦聽諦聽善思念之時諸比丘受教而聽佛言云何爲七或有一人常卧水中或復有人出已還没或復有人出已而住或復有人出已而住住已而觀或復有人出已而住住已而觀觀已而度或復有人出已而住住已而觀觀已而度度已至彼岸或復有人出已而住住已而觀觀已而度度已至彼岸至彼岸已謂住岸梵志此七水喻人我略說也如上所說如上施設汝知何義何所分別有何因緣時諸比丘白世尊曰世尊爲法本世尊爲

法王法由世尊唯願說之我等聞已得廣知義佛便告曰汝等諦聽善思念之我當爲汝分別其義時諸比丘受教而聽佛言云何有人常卧謂或有人爲不善法之所覆蓋染汙所染受惡法報造生死本是謂有人常卧猶人没溺卧于水中我說彼人亦復如是是謂初水喻人世間諦如有也云何有人出已還没謂人既出得信善法持戒布施多聞智慧修習善法彼於後時失信不固失持戒布施多聞智慧而不堅固是謂有人出已還没猶人溺水既出還没我說彼人亦復如是是謂第二水喻人世間諦如有也云何有人出已而住謂人既出得信善法持戒布施多聞智慧修習善法彼於後時信固不失持戒布施多聞智慧堅固不失是謂有人出已而住猶

人溺水出已而住我說彼人亦復如是是謂第三水喻人世間諦如有也云何有人出已而住住已而觀謂人既出得信善法持戒布施多聞智慧修習善法彼於後時信固不失持戒布施多聞智慧堅固不失住善法中知苦如眞知苦集知苦滅知苦滅道如眞彼如是知如是見三結便盡謂身見戒取疑三結已盡得須陀洹不墮惡法定趣正覺極受七有天上人間七往來已便得苦際是謂有人出已而住住已而觀猶人溺水出已而住住已而觀我說彼人亦復如是是謂第四水喻人世間諦如有也云何有人出已而住住已而觀觀已而度謂人既出得信善法持戒布施多聞智慧修習善法彼於後時信固不失持戒布施多聞智慧堅固不失住善法中知苦如眞知苦集知苦滅知苦滅道如眞如是知如是見三結便盡謂身見戒取疑三結已盡婬怒癡薄得一往來天上人間一往來已便得苦際是謂有人出已而住住已而觀觀已而度猶人溺水出已而住住已而觀觀已而度我說彼人亦復如是是謂第五水喻人世間諦如有也云何有人出已而住住已而觀觀已而度度已至彼岸謂人既出得信善法持戒布施多聞智慧修習善法彼於後時信固不失持戒布施多聞智慧堅固不失住善法中知苦如眞知苦集知苦滅知苦滅道如眞如是知如是見五下分結盡謂貪欲瞋恚身見戒取疑五下分結盡已生於彼間便般涅槃得不退法不還此世是謂有人出已而住住已而觀觀已而度度已至彼岸猶人

溺水出已而住住已而觀觀已而度度已至彼岸我說彼人亦復如是是謂第六水喻人世間諦如有也云何有人出已而住住已而觀觀已而度度已至彼岸至彼岸已謂住岸梵志謂人旣出得信善法持戒布施多聞智慧修習善法彼於後時信固不失持戒布施多聞智慧堅固不失住善法中知苦如眞知苦集知苦滅知苦滅道如眞知如是知如是見欲漏心解脱有漏無明漏心解脱解脱已便知解脱生已盡梵行已立所作已辦不更受有知如眞是謂有人出已而住住已而觀觀已而度度已至彼岸至彼岸已謂住岸梵志猶人溺水出已而住住已而觀觀已而度度已至彼岸至彼岸已謂住岸人我說彼人亦復如是是謂第七水喻人世間諦如有也我向所言當爲汝說七水人者因此故說佛說如是彼諸比丘聞佛所說歡喜奉行

七法品木積喻經第五

我聞如是一時佛遊拘薩羅在人間與大比丘衆翼從而行爾時世尊則於中路忽見一處有大木積洞然俱熾世尊見已便下道側更就餘樹敷尼師壇結跏趺坐世尊坐已告諸比丘汝等見彼有大木積洞然俱熾耶時諸比丘答曰見也世尊復告諸比丘曰於意云何諸大木積洞然俱熾若抱若坐若卧謂剎利女梵志居士工師女年在盛時沐浴香熏著明淨衣華鬘瓔珞嚴飾其身若抱若坐若卧何者爲樂時諸比丘白曰世尊謂大木積洞然俱熾若抱若坐若卧甚苦世尊謂剎利女梵志居士工師女年在盛時沐浴香熏

著明淨衣華鬘瓔珞嚴飾其身若抱若坐若臥甚樂世尊世尊告曰我爲汝說不令汝等學沙門失沙門道汝欲成無上梵行者寧抱木積洞然俱熾若坐若臥彼雖因此受苦或死然不以是身壞命終趣至惡處生地獄中若愚癡人犯戒不精進生惡不善法非梵行稱梵行非沙門稱沙門若抱刹利女梵志居士工師女年在盛時沐浴香熏著明淨衣華鬘瓔珞嚴飾其身若坐若臥者彼愚癡人因是長夜不善不義受惡法報身壞命終趣至惡處生地獄中是故汝等當觀自義觀彼義觀兩義當作是念我出家學不虛不空有果有報有極安樂生諸善處而得長壽受人信施衣被飲食牀褥湯藥令諸施主得大福祐得大果報得大光明者當作是學世尊復告諸比丘曰於意云何若有力士以緊索毛繩絞勒其腨斷皮斷皮已斷肉斷肉已斷筋斷筋已斷骨斷骨已至髓而住若從刹利梵志居士工師受其信施按摩身體支節手足何者爲樂時諸比丘白曰世尊若有力士以緊索毛繩絞勒其腨斷皮斷皮已斷肉斷肉已斷筋斷筋已斷骨斷骨已至髓而住甚苦世尊若從刹利梵志居士工師受其信施按摩身體支節手足甚樂世尊世尊告曰我爲汝說不令汝等學沙門失沙門道汝欲成無上梵行者寧令力士以緊索毛繩絞勒其腨斷皮斷皮已斷肉斷肉已斷筋斷筋已斷骨斷骨已至髓而住彼雖因此受苦或死然不以是身壞命終趣至惡處生地獄中若愚癡人犯戒不精進生惡不善法非梵行稱梵行非

沙門稱沙門從剎利梵志居士工師受其信施按摩身體支節手足彼愚癡人因是長夜不善不義受惡法報身壞命終趣至惡處生地獄中是故汝等當觀自義觀彼義觀兩義當作是念我出家學不虛不空有果有報有極安樂生諸善處而得長壽受人信施衣被飮食牀褥湯藥令諸施主得大福祐得大果報得大光明者當作是學世尊復告諸比丘曰於意云何若有力士以瑩磨利刀截斷其髀若從剎利梵志居士工師受信施禮拜恭敬將迎何者爲樂時諸比丘白曰世尊若有力士以瑩磨利刀截斷其髀甚苦世尊若從剎利梵志居士工師受信施禮拜恭敬將迎甚樂世尊世尊告曰我爲汝說不令汝等學沙門失沙門道汝欲成無上梵行者寧令力士以瑩磨利刀截斷其髀彼雖因此受苦或死然不以是身壞命終趣至惡處生地獄中若愚癡人犯戒不精進生惡不善法非梵行稱梵行非沙門稱沙門從剎利梵志居士工師受信施禮拜恭敬將迎彼愚癡人因是長夜不善不義受惡法報身壞命終趣至惡處生地獄中是故汝等當觀自義觀彼義觀兩義當作是念我出家學不虛不空有果有報有極安樂生諸善處而得長壽受人信施衣被飮食牀褥湯藥令諸施主得大福祐得大果報得大光明者當作是學世尊復告諸比丘曰於意云何若有力士以鐵銅鍱洞然俱熾纏絡其身若從剎利梵志居士工師受信施衣服何者爲樂時諸比丘白曰世尊若有力士以鐵銅鍱洞然俱熾纏絡其身甚苦世

尊若從刹利梵志居士工師受信施衣服甚樂世尊世尊告曰我爲汝說不令汝等學沙門失沙門道汝欲成無上梵行者寧令力士以鐵銅鍱洞然俱熾纏絡其身彼雖因此受苦或死然不以是身壞命終趣至惡處生地獄中若愚癡人犯戒不精進生惡不善法非梵行稱梵行非沙門稱沙門從刹利梵志居士工師受信施衣服彼愚癡人因是長夜不善不義受惡法報身壞命終趣至惡處生地獄中是故汝等當觀自義觀彼義觀兩義當作是念我出家學不虛不空有果有報有極安樂生諸善處而得長壽受人信施衣被飲食牀褥湯藥令諸施主得大福祐得大果報得大光明者當作是學世尊復告諸比丘曰於意云何若有力士以熱鐵鉗鉗開其口便以鐵丸洞然俱熾著其口中彼熱鐵丸燒脣燒脣已燒舌燒舌已燒齗燒齗已燒咽燒咽已燒心燒心已燒腸胃燒腸胃已下過若從刹利梵志居士工師受信施食無量衆味何者爲樂時諸比丘白曰世尊若有力士以熱鐵鉗鉗開其口便以鐵丸洞然俱熾著其口中彼熱鐵丸燒脣燒脣已燒舌燒舌已燒齗燒齗已燒咽燒咽已燒心燒心已燒腸胃燒腸胃已下過甚苦世尊若從刹利梵志居士工師受信施食無量衆味甚樂世尊世尊告曰我爲汝說不令汝等學沙門失沙門道汝欲成無上梵行者寧令力士以熱鐵鉗鉗開其口便以鐵丸洞然俱熾著其口中彼熱鐵丸燒脣燒脣已燒舌燒舌已燒齗燒齗已燒咽燒咽已燒心燒心已燒腸胃燒腸胃已下

過彼雖因此受苦或死然不以是身壞命終趣至惡處生地獄中若愚癡人犯戒不精進生惡不善法非梵行稱梵行非沙門稱沙門從刹利梵志居士工師受信施食無量衆味彼愚癡人因是長夜不善不義受惡法報身壞命終趣至惡處生地獄中是故汝等當觀自義觀彼義觀兩義當作是念我出家學不虛不空有果有報有極安樂生諸善處而得長壽受人信施衣被飲食牀褥湯藥令諸施主得大福祐得大果報得大光明者當作是學世尊復告諸比丘曰於意云何若有力士以鐵銅牀洞然俱熾強逼使人坐卧其上若從刹利梵志居士工師受其信施牀榻卧具何者爲樂時諸比丘白曰世尊若有力士以鐵銅牀洞然俱熾強逼使人坐卧其上甚苦世尊若從刹利梵志居士工師受其信施牀榻卧具甚樂世尊世尊告曰我爲汝說不令汝等學沙門失沙門道汝欲成無上梵行者寧令力士以鐵銅牀洞然俱熾強逼使人坐卧其上彼雖因此受苦或死然不以是身壞命終趣至惡處生地獄中若愚癡人犯戒不精進生惡不善法非梵行稱梵行非沙門稱沙門從刹利梵志居士工師受其信施牀榻卧具彼愚癡人因是長夜不善不義受惡法報身壞命終趣至惡處生地獄中是故汝等當觀自義觀彼義觀兩義當作是念我出家學不虛不空有果有報有極安樂生諸善處而得長壽受人信施衣被飲食牀褥湯藥令諸施主得大福祐得大果報得大光明者當作是學世尊復告諸比丘曰於意云何若有

力士以大鐵銅釜洞然俱熾撮舉人已倒著釜中若從刹利梵志居士工師受信施房舍泥治堊灑窻戶牢密爐火温暖何者爲樂時諸比丘白曰世尊若有力士以大鐵銅釜洞然俱熾撮舉人已倒著釜中甚苦世尊若從刹利梵志居士工師受信施房舍泥治堊灑窻戶牢密爐火温暖甚樂世尊世尊告曰我爲汝說不令汝等學沙門失沙門道汝欲成無上梵行者寧令力士以大鐵銅釜洞然俱熾撮舉人已倒著釜中彼雖因此受苦或死然不以是身壞命終趣至惡處生地獄中若愚癡人犯戒不精進生惡不善法非梵行稱梵行非沙門稱沙門從刹利梵志居士工師受信施房舍泥治堊灑窻戶牢密爐火温暖彼愚癡人因是長夜不善不義受惡法報身壞命終趣至惡處生地獄中是故汝等當觀自義觀彼義觀兩義當作是念我出家學不虛不空有果有報有極安樂生諸善處而得長壽受人布施衣被飲食牀褥湯藥令諸施主得大福祐得大果報得大光明者當作是學說此法時六十比丘漏盡結解六十比丘捨戒還家所以者何世尊教戒甚深甚難學道亦復甚深甚難佛說如是彼諸比丘聞佛所說歡喜奉行

中阿含經卷第一

音釋

撰 雛綰切撰述也　萎 於爲切枯也　喙 許穢切口也　樓櫓 櫓郎古切城上望樓也　塹 七艷切繞城水也　鉾戟 鉾莫浮切鈎兵戟訖逆切枝兵也　勇毅 勇尹竦切銳也毅魚既切果取也　堊 過鄂切白土飾墻也　脯 匪父切乾肉也　絞 古巧切縛也　腨 市兖切腓腸也　髀 部禮切股也　錍

與涉切銅鐵薄鍱也鉆巨鹽切持鐵夾也齗語斤切齒根肉也榻託盍切牀狹而長者曰榻釜奉甫切鍑屬

中阿含經卷第二

東晉罽賓三藏瞿曇僧伽提婆譯

七法品善人往來經第六

我聞如是一時佛遊舍衛國在勝林給孤獨園爾時世尊告諸比丘我當爲汝說七善人所往至處及無餘涅槃諦聽諦聽善思念之時諸比丘受教而聽佛言云何爲七比丘行當如是我者無我亦無我所當來無我亦無我所已有便斷已斷得捨有樂不染合會不著如是行者無上息迹慧之所見然未得證比丘行如是往至何所譬如燒麩纔然便滅當知比丘亦復如是少慢未盡五下分結已斷得中般涅槃是謂第一善人所往至處世間諦如有復次比丘行當如是我者無我亦無我所當來無我亦無我所已有便斷已斷得捨有樂不染合會不著行如是者無上息迹慧之所見然未得證比丘行如是往至何所譬若如鐵洞然俱熾以鎚打之迸火飛空上已即滅當知比丘亦復如是少慢未盡五下分結已斷得中般涅槃是謂第二善人所往至處世間諦如有復次比丘行當如是我者無我亦無我所當來無我亦無我所已有便斷已斷得捨有樂不染合會不著行如是者無上息迹慧之所見然未得證比丘行如是往至何所譬若如鐵洞然俱熾以鎚打之迸火飛空從上來還未至地滅當知比丘亦復如是少慢未盡五下分結已斷得中般涅槃是謂第三善人所往至處世間諦如有復次比丘行當如是我者無我亦無我所當來無我亦無我所已有便斷已斷得捨有樂不

染合會不著行如是者無上息迹慧之所見然未得證比丘行如是往至何所譬若如鐵洞然俱熾以鎚打之迸火飛空墮地而滅當知比丘亦復如是少慢未盡五下分結已斷得生般涅槃是謂第四善人所往至處世間諦如有復次比丘行當如是我者無我亦無我所當來無我亦無我所已有便斷已斷得捨有樂不染合會不著行如是者無上息迹慧之所見然未得證比丘行如是往至何所譬若如鐵洞然俱熾以鎚打之迸火飛空墮少薪草上若煙若然然已便滅當知比丘亦復如是少慢未盡五下分結已斷得行般涅槃是謂第五善人所往至處世間諦如有復次比丘行當如是我者無我亦無我所當來無我亦無我所已有便斷已斷得捨有樂不

染合會不著行如是者無上息迹慧之所見然未得證比丘行如是往至何所譬若如鐵洞然俱熾以鎚打之迸火飛空墮多薪草上若煙若然然盡已滅當知比丘亦復如是少慢未盡五下分結已斷得無行般涅槃是謂第六善人所往至處世間諦如有復次比丘行當如是我者無我亦無我所當來無我亦無我所已有便斷已斷得捨有樂不染合會不著行如是者無上息迹慧之所見然未得證比丘行如是往至何所譬若如鐵洞然俱熾以鎚打之迸火飛空墮多薪草上若煙若然然已便燒村邑城郭山林曠野燒村邑城郭山林曠野已或至道至水至平地滅當知比丘亦復如是少慢未盡五下分結已斷得上流阿迦貳吒般涅槃是謂第七善人所往

至處世間諦如有云何無餘涅槃比丘行當如是我者無我亦無我所當來無我亦無我所已有便斷已斷得捨有樂不染合會不著行如是者無上息迹慧之所見而已得證我說彼比丘不至東方不至西方南方北方四維上下便於現法中息迹滅度我向所說七善人所往至處及無餘涅槃者因此故說佛說如是彼諸比丘聞佛所說歡喜奉行

性空佛　海德佛

七法品世間福經第七

我聞如是一時佛遊拘舍彌在瞿沙羅園爾時尊者摩訶周那則於晡時從宴坐起往詣佛所到已作禮却坐一面白曰世尊可得施設世間福耶世尊告曰可得周那有七世間福得大福祐得大果報得大名譽得大功德云何爲七周那有信族姓男族姓女施比丘衆房舍堂閣周那是謂第一世間之福得大福祐得大果報得大名譽得大功德復次周那有信族姓男族姓女於房舍中施與牀座氍氀毾㲪被褥臥具周那是謂第二世間之福得大福祐得大果報得大名譽得大功德復次周那有信族姓男族姓女於房舍中施與一切新淨妙衣周那是謂第三世間之福得大福祐得大果報得大名譽得大功德復次周那有信族姓男族姓女於房舍中常施於衆朝粥中食又以園民供給使令若風雨寒雪躬往園所增施供養諸比丘衆食已不患風雨寒雪沾漬衣服晝夜安樂禪寂思惟周那是謂第七世間之福得大福祐得大果報得大名譽得大功德周那信族姓男族姓

女巳得此七世間福者若去若來若立若坐若眠若覺若晝若夜其福常生轉增轉廣周那譬如恒伽水從源流出入于大海於其中間轉深轉廣周那如是信族姓男族姓女巳得此七世間福者若去若來若立若坐若眠若覺若晝若夜其福常生轉增轉廣於是尊者摩訶周那即從座起偏袒右肩右膝著地長跪叉手白曰世尊可得施設出世間福耶世尊告曰可得周那更有七福出於世間得大福祐得大果報得大名譽得大功德云何爲七周那有信族姓男族姓女聞如來如來弟子遊於某處聞巳歡喜極懷踊躍周那是謂第一出世間福得大福祐得大果報得大名譽得大功德復次周那有信族姓男族姓女聞如來如來弟子欲從彼至此聞巳歡喜極懷踊躍周那是謂第二出世間福得大福祐得大果報得大名譽得大功德復次周那有信族姓男族姓女聞如來如來弟子巳從彼至此聞巳歡喜極懷踊躍以清淨心躬往奉見禮敬供養旣供養巳受三自歸於佛法僧中而受禁戒周那是謂第七出世間福得大福祐得大果報得大名譽得大功德周那有信族姓男族姓女若得此七世間之福及更有七出世間福者其福不可數有爾所福爾所福果爾所福報唯不可限不可量不可得知大福之數周那譬如從閻浮洲有五河流一曰恒伽二曰搖尤那三曰舍勞浮四曰阿夷羅婆提五曰摩企流入大海於其中間水不可數有爾所斗斛唯不可限不可量不可得大水之數周那如是信族姓男族姓女

若得此七世間之福及更有七出世間福者福不可數有爾所福爾所福果爾所福報唯不可限不可量不可得大福之數爾時世尊而說頌曰

恒伽之河　清淨易度　海多珍寶　衆水中王
猶若河水　世人敬奉　諸川所歸　引入大海
如是人者　施衣飲食　牀褥茵蓐　及諸坐具
無量福報　將至妙處　猶若河水　引入大海

佛說如是尊者摩訶周那及諸比丘聞佛所說歡喜奉行

七法品七日經第八

我聞如是一時佛遊鞞舍離在柰氏樹園爾時世尊告諸比丘一切行無常不久住法速變易法不可倚法如是諸行不當樂著當患猒之當求捨離當求解脫所以者何有時不雨當不雨時一切諸樹百穀藥木皆悉枯槁摧碎滅盡不得常住是故一切行無常不久住法速變易法不可倚法如是諸行不當樂著當患猒之當求捨離當求解脫復次有時二日出世二日出時諸溝渠川流皆悉竭盡不得常住是故一切行無常不久住法速變易法不可倚法如是諸行不當樂著當患猒之當求捨離當求解脫復次有時三日出世三日出時諸大江河皆悉竭盡不得常住是故一切行無常不久住法速變易法不可倚法如是諸行不當樂著當患猒之當求捨離當求解脫復次有時四日出世四日出時諸大泉源從閻浮洲五河所出一曰恒伽二曰搖尤那三曰舍牢浮四曰阿夷羅婆提五曰摩企彼大泉源皆悉竭盡不得常住是故一

切行無常不久住法速變易法不可倚法如是諸行不當樂著當患猒之當求捨離當求解脫復次有時五日出世五日出時大海水減一百由延轉減乃至七百由延五日出時海水餘有七百由延轉減乃至一百由延五日出時大海水減一多羅樹轉減乃至七多羅樹五日出時海水餘有七多羅樹轉減乃至一多羅樹五日出時海水減十人轉減乃至七人五日出時海水餘有七人轉減乃至一人五日出時海水減至頸至肩至腰至髈至膝至踝有時海水消盡不足沒指是故一切行無常不久住法速變易法不可倚法如是諸行不當樂著當患猒之當求捨離當求解脫復次有時六日出世六日出時一切大地須彌山王皆悉煙起合爲一煙譬如陶師始爨竈時皆悉煙起合爲一煙如是六日出時一切大地須彌山王皆悉煙起合爲一煙是故一切行無常不久住法速變易法不可倚法如是諸行不當樂著當患猒之當求捨離當求解脫復次有時七日出世七日出時一切大地須彌山王洞然俱熾合爲一焰如是七日出時一切大地須彌山王洞然俱熾合爲一焰風吹火焰乃至梵天是時晃昱諸天始生天者不聞世間成敗不見世間成敗不知世間成敗見大火已皆恐怖毛竪而作是念火不來至此耶火不來至此耶前生諸天聞世間成敗見世間成敗知世間成敗見大火已慰勞諸天曰莫得恐怖火法齊彼終不至此七日出時須彌山王百由延崩散壞滅盡二百由延三百由延至七百由延崩散

壞滅盡七日出時須彌山王及此大地燒壞消滅無餘烖爐如然酥油煎熬消盡無餘烟餤如是七日出時須彌山王及此大地無餘烖爐是故一切行無常不久住法速變易法不可倚法如是諸行不當樂著當患猒之當求捨離當求解脫我今爲汝說須彌山王當崩壞盡誰有能信唯見諦者耳我今爲汝說大海水當竭消盡誰有能信唯見諦者耳我今爲汝說一切大地當燒然盡誰有能信唯見諦者耳所以者何比丘昔有大師名曰善眼爲外道仙人之所師宗捨離欲愛得如意足善眼大師有無量百千弟子善眼大師爲諸弟子說梵世法若善眼大師爲說梵世法時諸弟子等有不具足奉行法者彼命終已或生四王天或生三十三天或生焰摩天或生兜率哆天或生化樂天或生他化樂天若善眼大師爲說梵世法時諸弟子等設有具足奉行法者彼修四梵室捨離於欲彼命終已得生梵天彼時善眼大師而作是念我不應與弟子等同俱至後世共生一處我今寧可更修增上慈修增上慈已命終得生晃昱天中彼時善眼大師則於後時更修增上慈修增上慈已命終得生晃昱天中善眼大師及諸弟子學道不虛得天果報諸比丘於意云何昔善眼大師爲外道仙人之所師宗捨離欲愛得如意足者汝謂異人耶莫作斯念當知即是我也我於爾時名善眼大師爲外道仙人之所師宗捨離欲愛得如意足我於爾時有無量百千弟子我於爾時爲諸弟子說梵世法我說梵世法時諸弟子等有不具

足奉行法者彼命終已或生四王天或生三十三天或生焰摩天或生兜率哆天或生化樂天或生他化樂天我說梵世法時諸弟子等設有具足奉行法者修四梵室捨離於欲彼命終已得生梵天我於爾時而作是念我不應與弟子等同俱至後世共生一處我今寧可更修增上慈修增上慈已命終得生晃昱天中我於後時更修增上慈修增上慈已命終得生晃昱天中我於爾時及諸弟子學道不虛得大果報我於爾時親行斯道為自饒益亦饒益他饒益多人愍傷世間為天為人求義及饒益求安隱快樂爾時說法不至究竟不究竟白淨不究竟梵行不究竟梵行訖爾時不離生老病死啼哭憂慼亦未能得脫一切苦比丘我今出世如來無所著等正覺明行成為善逝世間解無上士道法御天人師號佛衆祐我今自饒益亦饒益他饒益多人愍傷世間為天為人求義及饒益求安隱快樂我今說法得至究竟究竟白淨究竟梵行究竟梵行訖我今已離生老病死啼哭憂慼我今已得脫一切苦佛說如是彼諸比丘聞佛所說歡喜奉行

七法品七車經第九

我聞如是一時佛遊王舍城在竹林精舍與大比丘衆共受夏坐尊者滿慈子亦於生地受夏坐是時生地諸比丘受夏坐訖過三月已補治衣竟攝衣持鉢從生地出向王舍城展轉進前至王舍城住王舍城竹林精舍是時生地諸比丘詣世尊所稽首作禮却坐一面世尊問曰諸比丘從何所來何處夏坐生

地諸比丘白曰世尊從生地來於生地夏坐世尊問曰於彼生地諸比丘中何等比丘爲諸比丘所共稱譽自少欲知足稱說少欲知足自閑居稱說閑居自精進稱說精進自正念稱說正念自一心稱說一心自智慧稱說智慧自漏盡稱說漏盡自勸發渴仰成就歡喜稱說勸發渴仰成就歡喜生地諸比丘白曰世尊尊者滿慈子於彼生地爲諸比丘所共稱譽自少欲知足稱說少欲知足自閑居稱說閑居自精進稱說精進自正念稱說正念自一心稱說一心自智慧稱說智慧自漏盡稱說漏盡自勸發渴仰成就歡喜稱說勸發渴仰成就歡喜是時尊者舍梨子在衆中坐尊者舍梨子作如是念世尊如事問彼生地諸比丘輩生地諸比丘極大稱譽賢者滿慈子自少欲知足稱說少欲知足自閑居稱說閑居自精進稱說精進自正念稱說正念自一心稱說一心自智慧稱說智慧自漏盡稱說漏盡自勸發渴仰成就勸喜稱說勸發渴仰成就歡喜尊者舍梨子復作是念何時當得與賢者滿慈子共聚集會問其少義彼或能聽我之所問爾時世尊於王舍城受夏坐訖過三月已補治衣竟攝衣持鉢從王舍城出向舍衛國展轉進前至舍衛國即住勝林給孤獨園尊者舍梨子與生地諸比丘於王舍城共住少日攝衣持鉢向舍衛國展轉進前至舍衛國共住勝林給孤獨園是時尊者滿慈子於生地受夏坐訖過三月已補治衣竟攝衣持鉢從生地出向舍衛國展轉進前至舍衛國亦住勝林給孤獨園尊者滿慈

子詣世尊所稽首作禮於如來前敷尼師壇結跏趺坐時尊者舍梨子問餘比丘諸賢何者是賢者滿慈子耶諸比丘白尊者舍梨子唯然尊者在如來前坐白皙隆鼻如鸚鵡嘴即其人也時尊者舍梨子知滿慈子色貌已則善記念尊者滿慈子過夜平旦著衣持鉢入舍衛國而行乞食食訖中後還舉衣鉢澡洗手足以尼師壇著於肩上至安陀林經行之處尊者舍梨子亦過夜平旦著衣持鉢入舍衛國而行乞食食訖中後還舉衣鉢澡洗手足以尼師壇著於肩上至安陀林經行之處時尊者滿慈子到安陀林於一樹下敷尼師壇結跏趺坐尊者舍梨子亦至安陀林離滿慈子不遠於一樹下敷尼師壇結跏趺坐尊者舍梨子則於晡時從宴坐起往詣尊者

滿慈子所共相問訊却坐一面則問尊者滿慈子曰賢者從沙門瞿曇修梵行耶答曰如是云何賢者以戒淨故從沙門瞿曇修梵行耶答曰不也以心淨故以見淨故以疑蓋淨故以道非道知見淨故以道跡知見淨故以道跡斷智淨故從沙門瞿曇修梵行耶答曰不也又復問曰我向問賢者從沙門瞿曇修梵行耶則言如是今問賢者以戒淨故從沙門瞿曇修梵行耶便言不也以心淨故以見淨故以疑蓋淨故以道非道知見淨故以道跡知見淨故以道跡斷智淨故從沙門瞿曇修梵行耶便言不也然以何義從沙門瞿曇修梵行耶答曰賢者以無餘涅槃故又復問曰云何賢者以戒淨故沙門瞿曇施設無餘涅槃耶答曰不也以心淨故以見淨故以疑

蓋淨故以道非道知見淨故以道跡知見淨故以道跡斷智淨故沙門瞿曇施設無餘涅槃耶答曰不也又復問曰我向問仁云何賢者以戒淨故沙門瞿曇施設無餘涅槃耶賢者言不以心淨故以見淨故以疑蓋淨故以道非道知見淨故以道跡知見淨故以道跡斷智淨故沙門瞿曇施設無餘涅槃耶賢者言不賢者所說爲是何義云何得知答曰賢者若以戒淨故世尊沙門瞿曇施設無餘涅槃者則以有餘稱說無餘以心淨故以見淨故以疑蓋淨故以道非道知見淨故以道跡知見淨故以道跡斷智淨故世尊沙門瞿曇施設無餘涅槃者則以有餘稱說無餘賢者若離此法世尊施設無餘涅槃者則凡夫亦當般涅槃以凡夫亦離此法故賢者但以戒淨故得心淨以心淨故得見淨以見淨故得疑蓋淨以疑蓋淨故得道非道知見淨以道非道知見淨故得道跡知見淨以道跡知見淨故得道跡斷智淨以道跡斷智淨故世尊沙門瞿曇施設無餘涅槃也賢者復聽昔拘薩羅王波斯匿在舍衛國於婆雞帝有事彼作是念以何方便令一日行從舍衛國至婆雞帝耶復作是念我今寧可從舍衛國至婆雞帝於其中間布置七車爾時即從舍衛國至婆雞帝於其中間布置七車布七車已從舍衛國出至初車乘初車至第二車捨初車乘第二車至第三車捨第二車乘第三車至第四車捨第三車乘第四車至第五車捨第四車乘第五車至第六車捨第五車乘第六車至第七車捨第六車乘第七車於一日中

至婆雞帝彼於婆雞帝辦其事已大臣圍繞坐王正殿羣臣白曰云何天王以一日行從舍衛國至婆雞帝耶王曰如是云何天王乘第一車一日從舍衛國至婆雞帝耶王曰不也乘第二車乘第三車至第七車從舍衛國至婆雞帝耶王曰不也云何賢者拘薩羅王波斯匿羣臣復問當云何說王答羣臣我在舍衛國於婆雞帝有事我作是念以何方便令一日行從舍衛國至婆雞帝耶我復作是念我今寧可從舍衛國至婆雞帝於其中間布置七車我時即從舍衛國至婆雞帝於其中間布置七車布七車已從舍衛國出至初車乘初車至第二車捨初車乘第二車至第三車捨第二車乘第三車至第四車捨第三車乘第四車至第五車捨第四車乘第五車至第六車捨第五車乘第六車至第七車捨第六車乘第七車於一日中至婆雞帝如是賢者拘薩羅王波斯匿答對羣臣所問如是如是賢者以戒淨故得心淨以心淨故得見淨以見淨故得疑蓋淨以疑蓋淨故得道非道知見淨以道非道知見淨故得道跡知見淨以道跡知見淨故得道跡斷智淨以道跡斷智淨故世尊施設無餘涅槃於是尊者舍梨子問尊者滿慈子賢者名何等諸梵行人云何稱賢者耶尊者滿慈子答曰賢者我字滿也我母名慈故諸梵行人稱我爲滿慈子尊者舍梨子歎曰善哉善哉賢者滿慈子爲如來弟子所作智辯聰明決定安隱無畏成就調御逮大辯才得甘露幢於甘露界自作證成就遊以問賢者甚深義盡能報故賢者

滿慈子諸梵行人爲得大利得值賢者滿慈子隨時往見隨時禮拜我今亦得大利隨時往見隨時禮拜諸梵行人應當縈衣頂上戴賢者滿慈子爲得大利我今亦得大利隨時往見隨時禮拜尊者滿慈子問尊者舍梨子賢者名何等諸梵行人云何稱賢者耶尊者舍梨子答曰賢者我字優波鞮舍我母名舍梨故諸梵行人稱我爲舍梨子尊者滿慈子歎曰我今與世尊等弟子共論而不知第二尊共論而不知法將共論而不知轉法輪復轉弟子共論而不知若我知尊者舍梨子者不能答一句況復爾所深論善哉善哉尊者舍梨子爲如來弟子所作智辯聰明決定安隱無畏成就調御逮大辯才得甘露幢於甘露界自作證成就遊以尊者甚深甚深問故尊者舍梨子諸梵行人爲得大利得值尊者舍梨子隨時往見隨時禮拜我今亦得大利隨時往見隨時禮拜諸梵行人應當縈衣頂上戴尊者舍梨子爲得大利我今亦得大利隨時往見隨時禮拜如是二賢更相稱說更相讚善已歡喜奉行即從座起各還所止

七法品漏盡經第十

我聞如是一時佛遊拘樓瘦在劒磨瑟曇拘樓都邑爾時世尊告諸比丘以知以見故諸漏得盡非不知非不見也云何以知以見故諸漏得盡耶有正思惟不正思惟若不正思惟者未生欲漏而生已生便增廣未生有漏無明漏而生已生便增廣若正思惟者未生欲漏而不生已生便滅未生有漏無明漏而不生已生便滅然凡夫愚人不得聞正法不

值眞知識不知聖法不調御聖法不知如眞法不正思惟者未生欲漏而生已生便增廣未生有漏無明漏而生已生便增廣正思惟者未生欲漏而不生已生便滅未生有漏無明漏而不生已生便滅不知如眞法故不應念法而念應念法而不念以不應念法而念應念法而不念故未生欲漏而生已生便增廣未生有漏無明漏而生已生便增廣多聞聖弟子得聞正法值眞知識調御聖法知如眞法不正思惟者未生欲漏而生已生便增廣未生有漏無明漏而生已生便增廣正思惟者未生欲漏而不生已生便滅未生有漏無明漏而不生已生便滅知如眞法已不應念法不念應念法便念以不應念法不念應念法便念故未生欲漏而不生已生便滅未生有漏無明漏而不生已生便滅也有七斷漏煩惱憂慼法云何爲七有漏從見斷有漏從護斷有漏從離斷有漏從用斷有漏從忍斷有漏從除斷有漏從思惟斷云何有漏從見斷耶凡夫愚人不得聞正法不值眞知識不知聖法不調御聖法不知如眞法不正思惟故便作是念我有過去世我無過去世我何因過去世我云何過去世耶我有未來世我無未來世我何因未來世我云何未來世耶自疑已身何謂是云何是耶今此衆生從何所來當至何所本何因有當何因有彼作如是不正思惟於六見中隨其見生而生眞有神此見生而生眞無神此見生而生神見神此見生而生神見非神此見生而生非神見神此見生而生此是神能語能知能作能

教能起教起生彼彼處受善惡報定無所從來定不有定不當有是謂見之蔽爲見所動見結所繫凡夫愚人以是之故便受生老病死苦也多聞聖弟子得聞正法值眞知識調御聖法知如眞法知苦如眞知苦集知苦滅知苦滅道如眞如是知如眞已則三結盡身見戒取疑三結盡已得須陀洹不墮惡法定趣正覺極受七有天上人間七往來已便得苦際若不知見者則生煩惱憂慼知見則不生煩惱憂慼是謂有漏從見斷也云何有漏從護斷耶比丘眼見色護眼根者以正思惟不淨觀也不護眼根者不正思惟以淨觀也若不護者則生煩惱憂慼護則不生煩惱憂慼如是耳鼻舌身意知法護意根者以正思惟不淨觀也不護意根者不正思惟以淨觀也若不護者則生煩惱憂慼護則不生煩惱憂慼是謂有漏從護斷也云何有漏從離斷耶比丘見惡象則當遠離惡馬惡牛惡狗毒蛇惡道溝坑屏廁江河深泉山巖惡知識惡朋友惡異道惡閭里惡居止若諸梵行與其同處人無疑者而使有疑比丘者應當離惡知識惡朋友惡異道惡閭里惡居止若諸梵行與其同處人無疑者而使有疑盡當遠離若不離者則生煩惱憂慼離則不生煩惱憂慼是謂有漏從離斷也云何有漏從用斷耶比丘若用衣服非爲利故非以貢高故非爲嚴飾故但爲蚊䖟風雨寒熱故以慚愧故也若用飲食非爲利故非以貢高故非爲肥悅故但爲令身久住除煩惱憂慼故以行梵行故欲令故病斷新病不生故久住安隱無病

故也若用居止房舍牀蓐臥具非爲利故非以貢高故非爲嚴飾故但爲疲倦得止息故得靖坐故也若用湯藥非爲利故非以貢高故非爲肥悅故但爲除病惱故攝御命根故安隱無病故若不用者則生煩惱憂慼用則不生煩惱憂慼是謂有漏從用斷也云何有漏從忍斷耶比丘精進斷惡不善修善法故常有起想專心精勤身體皮肉筋骨血髓皆令乾竭不捨精進要得所求乃捨精進比丘當復堪忍飢渴寒熱蚊虻蠅蚤風日所逼惡聲捶杖亦能忍之身遇諸疾極爲苦痛至命欲絕諸不可樂皆能堪忍若不忍者則生煩惱憂慼忍則不生煩惱憂慼是謂有漏從忍斷也云何有漏從除斷耶比丘生欲念不除斷捨離生恚念害念不除斷捨離若不除者則生煩惱憂慼除則不生煩惱憂慼是謂有漏從除斷也云何有漏從思惟斷耶比丘思惟初念覺支依離依無欲依於滅盡趣至出要法精進喜息定思惟第七捨覺支依離依無欲依於滅盡趣至出要若不思惟者則生煩惱憂慼思惟則不生煩惱憂慼是謂有漏從思惟斷若使比丘有漏從見斷則以見斷有漏從護斷則以護斷有漏從離斷則以離斷有漏從用斷則以用斷有漏從忍斷則以忍斷有漏從除斷則以除斷有漏從思惟斷則以思惟斷是謂比丘一切漏盡諸結已解能以正智而得苦除佛說如是彼諸比丘聞佛所說歡喜奉行

七法品第一竟

中阿含經卷第二

音釋

麩芳無切麥屑皮也　鎚直追切鐵椎也　迸北諍切散走也　氍氀氍強魚切毛席也氀力朱切毛布也　㲪毾㲪都滕切毾他盍切毛蓐之細者曰㲪毾　漬疾智切浸也　槁苦浩切木枯也　摧碎摧昨回切折也碎先潰切破碎也　溝渠溝古侯切水瀆也渠強魚切水所居也　胯苦化切兩股之間曰胯　踝胡瓦切腿兩旁曰內外踝　爨竈爨七亂切炊爨也竈則到切　晃昱晃胡廣切昱余六切　豎臣庾切立也　烖燼烖祖才切天火曰烖燼徐刃切火餘也　皙先擊切面色白也　嘴即委切喙也　憂波鞮舍梵語也此云豕提即舍利弗父字也　縈於營切收卷也　屏廁屏必郢切廁初吏切屏廁圊溷也　蚊虻蚊無分切虻莫耕切蚊虻並齧人飛蟲也　靖疾郢切安也　蠅蚤蠅余陵切蒼蠅也蚤子浩切齧人跳蟲也

中阿含經卷第三

東晋罽賓三藏瞿曇僧伽提婆譯

業相應品第二有十經 初一日誦

鹽喻和破度 羅云思伽藍 伽彌尼師子

尼揵波羅牢

業相應品鹽喻經第一

我聞如是一時佛遊舍衛國在勝林給孤獨園爾時世尊告諸比丘隨人所作業則受其報如是不行梵行不得盡苦若作是說隨人所作業則受其報如是修行梵行便得盡苦所以者何若使有人作不善業必受苦果地獄之報云何有人作不善業必受苦果地獄之報謂有一人不修身不修戒不修心不修慧壽命甚短是謂有人作不善業必受苦果地獄之報猶如有人以一兩鹽投少水中欲令水鹹不可得飲於意云何此一兩鹽能令少水鹹叵飲耶答曰如是世尊所以者何鹽多水少是故能令鹹不可飲如是有人作不善業必受苦果地獄之報云何有人作不善業必受苦果地獄之報謂有一人不修身不修戒不修心不修慧壽命甚短是謂有人作不善業必受苦果地獄之報復次有人作不善業必受苦果現法之報云何有人作不善業必受苦果現法之報謂有一人修身修戒修心修慧壽命極長是謂有人作不善業必受苦果現法之報猶如有人以一兩鹽投恒水中欲令水鹹不可得飲於意云何比一兩鹽能令恒水鹹不可飲耶答曰不也世尊所以者何恒水甚多一兩鹽少是故不能令鹹不可飲如是有人作不善業必受苦果現法

之報云何有人作不善業必受苦果現法之報謂有一人修身修戒修心修慧壽命極長是謂有人作不善業必受苦果現法之報復次有人作不善業必受苦果地獄之報云何有人作不善業必受苦果地獄之報謂有一人不修身不修戒不修心不修慧壽命甚短是謂有人作不善業必受苦果地獄之報猶如有人奪取他羊云何有人奪取他羊謂奪羊者或王王臣極有威勢彼羊主者貧賤無力彼以無力故便種種承望叉手求索而作是說尊者可見還羊若見與直是謂有人奪取他羊如是有人作不善業必受苦果地獄之報云何有人作不善業必受苦果地獄之報謂有一人不修身不修戒不修心不修慧壽命甚短是謂有人作不善業必受苦果地獄之報復次有人作不善業必受苦果現法之報云何有人作不善業必受苦果現法之報謂有一人修身修戒修心修慧壽命極長是謂有人作不善業必受苦果現法之報猶如有人雖竊他羊主還奪取云何有人雖竊他羊主還奪取謂竊羊者貧賤無勢彼羊主者或王王臣極有威力以有力故收縛竊者還奪取羊是謂有人雖竊他羊主還奪取如是有人作不善業必受苦果現法之報云何有人作不善業必受苦果現法之報謂有一人修身修戒修心修慧壽命極長是謂有人作不善業必受苦果現法之報復次有人作不善業必受苦果地獄之報云何有人作不善業必受苦果地獄之報謂有一人不修身不修戒不修心不修慧壽命甚短是謂有人

作不善業必受苦果地獄之報猶如有人負他五錢爲主所縛乃至一錢亦爲主所縛云何有人負他五錢爲主所縛乃至一錢亦爲主所縛謂負債人貧無力勢彼貧無力故負他五錢爲主所縛乃至一錢亦爲主所縛是謂有人負他五錢爲主所縛乃至一錢亦爲主所縛如是有人作不善業必受苦果地獄之報云何有人作不善業必受苦果地獄之報謂有一人不修身不修戒不修心不修慧壽命甚短是謂有人作不善業必受苦果地獄之報復次有人作不善業必受苦果現法之報云何有人作不善業必受苦果現法之報謂有一人修身修戒修心修慧壽命極長是謂有人作不善業必受苦果現法之報猶如有人雖負百錢不爲主所縛乃至千萬亦不爲主所縛云何有人雖負百錢不爲主所縛乃至千萬亦不爲主所縛謂負債人產業無量極有勢力彼以是故雖負百錢不爲主所縛乃至千萬亦不爲主所縛是謂有人雖負百錢不爲主所縛乃至千萬亦不爲主所縛如是有人作不善業必受苦果現法之報云何有人作不善業必受苦果現法之報謂有一人修身修戒修心修慧壽命極長是謂有人作不善業必受苦果現法之報彼於現法設受善惡業報而輕微也佛說如是彼諸比丘聞佛所說歡喜奉行

業相應品和破經第二（和乎過切）

我聞如是一時佛遊釋羇瘦加維羅衛在尼拘類園爾時尊者大目揵連與比丘衆俱於中食後有所爲故集坐講堂是時尼揵有一

弟子釋種名曰和破中後彷徉至尊者大目揵連所共相問訊却坐一面於是尊者大目揵連問如此事於和破意云何若有比丘身口意護汝頗見是處因此生不善漏令至後世耶和破答曰大目揵連若有比丘身口意護我見是處因此生不善漏令至後世大目揵連若有前世行不善行因此生不善漏令至後世彼時世尊靜處宴坐以淨天耳出過於人聞尊者大目揵連與尼揵弟子釋和破共論如是世尊聞已則於晡時從宴坐起往詣講堂比丘眾前敷座而坐世尊坐已問曰目揵連向與尼揵弟子釋和破共論何事復以何事集坐講堂尊者大目揵連白曰世尊我今日與比丘眾俱於中食後有所爲故集坐講堂此尼揵弟子釋和破中後彷徉來至我所共相問訊却坐一面我問如是於和破意云何若有比丘身口意護汝頗見是處因此生不善漏令至後世耶尼揵弟子釋和破即答我言若有比丘身口意護我見是處因此生不善漏令至後世大目揵連若有前世行不善行因此生不善漏令至後世世尊向與尼揵弟子釋和破共論如是以此事故集坐講堂於是世尊語尼揵弟子釋和破曰若我所說是者汝當言是若不是者當言不是汝有所疑便可問我沙門瞿曇此有何事此有何義隨我所說汝若能受者我可與汝共論此事和破答曰沙門瞿曇若所說是我當言是若不是者當言不是我若有疑當問瞿曇瞿曇此有何事此有何義隨沙門瞿曇所說我則受持沙門瞿曇但當與我共論此事

世尊問曰於和破意云何若有比丘生不善身行漏煩憂慼彼於後時不善身行滅不更造新業棄捨故業即於現世便得究竟而無煩熱常住不變謂聖慧所見聖慧所知也身生不善口行不善意行不善無明行漏煩熱憂慼彼於後時不善無明行滅不更造新業棄捨故業即於現世便得究竟而無煩熱常住不變謂聖慧所見聖慧所知云何和破如是比丘身口意護汝頗見是處因此生不善漏令至後世耶和破答曰瞿曇若有比丘如是身口意護我不見是處因此生不善漏令至後世世尊歎曰善哉和破云何和破若有比丘無明已盡明已生彼無明已盡明已生生後身覺便知生後身覺生後命覺便知生後命覺身壞命終壽已畢訖即於現世一切所覺便盡止息當知至竟冷和破猶如因樹有影若使有人持利斧來斫彼樹根段段斬截破爲十分或爲百分火燒成灰或大風吹或著水中於和破意云何影因樹有彼影從是已絕其因滅不生耶和破答曰如是瞿曇和破當知比丘亦復如是無明已盡明已生彼無明已盡明已生生後身覺便知生後身覺生後命覺便知生後命覺身壞命終壽已畢訖即於現世一切所覺便盡止息當知至竟冷和破比丘如是正心解脫便得六善住處云何爲六和破比丘眼見色不喜不憂捨求無爲正念正智和破比丘如是正心解脫是謂得第一善住處如是耳鼻舌身意知法不喜不憂捨求無爲正念正智和破比丘如是正心解脫是謂得第六善住處和破比丘

如是正心解脫得此六善住處和破白曰如是瞿曇多聞聖弟子如是正心解脫得六善住處云何爲六瞿曇多聞聖弟子眼見色不喜不憂捨求無爲正念正智瞿曇多聞聖弟子如是正心解脫是謂得第一義住處如是耳鼻舌身意知法不喜不憂捨求無爲正念正智如是瞿曇多聞聖弟子如是正心解脫是謂得第六善住處如是瞿曇多聞聖弟子如是正心解脫得此六善住處於是和破白世尊曰瞿曇我已知善逝我已解瞿曇猶明目人覆者仰之覆者發之迷者示道闇中施明若有眼者便見於色沙門瞿曇亦復如是爲我無量方便說法現義隨甚深道世尊我今自歸於佛法及比丘衆唯願世尊受我爲優婆塞從今日始終身自歸乃至命盡世尊猶如有人養不良馬望得其利徒自疲勞而不獲利世尊我亦如是彼愚癡尼揵不善曉了不能解知不識良田而不自審長夜奉敬供養禮事望得其利唐苦無益世尊我今再自歸佛法及比丘衆唯願世尊受我爲優婆塞從今日始終身自歸乃至命盡世尊我本無知於愚癡尼揵有信有敬從今日斷所以者何欺誑我故世尊我今三自歸佛法及比丘衆唯願世尊受我爲優婆塞從今日始終身自歸乃至命盡佛說如是釋和破及諸比丘聞佛所說歡喜奉行

業相應品度經第三

我聞如是一時佛遊舍衛國在勝林給孤獨園爾時世尊告諸比丘有三度處異姓異名異宗異說謂有慧者善受極持而爲他說然

不獲利云何爲三或有沙門梵志如是見如是說謂人所爲一切皆因宿命造復有沙門梵志如是見如是說謂人所爲一切皆因尊祐造復有沙門梵志如是見如是說謂人所爲一切皆無因無緣於中若有沙門梵志如是見如是說謂人所爲一切皆因宿命造者我便往彼到已即問諸賢實如是說謂人所爲一切皆因宿命造耶彼答言爾我復語彼若如是者諸賢等皆是殺生所以者何以其一切皆因宿命造故如是諸賢皆是不與取邪婬妄言乃至邪見所以者何以其一切皆因宿命造故諸賢若一切皆因宿命造見如眞者於内因内作以不作都無欲無方便諸賢若於作以不作不知如眞者便失正念無正智則無可以教如沙門法如是說者乃可以理伏彼沙門梵志於中若有沙門梵志如是見如是說謂人所爲一切皆因尊祐造者我便往彼到已即問諸賢實如是見如是說謂人所爲一切皆因尊祐造耶彼答言爾我復語彼若如是者諸賢等皆是殺生所以者何以其一切皆因尊祐造故如是諸賢皆是不與取邪婬妄言乃至邪見所以者何以其一切皆因尊祐造故諸賢若一切皆因尊祐造見如眞者於内因内作以不作都無欲無方便諸賢若於作以不作不知如眞者便失正念無正智則無可以教如沙門法如是說者乃可以理伏彼沙門梵志於中若有沙門梵志如是見如是說謂人所爲一切皆無因無緣者我便往彼到已即問諸賢實如是見如是說謂人所爲一切皆無因無緣

耶彼答言爾我復語彼若如是者諸賢等皆是殺生所以者何以其一切皆無因無緣故如是諸賢皆是不與取邪婬妄言乃至邪見所以者何以其一切皆無因無緣故諸賢若一切皆無因無緣見如眞者於内因内作以不作都無欲無方便諸賢若於作以不作不知如眞者便失正念無正智則無可以教如沙門法如是說者乃可以理伏彼沙門梵志我所自知自覺法爲汝說者若沙門梵志若天魔梵及餘世間皆無能伏皆無能穢皆無能制云何我所自知自覺法爲汝說非爲沙門梵志若天魔梵及餘世間所能伏所能穢所能制謂有六處法我所自知自覺爲汝說非爲沙門梵志若天魔梵及餘世間所能伏所能穢所能制復有六界法我所自知自覺爲汝說非爲沙門梵志若天魔梵及餘世間所能伏所能穢所能制云何六處法我所自知自覺爲汝說謂眼處耳鼻舌身意處是謂六處法我所自知自覺爲汝說也云何六界法我所自知自覺爲汝說謂地界水火風空識界是謂六界法我所自知自覺爲汝說也以六界合故便生母胎因六界便有六處因六處便有更樂因更樂便有覺比丘若有覺者便知苦如眞知苦集知苦滅知苦滅道如眞云何知苦如眞謂生苦老苦病苦死苦怨憎會苦愛别離苦所求不得苦略五盛陰苦是謂知苦如眞云何知苦集如眞謂此愛受當來有樂欲共俱求彼彼有是謂知苦集如眞云何知苦滅如眞謂此愛受當來有樂欲共俱求彼彼有斷無餘捨吐盡無欲滅止没

是謂知苦滅如眞云何知苦滅道如眞謂八支聖道正見乃至正定是爲八是謂知苦滅道如眞比丘當知苦如眞當斷苦集當苦滅作證當修苦滅道若比丘知苦如眞斷苦集苦滅作證修苦滅道者是謂比丘一切漏盡諸結已解能以正智而得苦除佛說如是彼諸比丘聞佛所說歡喜奉行

業相應品羅雲經第四

我聞如是一時佛遊王舍城在竹林迦蘭哆園爾時尊者羅雲亦遊王舍城温泉林中於是世尊過夜平旦著衣持鉢入王舍城而行乞食乞食已竟至温泉林羅雲住處尊者羅雲遥見佛來即便往迎取佛衣鉢爲敷座具汲水洗足佛洗足已坐羅雲座於是世尊即取水器寫留少水已問曰羅雲汝今見我取此水器寫留少水耶羅雲答曰見也世尊佛告羅雲我說彼道少亦復如是謂知已妄言不羞不悔無慚無愧羅雲彼亦無惡不作是故羅雲當作是學不得戲笑妄言世尊復取此少水器盡寫棄已問曰羅雲汝復見我取少水器盡寫棄耶羅雲答曰見也世尊佛告羅雲我說彼道盡棄亦復如是謂知已妄言不羞不悔無慚無愧羅雲彼亦無惡不作是故羅雲當作是學不得戲笑妄言世尊復取此空水器覆著地已問曰羅雲汝復見我取空水器覆著地耶羅雲答曰見也世尊佛告羅雲我說彼道覆亦復如是謂知已妄言不羞不悔無慚無愧羅雲彼亦無惡不作是故羅雲當作是學不得戲笑妄言世尊復取此覆水器發令仰已問曰羅雲汝復見我取覆

水器發令仰耶羅雲答曰見也世尊佛告羅雲我說彼道仰亦復如是謂知已妄言不羞不悔無慚無愧羅雲彼亦無惡不作是故羅雲當作是學不得戲笑妄言羅雲猶如王有大象入陣鬬時用前脚後脚尾髂脊脇頭額耳牙一切皆用唯護於鼻象師見已便作是念此王大象猶故惜命所以者何此王大象入陣鬬時用前脚後脚尾髂脊脇頭額耳牙一切皆用唯護於鼻羅雲若王大象入陣鬬時用前脚後脚尾髂脊脇頭額耳牙鼻一切盡用象師見已便作是念此王大象不復惜命所以者何此王大象入陣鬬時用前脚後脚尾髂脊脇頭額耳牙鼻一切盡用羅雲若王大象入陣鬬時用前脚後脚尾髂脊脇頭額耳牙鼻一切盡用羅雲我說此王大象入陣鬬時無惡不作如是羅雲謂知已妄言不羞不悔無慚無愧羅雲我說彼亦無惡不作是故羅雲當作是學不得戲笑妄言於是世尊即說頌曰

人犯一法　謂妄言是　不畏後世　無惡不作
寧噉鐵丸　其熱如火　不以犯戒　受世信施
若畏於苦　不愛念者　於隱顯處　莫作惡業
若不善業　已作今作　終不得脫　亦無避處

佛說頌已復問羅雲於意云何人用鏡為何等耶羅雲答曰世尊欲觀其面見淨不淨如是羅雲若汝將作身業即觀彼身業我將作身業彼身業為淨為不淨為自為為他羅雲若觀時則知我將作身業彼身業淨或自為或為他不善與苦果受於苦報羅雲汝當捨彼將作身業羅雲若觀時則知我將作身業彼

身業不淨或自爲或爲他善與樂果受於樂報羅雲汝當受彼將作身業羅雲若汝現作身業即觀此身業若我現作身業此身業爲淨爲不淨爲自爲爲他羅雲若觀時則知我現作身業此身業淨或自爲或爲他不善與苦果受於苦報羅雲汝當捨此現作身業羅雲若觀時則知我現作身業此身業不淨或自爲或爲他善與樂果受於樂報羅雲汝當受此現作身業羅雲若汝已作身業即觀彼身業若我已作身業彼身業已過去滅盡變易爲淨爲不淨爲自爲爲他羅雲若觀時則知我已作身業彼身業已過去滅盡變易彼身業淨或自爲或爲他不善與苦果受於苦報羅雲汝當詣善知識梵行人所彼已作身業至心發露應悔過說愼莫覆藏更善將護羅雲若觀時則知我已作身業彼身業已過去滅盡變易彼身業不淨或自爲或爲他善與樂果受於樂報羅雲汝當晝夜歡喜住正念正智口業亦復如是羅雲因過去行故已生意業即觀彼意業若因過去行故已生意業彼意業爲淨爲不淨爲自爲爲他羅雲若觀時則知因過去行故已生意業彼意業已過去滅盡變易彼意業淨或自爲或爲他不善與苦果受於苦報羅雲汝當捨彼過去意業羅雲若觀時則知因過去行故已生意業已過去滅盡變易彼意業不淨或自爲或爲他善與樂果受於樂報羅雲汝當受彼過去意業羅雲因未來行故當生意業即觀彼意業若因未來行故當生意業彼意業爲淨爲不淨爲自爲爲他羅雲若觀時則知因未來

行故當生意業彼意業淨或自爲或爲他不善與苦果受於苦報羅雲汝當捨彼未來意業羅雲若觀時則知因未來行故當生意業彼意業不淨或自爲或爲他善與樂果受於樂報羅雲汝當受彼未來意業羅雲因現在行故現生意業即觀此意業若因現在行故現生意業此意業爲淨爲不淨爲自爲爲他羅雲若觀時則知因現在行故現生意業此意業淨或自爲或爲他不善與苦果受於苦報羅雲汝當捨此現在意業羅雲若觀時則知因現在行故現生意業此意業不淨或自爲或爲他善與樂果受於樂報羅雲汝當受此現在意業羅雲若有過去沙門梵志身口意業已觀而觀已淨而淨彼一切即此身口意業已觀而觀已淨而淨羅雲若有未來沙門梵志身口意業當觀而觀當淨而淨彼一切即此身口意業當觀而觀當淨而淨羅雲若有現在沙門梵志身口意業現觀而觀現淨而淨彼一切即此身口意業現觀而觀現淨而淨羅雲汝當如是學我亦即此身口意業現觀而觀現淨而淨於是世尊復說頌曰

身業口業　意業羅雲　善不善法　汝應常觀
知已妄言　羅雲莫說　本從他活　何可妄言
覆沙門法　空無眞實　謂說妄言　不護其口
故不妄言　正覺之子　是沙門法　羅雲當學
方方豐樂　安隱無怖　羅雲至彼　莫爲害他

佛說如是尊者羅雲及諸比丘聞佛所說歡喜奉行

業相應品思經第五

我聞如是一時佛遊舍衛國在勝林給孤獨

園爾時世尊告諸比丘若有故作業我說彼必受其報或現世受或後世受若不故作業我說此不必受報於中身故作三業不善與苦果受於苦報口有四業意有三業不善與苦果受於苦報云何身故作三業不善與苦果受於苦報一曰殺生極惡飲血其欲傷害不慈衆生乃至蜫蟲二曰不與取著他財物以偷意取三曰邪婬彼或有父所護或母所護或父母所護或姊妹所護或兄弟所護或婦父母所護或親親所護或同姓所護或爲他婦女有鞭罰恐怖及有名假賃至華鬘親犯如此女是謂身故作三業不善與苦果受於苦報云何口故作四業不善與苦果受於苦報一曰妄言彼或在衆或在眷屬或在王家若呼彼問汝知便說彼不知言知知言不知不見言見見言不見爲己爲他或爲財物知已妄言二曰兩舌欲離别他聞此語彼欲破壞此聞彼語此欲破壞彼合者欲離離者復離而作群黨樂於群黨稱說群黨三曰麤言彼若有言辭氣麤獷惡聲逆耳衆所不喜衆所不愛使他苦惱令不得定說如是言四曰綺語彼非時說不眞實說無義說非法說不止息說又復稱歎不止息事違背於時而不善教亦不善訶是謂口故作四業不善與苦果受於苦報云何意故作三業不善與苦果受於苦報一曰貪伺見他財物諸生活具常伺求望欲令我得二曰嫉恚意懷憎嫉而作是念彼衆生者應殺應縛應收應免應逐擯出其欲令彼受無量苦三曰邪見所見顛倒如是見如是說無施無齋無有呪說無善

惡業無善惡業報無此世彼世無父無母世無真人往至善處善去善向此世彼世自知自覺自作證成就遊是謂意故作三業不善與苦果受於苦報多聞聖弟子捨身不善業修身善業捨口意不善業修口意善業彼多聞聖弟子如是具足精進戒德成就身淨業成就口意淨業離恚離諍除去睡眠無掉貢高斷疑度慢正念正智無有愚癡彼心與慈俱遍滿一方成就遊如是二三四方四維上下普周一切心與慈俱無結無怨無恚無諍極廣甚大無量善修遍滿一切世間成就遊彼作是念我本此心少不善修我今此心無量善修多聞聖弟子其心如是無量善修若本因惡知識為放逸行作不善業彼不能將去不能穢汙不復相隨若有幼少童男童女生便能行慈心解脱者而於後時彼身口意寧可復作不善業耶比丘答曰不也世尊所以者何自不作惡業惡業何由生是以男女在家出家常當勤修慈心解脱若彼男女在家出家修慈心解脱者不持此身往至彼世但隨心去此比丘應作是念我本放逸作不善業是一切今可受報終不後世若有如是行慈心解脱無量善修者必得阿那含或復上得如是悲喜心與捨俱無結無怨無恚無諍極廣甚大無量善修遍滿一切世間成就遊彼作是念我本此心少不善修我今此心無量善修多聞聖弟子其心如是無量善修若本因惡知識為放逸行作不善業彼不能將去不能穢汙不復相隨若有幼少童男童女生便能行捨心解脱者而於後時彼身口

意寧可復作不善業耶比丘答曰不也世尊所以者何自不作惡業惡業何由生是以男女在家出家常當勤修捨心解脱若彼男女在家出家修捨心解脱者不持此身往至彼世但隨心去此比丘應作是念我本放逸作不善業是一切今可受報終不後世若有如是行捨心解脱無量善修者必得阿那含或復上得佛説如是彼諸比丘聞佛所説歡喜奉行

業相應品伽藍經第六

我聞如是一時佛遊伽藍國與大比丘衆俱至羇舍子住羇舍子村北尸攝和林中爾時羇舍子伽藍人聞沙門瞿曇釋種子捨釋宗族出家學道遊伽藍國與大比丘衆俱來至此羇舍子住羇舍子村北尸攝和林中彼沙門瞿曇有大名稱周聞十方沙門瞿曇如來無所著等正覺明行成爲善逝世間解無上士道法御天人師號佛衆祐彼於此世天及魔梵沙門梵志從人至天自知自覺自作證成就遊彼若説法初善中善竟亦善有義有文具足清淨顯現梵行若見如來無所著等正覺尊重禮拜供養承事者快得善利我等應共往見沙門瞿曇禮事供養羇舍子伽藍人聞已各與等類眷屬相隨從羇舍子出北行至尸攝和林欲見世尊禮事供養往詣佛已彼伽藍人或稽首佛足却坐一面或問訊佛却坐一面或叉手向佛却坐一面或遥見佛已默然而坐彼時伽藍人各坐已定佛爲説法勸發渴仰成就歡喜無量方便爲彼説法勸發渴仰成就歡喜已默然而住時伽藍

人佛爲說法勸發渴仰成就歡喜已各從坐起偏袒著衣叉手向佛白世尊曰瞿曇有一沙門梵志來詣伽藍但自稱歎已所知見而呰毀他所知所見瞿曇復有一沙門梵志來詣伽藍亦自稱歎已所知見而呰毀他所知所見瞿曇我等聞已便生疑惑此沙門梵志何者爲實何者爲虛世尊告曰伽藍汝等莫生疑惑所以者何因有疑惑便生猶豫伽藍汝等自無淨智爲有後世爲無後世伽藍汝等亦無淨智所作有罪所作無罪伽藍當知諸業有三因習本有云何爲三伽藍謂貪是諸業因習本有伽藍恚及癡是諸業因習本有伽藍貪者爲貪所覆心無猒足或殺生或不與取或行邪婬或知已妄言或復飲酒伽藍恚者爲恚所覆心無猒足或殺生或不與取或行邪婬或知已妄言或復飲酒伽藍癡者爲癡所覆心無猒足或殺生或不與取或行邪婬或知已妄言或復飲酒伽藍多聞聖弟子離殺斷殺棄捨刀杖有慚有愧有慈悲心饒益一切乃至蜫蟲彼於殺生淨除其心伽藍多聞聖弟子離不與取斷不與取與之乃取樂於與取常好布施歡喜無恡不望其報彼於不與取淨除其心伽藍多聞聖弟子離非梵行斷非梵行勤修梵行精勤妙行清淨無穢離欲斷婬彼於非梵行淨除其心伽藍多聞聖弟子離妄言斷妄言真諦言樂真諦住真諦不移動一切可信不欺世間彼於妄言淨除其心伽藍多聞聖弟子離兩舌斷兩舌行不兩舌不破壞他不聞此語彼欲破壞此不聞彼語此欲破壞彼離者欲合合者

歡喜不作群黨不樂群黨不稱群黨彼於兩舌淨除其心伽藍多聞聖弟子離麤言斷麤言若有所言辭氣麤獷惡聲逆耳衆所不喜衆所不愛使他苦惱令不得定斷如是言若有所說清和柔潤順耳入心可喜可愛使他安樂言聲具了不使人畏令他得定說如是言彼於麤言淨除其心伽藍多聞聖弟子離綺語斷綺語時說真說實說法說義說止息說樂止息說事順時得宜善教善訶彼於綺語淨除其心伽藍多聞聖弟子離貪伺斷貪伺心不懷諍見他財物諸生活具不起貪伺欲令我得彼於貪伺淨除其心伽藍多聞聖弟子離恚斷恚有慚有愧有慈悲心饒益一切乃至蜫蟲彼於嫉恚淨除其心伽藍多聞聖弟子離邪見斷邪見行於正見而不顛倒如是見如是說有施有齋亦有呪說有善惡業有善惡業報有此世彼世有父有母世有真人往至善處善去善向此世彼世自知自覺自作證成就遊彼於邪見淨除其心如是伽藍多聞聖弟子成就身淨業成就口意淨業離恚離諍除去睡眠無掉貢高斷疑度慢正念正智無有愚癡彼心與慈俱遍滿一方成就遊如是二三四方四維上下普周一切心與慈俱無結無怨無恚無諍極廣甚大無量善修遍滿一切世間成就遊如是悲喜心與捨俱無結無怨無恚無諍極廣甚大無量善修遍滿一切世間成就遊如是伽藍多聞聖弟子心無結無怨無恚無諍便得四安隱住處云何爲四有此世彼世有善惡業有善惡業報我得此正見相應業受持具足身壞

命終必至善處乃生天上如是伽藍多聞聖弟子心無結無怨無恚無諍是謂得第一安隱住處復次伽藍無此世彼世無善惡業無善惡業報如是我於現法中非以此故爲他所毀但爲正智所稱譽精進人正見人說其有如是伽藍多聞聖弟子心無結無怨無恚無諍是謂得第二安隱住處復次伽藍若有所作必不作惡我不念惡所以者何自不作惡苦何由生如是伽藍多聞聖弟子心無結無怨無恚無諍是謂得第三安隱住處復次伽藍若有所作必不作惡我不犯世怖與不怖常當慈愍一切世間我心不與衆生共諍無濁歡悅如是伽藍多聞聖弟子心無結無怨無恚無諍是謂得第四安隱住處如是伽藍多聞聖弟子心無結無怨無恚無諍是謂得四安隱住處伽藍白世尊曰如是瞿曇多聞聖弟子心無結無怨無恚無諍得四安隱住處云何爲四有此世彼世有善惡業有善惡業報我得此正見相應業受持具足身壞命終必至善處乃生天上如是瞿曇多聞聖弟子心無結無怨無恚無諍是謂得第一安隱住處復次瞿曇若無此世彼世無善惡業無善惡業報我於現法中非以此故爲他所毀但爲正智所稱譽精進人正見人說其有如是瞿曇多聞聖弟子心無結無怨無恚無諍是謂得第二安隱住處復次瞿曇若有所作必不作惡我不念惡所以者何自不作惡苦何由生如是瞿曇多聞聖弟子心無結無怨無恚無諍是謂得第三安隱住處復次瞿曇若有所作必不作惡我不犯世怖與不怖

常當慈愍一切世間我心不與衆生共諍無濁歡悦如是瞿曇多聞聖弟子心無結無怨無恚無諍是謂得第四安隱住處如是瞿曇多聞聖弟子心無結無怨無恚無諍是謂得四安隱住處瞿曇我已知善逝我已解世尊我等盡壽自歸佛法及比丘衆唯願世尊受我等爲優婆塞從今日始終身自歸乃至命盡佛說如是一切伽藍人及諸比丘聞佛所說歡喜奉行

業相應品伽彌尼經第七

我聞如是一時佛遊那難陀國在墻村㮈林爾時阿私羅天有子名伽彌尼色像巍巍光曜暐曄夜將向旦往詣佛所稽首佛足却住一面阿私羅天子伽彌尼白曰世尊梵志自高事若干天若衆生命終者彼能令自在往來善處生於天上世尊爲法主唯願世尊使衆生命終得至善處生於天中世尊告曰伽彌尼我今問汝隨所解答伽彌尼於意云何若村邑中或有男女懈不精進而行惡法成就十種不善業道殺生不與取邪婬妄言乃至邪見彼命終時若衆人來各叉手向稱歎求索作如是語汝等男女懈不精進而行惡法成就十種不善業道殺生不與取邪婬妄言乃至邪見汝等因此緣此身壞命終必至善處乃生天上如是伽彌尼彼男女等懈不精進而行惡法成就十種不善業道殺生不與取邪婬妄言乃至邪見寧爲衆人各叉手向稱歎求索因此緣此身壞命終得至善處生天上耶伽彌尼答曰不也世尊世尊歎曰善哉伽彌尼所以者何彼男女等懈不精進

而行惡法成就十種不善業道殺生不與取邪婬妄言乃至邪見若爲衆人各叉手向稱歎求索因此緣此身壞命終得至善處乃生天上者是處不然伽彌尼猶去村不遠有深水淵於彼有人以大重石擲著水中若衆人來各叉手向稱歎求索作如是語願石浮出願石浮出伽彌尼於意云何此大重石寧爲衆人各叉手向稱歎求索因此緣此而當出耶伽彌尼答曰不也世尊如是伽彌尼彼男女等懈不精進而行惡法成就十種不善業道殺生不與取邪婬妄言乃至邪見若爲衆人各叉手向稱歎求索因此緣此身壞命終得至善處生天上者是處不然所以者何謂此十種不善業道黑有黑報自然趣下必至惡處伽彌尼於意云何若村邑中或有男女精進勤修而行妙法成十善業道離殺斷殺不與取邪婬妄言乃至離邪見斷邪見得正見彼命終時若衆人來各叉手向稱歎求索作如是語汝男女等精進勤修而行妙法成十善業道離殺斷殺不與取邪婬妄言乃至離邪見斷邪見得正見汝等因此緣此身壞命終當至惡處生地獄中伽彌尼於意云何彼男女等精進勤修而行妙法成十善業道離殺斷殺不與取邪婬妄言乃至離邪見斷邪見得正見寧爲衆人各叉手向稱歎求索因此緣此身壞命終得至惡處生地獄中耶伽彌尼答曰不也世尊世尊歎曰善哉伽彌尼所以者何伽彌尼彼男女等精進勤修而行妙法成十善業道離殺斷殺不與取邪婬妄言乃至離邪見斷邪見得正見若爲衆人

各叉手向稱歎求索因此緣此身壞命終得至惡處生地獄中者是處不然所以者何伽彌尼謂此十善業道白有白報自然昇上必至善處伽彌尼猶去村不遠有深水淵於彼有人以酥油瓶投水而破滓瓦沉下酥油浮上如是伽彌尼彼男女等精進勤修而行妙法成十善業道離殺斷殺不與取邪婬妄言乃至離邪見斷邪見得正見彼命終時謂身麤色四大之種從父母生衣食長養坐臥按摩澡浴強忍是破壞法是滅盡法離散之法彼命終後或烏鳥啄或虎狼食或燒或埋盡爲粉塵彼心意識常爲信所熏爲精進多聞布施智慧所熏彼因此緣此自然昇上生於善處伽彌尼彼殺生者離殺斷殺園觀之道昇進之道善處之道伽彌尼不與取邪婬妄言乃至邪見者離邪見得正見園觀之道昇進之道善處之道伽彌尼復有園觀之道昇進之道善處之道伽彌尼云何復有園觀之道昇進之道善處之道謂八支聖道正見乃至正定是爲八伽彌尼是謂復有園觀之道昇進之道善處之道

佛說如是伽彌尼及諸比丘聞佛所說歡喜奉行

中阿含經卷第三

音釋

叵 普火切不可也　竊 千結切盜也　羇 居宜切　彷徉 彷蒲光切徉與章切彷徉猶徘徊也　慼 倉歷切憂也　髂 客枯駕切腰骨也　脊 資昔切背呂也　蜫 古渾切蟲之總名也　鞭 卑連切扑也　賃 女禁切借也　獷 古猛切麤惡貌　暐曄 暐于鬼切曄域輒切韡曄光盛貌

中阿含經卷第四

東晉罽賓三藏瞿曇僧伽提婆譯

業相應品師子經第八

我聞如是一時佛遊鞞舍離在獼猴水邊高樓臺觀爾時衆多鞞舍離麗掣集在聽堂數稱歎佛數稱歎法及比丘衆彼時尼揵弟子師子大臣亦在衆中是時師子大臣欲往見佛供養禮事師子大臣則先往詣諸尼揵所白尼揵曰諸尊我欲往見沙門瞿曇彼時尼揵訶師子曰汝莫欲見沙門瞿曇所以者何沙門瞿曇宗本不可作亦爲人說不可作法師子若見宗本不可作則不吉利供養禮事亦不吉利彼衆多鞞舍離麗掣再三集在聽堂數稱歎佛數稱歎法及比丘衆彼時尼揵弟子師子大臣亦再三在彼衆中時師子大臣亦復再三欲往見佛供養禮事師子大臣便不辭尼揵即往詣佛共相問訊却坐一面而作是語我聞沙門瞿曇宗本不可作亦爲人說不可作法瞿曇若如是說沙門瞿曇宗本不可作亦爲人說不可作法彼不謗毀沙門瞿曇耶彼說眞實耶彼說是法耶彼說法如法耶於如法無過無難詰耶世尊答曰師子若如是說沙門瞿曇宗本不可作亦爲人說不可作法彼不謗毀沙門瞿曇彼說眞實彼說是法彼說如法於法無過亦無難詰所以者何師子有事因此事故於如實法不能謗毀沙門瞿曇宗本不可作亦爲人說不可作法師子復有事因此事故於如實法不能謗毀沙門瞿曇宗本可作亦爲人說可作之法師子復有事因此事故於如實法不能謗

毁沙門瞿曇宗本斷滅亦爲人説斷滅之法師子復有事因此事故於如實法不能謗毁沙門瞿曇宗本可惡亦爲人説可憎惡法師子復有事因此事故於如實法不能謗毁沙門瞿曇宗本法律亦爲人説法律之法師子復有事因此事故於如實法不能謗毁沙門瞿曇宗本苦行亦爲人説苦行之法師子復有事因此事故於如實法不能謗毁沙門瞿曇宗本不入於胎亦爲人説不入胎法師子復有事因此事故於如實法不能謗毁沙門瞿曇宗本安隱亦爲人説安隱之法師子云何有事因此事故於如實法不能謗毁沙門瞿曇宗本不可作亦爲人説不可作法師子我説身惡行不可作口意惡行亦不可作師子若如是比無量不善穢汙之法爲當來有本煩熱苦報生老病死因師子我説此法盡不可作師子是謂有事因此事故於如實法不能謗毁沙門瞿曇宗本不可作亦爲人説不可作法師子云何復有事因此事故於如實法不能謗毁沙門瞿曇宗本可作亦爲人説可作之法師子我説身妙行可作口意妙行亦可作師子若如是比無量善法與樂果受於樂報生於善處而得長壽師子我説此法盡應可作師子是謂有事因此事故不能謗毁沙門瞿曇宗本可作亦爲人説可作之法師子云何復有事因此事故於如實法不能謗毁沙門瞿曇宗本斷滅亦爲人説斷滅之法師子我説身惡行應斷滅口意惡行亦應斷滅師子若如是比無量不善穢汙之法爲當來有本煩熱苦報生老病死因師子我

說此法盡應斷滅師子是謂有事因此事故於如實法不能謗毀沙門瞿曇宗本斷滅亦爲人說斷滅之法師子云何復有事因此事故於如實法不能謗毀沙門瞿曇宗本可惡亦爲人說可憎惡法師子我說身惡行可憎惡口意惡行亦可憎惡師子若如是比無量不善穢汙之法爲當來有本煩熱苦報生老病死因師子我說此法盡可憎惡師子是謂有事因此事故於如實法不能謗毀沙門瞿曇宗本可惡亦爲人說可憎惡法師子云何復有事因此事故於如實法不能謗毀沙門瞿曇宗本法律亦爲人說法律之法師子我爲斷貪婬故而說法律斷瞋恚愚癡故而說法律師子若如是比無量不善穢汙之法爲當來有本煩熱苦報生老病死因師子我爲斷彼故而說法律師子是謂有事因此事故於如實法不能謗毀沙門瞿曇宗本法律亦爲人說法律之法師子云何復有事因此事故於如實法不能謗毀沙門瞿曇宗本苦行亦爲人說苦行之法師子或有沙門梵志裸形無衣或以手爲衣或以葉爲衣或以珠爲衣或不以瓶取水或不以櫆取水不食刀杖劫抄之食不食欺妄食不自往不遣信不來尊不善尊不住尊若有二人食不在中食不懷妊家食不畜狗家食設使家有糞蠅飛來便不食也不噉魚不食肉不飲酒不飲惡水或都無所飲學無飲行或噉一口以一口爲足或二三四乃至七口以七口爲足或食一得以一得爲足或二三四乃至七得以七得爲足或日一食以一食爲足或二三四五六

七日半月一月一食以一食爲足或食菜茹或食稗子或食穄米或食雜麵或食頭頭邏食或食麤食或至無事處依於無事或食根或食果或食自落果或持連合衣或持毛衣或持頭舍衣或持毛頭舍衣或持全皮或持穿皮或持全穿皮或持散髮或持編髮或持散編髮或有剃髮或有剃鬚或剃鬚髮或有拔髮或有拔鬚或拔鬚髮或住立斷坐或修蹲行或有臥刺以刺爲牀或有臥果以果爲牀或有事水晝夜手抒或有事火竟昔然之或事日月尊祐大德叉手向彼如此之比受無量苦學煩熱行師子有此苦行我不說無師子然此苦行爲下賤業至苦至困凡人所行非是聖道師子若有沙門梵志彼苦行法知斷滅盡拔絕其根至竟不生者我說彼苦行師子如來無所著等正覺彼苦行法知斷滅盡拔絕其根至竟不生是故我苦行師子是謂有事因此事故於如實法不能謗毀沙門瞿曇宗本苦行亦爲人說苦行之法師子云何復有事因此事故於如實法不能謗毀沙門瞿曇宗本不入於胎亦爲人說不入胎法師子若有沙門梵志當來胎生知斷滅盡拔絕其根至竟不生者我說彼不入於胎師子如來無所著等正覺當來有胎生知斷滅盡拔絕其根至竟不生是故我不入於胎師子是謂有事因此事故於如實法不能謗毀沙門瞿曇宗本不入於胎亦爲人說不入胎法師子云何復有事因此事故於如實法不能謗毀沙門瞿曇宗本安隱亦爲人說安隱之法師子族姓子所爲剃除鬚髮著袈裟衣

至信捨家無家學道者唯無上梵行訖我於現法自知自覺自作證成就遊生已盡梵行已立所作已辦不更受有知如眞我自安隱亦安隱他比丘比丘尼優婆塞優婆夷我已安彼便爲生法衆生於生法解脫老法病法死法憂慼染汙法衆生於憂慼染汙法解脫師子是謂有事因此事故於如實法不能謗毀沙門瞿曇宗本安隱亦爲人說安隱之法師子大臣白世尊曰瞿曇我已知善逝我已解瞿曇猶明目人覆者仰之覆者發之迷者示道闇中施明若有明者便見於色沙門瞿曇亦復如是爲我無量方便說法現義隨其諸道世尊我今自歸於佛法及比丘衆唯願世尊受我爲優婆塞從今日始終身自歸乃至命盡世尊猶如有人養不良馬望得其利徒自疲勞而不獲利世尊我亦如是彼愚癡尼揵不善曉了不能自知不識良田而不自審長夜奉敬供養禮事望得其利唐苦無益世尊我今再自歸佛法及比丘衆唯願世尊受我爲優婆塞從今日始終身自歸乃至命盡世尊我本無知於愚癡尼揵有信有敬從今日斷所以者何欺誑我故世尊我今三自歸佛法及比丘衆唯願世尊受我爲優婆塞從今日始終身自歸乃至命盡佛說如是師子大臣及諸比丘聞佛所說歡喜奉行

海德佛　性空佛

業相應品尼揵經第九

我聞如是一時佛遊釋羈瘦在天邑中爾時世尊告諸比丘諸尼揵等如是見如是說謂人所受皆因本作若其故業因苦行滅不造

新者則諸業盡諸業盡已則得苦盡得苦盡已則得苦邊我便往彼到已即問尼揵汝等實如是見如是説謂人所受皆因本作若其故業因苦行滅不造新者則諸業盡諸業盡已則得苦盡得苦盡已則得苦邊耶彼答我言如是瞿曇我復問彼尼揵汝等自有淨智我爲本有我爲本無我爲本作惡爲不作惡我爲爾所苦盡爲爾所苦不盡若盡已便得盡即於現世斷諸不善得衆善法修習作證耶彼答我言不也瞿曇我復語彼尼揵汝等自無淨智我爲本有我爲本無我爲本作惡爲不作惡我爲爾所苦盡爲爾所苦不盡若盡已便得盡即於現世斷諸不善得衆善法修習作證而作是説謂人所受皆因本作若其故業因苦行滅不造新者則諸業盡諸業盡已則得苦盡得苦盡已則得苦邊尼揵若汝等自有淨智我爲本有我爲本無我爲本作惡爲不作惡我爲爾所苦盡爲爾所苦不盡若盡已便得盡即於現世斷諸不善得衆善法修習作證尼揵汝等可得作是説謂人所受皆因本作若其故業因苦行滅不造新者則諸業盡諸業盡已則得苦盡得苦盡已則得苦邊尼揵猶如有人身被毒箭因被毒箭則生極苦彼爲親屬憐念愍傷欲饒益安隱故即呼拔箭金醫箭金醫來便以利刀而爲開瘡因開瘡時復生極苦既開瘡已而求箭金求箭金時復生極苦求得金已即便拔出因拔出時復生極苦拔金出已覆瘡纏裹因裹瘡時復生極苦彼於拔箭金後得力無患不壞諸根平復如故尼揵彼人自有淨智

便作是念我本被毒箭因被毒箭則生極苦我諸親屬見憐念愍傷欲饒益安隱我故即呼拔箭金醫箭金醫來便以利刀爲我開瘡因開瘡時復生極苦既開瘡已而求箭金求箭金時復生極苦求得金已即便拔出因拔出時復生極苦拔金出已覆瘡纏裹因裹瘡時復生極苦我於拔箭金後得力無患不壞諸根平復如故如是尼揵若汝等自有淨智我爲本有我爲本無我爲本作惡爲不作惡我爲爾所苦盡爲爾所苦不盡若盡已便得盡即於現世斷諸不善得衆善法修習作證尼揵汝等可得作是說謂人所受皆因本作若其故業因苦行滅不造新者則諸業盡諸業盡已則得苦盡得苦盡已則得苦邊我問如是不見諸尼揵能答我言瞿曇如是不如是復次我問諸尼揵曰若諸尼揵有上斷上苦行爾時諸尼揵生上苦耶彼答我言如是瞿曇若有中斷中苦行爾時諸尼揵生中苦耶彼答我言如是瞿曇若有下斷下苦行爾時諸尼揵坐下苦耶彼答我言如是瞿曇是爲諸尼揵有上斷上苦行爾時諸尼揵則生上苦有中斷中苦行爾時諸尼揵則生中苦有下斷下苦行爾時諸尼揵則生下苦若使諸尼揵有上斷上苦行爾時諸尼揵止息上苦有中斷中苦行爾時諸尼揵止息中苦有下斷下苦行爾時諸尼揵止息下苦若如是作不如是作止息極苦甚重苦者當知諸尼揵即於現世作苦但諸尼揵爲癡所覆爲癡所纏而作是說謂人所受皆因本作若其故業因苦行滅不造新者則諸業盡諸業盡已

則得苦盡得苦盡已即得苦邊我問如是不見諸尼揵能答我言瞿曇如是不如是復次我問諸尼揵曰諸尼揵若有樂報業彼業寧可因斷因苦行轉作苦報耶彼答我言不也瞿曇諸尼揵若有苦報業彼業寧可因斷因苦行轉作樂報耶彼答我言不也瞿曇諸尼揵若有現法報業彼業寧可因斷因苦行轉作後生報耶彼答我言不也瞿曇諸尼揵若有後生報業彼業寧可因斷因苦行轉作現法報耶彼答我言不也瞿曇諸尼揵若有不熟報業彼業寧可因斷因苦行轉作熟報耶彼答我言不也瞿曇諸尼揵若有熟報業彼業寧可因斷因苦行轉作異耶彼答我言不也瞿曇諸尼揵是爲樂報業彼業不可因斷因苦行轉作苦報諸尼揵苦報業彼業不可因斷因苦行轉作樂報諸尼揵現法報業彼業不可因斷因苦行轉作後生報業彼業不可因斷因苦行轉作現法報諸尼揵後生報業彼業不可因斷因苦行轉作諸尼揵不熟業彼業不可因斷因苦行轉作熟報諸尼揵熟報業彼業不可因斷因苦行轉作異者以是故諸尼揵等虛妄方便空斷無獲彼諸尼揵便報我言瞿曇我有尊師名親子尼揵作如是說諸尼揵汝等若本作惡業彼業皆可因此苦行而得滅盡若今護身口意因此不復更作惡業也我復問彼諸尼揵曰汝等信尊師親子尼揵不疑惑耶彼答我言瞿曇我信尊師親子尼揵無有疑惑我復語彼諸尼揵曰有五種法現世二報信樂聞念見善觀諸尼揵人自有虛妄言是可信可樂可聞可念可見善觀耶彼答我言如是

瞿曇我復語彼諸尼揵曰是虛妄言何可信何可樂何可聞何可念何可善觀謂人自有虛妄言有信有樂有聞有念有善觀若諸尼揵作是說者於如法中得五詰責爲可憎惡云何爲五今此衆生所受苦樂皆因本作若爾者諸尼揵等本作惡業所以者何因彼故諸尼揵於今受極重苦是謂尼揵第一可憎惡復次衆生所受苦樂皆因合會若爾者諸尼揵等本惡合會所以者何因彼故諸尼揵於今受極重苦是謂尼揵第二可憎惡復次衆生所受苦樂皆因爲命若爾者諸尼揵等本惡爲命所以者何因彼故諸尼揵於今受極重苦是謂尼揵第三可憎惡復次衆生所受苦樂皆因見也若爾者謂尼揵等本有惡見所以者何因彼故諸尼揵於今受極重苦是謂尼揵第四可憎惡復次衆生所受苦樂皆因尊祐造若爾者諸尼揵等本惡尊祐所以者何因彼故諸尼揵於今受極重苦是謂尼揵第五可憎惡若諸尼揵因本所作惡業惡合會惡爲命惡見惡尊祐爲惡尊祐所造因彼故諸尼揵於今受極重苦是謂因彼事故諸尼揵等爲可憎惡我所自知自覺法爲汝說者若沙門梵志若天魔梵及餘世間皆無能伏皆無能穢皆無能制云何我所自知自覺法爲汝說者非爲沙門梵志若天魔梵及餘世間所能伏所能穢所能制若有比丘捨身不善業修身善業捨口意不善業修口意善業彼於未來苦便自知我無未來苦如法得樂而不棄捨彼或欲斷苦因行欲或欲斷苦因行捨欲彼若欲斷苦因行欲者即修

其行欲已斷者苦便得盡彼若欲斷苦因行捨欲者即修其行捨欲已斷者苦便得盡若彼比丘便作是念隨所爲隨所行不善法生而善法滅若自斷苦不善法滅而善法生我今寧可自斷其苦便自斷苦自斷苦已不善法滅而善法生不復斷苦所以者何比丘本所爲者其義已成若復斷苦是處不然比丘猶如箭工用檢撓箭其箭已直不復用檢所以者何彼人本所爲者其事已成若復用檢是處不然如是比丘便作是念隨所爲隨所行不善法生而善法滅若自斷苦不善法滅而善法生我今寧可自斷其苦便自斷苦自斷苦已不善法滅而善法生不復斷苦所以者何本所爲者其義已成若復斷苦是處不然比丘猶如有人愛念染著敬待彼女然彼女人更與他語共相問訊往來止宿其人因是身心生惱極憂慼耶比丘答曰如是世尊所以者何其人於女愛念染著極相敬待而彼女人更與他語共相問訊往來止宿其人身心何得不生苦惱憂慼比丘若使其人而作是念我唐愛念敬待彼女然彼女人更與他語共相問訊往來止宿我今寧可因自苦自憂故斷爲彼女愛念染著耶其人於後因自苦自憂故便斷爲女愛念染著若彼女人故與他語共相問訊往來止宿其人於後身心寧當復生苦惱極憂慼耶比丘答曰不也世尊所以者何其人於女無復愛念染著之情若彼女人故與他語共相問訊往來止宿若使其人因此身心復生苦惱極憂慼者是處不然如是比丘便作是念隨所爲隨所行

不善法生而善法滅若自斷其苦不善法滅而善法生我今寧可自斷其苦便自斷苦已不善法滅而善法生不復斷苦所以者何本所爲者其義已成若復斷苦是處不然彼復作是念若有所因斷其苦者我便已斷然我於欲猶故未斷我今寧可求斷於欲便求斷欲彼爲斷欲故獨依遠離在無事處或至樹下空安靖處山巖石室露地穰積或至林中或在塚間彼已在無事處或至樹下空安靖處敷尼師壇結跏趺坐正身正願反念不向斷除貪伺心無有諍見他財物諸生活具不起貪伺欲令我得彼於貪伺淨除其心如是瞋恚睡眠掉悔斷疑度惑於諸善法無有猶豫彼於疑惑淨除其心彼已斷此五蓋心穢慧羸離欲離惡不善之法至得第四禪成就遊彼得如是定心清淨無穢無煩柔輭善住得不動心趣向漏盡智通作證彼便知此苦如眞知此苦集知此苦滅知此苦滅道如眞亦知此漏如眞知此漏集知此漏滅知此漏滅道如眞彼如是知如是見已則欲漏心解脫有漏無明漏心解脫解脫已便知解脫生已盡梵行已立所作已辦不更受有知如眞如來如是正心解脫得五稱譽如法無諍可愛可敬云何爲五彼衆生者所受苦樂皆因本作若爾者如來本有妙業因彼故如來於今聖無漏樂寂靜止息而得樂覺是謂如來得第一稱譽復次衆生所受苦樂皆因合會若爾者如來本妙合會因彼故如來於今聖無漏樂寂靜止息而得樂覺是謂如來得第二稱譽復次衆生所受苦樂皆因爲

命若爾者如來本妙爲命因彼故如來於今聖無漏樂寂靜止息而得樂覺是謂如來得第三稱譽復次衆生所受苦樂皆因見也若爾者如來本妙見因彼故如來於今聖無漏樂寂靜止息而得樂覺是謂如來得第四稱譽復次衆生所受苦樂皆因尊祐造若爾者如來本妙尊祐因彼故如來於今聖無漏樂寂靜止息而得樂覺是謂如來得第五稱譽是爲如來本妙業妙合會妙爲命妙見妙尊祐爲妙尊祐所造因彼故如來於今聖無漏樂寂靜止息而得樂覺以此事故如來於今得五稱譽有五因緣心生憂苦云何爲五婬欲纏者因婬欲纏故心生憂苦如是瞋恚睡眠掉悔疑惑纏者因疑惑纏故心生憂苦是謂五因緣心生憂苦有五因緣心滅憂苦云何爲五若婬欲纏者因婬欲纏故心生憂苦除婬欲纏已憂苦便滅因婬欲纏心生憂苦於現法中而得究竟無煩無熱常住不變是聖所知聖所見如是瞋恚睡眠掉悔若疑惑纏者因疑惑纏故心生憂苦除疑惑纏已憂苦便滅因疑惑纏心生憂苦於現法中而得究竟無煩無熱常住不變是聖所知聖所見是謂五因緣心滅憂苦復次更有現法而得究竟無煩無熱常住不變是聖所知聖所見云何更有現法而得究竟無煩無熱常住不變是聖所知聖所見謂八支聖道正見乃至正定是爲八是謂更有現法而得究竟無煩無熱常住不變是聖所知聖所見佛說如是彼諸比丘聞佛所說歡喜奉行

業相應品波羅牢經第十

我聞如是一時佛遊拘麗瘦與大比丘衆俱往至北村住北村北尸攝和林中爾時波羅牢伽彌尼聞沙門瞿曇釋種子捨釋宗族出家學道遊拘麗瘦與大比丘衆俱至此北村住北村北尸攝和林中彼沙門瞿曇有大名稱周聞十方沙門瞿曇如來無所著等正覺明行成爲善逝世間解無上士道法御天人師號佛衆祐彼於此世天及魔梵沙門梵志從人至天自知自覺自作證成就遊彼若說法初善中善竟亦善有義有文具足清淨顯現梵行若見如來無所著等正覺尊重禮拜供養承事者快得善利彼作是念我應往見沙門瞿曇禮事供養波羅牢伽彌尼聞已從北村出北行至尸攝和林欲見世尊禮事供養波羅牢伽彌尼遙見世尊在林樹間端正姝好猶星中月光曜暐曄晃若金山相好具足威神巍巍諸根寂定無有蔽礙成就調御息心靖默波羅牢伽彌尼遙見佛已前至佛所共相問訊却坐一面白世尊曰我聞沙門瞿曇知幻是幻瞿曇若如是說沙門瞿曇知幻是幻彼不謗毀沙門瞿曇耶彼說眞實耶彼說是法耶彼說法如法耶於如法無過無難詰耶世尊答曰伽彌尼若如是說沙門瞿曇知幻是幻彼不謗毀沙門瞿曇彼說眞實彼說是法彼說法如法於法無過亦無難詰所以者何我知彼幻我自非幻波羅牢說曰彼沙門梵志所說眞實而我不信彼說沙門瞿曇知幻是幻世尊告曰伽彌尼若知幻者即是幻耶波羅牢白曰如是世尊如是善逝世尊告曰伽彌尼汝莫自誤謗毀於我若謗

毁我者則便自損有諍有犯聖賢所惡而得大罪所以者何伽彌尼此實不如汝之所説伽彌尼汝聞拘麗瘦有卒耶答曰聞有伽彌尼於意云何拘麗瘦用是卒爲答曰瞿曇通使殺賊爲此事故拘麗瘦畜是卒也伽彌尼於意云何拘麗瘦卒爲有戒爲無戒耶答曰瞿曇若世間有無戒德者無過拘麗瘦卒所以者何拘麗瘦卒極犯禁戒唯行惡法復問伽彌尼汝如是見如是知我不問汝若他問汝波羅牢伽彌尼知拘麗瘦卒極犯禁戒唯行惡法因此事故波羅牢伽彌尼極犯禁戒唯行惡法若如是説爲真説耶答曰非也瞿曇所以者何拘麗瘦卒見異欲異所願亦異拘麗瘦卒極犯禁戒唯行惡法我極持戒不行惡法復問伽彌尼汝知拘麗瘦卒極犯禁

戒唯行惡法然不以此爲犯禁戒唯行惡法如來何以不得知幻而自非幻所以者何我知幻知幻人知幻報知斷幻伽彌尼我亦知殺生知殺生人知殺生報知斷殺生伽彌尼我知不與取知不與取人知不與取報知斷不與取伽彌尼我知妄言知妄言人知妄言報知斷妄言伽彌尼我如是知如是見若有作是説沙門瞿曇知幻即是幻者彼未斷此語聞彼心彼欲彼願彼聞彼念彼觀如屈伸臂頃命終生地獄中波羅牢伽彌尼聞已怖懼戰慄身毛皆竪即從座起頭面禮足長跪叉手白世尊曰悔過瞿曇自首善逝如愚如癡如不定如不善所以者何我以妄説沙門瞿曇是幻唯願瞿曇受我悔過見罪發露我悔過已護不更作世尊告曰如是伽彌尼汝

實如愚如癡如不定如不善所以者何謂汝於如來無所著等正覺妄說是幻然汝能悔過見罪發露護不更作如是伽彌尼若有悔過見罪發露護不更作者則長養聖法而無有失於是波羅牢伽彌尼叉手向佛白世尊曰瞿曇有一沙門梵志如是見如是說若有殺生者彼一切即於現法受報因彼生憂苦若有不與取妄言彼一切即於現法受報因彼生憂苦沙門瞿曇於意云何世尊告曰伽彌尼我今問汝隨所解答伽彌尼於意云何若村邑中或有一人頭冠華鬘雜香塗身而作倡樂歌舞自娛唯作女妓歡樂如王若有問者此人本作何等今頭冠華鬘雜香塗身而作倡樂歌舞自娛唯作女妓歡樂如王或有答者此人爲王殺害怨家王歡喜已即與賞賜是以此人頭冠華鬘雜香塗身而作倡樂歌舞自娛唯作女妓歡樂如王伽彌尼汝如是見如是聞不答曰見也瞿曇已聞當聞伽彌尼又復見王收捕罪人反縛兩手打鼓唱令出南城門坐高標下而梟其首若有問者此人何罪爲王所戮或有答者此人枉殺王家無過之人是以王教如是行刑伽彌尼汝如是見如是聞不答曰見也瞿曇已聞當聞伽彌尼若有沙門梵志如是見如是說若有殺生彼一切即於現法受報因彼生憂苦彼爲眞說爲虛妄言答曰妄言瞿曇若彼說妄言汝意信不答曰不信也瞿曇世尊歎曰善哉善哉伽彌尼復問伽彌尼於意云何若村邑中或有一人頭冠華鬘雜香塗身而作倡樂歌舞自娛唯作女妓歡樂如王若有問

者此人本作何等令頭冠華鬘雜香塗身而作倡樂歌舞自娛唯作女妓歡樂如王或有答者此人於他國中而不與取是以此人頭冠華鬘雜香塗身而作倡樂歌舞自娛唯作女妓歡樂如王伽彌尼汝如是見如是聞不答曰見也瞿曇已聞當聞伽彌尼又復見王收捕罪人反縛兩手打鼓唱令出南城門坐高標下而梟其首若有問者此人何罪爲王所戮或有答者此人於王國而不與取是以王教如是行刑伽彌尼汝如是見如是聞不答曰見也瞿曇已聞當聞伽彌尼若有沙門梵志如是見如是說若有不與取彼一切即於現法受報因彼生憂苦彼爲眞說爲虛妄言答曰妄言瞿曇若彼說妄言汝意信不答曰不信也瞿曇世尊歎曰善哉善哉伽彌尼

復問伽彌尼於意云何若村邑中或有一人頭冠華鬘雜香塗身而作倡樂歌舞自娛唯作女妓歡樂如王若有問者此人本作何等令頭冠華鬘雜香塗身而作倡樂歌舞自娛唯作女妓歡樂如王或有答者此人作妓能戲調笑彼以妄言令王歡喜王歡喜已即與賞賜是以此人頭冠華鬘雜香塗身而作倡樂歌舞自娛唯作女妓歡樂如王伽彌尼汝如是見如是聞不答曰見也瞿曇已聞當聞伽彌尼又復見王收捕罪人用棒打殺盛以木檻露車載之出北城門棄著壍中若有問者此人何罪爲王所殺或有答者此人在王前妄有所證彼以妄言欺誑於王是以王教取作如是伽彌尼汝如是見如是聞不答曰見也瞿曇已聞當聞伽彌尼於意云何若有

沙門梵志如是見如是說若有妄言彼一切即於現法受報因彼生憂苦彼爲眞說爲虛妄言答曰妄言瞿曇若彼說妄言汝意信不答曰不信也瞿曇世尊歎曰善哉善哉伽彌尼於是波羅牢伽彌尼即從座起偏袒著衣叉手向佛白世尊曰甚奇瞿曇所說極妙善喻善證瞿曇我於北村中造作高堂敷設牀蓐安立水器然大明燈若有精進沙門梵志來宿高堂我隨其力供給所須有四論士所見各異更相違反來集高堂於中論士如是見如是說無施無齋無有呪說無善惡業無善惡業報無此世彼世無父無母世無眞人往至善處善去善向此世彼世自知自覺自作證成就遊第二論士而有正見反第一論士所見所知如是見如是說有施有齋亦有呪說有善惡業有善惡業報有此世彼世有父有母世有眞人往至善處善去善向此世彼世自知自覺自作證成就遊第三論士如是見如是說自作教作自斷教斷自煑教煑愁煩憂慼搥胷懊惱啼哭愚癡殺生不與取邪婬妄言飲酒穿墻開藏至他巷陌害村壞邑破城滅國作如是者爲不作惡又以鐵輪利如剃刀彼於此地一切衆生於一日中斫截斬剉剥裂剬割作一肉段一分一積因是無惡業因是無惡業報恒水南岸殺斷煑去恒水北岸施與作齋呪說而來因是無罪無福因是無罪福報施與調御守護攝持稱譽饒益惠施愛言利及等利因是無福因是無福報第四論士而有正見反第三論士所知所見如是見如是說自作教作自斷教斷自

貪教貪愁煩憂慼槌胷懊惱啼哭愚癡殺生不與取邪婬妄言飲酒穿墻開藏至他巷陌害村壞邑破城滅國作如是者實爲作惡又以鐵輪利如剃刀彼於此地一切衆生於一日中斫截斬剉剥裂㓰割作一肉段一分一積因是有惡業因是有惡業報恒水南岸殺斷貪去恒水北岸施與作齋呪說而來因是有罪有福因是有罪福報施與調御守護攝持稱譽饒益惠施愛言利及等利因是有福因是有福報瞿曇我聞是已便生疑惑此沙門梵志誰說真實誰說虛妄世尊告曰伽彌尼汝莫生疑惑所以者何因有疑惑便生猶豫伽彌尼汝自無淨智爲有後世爲無後世伽彌尼汝又無淨智所作爲惡所作爲善伽彌尼有法之定名曰遠離汝因此定可得正念可得一心如是汝於現法便斷疑惑而得昇進於是波羅牢伽彌尼復從座起偏袒著衣叉手向佛白世尊曰瞿曇云何法定名曰遠離令我因此可得正念可得一心如是於現法便斷疑惑而得昇進世尊告曰伽彌尼多聞聖弟子離殺斷殺斷不與取邪婬妄言至斷邪見得正見彼於晝日教田作耕稼至暮放息入室坐定過夜曉時而作是念我離殺斷殺斷不與取邪婬妄言至斷邪見得正見彼便自見我斷十惡業道念十善業道彼自見斷十惡業道念十善業道已便生歡悅生歡悅已便生於喜生於喜已便止息身止息身已便身覺樂身覺樂已便得一心伽彌尼多聞聖弟子得一心已則心與慈俱遍滿一方成就遊如是二三四方四維上下普周

一切心與慈俱無結無怨無恚無諍極廣甚大無量善修遍滿一切世間成就遊彼作是念若有沙門梵志如是見如是說無施無齋無有呪說無善惡業無善惡業報無此世彼世無父無母世無眞人往至善處善去善向此世彼世自知自覺自作證成就遊若彼沙門梵志所說眞實者我不犯世怖與不怖常當慈愍一切世間我心不與衆生共諍無濁歡悅我今得無上人之法昇進得安樂居謂遠離法定彼沙門梵志所說不是不非不是不非已得內心止伽彌尼是謂法定名曰遠離汝因此定可得正念可得一心如是汝於現法便斷疑惑而得昇進復次伽彌尼多聞聖弟子離殺斷殺斷不與取邪婬妄言至斷邪見得正見彼於晝日教田作耕稼至暮放息入室坐定過夜曉時而作是念我離殺斷殺斷不與取邪婬妄言至斷邪見得正見彼便自見我斷十惡業道念十善業道彼自見斷十惡業道念十善業道已便生歡悅生歡悅已便生於喜生於喜已便止息身止息身已便身覺樂身覺樂已便得一心伽彌尼多聞聖弟子得一心已則心與悲俱遍滿一方成就遊如是二三四方四維上下普周一切心與悲俱無結無怨無恚無諍極廣甚大無量善修遍滿一切世間成就遊便作是念若有沙門梵志如是見如是說有施有齋亦有呪說有善惡業有善惡業報有此世彼世有父有母世有眞人往至善處善去善向此世彼世自知自覺自作證成就遊若彼沙門梵志所說眞實者我不犯世怖與不怖常當慈

愍一切世間我心不與衆生共諍無濁歡悅我得無上人之法昇進得安樂居謂遠離法定彼沙門梵志所説不是不非不是不非已得内心止伽彌尼是謂法定名曰遠離汝因此定可得正念可得一心如是於現法便斷疑惑而得昇進復次伽彌尼多聞聖弟子離殺斷殺離不與取邪婬妄言至斷邪見得正見彼於晝日教田作耕稼至暮放息入室坐定過夜曉時而作是念我離殺斷殺斷不與取邪婬妄言至斷邪見得正見彼便自見我斷十惡業道念十善業道彼自見斷十惡業道念十善業道已便生歡悅生歡悅已便生於喜生於喜已便止息身止息身已便身覺樂身覺樂已便得一心伽彌尼多聞聖弟子得一心已則心與喜俱遍滿一方成就遊如是二三四方四維上下普周一切心與喜俱無結無怨無恚無諍極廣甚大無量善修遍滿一切世間成就遊便作是念若有沙門梵志如是見如是説自作教作自斷教斷自煮教煮愁煩憂慼椎胷懊惱啼哭愚癡殺生不與取邪婬妄言飲酒穿墻開藏至他巷陌害村壞邑破城滅國作如是者爲不作惡又以鐵輪利如剃刀彼於此地一切衆生於一日中斫截斬剉剥裂割作一肉段一分一積因是無惡業因是無惡業報恒水南岸殺斷煮去恒水北岸施與作齋呪説而來因是無罪無福因是無罪福報施與調御守護攝持稱譽饒益惠施愛言利及等利因是無福因是無福報若沙門梵志所説眞實者我不犯世怖與不怖常當慈愍一切世間我心不與

衆生共諍無濁歡悅我得無上人之法昇進得安樂居謂遠離法定彼於沙門梵志所說不是不非不是不非已内得心止伽彌尼是謂法定名曰遠離汝因此定可得正念可得一心如是於現法便斷疑惑而得昇進復次伽彌尼多聞聖弟子離殺斷殺斷不與取邪婬妄言至斷邪見得正見彼於晝日教田作耕稼至暮放息入室坐定過夜曉時而作是念我離殺斷殺斷不與取邪婬妄言至斷邪見得正見彼便自見我斷十惡業道念十善業道彼自見斷十惡業道念十善業道已便生歡悅生歡悅已便生於喜生於喜已便止息身止息身已便身覺樂身覺樂已便得一心伽彌尼多聞聖弟子得一心已則心與捨俱遍滿一方成就遊如是二三四方四維上下普周一切心與捨俱無結無怨無恚無諍極廣甚大無量善修遍滿一切世間成就遊彼作是念若有沙門梵志如是見如是說自作教作自斷教斷自煑教煑愁煩憂慼椎胷懊惱啼哭愚癡殺生不與取邪婬妄言飲酒穿墻開藏至他巷陌害村壞邑破城滅國作如是者實爲作惡又以鐵輪利如剃刀彼於此地一切衆生於一日中斫截斬剉剥裂𠜇割作一肉段一分一積因是有惡業因是有惡業報恒水南岸殺斷煑去恒水北岸施與作齋呪說而來因是有罪有福因是有罪福報施與調御守護攝持稱譽饒益惠施愛言利及等利因是有福因是有福報若沙門梵志所說眞實者我不犯世怖與不怖常當慈愍一切世間我心不與衆生共諍無濁歡悅

我得無上人之法昇進得安樂居謂遠離法定彼於沙門梵志所說不是不非不是不非已得內心止伽彌尼是謂法定名曰遠離汝因此定可得正念可得一心如是於現法便斷疑惑而得昇進說此法時波羅牢伽彌尼遠塵離垢諸法法眼生於是波羅牢伽彌尼見法得法覺白淨法斷疑度惑更無餘尊不復從他無有猶豫已住果證於世尊法得無所畏即從座起稽首佛足白曰世尊我今自歸佛法及比丘衆唯願世尊受我爲優婆塞從今日始終身自歸乃至命盡佛說如是波羅牢伽彌尼及諸比丘聞佛所說歡喜奉行

業相應品第二竟

中阿含經卷第四

音釋

鞞舍離梵語也此云廣嚴鞞駢迷切　掣昌列切　難詰難乃旦切詰苦吉切難詰謂辯難問詰也　裸郎果切赤體也　槐苦回切羨斗也　稗蒲拜切稊稗也　穄子例切粟名　麵古猛切麥也　蹲徂尊切踞也　刺七自切棘芒也　抒神呂切挹也　檢居奄切撿柙也　撓而沼切撓揉也　穰積穰汝陽切稻莖也積子智切聚也　羸力爲切瘦也　慄力質切慄懼也　梟堅堯切掛首木上也　戮力竹切殺也　捕蒲故切取也擒也　懊烏皓切恨也　剉倉卧切剉斫也　剥北角切剒剥也　剬割剬旨兗切截也割居曷切解內曰割

中阿含經卷第五

東晉罽賓三藏瞿曇僧伽提婆譯

舍梨子相應品第三有十一經 初一日誦

等心得戒智師子 水喻瞿尼梵陀然

教病拘絺象跡喻 分別四諦最在後

舍梨子相應品等心經第一

我聞如是一時佛遊舍衛國在勝林給孤獨園爾時尊者舍梨子與比丘衆夜集講堂因内結外結爲諸比丘分別其義諸賢世實有二種人云何爲二有内結人阿那含不還此間有外結人非阿那含還來此間諸賢云何内結人阿那含不還此間若有一人修習禁戒無穿無缺無穢無濁極多無難聖所稱譽善修善具彼因修習禁戒無穿無缺無穢無濁極多無難聖所稱譽善修善具故復學猒欲無欲斷欲因學猒欲無欲斷欲故得息心解脱得已樂中愛惜不離於現法中不得究竟智身壞命終過摶食天生餘意生天中既生彼已便作是念我本爲人時修習禁戒無穿無缺無穢無濁極多無難聖所稱譽善修善具因修習禁戒無穿無缺無穢無濁極多無難聖所稱譽善修善具故復學猒欲無欲斷欲因學猒欲無欲斷欲故得息心解脱得已樂中愛惜不離於現法中不得究竟智身壞命終過摶食天生餘意生天在於此中諸賢復有一人修習禁戒無穿無缺無穢無濁極多無難聖所稱譽善修善具彼因修習禁戒無穿無缺無穢無濁極多無難聖所稱譽善修善具故復學色有斷貪斷業學欲捨離因學色有斷貪斷業學欲捨離故得息心解

脱得已樂中愛惜不離於現法中不得究竟智身壞命終過摶食天生餘意生天中既生彼已便作是念我本爲人時修習禁戒無穿無缺無穢無濁極多無難聖所稱譽善修善具因修習禁戒無穿無缺無穢無濁極多無難聖所稱譽善修善具故復學色有斷貪斷業學欲捨離因學色有斷貪斷業學欲捨離故得息心解脱得已樂中愛惜不離於現法中不得究竟智身壞命終過摶食天生餘意生天在於此中諸賢是謂内結人阿那含不還此間諸賢云何外結人非阿那含來還此間若有一人修習禁戒守護從解脱又復善攝威儀禮節見纖介罪常懷畏怖受持學戒諸賢是諸外結人非阿那含還來此間於是衆多等心天色像巍巍光曜暐曄夜將向旦

來詣佛所稽首作禮却住一面白曰世尊尊者舍梨子昨夜與比丘衆集在講堂因内結外結爲諸比丘分別其義諸賢世實有二種人内結人外結人世尊衆已歡喜唯願世尊慈哀愍念往至講堂彼時世尊爲諸等心天默然而許諸等心天知世尊默然許可稽首佛足繞三帀已即彼處沒諸等心天去後不久於是世尊往至講堂比丘衆前敷座而坐世尊坐已歎曰善哉善哉舍梨子汝極甚善所以者何汝於昨夜與比丘衆集在講堂因内結外結爲諸比丘分別其義諸賢世實有二種人内結人外結人舍梨子昨夜向旦諸等心天來詣我所稽首禮已却住一面白我言世尊尊者舍梨子昨夜與比丘衆集在講堂因内結外結爲諸比丘分別其義諸賢世

實有二種人内結人外結人世尊衆已歡喜唯願世尊慈哀愍念往至講堂舍梨子我便爲彼諸等心天默然而許諸等心天知我默然許可稽首我足繞三帀已即彼處没舍梨子諸等心天或十二十或三十四十或五十六十共住錐頭處各不相妨舍梨子諸等心天非生彼中甫修善心極廣甚大令諸等心天或十二十或三十四十或五十六十共住錐頭處各不相妨舍梨子諸等心天本爲人時已修善心極廣甚大因是故令諸等心天或十二十或三十四十或五十六十共住錐頭處各不相妨是故舍梨子當學寂靜諸根寂靜心意寂靜身口意業寂靜向於世尊及諸智梵行舍梨子虚僞異學長衰永失所以者何謂不得聞如此妙法佛說如是彼諸比丘聞佛所說歡喜奉行

舍梨子相應品成就戒經第二

我聞如是一時佛遊舍衛國在勝林給孤獨園爾時尊者舍梨子告諸比丘若比丘成就戒成就定成就慧者便於現法出入想知滅定必有此處若於現法不得究竟智身壞命終過摶食天生餘意生天中於彼出入想知滅定必有此處是時尊者烏陀夷共在衆中尊者烏陀夷白曰尊者舍梨子若比丘生餘意生天中出入想知滅定者終無此處尊者舍梨子再三告諸比丘若比丘成就戒成就定成就慧者便於現法出入想知滅定必有此處若於現法不得究竟智身壞命終過摶食天生餘意生天中於彼出入想知滅定必有此處尊者烏陀夷亦復再三白曰尊者舍

梨子若比丘生餘意生天中出入想知滅定者終無此處於是尊者舍梨子便作是念此比丘乃至再三非我所説無一比丘歎我所説我寧可往至世尊所於是尊者舍梨子往詣佛所稽首作禮却坐一面尊者舍梨子去後不久尊者烏陀夷及諸比丘亦往詣佛稽首作禮却坐一面於中尊者舍梨子復告諸比丘若比丘成就戒成就定成就慧者便於現法出入想知滅定必有此處若於現法不得究竟智身壞命終過摶食天生餘意生天中於彼出入想知滅定必有此處尊者烏陀夷復白曰尊者舍梨子若比丘生餘意生天中出入想知滅定者終無此處尊者舍梨子復再三告諸比丘若比丘成就戒成就定成就慧者便於現法出入想知滅定必有此處若於現法不得究竟智身壞命終過摶食天生餘意生天中於彼出入想知滅定必有此處尊者烏陀夷亦復再三白曰尊者舍梨子若比丘生餘意生天中出入想知滅定者終無此處尊者舍梨子復作是念此比丘於世尊前再三非我所説亦無一比丘歎我所説我宜默然於是世尊問曰烏陀夷汝説意生天爲是色耶尊者烏陀夷白世尊曰是也世尊世尊面呵烏陀夷曰汝愚癡人盲無有目以何等故論甚深阿毗曇於是尊者烏陀夷爲佛面呵已内懷憂慼低頭默然失辯無言如有所伺世尊面呵尊者烏陀夷已語尊者阿難曰上尊名德長老比丘爲他所詰汝何以故縱而不檢汝愚癡人無有慈心捨背上尊名德長老於是世尊面呵尊者烏陀夷及

尊者阿難已告諸比丘若比丘成就戒成就定成就慧者便於現法出入想知滅定必有此處若於現法不得究竟智身壞命終過摶食天生餘意生天中於彼出入想知滅定必有此處佛說如是即入禪室宴坐默然爾時尊者白淨比丘在於衆中尊者阿難白尊者白淨是他所作而我得責尊者白淨世尊晡時必從禪室出至比丘衆前敷座而坐共論此義尊者白淨應答此事我極慚愧於世尊所及諸梵行於是世尊則於晡時從禪室出至比丘衆前敷座而坐告曰白淨長老比丘爲有幾法爲諸梵行者愛敬尊重尊者白淨白曰世尊長老比丘若有五法爲諸梵行者愛敬尊重云何爲五世尊長老比丘修習禁戒守護從解脫又復善攝威儀禮節見纖介罪常懷畏怖受持學戒世尊禁戒長老上尊比丘爲諸梵行者愛敬尊重復次世尊長老比丘廣學多聞守持不忘積聚博聞所謂法者初善中善竟亦善有義有文具足清淨顯現梵行如是諸法廣學多聞翫習至于意所惟觀明見深達世尊多聞長老上尊比丘爲諸梵行者愛敬尊重復次世尊長老比丘得四增上心現法樂居易不難得世尊禪思長老上尊比丘爲諸梵行者愛敬尊重復次世尊長老比丘修行智慧觀興衰法得如是智聖慧明達分別曉了以正盡苦世尊智慧長老上尊比丘爲諸梵行者愛敬尊重復次世尊長老比丘諸漏已盡無復有結心解脫慧解脫於現法中自知自覺自作證成就遊生已盡梵行已立所作已辦不更受有知如眞

世尊漏盡長老上尊比丘爲諸梵行者愛敬尊重世尊長老比丘若成就此五法爲諸梵行者愛敬尊重世尊問曰白淨若長老比丘無此五法當以何義使諸梵行者愛敬尊重尊者白淨白曰世尊若長老比丘無此五法者更無餘事使諸梵行愛敬尊重唯以老耄頭白齒落盛壯日衰身曲脚戾體重氣上拄杖而行肌縮皮緩皺如麻子諸根毀熟顔色醜惡彼因此故使諸梵行愛敬尊重世尊告曰如是如是若長老比丘無此五法更無餘事使諸梵行愛敬尊重唯以老耄頭白齒落盛壯日衰身曲脚戾體重氣上拄杖而行肌縮皮緩皺如麻子諸根毀熟顔色醜惡彼因此故使諸梵行愛敬尊重白淨舍梨子比丘有此五法汝等應當愛敬尊重所以者何白

淨舍梨子比丘修習禁戒守護從解脱又復善攝威儀禮節見纖介罪常懷畏怖受持學戒復次白淨舍梨子比丘廣學多聞守持不忘積聚博聞所謂法者初善中善竟亦善有義有文具足清淨顯現梵行如是諸法廣學多聞翫習至于意所惟觀明見深達復次白淨舍梨子比丘得四增上心現法樂居易不難得復次白淨舍梨子比丘修行智慧觀興衰法得如是智聖慧明達分别曉了以正盡苦復次白淨舍梨子比丘諸漏已盡無復有結心解脱慧解脱於現法中自知自覺自作證成就遊生已盡梵行已立所作已辦不更受有知如眞白淨舍梨子比丘成就此五法汝等應共愛敬尊重佛説如是尊者白淨及諸比丘聞佛所説歡喜奉行

舍梨子相應品智經第三

我聞如是一時佛遊舍衛國在勝林給孤獨園爾時牟利破群㲉比丘捨戒罷道黑齒比丘聞牟利破群㲉比丘捨戒罷道即詣尊者舍梨子所稽首禮足却坐一面坐已白曰尊者舍梨子當知牟利破群㲉比丘捨戒罷道尊者舍梨子曰牟利破群㲉比丘於此法中而愛樂耶黑齒比丘問曰尊者舍梨子於此法中而愛樂耶尊者舍梨子答曰黑齒我於此法無有疑惑黑齒比丘即復問曰尊者舍梨子於當來事復云何耶尊者舍梨子答曰黑齒我於來事亦無猶豫黑齒比丘聞如是已即從座起往詣佛所稽首禮足却坐一面白曰世尊尊者舍梨子今自稱說得智生已盡梵行已立所作已辦不更受有知如真世尊聞已告一比丘汝往舍梨子所語舍梨子世尊呼汝一比丘受教已即從座起禮佛而去往詣尊者舍梨子所白曰世尊呼尊者舍梨子尊者舍梨子聞已即往詣佛稽首作禮却坐一面世尊問曰舍梨子汝今實自稱說得智生已盡梵行已立所作已辦不更受有知如真耶尊者舍梨子白曰世尊不以此文不以此句我但說義世尊告曰舍梨子族姓子隨其方便稱說得智者即說得智尊者舍梨子白曰世尊我向已說不以此文不以此句我但說義世尊問曰舍梨子若諸梵行來問汝言尊者舍梨子云何知云何見自稱說得智生已盡梵行已立所作已辦不更受有知如真耶舍梨子汝聞此已當云何答尊者舍梨子白曰世尊若諸梵行來問我言尊者

舍梨子云何知云何見自稱說得智生已盡梵行已立所作已辦不更受有知如眞世尊我聞此已當如是答諸賢生者有因此生因盡知生因盡已我自稱說得智生已盡梵行已立所作已辦不更受有知如眞世尊若諸梵行來問如此我當如是答世尊歎曰善哉善哉舍梨子若諸梵行來問如此汝應如是答所以者何如此說者當知是義世尊問曰舍梨子若諸梵行來問汝言尊者舍梨子生者何因何緣爲從何生以何爲本汝聞此已當云何答尊者舍梨子白曰世尊若諸梵行來問我言尊者舍梨子生者何因何緣爲從何生以何爲本世尊我聞此已當如是答諸賢生者因有緣有從有而生以有爲本世尊若諸梵行來問如此我當如是答世尊歎曰

善哉善哉舍梨子若諸梵行來問如此汝應如是答所以者何如此說者當知是義世尊問曰舍梨子若諸梵行來問汝言尊者舍梨子有者何因何緣爲從何生以何爲本汝聞此已當云何答尊者舍梨子白曰世尊若諸梵行來問我言尊者舍梨子有者何因何緣爲從何生以何爲本世尊我聞此已當如是答諸賢有者因受緣受從受而生以受爲本世尊若諸梵行來問如此我當如是答世尊歎曰善哉善哉舍梨子若諸梵行來問如此汝應如是答所以者何如此說者當知是義世尊問曰舍梨子若諸梵行來問汝言尊者舍梨子受者何因何緣爲從何生以何爲本汝聞此已當云何答尊者舍梨子白曰世尊若諸梵行來問我言尊者舍梨子受者何因何

緣爲從何生以何爲本世尊我聞此已當如是答諸賢受者因愛緣愛從愛而生以愛爲本世尊若諸梵行來問如此我當如是答世尊歎曰善哉善哉舍梨子若諸梵行來問如此汝應如是答所以者何如此說者當知是義世尊問曰舍梨子若諸梵行來問汝言尊者舍梨子云何爲愛汝聞此已當云何答尊者舍梨子白曰世尊若諸梵行來問我言尊者舍梨子云何爲愛世尊我聞此已當如是答諸賢謂有三覺樂覺苦覺不苦不樂覺於中樂欲著者是謂爲愛世尊若諸梵行來問如此我當如是答世尊歎曰善哉善哉舍梨子若諸梵行來問如此汝應如是答所以者何如此說者當知是義世尊問曰舍梨子若諸梵行來問汝言尊者舍梨子云何知云何見於三覺中無樂欲著汝聞此已當云何答尊者舍梨子白曰世尊若諸梵行來問我言尊者舍梨子云何知云何見於三覺中無樂欲著世尊我聞此已當如是答諸賢謂此三覺無常法苦法滅法無常法即是苦見苦已便於三覺無樂欲著世尊若諸梵行來問如此我當如是答世尊歎曰善哉善哉舍梨子若諸梵行來問如此汝應如是答所以者何如此說者當知是義爾時世尊告曰舍梨子此說復有義可得略答舍梨子復有何義此說可得略答所覺所爲即是是苦舍梨子是謂復有義此說可得略答世尊問曰舍梨子若諸梵行來問汝言尊者舍梨子云何背不向自稱說得智生已盡梵行已立所作已辦不更受有知如眞尊者舍梨子白曰世尊若

諸梵行來問我言尊者舍梨子云何背不向自稱說得智生已盡梵行已立所作已辦不更受有知如眞世尊我聞此已當如是答諸賢我自於內背而不向則諸愛盡無驚無怖無疑無惑行如是守護如其守護已不生不善漏世尊若諸梵行來問如此我當如是答世尊歎曰善哉善哉舍梨子若諸梵行來問如此汝應如是答所以者何如此說者當知是義世尊告曰舍梨子復次有義此說可得略答若諸結沙門所說彼結非我有行如是守護如其守護已不生不善漏舍梨子是謂復有義此說可得略答世尊說如是已即從座起入室宴坐世尊入室不久尊者舍梨子告諸比丘諸賢我始未作意而世尊卒問此義我作是念恐不能答諸賢我初說一義便爲世尊之所讚可我復作是念若世尊一日一夜以異文異句問我此義者我能爲世尊一日一夜以異文異句而答此義若世尊二三四至七日七夜以異文異句問我此義者我亦能爲世尊二三四至七日七夜以異文異句而答此義黑齒比丘聞尊者舍梨子說如是已即從座起疾詣佛所白世尊曰世尊入室不久尊者舍梨子所說至高一向師子吼諸賢我始未作意而世尊卒問此義我作是念恐不能答諸賢我初說一義便爲世尊之所讚可我復作是念若世尊一日一夜以異文異句問我此義者我能爲世尊一日一夜以異文異句而答此義諸賢若世尊二三四至七日七夜以異文異句問我此義者我亦能爲世尊二三四至七日七夜以異文異

句而答此義世尊告曰黑齒如是如是若我一日一夜以異文異句問舍梨子比丘此義者舍梨子比丘必能爲我一日一夜以異文異句而答此義黑齒若我二三四至七日七夜異文異句問舍梨子比丘此義者舍梨子比丘亦能爲我二三四至七日七夜以異文異句而答此義所以者何黑齒舍梨子比丘深達法界故佛說如是尊者舍梨子及諸比丘聞佛所說歡喜奉行

舍梨子相應品師子吼經第四

我聞如是一時佛遊舍衛國在勝林給孤獨園爾時世尊與大比丘衆俱於舍衛國而受夏坐尊者舍梨子亦遊舍衛國而受夏坐於是尊者舍梨子舍衛國受夏坐訖過三月已補治衣竟攝衣持鉢往詣佛所稽首禮足却坐一面白曰世尊我於舍衛國受夏坐訖世尊我欲遊行人間世尊告曰舍梨子汝去隨所欲諸未度者當令得度諸未脫者當令得脫諸未般涅槃者令得般涅槃舍梨子汝去隨所欲於是尊者舍梨子聞佛所說善受善持即從座起稽首佛足繞三帀而去還至已房收舉牀座攝衣持鉢即便出去遊行人間尊者舍梨子去後不久有一梵行在於佛前犯相違法白世尊曰今日尊者舍梨子輕慢我已遊行人間世尊聞已告一比丘汝往舍梨子所語舍梨子世尊呼汝汝去不久有一梵行在於我前犯相違法而作是語世尊今日尊者舍梨子輕慢我已遊行人間一比丘受教已即從座起禮佛而去於是尊者阿難住世尊後執拂侍佛一比丘去後不久尊者

阿難即持戶鑰遍至諸房見諸比丘便作是語善哉諸尊速詣講堂今尊者舍梨子當在佛前而師子吼若尊者舍梨子所說甚深息中之息妙中之妙如是說者諸尊及我得聞此已當善誦習當善受持彼時諸比丘聞尊者阿難語已悉詣講堂爾時一比丘往詣尊者舍梨子所白曰世尊呼汝汝去不久有一梵行在於我前犯相違法而作是語世尊今日尊者舍梨子輕慢我已遊行人間於是尊者舍梨子聞已即從座起便還詣佛稽首禮足却坐一面佛便告曰舍梨子汝去不久有一梵行在於我前犯相違法而作是語世尊今日尊者舍梨子輕慢我已遊行人間舍梨子汝實輕慢一梵行已而遊人間耶尊者舍梨子白曰世尊若無身身念者彼便輕慢於一梵行而遊人間世尊我善有身身念我當云何輕慢一梵行而遊人間世尊猶截角牛至忍溫良善調善御從村至村從巷至巷所遊行處無所侵犯世尊我亦如是心如截角牛無結無怨無恚無諍極廣甚大無量善修遍滿一切世間成就遊世尊若無身身念者彼便輕慢於一梵行而遊人間世尊我善有身身念我當云何輕慢一梵行而遊人間世尊猶旃陀羅子而截兩手其意至下從村至村從邑至邑所遊行處無所侵犯世尊我亦如是心如截手旃陀羅子無結無怨無恚無諍極廣甚大無量善修遍滿一切世間成就遊世尊若無身身念者彼便輕慢於一梵行而遊人間世尊我善有身身念我當云何輕慢一梵行而遊人間世尊猶若如地淨與不

淨大便小便涕唾悉受地不以此而有憎愛不羞不慙亦不愧恥世尊我亦如是心如彼地無結無怨無恚無諍極廣甚大無量善修遍滿一切世間成就遊世尊若無身身念者彼便輕慢於一梵行而遊人間世尊我善有身身念我當云何輕慢一梵行而遊人間世尊猶若如水淨與不淨大便小便涕唾悉洗水不以此而有憎愛不羞不慙亦不愧恥世尊我亦如是心如彼水無結無怨無恚無諍極廣甚大無量善修遍滿一切世間成就遊世尊若無身身念者彼便輕慢於一梵行而遊人間世尊我善有身身念我當云何輕慢一梵行而遊人間世尊猶若如火淨與不淨大便小便涕唾悉燒火不以此而有憎愛不羞不慙亦不愧恥世尊我亦如是心如彼火無結無怨無恚無諍極廣甚大無量善修遍滿一切世間成就遊世尊若無身身念者彼便輕慢於一梵行而遊人間世尊我善有身身念我當云何輕慢一梵行而遊人間世尊猶若如風淨與不淨大便小便涕唾悉吹風不以此而有憎愛不羞不慙亦不愧恥世尊我亦如是心如彼風無結無怨無恚無諍極廣甚大無量善修遍滿一切世間成就遊世尊若無身身念者彼便輕慢於一梵行而遊人間世尊我善有身身念我當云何輕慢一梵行而遊人間世尊猶如掃箒淨與不淨大便小便涕唾悉掃掃箒不以此而有憎愛不羞不慙亦不愧恥世尊我亦如是心如掃箒無結無怨無恚無諍極廣甚大無量善修遍滿一切世間成就遊世尊若無身身念者彼

便輕慢於一梵行而遊人間世尊我善有身身念我當云何輕慢一梵行而遊人間世尊猶晡㫋尼淨與不淨大便小便涕唾悉拭晡㫋尼不以此故而有憎愛不羞不慙亦不愧恥世尊我亦如是心如晡㫋尼無結無怨無恚無諍極廣甚大無量善修遍滿一切世間成就遊世尊若無身身念者彼便輕慢於一梵行而遊人間世尊我善有身身念我當云何輕慢一梵行而遊人間世尊猶如膏瓶處處裂破盛滿膏已而著日中漏遍漏津遍津若有目人來住一面見此膏瓶處處裂破盛滿膏已而著日中漏遍漏津遍津世尊我亦如是常觀此身九孔不淨漏遍漏津遍津世尊若無身身念者彼便輕慢於一梵行而遊人間世尊我善有身身念我當云何輕慢一梵行而遊人間世尊猶如有一自善年少沐浴澡洗熏以塗香著白淨衣瓔珞自嚴剃鬚治髮頭冠華鬘若以三屍死蛇死狗及以死人青瘀膖脹極臭爛壞不淨流漫繫著咽頸彼懷羞慙極惡穢之世尊我亦如是常觀此身臭處不淨心懷羞慙極惡穢之世尊若無身身念者彼便輕慢於一梵行而遊人間世尊我善有身身念我當云何輕慢一梵行而遊人間於是彼比丘即從座起稽首佛足白世尊曰悔過世尊自首善逝如愚如癡如不定如不善所以者何謂我以虛妄言誣謗清淨梵行舍梨子比丘世尊我今悔過願爲受之見已發露後不更作世尊告曰如是比丘汝實如愚如癡如不定如不善所以者何謂汝以虛妄言空無眞實誣謗清淨梵行舍梨

子比丘汝能悔過見已發露後不更作若有悔過見已發露後不更作者如是長養於聖法律則不衰退於是佛告尊者舍梨子汝速受彼癡人悔過莫令彼比丘即於汝前頭破七分尊者舍梨子即爲哀愍彼比丘故便受悔過佛說如是尊者舍梨子及諸比丘聞佛所說歡喜奉行

舍梨子相應品水喻經第五

我聞如是一時佛遊舍衛國在勝林給孤獨園爾時尊者舍梨子告諸比丘諸賢我今爲汝說五除惱法諦聽諦聽善思念之彼諸比丘受教而聽尊者舍梨子言云何爲五諸賢或有一人身不淨行口淨行若慧者見設生恚惱應當除之復次諸賢或有一人口不淨行身淨行若慧者見設生恚惱應當除之復次諸賢或有一人身不淨行口不淨行心少有淨若慧者見設生恚惱應當除之復次諸賢或有一人身不淨行口意不淨行若慧者見設生恚惱應當除之復次諸賢或有一人身淨行口意淨行若慧者見設生恚惱應當除之諸賢或有一人身不淨行口淨行若慧者見設生恚惱當云何除諸賢猶如阿練若比丘持糞掃衣見糞聚中所棄敝衣或大便汙或小便涕唾及餘不淨之所染汙見已左手執之右手舒張若非大便小便涕唾及餘不淨之所汙處又不穿者便裂取之如是諸賢或有一人身不淨行口淨行莫念彼身不淨行但當念彼口之淨行若慧者見設生恚惱應如是除諸賢或有一人口不淨行身淨行若慧者見設生恚惱當云何除諸賢猶村

外不遠有深水池苔草所覆若有人來熱極煩悶飢渴頓乏風熱所逼彼至池已脫衣置岸便入池中兩手披苔恣意快浴除熱煩悶飢渴頓乏如是諸賢或有一人口不淨行身有淨行莫念彼口不淨行但當念彼身之淨行若慧者見設生恚惱應如是除諸賢或有一人身不淨行口不淨行心少有淨若慧者見設生恚惱當云何除諸賢猶四衢道有牛跡水若有人來熱極煩悶飢渴頓乏風熱所逼彼作是念此四衢道牛跡少水我若以手以葉取者則擾渾濁不得除我熱極煩悶飢渴頓乏我寧可跽手膝拍地以口飲水彼即長跽手膝拍地以口飲水彼即得除熱極煩悶飢渴頓乏如是諸賢或有一人身不淨行口不淨行心少有淨莫得念彼身不淨行口

不淨行但當念彼心少有淨諸賢若慧者見設生恚惱應如是除諸賢或有一人身不淨行口意不淨行若慧者見設生恚惱當云何除諸賢猶如有人遠涉長路中道得病極困萎頓獨無伴侶後村轉遠而前村未至若有目人來住一面見此行人遠涉路長中道得病極困萎頓獨無伴侶後村轉遠而前村未至彼若得侍人從逈野中將至村邑與好湯藥餔養美食好瞻視者如是此人病必得差謂彼人於此病人極有哀愍慈念之心如是諸賢或有一人身不淨行口意不淨行若慧者見便作是念此賢身不淨行口意不淨行莫令此賢因身不淨行口意不淨行身壞命終趣至惡處生地獄中若此賢得善知識者捨身不淨行修身淨行捨口意不淨行修口

意淨行如是此賢因身淨行口意淨行身壞命終必至善處乃至天上謂彼賢爲此賢極有哀愍慈念之心若慧者見設生恚惱應如是除諸賢或有一人身淨行口意淨行若慧者見設生恚惱當云何除諸賢猶村外不遠有好池水既清且美其淵平滿翠草被岸華樹四周若有人來熱極煩悶飢渴頓乏風熱所逼彼至池已脫衣置岸便入池中恣意快浴除熱煩悶飢渴頓乏如是諸賢或有一人身淨行口意淨行常當念彼身之淨行口意淨行若慧者見設生恚惱應如是除諸賢我向所說五除惱法者因此故說尊者舍梨子所說如是諸比丘聞已歡喜奉行

中阿含經卷第五

音釋

摶度官切以手圜物也　纖息廉切細也　錐職垂切鍼錐也　耄莫報切九十曰耄　皺側救切皮縮也　鑰以灼切關下牡也　涕唾涕他計切鼻液也唾湯卧切口液也　篲徐醉切掃篲也　青瘀瘀依據切青瘀謂血積瘀而色青也　跽渠委切長跪也　逈户頂切寥遠也　餔薄故切口飼也

中阿含經卷第六

東晋罽賓三藏瞿曇僧伽提婆譯

舍梨子相應品瞿尼師經第六

我聞如是一時佛遊王舍城在竹林迦蘭哆園爾時瞿尼師比丘亦遊王舍城在無事室調笑憍慠躁擾喜忘心如獼猴瞿尼師比丘爲少緣故至王舍城是時尊者舍梨子與比丘衆俱中食已後因小事故集在講堂瞿尼師比丘於王舍城所作已訖往詣講堂尊者舍梨子遥見瞿尼師來已因瞿尼師告諸比丘諸賢無事比丘行於無事當學敬重而隨順觀諸賢若無事比丘行於無事多不敬重不隨順觀者則致比丘訶數詰責此賢無事何爲行無事所以者何此賢無事行於無事多不敬重不隨順觀若至衆中亦致比丘訶數詰責是故諸賢無事比丘行於無事當學敬重令隨順觀諸賢無事比丘行於無事當學不調笑而不躁擾諸賢若無事比丘行於無事多行調笑而躁擾者則致比丘訶數詰責此賢無事何爲行無事所以者何此賢無事行於無事多行調笑及於躁擾若至衆中亦致比丘訶數詰責是故諸賢無事比丘行於無事當學不調笑令不躁擾諸賢無事比丘行於無事當學不畜生論諸賢若無事比丘行於無事多畜生論者則致比丘訶數詰責此賢無事何爲行無事所以者何此賢無事行於無事多畜生論若至衆中亦致比丘訶數詰責是故諸賢無事比丘行於無事當學不畜生論諸賢無事比丘行於無事當學不憍慠及少言說諸賢若無事比丘行於無

事多行憍慠多言説者則致比丘訶數詰責此賢無事何爲行無事所以者何此賢無事行於無事多行憍慠及多言説若至衆中亦致比丘訶數詰責是故諸賢無事比丘行於無事當學不憍慠及少言説諸賢無事比丘行於無事當學護諸根諸賢若無事比丘行於無事多不護諸根者則致比丘訶數詰責此賢無事何爲行無事所以者何此賢無事行於無事多不護諸根若至衆中亦致比丘訶數詰責是故諸賢無事比丘行於無事當學護諸根諸賢無事比丘行於無事當學食知止足諸賢若無事比丘行於無事貪餘多食不知足者則致比丘訶數詰責此賢無事何爲行無事所以者何此賢無事行於無事貪餘多食不知止足若至衆中亦致比丘訶數詰責是故諸賢無事比丘行於無事當學食知止足諸賢無事比丘行於無事當學精進而不懈怠諸賢若無事比丘行於無事多不精進而懈怠者則致比丘訶數詰責此賢無事何爲行無事所以者何此賢無事行於無事多不精進而反懈怠若至衆中亦致比丘訶數詰責是故諸賢無事比丘行於無事當學精進而不懈怠諸賢無事比丘行於無事當學正念及正智也諸賢若無事比丘行於無事多無正念無正智者則致比丘訶數詰責此賢無事何爲行無事所以者何此賢無事行於無事多無正念及無正智若至衆中亦致比丘訶數詰責是故諸賢無事比丘行於無事當學正念及正智也諸賢無事比丘行於無事當學知時及善時也不早入村

而行乞食亦無晚出諸賢若無事比丘行於無事早入村邑而行乞食又晚出者則致比丘訶數詰責此賢無事何爲行無事所以者何此賢無事行於無事早入村邑而行乞食又復晚出若至衆中亦致比丘訶數詰責是故諸賢無事比丘行於無事當學知時及善時也諸賢無事比丘行於無事當學知坐及善坐也不逼長老坐爲小比丘訶諸賢若無事比丘行於無事逼長老坐爲小比丘訶者則致比丘訶數詰責此賢無事何爲行無事所以者何此賢無事行於無事逼長老坐爲小比丘訶若至衆中亦致比丘訶數詰責是故諸賢無事比丘行於無事當學知坐及善坐也諸賢無事比丘行於無事當學共論律阿毗曇何以故諸賢無事比丘行於無事時或有來問律阿毗曇諸賢若無事比丘行於無事不知答律阿毗曇者則致比丘訶數詰責此賢無事何爲行無事所以者何此賢無事行於無事不知答律及阿毗曇若至衆中亦致比丘訶數詰責是故諸賢無事比丘行於無事當學共論律阿毗曇諸賢無事比丘行於無事當學共論息解脱離色至無色定何以故諸賢無事比丘行於無事時或有來問息解脱離色至無色定諸賢若無事比丘行於無事不知答息解脱離色至無色定者則致比丘訶數詰責此賢無事何爲行無事所以者何此賢無事行於無事不知答息解脱離色至無色定若至衆中亦致比丘訶數詰責是故諸賢無事比丘行於無事當學共論息解脱離色至無色定諸賢無事比丘行

於無事當學共論漏盡智通何以故諸賢無事比丘行於無事時或有來問漏盡智通諸賢若無事比丘行於無事而不知答漏盡智通者則致比丘訶數詰責此賢無事何爲行無事所以者何此賢無事行於無事而不知答漏盡智通若至衆中亦致比丘訶數詰責是故諸賢無事比丘行於無事當學共論漏盡智通是時尊者大目揵連亦在衆中尊者大目揵連白曰尊者舍梨子但無事比丘行於無事應學如是法非謂人間比丘耶尊者舍梨子答曰尊者大目揵連無事比丘行於無事尚學如是法況復人間比丘耶如是二尊更相稱說讚歎善哉聞所說已從座起去

敬重無調笑　不畜生論慠　護根食知足
精進正念智　知時亦善坐　論律阿毗曇
及說息解脫　漏盡通亦然

舍梨子相應品梵志陀然經第七

我聞如是一時佛遊王舍城在竹林迦蘭哆園與大比丘衆俱受夏坐爾時尊者舍梨子在舍衛國亦受夏坐是時有一比丘於王舍城受夏坐訖過三月已補治衣竟攝衣持鉢從王舍城往舍衛國住勝林給孤獨園彼一比丘往詣尊者舍梨子所稽首禮足却坐一面尊者舍梨子問曰賢者從何處來於何夏坐彼一比丘答曰尊者舍梨子我從王舍城來在王舍城受夏坐復問賢者世尊在王舍城受夏坐聖體康強安快無病起居輕便氣力如常耶答曰如是尊者舍梨子世尊在王舍城受夏坐聖體康強安快無病起居輕便氣力如常復問賢者比丘衆比丘尼衆在王

舍城受夏坐聖體康強安快無病起居輕便氣力如常欲數見佛樂聞法耶答曰如是尊者舍梨子比丘衆比丘尼衆在王舍城受夏坐聖體康強安快無病起居輕便氣力如常欲數見佛盡樂聞法復問賢者優婆塞衆優婆夷衆住王舍城身體康強安快無病起居輕便氣力如常欲數見佛樂聞法耶答曰如是尊者舍梨子優婆塞衆優婆夷衆住王舍城身體康強安快無病起居輕便氣力如常欲數見佛盡樂聞法復問賢者若干異學沙門梵志在王舍城受夏坐身體康強安快無病起居輕便氣力如常欲數見佛樂聞法耶答曰如是尊者舍梨子若干異學沙門梵志在王舍城受夏坐身體康強安快無病起居輕便氣力如常欲數見佛盡樂聞法復問賢者在王舍城有一梵志名曰陀然是我昔日未出家友賢者識耶答曰識之復問賢者梵志陀然住王舍城身體康強安快無病起居輕便氣力如常欲數見佛樂聞法耶答曰尊者舍梨子梵志陀然住王舍城身體康強安快無病起居輕便氣力如常不欲見佛不樂聞法所以者何尊者舍梨子梵志陀然而不精進犯於禁戒彼依傍於王欺誑梵志居士依傍梵志居士欺誑於王尊者舍梨子聞已於舍衛國受夏坐訖過三月已補治衣竟攝衣持鉢從舍衛國往詣王舍城住竹林迦蘭哆園於是尊者舍梨子過夜平旦著衣持鉢入王舍城次行乞食乞食已竟往至梵志陀然家是時梵志陀然從其家出至泉水邊苦治居民梵志陀然遥見尊者舍梨子來從座

而起偏袒著衣叉手向尊者舍梨子讚曰善來舍梨子舍梨子久不來此於是梵志陀然敬心扶抱尊者舍梨子將入家中爲敷好牀請便令坐尊者舍梨子即坐其牀梵志陀然見尊者舍梨子坐已執金澡鑵請尊者舍梨子食尊者舍梨子曰止止陀然但心喜足梵志陀然復再三請食尊者舍梨子亦再三語曰止止陀然但心喜足是時梵志陀然問曰舍梨子何故入如是家而不肯食答曰陀然汝不精進犯於禁戒依傍於王欺誑梵志居士依傍梵志居士欺誑於王梵志陀然答曰舍梨子當知我今在家以家業爲事我應自安隱供養父母瞻視妻子供給奴婢當輸王租祠祀諸天祭餟先祖及布施沙門梵志爲後生天而得長壽得樂果報故舍梨子是一

切事不可得廢一向從法於是尊者舍梨子告曰陀然我今問汝隨所解答梵志陀然於意云何若使有人爲父母故而行作惡因行惡故身壞命終趣至惡處生地獄中生地獄已獄卒執捉極苦治時彼向獄卒而作是語獄卒當知莫苦治我所以者何我爲父母故而行作惡云何陀然彼人可得從地獄卒脫此苦耶答曰不也復問陀然於意云何若復有人爲妻子故而行作惡因行惡故身壞命終趣至惡處生地獄中生地獄已獄卒執捉極苦治時彼向獄卒而作是語獄卒當知莫苦治我所以者何我爲妻子故而行作惡云何陀然彼人可得從地獄卒脫此苦耶答曰不也復問陀然於意云何若復有人爲奴婢故而行作惡因行惡故身壞命終趣至惡處

生地獄中生地獄已獄卒執捉極苦治時彼向獄卒而作是語獄卒當知莫苦治我所以者何我爲奴婢故而行作惡云何陀然彼人可得從地獄卒脫此苦耶答曰不也復問陀然於意云何若復有人爲王爲天爲先祖爲沙門梵志故而行作惡因行惡故身壞命終趣至惡處生地獄中生地獄已獄卒執捉極苦治時彼向獄卒而作是語獄卒當知莫苦治我所以者何我爲王爲天爲先祖爲沙門梵志故而行作惡云何陀然彼人可得從地獄卒脫此苦耶答曰不也陀然族姓子可得如法如業如功德得錢財尊重奉敬孝養父母行福德業不作惡業陀然若族姓子如法如業如功德得錢財尊重奉敬孝養父母行福德業不作惡業者彼便爲父母之所愛念

而作是言令汝强健壽考無窮所以者何我由汝故安隱快樂陀然若有人極爲父母所愛念者其德日進終無衰退陀然族姓子可得如法如業如功德得錢財愛念妻子供給瞻視行福德業不作惡業陀然若族姓子如法如業如功德得錢財愛念妻子供給瞻視行福德業不作惡業者彼便爲妻子之所尊重而作是言願尊强健壽考無窮所以者何我由尊故安隱快樂陀然若有人極爲妻子所尊重者其德日進終無衰退陀然族姓子可得如法如業如功德得錢財愍傷奴婢給恤瞻視行福德業不作惡業陀然若族姓子如法如業如功德得錢財愍傷奴婢給恤瞻視行福德業不作惡業者彼便爲奴婢之所尊重而作是言願令大家强健壽考無窮所

以者何由大家故我得安隱陀然若有人極爲奴婢所尊重者其德日進終無衰退陀然族姓子可得如法如業如功德得錢財尊重供養沙門梵志行福德業不作惡業陀然若族姓子如法如業如功德得錢財尊重供養沙門梵志行福德業不作惡業者彼便極爲沙門梵志之所愛念而作是言令施主强健壽考無窮所以者何我由施主故得安隱快樂陀然若有人極爲沙門梵志所愛念者其德日進終無衰退於是梵志陀然即從座起偏袒著衣叉手向尊者舍梨子白曰舍梨子我有愛婦名曰端正我惑彼故而爲放逸大作罪業舍梨子我從今日始捨端正婦自歸尊者舍梨子尊者舍梨子答曰陀然汝莫歸我我所歸佛汝應自歸梵志陀然白曰尊者舍梨子我從今日自歸於佛法及比丘衆唯願尊者舍梨子受我爲佛優婆塞終身自歸乃至命盡於是尊者舍梨子爲梵志陀然說法勸發渴仰成就歡喜無量方便爲彼說法勸發渴仰成就歡喜已從座起去遊王舍城住經數日攝衣持鉢從王舍城出往詣南山住南山村北尸攝和林中彼時有一比丘遊王舍城住經數日攝衣持鉢從王舍城出亦至南山住南山村北尸攝和林中於是彼一比丘往詣尊者舍梨子所稽首禮足却坐一面尊者舍梨子問曰賢者從何處來何處遊行比丘答曰尊者舍梨子我從王舍城來遊行王舍城復問賢者知王舍城有一梵志名曰陀然是我昔日未出家友耶答曰知也復問賢者梵志陀然住王舍城身體康强安快

無病起居輕便氣力如常欲數見佛樂聞法耶答曰尊者舍梨子梵志陀然欲數見佛欲數聞法但不安快氣力轉衰所以者何尊者舍梨子梵志陀然今者疾病極困危篤或能因此而至命終尊者舍梨子聞是語已即攝衣持鉢從南山出至王舍城住竹林迦蘭哆園於是尊者舍梨子過夜平旦著衣持鉢往詣梵志陀然家梵志陀然遥見尊者舍梨子來見已便欲從牀而起尊者舍梨子見梵志陀然欲從牀起便止彼曰梵志陀然汝卧勿起更有餘牀我自别坐於是尊者舍梨子即坐其牀坐已問曰陀然所患今者何似飲食多少疾苦轉損不至增耶陀然答曰所患至困飲食不進疾苦但增而不覺損尊者舍梨子猶如力士以利刀刎頭但生極苦我今頭

痛亦復如是尊者舍梨子猶如力士以緊索繩而纏絡頭但生極苦我今頭痛亦復如是尊者舍梨子猶屠牛兒而以利刀破於牛腹但生極苦我今腹痛亦復如是尊者舍梨子猶兩力士捉一羸人在火上炙但生極苦我今身痛舉體生苦但增不減亦復如是尊者舍梨子告曰陀然我今問汝隨所解答梵志陀然於意云何地獄畜生何者爲勝陀然答曰畜生勝也復問陀然畜生餓鬼何者爲勝陀然答曰餓鬼勝也復問陀然餓鬼比人何者爲勝陀然答曰人爲勝也復問陀然人四王天何者爲勝陀然答曰四王天勝復問陀然四王天三十三天何者爲勝陀然答曰三十三天勝復問陀然三十三天焰摩天何者爲勝陀然答曰焰摩天勝復問陀然焰摩天

鬪瑟哆天何者爲勝陀然答曰鬪瑟哆天勝復問陀然鬪瑟哆天化樂天何者爲勝陀然答曰化樂天勝復問陀然化樂天他化樂天何者爲勝陀然答曰他化樂天勝復問陀然他化樂天梵天何者爲勝陀然答曰梵天最勝梵天最勝尊者舍梨子告曰陀然世尊知見如來無所著等正覺說四梵室謂族姓男族姓女修習多修習斷欲捨欲念身壞命終生梵天中云何爲四陀然多聞聖弟子心與慈俱遍滿一方成就遊如是二三四方四維上下普周一切心與慈俱無結無怨無恚無諍極廣甚大無量善修遍滿一切世間成就遊如是悲喜心與捨俱無結無怨無恚無諍極廣甚大無量善修遍滿一切世間成就遊是謂陀然世尊知見如來無所著等正覺說四梵室謂族姓男族姓女修習多修習斷欲捨欲念身壞命終生梵天中於是尊者舍梨子教化陀然爲說梵天法已從座起去尊者舍梨子從王舍城出未至竹林迦蘭多園於其中間梵志陀然修習四梵室斷欲捨欲念身壞命終生梵天中是時世尊無量大衆前後圍繞而爲說法世尊遥見尊者舍梨子來告諸比丘舍梨子比丘聰慧速慧捷慧利慧廣慧深慧出要慧明達慧辯才慧舍梨子比丘成就實慧此舍梨子比丘教化梵志陀然爲說梵天法來若復上化者速知法如法於是尊者舍梨子往詣佛所稽首禮足却坐一面世尊告曰舍梨子汝何以不教梵志陀然過梵天法若上化者速知法如法尊者舍梨子白曰世尊彼諸梵志長夜愛著梵天樂於

梵天究竟梵天是尊梵天實有梵天爲我梵天是故世尊我如是應佛說如是尊者舍梨子及無量百千衆聞佛所說歡喜奉行

舍梨子相應品教化病經第八

我聞如是一時佛遊舍衛國在勝林給孤獨園爾時長者給孤獨疾病危篤於是長者給孤獨告一使人汝往詣佛爲我稽首禮世尊足問訊世尊聖體康強安快無病起居輕便氣力如常耶作如是語長者給孤獨稽首佛足問訊世尊聖體康強安快無病起居輕便氣力如常耶汝既爲我問訊佛已往詣尊者舍梨子所爲我稽首禮彼足已問訊尊者聖體康強安快無病起居輕便氣力如常不作如是語長者給孤獨稽首尊者舍梨子足問訊尊者聖體康強安快無病起居輕便氣力如常不尊者舍梨子長者給孤獨疾病極困今至危篤長者給孤獨至心欲見尊者舍梨子然體至羸乏無力可來詣尊者舍梨子所善哉尊者舍梨子爲慈愍故願往至長者給孤獨家於是使人受長者給孤獨教已往詣佛所稽首禮足却住一面白曰世尊長者給孤獨稽首佛足問訊世尊聖體康強安快無病起居輕便氣力如常耶爾時世尊告使人曰令長者給孤獨安隱快樂令天及人阿脩羅揵沓和羅刹及餘種種身安隱快樂於是使人聞佛所說善受善持稽首佛足繞三帀而去往詣尊者舍梨子所稽首禮足却坐一面白曰尊者舍梨子長者給孤獨稽首尊者舍梨子足問訊尊者聖體康強安快無病起居輕便氣力如常不尊者舍梨子長者給孤

獨疾病極困今至危篤長者給孤獨至心欲見尊者舍梨子然體至羸乏無力可來詣尊者舍梨子所善哉尊者舍梨子爲慈愍故往詣長者給孤獨家尊者舍梨子即爲彼故默然而受於是使人知尊者舍梨子默然受已即從座起稽首作禮繞三帀而去尊者舍梨子過夜平旦著衣持鉢往詣長者給孤獨家長者給孤獨遥見尊者舍梨子來見已便欲從牀而起尊者舍梨子見彼長者欲從牀起便止彼曰長者莫起長者莫起更有餘牀我自別坐尊者舍梨子即坐其牀坐已問曰長者所患今復何似飲食多少疾苦轉損不至增耶長者答曰所患至困飲食不進疾苦但增而不覺損尊者舍梨子告曰長者莫怖長者莫怖所以者何若愚癡凡夫成就不信身壞命終趣至惡處生地獄中長者今日無有不信唯有上信長者因上信故或滅苦痛生極快樂因上信故或得斯陀含果或阿那含果長者本已得須陀洹長者莫怖長者莫怖所以者何若愚癡凡夫因惡戒故身壞命終趣至惡處生地獄中長者無有惡戒唯有善戒長者因善戒故或滅苦痛生極快樂因善戒故或得斯陀含果或阿那含果長者本已得須陀洹長者莫怖長者莫怖所以者何若愚癡凡夫因不多聞身壞命終趣至惡處生地獄中長者無不多聞唯有多聞長者因多聞故或滅苦痛生極快樂因多聞故或得斯陀含果或阿那含果長者本已得須陀洹長者莫怖長者莫怖所以者何若愚癡凡夫因慳貪故身壞命終趣至惡處生地獄中長者

無有慳貪唯有惠施長者因惠施故或滅苦痛生極快樂因惠施故或得斯陀含果或阿那含果長者本已得須陀洹長者莫怖長者莫怖所以者何若愚癡凡夫因惡慧故身壞命終趣至惡處生地獄中長者無有惡慧唯有善慧長者因善慧故或滅苦痛生極快樂因善慧故或得斯陀含果或阿那含果長者本已得須陀洹長者莫怖長者莫怖所以者何若愚癡凡夫因邪見故身壞命終趣至惡處生地獄中長者無有邪見唯有正見長者因正見故或滅苦痛生極快樂因正見故或得斯陀含果或阿那含果長者本已得須陀洹長者莫怖長者莫怖所以者何若愚癡凡夫因邪志故身壞命終趣至惡處生地獄中長者無有邪志唯有正志長者因正志故或

滅苦痛生極快樂因正志故或得斯陀含果或阿那含果長者本已得須陀洹長者莫怖長者莫怖所以者何若愚癡凡夫因邪解故身壞命終趣至惡處生地獄中長者無有邪解唯有正解長者因正解故或滅苦痛生極快樂因正解故或得斯陀含果或阿那含果長者本已得須陀洹長者莫怖長者莫怖所以者何若愚癡凡夫因邪脫故身壞命終趣至惡處生地獄中長者無有邪脫唯有正脫長者因正脫故或滅苦痛生極快樂因正脫故或得斯陀含果或阿那含果長者本已得須陀洹長者莫怖長者莫怖所以者何若愚癡凡夫因邪智故身壞命終趣至惡處生地獄中長者無有邪智唯有正智長者因正智故或滅苦痛生極快樂因正智故或得斯陀

舍果或阿那舍果長者本已得須陀洹於是長者病即得差平復如故從卧起坐歎尊者舍梨子曰善哉善哉爲病說法甚奇甚特尊者舍梨子我聞教化病法苦痛即滅生極快樂尊者舍梨子我今病差平復如故尊者舍梨子我往昔時少有所爲至王舍城寄宿一長者家時彼長者明當飯佛及比丘衆時彼長者過夜向曉教勑兒孫奴使眷屬汝等早起當共嚴辦彼各受教共設厨宰供辦餚饌種種腆美長者躬自敷置高座無量嚴飾尊者舍梨子我既見已便作是念今此長者爲婚姻事爲迎婦節會爲請國王爲呼大臣爲作齋會施設大施耶尊者舍梨子我既念已便問長者汝爲婚姻事爲迎婦節會爲請國王爲呼大臣爲作齋會施設大施耶時彼長者而答我曰吾無婚姻事亦不迎婦不爲節會不請國王及呼大臣但爲齋會施設大施明當飯佛及比丘衆尊者舍梨子我未曾聞佛名聞已舉身毛竪即復問曰長者說佛何名爲佛時彼長者而答我曰君不聞乎有釋種子捨釋宗族剃除鬚髮著袈裟衣至信捨家無家學道得無上等正覺是名爲佛我復問曰長者說衆何名爲衆時彼長者復答我曰有若干姓異名異族剃除鬚髮著袈裟衣至信捨家無家從佛學道是名爲衆此佛及衆吾之所請尊者舍梨子我即復問彼長者曰世尊於今爲在何處我欲往見時彼長者復答我曰世尊今在此王舍城竹林迦蘭哆園欲往隨意尊者舍梨子我作是念若速曉者疾往見佛尊者舍梨子我時至心欲往見

佛即於其夜生晝明想便從長者家出往至城息門是時城息門中有二直士一直初夜外客使入不令有礙一直後夜若客使出亦不作礙尊者舍梨子我復作是念夜尚未曉所以者何城息門中有二直士一直初夜外客使入不令有礙一直後夜若客使出亦不作礙尊者舍梨子出城息門出外不久明滅還闇尊者舍梨子我便恐怖舉身毛竪莫令人非人來觸嬈我時城息門而有一天從王舍城至竹林迦蘭哆園光明普照來語我言長者莫怖長者莫怖所以者何我本前世是汝朋友名蜜罽年少極相愛念長者我本昔時往詣尊者大目揵連所稽首禮足却坐一面尊者大目揵連爲我說法勸發渴仰成就歡喜無量方便爲我說法勸發渴仰成就歡喜已賜三自歸見授五戒長者我因三歸受持五戒身壞命終生四王天住此城息門中長者速去長者速去去實勝住彼天勸我而說頌曰

得馬百臣女　車百滿珍寶　往詣佛一步
不當十六分　白象百最上　金銀鞍勒被
往詣佛一步　不當十六分　女百色端正
瓔珞華嚴身　往詣佛一步　不當十六分
轉輪王所敬　王女寶第一　往詣佛一步
不當十六分

天說頌已而復勸曰長者速去長者速去去實勝住尊者舍梨子我復作是念佛尊祐德法及比丘衆亦尊祐德所以者何乃至於天亦欲使見尊者舍梨子我因此光明往至竹林迦蘭哆園爾時世尊夜其向旦從禪室出

露地經行而待於我尊者舍梨子我遥見佛端正姝好猶星中月光曜暐曄晃若金山相好具足威神巍巍諸根寂定無有蔽礙成就調御息心靜默見已歡喜前詣佛所接足作禮隨佛經行以長者法說頌問訊

世尊寐安隱　至竟眠快耶　如梵志滅度
以不染於欲　捨離一切願　逮得至安隱
心除無煩熱　自樂歡喜眠

於是世尊即便往至經行道頭敷尼師壇結跏趺坐尊者舍梨子我禮佛足却坐一面世尊爲我說法勸發渴仰成就歡喜無量方便爲我說法勸發渴仰成就歡喜已如諸佛法先說端正法聞者歡悅謂說施說戒說生天法毁呰欲爲災患生死爲穢稱歎無欲爲妙道品白淨世尊爲我說如是法已佛知我有歡喜心具足心柔軟心堪耐心昇上心一向心無疑心無蓋心有能有力堪受正法謂如諸佛所說正要世尊即爲我說苦集滅道尊者舍梨子我即於坐中見四聖諦苦集滅道猶如白素易染爲色我亦如是即於坐中見四聖諦苦集滅道尊者舍梨子我已見法得法覺白淨法斷疑度惑更無餘尊不復從他無有猶豫已住果證於世尊法得無所畏即從座起爲佛作禮世尊我今自歸於佛法及比丘衆唯願世尊受我爲優婆塞從今日始終身自歸乃至命盡尊者舍梨子我即叉手白曰世尊願受我請於舍衛國而受夏坐及比丘衆時佛問我汝名何等舍衛國人呼汝云何我即答曰我名須達哆以我供給諸孤獨者是故舍衛國人呼我爲給孤獨爾時世

尊復問我曰舍衛國中有房舍未我復答曰舍衛國中無有房舍爾時世尊而告我曰長者當知若有房舍比丘可得往來可得住止我復白曰唯然世尊我當如是爲起房舍比丘可得往來於舍衛國可得住止唯願世尊差一人助爾時世尊即差尊者舍梨子遣尊者舍梨子令見佐助我於爾時聞佛所說善受善持即從座起爲佛作禮繞三帀而去於王舍城所作已訖與尊者舍梨子俱往至舍衛國不入舍衛城亦不歸家便於城外周遍行地爲於何處往來極好晝不喧鬧夜則寂靜無有蚊虻亦無蠅蚤不寒不熱可立房舍施佛及衆尊者舍梨子我時唯見童子勝園往來極好晝不喧鬧夜則寂靜無有蚊虻亦無蠅蚤不寒不熱我見此已便作是念唯此

處好可立房舍施佛及衆尊者舍梨子我於爾時入舍衛國竟不還家便先往詣童子勝所白曰童子可賣此園持與我耶爾時童子便語我曰長者當知吾不賣園如是再三白曰童子可賣此園持與我耶爾時童子亦復再三而語我曰吾不賣園至億億布滿我即白曰童子今已決斷價數但當取錢尊者舍梨子我與童子或言斷價或言不斷大共紛紜即便俱往至舍衛國大決斷處判論此事時舍衛國大決斷人語童子勝曰童子已自決斷價數但當取錢尊者舍梨子我即入舍衛國還家取錢以象馬車轝負輦載出億億布地少處未遍尊者舍梨子我作是念當取何藏不大不小可此餘處持來布滿時童子勝便語我曰長者若悔錢自相歸園地還吾

我語童子實不悔也但自思念當取何藏不大不小可此餘處持來滿耳時童子勝便作是念佛必大尊有大德祐法及比丘衆亦必大尊有大德祐所以者何乃令長者施設大施輕財乃爾吾今寧可即於此處造立門屋施佛及衆時童子勝便語我曰長者且止莫復出錢布此處也吾於此處造立門屋施佛及衆尊者舍梨子我爲慈愍故即以此處與童子勝尊者舍梨子我即於此夏起十六大屋六十拘絺尊者舍梨子時見佐助然尊者舍梨子說教化病法甚奇甚特我聞此教化病法已極重疾苦即得除愈生極快樂尊者舍梨子我今無病極得安隱願尊者舍梨子於此飯食時尊者舍梨子默然受請於是長者知尊者舍梨子默然受已即從座起自行澡水以極美淨妙種種豐饒食噉含消手自斟酌令得充滿食訖舉器行澡水竟敷一小牀別坐聽法長者坐已尊者舍梨子爲彼說法勸發渴仰成就歡喜無量方便爲彼說法勸發渴仰成就歡喜已從座起去是時世尊無量大衆前後圍繞而爲說法世尊遥見尊者舍梨子來告諸比丘舍梨子比丘聰慧速慧捷慧利慧廣慧深慧出要慧明達慧辯才慧舍梨子比丘成就實慧所以者何我所略說四種須陀洹舍梨子比丘爲長者給孤獨十種廣說來佛說如是彼諸比丘聞佛所說歡喜奉行

中阿含經卷第六

音釋

憍慠 憍舉堯切矜也慠五到切倨也 躁擾 躁則到切不靜擾而沼切亂也 澡鑵 澡子浩切洗滌也鑯鑵古玩切汲水器也 餟 株衛切祭而酹酒也 恤 辛聿切撫恤也 腆 他典切厚也 嬈 而沼切擾同亂也 寐 彌二切寢 耐 奴代切忍也 轝 羊諸切車輿也 輦 力展切挽車也

中阿含經卷第七

東晋罽賓三藏 瞿曇僧伽提婆 譯

舍梨子相應品大拘絺羅經第九

我聞如是一時佛遊王舍城在竹林迦蘭多園爾時尊者舍梨子則於晡時從宴坐起至尊者大拘絺羅所共相問訊却坐一面尊者舍梨子語尊者大拘絺羅我欲有所問聽我問耶尊者大拘絺羅答曰尊者舍梨子欲問便問我聞已當思尊者舍梨子問曰賢者大拘絺羅頗有事因此事比丘成就見得正見於法得不壞淨入正法耶答曰有也尊者舍梨子謂有比丘知不善知不善根云何知不善謂身惡行不善口意惡行不善是謂知不善云何知不善根謂貪不善根恚癡不善根是謂知不善根尊者舍梨子若有比丘如是知不善及不善根者是謂比丘成就見得正見於法得不壞淨入正法中尊者舍梨子聞已歎曰善哉善哉賢者大拘絺羅尊者舍梨子歎已歡喜奉行尊者舍梨子復問曰賢者大拘絺羅頗更有事因此事比丘成就見得正見於法得不壞淨入正法耶答曰有也尊者舍梨子謂有比丘知善知善根云何知善謂身妙行善口意妙行善是謂知善云何知善根謂無貪善根無恚無癡善根是謂知善根尊者舍梨子若有比丘如是知善知善根者是謂比丘成就見得正見於法得不壞淨入正法中尊者舍梨子聞已歎曰善哉善哉賢者大拘絺羅尊者舍梨子歎已歡喜奉行尊者舍梨子復問曰賢者大拘絺羅頗更有事因此事比丘成就見得正見於法得不壞

淨入正法耶答曰有也尊者舍梨子謂有比丘知食如眞知食集知食滅知食滅道如眞云何知食如眞謂有四食一者摶食麤細二者更樂食三者意思食四者識食是謂知食如眞云何知食集如眞謂因愛便有食是謂知食集如眞云何知食滅如眞謂愛滅食便滅是謂知食滅如眞云何知食滅道如眞謂八支聖道正見乃至正定爲八是謂知食滅道如眞尊者舍梨子若有比丘如是知食如眞知食集知食滅知食滅道如眞者是謂比丘成就見得正見於法得不壞淨入正法中尊者舍梨子聞已歎曰善哉善哉賢者大拘絺羅尊者舍梨子歎已歡喜奉行尊者舍梨子復問曰賢者大拘絺羅頗更有事因此事比丘成就見得正見於法得不壞淨入正法耶答曰有也尊者舍梨子謂有比丘知漏如眞知漏集知漏滅知漏滅道如眞云何知漏如眞謂有三漏欲漏有漏無明漏是謂知漏如眞云何知漏集如眞謂因無明便有漏是謂知漏集如眞云何知漏滅如眞謂無明滅漏便滅是謂知漏滅如眞云何知漏滅道如眞謂八支聖道正見乃至正定爲八是謂知漏滅道如眞尊者舍梨子若有比丘如是知漏如眞知漏集知漏滅知漏滅道如眞者是謂比丘成就見得正見於法得不壞淨入正法中尊者舍梨子聞已歎曰善哉善哉賢者大拘絺羅尊者舍梨子歎已歡喜奉行尊者舍梨子復問曰賢者大拘絺羅頗更有事因此事比丘成就見得正見於法得不壞淨入正法耶答曰有也尊者舍梨子謂有比丘知

苦如眞知苦集知苦滅知苦滅道如眞云何知苦如眞謂生苦老苦病苦死苦怨憎會苦愛別離苦所求不得苦略五盛陰苦是謂知苦如眞云何知苦集如眞謂因老死便有苦是謂知苦集如眞云何知苦滅如眞謂老死滅苦便滅是謂知苦滅如眞云何知苦滅道如眞謂八支聖道正見乃至正定爲八是謂知苦滅道如眞尊者舍梨子若有比丘如是知苦如眞知苦集知苦滅知苦滅道如眞者是謂比丘成就見得正見於法得不壞淨入正法中尊者舍梨子聞已歎曰善哉善哉賢者大拘絺羅尊者舍梨子歎已歡喜奉行尊者舍梨子復問曰賢者大拘絺羅頗更有事因此事比丘成就見得正見於法得不壞淨入正法耶答曰有也尊者舍梨子謂有比丘

知老死如眞知老死集知老死滅知老死滅道如眞云何知老謂彼老耄頭白齒落盛壯日衰身曲脚戾體重氣上拄杖而行肌縮皮緩皺如麻子諸根毀熟顏色醜惡是名老也云何知死謂彼衆生彼彼衆生種類命終無常死喪散滅壽盡破壞命根閉塞是名死也此說死前說老是名老死是謂知老死如眞云何知老死集如眞謂因生便有老死是謂知老死集如眞云何知老死滅如眞謂生滅老死便滅是謂知老死滅如眞云何知老死滅道如眞謂八支聖道正見乃至正定爲八是謂知老死滅道如眞尊者舍梨子若有比丘如是知老死如眞知老死集知老死滅知老死滅道如眞者是謂比丘成就見得正見於法得不壞淨入正法中尊者舍梨子聞已

歎曰善哉善哉賢者大拘絺羅尊者舍梨子歎已歡喜奉行尊者舍梨子復問曰賢者大拘絺羅頗更有事因此事比丘成就見得正見於法得不壞淨入正法耶答曰有也尊者舍梨子謂有比丘知生如眞知生集知生滅知生滅道如眞云何知生如眞謂彼衆生彼彼衆生種類生則生出則出成則成與報五陰已得命根是謂知生如眞云何知生集如眞謂因有便有生是謂知生集如眞云何知生滅如眞謂有滅生便滅是謂知生滅如眞云何知生滅道如眞謂八支聖道正見乃至正定爲八是謂知生滅道如眞尊者舍梨子若有比丘如是知生如眞知生集知生滅知生滅道如眞者是謂比丘成就見得正見於法得不壞淨入正法中尊者舍梨子聞已歎

曰善哉善哉賢者大拘絺羅尊者舍梨子歎已歡喜奉行尊者舍梨子復問曰賢者大拘絺羅頗更有事因此事比丘成就見得正見於法得不壞淨入正法耶答曰有也尊者舍梨子謂有比丘知有如眞知有集知有滅知有滅道如眞云何知有如眞謂有三有欲有色有無色有是謂知有如眞云何知有集如眞謂因受便有有是謂知有集如眞云何知有滅如眞謂受滅有便滅是謂知有滅如眞云何知有滅道如眞謂八支聖道正見乃至正定爲八是謂知有滅道如眞尊者舍梨子若有比丘如是知有如眞知有集知有滅知有滅道如眞者是謂比丘成就見得正見於法得不壞淨入正法中尊者舍梨子聞已歎曰善哉善哉賢者大拘絺羅尊者舍梨子歎

已歡喜奉行尊者舍梨子復問曰賢者大拘絺羅頗更有事因此事比丘成就見得正見於法得不壞淨入正法耶答曰有也尊者舍梨子謂有比丘知受如眞知受集知受滅知受滅道如眞云何知受如眞謂有四受欲受戒受見受我受是謂知受如眞云何知受集如眞謂因愛便有受是謂知受集如眞云何知受滅如眞謂愛滅受便滅是謂知受滅如眞云何知受滅道如眞謂八支聖道正見乃至正定爲八是謂知受滅道如眞尊者舍梨子若有比丘如是知受如眞知受集知受滅知受滅道如眞者是謂比丘成就見得正見於法得不壞淨入正法中尊者舍梨子聞已歎曰善哉善哉賢者大拘絺羅尊者舍梨子歎已歡喜奉行尊者舍梨子復問曰賢者大

拘絺羅頗更有事因此事比丘成就見得正見於法得不壞淨入正法耶答曰有也尊者舍梨子謂有比丘知愛如眞知愛集知愛滅知愛滅道如眞云何知愛如眞謂有三愛欲愛色愛無色愛是謂知愛如眞云何知愛集如眞謂因覺便有愛是謂知愛集如眞云何知愛滅如眞謂覺滅愛便滅是謂知愛滅如眞云何知愛滅道如眞謂八支聖道正見乃至正定爲八是謂知愛滅道如眞尊者舍梨子若有比丘如是知愛如眞知愛集知愛滅知愛滅道如眞者是謂比丘成就見得正見於法得不壞淨入正法中尊者舍梨子聞已歎曰善哉善哉賢者大拘絺羅尊者舍梨子歎已歡喜奉行尊者舍梨子復問曰賢者大拘絺羅頗更有事因此事比丘成就見得正

見於法得不壞淨入正法耶答曰有也尊者舍梨子謂有比丘知覺如眞知覺集知覺滅知覺滅道如眞云何知覺如眞謂有三覺樂覺苦覺不苦不樂覺是謂知覺如眞云何知覺集如眞謂因更樂便有覺是謂知覺集如眞云何知覺滅如眞謂更樂滅覺便滅是謂知覺滅如眞云何知覺滅道如眞謂八支聖道正見乃至正定爲八是謂知覺滅道如眞尊者舍梨子若有比丘如是知覺如眞知覺集知覺滅知覺滅道如眞者是謂比丘成就見得正見於法得不壞淨入正法中尊者舍梨子聞已歎曰善哉善哉賢者大拘絺羅尊者舍梨子歎已歡喜奉行尊者舍梨子復問曰賢者大拘絺羅頗更有事因此事比丘成就見得正見於法得不壞淨入正法耶答曰

有也尊者舍梨子謂有比丘知更樂如眞知更樂集知更樂滅知更樂滅道如眞云何知更樂如眞謂有三更樂樂更樂苦更樂不苦不樂更樂是謂知更樂如眞云何知更樂集如眞謂因六處便有更樂是謂知更樂集如眞云何知更樂滅如眞謂六處滅更樂便滅是謂知更樂滅如眞云何知更樂滅道如眞謂八支聖道正見乃至正定爲八是謂知更樂滅道如眞尊者舍梨子若有比丘如是知更樂如眞知更樂集知更樂滅知更樂滅道如眞者是謂比丘成就見得正見於法得不壞淨入正法中尊者舍梨子聞已歎曰善哉善哉賢者大拘絺羅尊者舍梨子歎已歡喜奉行尊者舍梨子復問曰賢者大拘絺羅頗更有事因此事比丘成就見得正見於法得

不壞淨入正法耶答曰有也尊者舍梨子謂有比丘知六處如眞知六處集知六處滅知六處滅道如眞云何知六處如眞謂眼處耳鼻舌身意處是謂知六處如眞云何知六處集如眞謂因名色便有六處是謂知六處集如眞云何知六處滅如眞謂名色滅六處便滅是謂知六處滅如眞云何知六處滅道如眞謂八支聖道正見乃至正定爲八是謂知六處滅道如眞尊者舍梨子若有比丘如是知六處如眞知六處集知六處滅知六處滅道如眞者是謂比丘成就見得正見於法得不壞淨入正法中尊者舍梨子聞已歎曰善哉善哉賢者大拘絺羅尊者舍梨子歎已歡喜奉行尊者舍梨子復問曰賢者大拘絺羅頗更有事因此事比丘成就見得正見於法得不壞淨入正法耶答曰有也尊者舍梨子謂有比丘知名色如眞知名色集知名色滅知名色滅道如眞云何知名謂四非色陰爲名云何知色謂四大及四大造爲色此說色前說名是爲名色是謂知名色如眞云何知名色集如眞謂因識便有名色是謂知名色集如眞云何知名色滅如眞謂識滅名色便滅是謂知名色滅如眞云何知名色滅道如眞謂八支聖道正見乃至正定爲八是謂知名色滅道如眞尊者舍梨子若有比丘如是知名色如眞知名色集知名色滅知名色滅道如眞者是謂比丘成就見得正見於法得不壞淨入正法中尊者舍梨子聞已歎曰善哉善哉賢者大拘絺羅尊者舍梨子歎已歡喜奉行尊者舍梨子復問曰賢者大拘絺羅

頗更有事因此事比丘成就見得正見於法得不壞淨入正法耶答曰有也尊者舍梨子謂有比丘知識如眞知識集知識滅知識滅道如眞云何知識如眞謂有六識眼識耳鼻舌身意識是謂知識如眞云何知識集如眞謂因行便有識是謂知識集如眞云何知識滅如眞謂行滅識便滅是謂知識滅如眞云何知識滅道如眞謂八支聖道正見乃至正定爲八是謂知識滅道如眞尊者舍梨子若有比丘如是知識如眞知識集知識滅知識滅道如眞者是謂比丘成就見得正見於法得不壞淨入正法中尊者舍梨子聞已歎曰善哉善哉賢者大拘絺羅尊者舍梨子歎已歡喜奉行尊者舍梨子復問曰賢者大拘絺羅頗更有事因此事比丘成就見得正見於法得不壞淨入正法耶答曰有也尊者舍梨子謂有比丘知行如眞知行集知行滅知行滅道如眞云何知行如眞謂有三行身行口行意行是謂知行如眞云何知行集如眞謂因無明便有行是謂知行集如眞云何知行滅如眞謂無明滅行便滅是謂知行滅如眞云何知行滅道如眞謂八支聖道正見乃至正定爲八是謂知行滅道如眞尊者舍梨子若有比丘如是知行如眞知行集知行滅知行滅道如眞者是謂比丘成就見得正見於法得不壞淨入正法中尊者舍梨子聞已歎曰善哉善哉賢者大拘絺羅尊者舍梨子歎已歡喜奉行尊者舍梨子復問曰賢者大拘絺羅若有比丘無明已盡明已生復作何等尊者大拘絺羅答曰尊者舍梨子若有比丘

無明已盡明已生無所復作尊者舍梨子聞已歎曰善哉善哉賢者大拘絺羅如是彼二尊更互説義各歡喜奉行從座起去

舍梨子相應品象跡喻經第十

我聞如是一時佛遊舍衛國在勝林給孤獨園爾時尊者舍梨子告諸比丘諸賢若有無量善法彼一切法皆四聖諦所攝來入四聖諦中謂四聖諦於一切法最爲第一所以者何攝受一切衆善法故諸賢猶如諸畜之跡象跡爲第一所以者何彼象跡者最廣大故如是諸賢無量善法彼一切法皆四聖諦所攝來入四聖諦中謂四聖諦於一切法最爲第一云何爲四謂苦聖諦苦集苦滅苦滅道聖諦諸賢云何苦聖諦謂生苦老苦病苦死苦怨憎會苦愛別離苦所求不得苦略五盛陰苦諸賢云何五盛陰謂色盛陰覺想行識盛陰諸賢云何色盛陰謂有色彼一切四大及四大造諸賢云何四大謂地界水火風界諸賢云何地界諸賢謂地界有二有內地界有外地界諸賢云何內地界謂內身中在內所攝堅堅性住內之所受此爲云何謂髮毛爪齒麤細皮膚肌肉筋骨心腎肝脾肺腸胃糞如是比此身中餘在內所攝堅堅性住內之所受諸賢是謂內地界諸賢外地界者謂大是淨是不憎惡是諸賢有時水災是時滅外地界諸賢此外地界極大極淨極不憎惡是無常法盡法衰法變易之法況復此身暫住爲愛所受謂不多聞愚癡凡夫而作此念是我是我所我是彼所多聞聖弟子不作此念是我是我所我是彼所彼云何作是念若

有他人罵詈捶打瞋恚責數者彼作是念我生此苦從因緣生非無因緣云何爲緣緣苦更樂彼觀此更樂無常觀覺想行識無常彼心緣界住止合一心定不移動彼於後時他人來語柔辭輭言者彼作是念我生此樂從因緣生非無因緣云何爲緣緣樂更樂彼觀此更樂無常觀覺想行識無常彼心緣界住止合一心定不移動彼於後時若幼少中年長老來行不可事或以拳扠或以石擲或刀杖加彼作是念我受此身色法麤質四大之種從父母生飲食長養常衣被覆坐臥按摩澡浴強忍是破壞法是滅盡法離散之法我因此身致拳扠石擲及刀杖加由是之故彼極精勤而不懈怠正身正念不恚不癡安定一心彼作是念我極精勤而不懈怠正身正念不恚不癡安定一心我受此身應致拳扠石擲及刀杖加但當精勤學世尊法諸賢世尊亦如是說若有賊來以利刀鋸節節解身若汝爲賊以利刀鋸節節解身時或心變易或惡語言者汝則衰退汝當作是念若有賊來以利刀鋸節節解我身者因此令我心不變易不惡語言當爲彼節節解我身者起哀愍心爲彼人故心與慈俱遍滿一方成就遊如是二三四方四維上下普周一切心與慈俱無結無怨無恚無諍極廣甚大無量善修遍滿一切世間成就遊諸賢彼比丘若因佛法衆不住善相應捨者諸賢彼比丘應慙愧羞猒我於利無利於德無德謂我因佛法衆不住善相應捨諸賢猶如初迎新婦見其姑嫜若見夫主則慙愧羞猒諸賢當知比丘亦

復如是應慙愧羞猒我於利無利於德無德謂我因佛法衆不住善相應捨彼因慙愧羞猒故便住善相應捨是妙息寂謂捨一切有離受無欲滅盡無餘諸賢是謂比丘一切大學諸賢云何水界諸賢謂水界有二有內水界有外水界諸賢云何內水界謂內身中在內所攝水水性潤內之所受此爲云何謂腦脂眼淚汗涕唾膿血肪髓涎膽小便如是比此身中餘在內所攝水水性潤內之所受諸賢是謂內水界諸賢外水界者謂大是淨是不憎惡是謂諸賢有時火災是時滅外水界諸賢此外水界極大極淨極不憎惡是無常法盡法衰法變易之法況復此身暫住爲愛所受謂不多聞愚癡凡夫而作此念是我是我所我是彼所多聞聖弟子不作此念是我是我所我是彼所彼云何作是念若有他人罵詈捶打瞋恚責數者便作是念我生此苦從因緣生非無因緣云何爲緣緣苦更樂彼觀此更樂無常觀覺想行識無常彼心緣界住止合一心定不移動彼於後時他人來語柔辭輭言者彼作是念我生此樂從因緣生非無因緣云何爲緣緣樂更樂彼觀此更樂無常觀覺想行識無常彼心緣界住止合一心定不移動彼於後時若幼少中年長老來行不可事或以拳扠或以石擲或刀杖加彼作是念我受此身色法麤質四大之種從父母生飲食長養常衣被覆坐臥按摩澡浴強忍是破壞法是滅盡法離散之法我因此身致拳扠石擲及刀杖加由是之故彼極精勤而不懈怠正身正念不恚不癡安定一心彼

作是念我極精勤而不懈怠正身正念不恚不癡安定一心我受此身應致拳扠石擲及刀杖加但當精勤學世尊法諸賢世尊亦如是說若有賊來以利刀鋸節節解身若汝爲賊以利刀鋸節節解身時或心變易或惡語言者汝則衰退汝當作是念若有賊來以利刀鋸節節解我身者因此令我心不變易不惡語言當爲彼節節解我身者起哀愍心爲彼人故心與慈俱遍滿一方成就遊如是二三四方四維上下普周一切心與慈俱無結無怨無恚無諍極廣甚大無量善修遍滿一切世間成就遊諸賢彼比丘若因佛法衆不住善相應捨者諸賢彼比丘應慙愧羞猒我於利無利於德無德謂我因佛法衆不住善相應捨諸賢猶如初迎新婦見其姑嫜若見

夫主則慙愧羞猒諸賢當知比丘亦復如是應慙愧羞猒我於利無利於德無德謂我因佛法衆不住善相應捨彼因慙愧羞猒故便住善相應捨是妙息寂謂捨一切有離愛無欲滅盡無餘諸賢是謂比丘一切大學諸賢云何火界諸賢謂火界有二有內火界有外火界諸賢云何內火界謂內身中在內所攝火火性熱內之所受此爲云何謂暖身熱身煩悶溫壯消化飲食如是比此身中餘在內所攝火火性熱內之所受諸賢是謂內火界諸賢外火界者謂大是淨是不憎惡是諸賢有時外火界起起已燒村邑城郭山林曠野燒彼已或至道至水無受而滅諸賢外火界滅後人民求火或鑽木截竹或以珠燧諸賢此外火界極大極淨極不憎惡是無常法盡

法衰法變易之法況復此身暫住爲愛所受謂不多聞愚癡凡夫而作此念是我是我所我是彼所多聞聖弟子不作此念是我是我所我是彼所彼云何作是念若有他人罵詈捶打瞋恚責數者便作是念我生此苦從因緣生非無因緣云何爲緣緣苦更樂彼觀此更樂無常觀覺想行識無常彼心緣界住止合一心定不移動彼於後時他人來語柔辭輭言者彼作是念我生此樂從因緣生非無因緣云何爲緣緣樂更樂彼觀此更樂無常觀覺想行識無常彼心緣界住止合一心定不移動彼於後時若幼少中年長老來行不可事或以拳扠或以石擲或刀杖加彼作是念我受此身色法麤質四大之種從父母生飲食長養常衣被覆坐卧按摩澡浴強忍是破壞法是滅盡法離散之法我因此身致拳扠石擲及刀杖加由是之故彼極精勤而不懈怠正身正念不恚不癡安定一心彼作是念我極精勤而不懈怠正身正念不恚不癡安定一心我受此身應致拳扠石擲及刀杖加但當精勤學世尊法諸賢世尊亦如是說若有賊來以利刀鋸節節解身若汝爲賊以利刀鋸節節解身時或心變易或惡語言者汝則衰退汝當作是念若有賊來以利刀鋸節節解我身者因此令我心不變易不惡語言當爲彼節節解我身者起哀愍心爲彼人故心與慈俱遍滿一方成就遊如是二三四方四維上下普周一切心與慈俱無結無怨無恚無諍極廣甚大無量善修遍滿一切世間成就遊諸賢彼比丘若因佛法衆不住善

相應捨者諸賢彼比丘應慚愧羞猒我於利無利於德無德謂我因佛法衆不住善相應捨諸賢猶如初迎新婦見其姑嫜若見夫主則慙愧羞猒諸賢當知比丘亦復如是應慙愧羞猒我於利無利於德無德謂我因佛法衆不住善相應捨彼因慙愧羞猒故便住善相應捨是妙息寂謂捨一切有離愛無欲滅盡無餘諸賢是謂比丘一切大學諸賢云何風界諸賢謂風界有一有內風界有外風界諸賢云何內風界謂內身中在內所攝風風性動內之所受此爲云何謂上風下風腹風行風掣縮風刀風躄風非道風節節行風息出風息入風如是比此身中餘在內所攝風風性動內之所受諸賢是謂內風界諸賢外風界者謂大是淨是不憎惡是諸賢有時外風界起風界起時發屋拔樹崩山山巖發已便止纖毫不動諸賢外風界止後人民求風或以其扇或以多羅葉或以衣求風諸賢此風界極大極淨極不憎惡是無常法盡法衰法變易之法況復此身暫住爲愛所受謂不多聞愚癡凡夫而作此念是我是我所我是彼所多聞聖弟子不作此念是我是我所我是彼所彼云何作是念若有他人罵詈捶打瞋恚責數者便作是念我生此苦從因緣生非無因緣云何爲緣緣苦更樂彼觀此更樂無常觀覺想行識無常彼心緣界住止合一心定不移動彼於後時他人來語柔辭輭言者彼作是念我生此樂從因緣生非無因緣云何爲緣緣樂更樂彼觀此更樂無常觀覺想行識無常彼心緣界住止合一心定不移

動彼於後時若幼少中年長老來行不可事或以拳扠或以石擲或刀杖加彼作是念我受此身色法麤質四大之種從父母生飲食長養常衣被覆坐卧按摩澡浴強忍是破壞法是滅盡法離散之法我因此身致拳扠石擲及刀杖加由是之故彼極精勤而不懈怠正身正念不恚不癡安定一心彼作是念我極精勤而不懈怠正身正念不恚不癡安定一心我受此身應致拳扠石擲及刀杖加但當精勤學世尊法諸賢世尊亦如是說若有賊來以利刀鋸節節解身若汝爲賊以利刀鋸節節解身時或心變易或惡語言者汝則衰退汝當作是念若有賊來以利刀鋸節節解我身者因此令我心不變易不惡語言當爲彼節節解我身者起哀愍心爲彼人故心

與慈俱遍滿一方成就遊如是二三四方四維上下普周一切心與慈俱無結無怨無恚無諍極廣甚大無量善修遍滿一切世間成就遊諸賢彼比丘若因佛法衆不住善相應捨者諸賢彼比丘應慙愧羞猒我於利無利於德無德謂我因佛法衆不住善相應捨諸賢猶如初迎新婦見其姑嫜若見夫主則慙愧羞猒諸賢當知比丘亦復如是應慙愧羞猒我於利無利於德無德謂我因佛法衆不住善相應捨彼因慙愧羞猒故便住善相應捨是妙息寂謂捨一切有離愛無欲滅盡無餘諸賢是謂比丘一切大學諸賢猶如因材木因泥土因水草覆裹於空便生屋名諸賢當知此身亦復如是因筋骨因皮膚因肉血纏裹於空便生身名諸賢若内眼處壞者外

色便不爲光明所照則無有念眼識不得生諸賢若内眼處不壞者外色便爲光明所照而便有念眼識得生諸賢内眼處及色眼識知外色是屬色陰若有覺是覺陰若有想是想陰若有思是思陰若有識是識陰如是觀陰合會諸賢世尊亦如是説若見緣起便見法若見法便見緣起所以者何諸賢世尊説五盛陰從因緣生色盛陰覺想行識盛陰諸賢若内耳鼻舌身意處壞者外法便不爲光明所照則無有念意識不得生諸賢若内意處不壞者外法便爲光明所照而便有念意識得生諸賢内意處及法意識知外色法是屬色陰若有覺是覺陰若有想是想陰若有思是思陰若有識是識陰如是觀陰合會諸賢世尊亦如是説若見緣起便見法若見法便見緣起所以者何諸賢世尊説五盛陰從因緣生色盛陰覺想行識盛陰彼猒此過去未來現在五盛陰猒已便無欲無欲已便解脱解脱已便知解脱生已盡梵行已立所作已辦不更受有知如眞諸賢是謂比丘一切大學尊者舍梨子所説如是彼諸比丘聞尊者舍梨子所説歡喜奉行

舍梨子相應品分別聖諦經第十一

我聞如是一時佛遊舍衛國在勝林給孤獨園爾時世尊告諸比丘此是正行説法謂四聖諦廣攝廣觀分別發露開仰施設顯示趣向過去諸如來無所著等正覺彼亦有此正行説法謂四聖諦廣攝廣觀分別發露開仰施設顯示趣向未來諸如來無所著等正覺彼亦有此正行説法謂四聖諦廣攝廣觀分

別發露開仰施設顯示趣向我今現如來無所著等正覺亦有此正行說法謂四聖諦廣攝廣觀分別發露開仰施設顯示趣向舍梨子比丘聰慧速慧捷慧利慧廣慧深慧出要慧明達慧辯才慧舍梨子比丘成就實慧所以者何謂我略說此四聖諦舍梨子比丘則能爲他廣教廣觀分別發露開仰施設顯現趣向舍梨子比丘廣教廣示此四聖諦分別發露開仰施設顯現趣向時令無量人而得於觀舍梨子比丘能以正見爲導御也目揵連比丘能令立於最上真際謂究竟漏盡舍梨子比丘生諸梵行猶如生母目連比丘長養諸梵行猶如養母是以諸梵行者應奉事供養恭敬禮拜舍梨子目揵連比丘所以者何舍梨子目揵連比丘爲諸梵行者求義及饒益求安隱快樂爾時世尊說如是已即從座起入室宴坐於是尊者舍梨子告諸比丘諸賢世尊爲我等出世謂爲他廣教廣示此四聖諦分別發露開仰施設顯現趣向云何爲四謂苦聖諦苦寂苦滅苦滅道聖諦諸賢云何苦聖諦謂生苦老苦病苦死苦怨憎會苦愛別離苦所求不得苦略五盛陰苦諸賢說生苦者此說何因諸賢生者謂彼眾生彼彼眾生種類生則生出則出成則成興起五陰已得命根是名爲生諸賢生苦者謂眾生生時身受苦受遍受覺遍覺心受苦受遍受覺遍覺身心受苦受遍受覺遍覺身熱受遍受覺遍覺心熱受遍受覺遍覺身心熱受遍受覺遍覺身壯熱煩惱憂慼受遍受覺遍覺心壯熱煩惱憂慼受遍受覺遍覺身心壯熱

煩惱憂慼受遍受覺遍覺諸賢說生苦者因此故說諸賢說老苦者此說何因諸賢老者謂彼衆生彼彼衆生種類彼爲老耄頭白齒落盛壯日衰身曲脚戾體重氣上拄杖而行肌縮皮緩皺如麻子諸根毀熟顏色醜惡是名爲老諸賢老苦者謂衆生老時身受苦受遍受覺遍覺心受苦受遍受覺遍覺身心受苦受遍受覺遍覺身熱受遍受覺遍覺心熱受遍受覺遍覺身心熱受遍受覺遍覺身壯熱煩惱憂慼受遍受覺遍覺心壯熱煩惱憂慼受遍受覺遍覺身心壯熱煩惱憂慼受遍受覺遍覺諸賢說老苦者因此故說諸賢說病苦者此說何因諸賢病者謂頭痛眼痛耳痛鼻痛面痛脣痛齒痛舌痛齶痛咽痛風喘欬嗽噫吐喉痺癲癇癰癭經溢赤痰壯熱枯槁痔瘻下痢若有如是比餘種種病從更樂觸生不離心立在身中是名爲病諸賢病苦者謂衆生病時身受苦受遍受覺遍覺心受苦受遍受覺遍覺身心受苦受遍受覺遍覺身熱受遍受覺遍覺心熱受遍受覺遍覺身心熱受遍受覺遍覺身壯熱煩惱憂慼受遍受覺遍覺心壯熱煩惱憂慼受遍受覺遍覺身心壯熱煩惱憂慼受遍受覺遍覺諸賢說病苦者因此故說諸賢說死苦者此說何因諸賢死者謂彼衆生彼彼衆生種類命終無常死喪散滅壽盡破壞命根閉塞是名爲死諸賢死苦者謂衆生死時身受苦受遍受覺遍覺心受苦受遍受覺遍覺身心受苦受遍受覺遍覺身熱受遍受覺遍覺心熱受遍受覺遍覺身心熱受遍受覺遍覺身壯熱煩惱

憂慼受遍受覺遍覺心壯熱煩惱憂慼受遍受覺遍覺身心壯熱煩惱憂慼受遍受覺遍覺諸賢說死苦者因此故說諸賢說怨憎會苦者此說何因諸賢怨憎會者謂衆生實有內六處不愛眼處耳鼻舌身意處彼同會一有攝和集共合爲苦如是外處更樂覺想思愛亦復如是諸賢衆生實有六界不愛地界水火風空識界彼同會一有攝和集共合爲苦是名怨憎會諸賢怨憎會苦者謂衆生怨憎會時身受苦受遍受覺遍覺心受苦受遍受覺遍覺身心受苦受遍受覺遍覺諸賢說怨憎會苦者因此故說諸賢說愛別離苦者此說何因諸賢愛別離苦者謂衆生實有內六處愛眼處耳鼻舌身意處彼異分散不得相應別離不會不攝不集不和合爲苦如是外處更樂覺想思愛亦復如是諸賢衆生實有六界愛地界水火風空識界彼異分散不得相應別離不會不攝不集不和合爲苦是名愛別離諸賢愛別離苦者謂衆生別離時身受苦受遍受覺遍覺心受苦受遍受覺遍覺身心受苦受遍受覺遍覺諸賢說愛別離苦者因此故說諸賢說所求不得苦者此說何因諸賢謂衆生生法不離生法欲得令我而不生者此實不可以欲而得老法死法愁憂慼法不離憂慼法欲得令我不憂慼者此亦不可以欲而得諸賢衆生實生苦而不可樂不可愛念彼作是念若我生苦而不可樂不可愛念者欲得轉是令可愛念此亦不可以欲而得諸賢衆生實生樂而可愛念彼作是念若我生樂可愛念者欲得令是常恒久

住不變易法此亦不可以欲而得諸賢衆生實生思想而不可樂不可愛念彼作是念若我生思想而不可樂不可愛念者欲得轉是令可愛念此亦不可以欲而得諸賢衆生實生思想而可愛念彼作是念若我生思想可愛念者欲得令是常恒久住不變易法此亦不可以欲而得諸賢說所求不得苦者因此故說諸賢說略五盛陰苦者此說何因謂色盛陰覺想行識盛陰諸賢說略五盛陰苦者因此故說諸賢過去時是苦聖諦未來現在時是苦聖諦眞諦不虛不離於如亦非顛倒眞諦審實合如是諦聖所有聖所知聖所見聖所了聖所得聖所等正覺是故說苦聖諦諸賢云何愛集苦集聖諦謂衆生實有愛內六處眼處耳鼻舌身意處於中若有愛有膩

有染有著者是名爲集諸賢多聞聖弟子知我如是知此法如是見如是了如是視如是覺是謂愛集苦集聖諦如是知之云何知耶若有愛妻子奴婢給使眷屬田地屋宅店肆出息財物爲所作業有愛有膩有染有著者是名爲集彼知此愛集苦集聖諦如是外處更樂覺想思愛亦復如是諸賢衆生實有愛六界地界水火風空識界於中若有愛有膩有染有著者是名爲集諸賢多聞聖弟子知我如是知此法如是見如是了如是視如是覺是謂愛集苦集聖諦如是知之云何知耶若有愛妻子奴婢給使眷屬田地屋宅店肆出息財物爲所作業有愛有膩有染有著者是名爲集彼知是愛集苦集聖諦諸賢過去時是愛集苦集聖諦未來現在時是愛集苦

集聖諦眞諦不虚不離於如亦非顛倒眞諦審實合如是諦聖所有聖所知聖所見聖所了聖所得聖所等正覺是故說愛集苦集聖諦諸賢云何愛滅苦滅聖諦謂衆生實有愛内六處眼處耳鼻舌身意處彼若解脫不染不著斷捨吐盡無欲滅止没者是名苦滅諸賢多聞聖弟子知我如是知此法如是見如是了如是視如是覺是謂愛滅苦滅聖諦如是知之云何知耶若有不愛妻子奴婢給使眷屬田地屋宅店肆出息財物不爲所作業彼若解脫不染不著斷捨吐盡無欲滅止没者是名苦滅彼知是愛滅苦滅聖諦如是外處更樂覺想思愛亦復如是諸賢衆生實有愛六界地界水火風空識界彼若解脫不染不著斷捨吐盡無欲滅止没者是名苦滅諸賢多聞聖弟子知我如是知此法如是見如是了如是視如是覺是謂愛滅苦滅聖諦如是知之云何知耶若有不愛妻子奴婢給使眷屬田地屋宅店肆出息財物不爲所作業彼若解脫不染不著斷捨吐盡無欲滅止没者是名苦滅彼知是愛滅苦滅聖諦諸賢過去時是愛滅苦滅聖諦未來現在時是愛滅苦滅聖諦眞諦不虚不離於如亦非顛倒眞諦審實合如是諦聖所有聖所知聖所見聖所了聖所得聖所等正覺是故說愛滅苦滅聖諦諸賢云何苦滅道聖諦謂正見正志正語正業正命正方便正念正定諸賢云何正見謂聖弟子念苦是苦時集是集滅是滅念道是道時或觀本所作或學念諸行或見諸行災患或見涅槃止息或無著念觀善心解

脫時於中擇遍擇決擇擇法視遍視觀察明達是名正見諸賢云何正志謂聖弟子念苦是苦時集是集滅是滅念道是道時或觀本所作或學念諸行或見諸行災患或見涅槃止息或無著念觀善心解脫時於中心伺遍伺隨順伺伺可念則念可望則望是名正志諸賢云何正語謂聖弟子念苦是苦時集是集滅是滅念道是道時或觀本所作或學念諸行或見諸行災患或見涅槃止息或無著念觀善心解脫時於中除口四妙行諸餘口惡行遠離除斷不行不作不合不會是名正語諸賢云何正業謂聖弟子念苦是苦時集是集滅是滅念道是道時或觀本所作或學念諸行或見諸行災患或見涅槃止息或無著念觀善心解脫時於中除身三妙行諸餘身惡行遠離除斷不行不作不合不會是名正業諸賢云何正命謂聖弟子念苦是苦時集是集滅是滅念道是道時或觀本所作或學念諸行或見諸行災患或見涅槃止息或無著念觀善心解脫時於中非無理求不以多欲無猒足不爲種種技術呪說邪命活但以法求衣不以非法亦以法求食牀座不以非法是名正命諸賢云何正方便謂聖弟子念苦是苦時集是集滅是滅念道是道時或觀本所作或學念諸行或見諸行災患或見涅槃止息或無著念觀善心解脫時於中若有精進方便一向精勤求有力趣向專著不捨亦不衰退正伏其心是名正方便諸賢云何正念謂聖弟子念苦是苦時集是集滅是滅念道是道時或觀本所作或學念諸行或

見諸行災患或見涅槃止息或無著念觀善心解脫時於中若念順念背不向念念遍念憶復憶心正不忘心之所應是名正念諸賢云何正定謂聖弟子念苦是苦時集是集滅是滅念道是道時或觀本所作或學念諸行或見諸行災患或見涅槃止息或無著念觀善心解脫時於中若心住禪住順住不亂不散攝止正定是名正定諸賢過去時是苦滅道聖諦未來現在時是苦滅道聖諦眞如諦不虛不離於如亦非顛倒眞諦審實合如是諦聖所有聖所知聖所見聖所了聖所得聖所等正覺是故說苦滅道聖諦於是頌曰

佛明達諸法　見無量善德　苦集滅道諦
善顯現分別

尊者舍梨子所說如是彼諸比丘聞尊者舍梨子所說歡喜奉行

舍梨子相應品第三竟

中阿含經卷第七

音釋

腎時忍切水藏也　脾頻彌切土藏也　肺芳吠切金藏也　罵詈罵莫嫁切正斥曰罵詈力智切旁及曰詈　捶打捶之累切打音頂並擊也　鋸居御切　嫜諸良切婦呼夫之母曰姑嫜　肪府良切脂也　涎夕連切口液也　鑽作官切穿也　燧徐醉切取火之木也　蹵子六切　齶五各切齒根肉也　喘昌兗切疾息也　喉痺喉戶鉤切咽也痺必至切病也　癲癇癲都年切狂病也癇戶間切病也　癰癭癰於容切癧也癭於郢切頸瘤也　痔瘻痔池爾切瘻盧修切痔瘻後病也　膩女利切肥也

中阿含經卷第八

東晉罽賓三藏瞿曇僧伽提婆譯

未曾有法品第四有十經　初一日誦

未曾有侍者　薄拘阿脩羅　地動及瞻波

郁伽手各二

未曾有法品未曾有經第一

我聞如是一時佛遊舍衛國在勝林給孤獨園爾時尊者阿難則於晡時從宴坐起往詣佛所稽首禮足却住一面白曰世尊我聞世尊迦葉佛時始願佛道行梵行若世尊迦葉佛時始願佛道行梵行者我受持是世尊未曾有法我聞世尊迦葉佛時始願佛道行梵行生兜率哆天若世尊迦葉佛時始願佛道行梵行生兜率哆天者我受持是世尊未曾有法我聞世尊迦葉佛時始願佛道行梵行生兜率哆天世尊後生以三事勝於前生兜率哆天者天壽天色天譽以此故諸兜率哆天歡喜踊躍歎此天子甚奇甚特有大如意足有大威德有大福祐有大威神所以者何彼後來生以三事勝於前生兜率哆天者天壽天色天譽若世尊迦葉佛時始願佛道行梵行生兜率哆天世尊後生以三事勝於前生兜率哆天者天壽天色天譽以此故諸兜率哆天歡喜踊躍歎此天子甚奇甚特有大如意足有大威德有大福祐有大威神所以者何彼後來生以三事勝於前生兜率哆天者天壽天色天譽者我受持是世尊未曾有法我聞世尊在兜率哆天於彼命終知入母胎是時震動一切天地以大妙光普照世間乃至幽隱諸闇冥處無有障蔽謂此日月有

大如意足有大威德有大福祐有大威神光所不照者彼盡蒙曜彼衆生者因此妙光各各生知有奇特衆生生有奇特衆生生若世尊在兜率哆天於彼命終知入母胎是時震動一切天地以大妙光普照世間乃至幽隱諸闇冥處無有障蔽謂此日月有大如意足有大威德有大福祐有大威神光所有照者彼盡蒙曜彼衆生者因此妙光各各生知有奇特衆生生有奇特衆生生者我受持是世尊未曾有法我聞世尊知住母胎依倚右脇若世尊知住母胎依倚右脇者我受持是世尊未曾有法我聞世尊舒體住母胎若世尊舒體住母胎者我受持是世尊未曾有法我聞世尊覆藏住母胎不爲血所汙亦不爲精及諸不淨所汙若世尊覆藏住母胎不爲血所汙亦不爲精及諸不淨所汙者我受持是世尊未曾有法我聞世尊知出母胎是時震動一切天地以大妙光普照世間乃至幽隱諸闇冥處無有障蔽謂此日月有大如意足有大威德有大福祐有大威神光所不照者彼盡蒙曜彼衆生者因此妙光各各生知有奇特衆生生有奇特衆生生若世尊知出母胎是時震動一切天地以大妙光普照世間乃至幽隱諸闇冥處無有障蔽謂此日月有大如意足有大威德有大福祐有大威神光所不照者彼盡蒙曜彼衆生者因此妙光各各生知有奇特衆生生有奇特衆生生者我受持是世尊未曾有法我聞世尊舒體出母胎若世尊舒體出母胎者我受持是世尊未曾有法我聞世尊覆藏出母胎不爲血所汙

亦不爲精及諸不淨所汙若世尊覆藏出母胎不爲血所汙亦不爲精及諸不淨所汙者我受持是世尊未曾有法我聞世尊初生之時有四天子手執極細衣住於母前令母歡喜歎此童子甚奇甚特有大如意足有大威德有大福祐有大威神若世尊初生之時有四天子手執細衣住於母前令母歡喜歎此童子甚奇甚特有大如意足有大威德有大福祐有大威神者我受持是世尊未曾有法我聞世尊初生之時即行七步不恐不怖亦不畏懼觀察諸方若世尊初生之時即行七步不恐不怖亦不畏懼觀察諸方者我受持是世尊未曾有法我聞世尊初生之時則於母前而生大池其水滿岸令母於此得用清淨若世尊初生之時則於母前而生大池其

水滿岸令母於此得用清淨者我受持是世尊未曾有法我聞世尊初生之時上虛空中雨水注下一冷一暖灌世尊身若世尊初生之時上虛空中雨水注下一冷一暖灌世尊身者我受持是世尊未曾有法我聞世尊初生之時諸天於上鼓天妓樂天青蓮華紅蓮華赤蓮華白蓮華天文陀羅華及細末栴檀香散世尊上若世尊初生之時諸天於上鼓天妓樂天青蓮華紅蓮華赤蓮華白蓮華天文陀羅華及細末栴檀香散世尊上者我受持是世尊未曾有法我聞世尊一時在父白淨王家晝監田作坐閻浮樹下離欲離惡不善之法有覺有觀離生喜樂得初禪成就遊爾時中後一切餘樹影皆轉移唯閻浮樹其影不移蔭世尊身於是釋白淨往觀田作至

作人所問曰作人童子何處作人答曰天童子今在閻浮樹下於是釋白淨往詣閻浮樹時釋白淨日中後見一切餘樹影皆轉移唯閻浮樹其影不移蔭世尊身便作是念今此童子甚奇甚特有大如意足有大威德有大福祐有大威神所以者何日中之後一切餘樹影皆轉移唯閻浮樹其影不移蔭童子身若世尊日中之後一切餘樹影皆轉移唯閻浮樹其影不移蔭世尊身者我受持是世尊未曾有法我聞世尊一時遊鞞舍離大林之中於是世尊過夜平旦著衣持鉢入鞞舍離城而行乞食乞食已竟收舉衣鉢澡洗手足以尼師壇著於肩上往入林中至一哆羅樹下敷尼師壇結跏趺坐是時中後一切餘樹影皆轉移唯哆羅樹其影不移蔭世尊身於是釋摩訶男中後彷徉往至大林釋摩訶男日中後見一切餘樹影皆轉移唯哆羅樹其影不移蔭世尊身便作是念沙門瞿曇甚奇甚特有大如意足有大威德有大福祐有大威神所以者何日中之後一切餘樹影皆轉移唯哆羅樹其影不移蔭沙門瞿曇身若世尊日中之後一切餘樹影皆轉移唯哆羅樹其影不移蔭世尊身者我受持是世尊未曾有法我聞世尊一時遊鞞舍離大林之中爾時諸比丘置鉢露地時世尊鉢亦在其中有一獼猴持佛鉢去諸比丘訶恐破佛鉢佛告諸比丘止止莫訶不破鉢也時彼獼猴持佛鉢去至一娑羅樹徐徐上樹於娑羅樹上取蜜滿鉢徐徐下樹還詣佛所即以蜜鉢奉上世尊世尊不受時彼獼猴却在一面取筋去

蟲既去蟲已還持上佛佛復不受獼猴復却在於一面取水著蜜中持還上佛世尊便受獼猴見佛取蜜鉢已歡喜踊躍却行弄舞迴旋而去若世尊令彼獼猴見世尊取蜜鉢已歡喜踊躍却行弄舞迴旋去者我受持是世尊未曾有法我聞世尊一時遊鞞舍離獼猴水邊高樓臺觀爾時世尊曝曬坐具抖擻拂拭是時大非時雲來普覆虛空欲雨而住須待世尊曝曬坐具抖擻拂拭舉著一處已攝持掃箒住屋基上於是大雲已見世尊收舉坐具便下大雨於卑高地滂沛平滿若世尊令彼大雲已見世尊收舉坐具便下大雨於卑高地滂沛滿者我受持是世尊未曾有法我聞世尊一時遊跋耆中在溫泉林娑羅樹王下坐爾時中後一切餘樹影皆轉移唯娑羅樹王其影不移蔭世尊身於是羅摩園主行視園時日中後見一切餘樹影皆轉移唯娑羅樹王其影不移蔭世尊身便作是念沙門瞿曇甚奇甚特有大如意足有大威德有大福祐有大威神所以者何日中之後一切餘樹影皆轉移唯娑羅樹王其影不移蔭沙門瞿曇身若世尊日中之後一切餘樹影皆轉移唯娑羅樹王其影不移蔭世尊身者我受持是世尊未曾有法我聞世尊一時在阿浮神室中爾時世尊過夜平旦著衣持鉢入阿浮村而行乞食乞食已竟收舉衣鉢澡洗手足以尼師壇著於肩上入神室宴坐爾時天大雷雨雹殺四牛耕者二人彼送葬時大衆喧閙其聲高大音響震動於是世尊則於晡時宴坐而起從神室出露地經行時彼大

衆中有一人見世尊則於晡時宴坐而起從神室出露地經行即往詣佛稽首作禮隨佛經行佛見在後問彼人曰以何等故大衆喧閙其聲高大音響震動耶彼人白曰世尊今日天大雷雨雹殺四牛耕者二人彼送葬時大衆喧閙其聲高大音響震動世尊向者不聞聲耶世尊答曰我不聞聲復問世尊向爲眠耶答曰不也復問世尊時覺不聞此大聲耶答曰如是爾時彼人便作是念甚奇甚特極息至寂如來無所著等正覺之所行所以者何覺而不聞此大音聲若世尊覺而不聞此大音聲者我受持是世尊未曾有法我聞世尊一時在鬱鞞羅尼連然河邊阿闍和羅尼拘類樹下初得佛道爾時大雨至于七日高下悉滿潢澇横流世尊於中露地經行其處塵起若世尊潢澇横流世尊於中露地經行其處塵起者我受持是世尊未曾有法我聞魔王六年逐佛求其長短不能得便猒已而還若世尊魔王六年隨逐世尊求其長短不能得便猒已而還者我受持是世尊未曾有法我聞世尊七年念身常念不斷若世尊七年念身常念不斷者我受持是世尊未曾有法於是世尊告曰阿難汝從如來更受持此未曾有法阿難如來知覺生知住知滅常知無不知時阿難如來知思想生知住知滅常知無不知時是故阿難汝從如來更受持此未曾有法佛說如是尊者阿難及諸比丘聞佛所說歡喜奉行

未曾有法品侍者經第二

我聞如是一時佛遊王舍城爾時多識名德

上尊長老比丘大弟子等謂尊者拘隣若尊者阿攝貝尊者跋提釋迦王尊者摩訶男拘隸尊者和破尊者耶舍尊者邠耨尊者維摩羅尊者伽和波提尊者須陀耶尊者舍梨子尊者阿那律陀尊者難提尊者金毗羅尊者隸婆哆尊者大目揵連尊者大迦葉尊者大拘絺羅尊者大周那尊者大迦旃延尊者邠耨加毙寫長老尊者耶舍行籌長老如是比餘多識名德上尊長老比丘大弟子等亦遊王舍城並皆近佛葉屋邊住是時世尊告諸比丘我今年老體轉衰弊壽過垂訖宜須侍者汝等見爲舉一侍者令瞻視我可非不可受我所說不失其義於是尊者拘隣若即從座起偏袒著衣叉手向佛白曰世尊我願奉侍可非不可及受所說不失其義世尊告曰

拘隣若汝自年老體轉衰弊壽過垂訖汝亦自應須瞻視者拘隣若汝還本坐於是尊者拘隣若即禮佛足便還復坐如是尊者阿攝貝尊者跋提釋迦王尊者摩訶男拘隸尊者和破尊者耶舍尊者邠耨尊者維摩羅尊者伽和波提尊者須陀耶尊者舍梨子尊者阿那律陀尊者難提尊者金毗羅尊者隸婆哆尊者大目揵連尊者大迦葉尊者大拘絺羅尊者大周那尊者大迦旃延尊者邠耨加毙寫長老尊者耶舍行籌長老即從座起偏袒著衣叉手向佛白曰世尊我願奉侍可非不可及受所說不失其義世尊告曰耶舍汝自年老體轉衰弊壽過垂訖汝亦自應須瞻視者耶舍汝還本坐於是尊者耶舍即禮佛足便還復坐爾時尊者大目揵連在彼衆中便

作是念世尊欲求誰爲侍者意在何比丘欲令瞻視可非不可及受所說不失其義我寧可入如其像定觀衆比丘心於是尊者大目揵連即入如其像定觀衆比丘心尊者大目揵連即知世尊欲得賢者阿難以爲侍者意在阿難欲令瞻視可非不可及受所說不失其義於是尊者大目揵連即從定起白衆比丘曰諸賢知不世尊欲得賢者阿難以爲侍者意在阿難欲令瞻視可非不可及受所說不失其義諸賢我等今應共至賢者阿難所勸喻令爲世尊侍者於是尊者大目揵連及諸比丘共至尊者阿難所共相問訊却坐一面是時尊者大目揵連坐已語曰賢者阿難汝今知不佛欲得汝以爲侍者意在阿難令瞻視我可非不可受我所說不失其義阿難

猶村外不遠有樓閣臺觀向東開窻日出光照在於西壁賢者阿難世尊亦然欲得賢者阿難以爲侍者意在阿難令瞻視我可非不可受我所說不失其義賢者阿難汝今可爲世尊侍者尊者阿難白曰尊者大目揵連我不堪任奉侍世尊所以者何諸佛世尊難可難侍謂爲侍者尊者大目揵連猶如王有大雄象年滿六十憍慠力盛牙足體具難可難近謂爲看視也尊者大目揵連如來無所著等正覺亦復如是難可難近謂爲侍者尊者大目揵連我以是故不任侍者尊者大目揵連復語曰賢者阿難聽我說喻智者聞喻即解其義賢者阿難猶如優曇鉢華時生於世賢者阿難如來無所著等正覺亦復如是時時出世賢者阿難汝可速爲世尊侍者瞿曇

當得大果尊者阿難復白曰尊者大目揵連若世尊與我三願者我便然可爲佛侍者云何爲三我願不著佛新故衣願不食别請佛食願不非時見佛尊者大目揵連若世尊與我此三願者如是我便爲佛侍者於是尊者大目揵連勸尊者阿難爲侍者已即從座起繞尊者阿難而便還去往詣佛所稽首禮足却坐一面白曰世尊我已勸喻賢者阿難爲佛侍者世尊賢者阿難從佛求三願云何爲三願不著佛新故衣願不食别請佛食願不非時見佛尊者大目揵連若世尊與我此三願者如是我便爲佛侍者世尊告曰大目揵連阿難比丘聰明智慧預知當有譏論或諸梵行作如是語阿難比丘爲衣故奉侍世尊大目揵連若阿難比丘聰明智慧預知當有譏論或諸梵行作如是語阿難比丘爲衣故奉侍世尊者是謂阿難比丘未曾有法大目揵連阿難比丘聰明智慧預知當有譏論或諸梵行作如是語阿難比丘爲食故奉侍世尊大目揵連若阿難比丘聰明智慧預知當有譏論或諸梵行作如是語阿難比丘爲食故奉侍世尊者是謂阿難比丘未曾有法大目揵連阿難比丘善知時善别時知我是往見如來時知我非往見如來時知比丘衆比丘尼衆是往見如來時知比丘衆比丘尼衆非往見如來時知優婆塞衆優婆私衆是往見如來時知優婆塞衆優婆私衆非往見如來時知衆多異學沙門梵志是往見如來時知衆多異學沙門梵志非往見如來時知此衆多異學沙門梵志能與如來共論知此衆

多異學沙門梵志不能與如來共論知此食噉含消如來食已安隱饒益知此食噉含消如來食已不安隱饒益知此食噉含消如來食已得辯才說法知此食噉含消如來食已不得辯才說法是謂阿難比丘未曾有法大目揵連阿難比丘雖無他心智而善知如來晡時從宴坐起預爲人說今日如來行如是如是現法樂居審如所說諦無有異是謂阿難比丘未曾有法尊者阿難作是說諸賢我奉侍佛來二十五年若以此心起貢高者無有是相若尊者阿難作此說是謂尊者阿難未曾有法尊者阿難復作是說諸賢我奉侍佛來二十五年初不非時見佛若尊者阿難作此說是謂尊者阿難未曾有法尊者阿難復作是說諸賢我奉侍佛來二十五年未曾爲佛所見訶責除其一過此亦爲他故若尊者阿難作此說是謂尊者阿難未曾有法尊者阿難復作是說諸賢我從如來受八萬法聚受持不忘若以此起貢高者無有此相若尊者阿難作此說是謂尊者阿難未曾有法尊者阿難復作是說諸賢我從如來受八萬法聚初不再問除其一句彼亦如是不易若尊者阿難作此說是謂尊者阿難未曾有法尊者阿難復作是說諸賢我從如來受持八萬法聚初不見從他人受法若尊者阿難作此說是謂尊者阿難未曾有法尊者阿難復作是說諸賢我從如來受持八萬法聚初無是心我受此法爲教語他諸賢但欲自御自息自般涅槃故若尊者阿難作此說是謂尊者阿難未曾有法尊者阿難復作是說諸賢

此甚奇甚特謂四部衆來詣我所而聽法若我因此起貢高者都無此相亦不預作意有來問者我當如是如是答諸賢但在座時隨其義應若尊者阿難作此說是謂尊者阿難未曾有法尊者阿難復作是說諸賢此甚奇甚特謂衆多異學沙門梵志來問我事我若以此有恐怖有畏懼身毛竪者都無此相亦不預作意有來問者我當如是如是答諸賢但在坐時隨其義應若尊者阿難作此說是謂尊者阿難未曾有法復次一時尊者舍梨子尊者大目揵連尊者阿難在舍衛國婆羅山中是時尊者舍梨子問曰賢者阿難汝奉侍佛來二十五年頗憶有時起欲心耶尊者阿難白尊者舍梨子我是學人而不離欲尊者舍梨子復語曰賢者阿難我不問汝學以

無學我但問汝奉侍佛來二十五年汝頗憶有起欲心耶尊者舍梨子復再三問曰賢者阿難汝奉侍佛來二十五年頗憶有時起欲心耶尊者阿難亦至再三白曰尊者舍梨子我是學人而不離欲尊者舍梨子復語曰賢者阿難我不問汝學以無學我但問汝奉侍佛來二十五年汝頗憶有起欲心耶於是尊者大目揵連語曰賢者阿難速答速答阿難汝莫觸嬈上尊長老於是尊者阿難答曰尊者舍梨子我奉侍佛來二十五年我初不憶曾起欲心所以者何我常向佛有慚愧心及諸智梵行人若尊者阿難作此說是謂尊者阿難未曾有法復次一時世尊遊王舍城在巖山中是時世尊告曰阿難汝卧當如師子卧法尊者阿難白曰世尊獸王師子卧法云

何世尊荅曰阿難獸王師子晝爲食行行已入窟若欲眠時足足相累伸尾在後右脅而卧過夜平旦回顧視身若獸王師子身體不正見已不喜若獸王師子其身周正見已便喜彼若卧起從窟而出出已頻呻頻呻已自觀身體自觀身已四顧而望四顧望已便再三吼再三吼已便行求食獸王師子卧法如是尊者阿難白曰世尊獸王師子卧法如是比丘卧法當復云何世尊荅曰阿難若比丘依村邑過夜平旦著衣持鉢入村乞食善護持身守攝諸根立於正念彼從村邑乞食已竟收舉衣鉢澡洗手足以尼師壇著於肩上至無事處或至樹下或空室中或經行或坐禪淨除心中諸障礙法晝或經行或坐禪淨除心中諸障礙已復於初夜或經行或坐禪淨除心中諸障礙法於初夜時或經行或坐禪淨除心中諸障礙已於中夜時入室欲卧四褺憂哆羅僧敷著牀上襞僧伽梨作枕右脅而卧足足相累意係明想正念正智恒念起想彼後夜時速從卧起或經行或坐禪淨除心中諸障礙法如是比丘師子卧法尊者阿難白曰世尊如是比丘師子卧法尊者阿難復作是說諸賢世尊教我師子喻卧法從是已來初不復以左脅而卧若尊者阿難作此說是謂尊者阿難未曾有法復次一時世尊遊拘尸那竭住和跋單力士娑羅林中爾時世尊最後欲取般涅槃時告曰阿難汝往至雙娑羅樹間可爲如來北首敷牀如來中夜當般涅槃尊者阿難受如來教即詣雙樹於雙樹間而爲如來北首敷牀敷牀已訖還

詣佛所稽首禮足却住一面白曰世尊已爲如來於雙樹間北首敷牀唯願世尊自當知時於是世尊將尊者阿難至雙樹間四褺憂哆羅僧以敷牀上襞僧伽梨作枕右脅而卧足足相累最後般涅槃時尊者阿難執拂侍佛以手抆淚而作是念本有諸方比丘衆來欲見世尊供養禮事皆得隨時奉見世尊供養禮事若聞世尊般涅槃已便不復來奉見世尊供養禮事我亦不得隨時見佛供養禮事於是世尊問諸比丘阿難比丘今在何處時諸比丘白曰世尊尊者阿難執拂侍佛以手抆淚而作是念本有諸方比丘衆來欲見世尊供養禮事皆得隨時奉見世尊供養禮事若聞世尊般涅槃已便不復來奉見世尊供養禮事我亦不得隨時見佛供養禮事於是世尊告曰阿難汝勿啼泣亦莫憂慼所以者何阿難汝奉侍我身行慈口意行慈初無二心安樂無量無邊無限阿難若過去時諸如來無所著等正覺有奉侍者無勝於汝阿難若未來諸如來無所著等正覺有奉侍者亦無勝汝阿難我今現在如來無所著等正覺若有侍者亦無勝汝所以者何阿難善知時善別時知我是往見如來時知我非往見如來時知比丘衆比丘尼衆是往見如來時知比丘衆比丘尼衆非往見如來時知優婆塞衆優婆私衆是往見如來時知優婆塞衆優婆私衆非往見如來時知衆多異學沙門梵志是往見如來時知衆多異學沙門梵志非往見如來時知此衆多異學沙門梵志能與如來共論知此衆多異學沙門梵志不能

與如來共論知此食噉含消如來食已得安隱饒益知此食噉含消如來食已不得安隱饒益知此食噉含消如來食已得辯才說法知此食噉含消如來食已不得辯才說法復次阿難汝雖無他心智而逆知如來晡時從宴坐起預爲人說今日如來行如是如是現法樂居審如所說諦無有異於是世尊欲令尊者阿難喜告諸比丘轉輪聖王得四未曾有法云何爲四刹利衆往見轉輪王若默然時見已歡喜若所說時聞已歡喜梵志衆居士衆沙門衆往見轉輪王若默然時見已歡喜若所說時聞已歡喜阿難比丘亦復如是得四未曾有法云何爲四比丘衆往見阿難若默然時見已歡喜若所說時聞已歡喜比丘尼衆優婆塞衆優婆夷衆往見阿難若默然時見已歡喜若所說時聞已歡喜復次阿難爲衆說法有四未曾有法云何爲四阿難比丘爲比丘衆至心說法非不至心彼比丘衆亦作是念願尊者阿難常說法莫令中止彼比丘衆聞尊者阿難說法終無猒足然阿難比丘自默然住爲比丘尼衆優婆塞衆優婆夷衆至心說法非不至心優婆夷衆亦作是念願尊者阿難常說法莫令中止優婆夷衆聞尊者阿難說法終無猒足然阿難比丘自默然住復次一時佛般涅槃後不久尊者阿難遊於金剛住金剛村中是時尊者阿難無量百千衆前後圍遶而爲說法於是尊者金剛子亦在衆中尊者金剛子心作是念此尊者阿難故是學人未離欲耶我寧可入如其像定以如其像定觀尊者阿難心於是尊

者金剛子便入如其像定以如其像定觀尊者阿難心尊者金剛子即知尊者阿難故是學人而未離欲於是尊者金剛子從三昧起向尊者阿難而說頌曰

山林靜思惟　涅槃令入心　瞿曇禪無亂　不久息跡證

於是尊者阿難受尊者金剛子教離衆獨行精進無亂彼離衆獨行精進無亂族姓子所爲剃除鬚髮著袈裟衣至信捨家無家學道者唯無上梵行訖彼即於現法自知自覺自作證成就遊生已盡梵行已立所作已辦不更受有知如眞尊者阿難知法已乃至得阿羅訶尊者阿難作是說諸賢我坐牀上下頭未至枕頃便斷一切漏得心解脫若尊者阿難作此說是謂尊者阿難未曾有法尊者阿難復作是說諸賢我當結跏趺坐而般涅槃尊者阿難便結跏坐而般涅槃若尊者阿難結跏趺坐而般涅槃是謂尊者阿難未曾有法佛說如是彼諸比丘聞佛所說歡喜奉行

未曾有法品薄拘羅經第三

我聞如是一時佛般涅槃後不久尊者薄拘羅遊王舍城在竹林迦蘭哆園爾時有一異學是尊者薄拘羅未出家時親善朋友中後彷徉往詣尊者薄拘羅所共相問訊却坐一面異學曰賢者薄拘羅我欲有所問爲見聽不尊者薄拘羅答曰異學隨汝所問聞已當思異學問曰賢者薄拘羅於此正法律中學道幾時尊者薄拘羅答曰異學我於此正法律中學道已來八十年異學復問曰賢者薄拘羅汝於此正法律中學道已來八十年頗

憶曾行婬欲事耶尊者薄拘羅語異學曰汝莫作是問更問餘事賢者薄拘羅於此正法律中學道已來八十年頗憶曾起欲想耶異學汝應作是問於是異學便作是語我今更問賢者薄拘羅汝於此正法律中學道已來八十年頗憶曾起欲想耶於是尊者薄拘羅因此異學問便語諸比丘諸賢我於此正法律中學道已來八十年以此起貢高者都無是想若尊者薄拘羅作此說是謂尊者薄拘羅未曾有法復次尊者薄拘羅作是說諸賢我於此正法律中學道已來八十年未曾有欲想若尊者薄拘羅作此說是謂尊者薄拘羅未曾有法復次尊者薄拘羅作是說諸賢我持糞掃衣來八十年若因此起貢高者都無是相若尊者薄拘羅作此說是謂尊者薄

拘羅未曾有法復次尊者薄拘羅作是說諸賢我持糞掃衣來八十年未曾憶受居士衣未曾割截作衣未曾倩他比丘作衣未曾用針縫衣未曾持針綖囊乃至一縷若尊者薄拘羅作此說是謂尊者薄拘羅未曾有法復次尊者薄拘羅作是說諸賢我乞食來八十年若因此起貢高者都無是相若尊者薄拘羅作此說是謂尊者薄拘羅未曾有法復次尊者薄拘羅作是說諸賢我乞食來八十年未曾憶受居士請未曾超越乞食未曾從大家乞食於中當得淨好極妙豐饒食噉含消未曾視女人面未曾憶入比丘尼房中未曾憶與比丘尼共相問訊乃至道路亦不共語若尊者薄拘羅作此說是謂尊者薄拘羅未曾有法復次尊者薄拘羅作是說諸賢我於

此正法律中學道已來八十年未曾憶畜沙彌未曾憶爲白衣說法乃至四句頌亦不爲說若尊者薄拘羅作此說是謂尊者薄拘羅未曾有法復次尊者薄拘羅作是說諸賢我於此正法律中學道已來八十年未曾有病乃至彈指頃頭痛者未曾憶服藥乃至一片呵梨勒若尊者薄拘羅作此說是謂尊者薄拘羅未曾有法復次尊者薄拘羅作是說諸賢我結跏趺坐於八十年未曾倚壁倚樹若尊者薄拘羅作此說是謂尊者薄拘羅未曾有法復次尊者薄拘羅作是說諸賢我於三日夜中得三達證若尊者薄拘羅作此說是謂尊者薄拘羅未曾有法復次尊者薄拘羅作是說諸賢我結跏趺坐而般涅槃尊者薄拘羅便結跏趺坐而般涅槃若尊者薄拘羅結跏趺坐而般涅槃是謂尊者薄拘羅未曾有法尊者薄拘羅所說如是彼時異學及諸比丘聞佛所說已歡喜奉行

未曾有法品阿修羅經第四

我聞如是一時佛遊鞞蘭若在黃蘆園爾時婆羅羅阿修羅王牟梨遮阿修羅子色像巍巍光曜暐曄夜將向旦往詣佛所禮世尊足却坐一面世尊問曰婆羅羅大海中阿修羅無有衰退阿修羅壽阿修羅色阿修羅樂阿修羅力諸阿修羅樂大海中耶婆羅羅阿修羅王牟梨遮阿修羅子答曰世尊我大海中諸阿修羅無有衰退於阿修羅壽阿修羅色阿修羅樂阿修羅力諸阿修羅樂大海中世尊復問曰婆羅羅大海中有幾未曾有法令諸阿修羅見已樂中婆羅羅答曰世尊我大

海中有八未曾有法令諸阿脩羅見已樂中云何爲八世尊我大海從下至上周迴漸廣均調轉上以成於岸其水常滿未曾流出世尊若我大海從下至上周迴漸廣均調轉上以成於岸其水常滿未曾流出者是謂我大海中第一未曾有法諸阿脩羅見已樂中復次世尊我大海潮未曾失時世尊若我大海潮未曾失時者是謂我大海中第二未曾有法諸阿脩羅見已樂中復次世尊我大海水甚深無底極廣無邊世尊若我大海甚深無底極廣無邊者是謂我大海中第三未曾有法諸阿脩羅見已樂中復次世尊我大海水鹹皆同一味世尊若我大海水鹹皆同一味者是謂我大海中第四未曾有法諸阿脩羅見已樂中復次世尊我大海中多有珍寶無

量貴異種種珍琦充滿其中珍寶名者謂金銀水精瑠璃摩尼眞珠碧玉白珂螺璧珊瑚琥珀碼碯瑇瑁赤石琁珠世尊若我大海中多有珍寶無量貴異種種珍琦充滿其中珍寶名者謂金銀水精瑠璃摩尼眞珠碧玉白珂螺璧珊瑚琥珀碼碯瑇瑁赤石琁珠者是謂我大海中第五未曾有法諸阿脩羅見已樂中復次世尊我大海中大神所居大神名者謂阿脩羅揵塔和羅刹魚摩竭龜鼉婆留泥帝麑帝麑加羅提帝麑伽羅復次大海中甚奇甚特衆生身體有百由延有二百由延有三百由延有至七百由延身皆居海中世尊若大海中大神所居大神名者謂阿脩羅揵塔和羅刹魚摩竭龜鼉婆留泥帝麑帝麑伽羅提帝麑伽羅復次大海中甚奇甚特衆

生身體有百由延有二百由延有三百由延有至七百由延身皆居海中者是謂我大海中第六未曾有法諸阿修羅見已樂中復次世尊我大海清淨不受死屍若有命終者過夜風便吹著岸上世尊若我大海清淨不受死屍若有命終者過夜風便吹著岸上者是謂我大海中第七未曾有法諸阿修羅見已樂中復次世尊我大海閻浮洲中有五大河一曰恒伽二曰搖尤那三曰舍牢浮四曰阿夷羅婆提五曰摩企悉入大海既入中已各捨本名皆曰大海世尊若我大海閻浮洲中有五大河一曰恒伽二曰搖尤那三曰舍牢浮四曰阿夷羅婆提五曰摩企悉入大海既入中已各捨本名皆曰大海者是謂我大海中第八未曾有法諸阿修羅見已樂中世尊

是謂我大海中有八未曾有法諸阿修羅見已樂中世尊於佛正法律中有幾未曾有法令諸比丘見已樂中世尊答曰婆羅羅我正法律中亦有八未曾有法令諸比丘見已樂中云何爲八婆羅羅如大海從下至上周迴漸廣均調轉上以成於岸其水常滿未曾流出婆羅羅我正法律亦復如是漸作漸學漸盡漸教婆羅羅若我正法律中漸作漸學漸盡漸教者是謂我正法律中第一未曾有法令諸比丘見已樂中復次婆羅羅如大海潮未曾失時婆羅羅我正法律亦復如是爲比丘比丘尼優婆塞優婆夷施設禁戒諸族姓子乃至命盡終不犯戒婆羅羅若我正法律中爲比丘比丘尼優婆塞優婆夷施設禁戒諸族姓子乃至命盡終不犯戒者是謂我正

法律中第二未曾有法令諸比丘見已樂中復次婆羅羅如大海水甚深無底極廣無邊婆羅羅我正法律亦復如是諸法甚深甚深無底極廣無邊婆羅羅若我正法律中諸法甚深甚深無底極廣無邊者是謂我正法律中第三未曾有法令諸比丘見已樂中復次婆羅羅如大海水鹹皆同一味婆羅羅我正法律亦復如是無欲爲味覺味息味及道味婆羅羅若我正法律中無欲爲味覺味息味及道味者是謂我正法律中第四未曾有法令諸比丘見已樂中復次婆羅羅如大海中多有珍寶無量貴異種種珍琦充滿其中珍寶名者謂金銀水精瑠璃摩尼真珠碧玉白珂螺璧珊瑚琥珀碼碯瑇瑁赤石琁珠婆羅羅我正法律亦復如是多有珍寶無量貴異種種珍琦充滿其中珍寶名者謂四念處四正斷四如意足五根五力七覺支八支聖道婆羅羅若我正法律中多有珍寶無量貴異種種珍琦充滿其中珍寶名者謂四念處四正斷四如意足五根五力七覺支八支聖道者是謂我正法律中第五未曾有法令諸比丘見已樂中復次婆羅羅如大海中大神所居大神名者謂阿修羅揵塔和羅剎魚摩竭龜鼉婆留泥帝麑帝麑伽羅提帝麑伽羅復次大海中甚奇甚特衆生身體有百由延有二百由延有三百由延有至七百由延身皆居海中婆羅羅我正法律亦復如是聖衆大神皆居其中大神名者謂阿羅訶向阿羅訶阿那含向阿那含斯陀含向斯陀含須陀洹向須陀洹婆羅羅若我正法律中聖衆大神

皆居其中大神名者謂阿羅訶向阿羅訶阿那含向阿那含斯陀含向斯陀含須陀洹向須陀洹者是謂我正法律中第六未曾有法令諸比丘見已樂中復次婆羅羅如大海清淨不受死屍若有命終者過夜風便吹著岸上婆羅羅我正法律亦復如是聖衆清淨不受死屍若有不精進人惡生非梵行稱梵行非沙門稱沙門彼雖隨在聖衆之中然去聖衆遠聖衆亦復去離彼遠婆羅羅若我正法律中聖衆清淨不受死屍若有不精進人惡生非梵行稱梵行非沙門稱沙門彼雖隨在聖衆之中然去聖衆遠聖衆亦復去離彼遠者是謂我正法律中第七未曾有法令諸比丘見已樂中復次婆羅羅如大海閻浮洲中有五大河一曰恒伽二曰摇尤那三曰舍牢浮四曰阿夷羅婆提五曰摩企悉入大海既入中已各捨本名皆曰大海婆羅羅我正法律亦復如是剎利種族姓子剃除鬚髮著袈裟衣至信捨家無家學道彼捨本名同曰沙門梵志種居士種工師種族姓子剃除鬚髮著袈裟衣至信捨家無家學道彼捨本名同曰沙門婆羅羅若我正法律中剎利種族姓子剃除鬚髮著袈裟不至信捨家無家學道彼捨本名同曰沙門梵志種居士種工師種族姓子剃除鬚髮著袈裟衣至信捨家無家學道彼捨本名同曰沙門者是謂我正法律中第八未曾有法令諸比丘見已樂中婆羅羅是謂正法律中有八未曾有法令諸比丘見已樂中婆羅羅於意云何若我正法律中有八未曾有法若汝大海中有八未曾有法

此二種未曾有法何者爲上爲勝爲妙爲最婆羅羅白曰世尊我大海中有八未曾有法不及如來八未曾有法不如千倍萬倍不可比不可喻不可稱不可數但世尊八未曾有法爲上爲勝爲妙爲最世尊我今日自歸於佛法及比丘衆唯願世尊受我爲優婆塞從今日始終身自歸乃至命盡佛說如是婆羅羅阿脩羅王及諸比丘聞佛所說歡喜奉行

中阿含經卷第八

音釋

脇 虛業切腋下也
曝曬 曝步木切曬所戒切曝曬並日乾也
抖擻 抖當口切擻蘇后切抖擻振舉之貌
箒 之久切箒也
滂沛 滂普郎切沛普蓋切滂沛大雨貌
潢澇 潢胡光切積水也澇郎到切淹也
邠耨 梵語也幕者名邠悲巾切耨奴豆切
褺 徒協切猶慴諜也
襞 必益切疊衣也
抆 武粉切拭也
倩 七政切假借使人也
綖囊 綖先見切囊奴當切鍼線袋也
瑇瑁 瑇徒耐切瑁莫佩切瑇瑁龜屬
麑 五稽切

中阿含經卷第九

東晉罽賓三藏瞿曇僧伽提婆譯

未曾有法品地動經第五

我聞如是一時佛遊金剛國城名曰地爾時彼地大動地大動時四面大風起四方彗星出屋舍墻壁皆崩壞盡於是尊者阿難見地大動地大動時四面大風起四方彗星出屋舍墻壁皆崩壞盡尊者阿難見已恐怖舉身毛竪往詣佛所稽首禮足却住一面白曰世尊今地大動地大動時四面大風起四方彗星出屋舍墻壁皆崩壞盡於是世尊語尊者阿難曰如是阿難今地大動如是阿難地大動時四面大風起四方彗星出屋舍墻壁皆崩壞盡尊者阿難白曰世尊有幾因緣令地大動地大動時四面大風起四方彗星出屋舍墻壁皆崩壞盡世尊答曰阿難有三因緣令地大動地大動時四面大風起四方彗星出屋舍墻壁皆崩壞盡云何爲三阿難此地止水上水止風上風依於空阿難有時空中大風起風起則水擾水擾則地動是謂第一因緣令地大動地大動時四面大風起四方彗星出屋舍墻壁皆崩壞盡復次阿難比丘有大如意足有大威德有大福祐有大威神心自在如意足彼於地作小想於水作無量想彼因是故此地隨所欲隨其意擾復擾擾振復振護比丘天亦復如是有大如意足有大威德有大福祐有大威神心自在如意足彼於地作小想於水作無量想彼因是故此地隨所欲隨其意擾復擾振復振是謂第二因緣令地大動地大動時四面大風起四方彗

星出屋舍墻壁皆崩壞盡復次阿難若如來不久過三月已當般涅槃由是之故令地大動地大動時四面大風起四方彗星出屋舍墻壁皆崩壞盡是謂第三因緣令地大動地大動時四面大風起四方彗星出屋舍墻壁皆崩壞盡於是尊者阿難聞是語已悲泣涕零叉手向佛白曰世尊甚奇甚特如來無所著等正覺成就功德得未曾有法所以者何謂如來不久過三月已當般涅槃是時令地大動地大動時四面大風起四方彗星出屋舍墻壁皆崩壞盡世尊語尊者阿難曰如是阿難如是阿難甚奇甚特如來無所著等正覺成就功德得未曾有法所以者何謂如來不久過三月已當般涅槃是時令地大動地大動時四面大風起四方彗星出屋舍墻壁

皆崩壞盡復次阿難我往詣無量百千刹利衆共坐談論令可彼意共坐定已如彼色像我色像亦然如彼音聲我音聲亦然如彼威儀禮節我威儀禮節亦然若彼問義我答彼義復次我爲彼說法勸發渴仰成就歡喜無量方便爲彼說法勸發渴仰成就歡喜已即彼處没我既没已彼不知誰爲人爲非人阿難如是甚奇甚特如來無所著等正覺成就功德得未曾有法如是梵志衆居士衆沙門衆阿難我往詣無量百千四王天衆共坐談論令可彼意共坐定已如彼色像我色像亦然如彼音聲我音聲亦然如彼威儀禮節我威儀禮節亦然若彼問義我答彼義復次我爲彼說法勸發渴仰成就歡喜無量方便爲彼說法勸發渴仰成就歡喜已即彼處没我

既没已彼不知誰爲天爲異天阿難如是甚奇甚特如來無所著等正覺成就功德得未曾有法如是三十三天焰摩天兜率哆天化樂天他化樂天梵身天梵富樓天少光天無量光天晃昱天少淨天無量淨天遍淨天無罣礙天受福天果實天無煩天無熱天善見天善現天阿難我往詣無量百千色究竟天衆共坐談論令可彼意共坐定已如彼色像我色像亦然如彼音聲我音聲亦然如彼威儀禮節我威儀禮節亦然若彼問義我答彼義復次我爲彼說法勸發渴仰成就歡喜無量方便爲彼說法勸發渴仰成就歡喜已即彼處没我既没已彼不知誰爲天爲異天阿難如是甚奇甚特如來無所著等正覺成就功德得未曾有法佛說如是尊者阿難及諸比丘聞佛所說歡喜奉行

未曾有法品瞻波經第六

我聞如是一時佛遊瞻波在恒伽池邊爾時世尊月十五日說從解脱時於比丘衆前敷座而坐世尊坐已即便入定以他心智觀察衆心觀衆心已至初夜竟默然而坐於是有一比丘即從座起偏袒著衣叉手向佛白曰世尊初夜已訖佛及比丘衆集坐來久唯願世尊說從解脱爾時世尊默然不答於是世尊復至中夜默然而坐彼一比丘再從座起偏袒著衣叉手向佛白曰世尊初夜已過中夜將訖佛及比丘衆集坐來久唯願世尊說從解脱世尊亦再默然不答於是世尊復至後夜默然而坐彼一比丘三從座起偏袒著衣叉手向佛白曰世尊初夜既過中夜復訖

後夜垂盡將向欲明明出不久佛及比丘衆集坐極久唯願世尊說從解脫爾時世尊告彼比丘於此衆中有一比丘已爲不淨彼時尊者大目揵連亦在衆中於是尊者大目揵連便作是念世尊爲何比丘而說此衆中有一比丘已爲不淨我寧可入如其像定以如其像定他心之智觀察衆心尊者大目揵連即入如其像定以如其像定他心之智觀察衆心尊者大目揵連便知世尊所爲比丘說此衆中有一比丘已爲不淨於是尊者大目揵連即從定起至彼比丘前牽臂將出開門置外癡人遠去莫於此住不復得與比丘衆會從今已去非是比丘閉門下鑰還詣佛所稽首佛足却坐一面白曰世尊所爲比丘說此衆中有一比丘已爲不淨我已逐出世尊初夜既過中夜復訖後夜垂盡將向欲明明出不久佛及比丘衆集坐極久唯願世尊說從解脫世尊告曰大目揵連彼愚癡人當得大罪觸嬈世尊及比丘衆大目揵連若使如來在不淨衆說從解脫者彼人則便頭破七分是故大目揵連汝等從今已後說從解脫如來不復說從解脫所以者何大目揵連如彼大海從下至上周迴漸廣均調轉上以成於岸其水常滿未曾流出大目揵連我正法律亦復如是漸作漸學漸盡漸教大目揵連若我正法律漸作漸學漸盡漸教者是謂我正法律中未曾有法復次大目揵連如大海潮未曾失時大目揵連我正法律亦復如是爲比丘比丘尼優婆塞優婆夷施設禁戒諸族姓子乃至命盡終不犯戒大目揵連若我

正法律爲比丘比丘尼優婆塞優婆夷施設禁戒諸族姓子乃至命盡終不犯戒者是謂我正法律中未曾有法復次大目揵連如大海水甚深無底極廣無邊大目揵連我正法律亦復如是諸法甚深甚深無底極廣無邊大目揵連若我正法律諸法甚深甚深無底極廣無邊者是謂我正法律中未曾有法復次大目揵連如海水鹹皆同一味大目揵連我正法律亦復如是無欲爲味覺味息味及道味大目揵連若我正法律無欲爲味覺味息味及道味者是謂我正法律中未曾有法復次大目揵連如大海中多有珍寶無量貴異種種珍琦充滿其中珍寶名者謂金銀水精瑠璃摩尼眞珠碧玉白珂螺璧珊瑚琥珀碼碯瑇瑁赤石琁珠大目揵連我正法律亦復如是多有珍寶無量貴異種種珍琦充滿其中珍寶名者謂四念處四正勤四如意足五根五力七覺支八支聖道大目揵連若我正法律多有珍寶無量貴異種種珍琦充滿其中珍寶名者謂四念處四正勤四如意足五根五力七覺支八支聖道者是謂我正法律中未曾有法復次大目揵連如大海中大神所居大神名者謂阿脩羅揵塔和羅剎魚摩竭龜鼉婆留泥帝麑帝麑伽羅提帝麑伽羅復次大海中甚奇甚特衆生身體有百由延有二百由延有三百由延有至七百由延身皆居海中大目揵連我正法律亦復如是聖衆大神皆居其中大神名者謂阿羅訶向阿羅訶阿那含向阿那含斯陀含向斯陀含須陀洹向須陀洹大目揵連若我正法律聖

衆大神皆居其中大神名者謂阿羅訶向阿羅訶阿那含向阿那含斯陀含向斯陀含須陀洹向須陀洹者是謂我正法律中未曾有法復次大目揵連如大海清淨不受死屍若有命終者過夜風便吹著岸上大目揵連我正法律亦復如是聖衆清淨不受死屍若有不精進人惡生非梵行稱梵行非沙門稱沙門彼雖隨在聖衆之中然去聖衆遠聖衆亦復去離彼遠大目揵連若我正法律聖衆清淨不受死屍若有不精進人惡生非梵行稱梵行非沙門稱沙門彼雖隨在聖衆之中然去聖衆遠聖衆亦復去離彼遠者是謂我正法律中未曾有法復次大目揵連如彼大海閻浮洲中有五大河一曰恒伽二曰摇尤那三曰舍牢浮四曰阿夷羅婆提五曰摩企皆

入大海及大海中龍水從空雨墮滴如車軸是一切水不能令大海有增減也大目揵連我正法律亦復如是刹利種族姓子剃除鬚髮著袈裟衣至信捨家無家學道不移動心解脱自作證成就遊大目揵連不移動心解脱於我正法律中無增無減如是梵志種居士種工師種族姓子剃除鬚髮著袈裟衣至信捨家無家學道不移動心解脱自作證成就遊大目揵連不移動心解脱於我正法律中無增無減大目揵連若我正法律刹利種族姓子剃除鬚髮著袈裟衣至信捨家無家學道不移動心解脱自作證成就遊大目揵連不移動心解脱於我正法律中無增無減如是梵志種居士種工師種族姓子剃除鬚髮著袈裟衣至信捨家無家學道不移動心

解脱自作證成就遊大目揵連不移動心解脱於我正法律中無增無減者是謂我正法律中未曾有法佛說如是尊者大目揵連及諸比丘聞佛所說歡喜奉行

未曾有法品郁伽長者經上第七

我聞如是一時佛遊鞞舍離住大林中爾時郁伽長者唯婦女侍從在諸女前從鞞舍離出於鞞舍離大林中間唯作女妓娱樂如王於是郁伽長者飲酒大醉捨諸婦女至大林中郁伽長者飲酒大醉遥見世尊在林樹間端正姝好猶星中月光曜暐曅晃若金山相好具足威神巍巍諸根寂定無有蔽礙成就調御息心靜默彼見佛已即時醉醒郁伽長者醉既醒已便往詣佛稽首禮足却坐一面爾時世尊爲彼說法勸發渴仰成就歡喜無量方便爲彼說法勸發渴仰成就歡喜已如諸佛法先說端正法聞者歡悦謂說施說戒說生天法毁呰欲爲災患生死爲穢稱歎無欲爲妙道品白淨世尊爲彼說如是法已佛知彼有歡喜心具足心柔軟心堪耐心昇上心一向心無疑心無蓋心有能有力堪受正法謂如諸佛說正法要世尊即爲彼說苦集滅道彼時郁伽長者即於座中見四聖諦苦集滅道猶如白素易染爲色郁伽長者亦復如是即於座中見四聖諦苦集滅道於是郁伽長者已見法得法覺白淨法斷疑度惑更無餘尊不復從他無有猶豫已住果證於世尊法得無所畏即從座起爲佛作禮白曰世尊我今自歸於佛法及比丘衆唯願世尊受我爲優婆塞從今日始終身自歸乃至命盡

世尊我從今日從世尊自盡形壽梵行爲首受持五戒郁伽長者從世尊自盡形壽梵行爲首受持五戒已稽首佛足繞三帀而去還歸其家即集諸婦人集已語曰汝等知不我從世尊自盡形壽梵行爲首受持五戒汝等欲得住於此者便可住此行施作福若不欲住者各自還歸若汝欲得嫁者我當嫁汝於是最大夫人白郁伽長者若尊從佛自盡形壽梵行爲首受持五戒者便可以我與彼某甲郁伽長者即爲呼彼人以左手執大夫人臂右手執金澡鑵語彼人曰我今以大夫人與汝作婦彼人聞已便大恐怖身毛皆竪白郁伽長者長者欲殺我耶長者欲殺我耶長者答曰我不殺汝然我從佛自盡形壽梵行爲首受持五戒是故我以最大夫人與汝作婦耳郁伽長者已與大夫人當與與時都無悔心是時世尊無量百千大衆圍繞於中咨嗟稱歎郁伽長者郁伽長者有八未曾有法於是有一比丘過夜平旦著衣持鉢往詣郁伽長者家郁伽長者遥見比丘來即從座起偏袒著衣叉手向比丘白曰尊者善來尊者久不來此願坐此牀彼時比丘即坐其牀郁伽長者禮比丘足却坐一面比丘告曰長者汝有善利有大功德所以者何謂世尊爲汝無量百千大衆圍繞於中咨嗟稱歎郁伽長者有八未曾有法長者汝有何法郁伽長者答比丘曰尊者世尊初不説異然我不知世尊爲何因説但尊者聽謂我有法一時世尊遊鞞舍離住大林中尊者我於爾時唯婦女侍從我最在前出鞞舍離於鞞舍離大林中

聞唯作女妓娛樂如王尊者我於爾時飲酒大醉捨諸婦女至大林中尊者我時大醉遥見世尊在林樹間端正姝好猶星中月光曜暐曄晃若金山相好具足威神巍巍諸根寂定無有蔽礙成就調御息心靜默我見佛已即時醉醒尊者我有是法比丘歎曰長者若有是法甚奇甚特尊者我不但有是法復次尊者我醉醒已便往詣佛稽首禮足却坐一面世尊爲我說法勸發渴仰成就歡喜無量方便爲我說法勸發渴仰成就歡喜已如諸佛法先說端正法聞者歡悅謂說施說戒說生天法毀呰欲爲災患生死爲穢稱歎無欲爲妙道品白淨世尊爲我說如是法已佛知我有歡喜心具足心柔軟心堪耐心昇上心一向心無疑心無蓋心有能有力堪受正法

謂如諸佛說正法要世尊即爲我說苦集滅道我爾時即於座中見四聖諦苦集滅道猶如白素易染爲色尊者我亦如是即於座中見四聖諦苦集滅道尊者我有是法比丘歎曰長者若有是法甚奇甚特尊者我不但有是法復次尊者我見法得法覺白淨法斷疑度惑更無餘尊不復從他無有猶豫已住果證於世尊法得無所畏尊者我爾時即從座起稽首佛足世尊我今自歸於佛法及比丘衆唯願世尊受我爲優婆塞從今日始終身自歸乃至命盡世尊我從今日從世尊自盡形壽梵行爲首受持五戒尊者若我從世尊自盡形壽梵行爲首受持五戒未曾知已犯戒尊者我有是法比丘歎曰長者若有是法甚奇甚特尊者我不但有是法復次尊者我

爾時從世尊自盡形壽梵行爲首受持五戒已稽首佛足繞三帀而去還歸其家集諸婦女集已語曰汝等知不我從世尊自盡形壽梵行爲首受持五戒汝等欲得住於此者便可住此行施作福若不欲住者各自還歸若汝欲得嫁者我當嫁汝於是最大夫人來白我曰若尊從佛自盡形壽梵行爲首受持五戒者便可以我與彼某甲尊者我爾時即爲呼彼人以左手執大夫人臂右手執金澡鑵語彼人曰我今以大夫人與汝作婦彼人聞已便大恐怖身毛皆豎而白我曰長者欲殺我耶長者欲殺我耶尊者我語彼曰不欲殺汝然我從佛自盡形壽梵行爲首受持五戒是故我以最大夫人與汝作婦耳尊者我已與大夫人當與與時都無悔心尊者我有是法比丘歎曰長者若有是法甚奇甚特尊者我不但有是法復次尊者我詣衆園時若初見一比丘便爲作禮若彼比丘經行者我亦隨經行若彼坐者我亦於一面坐坐已聽法彼尊爲我說法我亦爲彼尊說法彼尊問我事我亦問彼尊事彼尊答我事我亦答彼尊事尊者我未曾憶輕慢上中下長老上尊比丘尊者我有是法比丘歎曰長者若有是法甚奇甚特尊者我不但有是法復次尊者我在比丘衆行布施時天住虛空而告我曰長者此是阿羅訶此是向阿羅訶此是阿那含此是向阿那含此是斯陀含此是向斯陀含此是須陀洹此是向須陀洹此精進此不精進尊者我施比丘衆時未曾憶有分別意尊者我有是法比丘歎曰長者若有是法甚奇

甚特尊者我不但有是法復次尊者我在比丘衆行布施時有天住虛空中而告我曰長者有如來無所著等正覺世尊善說法如來聖衆善趣向尊者我不從彼天信不從彼欲樂不從彼所聞但我自有淨智知有如來無所著等正覺世尊善說法如來聖衆善趣向尊者我有是法比丘歎曰長者若有是法甚奇甚特尊者我不但有是法復次尊者謂佛所說五下分結貪欲瞋恚身見戒取疑我見此五無一不盡令縛我還此世間入於胎中尊者我有是法比丘歎曰長者若有是法甚奇甚特郁伽長者白比丘曰願尊在此食比丘爲郁伽長者故默然受請郁伽長者知彼比丘默然受已即從座起自行澡水以極淨美種種豐饒食噉含消自手斟酌令得飽滿食訖收器行澡水竟持一小牀別坐聽法比丘爲長者說法勸發渴仰成就歡喜無量方便爲彼說法勸發渴仰成就歡喜已從座起去往詣佛所稽首禮足却坐一面謂與郁伽長者本所共論盡向佛說於是世尊告諸比丘曰我以是故咨嗟稱歎郁伽長者有八未曾有法佛說如是彼諸比丘聞佛所說歡喜奉行

未曾有法品郁伽長者經下第八

我聞如是一時佛般涅槃後不久衆多上尊長老比丘遊鞞舍離在獼猴水邊高樓臺觀爾時郁伽長者施設如是大施謂與遠來客食與行人病人瞻病者食常設粥食常設飯食供給守僧園人常請二十衆食五日都請比丘衆食施設如是大施復於海中有一船

船載滿貨還價直百千一時没失衆多上尊長老比丘聞郁伽長者施設如是大施謂與遠來客食與行人病人瞻病者食常設粥食常設飯食供給守僧園人常請二十衆食五日都請比丘衆食聞已共作是議諸賢誰能往語郁伽長者長者可止勿復布施長者後自當知彼作是念尊者阿難是佛侍者受世尊教佛所稱譽及諸智梵行人尊者阿難能往語郁伽長者長者可止勿復布施長者後自當知諸賢我等共往詣尊者阿難所說如此事於是衆多上尊長老比丘往詣尊者阿難所共相問訊却坐一面語曰賢者阿難知不郁伽長者施設如是大施謂與遠來客食與行人病人瞻病者食常設粥食常設飯食供給守僧園人常請二十衆食五日都請比丘衆食施設如是大施復於海中有一船船載滿貨還價直百千一時没失我等共作是議誰能往語郁伽長者而作是語長者可止勿復布施長者後自當知復作是念尊者阿難是佛侍者受世尊教佛所稱譽及諸智梵行人尊者阿難能往語郁伽長者長者可止勿復布施長者後自當知賢者阿難可往詣郁伽長者而語彼曰長者可止勿復布施長者後自當知尊者阿難白諸長老上尊比丘曰諸尊郁伽長者其性嚴整若我自爲語者儻能致大不喜諸尊我爲誰語諸長老上尊比丘答曰賢者稱比丘衆語稱比丘衆語已彼無所言尊者阿難便默然受諸長老上尊比丘命於是諸長老上尊比丘知尊者阿難默然許已即從座起繞尊者阿難各自還去

尊者阿難過夜平旦著衣持鉢往詣郁伽長者家郁伽長者遥見尊者阿難來即從座起偏袒著衣叉手向尊者阿難白曰善來尊者阿難尊者阿難久不來此願坐此牀尊者阿難即坐其牀郁伽長者禮尊者阿難足却坐一面尊者阿難告曰長者知不長者施設如是大施與遠來客食與行人病人瞻病者食常設粥食常設飯食供給守僧園人常請二十衆食五日都請比丘衆食施設如是大施復於海中有一舶船載滿貨還價直百千一時没失長者可止勿復布施長者後自當知長者白曰尊者阿難爲是誰語尊者阿難答曰長者我宣比丘衆語長者白曰若尊者阿難宣比丘衆語者無所復論若自語者或能致大不喜尊者阿難若我如是捨與如是惠

施一切財物皆悉竭盡但使我願滿如轉輪王願尊者阿難問曰長者云何轉輪王願長者答曰尊者阿難村中貧人作是念令我於村中最富即是彼願村中富人作是念令我於邑中最富即是彼願邑中富人作是念令我於城中最富即是彼願城中富人作是念令我於城中作宗正即是彼願城中宗正作是念令我作國相即是彼願國相作是念令我作小王即是彼願小王作是念令我作轉輪王即是彼願轉輪王作是念令我如族姓子所爲剃除鬚髮著袈裟衣至信捨家無家學道者謂無上梵行訖令我於現法中自知自覺自作證成就遊生已盡梵行已立所作已辦不更受有知如眞即是彼願尊者阿難若我如是捨與如是惠施一切財物皆悉竭

盡但使我願滿如轉輪王願尊者阿難我有是法尊者阿難歎曰長者若有是法甚奇甚特復次尊者阿難我不但有是法尊者阿難我詣僧園時若初見一比丘便爲作禮若彼比丘經行者我亦隨經行若彼坐者我亦於一面坐坐巳聽法彼尊爲我說法我亦爲彼尊說法彼尊問我事我亦問彼尊事彼尊答我事我亦答彼尊事尊者阿難我未曾憶輕慢上中下長老上尊比丘尊者阿難我有是法尊者阿難歎曰長者若有是法甚奇甚持復次尊者阿難我不但有是法尊者阿難我在比丘衆行布施時天住虛空而告我曰長者此是阿羅訶此是向阿羅訶此是阿那含此是向阿那含此是斯陀含此是向斯陀含此是須陀洹此是向須陀洹此精進此不精進尊者阿難我施比丘衆時未曾憶有分别意尊者阿難我有是法尊者阿難歎曰長者若有是法甚奇甚特復次尊者阿難我不但有是法尊者阿難我在比丘衆行布施時天住虛空而告我曰長者有如來無所著等正覺世尊善說法如來聖衆善趣向我不從彼天信不從彼欲樂不從彼所聞但我自有淨智知有如來無所著等正覺世尊善說法如來聖衆善趣向尊者阿難我有是法尊者阿難歎曰長者若有是法甚奇甚特復次尊者阿難我不但有是法尊者阿難我離欲離惡不善之法至得第四禪成就遊尊者阿難我有是法尊者阿難歎曰長者若有是法甚奇甚特於是郁伽長者白曰尊者阿難願在此食尊者阿難爲郁伽長者故默然受請郁伽

長者知尊者阿難默然受已即從座起自行澡水以極淨美種種豐饒食噉含消自手斟酌令得飽滿食訖收器行澡水已取一小牀別坐聽法尊者阿難爲彼說法勸發渴仰成就歡喜無量方便爲彼說法勸發渴仰成就歡喜已從座起去尊者阿難所說如是郁伽長者聞尊者阿難所說歡喜奉行

未曾有法品手長者經上第九

我聞如是一時佛遊阿羅鞞伽羅在和林中爾時手長者與五百大長者俱往詣佛所稽首禮足却坐一面五百長者亦禮佛足却坐一面世尊告曰手長者汝今有此極大衆長者汝以何法攝此大衆彼時手長者白曰世尊謂有四事攝如世尊說一者惠施二者愛言三者以利四者等利世尊我以此攝於大衆或以惠施或以愛言或以利或以等利世尊歎曰善哉善哉手長者汝能以如法攝於大衆又以如門攝於大衆以如因緣攝於大衆手長者若過去有沙門梵志以如法攝大衆者彼一切即此四事攝於中或有餘手長者若有未來沙門梵志以如法攝大衆者彼一切即此四事攝於中或有餘手長者若有現在沙門梵志以如法攝大衆者彼一切即此四事攝於中或有餘於是世尊爲手長者說法勸發渴仰成就歡喜無量方便爲彼說法勸發渴仰成就歡喜已默然而住於是手長者佛爲說法勸發渴仰成就歡喜已即從座起爲佛作禮繞三帀而去還歸其家到外門已若有人者盡爲說法勸發渴仰成就歡喜中門內門及入在內若有人者盡爲說法

勸發渴仰成就歡喜已昇堂敷牀結跏趺坐心與慈俱遍滿一方成就遊如是二三四方四維上下普周一切心與慈俱無結無怨無恚無諍極廣甚大無量善修遍滿一切世間成就遊如是悲喜心與捨俱無結無怨無恚無諍極廣甚大無量善修遍滿一切世間成就遊爾時三十三天集在法堂咨嗟稱歎手長者諸賢手長者有大善利有大功德所以者何彼手長者佛爲說法勸發渴仰成就歡喜已即從座起爲佛作禮三帀繞而去還歸其家到外門已若有人者盡爲說法勸發渴仰成就歡喜中門內門及入在內若有人者盡爲說法勸發渴仰成就歡喜已昇堂敷牀結跏趺坐心與慈俱遍滿一方成就遊如是二三四方四維上下普周一切心與慈俱無結無怨無恚無諍極廣甚大無量善修遍滿一切世間成就遊如是悲喜心與捨俱無結無怨無恚無諍極廣甚大無量善修遍滿一切世間成就遊於是毗沙門大天王色像巍巍光曜暐曄夜將向旦往詣手長者家告曰長者汝有善利有大功德所以者何今三十三天爲長者集在法堂咨嗟稱歎手長者有大善利有大功德所以者何諸賢彼手長者佛爲說法勸發渴仰成就歡喜已即從座起爲佛作禮繞三帀而去還歸其家到外門已若有人者盡爲說法勸發渴仰成就歡喜中門內門及入在內若有人者盡爲說法勸發渴仰成就歡喜已昇堂敷牀結跏趺坐心與慈俱遍滿一方成就遊如是二三四方四維上下普周一切心與慈俱無結無怨無恚無

諍極廣甚大無量善修遍滿一切世間成就遊如是悲喜心與捨俱無結無怨無恚無諍極廣甚大無量善修遍滿一切世間成就遊是時手長者默然不語不觀不視毗沙門大天王所以者何以尊重定守護定故爾時世尊於無量百千衆中咨嗟稱歎手長者手長者有七未曾有法彼手長者我爲說法勸發渴仰成就歡喜已即從座起爲我作禮繞三帀而去還歸其家到外門已若有人者盡爲說法勸發渴仰成就歡喜中門内門及入在内若有人者盡爲說法勸發渴仰成就歡喜已昇堂敷牀結跏趺坐心與慈俱遍滿一方成就遊如是二三四方四維上下普周一切心與慈俱無結無怨無恚無諍極廣甚大無量善修遍滿一切世間成就遊如是悲喜心與捨俱無結無怨無恚無諍極廣甚大無量善修遍滿一切世間成就遊令三十三天爲彼集在法堂咨嗟稱歎手長者有大善利有大功德所以者何諸賢彼手長者佛爲說法勸發渴仰成就歡喜已即從座起爲佛作禮繞三帀而去還歸其家到外門已若有人者盡爲說法勸發渴仰成就歡喜中門内門及入在内若有人者盡爲說法勸發渴仰成就歡喜已昇堂敷牀結跏趺坐心與慈俱遍滿一方成就遊如是二三四方四維上下普周一切心與慈俱無結無怨無恚無諍極廣甚大無量善修遍滿一切世間成就遊如是悲喜心與捨俱無結無怨無恚無諍極廣甚大無量善修遍滿一切世間成就遊令毗沙門大天王色像巍巍光曜暐曄夜將向旦詣手

長者家告曰長者汝有善利有大功德所以者何令三十三天爲長者集在法堂咨嗟稱歎手長者有大善利有大功德所以者何諸賢彼手長者佛爲說法勸發渴仰成就歡喜已即從座起爲佛作禮繞三帀而去還歸其家到外門已若有人者盡爲說法勸發渴仰成就歡喜中門內門及入在內若有人者盡爲說法勸發渴仰成就歡喜已昇堂敷牀結跏趺坐心與慈俱遍滿一方成就遊如是二三四方四維上下普周一切心與慈俱無結無怨無恚無諍極廣甚大無量善修遍滿一切世間成就遊如是悲喜心與捨俱無結無怨無恚無諍極廣甚大無量善修遍滿一切世間成就遊於是有一比丘過夜平旦著衣持鉢往詣手長者家手長者遥見比丘來即

從座起叉手向比丘白曰尊者善來尊者久不來此願坐此牀彼時比丘即坐其牀手長者禮比丘足却坐一面比丘告曰長者汝有善利有大功德所以者何世尊爲汝於無量百千衆中咨嗟稱歎手長者手長者有七未曾有法手長者我爲說法勸發渴仰成就歡喜已即從坐起爲我作禮繞三帀而去還歸其家到外門已若有人者盡爲說法勸發渴仰成就歡喜中門內門及入在內若有人者盡爲說法勸發渴仰成就歡喜已昇堂敷牀結跏趺坐心與慈俱遍滿一方成就遊如是二三四方四維上下普周一切心與慈俱無結無怨無恚無諍極廣甚大無量善修遍滿一切世間成就遊如是悲喜心與捨俱無結無怨無恚無諍極廣甚大無量善修遍滿一

切世間成就遊今三十三天爲彼集在法堂咨嗟稱歎手長者有大善利有大功德所以者何諸賢彼手長者佛爲說法勸發渴仰成就歡喜已即從座起爲佛作禮繞三帀而去還歸其家到外門已若有人者盡爲說法勸發渴仰成就歡喜中門内門及入在内若有人者盡爲說法勸發渴仰成就歡喜已昇堂敷牀結跏趺坐心與慈俱遍滿一方成就遊如是二三四方四維上下普周一切心與慈俱無結無怨無恚無諍極廣甚大無量善修遍滿一切世間成就遊如是悲喜心與捨俱無結無怨無恚無諍極廣甚大無量善修遍滿一切世間成就遊於是毗沙門大天王色像巍巍光曜暐曄夜將向旦詣手長者家告曰長者汝有善利有大功德所以者何今三十三天爲手長者集在法堂咨嗟稱歎手長者有大善利有大功德所以者何諸賢彼手長者佛爲說法勸發渴仰成就歡喜已即從座起爲佛作禮繞三帀而去還歸其家到外門已若有人者盡爲說法勸發渴仰成就歡喜中門内門及入在内若有人者盡爲說法勸發渴仰成就歡喜已昇堂敷牀結跏趺坐心與慈俱遍滿一方成就遊如是二三四方四維上下普周一切心與慈俱無結無怨無恚無諍極廣甚大無量善修遍滿一切世間成就遊如是悲喜心與捨俱無結無怨無恚無諍極廣甚大無量善修遍滿一切世間成就遊是時手長者默然不語亦不觀視毗沙門大天王所以者何以尊重定守護定故於是手長者白比丘曰尊者是時無白衣耶比

丘答曰無白衣也又問曰若有白衣者當有何咎長者答曰尊者或有不信世尊語者彼當長夜不義不忍生極惡處受苦無量若有信佛語者彼因此事故便能尊重恭敬禮事我尊者我亦不欲令爾也尊者願在此食彼比丘爲手長者故默然受請手長者知彼比丘默然受已即從座起自行澡水以極淨美種種豐饒食噉含消自手斟酌令得飽滿食訖收器行澡水已取一小牀別坐聽法彼比丘爲手長者說法勸發渴仰成就歡喜無量方便爲彼說法勸發渴仰成就歡喜已從座起去往詣佛所稽首禮足却坐一面謂與手長者本所共論盡向佛說於是世尊告諸比丘我以是故稱說手長者有七未曾有法復次汝等當知手長者復有第八未曾有法手長者無求無欲佛說如是彼諸比丘聞佛所說歡喜奉行

未曾有法品手長者經下第十

我聞如是一時佛遊阿羅鞞伽羅在和林中爾時世尊告諸比丘手長者有八未曾有法云何爲八手長者有少欲有信有慚有愧有進有念有定有慧手長者有少欲者此何因說手長者自少欲不欲令他知我少欲有信有慚有愧精進有念有定有慧手長者自有慧不欲令他知我有慧手長者有少欲者因此故說手長者有信者此何因說手長者得信堅固深著如來信根已立終不隨外沙門梵志若天魔梵及餘世間手長者有信者因此故說手長者有慚者此何因說手長者常行慚恥可慚知慚惡不善法穢汙煩惱受諸

惡報造生死本手長者有慚者因此故說手長者有愧者此何因說手長者常行羞愧可愧知愧惡不善法穢汙煩惱受諸惡報造生死本手長者有愧者因此故說手長者有精進者此何因說手長者常行精進除惡不善修諸善法恒自起意專一堅固爲諸善本不捨方便手長者有精進者因此故說手長者有念者此何因說手長者觀內身如身觀內覺心法如法手長者有念者因此故說手長者有定者此何因說手長者離欲離惡不善之法至得第四禪成就遊手長者有定者因此故說手長者有慧者此何因說手長者修行智慧觀興衰法得如此智聖慧明達分別曉了以正盡苦手長者有慧者因此故說手長者有八未曾有法者因此故說佛說如是彼諸比丘聞佛所說歡喜奉行

未曾有法品第四竟

中阿含經卷第九

音釋

彗星 彗徐醉切妖星也 猶豫 猶以周切豫羊茹切猶豫獸名性多疑故以事不決爲猶豫 姝 昌朱切美好也 斟酌 斟職深切酌之若切謂斟酌飲食 舶 傍陌切海中大船也 貸 呼卧切財貸也 儻 他朗切或然之辭也

中阿含經卷第十

東晉罽賓三藏瞿曇僧伽提婆譯

習相應品第五有十六經 初一日誦

何義不思念二慚 戒敬各二及本際

二食盡智說涅槃 彌醯即爲比丘說

習相應品何義經第一

我聞如是一時佛遊舍衛國在勝林給孤獨園爾時尊者阿難則於晡時從宴坐起往詣佛所稽首禮足却住一面白曰世尊持戒爲何義世尊答曰阿難持戒者令不悔義阿難若有持戒者便得不悔復問世尊不悔爲何義世尊答曰阿難不悔者令歡悅義阿難若有不悔者便得歡悅復問世尊歡悅爲何義世尊答曰阿難歡悅者令喜義阿難若有歡悅者便得喜復問世尊喜爲何義世尊答曰阿難喜者令止義阿難若有喜者便得止身復問世尊止爲何義世尊答曰阿難止者令樂義阿難若有止者便得覺樂復問世尊樂爲何義世尊答曰阿難樂者令定義阿難若有樂者便得定心復問世尊定爲何義世尊答曰阿難定者令見如實知如眞義阿難若有定者便得見如實知如眞復問世尊見如實知如眞爲何義世尊答曰阿難見如實知如眞者令猒義阿難若有見如實知如眞者便得猒復問世尊猒爲何義世尊答曰阿難猒者令無欲義阿難若有猒者便得無欲復問世尊無欲爲何義世尊答曰阿難無欲者令解脫義阿難若有無欲者便得解脫一切婬怒癡是爲阿難因持戒便得不悔因不悔便得歡悅因歡悅便得喜因喜便得止因止

便得樂因樂便得定阿難多聞聖弟子因定便得見如實知如眞因見如實知如眞便得猒因猒便得無欲因無欲便得解脫因解脫便知解脫生已盡梵行已立所作已辦不更受有知如眞阿難是爲法法相益法法相因如是此戒趣至第一謂度此岸得至彼岸佛說如是尊者阿難及諸比丘聞佛所說歡喜奉行

習相應品不思經第二

我聞如是一時佛遊舍衛國在勝林給孤獨園爾時世尊告曰阿難持戒者不應思令我不悔阿難但法自然持戒者便得不悔阿難有不悔者不應思令我歡悅阿難但法自然有不悔者便得歡悅阿難有歡悅者不應思令我喜阿難但法自然有歡悅者便得喜阿難有喜者不應思令我止阿難但法自然有喜者便得止身阿難有止者不應思令我樂阿難但法自然有止者便得覺樂阿難有樂者不應思令我定阿難但法自然有樂者便得定心阿難有定者不應思令我見如實知如眞阿難但法自然有定者便得見如實知如眞阿難有見如實知如眞者不應思令我猒阿難但法自然有見如實知如眞者便得猒阿難有猒者不應思令我無欲阿難但法自然有猒者便得無欲阿難有無欲者不應思令我解脫阿難但法自然有無欲者便得解脫一切婬怒癡阿難是爲因持戒便得不悔因不悔便得歡悅因歡悅便得喜因喜便得止因止便得樂因樂便得定心阿難多聞聖弟子有定心者便見如實知如眞因見如

實知如眞便得猒因猒便得無欲因無欲便得解脱因解脱便知解脱生已盡梵行已立所作已辦不更受有知如眞阿難是爲法法相益法法相因如是此戒趣至第一謂度此岸得至彼岸佛説如是尊者阿難及諸比丘聞佛所説歡喜奉行

習相應品念經第三

我聞如是一時佛遊舍衛國在勝林給孤獨園爾時世尊告諸比丘若比丘多忘無正智便害正念正智若無正念正智便害護諸根護戒不悔歡悅喜止樂定見如實知如眞猒無欲解脱若無解脱便害涅槃若比丘不多忘有正智便習正念正智若有正念正智便習護諸根護戒不悔歡悅喜止樂定見如實知如眞猒無欲解脱若有解脱便習涅槃佛説如是彼諸比丘聞佛所説歡喜奉行

習相應品慚愧經上第四

我聞如是一時佛遊舍衛國在勝林給孤獨園爾時世尊告諸比丘若比丘無慚無愧便害愛恭敬若無愛恭敬便害其信若無其信便害正思惟若無正思惟便害正念正智若無正念正智便害護諸根護戒不悔歡悅喜止樂定見如實知如眞猒無欲解脱若無解脱便害涅槃若比丘有慚有愧便習愛恭敬若有愛恭敬便習其信若有其信便習正思惟若有正思惟便習正念正智若有正念正智便習護諸根護戒不悔歡悅喜止樂定見如實知如眞猒無欲解脱若有解脱便習涅槃佛説如是彼諸比丘聞佛所説歡喜奉行

習相應品慚愧經下第五

我聞如是一時佛遊舍衛國在勝林給孤獨園爾時尊者舍梨子告諸比丘諸賢若比丘無慚無愧便害愛恭敬若無愛恭敬便害其信若無其信便害正思惟若無正思惟便害正念正智若無正念正智便害護諸根護戒不悔歡悅喜止樂定見如實知如眞猒無欲解脫若無解脫便害涅槃諸賢猶如有樹若害外皮則内皮不成内皮不成則莖幹心節枝葉華實皆不得成諸賢當知比丘亦復如是若無慚無愧便害愛恭敬若無愛恭敬便害其信若無其信便害正思惟若無正思惟便害正念正智若無正念正智便害護諸根護戒不悔歡悅喜止樂定見如實知如眞猒無欲解脫若無解脫便害涅槃諸賢若比丘有慚有愧便習愛恭敬若有愛恭敬便習其信若有其信便習正思惟若有正思惟便習正念正智若有正念正智便習護諸根護戒不悔歡悅喜止樂定見如實知如眞猒無欲解脫若有解脫便習涅槃諸賢猶如有樹不害外皮則内皮得成内皮得成則莖幹心節枝葉華實皆得成就諸賢當知比丘亦復如是若有慚有愧便習愛恭敬若有愛恭敬便習其信若有其信便習正思惟若有正思惟便習正念正智若有正念正智便習護諸根護戒不悔歡悅喜止樂定見如實知如眞猒無欲解脫若有解脫便習涅槃尊者舍梨子所說如是彼諸比丘聞尊者舍梨子所說歡喜奉行

習相應品戒經上第六

我聞如是一時佛遊舍衛國在勝林給孤獨

園爾時世尊告諸比丘若比丘犯戒便害不悔歡悅喜止樂定見如實知如眞猒無欲解脫若無解脫便害涅槃若比丘持戒便習不悔歡悅喜止樂定見如實知如眞猒無欲解脫若有解脫便習涅槃佛說如是彼諸比丘聞佛所說歡喜奉行

習相應品戒經下第七

我聞如是一時佛遊舍衛國在勝林給孤獨園爾時尊者舍梨子告諸比丘諸賢若比丘犯戒便害不悔歡悅喜止樂定見如實知如眞猒無欲解脫若無解脫便害涅槃諸賢猶如有樹若害根者則莖幹心節枝葉華實皆不得成諸賢當知比丘亦復如是若有犯戒便害不悔歡悅喜止樂定見如實知如眞猒無欲解脫若無解脫便害涅槃諸賢若比丘持戒便習不悔歡悅喜止樂定見如實知如眞猒無欲解脫若有解脫便習涅槃諸賢猶如有樹若不害根者則莖幹心節枝葉華實皆得成就諸賢當知比丘亦復如是若有持戒便習不悔歡悅喜止樂定見如實知如眞猒無欲解脫若有解脫便習涅槃尊者舍梨子所說如是彼諸比丘聞尊者舍梨子所說歡喜奉行

習相應品恭敬經上第八

我聞如是一時佛遊舍衛國在勝林給孤獨園爾時世尊告諸比丘比丘當行恭敬及善觀敬重諸梵行人若比丘不行恭敬不善觀不敬重諸梵行已具威儀法者必無是處不具威儀法已具學法者必無是處不具學法已具戒身者必無是處不具戒身已具定身

者必無是處不具定身已具慧身者必無是處不具慧身已具解脱身者必無是處不具解脱身已具解脱知見身者必無是處不具解脱知見身已具涅槃者必無是處若比丘行恭敬及善觀敬重諸梵行已具威儀法者必有是處具威儀法已具學法者必有是處具學法已具戒身者必有是處具戒身已具定身者必有是處具定身已具慧身者必有是處具慧身已具解脱身者必有是處具解脱身已具解脱知見身者必有是處具解脱知見身已具涅槃者必有是處佛說如是彼諸比丘聞佛所說歡喜奉行

習相應品恭敬經下第九

我聞如是一時佛遊舍衛國在勝林給孤獨園爾時世尊告諸比丘比丘當行恭敬及善觀敬重諸梵行人若比丘不行恭敬不善觀不敬重諸梵行已具威儀法者必無是處不具威儀法已具學法者必無是處不具學法已護諸根護戒不悔歡悅喜止樂定見如實知如眞猒無欲解脱不具解脱已具涅槃者必無是處若比丘行恭敬及善觀敬重諸梵行已具威儀法者必有是處具威儀法已具學法者必有是處具學法已具護諸根護戒不悔歡悅喜止樂定見如實知如眞猒無欲解脱具解脱已具涅槃者必有是處佛說如是彼諸比丘聞佛所說歡喜奉行

習相應品本際經第十

我聞如是一時佛遊舍衛國在勝林給孤獨園爾時世尊告諸比丘有愛者其本際不可知本無有愛然今生有愛便可得知所因有

愛有愛者則有習非無習何謂有愛習答曰無明爲習無明亦有習非無習何謂無明習答曰五蓋爲習五蓋亦有習非無習何謂五蓋習答曰三惡行爲習三惡行亦有習非無習何謂三惡行習答曰不護諸根爲習不護諸根亦有習非無習何謂不護諸根習答曰不正念不正智爲習不正念不正智亦有習非無習何謂不正念不正智習答曰不正思惟爲習不正思惟亦有習非無習何爲不正思惟習答曰不信爲習不信亦有習非無習何謂不信習答曰聞惡法爲習聞惡法亦有習非無習何謂聞惡法習答曰親近惡知識爲習親近惡知識亦有習非無習何謂親近惡知識習答曰惡人爲習是爲具惡人已便具親近惡知識具親近惡知識已便具聞惡法具聞惡法已便具生不信具生不信已便具不正思惟具不正思惟已便具不正念不正智具不正念不正智已便具不護諸根具不護諸根已便具三惡行具三惡行已便具五蓋具五蓋已便具無明具無明已便具有愛如是此有愛展轉具成明解脫亦有習非無習何謂明解脫習答曰七覺支爲習七覺支亦有習非無習何謂七覺支習答曰四念處爲習四念處亦有習非無習何謂四念處習答曰三妙行爲習三妙行亦有習非無習何謂三妙行習答曰護諸根爲習護諸根亦有習非無習何謂護諸根習答曰正念正智爲習正念正智亦有習非無習何謂正念正智習答曰正思惟爲習正思惟亦有習非無習何謂正思惟習答曰信爲習信亦有習非

無習何謂信習答曰聞善法爲習聞善法亦有習非無習何謂聞善法習答曰親近善知識爲習親近善知識亦有習非無習何謂親近善知識習答曰善人爲習是爲具善人已便具親近善知識具親近善知識已便具聞善法具聞善法已便具生信具生信已便具正思惟具正思惟已便具正念正智具正念正智已便具護諸根具護諸根已便具三妙行具三妙行已便具四念處具四念處已便具七覺支具七覺支已便具明解脱如是此明解脱展轉具成佛説如是彼諸比丘聞佛所説歡喜奉行

習相應品食經上第十一

我聞如是一時佛遊舍衛國在勝林給孤獨園爾時世尊告諸比丘有愛者其本際不可知本無有愛然今生有愛便可得知所因有愛有愛者則有食非無食何謂有愛食答曰無明爲食無明亦有食非無食何謂無明食答曰五蓋爲食五蓋亦有食非無食何謂五蓋食答曰三惡行爲食三惡行亦有食非無食何謂三惡行食答曰不護諸根爲食不護諸根亦有食非無食何謂不護諸根食答曰不正念不正智爲食不正念不正智亦有食非無食何謂不正念不正智食答曰不正思惟爲食不正思惟亦有食非無食何謂不正思惟食答曰不信爲食不信亦有食非無食何謂不信食答曰聞惡法爲食聞惡法亦有食非無食何謂聞惡法食答曰親近惡知識爲食親近惡知識亦有食非無食何謂親近惡知識食答曰惡人爲食是爲食具惡人已

便具親近惡知識具親近惡知識已便具聞惡法具聞惡法已便具生不信具生不信已便具不正思惟具不正思惟已便具不正念不正智具不正念不正智已便具不護諸根具不護諸根已便具三惡行具三惡行已便具五蓋具五蓋已便具無明具無明已便具有愛如是此有愛展轉具成大海亦有食非無食何謂大海食答曰大河爲食大河亦有食非無食何謂大河食答曰小河爲食小河亦有食非無食何謂小河食答曰大川爲食大川亦有食非無食何謂大川食答曰小川爲食小川亦有食非無食何謂小川食答曰山巖溪澗平澤爲食山巖溪澗平澤亦有食非無食何謂山巖溪澗平澤食答曰雨爲食有時大雨大雨已則山巖溪澗平澤水滿山巖溪澗平澤水滿已則小川滿小川滿已則大川滿大川滿已則小河滿小河滿已則大河滿大河滿已則大海滿如是彼大海展轉成滿如是有愛亦有食非無食何謂有愛食答曰無明爲食無明亦有食非無食何謂無明食答曰五蓋爲食五蓋亦有食非無食何謂五蓋食答曰三惡行爲食三惡行亦有食非無食何謂三惡行食答曰不護諸根爲食不護諸根亦有食非無食何謂不護諸根食答曰不正念不正智爲食不正念不正智亦有食非無食何謂不正念不正智食答曰不正思惟爲食不正思惟亦有食非無食何謂不正思惟食答曰不信爲食不信亦有食非無食何謂不信食答曰聞惡法爲食聞惡法亦有食非無食何謂聞惡法食答曰親近惡

知識為食親近惡知識亦有食非無食何謂親近惡知識食答曰惡人為食是為具惡人已便具親近惡知識具親近惡知識已便具聞惡法具聞惡法已便具生不信具生不信已便具不正思惟具不正思惟已便具不正念不正智具不正念不正智已便具不護諸根具不護諸根已便具三惡行具三惡行已便具五蓋具五蓋已便具無明具無明已便具有愛如是此有愛展轉具成明解脱亦有食非無食何謂明解脱食答曰七覺支為食七覺支亦有食非無食何謂七覺支食答曰四念處為食四念處亦有食非無食何謂四念處食答曰三妙行為食三妙行亦有食非無食何謂三妙行食答曰護諸根為食護諸根亦有食非無食何謂護諸根食答曰正念正智為食正念正智亦有食非無食何謂正念正智食答曰正思惟為食正思惟亦有食非無食何謂正思惟食答曰信為食信亦有食非無食何謂信食答曰聞善法為食聞善法亦有食非無食何謂聞善法食答曰親近善知識為食親近善知識亦有食非無食何謂親近善知識食答曰善人為食是為具善人已便具親近善知識具親近善知識已便具聞善法具聞善法已便具生信具生信已便具正思惟具正思惟已便具正念正智具正念正智已便具護諸根具護諸根已便具三妙行具三妙行已便具四念處具四念處已便具七覺支具七覺支已便具明解脱如是此明解脱展轉具成大海亦有食非無食何謂大海食答曰大河為食大河亦有食非無

食何謂大河食答曰小河爲食小河亦有食非無食何謂小河食答曰大川爲食大川亦有食非無食何謂大川食答曰小川爲食小川亦有食非無食何謂小川食答曰山巖溪澗平澤爲食山巖溪澗平澤亦有食非無食何謂山巖溪澗平澤食答曰雨爲食有時大雨大雨已則山巖溪澗平澤水滿山巖溪澗平澤水滿已則小川滿小川滿已則大川滿大川滿已則小河滿小河滿已則大河滿大河滿已則大海滿如是彼大海展轉成滿如是明解脫亦有食非無食何謂明解脫食答曰七覺支爲食七覺支亦有食非無食何謂七覺支食答曰四念處爲食四念處亦有食非無食何謂四念處食答曰三妙行爲食三妙行亦有食非無食何謂三妙行食答曰護諸根爲食護諸根亦有食非無食何謂護諸根食答曰正念正智爲食正念正智亦有食非無食何謂正念正智食答曰正思惟爲食正思惟亦有食非無食何謂正思惟食答曰信爲食信亦有食非無食何謂信食答曰聞善法爲食聞善法亦有食非無食何謂聞善法食答曰親近善知識爲食親近善知識亦有食非無食何謂親近善知識食答曰善人爲食是爲具善人已便具親近善知識具親近善知識已便具聞善法具聞善法已便具生信具生信已便具正思惟具正思惟已便具正念正智具正念正智已便具護諸根具護諸根已便具三妙行具三妙行已便具四念處具四念處已便具七覺支具七覺支已便具明解脫如是此明解脫展轉具成佛說

如是彼諸比丘聞佛所說歡喜奉行

習相應品食經下第十二

我聞如是一時佛遊舍衛國在勝林給孤獨園爾時世尊告諸比丘有愛者其本際不可知本無有愛然今生有愛便可得知所因有愛有愛者則有食非無食何謂有愛食答曰無明爲食無明亦有食非無食何謂無明食答曰五蓋爲食五蓋亦有食非無食何謂五蓋食答曰三惡行爲食三惡行亦有食非無食何謂三惡行食答曰不護諸根爲食不護諸根亦有食非無食何謂不護諸根食答曰不正念不正智爲食不正念不正智亦有食非無食何謂不正念不正智食答曰不正思惟爲食不正思惟亦有食非無食何謂不正思惟食答曰不信爲食不信亦有食非無食何謂不信食答曰聞惡法爲食聞惡法亦有食非無食何謂聞惡法食答曰親近惡知識爲食親近惡知識亦有食非無食何謂親近惡知識食答曰惡人爲食大海亦有食非無食何謂大海食答曰雨爲食有時大雨大雨已則山巖溪澗平澤水滿山巖溪澗平澤水滿已則小川滿小川滿已則大川滿大川滿已則小河滿小河滿已則大河滿大河滿已則大海滿如是彼大海展轉成滿如是具惡人已便具親近惡知識具親近惡知識已便具聞惡法具聞惡法已便具生不信具生不信已便具不正思惟具不正思惟已便具不正念不正智具不正念不正智已便具不護諸根具不護諸根已便具三惡行具三惡行已便具五蓋具五蓋已便具無明具無明已

便具有愛如是此有愛展轉具成明解脱亦有食非無食何謂明解脱食答曰七覺支爲食七覺支亦有食非無食何謂七覺支食答曰四念處爲食四念處亦有食非無食何謂四念處食答曰三妙行爲食三妙行亦有食非無食何謂三妙行食答曰護諸根爲食護諸根亦有食非無食何謂護諸根食答曰正念正智爲食正念正智亦有食非無食何謂正念正智食答曰正思惟爲食正思惟亦有食非無食何謂正思惟食答曰信爲食信亦有食非無食何謂信食答曰聞善法爲食聞善法亦有食非無食何謂聞善法食答曰親近善知識爲食親近善知識亦有食非無食何謂親近善知識食答曰善人爲食大海亦有食非無食何謂大海食答曰雨爲食有時大雨大雨已則山巖溪澗平澤水滿山巖溪澗平澤水滿已則小川滿小川滿已則大川滿大川滿已則小河滿小河滿已則大河滿大河滿已則大海滿如是彼大海展轉成滿如是善人具已便具親近善知識具親近善知識已便具聞善法具聞善法已便具生信具生信已便具正思惟具正思惟已便具正念正智具正念正智已便具護諸根具護諸根已便具三妙行具三妙行已便具四念處具四念處已便具七覺支具七覺支已便具明解脱如是此明解脱展轉具成佛説如是彼諸比丘聞佛所説歡喜奉行

習相應品盡智經第十三

我聞如是一時佛遊拘樓瘦在劒摩瑟曇拘樓都邑爾時世尊告諸比丘有知有見者便

得漏盡非不知非不見云何知見便得漏盡謂知見苦如眞便得漏盡知見苦集知見苦滅知見苦滅道如眞便得漏盡盡智有習非無習何謂盡智習答曰解脫爲習解脫亦有習非無習何謂解脫習答曰無欲爲習無欲亦有習非無習何謂無欲習答曰猒爲習猒亦有習非無習何謂猒習答曰見如實知如眞爲習見如實知如眞亦有習非無習何謂見如實知如眞習答曰定爲習定亦有習非無習何謂定習答曰樂爲習樂亦有習非無習何謂樂習答曰止爲習止亦有習非無習何謂止習答曰喜爲習喜亦有習非無習何謂喜習答曰歡悅爲習歡悅亦有習非無習何謂歡悅習答曰不悔爲習不悔亦有習非無習何謂不悔習答曰護戒爲習護戒亦有習非無習何謂護戒習答曰護諸根爲習護諸根亦有習非無習何謂護諸根習答曰正念正智爲習正念正智亦有習非無習何謂正念正智習答曰正思惟爲習正思惟亦有習非無習何謂正思惟習答曰信爲習信亦有習非無習何謂信習答曰觀法忍爲習觀法忍亦有習非無習何謂觀法忍習答曰翫誦法爲習翫誦法亦有習非無習何謂翫誦法習答曰受持法爲習受持法亦有習非無習何謂受持法習答曰觀法義爲習觀法義亦有習非無習何謂觀法義習答曰耳界爲習耳界亦有習非無習何謂耳界習答曰聞善法爲習聞善法亦有習非無習何謂聞善法習答曰往詣爲習往詣亦有習非無習何謂往詣習答曰奉事爲習若有奉事善知識

者未聞便聞已聞便利如是善知識若不奉事者便害奉事習若無奉事便害往詣習若無往詣便害聞善法習若不聞善法便害耳界習若無耳界便害觀法義習若無觀法義便害受持法習若無受持法便害翫誦法習若無翫誦法便害觀法忍習若無觀法忍便害信習若無信便害正思惟習若無正思惟便害正念正智習若無正念正智便害護諸根護戒不悔歡悅喜止樂定見如實知如眞猒無欲解脫習若無解脫便害盡智習若奉事善知識者未聞便聞已聞便利如是善知識若奉事者便習奉事若有奉事便習往詣若有往詣便習聞善法若有聞善法便習耳界若有耳界便習觀法義若有觀法義便習受持法若有受持法便習翫誦法若有翫誦法便習觀法忍若有觀法忍便習信若有信便習正思惟若有正思惟便習正念正智若有正念正智便習護諸根護戒不悔歡悅喜止樂定見如實知如眞猒無欲解脫若有解脫便習盡智佛說如是彼諸比丘聞佛所說歡喜奉行

習相應品涅槃經第十四

我聞如是一時佛遊舍衛國在勝林給孤獨園爾時世尊告諸比丘涅槃有習非無習何謂涅槃習答曰解脫爲習解脫亦有習非無習何謂解脫習答曰無欲爲習無欲亦有習非無習何謂無欲習答曰猒爲習猒亦有習非無習何謂猒習答曰見如實知如眞爲習見如實知如眞亦有習非無習何謂見如實知如眞習答曰定爲習定亦有習非無習何

謂定習答曰樂爲習樂亦有習非無習何謂樂習答曰止爲習止亦有習非無習何謂止習答曰喜爲習喜亦有習非無習何謂喜習答曰歡悅爲習歡悅亦有習非無習何謂歡悅習答曰不悔爲習不悔亦有習非無習何謂不悔習答曰護戒爲習護戒亦有習非無習何謂護戒習答曰護諸根爲習護諸根亦有習非無習何謂護諸根習答曰正念正智爲習正念正智亦有習非無習何謂正念正智習答曰正思惟爲習正思惟亦有習非無習何謂正思惟習答曰信爲習信亦有習非無習何謂信習答曰苦爲習苦亦有習非無習何謂苦習答曰老死爲習老死亦有習非無習何謂老死習答曰生爲習生亦有習非無習何謂生習答曰有爲習有亦有習非無習何謂有習答曰受爲習受亦有習非無習何謂受習答曰愛爲習愛亦有習非無習何謂愛習答曰覺爲習覺亦有習非無習何謂覺習答曰更樂爲習更樂亦有習非無習何謂更樂習答曰六處爲習六處亦有習非無習何謂六處習答曰名色爲習名色亦有習非無習何謂名色習答曰識爲習識亦有習非無習何謂識習答曰行爲習行亦有習非無習何謂行習答曰無明爲習是爲緣無明行緣行識緣識名色緣名色六處緣六處更樂緣更樂覺緣覺愛緣愛受緣受有緣有生緣生老死緣老死苦習苦便有信習信便有正思惟習正思惟便有正念正智習正念正智便有護諸根護戒不悔歡悅喜止樂定見如實知如眞猒無欲解脫習解脫便得涅槃

佛說如是彼諸比丘聞佛所說歡喜奉行

習相應品彌醯經第十五

我聞如是一時佛遊摩竭陀國在闍鬪村㮈林窟爾時尊者彌醯爲奉侍者於是尊者彌醯過夜平旦著衣持鉢入闍鬪村而行乞食乞食已竟往至金鞞河邊見地平正名好㮈林金鞞河水極妙可樂清泉徐流冷暖和適見已歡喜便作是念此地平正名好㮈林金鞞河水極妙可樂清泉徐流冷暖和適若族姓子欲學斷者當於此處我亦有所斷寧可在此靜處學斷耶於是彌醯食訖中後攝衣鉢已澡洗手足以尼師壇著於肩上往詣佛所稽首禮足却住一面白曰世尊我今平旦著衣持鉢入闍鬪村而行乞食乞食已竟往至金鞞河邊見地平正名好㮈林金鞞河水極妙可樂清泉徐流冷暖和適我見喜已便作是念此地平正名好㮈林金鞞河水極妙可樂清泉徐流冷暖和適若族姓子欲學斷者當於此處我亦有所斷寧可在此靜處學斷耶世尊我今欲往至彼㮈林靜處學斷

爾時世尊告曰彌醯汝今知不我獨無人無有侍者汝可小住須比丘來爲吾侍者汝便可去至彼㮈林靜處而學尊者彌醯乃至再三白曰世尊我今欲往至彼㮈林靜處學斷世尊亦復再三告曰彌醯汝今知不我獨無人無有侍者汝可小住須比丘來爲吾侍者汝便可去至彼㮈林靜處而學彌醯復白曰世尊無爲無作亦無所觀世尊我有爲有作而有所觀世尊我至彼㮈林靜處學斷世尊告曰彌醯汝欲求斷者我復何言彌醯汝去

隨意所欲於是尊者彌醯聞佛所說善受善持而善誦習即禮佛足繞三帀而去詣彼棕林入林中已至一樹下敷尼師壇結跏趺坐尊者彌醯住棕林中便生三惡不善之念欲念恚念及與害念彼由此故便念世尊於是彌醯則於晡時從宴坐起往詣佛所稽首禮足却住一面白曰世尊我至棕林於靜處坐便生三惡不善之念欲念恚念及與害念我由此故便念世尊世尊告曰彌醯心解脱未熟欲令熟者有五習法云何爲五彌醯比丘者自善知識與善知識俱善知識共和合彌醯心解脱未熟欲令熟者是謂第一習法復次彌醯比丘者修習禁戒守護從解脱又復善攝威儀禮節見纖介罪常懷畏怖受持學戒彌醯心解脱未熟欲令熟者是謂第二習法復次彌醯比丘者謂所可說聖有義令心柔軟使心無蓋謂說戒說定說慧說解脱說解脱知見說漸損說不樂衆會說少欲說知足說斷說無欲說滅說宴坐說緣起得如是比沙門所說具得易不難得彌醯心解脱未熟欲令熟者是謂第三習法復次彌醯比丘者常行精進斷惡不善修諸善法恒自起意專一堅固爲諸善本不捨方便彌醯心解脱未熟欲令熟者是謂第四習法復次彌醯比丘者修行智慧觀興衰法得如是智聖慧明達分別曉了以正盡苦彌醯心解脱未熟欲令熟者是謂第五習法彼有此五習法已復修四法云何爲四修惡露令斷欲修慈令斷恚修息出息入令斷亂念修無常想令斷我慢彌醯若比丘自善知識與善知識俱善知

識共和合當知必修習禁戒守護從解脫又復善攝威儀禮節見纖介罪常懷畏怖受持學戒彌醯若比丘自善知識與善知識俱善知識共和合當知必得所可說聖有義令心柔輭使心無蓋謂說戒說定說慧說解脫說解脫知見說漸損說不樂聚會說少欲說知足說斷說無欲說滅說宴坐說緣起得如是比沙門所說具得易不難得彌醯若比丘自善知識與善知識俱善知識共和合當知必行精進斷惡不善修諸善法恒自起意專一堅固爲諸善本不捨方便彌醯若比丘自善知識與善知識俱善知識共和合當知必行智慧觀興衰法得如此智聖慧明達分別曉了以正盡苦彌醯若比丘自善知識與善知識俱善知識共和合當知必修惡露令斷欲修慈令斷恚修息出息入令斷亂念修無常想令斷我慢彌醯若比丘得無常想者必得無我想彌醯若比丘得無我想者便於現法斷一切我慢得息滅盡無爲涅槃佛說如是尊者彌醯及諸比丘聞佛所說歡喜奉行

習相應品即爲比丘說經第十六

我聞如是一時佛遊舍衛國在勝林給孤獨園爾時世尊告諸比丘心解脫未熟欲令熟者有五習法云何爲五比丘自善知識與善知識俱善知識共和合心解脫未熟欲令熟者是謂第一習法復次比丘修習禁戒守護從解脫又復善攝威儀禮節見纖介罪常懷畏怖受持學戒心解脫未熟欲令熟者是謂第二習法復次比丘謂所可說聖有義令心柔輭使心無蓋謂說戒說定說慧說解脫說

解脱知見説漸損説不樂聚會説少欲説知足説斷説無欲説滅説宴坐説緣起得如是比沙門所説具得易不難得心解脱未熟欲令熟者是謂第三習法復次比丘常行精進斷惡不善修諸善法恒自起意專一堅固爲諸善本不捨方便心解脱未熟欲令熟者是謂第四習法復次比丘修行智慧觀興衰法得如此智聖慧明達分别曉了以正盡苦心解脱未熟欲令熟者是謂第五習法彼有此五習法已復修四法云何爲四修惡露令斷欲修慈令斷恚修息出息入令斷亂念修無常想令斷我慢若比丘自善知識與善知識俱善知識共和合當知必修習禁戒守護從解脱又復善攝威儀禮節見纎介罪常懷畏怖受持學戒若比丘自善知識與善知識俱善知識共和合當知必得所可説聖有義令心柔輭使心無蓋謂説戒説定説慧説解脱説解脱知見説漸損説不樂聚會説少欲説知足説斷説無欲説滅説宴坐説緣起得如是比沙門所説具得易不難得若比丘自善知識與善知識俱善知識共和合當知必行精進斷惡不善修諸善法恒自起意專一堅固爲諸善本不捨方便若比丘自善知識與善知識俱善知識共和合當知必行智慧觀興衰法得如此智聖慧明達分别曉了以正盡苦若比丘自善知識與善知識俱善知識共和合當知必修惡露令斷欲修慈令斷恚修息出息入令斷亂念修無常想令斷我慢若比丘得無常想者必得無我想若比丘得無我想者便於現法斷一切我慢得息滅盡

無爲涅槃佛說如是彼諸比丘聞佛所說歡
喜奉行
習相應品第五竟

中阿含經卷第十

中阿含經卷第十一

東晉罽賓三藏瞿曇僧伽提婆譯

王相應品第六 有十四經 初一日誦

七寶相四洲　牛糞摩竭王　鞞婆麗陵耆
天使最在後

王相應品七寶經第一

我聞如是一時佛遊舍衛國在勝林給孤獨園爾時世尊告諸比丘若轉輪王出於世時當知便有七寶出世云何爲七輪寶象寶馬寶珠寶女寶居士寶主兵臣寶是謂爲七若轉輪王出於世時當知有此七寶出世如是如來無所著等正覺出於世時當知亦有七覺支寶出於世間云何爲七念覺支寶擇法支精進覺支喜覺支息覺支定覺支捨覺支寶是謂爲七如來無所著等正覺出於世時當知有此七覺支寶出於世間佛說如是彼諸比丘聞佛所說歡喜奉行

王相應品三十二相經第二

我聞如是一時佛遊舍衛國在勝林給孤獨園爾時諸比丘於中食後集坐講堂共論此事諸賢甚奇甚特大人成就三十二相必有二處眞諦不虛若在家者必爲轉輪王聰明智慧有四種軍整御天下由己自在如法法王成就七寶彼七寶者輪寶象寶馬寶珠寶女寶居士寶主兵臣寶是爲七寶千子具足顔貌端正勇猛無畏能伏他衆彼必統領此一切地乃至大海不以刀杖以法教令令得安樂若剃除鬚髮著袈裟衣至信捨家無家學道者必得如來無所著等正覺名稱流布周聞十方爾時世尊在於燕坐以淨天耳出

過於人問諸比丘於中食後集坐講堂共論此事諸賢甚奇甚特大人成就三十二相必有二處眞諦不虛若在家者必爲轉輪王聰明智慧有四種軍整御天下由己自在如法法王成就七寶彼七寶者輪寶象寶馬寶珠寶女寶居士寶主兵臣寶是爲七寶千子具足顏貌端正勇猛無畏能伏他衆彼必統領此一切地乃至大海不以刀杖以法教令令得安樂若剃除鬚髮著袈裟衣至信捨家無家學道者必得如來無所著等正覺名稱流布周聞十方世尊聞已則於晡時從燕坐起往詣講堂比丘衆前敷座而坐問諸比丘汝等今日共論何事集坐講堂時諸比丘白曰世尊我等今日集坐講堂共論此事諸賢甚奇甚特大人成就三十二相必有二處眞諦不虛若在家者必爲轉輪王聰明智慧有四種軍整御天下由己自在如法法王成就七寶彼七寶者輪寶象寶馬寶珠寶女寶居士寶主兵臣寶是爲七寶千子具足顏貌端正勇猛無畏能伏他衆彼必統領此一切地乃至大海不以刀杖以法教令令得安樂若剃除鬚髮著袈裟衣至信捨家無家學道者必得如來無所著等正覺名稱流布周聞十方世尊我等共論如此事故集坐講堂於是世尊告曰比丘汝等欲得從如來聞三十二相耶謂大人所成必有二處眞諦不虛若在家者必爲轉輪王聰明智慧有四種軍整御天下由己自在如法法王成就七寶彼七寶者輪寶象寶馬寶珠寶女寶居士寶主兵臣寶是爲七寶千子具足顏貌端正勇猛無畏能

伏他衆彼必統領此一切地乃至大海不以刀杖以法教令令得安樂若剃除鬚髮著袈裟衣至信捨家無家學道者必得如來無所著等正覺名稱流布周聞十方時諸比丘聞已白曰世尊今正是時善逝今正是時若世尊爲諸比丘說三十二相者諸比丘聞已當善受持世尊告曰諸比丘諦聽諦聽善思念之吾當爲汝廣分別說時諸比丘受教而聽

佛言大人足安平立是謂大人大人之相復次大人足下生輪輪有千輻一切具足是謂大人大人之相復次大人足指纖長是謂大人大人之相復次大人足周正直是謂大人大人之相復次大人足跟踝後兩邊平滿是謂大人大人之相復次大人足兩踝腨是謂大人大人之相復次大人身毛上向是謂大人大人之相復次大人手足網縵猶如鴈王是謂大人大人之相復次大人手足極妙柔弱輭敷猶兜羅華是謂大人大人之相復次大人肌皮輭細塵水不著是謂大人大人之相復次大人一一毛一一毛者身一一孔一毛生色若紺青如螺右旋是謂大人大人之相復次大人鹿腨腸猶如鹿王是謂大人大人之相復次大人陰馬藏猶良馬王是謂大人大人之相復次大人身形圓好猶尼拘類樹上下圓相稱是謂大人大人之相復次大人身不阿曲身不曲者平立伸手以摩其膝是謂大人大人之相復次大人身黃金色如紫磨金是謂大人大人之相復次大人身七處滿七處滿者兩手兩足兩肩及頸是謂大人大人之相復次大人其上身大猶如師子

是謂大人大人之相復次大人師子頰車是謂大人大人之相復次大人脊背平直是謂大人大人之相復次大人兩肩上連通頸平滿是謂大人大人之相復次大人四十齒牙平齒不踈齒白齒通味第一味是謂大人大人之相復次大人梵音可愛其聲猶如加羅毗伽是謂大人大人之相復次大人廣長舌廣長舌者舌從口出遍覆其面是謂大人大人之相復次大人承淚處滿猶如牛王是謂大人大人之相復次大人眼色紺青是謂大人大人之相復次大人頂有肉髻團圓相稱髮螺右旋是謂大人大人之相復次大人眉間生毛潔白右縈是謂大人大人之相諸比丘大人成就此三十二相必有二處眞諦不虛若在家者必爲轉輪王聰明智慧有四種軍整御天下由已自在如法法王成就七寶彼七寶者輪寶象寶馬寶珠寶女寶居士寶主兵臣寶是謂爲七寶千子具足顏貌端正勇猛無畏能伏他衆彼必統領此一切地乃至大海不以刀杖以法教令令得安樂若剃除鬚髮著袈裟衣至信捨家無家學道者必得如來無所著等正覺名稱流布周聞十方佛說如是彼諸比丘聞佛所說歡喜奉行

王相應品四洲經第三

我聞如是一時佛遊舍衛國在勝林給孤獨園爾時尊者阿難在安靜處燕坐思惟而作是念世人甚少少能於欲有滿足意少有猒患於欲而命終者世人於欲有滿足意猒患於欲而命終者爲甚難得尊者阿難則於晡時從燕坐起往詣佛所到已作禮却住一面

白曰世尊我今在安靜處燕坐思惟而作是念世人甚少少能於欲有滿足意少有猒患於欲而命終者世人於欲有滿足意猒患於欲而命終者爲甚難得佛告阿難如是如是世人甚少少能於欲有滿足意少有猒患於欲而命終者阿難世人於欲有滿足意猒患於欲而命終者爲甚難得阿難世人極甚難得極甚難得於欲有滿足意猒患於欲而命終者阿難但世間人甚多甚多於欲無滿足意不猒患欲而命終也所以者何阿難往昔有王名曰頂生作轉輪王聰明智慧有四種軍整御天下由已自在如法法王成就七寶彼七寶者輪寶象寶馬寶珠寶女寶居士寶主兵臣寶是謂爲七寶千子具足顏貌端正勇猛無畏能伏他衆彼必統領此一切地乃至大海不以刀杖以法教令令得安樂阿難彼頂生王而於後時極大久遠便作是念我有閻浮洲極大富樂多有人民我有七寶千子具足我欲於宮雨寶七日積至于膝阿難彼頂生王有大如意足有大威德有大福祐有大威神適發心已即於宮中雨寶七日積至于膝阿難彼頂生王而於後時極大久遠復作是念我有閻浮洲極大富樂多有人民我有七寶千子具足及於宮中雨寶七日積至于膝我憶曾從古人聞之西方有洲名瞿陁尼極大富樂多有人民我今欲往見瞿陁尼洲到已整御阿難彼頂生王有大如意足有大威德有大福祐有大威神適發心已即以如意足乘虛而去及四種軍阿難彼頂生王即時往到住瞿陁尼洲阿難彼頂生王住

已整御瞿陀尼洲乃至無量百千萬歲阿難彼頂生王而於後時極大久遠復作是念我有閻浮洲極大富樂多有人民我有七寶千子具足及於宮中雨寶七日積至于膝我亦復有瞿陀尼洲我復曾從古人聞之東方有洲名弗婆鞞陀提極大富樂多有人民我今欲往見弗婆鞞陀提洲到已整御阿難彼頂生王有大如意足有大威德有大福祐有大威神適發心已即以如意足乘虛而去及四種軍阿難彼頂生王即時往到住弗婆鞞陀提洲阿難彼頂生王住已整御弗婆鞞陀提洲乃至無量百千萬歲阿難彼頂生王而於後時極大久遠復作是念我有閻浮洲極大富樂多有人民我有七寶千子具足及於宮中雨寶七日積至于膝我亦復有瞿陀尼洲亦有弗婆鞞陀提洲我復曾從古人聞之北方有洲名鬱單越極大富樂多有人民彼雖無我想亦無所受我今欲往見鬱單越洲到已整御及諸眷屬阿難彼頂生王有大如意足有大威德有大福祐有大威神適發心已即以如意足乘虛而去及四種軍阿難彼頂生王遥見平地白告諸臣曰卿等見鬱單越平地白耶諸臣對曰見也天王王復告曰卿等知不彼是鬱單越人自然粇米鬱單越人常所食者卿等亦應共食此食阿難彼頂生王復遥見鬱單越洲中若干種樹淨妙嚴飾種種綵色在欄楯裏告諸臣曰卿等見鬱單越洲中若干種樹淨妙嚴飾種種綵色在欄楯裏耶諸臣對曰見也天王王復告曰卿等知不是鬱單越人衣樹鬱單越人取此衣著

卿等亦應取此衣著阿難彼頂生王即時往到住鬱單越洲阿難彼頂生王住已整御鬱單越洲乃至無量百千萬歲及諸眷屬阿難彼頂生王而於後時極大久遠復作是念我有閻浮洲極大富樂多有人民我有七寶千子具足及於宮中雨寶七日積至于膝我亦復有瞿陁尼洲亦有弗婆鞞陁提洲亦有鬱單越洲我復曾從古人聞之有天名曰三十三天我今欲往見三十三天阿難彼頂生王有大如意足有大威德有大福祐有大威神適發心已即以如意足乘虛而往及四種軍向日光去阿難彼頂生王遥見三十三天中須彌山王上猶如大雲告諸臣曰卿等見三十三天中須彌山王上猶如大雲耶諸臣對曰見也天王王復告曰卿等知不是三十三天晝度樹也三十三天在此樹下於夏四月具足五欲而自娛樂阿難彼頂生王復遥見三十三天中須彌山王上近於南邊猶如大雲告諸臣曰卿等見三十三天中須彌山王上近於南邊猶如大雲耶諸臣對曰見也天王王復告曰卿等知不是三十三天正法之堂三十三天於此堂中八日十四日十五日爲天爲人思法思義阿難彼頂生王即到三十三天彼頂生王到三十三天已即入法堂於是天帝釋便與頂生王半座令坐彼頂生王即坐天帝釋半座於是頂生王及天帝釋都無差別光光無異色色無異形形無異威儀禮節及其衣服亦無有異唯眼眴異阿難彼頂生王而於後時極大久遠復作是念我有閻浮洲極大富樂多有人民我有七寶千

子具足及於宫中雨寶七日積至于膝我亦復有瞿陀尼洲亦有弗婆鞞陀提洲亦有鬱單越洲我又已見三十三天雲集大會我已得入諸天法堂又天帝釋與我半座我已得坐帝釋半座我與帝釋都無差別光光無異色色無異形形無異威儀禮節及其衣服亦無有異唯眼眴異我今寧可驅帝釋去奪取半座作天人王由已自在阿難彼頂生王適發此念不覺已下在閻浮洲便失如意足生極重病命將終時諸臣往詣頂生王所白曰天王若有梵志居士及臣人民來問我等頂生王臨命終時說何等事天王我等當云何答梵志居士及臣人民時頂生王告諸臣曰若梵志居士及臣人民來問卿等頂生王臨命終時說何等事卿等應當如是答之頂生王得閻浮洲意不滿足而命終頂生王得七寶意不滿足而命終千子具足意不滿足而命終頂生王七日雨寶意不滿足而命終頂生王得瞿陀尼洲意不滿足而命終頂生王得弗婆鞞陀提洲意不滿足而命終頂生王得鬱單越洲意不滿足而命終頂生王見諸天集會意不滿足而命終頂生王具足五欲功德色聲香味觸意不滿足而命終若梵志居士及臣人民來問卿等頂生王臨命終時說何等事卿等應當如是答之於是世尊而說頌曰

天雨妙珍寶　欲者無猒足　欲苦無有樂
慧者應當知　若有得金積　猶如大雪山
一一無有足　慧者作是念　得天妙五欲
不以此五樂　斷愛不著欲　等正覺弟子

於是世尊告曰阿難昔頂生者汝謂異人耶莫作斯念當知即是我也阿難我於爾時爲自饒益亦饒益他饒益多人愍傷世間爲天爲人求義及饒益求安隱快樂爾時說法不至究竟不究竟白淨不究竟梵行不究竟梵行訖爾時不離生老病死啼哭憂慼亦未能得脫一切苦阿難我今出世如來無所著等正覺明行成爲善逝世間解無上士道法御天人師號佛衆祐我今自饒益亦饒益他饒益多人愍傷世間爲天爲人求義及饒益求安隱快樂我今說法得至究竟究竟白淨究竟梵行究竟梵行訖我今得離生老病死啼哭憂慼我今已得脫一切苦佛說如是尊者阿難及諸比丘聞佛所說歡喜奉行

王相應品牛糞喻經第四

我聞如是一時佛遊舍衛國在勝林給孤獨園爾時有一比丘在安靜處燕坐思惟而作是念頗復有色常住不變而一向樂恒久存耶頗有覺想行識常住不變而一向樂恒久存耶彼一比丘則於晡時從燕坐起往詣佛所稽首作禮却坐一面白曰世尊我今在安靜處燕坐思惟而作是念頗復有色常住不變而一向樂恒久存耶頗有覺想行識常住不變而一向樂恒久存耶佛告比丘無有一色常住不變而一向樂恒久存者無有覺想行識常住不變而一向樂恒久存者於是世尊以手指爪抄少牛糞告曰比丘汝今見我以手指爪抄少牛糞耶比丘白曰見也世尊佛復告曰比丘如是無有少色常住不變而一向樂恒久存也如是無有少覺想行識常

住不變而一向樂恒久存也所以者何比丘我憶昔時長夜作福長作福已長受樂報比丘我在昔時七年行慈七反成敗不來此世世敗壞時生晃昱天世成立時來下生空梵宮殿中於彼梵中作大梵天餘處千反作自在天王三十六反作天帝釋復無量反作剎利頂生王比丘我作剎利頂生王時有八萬四千大象被好乘具衆寶校飾白珠絡覆于娑賀象王爲首比丘我作剎利頂生王時有八萬四千馬被好乘具衆寶莊飾金鏡校絡䮂馬王爲首比丘我作剎利頂生王時有八萬四千車四種校飾莊以衆好師子虎豹斑文之皮織成雜色種種莊飾極利疾名樂聲車爲首比丘我作剎利頂生王時有八萬四千大城極大富樂多有人民拘舍和提王城爲首比丘我作剎利頂生王時有八萬四千樓四種寶樓金銀瑠璃及水精正法殿爲首比丘我作剎利頂生王時有八萬四千御座四種寶座金銀瑠璃及水精敷以氍氀毾㲪覆以錦綺羅縠有襯體被兩頭安枕加陵伽波和羅波遮悉多羅那比丘我作剎利頂生王時有八萬四千雙衣芻摩衣錦衣繒衣劫貝衣加陵伽波和羅衣比丘我作剎利頂生王時有八萬四千女身體光澤皎潔明淨美色過人小不及天姿容端正覩者歡悅衆寶瓔珞嚴飾具足盡剎利種女餘族無量比丘我作剎利頂生王時有八萬四千種食晝夜常供爲我故設欲令我食比丘彼八萬四千種食中有一種食極美淨潔無量種味是我常所食比丘彼八萬四千女中有一剎利女

最端正姝好常奉侍我比丘彼八萬四千雙衣中有一雙衣或芻摩衣或錦衣或綃衣或劫貝衣或加陵伽波和羅衣是我常所著比丘彼八萬四千御座中有一御座或金或銀或琉璃或水精敷以氍氀毾㲪覆以錦綺羅縠有襯體被兩頭安枕加陵伽波和羅波遮悉多羅那是我常所卧比丘彼八萬四千樓觀中有一樓觀或金或銀或琉璃或水精名正法殿是我常所住比丘彼八萬四千大城中而有一城極大富樂多有人民名拘舍惒提是我常所居比丘彼八萬四千車中而有一車莊以衆好師子虎豹斑文之毛織成雜色種種莊飾極利疾名樂聲車是我常所載至觀望園觀比丘彼八萬四千馬中而有一馬體紺青色頭像如烏名髦馬王是我常所

騎至觀望園觀比丘彼八萬四千大象中而有一象舉體極白七支盡正名于娑賀象王是我常所乘至觀望園觀比丘我作此念是何業果爲何業報令我今日有大如意足有大威德有大福祐有大威神比丘我復作此念是三業果爲三業報令我今日有大如意足有大威德有大福祐有大威神一者布施二者調御三者守護比丘汝觀彼一切所行盡滅如意足亦失比丘於意云何色爲有常爲無常耶答曰無常也世尊復問曰若無常者是苦非苦耶答曰苦變易也世尊復問曰若無常苦變易法者是多聞聖弟子頗受是我是我所我是彼所耶答曰不也世尊復問曰比丘於意云何覺想行識爲有常爲無常耶答曰無常也世尊復問曰若無常者是苦

非苦耶答曰苦變易也世尊復問曰若無常苦變易法者是多聞聖弟子頗受是我是我所我是彼所耶答曰不也世尊是故比丘汝應如是學若有色或過去或未來或現在或內或外或麤或細或好或惡或近或遠彼一切非我非我所我非彼所當以慧觀知如真若有覺想行識或過去或未來或現在或內或外或麤或細或好或惡或近或遠彼一切非我非我所我非彼所當以慧觀知如真比丘若多聞聖弟子如是觀者彼便猒色猒覺想行識猒已便無欲無欲已便解脫解脫已便知解脫生已盡梵行已立所作已辦不更受有知如真於是彼比丘聞佛所說善受善持即從坐起稽首佛足遶三帀而去彼比丘受佛化已獨住遠離心無放逸修行精勤彼獨住遠離心無放逸修行精勤已族姓子所爲剃除鬚髮著袈裟衣至信捨家無家學道者唯無上梵行訖於現法中自知自覺自作證成就遊生已盡梵行已立所作已辦不更受有知如真如是彼比丘知法已乃至得阿羅訶佛說如是彼諸比丘聞佛所說歡喜奉行

王相應品頻鞞娑羅王迎佛經第五

我聞如是一時佛遊摩竭陀國與大比丘衆俱比丘一千悉無著至真本皆編髮往詣王舍城摩竭陀邑於是摩竭陀王頻鞞娑羅聞世尊遊摩竭陀國與大比丘衆俱比丘一千悉無著至真本皆編髮來此王舍城摩竭陀邑摩竭陀王頻鞞娑羅聞已即集四種軍象軍馬軍車軍步軍集四種軍已與無數衆俱

長一由延往詣佛所於是世尊遥見摩竭陀王頻鞞娑羅來則便避道往至善住尼拘類樹王下敷尼師壇結跏趺坐及比丘衆摩竭陀王頻鞞娑羅遥見世尊在林樹間端正姝好猶星中月光曜暐曄晃若金山相好具足威神巍巍諸根寂定無有蔽礙成就調御息心靜默見已下車若諸王剎利以水灑頂得爲人主整御大地有五儀式一劒二蓋三曰天冠四珠柄拂五嚴飾履一切除却及四種軍步進詣佛到已作禮三自稱名姓世尊我是摩竭陀王洗尼頻鞞娑羅如是至三於是世尊告曰大王如是如是汝是摩竭陀王洗尼頻鞞娑羅於是摩竭陀王洗尼頻鞞娑羅再三自稱名姓已爲佛作禮却坐一面諸摩竭陀人或禮佛足却坐一面或問訊佛却坐一面或叉手向佛却坐一面或遥見佛已默然而坐爾時尊者鬱毗羅迦葉亦在衆坐尊者鬱毗羅迦葉是摩竭陀人意之所係謂天尊師是無著眞人於是摩竭陀人悉作是念沙門瞿曇從鬱毗羅迦葉學梵行耶爲鬱毗羅迦葉從沙門瞿曇學梵行耶爾時世尊即知摩竭陀人心之所念便向尊者鬱毗羅迦葉而說頌曰

鬱毗見何等　斷火來就此　迦葉爲我說
所由不事火　飲食種種味　爲欲故事火
生中見如此　是故不樂事　迦葉意不樂
飲食種種味　何不樂天人　迦葉爲我說
見寂靜滅盡　無爲不欲有　更無有尊天
是故不事火　世尊爲最勝　世尊不邪思
了解覺諸法　我受最勝法

於是世尊告曰迦葉汝今當爲現如意足令此衆會咸得信樂於是尊者鬱毗羅迦葉即如其像作如意足便在坐沒從東方出飛騰虚空現四種威儀一行二住三坐四卧復次入於火定尊者鬱毗羅迦葉入火定已身中便出種種火燄青黄赤白中水精色下身出火上身出水上身出火下身出水如是南西北方飛騰虚空現四種威儀一行二住三坐四卧復次入於火定尊者鬱毗羅迦葉入火定已身中便出種種火燄青黄赤白中水精色下身出火上身出水上身出火下身出水於是尊者鬱毗羅迦葉現如意足已爲佛作禮白曰世尊佛是我師我是佛弟子佛具一切智我無一切智世尊告曰如是迦葉如是迦葉我有一切智汝無一切智爾時尊者鬱毗羅迦葉因自已故而說頌曰

昔無所知時　爲解脱事火　雖老猶生盲
邪不見眞際　我今見上跡　無上龍所說
無爲盡脱苦　見已生死盡

諸摩竭陀人見如此已便作是念沙門瞿曇不從鬱毗羅迦葉學梵行鬱毗羅迦葉從沙門瞿曇學梵行也世尊知諸摩竭陀人心之所念便爲摩竭陀王洗尼頻鞞娑羅說法勸發渴仰成就歡喜無量方便爲彼說法勸發渴仰成就歡喜已如諸佛法先說端正法聞者歡悦謂說施說戒說生天法毁呰欲爲災患生死爲穢稱嘆無欲爲妙道品白淨世尊爲彼大王說之佛已知彼有歡喜心具足心柔輭心堪耐心昇上心一向心無疑心無蓋心有能有力堪受正法謂如諸佛所說正要

世尊即爲彼說苦集滅道大王色生滅汝當知色生滅大王覺想行識生滅汝當知識生滅大王猶大雨時水上之泡或生或滅大王色生滅亦如是汝當知色生滅大王覺想行識生滅汝當知識生滅大王若族姓子知色生滅便知不復生當來色大王若族姓子知覺想行識生滅便知不復生當來識大王若族姓子知色如真便不著色不計色不染色不住色不樂色是我大王若族姓子知覺想行識如真便不著識不計識不染識不住識不樂識是我大王若族姓子不著色不計色不染色不住色不樂色是我者便不復更受當來色大王若族姓子不著覺想行識不計識不染識不住識不樂識是我者便不復更受當來識大王此族姓子無量不可計無限得息寂若捨此五陰已則不更受陰也於是諸摩竭陀人而作是念若使色無常覺想行識無常者誰活誰受苦樂世尊即知摩竭陀人心之所念便告比丘愚癡凡夫不有所聞見我是我而著於我但無我無我所空我空我所法生則生法滅則滅皆由因緣合會生苦若無因緣諸苦便滅衆生因緣會相連續則生諸法如來見衆生相連續生已便作是說有生有死我以清淨天眼出過於人見此衆生死時生時好色惡色或妙不妙往來善處及不善處隨此衆生之所作業見其如真若此衆生成就身惡行口意惡行誹謗聖人邪見成就邪見業彼因緣此身壞命終必至惡處生地獄中若此衆生成就身善行口意善行不誹謗聖人正見成就正見業彼因緣

此身壞命終必昇善處乃至天上我知彼如是然不語彼此是我爲能覺能語作教作起教起謂彼彼處受善惡業報於中或有作是念此不相應此不得住其行如法因此生彼若無此因便不生彼因此有彼若此滅者彼便滅也所謂緣無明有行乃至緣生有老死若無明滅則行便滅乃至生滅則老死滅大王於意云何色爲有常爲無常耶答曰無常也世尊復問曰若無常者是苦非苦耶答曰苦變易也世尊復問曰若無常苦變易法者是多聞聖弟子頗受是我是我所我是彼所耶答曰不也世尊大王於意云何覺想行識爲有常爲無常耶答曰無常也世尊復問曰若無常者是苦非苦耶答曰苦變易也世尊復問曰若無常苦變易法者是多聞聖弟子頗受是我是我所我是彼所耶答曰不也世尊大王是故汝當如是學若有色或過去或未來或現在或內或外或麤或細或好或惡或近或遠彼一切非我非我所我非彼所當以慧觀知如真大王若有覺想行識或過去或未來或現在或內或外或麤或細或好或惡或近或遠彼一切非我非我所我非彼所當以慧觀知如真大王若多聞聖弟子如是觀者彼便猒色猒覺想行識猒已便無欲無欲已便得解脱解脱已便知解脱生已盡梵行已立所作已辦不更受有知如真佛說此法時摩竭陀王洗尼頻鞞娑羅遠塵離垢諸法法眼生及八萬天摩竭陀諸人萬二千遠塵離垢諸法法眼生於是摩竭陀王洗尼頻鞞娑羅見法得法覺白淨法斷疑度惑更無

餘尊不復從他無有猶豫已住果證於世尊法得無所畏即從坐起稽首佛足白曰世尊我今自歸於佛法及比丘衆唯願世尊受我爲優婆塞從今日始終身自歸乃至命盡佛說如是摩竭陀王洗尼頻鞞娑羅及八萬天摩竭諸人萬二千及千比丘聞佛所說歡喜奉行

中阿含經卷第十一

音釋

跟踝跟古痕切足踵也踝胡瓦切足骨也 腨市兖切腓腸也 姝春朱切美好也 慼倉歷切憂也 晃昱晃胡朗切昱余六切晃昱暉光也 髦莫袍切 氍毹氍強魚切毹力朱切氍毹毛布也 毾㲪毾吐盍切㲪都滕切毾㲪毛席也 暐韡暐于鬼切韡域輙切暐韡光盛貌 爓羊瞻切火光也

中阿含經卷第十二

東晋罽賓三藏 瞿曇僧伽提婆 譯

王相應品鞞婆陵耆經第六

我聞如是一時佛遊拘薩羅國爾時世尊與大比丘衆俱行道中路欣然而笑尊者阿難見世尊笑叉手向佛白曰世尊何因緣笑諸佛如來無所著等正覺若無因緣終不妄笑願聞其意彼時世尊告曰阿難此處所中迦葉如來無所著等正覺在此處坐爲弟子說法於是尊者阿難即在彼處速疾敷座叉手向佛白曰世尊唯願世尊亦坐此處爲弟子說法如是此處爲二如來無所著等正覺所行爾時世尊便於彼處坐尊者阿難所敷之座坐已告曰阿難此處所中迦葉如來無所著等正覺有講堂迦葉如來無所著等正覺於中坐已爲弟子說法阿難此處所中昔有村邑名鞞婆陵耆極大豐樂多有人民阿難鞞婆陵耆村邑之中有梵志大長者名曰無恚極大富樂資財無量畜牧産業不可稱計封户食邑種種具足阿難梵志大長者無恚有子名優多羅摩納爲父母所舉受生清淨乃至七世父母不絶種族生生無惡博聞總持誦過四典經深達因緣正文戲五句說阿難優多羅童子有善朋友名難提波羅陶師常爲優多羅童子之所愛念喜見無猒阿難難提波羅陶師歸佛歸法歸比丘衆不疑三尊不惑苦集滅道得信持戒博聞惠施成就智慧離殺斷殺棄捨刀杖有慙有愧有慈悲心饒益一切乃至蜫蟲彼於殺生淨除其心阿難難提波羅陶師離不與取斷不與取與

之乃取樂於與取常好布施歡喜無悋不望其報彼於不與取淨除其心阿難難提波羅陶師離非梵行斷非梵行勤修梵行精勤妙行清淨無穢離欲斷婬彼於非梵行淨除其心阿難難提波羅陶師離妄言斷妄言真諦言樂真諦住真諦不移動一切可信不欺世間彼於妄言淨除其心阿難難提波羅陶師離兩舌斷兩舌行不兩舌不破壞他不聞此語彼欲破壞此不聞彼語此欲破壞彼離者欲合合者歡喜不作群黨不樂群黨不稱群黨彼於兩舌淨除其心阿難難提波羅陶師離麤言斷麤言若有所言辭氣麤獷惡聲逆耳衆所不喜衆所不愛使他苦惱令不得定斷如是言若有所說清和柔潤順耳入心可喜可愛使他安樂言聲具了不使人畏令他得定說如是言彼於麤言淨除其心阿難難提波羅陶師離綺語斷綺語時說真說法說義說止息說樂止息說事順時得宜善教善訶彼於綺語淨除其心阿難難提波羅陶師離治生斷治生棄捨稱量及斗斛棄捨受貨不縛束人不望折斗量不以小利侵欺於人彼於治生淨除其心阿難難提波羅陶師離受寡婦童女斷受寡婦童女彼於受寡婦童女淨除其心阿難難提波羅陶師離受奴婢斷受奴婢彼於受奴婢淨除其心阿難難提波羅陶師離受象馬牛羊斷受象馬牛羊彼於受象馬牛羊淨除其心阿難難提波羅陶師離受雞猪斷受雞猪彼於受雞猪淨除其心阿難難提波羅陶師離受田業店肆斷受田業店肆彼於受田業店肆淨除其心阿難

難提波羅陶師離受生稻麥豆斷受生稻麥豆彼於受生稻麥豆淨除其心阿難難提波羅陶師離酒斷酒彼於飲酒淨除其心阿難難提波羅陶師離高廣大牀斷高廣大牀彼於高廣大牀淨除其心阿難難提波羅陶師離華鬘瓔珞塗香脂粉斷華鬘瓔珞塗香脂粉彼於華鬘瓔珞塗香脂粉淨除其心阿難難提波羅陶師離歌舞倡妓及往觀聽斷歌舞倡妓及往觀聽彼於歌舞倡妓及往觀聽淨除其心阿難難提波羅陶師離受生色像寶斷受生色像寶彼於生色像寶淨除其心阿難難提波羅陶師離過中食斷過中食常一食不夜食學時食彼於過中食淨除其心阿難難提波羅陶師盡形壽手離鏵鍬不自掘地亦不教他若水岸崩土及鼠塲土取用作器舉著一面語買者曰汝等若有豌豆稻麥大小麻豆豍豆芥子寫已持器去隨意所欲阿難難提波羅陶師盡形壽供侍父母父母無目唯仰於人是故供侍阿難難提波羅陶師過夜平旦往詣迦葉如來無所著等正覺所到已作禮却坐一面迦葉如來無所著等正覺爲彼說法勸發渴仰成就歡喜無量方便爲彼說法勸發渴仰成就歡喜已默然而住阿難於是難提波羅陶師迦葉如來無所著等正覺爲其說法勸發渴仰成就歡喜已即從坐起禮迦葉如來無所著等正覺已遶三帀而去爾時優多羅童子乘白馬車與五百童子俱過夜平旦從鞞婆陵耆村邑出往至一無事處欲教若干國來諸弟子等令讀梵志書於是優多羅童子遥見難提波羅

陶師來見已便問難提波羅汝從何來難提波羅答曰我今從迦葉如來無所著等正覺所供養禮事來優多羅汝可共我往詣迦葉如來無所著等正覺所供養禮事於是優多羅童子答曰難提波羅我不欲見禿頭沙門禿沙門不應得道道難得故於是難提波羅陶師捉優多羅童子頭髮牽令下車於是優多羅童子便作是念此難提波羅陶師常不調戲不狂不癡今捉我頭髮必當有以念已語曰難提波羅我隨汝去我隨汝去難提波羅喜復語曰去者甚善於是難提波羅陶師與優多羅童子共往詣迦葉如來無所著等正覺所到已作禮却坐一面難提波羅陶師白迦葉如來無所著等正覺曰世尊此優多羅童子是我朋友彼常見愛常喜見我無有猒足彼於世尊無信敬心唯願世尊善爲說法令彼歡喜得信敬心於是迦葉如來無所著等正覺爲難提波羅陶師及優多羅童子說法勸發渴仰成就歡喜無量方便爲彼說法勸發渴仰成就歡喜已默然而住於是難提波羅陶師及優多羅童子迦葉如來無所著等正覺爲其說法勸發渴仰成就歡喜已即從座起禮迦葉如來無所著等正覺足遶三帀而去於是優多羅童子還去不遠問曰難提波羅汝從迦葉如來無所著等正覺得聞如是微妙之法何意住家不能捨離學聖道耶於是難提波羅陶師答曰優多羅汝自知我盡形壽供養父母父母無目唯仰於人我以供養侍父母故於是優多羅童子問難提波羅我可得從迦葉如來無所著等正覺

出家學道受於具足得作比丘行梵行耶於是難提波羅陶師及優多羅童子即從彼處復往詣迦葉如來無所著等正覺所到已作禮却坐一面難提波羅陶師白迦葉如來無所著等正覺曰世尊此優多羅童子還去不遠而問我言難提波羅汝從迦葉如來無所著等正覺得聞如是微妙之法何意住家不能捨離學聖道耶世尊我答彼曰優多羅汝自知我盡形壽供養父母父母無目唯仰於人我以供養侍父母故優多羅復問我曰難提波羅我可得從迦葉如來無所著等正覺出家學道受於具足得作比丘行梵行耶願世尊度彼出家學道授與具足得作比丘迦葉如來無所著等正覺爲難提波羅默然而受於是難提波羅陶師知迦葉如來無所著等正覺默然受已即從座起稽首作禮遶三帀而去於是迦葉如來無所著等正覺難提波羅去後不久度優多羅童子出家學道授與具足出家學道授與具足已於鞞婆陵耆村邑隨住數日攝持衣鉢與大比丘衆俱共遊行欲至波羅㮈迦私國邑展轉遊行便到波羅㮈迦私國邑遊波羅㮈住仙人處鹿野園中於是頻鞞王聞迦葉如來無所著等正覺遊行迦私國與大比丘衆俱到此波羅㮈住仙人處鹿野園中頻鞞王聞已告御者曰汝可嚴駕我今欲往詣迦葉如來無所著等正覺所時彼御者受王教已即便嚴駕嚴駕已訖還白王曰已嚴好車隨天王意於是頻鞞王乘好車已從波羅㮈出往詣仙人住處鹿野園中時頻鞞王遥見樹間迦葉如來無

所著等正覺端正姝好猶星中月光曜暐曄晃若金山相好具足威神巍巍諸根寂定無有蔽礙成就調御息心靜默見已下車步詣迦葉如來無所著等正覺所到已作禮却坐一面頻鞞王坐一面已迦葉如來無所著等正覺爲彼說法勸發渴仰成就歡喜無量方便爲彼說法勸發渴仰成就歡喜已默然而住於是頻鞞王迦葉如來無所著等正覺爲其說法勸發渴仰成就歡喜已即從座起偏袒著衣叉手而向白迦葉如來無所著等正覺曰唯願世尊明受我請及比丘衆迦葉如來無所著等正覺爲頻鞞王默然受請於是頻鞞王知迦葉如來無所著等正覺默然受已稽首作禮遶三帀而去還歸其家於夜施設極美淨妙種種豐饒食噉含消即於其夜

供辦已訖平旦敷牀唱曰世尊今時已到食具已辦唯願世尊以時臨顧於是迦葉如來無所著等正覺過夜平旦著衣持鉢諸比丘衆侍從世尊往詣頻鞞王家在比丘衆上敷座而坐於是頻鞞王見佛及比丘衆坐已自行澡水以極美淨妙種種豐饒食噉含消手自斟酌令得飽滿食訖收器行澡水竟敷一小牀別坐聽法頻鞞王坐已迦葉如來無所著等正覺爲彼說法勸發渴仰成就歡喜無量方便爲彼說法勸發渴仰成就歡喜已默然而住於是頻鞞王迦葉如來無所著等正覺爲其說法勸發渴仰成就歡喜已即從座起偏袒著衣叉手而向白迦葉如來無所著等正覺曰唯願世尊於此波羅㮏受我夏坐及比丘衆我爲世尊作五百房五百牀褥及

施拘執如此白秔米王之所食種種諸味飯供世尊及比丘衆迦葉如來無所著等正覺告頻鞞王曰止止大王但心喜足頻鞞王如是至再三叉手而向白迦葉如來無所著等正覺曰唯願世尊於此波羅柰受我夏坐及比丘衆我爲世尊作五百房五百牀褥及施拘執如此白秔米王之所食種種諸味飯供世尊及比丘衆迦葉如來無所著等正覺亦再三告頻鞞王曰止止大王但心喜足於是頻鞞王不忍不欲心大憂慼迦葉如來無所著等正覺不能爲我於此波羅柰而受夏坐及比丘衆作是念已頻鞞王白迦葉如來無所著等正覺曰世尊頗更有在家白衣奉事世尊如我者耶迦葉如來無所著等正覺告頻鞞王曰有在王境界鞞婆陵耆村極大豐樂多有人民大王彼鞞婆陵耆村中有難提波羅陶師大王難提波羅陶師歸佛歸法歸比丘衆不疑三尊不惑苦集滅道得信持戒博聞惠施成就智慧離殺斷殺棄捨刀杖有慙有愧有慈悲心饒益一切乃至蜫蟲彼於殺生淨除其心大王難提波羅陶師離不與取斷不與取與之乃取樂於與取常好布施歡喜無悋不望其報彼於不與取淨除其心大王難提波羅陶師離非梵行斷非梵行勤修梵行精勤妙行清淨無穢離欲斷婬彼於非梵行淨除其心大王難提波羅陶師離妄言斷妄言眞諦言樂眞諦住眞諦不移動一切可信不欺世間彼於妄言淨除其心大王難提波羅陶師離兩舌斷兩舌行不兩舌不破壞他不聞此語彼欲破壞此不聞彼語此

欲破壞彼離者欲合合者歡喜不作群黨不樂群黨不稱群黨彼於兩舌淨除其心大王難提波羅陶師離麤言斷麤言若有所言辭氣麤獷惡聲逆耳衆所不喜衆所不愛使他苦惱令不得定斷如是言若有所說清和柔潤順耳入心可喜可愛使他安樂言聲具了不使人畏令他得定說如是言彼於麤言淨除其心大王難提波羅陶師離綺語斷綺語時說真說法說義說止息說樂止息說事順得時宜善教善訶彼於綺語淨除其心大王難提波羅陶師離治生斷治生棄捨稱量及斗斛亦不受貨不縛束人不望折斗量不以小利侵欺於人彼於治生淨除其心大王難提波羅陶師離受寡婦童女斷受寡婦童女彼於受寡婦童子淨除其心大王難提波羅陶師離受奴婢斷受奴婢彼於受奴婢淨除其心大王難提波羅陶師離受象馬牛羊斷受象馬牛羊彼於受象馬牛羊淨除其心大王難提波羅陶師離受雞猪斷受雞猪彼於受雞猪淨除其心大王難提波羅陶師離受田業店肆斷受田業店肆彼於受田業店肆淨除其心大王難提波羅陶師離受生稻麥豆斷受生稻麥豆彼於受生稻麥豆淨除其心大王難提波羅陶師離酒斷酒彼於飲酒淨除其心大王難提波羅陶師離高廣大牀斷高廣大牀彼於高廣大牀淨除其心大王難提波羅陶師離華鬘瓔珞塗香脂粉斷華鬘瓔珞塗香脂粉彼於華鬘瓔珞塗香脂粉淨除其心大王難提波羅陶師離歌舞倡妓及往觀聽斷歌舞倡妓及往觀聽彼於歌舞

倡妓及往觀聽淨除其心大王難提波羅陶師離受生色像寶斷受生色像寶彼於受生色像寶淨除其心大王難提波羅陶師離過中食斷過中食常一食不夜食學時食彼於過中食淨除其心大王難提波羅陶師盡形壽手離鏵鍬不自掘地亦不教他若水岸崩土及鼠場土取用作器舉著一面語買者言汝等若有豌豆稻麥大小麻豆豍豆芥子寫已持器去隨意所欲大王難提波羅陶師盡形壽供侍父母父母無目唯仰於人是故供侍大王我憶昔時依鞞婆陵耆村邑遊行大王我爾時平旦著衣持鉢入鞞婆陵耆村邑乞食次第乞食往到難提波羅陶師家爾時難提波羅爲小事故出行不在大王我問難提波羅陶師父母曰長老陶師今在何處彼答我曰世尊侍者爲小事故暫出不在善逝侍者爲小事故暫出不在世尊籮中有麥飯釜中有豆羹唯願世尊爲慈愍故隨意自取大王我便受鬱單越法即於籮釜中取羹飯而去難提波羅陶師於後還家見籮中飯少釜中羹減白父母曰誰取羹飯父母答曰賢子今日迦葉如來無所著等正覺至此乞食彼於籮釜中取羹飯去難提波羅陶師聞已便作是念我有善利有大功德迦葉如來無所著等正覺於我家中隨意自在彼以此歡喜結跏趺坐息心靜默至于七日於十五日中而得歡樂其家父母於七日中亦得歡樂復次大王我憶昔時依鞞婆陵耆村邑遊行大王我爾時平旦著衣持鉢入鞞婆陵耆村邑乞食次第乞食往到難提波羅陶師家爾

時難提波羅爲小事故出行不在大王我問難提波羅陶師父母曰長老陶師今在何處彼答我曰世尊侍者爲小事故暫出不在善逝侍者爲小事故暫出不在世尊大釜中有秔米飯小釜中有羹唯願世尊爲慈愍故隨意自取大王我便受鬱單越法即於大小釜中取羹飯去難提波羅陶師於後還家見大釜中飯少小釜中羹減白父母曰誰大釜中取飯小釜中取羹父母答曰賢子今日迦葉如來無所著等正覺至此乞食彼於大小釜中取羹飯去難提波羅陶師聞已便作是念我有善利有大功德迦葉如來無所著等正覺於我家中隨意自在彼以此歡喜結跏趺坐息心靜默至于七日於十五日中而得歡樂其家父母於七日中亦得歡樂復次大王我憶昔時依鞞婆陵耆村邑而受夏坐大王我爾時新作屋未覆難提波羅陶師故陶屋新覆大王我告瞻侍比丘曰汝等可去壞難提波羅陶師故陶屋持來覆我屋瞻侍比丘即受我教便去往至難提波羅陶師家挽壞故陶屋作束持來用覆我屋難提波羅陶師父母聞壞故陶屋聞已問曰誰壞難提波羅故陶屋耶比丘答曰長老我等是迦葉如來無所著等正覺瞻侍比丘挽壞難提波羅陶師故陶屋作束用覆迦葉如來無所著等正覺屋難提波羅父母語曰諸賢隨意持去無有制者難提波羅陶師於後還家見挽壞故陶屋白父母曰誰挽壞我故陶屋耶父母答曰賢子今日迦葉如來無所著等正覺瞻侍比丘挽壞故陶屋作束持去用覆迦葉如來

無所著等正覺屋難提波羅陶師聞已便作是念我有善利有大功德迦葉如來無所著等正覺於我家中隨意自在彼以此歡喜結跏趺坐息心靜默至于七日於十五日中而得歡樂其家父母於七日中亦得歡樂大王難提波羅陶師故陶屋竟夏四月都不患漏所以者何蒙佛威神故大王難提波羅陶師無有不忍無有不欲心無憂慼迦葉如來無所著等正覺於我家中隨意自在大王汝有不忍汝有不欲心大憂慼迦葉如來無所著等正覺不受我請於此波羅㮈而受夏坐及比丘衆於是迦葉如來無所著等正覺爲頻鞞王說法勸發渴仰成就歡喜無量方便爲彼說法勸發渴仰成就歡喜已從坐起去時頻鞞王於迦葉如來無所著等正覺去後不久便勑侍者汝等可以五百乘車載滿白秔米王之所食種種諸味載至難提波羅陶師家而語之曰難提波羅此五百乘車載滿白秔米王之所食種種諸味頻鞞王送來餉汝爲慈愍故汝今當受時彼侍者受王教已以五百乘車載滿白秔米王之所食種種諸味送詣難提波羅陶師家到已語曰難提波羅陶師此五百乘車載滿白秔米王之所食種種諸味頻鞞王送來餉汝爲慈愍故汝今當受於是難提波羅陶師辭讓不受語侍者曰諸賢頻鞞王家國大事多費用處廣我知如此以故不受佛告阿難於意云何爾時童子優多羅者汝謂異人耶莫作斯念當知即是我也阿難我於爾時爲自饒益亦饒益他饒益多人愍傷世間爲天爲人求義及饒益求

安隱快樂爾時說法不至究竟不究竟白淨不究竟梵行不究竟梵行訖爾時不離生老病死啼哭憂慼亦未能得脫一切苦阿難我今出世如來無所著等正覺明行成爲善逝世間解無上士道法御天人師號佛衆祐我今自饒益亦饒益他饒益多人愍傷世間爲天爲人求義及饒益求安隱快樂我今說法得至究竟究竟白淨究竟梵行究竟梵行訖我今已離生老病死啼哭憂慼我今已得脫一切苦佛說如是尊者阿難及諸比丘聞佛所說歡喜奉行

王相應品天使經第七

我聞如是一時佛遊舍衛國在勝林給孤獨園爾時世尊告諸比丘我以淨天眼出過於人見此衆生死時生時好色惡色或妙不妙往來善處及不善處隨此衆生之所作業見其如眞若此衆生成就身惡行口意惡行誹謗聖人邪見成就邪見業彼因緣此身壞命終必至惡處生地獄中若此衆生成就身妙行口意妙行不誹謗聖人正見成就正見業彼因緣此身壞命終必昇善處乃生天上猶大雨時水上之泡或生或滅若有目人住一處觀生時滅時我亦如是以淨天眼出過於人見此衆生死時生時好色惡色或妙不妙往來善處及不善處隨此衆生之所作業見其如眞若此衆生成就身惡行口意惡行誹謗聖人邪見成就邪見業彼因緣此身壞命終必至惡處生地獄中若此衆生成就身妙行口意妙行不誹謗聖人正見成就正見業彼因緣此身壞命終必昇善處及生天上猶

大雨時雨墮之滴或上或下若有目人住一處觀上時下時我亦如是以淨天眼出過於人見此衆生死時生時好色惡色或妙不妙往來善處及不善處隨此衆生之所作業見其如真若此衆生成就身惡行口意惡行誹謗聖人邪見成就邪見業彼因緣此身壞命終必至惡處生地獄中若此衆生成就身妙行口意妙行不誹謗聖人正見成就正見業彼因緣此身壞命終必昇善處乃至天上猶瑠璃珠清淨自然生無瑕穢八楞善治貫以妙繩或青或黄或赤黑白若有目人住一處觀此瑠璃珠清淨自然生無瑕穢八楞善治貫以妙繩或青或黄或赤黑白我亦如是以淨天眼出過於人見此衆生死時生時好色惡色或妙不妙往來善處及不善處隨此衆生之所作業見其如真若此衆生成就身惡行口意惡行誹謗聖人邪見成就邪見業彼因緣此身壞命終必至惡處生地獄中若此衆生成就身妙行口意妙行不誹謗聖人正見成就正見業彼因緣此身壞命終必昇善處乃至天上猶如兩屋共一門多人出入若有目人住一處觀出時入時我亦如是以淨天眼出過於人見此衆生死時生時好色惡色或妙不妙往來善處及不善處隨此衆生之所作業見其如真若此衆生成就身惡行口意惡行誹謗聖人邪見成就邪見業彼因緣此身壞命終必至惡處生地獄中若此衆生成就身妙行口意妙行不誹謗聖人正見成就正見業彼因緣此身壞命終必昇善處乃生天上若有目人住高樓上觀於下人往

來周旋坐卧走踊我亦如是以淨天眼出過於人見此衆生死時生時好色惡色或妙不妙往來善處及不善處隨此衆生之所作業見其如眞若此衆生成就身惡行口意惡行誹謗聖人邪見成就邪見業彼因緣此身壞命終必至惡處生地獄中若此衆生成就身妙行口意妙行不誹謗聖人正見成就正見業彼因緣此身壞命終必昇善處乃生天上若有衆生生於人間不孝父母不知尊敬沙門梵志不行如實不作福業不畏後世罪彼因緣此身壞命終生閻王境界閻王人收送詣王所白曰天王此衆生本爲人時不孝父母不知尊敬沙門梵志不行如實不作福業不畏後世罪唯願天王處當其罪於是閻王以初天使善問善檢善教善訶汝頗曾見初天使來耶彼人答曰不見也天王閻王復問汝本不見一村邑中或男或女幼小嬰孩身弱柔軟仰向自卧大小便中不能語父母父母抱移離不淨處澡浴其身令得淨潔彼人答曰見也天王閻王復問汝於其後有識知時何不作是念我自有生法不離於生我應行妙身口意業彼人白曰天王我了敗壞長衰永失耶閻王告曰汝了敗壞長衰永失今當拷汝如治放逸行放逸人汝此惡業非父母爲非王非天亦非沙門梵志所爲汝本自作惡不善業是故汝今必當受報閻王以此初天使善問善檢善教善訶已復以第二天使善問善檢善教善訶汝頗曾見第二天使來耶彼人答曰不見也天王閻王復問汝本不見一村邑中或男或女年耆極老壽過苦

極命垂欲訖齒落頭白身曲傴步拄杖而行身體戰動耶彼人答曰見也天王閻王復問汝於其後有識知時何不作是念我自有老法不離於老我應行妙身口意業彼人白曰天王我了敗壞長衰永失耶閻王告曰汝了敗壞長衰永失今當拷汝如治放逸行放逸人汝此惡業非父母爲非王非天亦非沙門梵志所爲汝本自作惡不善業是故汝今必當受報閻王以此第二天使善問善檢善教善訶已復以第三天使善問善檢善教善訶汝頗曾見第三天使來耶彼人答曰不見也天王閻王復問汝本不見一村邑中或男或女疾病困篤或坐卧牀或坐卧榻或坐卧地身生極苦甚重苦不可愛念令促命耶彼人答曰見也天王閻王復問汝於其後有識知時何不作是念我自有病法不離於病我應行妙身口意業彼人白曰天王我了敗壞長衰永失耶閻王告曰汝了敗壞長衰永失今當拷汝如治放逸行放逸人汝此惡業非父母爲非王非天亦非沙門梵志所爲汝本自作惡不善業是故汝今必當受報閻王以此第三天使善問善檢善教善訶已復以第四天使善問善檢善教善訶汝頗曾見第四天使來耶彼人答曰不見也天王閻王復問汝本不見一村邑中或男或女若死亡時或一二日至六七日烏鵄所啄犲狼所食或以火燒或埋地中或爛腐壞耶彼人答曰見也天王閻王復問汝於其後有識知時何不作是念我自有死法不離於死我應行妙身口意業彼人白曰天王我了敗壞長衰永失耶閻

王告曰汝了敗壞長衰永失今當拷汝如治放逸行放逸人汝此惡業非父母爲非王非天亦非沙門梵志所爲汝本自作惡不善業是故汝今必當受報閻王以此第四天使善問善檢善教善訶已復以第五天使善問善檢善教善訶汝頗曾見第五天使來耶彼人答曰不見也天王閻王復問汝本不見王人捉犯罪人種種拷治截手截足或截手足截耳截鼻或截耳鼻或臠臠割拔鬚拔髮或拔鬚髮或著檻中衣裹火燒或以沙壅草纏火焫或著鐵驢腹中或著鐵猪口中或置鐵虎口中燒或安銅釜中或著鐵釜中煮或段段截或利叉刺或以鈎鈎或卧鐵牀以沸油澆或坐鐵臼以鐵杵擣或以龍蛇蛆或以鞭鞭或以杖撾或以棒打或生貫高標上或梟其首耶彼人答曰見也天王閻王復問汝於其後有識知時何不作是念我今現見惡不善法彼人白曰天王我了敗壞長衰永失耶閻王告曰汝了敗壞長衰永失今當拷汝如治放逸行放逸人汝此惡業非父母爲非王非天亦非沙門梵志所爲汝本自作惡不善業是故汝今必當受報閻王以此第五天使善問善檢善教善訶已即付獄卒獄卒便捉持著四門大地獄中於是頌曰

四柱有四門　辟方十二楞　以鐵爲垣墻
其上鐵覆蓋　地獄內鐵地　熾然鐵火布
深無量由延　乃至地底住　極惡不可受
火色難可視　見已身毛竪　恐懼怖甚苦
彼墮生地獄　脚上頭在下　誹謗諸聖人
調御善清善

有時於後極大久遠爲彼衆生故四門大地獄東門便開東門開已彼衆生等走來趣向欲求安處求所歸依彼若集聚無量百千已地獄東門便還自閉彼於其中受極重苦啼哭喚呼心悶卧地終不得死要令彼惡不善業盡極大久遠南門西門北門復開北門開已彼衆生等走來趣向欲求安處求所歸依彼若集聚無量百千已地獄北門復還自閉彼於其中受極重苦啼哭喚呼心悶卧地終不得死要令彼惡不善業盡復於後時極大久遠彼衆生等從四門大地獄出四門大地獄次生峯巖地獄火滿其中無烟無燄令行其上往來周旋彼之兩足皮肉及血下足則盡舉足則生還復如故治彼如是無量百千歲受極重苦終不得死要令彼惡不善業盡

復於後時極大久遠彼衆生等從峯巖大地獄出峯巖大地獄次生糞屎大地獄滿中糞屎深無量百丈彼衆生等盡墮其中彼糞屎大地獄中生衆多蟲蟲名凌瞿來身白頭黑其嘴如針此蟲鑽破彼衆生足破彼足已復破腨腸骨破腨腸骨已復破髀骨破髀骨已復破臗骨破臗骨已復破脊骨破脊骨已復破肩骨頸骨頭骨破頭骨已食頭腦盡彼衆生等如是逼迫無量百千歲受極重苦終不得死要令彼惡不善業盡復於後時極大久遠彼衆生等從糞屎大地獄出糞屎大地獄次生鐵鍱林大地獄彼衆生見已起清凉想便作是念我等往彼快得清凉彼衆生等走往趣向欲求安處求所歸依彼若集聚無量百千已便入鐵鍱林大地獄中彼鐵鍱林大

地獄中四方則有大熱風來熱風來已鐵鍱便落鐵鍱落時截手截足或截手足截耳截鼻或截耳鼻及餘支節截身血塗無量百千歲受極重苦終不得死要令彼惡不善業盡復次彼鐵鍱林大地獄中生極大狗牙齒極長輩彼衆生從足剥皮至項便食從項剥皮至足便食彼衆生等如是逼迫無量百千歲受極重苦終不得死要令彼惡不善業盡復次彼鐵鍱林大地獄中生大烏烏兩頭鐵喙住衆生額生挑眼呑啄破頭骨取腦而食彼衆生等如是逼迫無量百千歲受極重苦終不得死要令彼惡不善業盡復於後時極大久遠彼衆生等從鐵鍱林大地獄出鐵鍱林大地獄次生鐵劒樹林大地獄彼大劒樹高一由延刺長尺六令彼衆生使緣上下彼上

樹時刺便下向若下樹時刺便上向彼劒樹刺貫刺衆生刺手刺足或刺手足刺耳刺鼻或刺耳鼻及餘支節刺身血塗無量百千歲受極重苦終不得死要令彼惡不善業盡復於後時極大久遠彼衆生等從鐵劒樹林大地獄出鐵劒樹林大地獄次生灰河兩岸極高周遍生刺沸灰湧滿其中極闇彼衆生見已起冷水想常有冷水彼起想已便作是念我等往彼於中洗浴恣意飽飲快得涼樂彼衆生等競走趣向入於其中欲求樂處求所歸依彼若集聚無量百千已便墮灰河墮灰河已順流逆流或順逆流彼衆生等順流逆流順逆流時皮熟墮落肉熟墮落或皮肉熟俱時墮落唯骨體在灰河兩岸有地獄卒手捉刀劒大棒鐵叉彼衆生等欲度上岸彼時

獄卒還推著中復次灰河兩岸有地獄卒手捉鉤銜鉤挽衆生從灰河出著熱鐵地洞然俱熾舉彼衆生極撲著地在地旋轉而問之曰汝從何來彼衆生等僉共答曰我等不知所從來處但我等今唯患大饑彼地獄卒便捉衆生著熱鐵牀洞然俱熾强令坐上以熱鐵鉗鉗開其口以熱鐵丸洞然俱熾著其口中彼熱鐵丸燒脣燒脣已燒舌燒舌已燒齗燒齗已燒咽燒咽已燒心燒心已燒大腸燒大腸已燒小腸燒小腸已燒胃燒胃已從身下過彼如是逼迫無量百千歲受極重苦終不得死要令彼惡不善業盡復次彼地獄卒問衆生曰汝欲何去衆生答曰我等不知欲何所去但患大渴彼地獄卒便捉衆生著熱鐵牀洞然俱熾强令坐上以熱鐵鉗鉗開其口以沸洋銅灌其口中彼沸洋銅燒脣燒脣已燒舌燒舌已燒齗燒齗已燒咽燒咽已燒心燒心已燒大腸燒大腸已燒小腸燒小腸已燒胃燒胃已從身下過彼如是逼迫無量百千歲受極重苦終不得死要令彼惡不善業盡若彼衆生地獄惡不善業不悉盡不一切盡盡無餘者彼衆生等復墮灰河中復上下鐵劒樹林大地獄復入鐵鍱林大地獄復墮糞屎大地獄復往來峯巖大地獄復入四門大地獄中若彼衆生地獄惡不善業悉盡一切盡盡無餘者彼於其後或入畜生或墮餓鬼或生天中若彼衆生本爲人時不孝父毋不知尊敬沙門梵志不行如實不作福業不畏後世罪彼受如是不愛不念不喜苦報譬猶若彼地獄之中若彼衆生本爲人時孝

順父母知尊敬沙門梵志行如實事作福德業畏後世罪彼受如是可愛可念可喜樂報猶虛空神宮殿之中昔者閻王在園觀中而作是願我此命終生於人中若有族姓極大富樂資財無量畜牧產業不可稱計封戶食邑種種具足彼為云何謂剎利大長者族梵志大長者族居士大長者族若更有如是族極大富樂資財無量畜牧產業不可稱計封戶食邑種種具足生如是家生已覺根成就如來所說正法之律願得清信得清信已剃除鬚髮著袈裟衣至信捨家無家學道族姓子所為剃除鬚髮著袈裟衣至信捨家無家學道者唯無上梵行訖於現法中自知自覺自作證成就遊生已盡梵行已立所作已辦不更受有知如真昔者閻王在園觀中而作是願於是頌曰

為天使所訶　人故放逸者　長夜則憂慼
謂弊欲所覆　為天使所訶　真實有上人
終不復放逸　善說妙聖法　見受使恐怖
求願生老盡　無受滅無餘　便為生老訖
彼到安隱樂　現法得滅度　度一切恐怖
亦度世間流

佛說如是彼諸比丘聞佛所說歡喜奉行

中阿含經卷第十二　初一日誦訖

音釋

豌豍（豌烏官切豍布迷切並豆名）　僂（力主切背曲也）　鵄（赤脂切怪鳥也）
焫（如悅切燒也）　臠（力兗切肉也）　觜（即委切喙也）　髖（苦官切股骨也）
鍱（與涉切鐵鍱也）　擥（盧感切手取也）　齶（五各切齗根肉也）

中阿含經卷第十三

東晉罽賓三藏瞿曇僧伽提婆譯

烏鳥喻說本 天㮈林善見 三十喻轉輪 蜱肆最在後

王相應品烏鳥喻經第八 第二小土城誦

我聞如是一時佛遊王舍城在竹林加蘭哆園爾時世尊告諸比丘昔轉輪王欲試珠寶時便集四種軍象軍馬軍車軍步軍集四種軍已於夜闇中豎立高幢安珠置上出至園觀珠之光耀照四種軍明之所及方半由延彼時有一梵志而作是念我寧可往見轉輪王及四種軍觀瑠璃珠爾時梵志復作是念且置見轉輪王及四種軍觀瑠璃珠我寧可往至彼林間於是梵志便往詣林到已入中至一樹下坐已未久有一獺獸來梵志見已而問之曰善來獺獸汝從何來爲欲何去答曰梵志此池本時清泉盈溢饒藕多華魚龜滿中我昔所依而今枯槁梵志當知我欲捨去入彼大河我今欲去唯畏於人時彼獺獸與此梵志共論是已便捨而去梵志故坐復有究暮鳥來梵志見已而問之曰善哉究暮鳥汝從何來爲欲何去答曰梵志此池本時清泉盈溢饒藕多華魚龜滿中我昔所依而今枯槁梵志當知我欲捨去依彼死牛聚處栖宿或依死驢或依死人聚處栖宿我今欲去唯畏於人彼究暮鳥與此梵志共論是已便捨而去梵志故坐復有鷲鳥來梵志見已而問之曰善來鷲鳥汝從何來爲欲何去答曰梵志我從大墓復至大墓殺害而來我今欲食死象之肉死馬死牛死人之肉我今欲

去唯畏於人時彼鷲鳥與此梵志共論是已便捨而去梵志故坐復有食吐鳥來梵志見已而問之曰善來食吐鳥汝從何來爲欲何去答曰梵志汝見向者鷲鳥去耶我食彼吐我今欲去唯畏於人彼食吐鳥與此梵志共論是已便捨而去梵志故坐復有犲獸來梵志見已而問之曰善來犲獸汝從何來爲欲何去答曰梵志我從深澗至深澗從榛莽至榛莽從僻靜至僻靜處來我今欲食死象之肉死馬死牛死人之肉我今欲去唯畏於人時彼犲獸與此梵志共論是已便捨而去梵志故坐復有烏鳥來梵志見已而問之曰善來烏鳥汝從何來爲欲何去答曰梵志汝强額癡狂何爲問我汝從何來爲欲何去彼時烏鳥面訶梵志已便捨而去梵志故坐復有狌狌獸來梵志見已而問之曰善來狌狌獸汝從何來爲欲何去答曰梵志我從園至園從觀至觀從林至林飲清泉水念好果來我今欲去不畏於人彼狌狌獸與此梵志共論是已便捨而去佛告諸比丘吾說此喻欲令解義汝等當知此說有義時彼獺獸與此梵志共論是已便捨而去吾說此喻有何義耶若有比丘依村邑行比丘平旦著衣持鉢入村乞食不護於身不守諸根不立正念而彼說法或佛所說或聲聞所說因此得利衣被飲食牀蓐湯藥諸生活具彼得利已染著觸猗不見灾患不能捨離隨意而用彼比丘行惡戒成就惡法最在其邊生弊腐敗非梵行稱梵行非沙門稱沙門猶如梵志見獺獸已而問之曰善來獺獸汝從何來爲欲何去答

曰梵志此池本時清泉盈溢饒藕多華魚龜滿中我昔所依而今枯槁梵志當知我欲捨去入彼大河我今欲去唯畏於人吾說比丘亦復如是入惡不善穢汙法中為當來有本煩熱苦報生老病死因是以比丘莫行如獺莫依非法以自存命當淨身行淨口意行住無事中著糞掃衣常行乞食次第乞食少欲知足樂住遠離而習精勤立正念正智正定正慧常當遠離應學如是彼究暮鳥與此梵志共論是已便捨而去吾說此喻有何義耶若有比丘依村邑行比丘平旦著衣持鉢入村乞食不護於身不守諸根不立正念彼入他家教化說法或佛所說或聲聞所說因此得利衣被飲食牀蓐湯藥諸生活具彼得利已染著觸猗不見災患不能捨離隨意而用

彼比丘行惡戒成就惡法最在其邊生弊腐敗非梵行稱梵行非沙門稱沙門猶如梵志見究暮已而問之曰善來究暮汝從何來為欲何去答曰梵志此池本時清泉盈溢饒藕多華魚龜滿中我昔所依而今枯槁梵志當知我今欲去依彼死牛聚處栖宿或依死驢或依死人聚處栖宿我今欲去唯畏於人吾說比丘亦復如是依惡不善穢汙之法為當來有本煩熱苦報生老病死因是以比丘莫行如究暮莫依非法以自存命當淨身行淨口意行住無事中著糞掃衣常行乞食次第乞食少欲知足樂住遠離而習精勤立正念正智正定正慧常當遠離應學如是時彼鷲鳥與此梵志共論是已便捨而去吾說此喻有何義耶若有比丘依村邑行比丘平旦著

衣持鉢入村乞食不護於身不守諸根不立正念彼入大家教化說法或佛所說或聲聞所說因此得利衣被飲食牀蓐湯藥諸生活具彼得利已染著觸猗不見災患不能捨離隨意而用彼比丘行惡戒成就惡法最在其邊生弊腐敗非梵行稱梵行非沙門稱沙門猶如梵志見鷲鳥已而問之曰善來鷲鳥汝從何來爲欲何去答曰梵志我從大墓復至大墓殺害而來我今欲食死象之肉死馬死牛死人之肉我今欲去唯畏於人吾說比丘亦復如是是以比丘莫行如鷲鳥莫依非法以自存命當淨身行淨口意行住無事中著糞掃衣常行乞食次第乞食少欲知足樂住遠離而習精勤立正念正智正定正慧常當遠離應學如是彼食吐鳥與此梵志共論是

已便捨而去吾說此喻有何義耶若有比丘依村邑行比丘平旦著衣持鉢入村乞食不護於身不守諸根不立正念彼入比丘尼房教化說法或佛所說或聲聞所說彼比丘尼入若干家說好說惡受信施物持與比丘因此得利衣被飲食牀蓐湯藥諸生活具彼得利已染著觸猗不見災患不能捨離隨意而用彼比丘行惡戒成就惡法最在其邊生弊腐敗非梵行稱梵行非沙門稱沙門猶如梵志見食吐鳥已而問之曰善來食吐鳥汝從何來爲欲何去答曰梵志汝見向者鷲鳥去耶我食彼吐我今欲去唯畏於人吾說比丘亦復如是是以比丘莫行如食吐鳥莫依非法以自存命當淨身行淨口意行住無事中著糞掃衣常行乞食次第乞食少欲知足樂

住遠離而習精勤立正念正智正定正慧常當遠離應學如是時彼犲獸與此梵志共論是已便捨而去吾說此喻有何義耶若有比丘依貧村住彼若知村邑及城郭中多有智慧精進梵行者即便避去若知村邑及城郭中無有智慧精進梵行者而來住中或九月或十月諸比丘見已便問賢者何處遊行彼即答曰諸賢我依某處貧村邑行諸比丘聞已即作是念此賢者難行而行所以者何此賢者乃能依某貧村邑行諸比丘等便共恭敬禮事供養因此得利衣被飲食牀蓐湯藥諸生活具彼得利已染著觸犄不見災患不能捨離隨意而用彼比丘行惡戒成就惡法最在其邊生弊腐敗非梵行稱梵行非沙門稱沙門猶如梵志見犲獸已而問之曰善來犲獸汝從何來爲欲何去答曰梵志我從深澗至深澗從榛莽至榛莽從僻靜至僻靜處來我今欲食死象之肉死馬死牛死人之肉我今欲去唯畏於人吾說比丘亦復如是是以比丘莫行如犲莫依非法以自存命當淨身行淨口意行住無事中著糞掃衣常行乞食次第乞食少欲知足樂住遠離而習精勤立正念正智正定正慧常當遠離應學如是彼時烏鳥面訶梵志已便捨而去吾說此喻有何義耶若有比丘依貧無事處而受夏坐彼若知村邑及城郭中多有智慧精進梵行者即便避去若知村邑及城郭中無有智慧精進梵行者而來住中二月三月諸比丘見已問曰賢者何處夏坐答曰諸賢我今依某貧無事處而受夏坐我不如彼諸愚癡輩作

牀成訖具足五事而住於中中前中後中後中前口隨其味味隨其口求而求索而索時諸比丘聞已即作是念此賢者難行而行所以者何此賢者乃能依其貧無事處而受夏坐諸比丘等便共恭敬禮事供養因此得利衣被飲食牀蓐湯藥諸生活具彼得利已染著觸猗不見灾患不能捨離隨意而用彼比丘行惡戒成就惡法最在其邊生弊腐敗非梵行稱梵行非沙門稱沙門猶如梵志見烏烏已而問之曰善來烏烏汝從何來爲欲何去答曰梵志汝強額癡狂何爲問我汝從何來爲欲何去吾說比丘亦復如是是以比丘莫行如烏莫依非法以自存命當淨身行淨口意行住無事中著糞掃衣常行乞食次第乞食少欲知足樂住遠離而習精勤立正念

正智正定正慧常當遠離應學如是彼狌狌獸與此梵志共論是已便捨而去吾說此喻有何義耶若有比丘依村邑行比丘平旦著衣持鉢入村乞食善護於身守攝諸根立於正念彼從村邑乞食已竟食訖中後收舉衣鉢澡洗手足以尼師壇著於肩上或至無事處或至樹下或至空屋中敷尼師壇結跏趺坐正身正願及念不向斷除貪伺心無有諍見他財物諸生活具不起貪伺欲令我得彼於貪伺淨除其心如是瞋恚睡眠掉悔斷疑度惑於善法中無有猶豫彼於疑惑淨除其心彼已斷此五蓋心穢慧羸離欲離惡不善之法至得第四禪成就遊彼得如是定心清淨無穢無煩柔軟善住得不動心趣向漏盡智通作證彼便知此苦如眞知此苦集知此

苦滅知此苦滅道如眞知此漏知此漏集知此漏滅知此漏滅道如眞彼如是知如是見已則欲漏心解脫有漏無明漏心解脫解脫已便知解脫生已盡梵行已立所作已辦不更受有知如眞猶如梵志見狌狌已而問之曰善來狌狌汝從何來爲欲何去答曰梵志我從園至園從觀至觀從林至林飲清泉水噉好果來我今欲去不畏於人吾說比丘亦復如是是以比丘莫行如獺莫行如究暮莫行如鷲莫行如食吐鳥莫行如犲莫行如烏當行如狌狌所以者何世中無著眞人如狌狌獸佛說如是彼諸比丘聞佛所說歡喜奉行

王相應品說本經第九

我聞如是一時佛遊波羅㮈在仙人住處鹿野園中時諸比丘於中食後以小因緣集坐講堂共論此事云何諸賢居士在家何者爲勝爲比丘等持戒妙法成就威儀入家受食耶爲朝朝利益百千萬倍乎或有比丘作是說者諸賢何用利益百千萬倍唯此至要若有比丘持戒妙法成就威儀入家受食非爲朝朝利益百千萬倍是時尊者阿那律陀亦在衆中於是尊者阿那律陀告諸比丘諸賢何用利益百千萬倍設復過是唯此至要若有比丘持戒妙法成就威儀入家受食非爲朝朝利益百千萬倍所以者何我憶昔時在此波羅㮈國爲貧窮人唯仰捃拾客擔生活是時此波羅㮈國災旱早霜蟲蝗不熟人民荒儉乞求難得是時有一辟支佛名曰無患依此波羅㮈住於是無患辟支佛過夜平旦

著衣持鉢入波羅㮏而行乞食我於爾時爲
捃拾故早出波羅㮏諸賢我登出時遥見無
患辟支佛入彼時無患辟支佛持淨鉢入如
本淨鉢出諸賢我時捃還入波羅㮏復見無
患辟支佛出彼見我已便作是念我旦入時
見此人出我今還出復見此人入此人或能
未得食也我今寧可隨此人去時辟支佛便
追尋我如影隨形諸賢我持捃還到家捨擔
而迴顧視便見無患辟支佛來追尋我後如
影隨形我見彼已便作是念我旦出時見此
仙人入城乞食今此仙人或未得食我寧可
自闕已食分與此仙人作是念已即持食分
與辟支佛白曰仙人當知此食是我已分爲
慈愍故願哀受之時辟支佛即答我曰居士
當知今年災旱旱霜蟲蝗五穀不熟人民荒
儉乞求難得汝可減半著我鉢中汝自食半
俱得存命如是者好我復白曰仙人當知我
在居家自有釜竈有樵薪有穀米飲食早晚
亦無時節仙人當爲慈愍我故盡受此食時
辟支佛爲慈愍故便盡受之諸賢我因施彼
一鉢食福七反生天得爲天王七反生人復
爲人王諸賢我因施彼一鉢食福得生如此
釋種族中大富豐饒多諸畜牧封戶食邑資
財無量珍寶具足諸賢我因施彼一鉢食福
棄捨百千姟金錢王出家學道況復其餘種
種雜物諸賢我因施彼一鉢食福爲王王臣
梵志居士一切人民所見識待及四部衆比
丘比丘尼優婆塞優婆私所見敬重諸賢我
因施彼一鉢食福常爲人所請請求令受飲
食衣被氍氀毾㲪牀蓐綩綖病瘦湯藥諸生

活具非不請求若我爾時知彼沙門是無著眞人者所獲福報當復轉倍受大果報極妙功德明所徹照極廣甚大於是尊者阿那律陀無著眞人逮正解脫說此頌曰

我憶昔貧窮　唯仰捃拾活　闕已供沙門
無恚最上德　因此生釋種　名曰阿那律
善解能歌舞　作樂常歡喜　我得見世尊
正覺如甘露　見已生信樂　棄捨家學道
我得識宿命　知本之所生　生三十三天
七往反於彼　此七彼亦七　世受生十四
人間及天上　初不墮惡處　我今知死生
衆生往來處　知他心是非　賢聖五娛樂
得五支禪定　常息心靜默　已得靜正住
便逮淨天眼　所爲今學道　遠離棄捨家
我今獲此義　得入佛境界　我不樂於死
亦不願於生　隨時任所適　建立正念智
隨邪離竹林　我命在彼盡　當在竹林下
無餘般涅槃

爾時世尊在於燕坐以淨天耳出過於人聞諸比丘於中食後集坐講堂共論此事世尊聞已則於晡時從燕坐起往至講堂比丘衆前敷座而坐問諸比丘汝等今日以何事故集坐講堂時諸比丘白曰世尊我等今日以尊者阿那律陀因過去事而說法故集坐講堂於是世尊告諸比丘汝等今日欲從佛聞因未來事而說法耶諸比丘白曰世尊今正是時善逝今正是時若世尊爲諸比丘因未來事而說法者諸比丘聞已當善受持世尊告曰諸比丘諦聽諦聽善思念之吾當爲汝廣分別說時諸比丘受教而聽世尊告曰諸

比丘未來久遠當有人民壽八萬歲人壽八萬歲時此閻浮洲極大富樂多有人民村邑相近如雞一飛諸比丘人壽八萬歲時女年五百乃當出嫁諸比丘人壽八萬歲時唯有如是病謂寒熱大小便欲飲食老更無餘患諸比丘人壽八萬歲時有王名螺爲轉輪王聰明智慧有四種軍整御天下由己自在如法法王成就七寶彼七寶者輪寶象寶馬寶珠寶女寶居士寶主兵臣寶是謂爲七千子具足顔貌端正勇猛無畏能伏他衆彼當統領此一切地乃至大海不以刀杖以法教令令得安樂有大金幢諸寶嚴飾舉高千肘圍十六肘彼當豎之既豎之後下便布施沙門梵志貧窮孤獨遠來乞者以飲食衣被車乘華鬘散華塗香屋舍牀褥氍氀綩綖給使明燈彼施此已便剃除鬚髮著袈裟衣至信捨家無家學道彼族姓子所爲剃除鬚髮著袈裟衣至信捨家無家學道者唯無上梵行訖於現法中自知自覺自作證成就遊生已盡梵行已立所作已辦不更受有知如眞爾時尊者阿夷哆在衆中坐於是尊者阿夷哆即從坐起偏袒著衣叉手向佛白曰世尊我於未來久遠人壽八萬歲時可得作王號名曰螺爲轉輪王聰明智慧有四種軍整御天下由己自在如法法王成就七寶彼七寶者轉輪寶象寶馬寶珠寶女寶居士寶主兵臣寶是爲七我當有千子具足顔貌端正勇猛無畏能伏他衆我當統領此一切地乃至大海不以刀杖以法教令令得安樂有大金幢諸寶嚴飾舉高千肘圍十六肘我當豎之既豎

之後下便布施沙門梵志貧窮孤獨遠來乞者以飲食衣被車乘華鬘散華塗香屋舍牀褥氍氀綩綖給使明燈我施此已便剃除鬚髮著袈裟衣至信捨家無家學道我族姓子所爲剃除鬚髮著袈裟衣至信捨家無家學道者唯無上梵行訖於現法中自知自覺自作證成就遊生已盡梵行已立所作已辦不更受有知如眞於是世尊訶尊者阿夷哆曰汝愚癡人應更一死而求再終所以者何謂汝作是念世尊我於未來久遠人壽八萬歲時可得作王號名曰螺爲轉輪王聰明智慧有四種軍整御天下由己自在如法法王成就七寶彼七寶者輪寶象寶馬寶珠寶女寶居士寶主兵臣寶是爲七我當有千子具足顏貌端正勇猛無畏能伏他衆我當統領此

一切地乃至大海不以刀杖以法教令令得安樂有大金幢諸寶嚴飾舉高千肘圍十六肘我當竪之旣竪之後下便布施沙門梵志貧窮孤獨遠來乞者以飲食衣被車乘華鬘散華塗香屋舍牀褥氍氀綩綖給使明燈我施此已便剃除鬚髮著袈裟衣至信捨家無家學道我族姓子所爲剃除鬚髮著袈裟衣至信捨家無家學道者唯無上梵行訖於現法中自知自覺自作證成就遊生已盡梵行已立所作已辦不更受有知如眞世尊告曰阿夷哆汝於未來久遠人壽八萬歲時當得作王號名曰螺爲轉輪王聰明智慧有四種軍整御天下由己自在如法法王成就七寶彼七寶者輪寶象寶馬寶珠寶女寶居士寶主兵臣寶是爲七汝當有千子具足顏貌端

正勇猛無畏能伏他衆汝當統領此一切地乃至大海不以刀杖以法教令令得安樂有大金幢諸寶嚴飾舉高千肘圍十六肘汝當豎之既豎之後下便布施沙門梵志貧窮孤獨遠來乞者以飲食衣被車乘華鬘散華塗香屋舍牀蓐氍氀綩綖給使明燈汝施此已便剃除鬚髮著袈裟衣至信捨家無家學道汝族姓子所爲剃除鬚髮著袈裟衣至信捨家無家學道者唯無上梵行訖於現法中自知自覺自作證成就遊生已盡梵行已立所作已辦不更受有知如眞佛告諸比丘未來久遠人壽八萬歲時當有佛名彌勒如來無所著等正覺明行成爲善逝世間解無上士道法御天人師號佛衆祐猶如我今已成如來無所著等正覺明行成爲善逝世間解無

上士道法御天人師號佛衆祐彼於此世天及魔梵沙門梵志從人至天自知自覺自作證成就遊猶如我今於此世天及魔梵沙門梵志從人至天自知自覺自作證成就遊彼當說法初妙中妙竟亦妙有義有文具足清淨顯現梵行猶如我今說法初妙中妙竟亦妙有義有文具足清淨顯現梵行彼當廣演流布梵行大會無量從人至天善發顯現猶如我今廣演流布梵行大會無量從人至天善發顯現彼當有無量百千比丘衆猶如我今無量百千比丘衆爾時尊者彌勒在彼衆中於是尊者彌勒即從座起偏袒著衣叉手向佛白曰世尊我於未來久遠人壽八萬歲時可得成佛名彌勒如來無所著等正覺明行成爲善逝世間解無上士道法御天人師

號佛衆祐如今世尊如來無所著等正覺明行成爲善逝世間解無上士道法御天人師號佛衆祐我於此世天及魔梵沙門梵志從人至天自知自覺自作證成就遊如今世尊於此世天及魔梵沙門梵志從人至天自知自覺自作證成就遊我當說法初妙中妙竟亦妙有義有文具足清淨顯現梵行如今世尊說法初妙中妙竟亦妙有義有文具足清淨顯現梵行我當廣演流布梵行大會無量從人至天善發顯現如今世尊廣演流布梵行大會無量從人至天善發顯現我當有無量百千比丘衆如今世尊無量百千比丘衆於是世尊歎彌勒曰善哉善哉彌勒汝發心極妙謂領大衆所以者何如汝作是念世尊我於未來久遠人壽八萬歲時可得成佛名

彌勒如來無所著等正覺明行成爲善逝世間解無上士道法御天人師號佛衆祐如今世尊如來無所著等正覺明行成爲善逝世間解無上士道法御天人師號佛衆祐我於此世天及魔梵沙門梵志從人至天自知自覺自作證成就遊如今世尊於此世天及魔梵沙門梵志從人至天自知自覺自作證成就遊我當說法初妙中妙竟亦妙有義有文具足清淨顯現梵行如今世尊說法初妙中妙竟亦妙有義有文具足清淨顯現梵行我當廣演流布梵行大會無量從人至天善發顯現如今世尊廣演流布梵行大會無量從人至天善發顯現佛復告曰彌勒汝於未來久遠人壽八萬歲時當得作佛名彌勒如來無所著等正覺明行成爲善逝世間解無上

士道法御天人師號佛衆祐猶如我今如來無所著等正覺明行成爲善逝世間解無上士道法御天人師號佛衆祐汝於此世天及魔梵沙門梵志從人至天自知自覺自作證成就遊如我今於此世天及魔梵沙門梵志從人至天自知自覺自作證成就遊汝當說法初妙中妙竟亦妙有義有文具足清淨顯現梵行猶如我今說法初妙中妙竟亦妙有義有文具足清淨顯現梵行汝當廣演流布梵行大會無量從人至天善發顯現猶如我今廣演流布梵行大會無量從人至天善發顯現汝當有無量百千比丘衆猶如我今無量百千比丘衆爾時尊者阿難執拂侍佛於是世尊迴顧告曰阿難汝取金縷織成衣來我今欲與彌勒比丘爾時尊者阿難受世尊教即取金縷織成衣來授與世尊於是世尊從尊者阿難受此金縷織成衣已告曰彌勒汝從如來取此金縷織成之衣施佛法衆所以者何彌勒諸如來無所著等正覺爲世間護求義及饒益求安隱快樂於是尊者彌勒從如來取金縷織成衣已施佛法衆時魔波旬便作是念此沙門瞿曇遊行波羅柰仙人住處鹿野園中彼爲弟子因未來說法我寧可往而嬈亂之時魔波旬往至佛所到已向佛即說頌曰

彼必定當得　容貌妙第一　華鬘瓔珞身
明珠佩其臂　若在雞頭城　螺王境界中

於是世尊而作是念此魔波旬來到我所欲相嬈亂世尊知已爲魔波旬即說頌曰

彼必定當得　無伏無疑惑　斷生老病死

無漏所作訖　若行梵行者　彌勒境界中
於是魔王復説頌曰
彼必定當得　名衣上妙服　旃檀以塗體
身牖直姝長　若在雞頭城　螺王境界中
爾時世尊復説頌曰
彼必定當得　無主亦無家　手不持金寶
無爲無所憂　若行梵行者　彌勒境界中
於是魔王復説頌曰
彼必定當得　名財好飲食　善能解歌舞
作樂常歡喜　若在雞頭城　螺王境界中
爾時世尊復説頌曰
彼爲必度岸　如鳥破網出　得禪自在遊
具樂常歡喜　汝魔必當知　我巳相降伏
於是魔王復作是念世尊知我善逝見我愁
惱憂慼不能得住即於彼處忽没不現佛説
如是彌勒阿夷哆尊者阿難及諸比丘聞佛
所説歡喜奉行

中阿含經卷第十三

音釋

蜱邊迷切　獺他達切捕魚獸也　榛莽榛側詵切莽莫朗切榛莽草木藂深貌　捃舉藴切拾也　釜奉甫切鍑也

中阿含經卷第十四

東晉罽賓三藏瞿曇僧伽提婆譯

王相應品大天㮈林經第十

我聞如是一時佛遊鞞陀提國與大比丘衆俱往至彌薩羅住大天㮈林中爾時世尊行道中路欣然而笑尊者阿難見世尊笑叉手向佛白曰世尊何因緣笑諸如來無所著等正覺若無因緣終不妄笑願聞其意彼時世尊告曰阿難在昔異時此彌薩羅㮈林之中於彼有王名曰大天爲轉輪王聰明智慧有四種軍整御天下由已自在如法法王成就七寶得人四種如意之德阿難彼大天王成就七寶爲何謂耶謂輪寶象寶馬寶珠寶女寶居士寶主兵臣寶是謂爲七阿難彼大天王云何名爲成就輪寶阿難時大天王於月十五日說從解脫時沐浴澡洗昇正殿上有天輪寶從東方來輪有千輻一切具足清淨自然非人所造色如火熖光明昱爍天王見已歡喜踊躍心自念曰生賢輪寶生妙輪寶我亦曾從古人聞之若頂生剎利王於月十五日說從解脫時沐浴澡洗昇正殿上有天輪寶從東方來輪有千輻一切具足清淨自然非人所造色如火熖光明昱爍彼必當作轉輪王也我將無作轉輪王耶阿難昔大天王將欲自試天輪寶時集四種軍象軍馬軍車軍步軍集四種軍已詣天輪寶所以左手撫輪右手轉之而作是語隨天輪寶隨天輪寶之所轉去阿難彼天輪轉已即去向於東方時大天王亦自隨後及四種軍若天輪寶有所住處時大天王即彼止宿及四種軍於

是東方諸小國王彼皆來詣大天王所白曰天王善來天王此諸國土極大豐樂多有人民盡屬天王唯願天王以法教之我等亦當輔佐天王於是大天王告諸小王曰卿等各各自領境界皆當以法莫以非法無令國中有諸惡業非梵行人阿難彼天輪寶過東方去度東大海迴至南方西方北方阿難隨天輪寶周迴轉去時大天王亦自隨後及四種軍若天輪寶有所住處時大天王即彼止宿及四種軍於是北方諸小國王彼皆來詣大天王所白曰天王善來天王此諸國土極大豐樂多有人民盡屬天王唯願天王以法教之我等亦當輔佐天王於是大天王告諸小王曰卿等各各自領境界皆當以法莫以非法無令國中有諸惡業非梵行人阿難彼天輪寶過北方去度北大海即時速還至本王城彼大天王坐正殿上料理財物時天輪寶住於虛空是謂大天王成就如是天輪之寶

阿難彼大天王云何名爲成就象寶阿難時大天王而生象寶彼象極白而有七支其象名曰于娑賀大天王見已歡喜踊躍若可調者極令賢善阿難彼大天王則於後時告象師曰汝速御象令極善調若象調已便來白我爾時象師受王教已至象寶所速御象寶令極善調彼時象寶受極御治疾得善調猶昔良象壽無量百千歲以無量百千歲受極御治疾得善調彼象寶者亦復如是受極御治疾得善調阿難爾時象師速御象寶令極善調象寶調已便詣大天王所白曰天王當知我以極御治之象寶已調隨天王意阿難

昔大天王試象寶時平旦日出至象寶所乘彼象寶遊一切地乃至大海即時速還至本王城是謂大天王成就如是白象之寶阿難彼大天王云何名爲成就馬寶阿難時大天王而生馬寶彼馬寶者極紺青色頭像如烏以毛嚴身名毛馬王天王見已歡喜踊躍若可調者極令賢善阿難彼大天王則於後時告馬師曰汝速御馬令極善調若馬調已便來白我爾時馬師受王教已至馬寶所速御馬寶令極善調彼時馬寶受極御治疾得善調猶昔良馬壽無量百千歲以無量百千歲受極御治疾得善調彼馬寶者亦復如是受極御治疾得善調阿難爾時馬師速御馬寶令極善調馬寶調已便詣大天王所白曰天王當知我以極御治之馬寶已調隨天王意

阿難昔大天王試馬寶時平旦日出至馬寶所乘彼馬寶遊一切地乃至大海即時速還至本王城是謂大天王成就如是紺馬之寶阿難彼大天王云何名爲成就珠寶阿難時大天王而生珠寶彼珠寶者明淨自然無有造者八楞無垢極好磨治貫以五色繩青黃赤白黑阿難時大天王內宮殿中欲得燈明即用珠寶阿難昔大天王試珠寶時便集四種軍象軍馬軍車軍步軍集四種軍已於夜闇中豎立高幢安珠置上出至園觀珠之光耀照四種軍明之所及方半由延是謂大天王成就如是明珠之寶阿難彼大天王云何名爲成就女寶阿難時大天王而生女寶彼女寶者身體光澤皎潔明淨美色過人小不及天姿容端正覩者歡悅口出芬馥青蓮華

香身諸毛孔出旃檀馨冬則身溫夏則身涼彼女至心承事於王發言悅樂所作捷疾聰明智慧歡喜行善彼女念王常不離心況身口行是謂大天王成就如是美女之寶阿難彼大天王云何成就居士寶阿難時大天王生居士寶彼居士寶極大豐富資財無量多有畜牧封戶食邑種種具足福業之報而得天眼見諸寶藏空有悉見見有守護無守護者金藏錢藏作以不作皆悉見之阿難彼居士寶詣大天王白曰天王若欲得金及錢寶者天王莫憂我自知時阿難昔大天王試居士寶時彼王乘船入恒水中告曰居士我欲得金及以錢寶居士白曰天王願船至岸時大天王告曰居士正欲此中得正欲此中得居士白曰天王願令船住阿難時居士寶至船前頭長跪申手便於水中舉四藏出金藏錢藏作藏不作藏白曰天王隨意所欲金及錢寶恣其所用用已餘者還著水中是謂大天王成就如是居士之寶阿難彼大天王云何成就主兵臣寶阿難時大天王生主兵寶彼主兵臣聰明智慧辯才巧言多識分別主兵臣寶爲大天王設現世義勸安立之設後世義勸安立之設現世義後世義勸安立之彼主兵臣爲大天王欲合軍衆便能合之欲解便解欲令大天王四種軍衆不使疲乏及勸助之諸臣亦然是謂大天王成就如是主兵臣寶阿難是謂大天王成就七寶阿難彼大天王云何得人四種如意之德彼大天王壽命極長八萬四千歲爲童子嬉戲八萬四千歲作小國王八萬四千歲爲大國王八萬

四千歲剃除鬚髮著袈裟衣至信捨家無家學道學仙人王修行梵行在此彌薩羅住大天㮈林中所阿難若大天王壽命極長八萬四千歲爲童子嬉戲八萬四千歲作小國王八萬四千歲爲大國王八萬四千歲剃除鬚髮著袈裟衣至信捨家無家學道學仙人王修行梵行在此彌薩羅住大天㮈林中者是謂大天王第一如意之德復次阿難彼大天王無有疾病成就平等食味之道不冷不熱安隱無諍由是之故其所飲食而得安消阿難若大天王無有疾病成就平等食味之道不冷不熱安隱無諍由是之故其所飲食而得安消者是謂大天王第二如意之德復次阿難彼大天王身體光澤皎潔明淨美色過人小不及天端正姝好覩者歡悅阿難若大天王身體光澤皎潔明淨美色過人小不及天端正姝好覩者歡悅是謂大天王第三如意之德復次阿難彼大天王常於愛念梵志居士如父念子梵志居士亦復敬重於大天王如子敬父阿難昔大天王在園觀中告御者曰徐徐御車我欲久視梵志居士梵志居士亦告御者徐徐御車我等欲久視大天王阿難若大天王常於愛念梵志居士如父念子梵志居士亦復敬重於大天王如子敬父者是謂大天王第四如意之德阿難是謂大天王得人四種如意之德阿難彼大天王則於後時告剃髮人汝若見我頭生白髮者便可啓我於是剃髮人受王教已而於後時沐浴王頭見生白髮見已啓曰天王當知天使已至頭生白髮彼大天王復告剃髮人汝持

金鑷徐拔白髮著吾手中時剃髮人聞王教已即以金鑷徐拔白髮著王手中阿難彼大天王手捧白髮而說頌曰

我頭生白髮　壽命轉衰減　天使已來至
我今學道時

阿難彼大天王見白髮已告太子曰太子當知天使已至頭生白髮太子我已得人間欲今當復求天上之欲太子我欲剃除鬚髮著袈裟衣至信捨家無家學道太子我今以此四天下付授於汝汝當如法治化莫以非法無令國中有諸惡業非梵行人太子汝後若見天使已至頭生白髮者汝當復以此國政授汝太子善教勑之授太子國已汝亦當復剃除鬚髮著袈裟衣至信捨家無家學道太子我今爲汝轉此相繼之法汝亦當復轉此相繼之法莫令人民墮在極邊太子云何我今爲汝轉此相繼之法汝亦當復轉此相繼之法莫令人民墮在極邊太子若此國中傳授法絶不復續者是名人民墮在極邊太子以是之故我今爲汝轉太子我已爲汝轉此相繼之法汝亦當復轉此相繼之法莫令人民墮在極邊阿難彼大天王以此國政付授太子善教勑已便剃除鬚髮著袈裟衣至信捨家無家學道學仙人王修行梵行在此彌薩羅大天㮈林中彼亦轉輪王成就七寶得四種如意之德云何成就七寶得人四種如意之德如前所說七寶得人四種如意之德阿難彼轉輪王亦於後時告剃髮人汝若見我頭生白髮者便可啓我於是剃髮人受王教已而於後時沐浴王頭見生白髮見已啓

曰天王當知天使已至頭生白髮彼轉輪王復告剃髮人汝持金鑷徐拔白髮著吾手中時剃髮人聞王教已即以金鑷徐拔白髮著王手中阿難彼轉輪王手捧白髮而說頌曰

我頭生白髮　壽命轉衰減　天使已來至
我今學道時

阿難彼轉輪王見白髮已告太子曰太子當知天使已至頭生白髮太子我已得人間欲今當復求天上之欲太子我欲剃除鬚髮著袈裟衣至信捨家無家學道我今以此四天下付授於汝汝當如法治化莫以非法無令國中有諸惡業非梵行人太子汝後若見天使已至頭生白髮者汝亦當復以此國政授汝太子善教勑之授太子國已汝當復剃除鬚髮著袈裟衣至信捨家無家學道太子我今爲汝轉此相繼之法汝亦當復轉此相繼之法莫令人民墮在極邊太子云何我今爲汝轉此相繼之法汝亦當復轉此相繼之法莫令人民墮在極邊太子若此國中傳授法絕不復續者是名人民墮在極邊太子以是之故我今爲汝轉太子我已爲汝轉此相繼之法汝亦當復轉此相繼之法莫令人民墮在極邊阿難彼轉輪王以此國政付授太子善教勑已便剃除鬚髮著袈裟衣至信捨家無家學道學仙人王修行梵行在此彌薩羅大天㮈林中阿難是爲從子至子從孫至孫從族至族從見至見展轉八萬四千轉輪王剃除鬚髮著袈裟衣至信捨家無家學道學仙人王修行梵行在此彌薩羅大天㮈林中彼最後王名曰尼彌如法法王行法如法而

爲太子后妃婇女及諸臣民沙門梵志乃至蜫蟲奉持法齋月八日十四日十五日修行布施施諸窮乏沙門梵志貧窮孤獨遠來乞者以飲食衣被車乘華鬘散華塗香屋舍牀蓐氍氀綩綖給使明燈彼時三十三天集坐善法講堂咨嗟稱嘆尼彌王曰諸賢鞞陀提人有大善利有大功德所以者何彼最後王名曰尼彌如法法王行法如法而爲太子后妃婇女及諸臣民沙門梵志乃至蜫蟲奉持法齋月八日十四日十五日修行布施施諸窮乏沙門梵志貧窮孤獨遠來乞者以飲食衣被車乘華鬘散華塗香屋舍牀蓐氍氀綩綖給使明燈時天帝釋亦在衆中於是天帝釋告三十三天曰諸賢汝等欲得即在此見尼彌王耶三十三天白曰拘翼我等欲得即

在此見於尼彌王爾時帝釋猶如力士屈伸臂頃於三十三天上忽没不現已來至此尼彌王殿於是尼彌王見天帝釋見已問曰汝爲是誰帝釋答曰大王聞有天帝釋耶答曰聞有帝釋告曰我即是也大王有大善利有大功德所以者何三十三天爲汝集坐善法講堂咨嗟稱嘆曰諸賢鞞陀提人有大善利有大功德所以者何彼最後王名曰尼彌如法法王行法如法而爲太子后妃婇女及諸臣民沙門梵志乃至蜫蟲奉持法齋月八日十四日十五日修行布施施諸窮乏沙門梵志貧窮孤獨遠來乞者以飲食衣被車乘華鬘散華塗香屋舍牀蓐氍氀綩綖給使明燈大王欲見三十三天耶答曰欲見帝釋復告尼彌王曰我遠天上當敕嚴駕千象車來大

王乘車娛樂遊戲昇於天上時尼彌王爲天帝釋默然而受於是帝釋知尼彌王默然受已猶如力士屈伸臂頃於尼彌王殿忽沒不現已還至彼三十三天帝釋到已告御者曰汝速嚴駕千象車往迎尼彌王到已白曰大王當知天帝釋遣此千象車來迎於大王可乘此車娛樂遊戲昇於天上王乘車已復白王曰王欲令我從何道送爲從惡受惡報道爲從妙受妙報道耶於是御者受帝釋教已即便嚴駕千象車往至尼彌王所到已白曰大王當知帝釋遣此千象車來迎於大王可乘此車娛樂遊戲昇於天上時尼彌王昇彼車已御者復白王欲令我從何道送爲從惡受惡報道爲從妙受妙報道耶時尼彌王告御者曰汝於兩道中間送我惡受惡報妙受妙報於是御者便於兩道中間送王惡受惡報妙受妙報於是三十三天遥見尼彌王來見已稱善善來大王大王可與三十三天共住娛樂時尼彌王爲三十三天而說頌曰

猶如假借乘　一時暫求車　此處亦復然
謂爲他所有　我還彌薩羅　當作無量善
因是生天上　作福爲資粮

阿難昔大天王者汝謂異人耶莫作是念當知即是我也阿難我昔從子至子從孫至孫從族至族從我展轉八萬四千轉輪王剃除鬚髮著袈裟衣至信捨家無家學道學仙人王修行梵行在此彌薩羅大天㮈林中阿難我爾時爲自饒益亦饒益他饒益多人愍傷世間爲天爲人求義及饒益求安隱快樂爾時說法不至究竟不究竟白淨不究竟梵行

不究竟梵行訖爾時不離生老病死啼哭憂慼亦未能得脱一切苦阿難我今出世如來無所著等正覺明行成爲善逝世間解無上士道法御天人師號佛衆祐我今爲自饒益亦饒益他饒益多人愍傷世間爲天爲人求義及饒益求安隱快樂我今説法得至究竟究竟白淨究竟梵行究竟梵行訖我今得離生老病死啼哭憂慼我今已得脱一切苦阿難我今爲汝轉相繼法汝亦當復轉相繼法莫令佛種斷阿難云何我今爲汝轉相繼法汝亦當復轉相繼法莫令佛種斷謂八支聖道正見乃至正定爲八阿難是謂我今爲汝轉相繼法汝亦當復轉相繼法莫令佛種斷佛説如是尊者阿難及諸比丘聞佛所説歡喜奉行

王相應品大善見王經第十一

我聞如是一時佛遊拘尸城住惒跋單力士娑羅林中爾時世尊最後欲取般涅槃時告曰阿難汝往至雙娑羅樹間可爲如來北首敷牀如來中夜當般涅槃尊者阿難受如來教即詣雙樹於雙樹間而爲如來北首敷牀敷牀已訖還詣佛所稽首禮足却住一面白曰世尊已爲如來於雙樹間北首敷牀唯願世尊自當知時於是世尊將尊者阿難至雙樹間四疊鬱多羅僧以敷牀上襞僧伽梨作枕右脇而卧足足相累最後欲取般涅槃時尊者阿難執拂侍佛尊者阿難叉手向佛白曰世尊更有餘大城一名瞻波二名舍衛三名鞞舍離四名王舍城五名波羅柰六名迦維羅衛世尊不於彼般涅槃何故正在此小

土城諸城之中此最爲下是時世尊告曰阿難汝莫說此爲小土城諸城之中此最爲下所以者何乃往過去時此拘尸城名拘尸王城極大豐樂多有人民阿難拘尸王城長十二由延廣七由延阿難造立樓櫓高如一人或二三四至高七人阿難拘尸王城於外周帀有壍七重其壍則以四寶塼壘金銀瑠璃及水精其底布以四種寶沙金銀瑠璃及水精阿難拘尸王城周帀外有垣墻七重其墻亦以四寶塼壘金銀瑠璃及水精阿難拘尸王城周帀七重行四寶多羅樹金銀瑠璃及水精金多羅樹銀葉華實銀多羅樹金葉華實瑠璃多羅樹水精葉華實水精多羅樹瑠璃葉華實阿難彼多羅樹間作種種華池青蓮華池紅蓮赤蓮白蓮華池阿難其華池岸

四寶塼壘金銀瑠璃及水精其底布以四種寶沙金銀瑠璃及水精阿難彼池中有四寶梯陛金銀瑠璃及水精金陛銀蹬銀陛金蹬瑠璃陛水精蹬水精陛瑠璃蹬阿難彼池周帀有四寶鉤欄金銀瑠璃及水精金欄銀鉤銀欄金鉤瑠璃欄水精鉤水精欄瑠璃鉤阿難彼池覆以羅網鈴懸其間彼鈴四寶金銀瑠璃及水精金鈴銀舌銀鈴金舌瑠璃鈴水精舌水精鈴瑠璃舌阿難於彼池中植種種水華青蓮華紅蓮赤蓮白蓮華常水常華無守視者通一切人阿難於彼池岸植種種陸華修摩那華婆師華瞻蔔華修揵提華摩頭揵提華阿提牟哆華波羅頭華阿難其華池岸有衆多女身體光澤皎潔明淨美色過人小不及天姿容端正覩者歡悅衆寶瓔珞嚴

飾具足彼行惠施隨其所須飲食衣被車乘屋舍牀蓐氍氀給使明燈悉以與之阿難其多羅樹葉風吹之時有極上妙音樂之聲猶五種妓工師作樂極妙上好諧和之音阿難其多羅樹葉風吹之時亦復如是阿難拘尸城中設有弊惡極下之人其有欲得五種妙樂者即共往至多羅樹間皆得自恣極意娛樂阿難拘尸王城常有十二種聲未曾斷絶象聲馬聲車聲步聲吹螺聲鼓聲薄洛鼓聲伎鼓聲歌聲舞聲飲食聲惠施聲阿難拘尸城中有王名大善見爲轉輪王聰明智慧有四種軍整御天下由已自在如法法王成就七寶得人四種如意之德云何成就七寶得人四種如意之德如前所說七寶四種人如意之德阿難於是拘尸王城梵志居士多取珠寶鉗婆羅寶載詣大善見王白曰天王此多珠寶鉗婆羅寶天王當爲見慈愍故願垂納受大善見王告梵志居士曰卿等送獻我所不須吾亦自有阿難復有八萬四千諸小國王詣大善見王白曰天王我等欲爲天王作殿大善見王告諸小王卿等欲爲我作正殿我所不須自有正殿八萬四千諸小國王皆叉手向再三白曰天王我等欲爲天王作殿我等欲爲天王作殿於是大善見王爲八萬四千諸小王故默然而聽爾時八萬四千諸小國王知大善見王默然聽已拜謁辭退遶三帀而去各還本國以八萬四千車載金自重并及其錢作以不作復以一一珠寶之柱載往拘尸城去城不遠作大正殿阿難彼大正殿長一由延廣一由延阿難彼大正殿

四寶塼壘金銀瑠璃及水精阿難彼大正殿四寶梯陛金銀瑠璃及水精金陛銀隥銀陛金隥瑠璃陛水精隥水精陛瑠璃隥阿難大正殿中有八萬四千柱以四寶作金銀瑠璃及水精金柱銀櫨欂銀柱金櫨欂瑠璃柱水精櫨欂水精柱瑠璃櫨欂阿難大正殿內立八萬四千樓以四寶作金銀瑠璃及水精金樓銀覆銀樓金覆瑠璃樓水精覆水精樓瑠璃覆阿難大正殿中設八萬四千御座亦四寶作金銀瑠璃及水精金樓設銀御座敷以氍氀毾㲪覆以錦綺羅縠有襯體被兩頭安枕加陵伽波惒邏波遮悉多羅那如是銀樓設金御座瑠璃樓設水精御座水精樓設瑠璃御座敷以氍氀毾㲪覆以錦綺羅縠有襯體被兩頭安枕加陵伽波惒邏波遮悉多羅那阿難彼大正殿周帀遶有四寶鉤欄金銀瑠璃及水精金欄銀鉤銀欄金鉤瑠璃欄水精鉤水精欄瑠璃鉤阿難彼大正殿覆以羅網鈴懸其間彼鈴四寶金銀瑠璃及水精金鈴銀舌銀鈴金舌瑠璃鈴水精舌水精鈴瑠璃舌阿難彼大正殿具足成已八萬四千諸小國王去殿不遠作大華池阿難彼大華池長一由延廣一由延阿難彼大華池四寶塼壘金銀瑠璃及水精其底布以四種寶沙金銀瑠璃及水精阿難彼大華池有四寶梯陛金銀瑠璃及水精金陛銀隥銀陛金隥瑠璃陛水精隥水精陛瑠璃隥阿難彼大華池周帀圍遶有四寶鉤欄金銀瑠璃及水精金欄銀鉤銀欄金鉤瑠璃欄水精鉤水精欄瑠璃鉤阿難彼大華池覆以羅網鈴懸其間彼鈴

四寶金銀瑠璃及水精金鈴銀舌銀鈴金舌瑠璃鈴水精舌水精鈴瑠璃舌阿難彼大華池其中則有種種水華青蓮華紅蓮赤蓮白蓮華常水常華有守視者不通一切人阿難彼大華池其岸則有種種陸華修摩那華婆師華瞻蔔華修揵提華摩頭揵提華阿提牟哆華波羅頼華阿難如是大殿及大華池具足成已八萬四千諸小國王去殿不遠作多羅園阿難彼多羅園長一由延廣一由延阿難多羅園中植八萬四千多羅樹則以四寶金銀瑠璃及水精金多羅樹銀葉華實銀多羅樹金葉華實瑠璃多羅樹水精葉華實水精多羅樹瑠璃葉華實阿難彼多羅園周帀圍遶有四寶鉤欄金銀瑠璃及水精金欄銀鉤銀欄金鉤瑠璃欄水精鉤水精欄瑠璃鉤

阿難彼多羅園覆以羅網鈴懸其間彼鈴四寶金銀瑠璃及水精金鈴銀舌銀鈴金舌瑠璃鈴水精舌水精鈴瑠璃舌阿難如是大殿華池及多羅園具足成已八萬四千諸小國王即共往詣大善見王白曰天王當知大殿華池及多羅園悉具足成唯願天王隨意所欲阿難爾時大善見王便作是念我不應先昇此大殿若有上尊沙門梵志依此拘尸王城住者我寧可請一切來集坐此大殿施設上味極美餚饌種種豐饒食噉含消手自斟酌皆令飽滿食竟收器行澡水訖發遣令還阿難大善見王作是念已即請上尊沙門梵志依彼拘尸王城住者一切來集昇大正殿都集坐已自行澡水便以上味極美餚饌種種豐饒食噉含消手自斟酌皆令飽滿食竟

收器行澡水訖受呪願已發遣令還阿難大善見王復作是念今我不應大正殿中而行於欲我寧可獨將一侍人昇大殿住阿難大善見王則於後時將一侍人昇大正殿便入金樓坐銀御牀敷以氍氀毾㲪覆以錦綺羅縠有襯體被兩頭安枕加陵伽波惒邏波遮悉多羅那坐已離欲離惡不善之法有覺有觀離生喜樂逮初禪成就遊從金樓出次入銀樓坐金御牀敷以氍氀毾㲪覆以錦綺羅縠有襯體被兩頭安枕加陵伽波惒邏波遮悉多羅那坐已離欲離惡不善之法有覺有觀離生喜樂逮初禪成就遊從銀樓出入瑠璃樓坐水精御牀敷以氍氀毾㲪覆以錦綺羅縠有襯體被兩頭安枕加陵伽波惒邏波遮悉多羅那坐已離欲離惡不善之法有覺有觀離生喜樂逮初禪成就遊從瑠璃樓出入水精樓坐瑠璃御牀敷以氍氀毾㲪覆以錦綺羅縠有襯體被兩頭安枕加陵伽波惒邏波遮悉多羅那坐已離欲離惡不善之法有覺有觀離生喜樂逮初禪成就遊阿難爾時八萬四千夫人及女寶並久不見大善見王各懷飢虛渴仰欲見於是八萬四千夫人共詣女寶白曰天后當知我等並久不覲天王天后我等今欲共見天王女寶聞已告主兵臣汝今當知我等並久不覲天王今欲往見主兵臣聞即送八萬四千夫人及女寶至大正殿八萬四千象八萬四千馬八萬四千車八萬四千步八萬四千小王亦共侍送至大正殿當去之時其聲高大音響震動大善見王聞其聲高大音響震動聞已即問傍侍

者曰是誰聲高大音響震動侍者白曰天王是八萬四千夫人及女寶今悉共來詣大正殿八萬四千象八萬四千馬八萬四千車八萬四千步八萬四千小王亦復共來詣大正殿是故其聲高大音響震動大善見王聞已告侍者曰汝速下殿可於露地疾敷金牀訖還白我侍者受教即從殿下則於露地疾敷金牀訖還白曰已爲天王則於露地敷金牀訖隨天王意阿難大善見王即共侍者從殿來下昇金牀上結跏趺坐阿難彼時八萬四千夫人及女寶悉共前詣大善見王阿難大善見王遥見八萬四千夫人及女寶見已則便閉塞諸根於是八萬四千夫人及女寶見王閉塞諸根已便作是念天王今必不用我等所以者何天王適見我等便閉塞諸根阿難於是女寶則前往詣大善見王到已白曰天王當知彼八萬四千夫人及女寶盡是天王所有唯願天王常念我等乃至命終八萬四千象八萬四千馬八萬四千車八萬四千步八萬四千小王盡是天王所有唯願天王常念我等乃至命終彼時大善見王聞斯語已告女寶曰妹汝等長夜教我爲惡不令行慈妹汝等從今已後當教我行慈莫令爲惡阿難八萬四千夫人及女寶却住一面涕零悲泣而作此語我等非是天王之妹而今天王稱我等爲妹阿難彼八萬四千夫人及女寶各各以衣拭其淚復前往詣大善見王到已白曰天王我等云何教天王行慈不爲惡耶大善見王答曰諸妹汝等爲我應如是說天王知不人命短促當就後世應修梵行

生無不終天王當知彼法必來非可愛念亦不可喜壞一切世名曰爲死是以天王於八萬四千夫人及女寶有念有欲者唯願天王悉斷捨離至終莫念於八萬四千象八萬四千馬八萬四千車八萬四千步八萬四千小王天王有欲有念者唯願天王悉斷捨離至終莫念諸妹汝等如是教我行慈不令爲惡阿難彼八萬四千夫人及女寶白曰天王我等從今已後當教天王行慈不令爲惡天王人命短促當就後世彼法必來非可愛念亦不可喜壞一切世名曰爲死是以天王於八萬四千夫人及女寶有念有欲者唯願天王悉斷捨離至終莫念於八萬四千象八萬四千馬八萬四千車八萬四千步八萬四千小王天王有欲有念者唯願天王悉斷捨離至終莫念阿難大善見王爲彼八萬四千夫人及女寶說法勸發渴仰成就歡喜無量方便爲彼說法勸發渴仰成就歡喜已發遣令還阿難彼八萬四千夫人及女寶知大善見王發遣已各拜辭還阿難彼八萬四千夫人及女寶還去不久大善見王即共侍者還昇大殿則入金樓坐銀御牀敷以氍氀毾㲪覆以錦綺羅縠有襯體被兩頭安枕加陵伽波惒邏波遮悉多羅那坐已作是觀我是最後邊念欲念恚念害闘諍相憎諛諂虛僞欺誑妄言無量諸惡不善之法是最後邊心與慈俱遍滿一方成就遊如是二三四方四維上下普周一切無結無怨無恚無諍極廣甚大無量善修遍滿一切世間成就遊從金樓出次入銀樓坐金御牀敷以氍氀毾㲪覆以錦綺

羅縠有襯體被兩頭安枕加陵伽波惒邏波遮悉多羅那坐已作是觀我是最後邊念欲念恚念害鬬諍相憎諛諂虛僞欺誑妄言無量諸惡不善之法是最後邊心與悲俱遍滿一方成就遊如是二三四方四維上下普周一切無結無怨無恚無諍極廣甚大無量善修遍滿一切世間成就遊從銀樓出入瑠璃樓坐水精御牀敷以氍氀毾𣰆覆以錦綺羅縠有襯體被兩頭安枕加陵伽波惒邏波遮悉多羅那坐已作是觀我是最後邊念欲念恚念害鬬諍相憎諛諂虛僞欺誑妄言無量諸惡不善之法是最後邊心與喜俱遍滿一方成就遊如是二三四方四維上下普周一切無結無怨無恚無諍極廣甚大無量善修遍滿一切世間成就遊從瑠璃樓出入水精樓坐瑠璃御牀敷以氍氀毾𣰆覆以錦綺羅縠有襯體被兩頭安枕加陵伽波惒邏波遮悉多羅那坐已作是觀我是最後邊念欲念恚念害鬬諍相憎諛諂虛僞欺誑妄言無量諸惡不善之法是最後邊心與捨俱遍滿一方成就遊如是二三四方四維上下普周一切無結無怨無恚無諍極廣甚大無量善修遍滿一切世間成就遊阿難大善見王於最後時生微微死痛猶如居士或居士子食極妙食生小微煩阿難大善見王於最後時生微微死痛亦復如是阿難爾時大善見王修習四梵室捨念欲已乘是命終生梵天中阿難在昔異時大善見王者汝謂異人耶莫作斯念當知即是我也阿難我於爾時爲自饒益亦饒益他饒益多人愍傷世間爲天爲人

求義及饒益求安隱快樂爾時說法不至究
竟不究竟白淨不究竟梵行不究竟梵行訖
爾時不離生老病死啼哭憂慼亦未能得脫
一切苦阿難我今出世如來無所著等正覺
明行成爲善逝世間解無上士道法御天人
師號佛衆祐我今爲自饒益亦饒益他饒益
多人愍傷世間爲天爲人求義及饒益求安
隱快樂我今說法得至究竟究竟白淨究竟
梵行究竟梵行訖我今得離生老病死啼哭
憂慼我今已得脫一切苦阿難從拘尸城從
惒跋單力士娑羅林從尼連然河從婆求河
從天冠寺從爲我敷牀處我於其中間七反
捨身於中六反爲轉輪王今第七如來無所
著等正覺阿難我不復見世中天及魔梵沙
門梵志從天至人更復捨身者是處不然阿
難我今最後生最後有最後身最後形得最
後我說是苦邊佛說如是尊者阿難及諸比
丘聞佛所說歡喜奉行

中阿含經卷第十四

音釋

綩綖 綩於阮切綖夷然切綩綖坐褥也 襞 必益切褺也 櫨磉 櫨落胡切磉蘇朗切 隥 都鄧切登陟之道也

中阿含經卷第十五

東晉罽賓三藏瞿曇僧伽提婆譯

王相應品三十喻經第十二

我聞如是一時佛遊王舍城在竹林加蘭哆園與大比丘衆俱共受夏坐爾時世尊於十五日說從解脫時在比丘衆前敷座而坐世尊坐已便入定意觀諸比丘心於是世尊見比丘衆靜坐默然極默然無有睡眠除陰蓋故比丘衆坐甚深極甚深息極息妙極妙是時尊者舍梨子亦在衆中於是世尊告曰舍梨子比丘衆靜坐默然極默然無有睡眠除陰蓋故比丘衆坐甚深極甚深息極息妙極妙舍梨子誰能敬重奉事比丘衆者於是尊者舍梨子即從坐起偏袒著衣叉手向佛白曰世尊如是比丘衆靜坐默然極默然無有睡眠除陰蓋故比丘衆坐甚深極甚深息極息妙極妙世尊無能敬重奉事比丘衆者唯有世尊能敬重奉事法及比丘衆戒不放逸布施及定唯有世尊能敬重奉事世尊告曰舍梨子如是如是無能敬重奉事比丘衆者唯有世尊能敬重奉事法及比丘衆戒不放逸布施及定唯有世尊能敬重奉事舍梨子猶如王及大臣有種種嚴飾具繒綵錦罽指環臂釧肘瓔咽鉗生色像珠鬘舍梨子如是比丘比丘尼以戒德爲嚴飾具舍梨子若比丘比丘尼成就戒德爲嚴飾具者便能捨惡修習於善舍梨子猶如王及大臣有五儀式劒蓋天冠珠柄之拂及嚴飾屣守衛其身令得安隱舍梨子如是比丘比丘尼以持禁戒爲衛梵行舍梨子若比丘比丘尼成就禁戒

爲衛梵行者便能捨惡修習於善舍梨子猶如王及大臣有守閤人舍梨子如是比丘比丘尼以護六根爲守閤人舍梨子若比丘比丘尼成就護六根爲守閤人者便能捨惡修習於善舍梨子猶如王及大臣有守門將聰明智慧分別曉了舍梨子如是比丘比丘尼以正念爲守門將舍梨子若比丘比丘尼成就正念爲守門將者便能捨惡修習於善舍梨子猶如王及大臣有好浴池清泉平滿舍梨子如是比丘比丘尼以息心爲浴池泉舍梨子若比丘比丘尼成就息心爲浴池泉者便能捨惡修習於善舍梨子猶如王及大臣有沐浴人常使洗浴舍梨子如是比丘比丘尼以善知識爲沐浴人舍梨子若比丘比丘尼成就善知識爲沐浴人者便能捨惡修習於善舍梨子猶如王及大臣有塗身香木蜜沉水旃檀蘇合雞舌都梁舍梨子如是比丘比丘尼以戒德爲塗香舍梨子若比丘比丘尼成就戒德爲塗香者便能捨惡修習於善舍梨子猶如王及大臣有好衣服芻摩衣錦繒衣白氎衣加陵伽波惒邏衣舍梨子如是比丘比丘尼以慚愧爲衣服舍梨子若比丘比丘尼成就慚愧爲衣服者便能捨惡修習於善舍梨子猶如王及大臣有好牀座極廣高大舍梨子如是比丘比丘尼以四禪爲牀座舍梨子若比丘比丘尼成就四禪爲牀座者便能捨惡修習於善舍梨子猶如王及大臣有工剃師常使洗沐舍梨子如是比丘比丘尼以正念爲剃師舍梨子若比丘比丘尼成就正念爲剃師者便能捨惡修習於善舍

梨子猶如王及大臣有餚饌美食種種異味舍梨子如是比丘比丘尼以喜爲食舍梨子若比丘比丘尼成就於喜以爲食者便能捨惡修習於善舍梨子猶如王及大臣有種種飲柰飲瞻波飲甘蔗飲蒲萄飲末䟦提飲舍梨子如是比丘比丘尼以法味爲飲舍梨子若比丘比丘尼成就法味以爲飲者便能捨惡修習於善舍梨子猶如王及大臣有妙華鬘青蓮華鬘瞻蔔華鬘修摩那華鬘婆師華鬘阿提牟哆華鬘舍梨子如是比丘比丘尼以三定爲華鬘空無願無相舍梨子若比丘比丘尼成就三定爲華鬘者便能捨惡修習於善舍梨子猶如王及大臣有諸屋舍堂閣樓觀舍梨子如是比丘比丘尼以三室爲屋舍天室梵室聖室舍梨子若比丘比丘尼成就三室爲屋舍者便能捨惡修習於善舍梨子猶如王及大臣有典守者謂守室人舍梨子如是比丘比丘尼以智慧爲守室人舍梨子若比丘比丘尼成就智慧爲守室人者便能捨惡修習於善舍梨子猶如王及大臣有諸國邑四種租稅一分供王及給皇后宮中婇女二分供給太子群臣三分供國一切民人四分供給沙門梵志舍梨子如是比丘比丘尼以四念處爲租稅舍梨子若比丘比丘尼成就四念處爲租稅者便能捨惡修習於善舍梨子猶如王及大臣有四種軍象軍馬軍車軍步軍舍梨子如是比丘比丘尼以四正斷爲四種軍舍梨子若比丘比丘尼成就四正斷爲四種軍者便能捨惡修習於善舍梨子猶如王及大臣有種種轝象轝馬轝車

輦步輦舍梨子如是比丘比丘尼以四如意
足爲掆輦舍梨子若比丘比丘尼成就四如
意足以爲輦者便能捨惡修習於善舍梨子
猶如王及大臣有種種車莊以衆好師子虎
豹斑文之皮織成雜色種種莊飾舍梨子如
是比丘比丘尼以止觀爲車舍梨子者比丘
比丘尼成就止觀以爲車者便能捨惡修習
於善舍梨子猶如王及大臣有駕御者謂御
車人舍梨子如是比丘比丘尼以正念爲駕
御人舍梨子若比丘比丘尼成就正念爲駕
御人者便能捨惡修習於善舍梨子猶如王
及大臣有極高幢舍梨子如是比丘比丘尼
以已心爲高幢舍梨子若比丘比丘尼成就
已心爲高幢者便能捨惡修習於善舍梨子
猶如王及大臣有好道路平正坦然唯趣園

觀舍梨子如是比丘比丘尼以八支聖道爲
道路平正坦然唯趣涅槃舍梨子若比丘比
丘尼成就八支聖道以爲道路平正坦然唯
趣涅槃者便能捨惡修習於善舍梨子猶如
王及大臣有主兵臣聰明智慧分別曉了舍
梨子如是比丘比丘尼以智慧爲主兵臣舍
梨子若比丘比丘尼成就智慧爲主兵臣者
便能捨惡修習於善舍梨子猶如王及大臣
有大正殿極廣高敞舍梨子如是比丘比丘
尼以智慧爲大正殿舍梨子若比丘比丘尼
成就智慧爲大正殿者便能捨惡修習於善
舍梨子猶如王及大臣昇高殿上觀殿下人
往來走踊住立坐卧舍梨子如是比丘比丘
尼以昇無上智慧高殿爲自觀已心周正柔
輭歡喜遠離舍梨子若比丘比丘尼成就無

上智慧高殿爲自觀巳心周正柔軟歡喜遠離者便能捨惡修習於善舍梨子猶如王及大臣有宗正卿諳練宗族舍梨子如是比丘比丘尼以四聖種爲宗正卿舍梨子若比丘比丘尼成就四聖種爲宗正卿者便能捨惡修習於善舍梨子猶如王及大臣有名良醫能治衆病舍梨子如是比丘比丘尼以正念爲良醫舍梨子若比丘比丘尼成就正念爲良醫者便能捨惡修習於善舍梨子猶如王及大臣有正御牀敷以氍氀毾㲪覆以錦綺羅縠有襯體被兩頭安枕加陵伽波惒邏波遮悉多羅那舍梨子如是比丘比丘尼以無礙定爲正御牀舍梨子若比丘比丘尼成就無礙定爲正御牀者便能捨惡修習於善舍梨子猶如王及大臣有名珠寶舍梨子如是比丘比丘尼以不動心解脱爲名珠寶舍梨子若比丘比丘尼成就不動心解脱爲名珠寶者便能捨惡修習於善舍梨子猶如王及大臣極淨沐浴好香塗身身極清淨舍梨子如是比丘比丘尼以自觀巳心爲身極淨舍梨子若比丘比丘尼成就自觀巳心爲身淨者便能敬重奉事世尊法及比丘衆戒不放逸布施及定佛說如是尊者舍梨子及諸比丘聞佛所說歡喜奉行

王相應品轉輪王經第十三

我聞如是一時佛遊摩兜麗剎利在柰林馱河岸爾時世尊告諸比丘諸比丘當自然法燈自歸巳法莫然餘燈莫歸餘法諸比丘若自然法燈自歸巳法不然餘燈不歸餘法者便能求學得利獲福無量所以者何比丘昔

時有王名曰堅念爲轉輪王聰明智慧有四種軍整御天下由巳自在如法法王成就七寶得人四種如意之德云何成就七寶得人四種如意之德如前所説成就七寶得人四種如意之德於是堅念王而於後時天輪寶移忽離本處有人見之詣堅念王白曰天王當知天輪寶移離於本處堅念王聞巳告曰太子我天輪寶移離於本處太子我自曾從古人聞之若轉輪王天輪寶移離本處者彼王必不久住命不久存太子我巳得人間之欲今當復求於天上欲太子我欲剃除鬚髮著袈裟衣至信捨家無家學道太子我今以此四天下付授於汝汝當如法治化莫以非法無令國中有諸惡業非梵行人太子汝後若見天輪寶移離本處者汝亦當復以此國政授汝太子善教勑之授太子國巳汝亦當復剃除鬚髮著袈裟衣至信捨家無家學道於是堅念王授太子國善教勑巳便剃除鬚髮著袈裟衣至信捨家無家學道時堅念王出家學道七日之後彼天輪寶即沒不現失天輪巳刹利頂生王便大憂慼不樂刹利頂生王即詣父堅念王仙人所到巳白曰天王當知天王學道七日之後彼天輪寶便沒不現父堅念王仙人告子刹利頂生王曰汝莫以失天輪寶故而懷憂慼所以者何汝不從父得此天輪刹利頂生王復白父曰天王我今當何所爲父堅念王仙人告其子曰汝當應學相繼之法汝若學相繼之法者於十五日説從解脫時沐浴澡洗昇正殿巳彼天輪寶必從東方來輪有千輻一切具足清

淨自然非人所造色如火燄光明昱爍刹利頂生王復白父曰天王云何相繼之法欲令我學令我學已於十五日說從解脫時沐浴澡洗昇正殿已彼天輪寶從東方來輪有千輻一切具足清淨自然非人所造色如火燄光明昱爍父堅念王仙人復告子曰汝當觀法如法行法如法當爲太子后妃婇女及諸臣民沙門梵志乃至蜫蟲奉持法齋月八日十四日十五日修行布施施諸窮乏沙門梵志貧窮孤獨遠來乞者以飲食衣被車乘華鬘散華塗香屋舍牀蓐氍氀綩綖給使明燈若汝國中有上尊名德沙門梵志者汝當隨時往詣彼所問法受法諸尊何者善法何者不善法何者爲罪何者爲福何者爲妙何者非妙何者爲黑何者爲白黑白之法從何而

生何者現世義何者後世義云何作行受善不受惡從彼聞已行如所說若汝國中有貧窮者當出財物以給恤之子是謂相繼之法汝當善學汝善學已於十五日說從解脫時沐浴澡洗昇正殿已彼天輪寶必從東方來輪有千輻一切具足清淨自然非人所造色如火燄光明昱爍刹利頂生王便於後時觀法如法行法如法而爲太子后妃婇女及諸臣民沙門梵志乃至蜫蟲奉持法齋月八日十四日十五日修行布施施諸窮乏沙門梵志貧窮孤獨遠來乞者以飲食衣被車乘華鬘散華塗香屋舍牀蓐氍氀綩綖給使明燈若其國中有上尊名德沙門梵志者便自隨時往詣彼所問法受法諸尊何者善法何者不善法何者爲罪何者爲福何者爲妙何者

非妙何者爲黑何者爲白黑白之法從何而生何者現世義何者後世義云何作行受善不受惡從彼聞已行如所說若其國中有貧窮者即出財物隨時給恤刹利頂生王於後十五日說從解脱時沐浴澡洗昇正殿已彼天輪寶從東方來輪有千輻一切具足清淨自然非人所造色如火焰光明昱爍彼亦得轉輪王亦成就七寶亦得人四種如意之德云何成就七寶得人四種如意之德亦如前說彼轉輪王而於後時天輪寶移忽離本處有人見之詣轉輪王白曰天王當知天輪寶移離本處轉輪王聞已告曰太子我天輪寶移離本處太子我曾從父坚念王仙人聞之若轉輪王天輪寶移離本處者彼王必不久住命不久存太子我已得人間之欲今當

復求於天上欲太子我欲剃除鬚髮著袈裟衣至信捨家無家學道太子我今以此四天下付授於汝汝當如法治化莫以非法無令國中有諸惡業非梵行人太子汝後若見天輪寶移離本處者汝亦當復以此國政授汝太子善教勑之授太子國已汝亦當復剃除鬚髮著袈裟衣至信捨家無家學道於是轉輪王授太子國善教勑已便剃除鬚髮著袈裟衣至信捨家無家學道彼轉輪王出家學道七日之後彼天輪寶即没不現失天輪已刹利頂生王而不憂慼但染欲著欲貪欲無猒爲欲所縛爲欲所觸爲欲所使不見灾患不知出要便自出意治國以自出意治國故國遂衰減不復增益猶如昔時諸轉輪王學相繼法國土人民轉增熾盛無有衰減刹利

頂生王亦復如是自出意治國以出意治國故國遂衰減不復增益於是國師梵志按行國界見國人民轉就衰減不復增益便作是念剎利頂生王自出意治國以自出意治國故國土人民轉就衰減不復增益猶如昔時諸轉輪王學相繼法國土人民轉增熾盛無有衰減此剎利頂生王亦復如是自出意治國以自出意治國故國土人民轉就衰減不復增益國師梵志即共往詣剎利頂生王白曰天王當知天王自出意治國以自出意治國故國土人民轉就衰減不復增益猶如昔時諸轉輪王學相繼法國土人民轉增熾盛無有衰減今天王亦復如是自出意治國以自出意治國故國土人民轉就衰減不復增益剎利頂生王聞已告曰梵志我當云何國師梵志白曰天王國中有人聰明智慧明知筭數國中有大臣眷屬學經明經誦習受持相繼之法猶如我等一切眷屬天王當學相繼之法學相繼法已於十五日說從解脫時沐浴澡洗昇正殿已彼天輪寶必從東方來輪有千輻一切具足清淨自然非人所造色如火燄光明昱爍剎利頂生王復問曰梵志云何相繼之法欲令我學令我學已於十五日說從解脫時沐浴澡洗昇正殿已彼天輪寶必從東方來輪有千輻一切具足清淨自然非人所造色如火燄光明昱爍國師梵志白曰天王當觀法如法行法如法當爲太子后妃婇女及諸臣民沙門梵志乃至蜫蟲奉持法齋月八日十四日十五日修行布施施諸窮乏沙門梵志貧窮孤獨遠來乞者以飲

食衣被車乘華鬘散華塗香屋舍牀蓐氍氀綩綖給使明燈若王國中有上尊名德沙門梵志者當自隨時往詣彼所問法受法諸尊何者善法何者不善法何者爲罪何者爲福何者爲妙何者非妙何者爲黑何者爲白黑白之法從何而生何者現世義何者後世義云何作行受善不受惡從彼聞已行如所說若王國中有貧窮者當出財物用給恤之天王是謂相繼之法當善取學善取學已於十五日說從解脫時沐浴澡洗昇正殿已彼天輪寶必從東方來輪有千輻一切具足清淨自然非人所造色如火焰光明昱爍刹利頂生王便於後時觀法如法行法如法而爲太子后妃婇女及諸臣民沙門梵志乃至蜫蟲奉持法齋月八日十四日十五日修行布施

施諸窮乏沙門梵志貧窮孤獨遠來乞者以飲食衣被車乘華鬘散華塗香屋舍牀蓐氍氀綩綖給使明燈若其國中有上尊名德沙門梵志者便自隨時往詣彼所問法受法諸尊何者善法何者不善法何者爲罪何者爲福何者爲妙何者非妙何者爲黑何者爲白黑白之法從何而生何者現世義何者後世義云何作行受善不受惡從彼聞已行如所說然國中民有貧窮者不能出物用給恤之是爲困貧無財物者不能給恤故人轉窮困因窮困故便盜他物因偷盜故其主捕伺收縛送詣刹利頂生王白曰天王此人盜我物願天王治刹利頂生王問彼人曰汝實盜耶彼人白曰天王我實偷盜所以者何天王以貧困故若不盜者便無以自濟刹利頂生王

即出財物而給與之語盜者曰汝等還去後莫復作於是國中人民聞刹利頂生王若國中人有行盜者王便出財物而給與之由斯之故人作是念我等亦應盜他財物於是國人各各競行盜他財物是爲困貧無財物者不能給恤故人轉窮困因窮困故盜轉滋甚因盜滋甚故彼人壽轉減形色轉惡彼壽轉減色轉惡已比丘父壽八萬歲子壽四萬歲比丘彼人壽四萬歲時有人便行盜他財物其主捕伺收縛送詣刹利頂生王白曰天王此人盜我物願天王治刹利頂生王問彼人曰汝實盜耶彼人白曰天王我實偷盜所以者何以貧困故若不盜者便無以自濟刹利頂生王聞已便作是念若我國中有盜他物更出財物盡給與者如是唐空竭國藏盜遂滋甚我今寧可作極利刀若我國中有偷盜者便收捕取坐高標下斬截其頭於是刹利頂生王後便勑令作極利刀若國中有盜他物者即勑捕取坐高標下斬截其頭國中人民聞刹利頂生王勑作利刀若國中有盜他物者即便捕取坐高標下斬截其頭我亦寧可劫作利刀持行劫物若從劫物者捉彼物主而截其頭於是彼人則於後時劫作利刀持行劫物捉彼物主截斷其頭是爲因貧無財物者不能給恤故人轉窮困因窮困故盜轉滋甚因盜滋甚故刀殺轉增因刀殺增故彼人壽轉減形色轉惡彼壽轉減色轉惡已比丘父壽四萬歲子壽二萬歲比丘人壽二萬歲時有人盜他財物其主捕伺收縛送詣刹利頂生王白曰天王此人盜我財物願天

王治刹利頂生王問彼人曰汝實盜耶時彼盜者便作是念刹利頂生王若知其實或縛鞭我或撿或擯或罰錢物或種種苦治或貫標上或梟其首我寧可以妄言欺誑刹利頂生王耶念已白曰天王我不偷盜是爲因貧無財物者不能給恤故人轉窮困因窮困故盜轉滋甚因盜滋甚故刀殺轉增因刀殺增故便妄言兩舌轉增因妄言兩舌增故彼人壽轉減形色轉惡彼壽轉減色轉惡已比丘父壽二萬歲子壽一萬歲比丘人壽萬歲時人民或有德或無德若無德者彼爲有德人起嫉妬意而犯其妻是爲因貧無財物者不能給恤故人轉窮困因窮困故盜轉滋甚因盜滋甚故刀殺轉增因刀殺增故便妄言兩舌轉增因妄言兩舌增故便嫉妬邪婬轉增因嫉妬邪婬增故彼人壽轉減形色轉惡彼壽轉減色轉惡已比丘父壽萬歲子壽五千歲比丘人壽五千歲時三法轉增非法欲惡貪邪法因三法增故彼人壽轉減形色轉惡彼壽轉減色轉惡已比丘父壽五千歲子壽二千五百歲比丘人壽二千五百歲時復三法轉增兩舌麤言綺語因三法增故彼人壽轉減形色轉惡彼壽轉減色轉惡已比丘父壽二千五百歲子壽千歲比丘人壽千歲時一法轉增邪見是也因一法增故彼人壽轉減形色轉惡彼壽轉減色轉惡已比丘父壽千歲子壽五百歲比丘人壽五百歲時彼人盡不孝父母不能尊敬沙門梵志不行順事不作福業不見後世罪彼因不孝父母不能尊敬沙門梵志不行順事不作福業不見後

世罪故比丘父壽五百歲子壽或二百五十或二百歲比丘今若有長壽或壽百歲或不啻者佛復告曰比丘未來久遠時人壽十歲比丘人壽十歲時女生五月即便出嫁比丘人壽十歲時無有穀名稗子為第一美食猶如今人秔粮為上饌比丘如是人壽十歲時無有穀名稗子為第一美食比丘人壽十歲時若今日所有美味酥油鹽蜜甘蔗粳粮彼一切盡沒比丘人壽十歲時若行十惡業道者彼便為人所敬重猶如今日若行十善業道者彼便為人所敬重比丘人壽十歲時亦復如是若行十惡業道者彼便為人之所敬重比丘人壽十歲時都無有善名況復有行十善業道比丘人壽十歲時有人名彈罰周行遍往家家彈罰比丘人壽十歲時母於其子極有害心子亦於母極有害心父子兄弟姊妹親屬展轉相向有賊害心猶如獵師見彼鹿已極有害心比丘人壽十歲時亦復如是母於其子極有害心子亦於母極有害心父子兄弟姊妹親屬展轉相向有賊害心比丘人壽十歲時當有七日刀兵劫彼若捉草即化成刀若捉樵木亦化成刀彼以此刀各各相殺彼於七日刀兵劫過七日便止爾時亦有人生慙恥羞愧猒惡不愛彼人七日刀兵劫時便入山野在隱處藏過七日已則從山野於隱處出更互相見生慈愍心極相愛念猶如慈母唯有一子與久離別從遠來還安隱歸家相見歡喜生慈愍心極相愛念如是彼人過七日後則從山野於隱處出更互相見生慈愍心極相愛念共相見已便作是

語諸賢我今相見令得安隱我等坐生不善法故今值見此親族死盡我等寧可共行善法云何當共行善法耶我等皆是殺生之人今寧可共離殺斷殺我等應共行是善法彼便共行如是善法行善法已壽便轉增形色轉好彼壽轉增色轉好已比丘壽十歲人生子壽二十比丘壽二十歲人復作是念若求學善者壽便轉增形色轉好我等應共更增行善云何當共更增行善我等已共離殺斷殺然故共行不與而取我等寧可離不與取斷不與取我等應共行是善法彼便共行如是善法行善法已壽更轉增形色轉好彼壽轉增色轉好已比丘壽二十歲人生子壽四十歲比丘壽四十歲人亦作是念若求學善者壽便轉增形色轉好我等應共更增行善云何當共更增行善我等已離殺斷殺離不與取斷不與取然故行邪婬我等寧可離邪婬斷邪婬我等應共行是善法彼便共行如是善法行善法已壽便轉增形色轉好彼壽轉增色轉好已比丘壽四十歲人生子壽八十比丘壽八十歲人亦作是念若求學善者壽便轉增形色轉好我等應共更增行善云何當共更增行善我等已離殺斷殺離不與取斷不與取離邪婬斷邪婬然故行妄言我等寧可離妄言斷妄言我等應共行是善法彼便共行如是善法行善法已壽便轉增形色轉好彼壽轉增色轉好已比丘壽八十歲人生子壽百六十比丘壽百六十歲人亦作是念若求學善者壽便轉增形色轉好我等應共更增行善云何當共更增行善我等已

離殺斷殺離不與取斷不與取離邪婬斷邪婬離妄言斷妄言然故行兩舌我等寧可離兩舌斷兩舌我等應共行是善法彼便共行如是善法行善法已壽便轉增形色轉好彼壽轉增色轉好已比丘壽百六十歲人生子壽三百二十歲比丘壽三百二十歲人亦作是念若求學善者壽便轉增形色轉好我等應共更增行善云何當共更增行善我等已離殺斷殺離不與取斷不與取離邪婬斷邪婬離妄言斷妄言離兩舌斷兩舌然故行麤言我等寧可離麤言斷麤言我等應共行是善法彼便共行如是善法行善法已壽便轉增形色轉好彼壽轉增色轉好已比丘壽三百二十歲人生子壽六百四十比丘壽六百四十歲人亦作是念若求學善者壽便轉增形色轉好我等應共更增行善云何當共更增行善我等已離殺斷殺離不與取斷不與取離邪婬斷邪婬離妄言斷妄言離兩舌斷兩舌離麤言斷麤言然故行綺語我等寧可離綺語斷綺語我等應共行是善法彼便共行如是善法行善法已壽便轉增形色轉好彼壽轉增色轉好已比丘壽六百四十歲人生子壽二千五百比丘壽二千五百歲人亦作是念若求學善者壽便轉增形色轉好我等應共更增行善云何當共更增行善我等已離殺斷殺離不與取斷不與取離邪婬斷邪婬離妄言斷妄言離兩舌斷兩舌離麤言斷麤言離綺語斷綺語然故行貪嫉我等寧可離貪嫉斷貪嫉我等應共行是善法彼便共行如是善法行善法已壽便轉增形色轉

好彼壽轉增色轉好已比丘壽二千五百歲人生子壽五千歲比丘壽五千歲人亦作是念若求學善者壽便轉增形色轉好我等應共更增行善云何當共更增行善我等已離殺斷殺離不與取斷不與取離邪婬斷邪婬離妄言斷妄言離兩舌斷兩舌離麤言斷麤言離綺語斷綺語離貪嫉斷貪嫉然故行瞋恚我等寧可離瞋恚斷瞋恚我等應共行是善法彼便共行如是善法行善法已壽便轉增形色轉好彼壽轉增色轉好已比丘壽五千歲人生子壽一萬比丘壽萬歲人亦作是念若求學善者壽便轉增形色轉好我等應共更增行善云何當共更增行善我等已離殺斷殺離不與取斷不與取離邪婬斷邪婬離妄言斷妄言離兩舌斷兩舌離麤言斷麤言離綺語斷綺語離貪嫉斷貪嫉離瞋恚斷瞋恚然故行邪見我等寧可離邪見斷邪見我等應共行是善法彼便共行如是善法行善法已壽便轉增形色轉好彼壽轉增色轉好已比丘壽萬歲人生子壽二萬比丘壽二萬歲人亦作是念若求學善者壽便轉增形色轉好我等應共更增行善云何當共更增行善我等已離殺斷殺離不與取斷不與取離邪婬斷邪婬離妄言斷妄言離兩舌斷兩舌離麤言斷麤言離綺語斷綺語離貪嫉斷貪嫉離瞋恚斷瞋恚離邪見斷邪見然故有非法欲惡貪行邪法我等寧可離此三惡不善法斷三惡不善法我等應共行是善法彼便共行如是善法行善法已壽便轉增形色轉好彼壽轉增色轉好已比丘壽二萬歲人

生子壽四萬歲比丘人壽四萬歲時孝順父母尊重恭敬沙門梵志奉行順事修習福業見後世罪彼因孝順父母尊重恭敬沙門梵志奉行順事修習福業見後世罪故比丘壽四萬歲人生子壽八萬歲比丘人壽八萬歲時此閻浮洲極大豐樂多有人民村邑相近如雞一飛比丘人壽八萬歲時女年五百乃當出嫁比丘人壽八萬歲時唯有如是病寒熱大小便欲飲食老更無餘患比丘人壽八萬歲時有王名螺爲轉輪王聰明智慧有四種軍整御天下由己自在如法法王成就七寶彼七寶者輪寶象寶馬寶珠寶女寶居士寶主兵臣寶是謂爲七千子具足顏貌端正勇猛無畏能伏他衆彼必統領此一切地乃至大海不以刀杖以法教令令得安樂比丘

諸剎利頂生王得爲人王整御天下行自境界彼父所得彼因行自境界從父所得壽不轉減形色不惡未曾失樂力亦不衰諸比丘汝等亦應如是剃除鬚髮著袈裟衣至信捨家無家學道行自境界從父所得諸比丘汝等因行自境界從父所得壽不轉減形色不惡未曾失樂力亦不衰云何比丘行自境界從父所得此比丘觀内身如身觀内覺心法如法是謂比丘行自境界從父所得云何比丘壽此比丘修欲定如意足依遠離依無欲依滅盡趣向出要修精進定修心定修思惟定如意足依遠離依無欲依滅盡趣向出要是謂比丘壽云何比丘色此比丘修習禁戒守護從解脫又復善攝威儀禮節見纖介罪常懷畏怖受持學戒是謂比丘色云何比丘

樂此比丘離欲離惡不善之法乃至得第四禪成就遊是謂比丘樂云何比丘力此比丘諸漏已盡得無漏心解脫慧解脫於現法中自知自覺自作證成就遊生已盡梵行已立所作已辦不更受有知如真是謂比丘力比丘我不更見有力不可降伏如魔王力故漏盡比丘則以無上聖慧之力而能降伏佛說如是彼諸比丘聞佛所說歡喜奉行

中阿含經卷第十五

音釋

罽居刈切毳布也　鉗其廉切鐵夾也　持氎徒協切毛布也　掆居郎切舉也　敞昌兩切曠敞也　恤辛聿切賑也　啻矢利切過也　稗蒲拜切草似穀者　樵昨焦切柴也

中阿含經卷第十六

東晉罽賓三藏瞿曇僧伽提婆譯

王相應品蜱肆經第十四

我聞如是一時尊者鳩摩羅迦葉遊拘薩羅國與大比丘衆俱往詣斯和提住彼村北尸攝和林爾時斯和提中有王名蜱肆極大豐樂資財無量畜牧産業不可稱計封戸食邑種種具足斯和提邑泉池草木一切屬王從拘薩羅王波斯匿之所封授於是斯和提梵志居士聞有沙門名鳩摩羅迦葉遊拘薩羅國與大比丘衆俱來至此斯和提住彼村北尸攝和林彼沙門鳩摩羅迦葉有大名稱周聞十方鳩摩羅迦葉才辯無礙所說微妙彼是多聞阿羅訶也若有見此阿羅訶恭敬禮事者快得善利我等可往見彼沙門鳩摩羅迦葉斯和提梵志居士各與等類相隨而行從斯和提並共北出至尸攝和林是時蜱肆王在正殿上遥見斯和提梵志居士各與等類相隨而行從斯和提並共北出至尸攝和林蜱肆王見已告侍人曰此斯和提梵志居士今日何故各與等類相隨而行從斯和提並共北出至尸攝和林侍人白曰天王彼斯和提梵志居士聞有沙門鳩摩羅迦葉遊拘薩羅國與大比丘衆俱來至此斯和提住彼村北尸攝和林天王彼沙門鳩摩羅迦葉有大名稱周聞十方鳩摩羅迦葉才辯無礙所說微妙彼是多聞阿羅訶也若有見此阿羅訶恭敬禮事者快得善利我等可往見彼沙門鳩摩羅迦葉天王是故斯和提梵志居士各與等類相隨而行從斯和提並共北出至

尸攝和林蜱肆王聞已告侍人曰汝往詣彼斯和提梵志居士所而語之曰蜱肆王告斯和提梵志居士諸賢可住我與汝等共往見彼沙門鳩摩羅迦葉汝等愚癡勿爲彼所欺爲有後世有衆生生我如是見如是說無有後世無衆生生侍人受教即往詣彼斯和提梵志居士所而語之曰蜱肆王告斯和提梵志居士諸賢可住我與汝等共往見彼沙門鳩摩羅迦葉汝等愚癡勿爲彼所欺爲有後世有衆生生我如是見如是說無有後世無衆生生斯和提梵志居士聞此教已答侍人曰輒如來勑侍人還啓已宣王命彼斯和提梵志居士住待天王唯願天王宜知是時時蜱肆王即勑御者汝速嚴駕我今欲行御者受命速嚴駕訖還白王嚴駕已辦隨天王意

時蜱肆王即乘車出往詣斯和提梵志居士所與共北行至尸攝和林時蜱肆王遥見尊者鳩摩羅迦葉在樹林間即下車步進往詣尊者鳩摩羅迦葉所共相問訊却坐一面問曰迦葉我今欲問寧見聽耶尊者鳩摩羅迦葉告曰蜱肆若欲問者便可問之我聞已當思時蜱肆王即便問曰迦葉我如是見如是說無有後世無衆生生沙門鳩摩羅迦葉於意云何尊者鳩摩羅迦葉告曰蜱肆我今問王隨所解答於王意云何今此日月爲是今世爲後世耶蜱肆王答沙門鳩摩羅迦葉雖作是說但我如是見如是說無有後世無衆生生尊者鳩摩羅迦葉告曰蜱肆復更有惡而過此耶蜱肆答曰如是迦葉復更有惡迦葉我有親親疾病困篤我往彼所到已謂言

汝等當知我如是見如是說無有後世無衆生生親親有沙門梵志如是見如是說言有後世有衆生生我常不信彼之所說彼復作是語若有男女作惡行不精進懶惰懈怠嫉妬慳貪不舒手不庶幾極著財物彼因緣此身壞命終必至惡處生地獄中若彼沙門梵志所說是眞實者汝等是我親親作惡行不精進懶惰懈怠嫉妬慳貪不舒手不庶幾極著財物若汝等身壞命終必至惡處生地獄中者可還語我蜱肆彼地獄中如是如是苦若當爾者我便現見彼聞我語受我教已都無有來語我言蜱肆彼地獄中如是如是苦迦葉因此事故我作是念無有後世無衆生生尊者鳩摩羅迦葉告曰蜱肆我復問王隨所解答若有王人收縛罪者送至王所白曰天王此人有罪王當治之王告彼曰汝等將去反縛兩手令彼騎驢打破敗鼓聲如驢鳴遍宣令已從城南門出坐高標下斬斷其頭彼受教已即反縛罪人令其騎驢打破敗鼓聲如驢鳴遍宣令已從城南門出坐高標下欲斬其頭此人臨死語彼卒曰汝且小住我欲得見父母妻子奴婢使人聽我暫去於王意云何彼卒寧當放斯罪人聽暫去耶蜱肆答曰不也迦葉尊者鳩摩羅迦葉告曰蜱肆王親親者亦復如是作惡行不精進懶惰懈怠嫉妬慳貪不舒手不庶幾極著財物彼因緣此身壞命終必至惡處生地獄中地獄卒捉極苦治時彼語卒曰諸地獄卒汝等小住莫苦治我我欲暫去詣蜱肆王告語之曰彼地獄中如是如是苦令彼現見於王意云何

彼地獄卒寧當放王親親令暫來耶蜱肆答曰不也迦葉尊者鳩摩羅迦葉告曰蜱肆汝應如是觀於後世莫如肉眼之所見也蜱肆若有沙門梵志斷絕離欲趣向離欲斷絕離恚趣向離恚斷絕離癡趣向離癡彼以清淨天眼出過於人見此衆生死時生時好色惡色或妙不妙往來善處及不善處隨此衆生之所作業見其如眞蜱肆王復言沙門鳩摩羅迦葉雖作是說但我如是見如是說無有後世無衆生生尊者鳩摩羅迦葉告曰蜱肆復更有惡而過此耶蜱肆答曰如是迦葉復更有惡迦葉我有親親疾病困篤我往彼所到已謂言汝等當知我如是見如是說無有後世無衆生生親親有沙門梵志如是見如是說言有後世有衆生生我常不信彼之所說彼復作是語若有男女妙行精進精勤不懈無有嫉妬亦不慳貪舒手庶幾開意放捨給諸孤窮常樂施與不著財物彼因緣此身壞命終必昇善處乃生天上若彼沙門梵志所說是眞實者汝等是我親親妙行精進精勤不懈無有嫉妬亦不慳貪舒手庶幾開意放捨給諸孤窮常樂施與不著財物若汝等身壞命終必昇善處生天上者可還語我蜱肆天上如是如是樂若當爾者我便現見彼間我語受我教已都無有來語我言蜱肆天上如是樂迦葉因此事故我作是念無有後世無衆生生尊者鳩摩羅迦葉告曰蜱肆聽我說喻慧者聞喻則解其義蜱肆猶村邑外有都圊廁深没人頭糞滿其中而有一人墮没廁底若復有人爲慈愍彼求義及饒益求

安隱快樂便從廁上徐徐挽出刮以竹片拭以樹葉洗以暖湯彼於後時淨澡浴已以香塗身昇正殿上以五所欲而娛樂之於王意云何彼人寧復憶念先廁歡喜稱譽復欲見耶蜱肆答曰不也迦葉若更有人憶念彼廁歡喜稱譽而欲見者便不愛此人況復自憶念先廁歡喜稱譽復欲見者是處不然蜱肆若王有親親妙行精進精勤不懈無有嫉妬亦不慳貪舒手庶幾開意放捨給諸孤窮常樂施與不著財物彼因緣此身壞命終必昇善處乃生天上生天上已天五所欲而自娛樂於王意云何彼天天子寧當捨彼天五所欲憶念於此人間五欲歡喜稱譽復欲見耶蜱肆答曰不也迦葉所以者何人間五欲臭處不淨甚可憎惡而不可向不可愛念麤澀有諍迦葉比於人間五欲者天欲為最最上最好最妙最勝若彼天天子捨天五欲而更憶念人間五欲喜歡稱譽復欲見者是處不然蜱肆汝應如是觀於後世莫如肉眼之所見也蜱肆若有沙門梵志斷絕離欲趣向離欲斷絕離恚趣向離恚斷絕離癡趣向離癡彼以清淨天眼出過於人見此衆生死時生時好色惡色或妙不妙往來善處及不善處隨此衆生之所作業見其如眞蜱肆王復言沙門鳩摩羅迦葉雖作是說但我如是見如是說無有後世無衆生生尊者鳩摩羅迦葉告曰蜱肆復更有惡而過是耶蜱肆答曰如是迦葉復更有惡迦葉我有親親疾病困篤我往彼所到已謂言汝等當知我如是見如是說無有後世無衆生生親親有沙門梵志

如是見如是說言有後世有衆生生我常不信彼之所說彼復作是語若有男女妙行精進精勤不懈無有嫉妬亦不慳貪舒手庶幾開意放捨給諸孤窮常樂施與不著財物彼因緣此身壞命終必昇善處乃生天上若彼沙門梵志所說是眞實者汝等是我親親妙行精進精勤不懈無有嫉妬亦不慳貪舒手庶幾開意放捨給諸孤窮常樂施與不著財物若汝等身壞命終必昇善處生天上者可還語我蜱肆天上如是如是樂若汝天上而作是念我若還歸當何所得蜱肆王家多有財物吾當與汝彼聞我語受我教已都無有來語我言蜱肆天上如是如是樂迦葉因此事故我作是念無有後世無衆生生尊者鳩摩羅迦葉告曰蜱肆天上壽長人間命短若人間百歲是三十三天一日一夜如是一日一夜月三十日年十二月三十三天壽千年於王意云何若汝有親親妙行精進精勤不懈無有嫉妬亦不慳貪舒手庶幾開意放捨給諸孤窮常樂施與不著財物彼因緣此身壞命終必昇善處乃生天上生天上已便作是念我等先當一日一夜以天五欲而自娛樂或二三四至六七日以天五欲而自娛樂然後當往語蜱肆王天上如是如是樂令彼現見於王意云何汝竟當得爾所活不蜱肆問曰迦葉誰從後世來語沙門鳩摩羅迦葉天上壽長人間命短若人間百歲是三十三天一日一夜如是一日一夜月三十日年十二月三十三天壽千年尊者鳩摩羅迦葉告曰蜱肆聽我說喻慧者聞喻則解其義蜱肆

猶如盲人彼作是說無黑白色亦無見黑白色無長短色亦無見長短色無近遠色亦無見近遠色無麤細色亦無見麤細色何以故我初不見不知是故無有色彼盲如是說為眞說耶蜱肆荅曰不也迦葉所以者何迦葉有黑白色亦有見黑白色有長短色亦有見長短色有近遠色亦有見近遠色有麤細色亦有見麤細色若盲作是說我不見不知是故無有色者彼作是說為不眞實尊者鳩摩羅迦葉告曰蜱肆王亦如盲若王作是說誰從後世來語沙門鳩摩羅迦葉天上壽長人間壽短若人間百歲是三十三天一日一夜如是一日一夜月三十日年十二月三十三天天壽千年蜱肆王言沙門鳩摩羅迦葉大為不可不應作是說所以者何沙門鳩摩羅迦葉精進比我如盲迦葉若知我知我親親妙行精進精勤不懈無有嫉妬亦不慳貪舒手庶幾開意放捨給諸孤窮常樂施與不著財物彼因緣此身壞命終必昇善處生天上者迦葉我今便應即行布施修諸福業奉齋守戒已以刀自殺或服毒藥或投坑井或自經死沙門鳩摩羅迦葉精進不應比我如彼盲人尊者鳩摩羅迦葉告曰蜱肆復聽我說喻慧者聞喻則解其義蜱肆猶如梵志有年少婦方始懷妊又前婦者已有一男而彼梵志於其中間忽便命終命終之後彼前婦兒語小母曰小母當知今此家中所有財物盡應屬我不復見應可與分者小母報曰我今懷妊若生男者汝應與分若生女者物盡屬汝彼前婦兒復更再三語小母曰今此家中

所有財物盡應屬我不復見應可與分者小母亦復再三報云我今懷妊爲生男者汝應與分若生女者物盡屬汝於是小母愚癡不達不善曉解無有智慧欲求存命而反自害即入室中便取利刀自決其腹看爲是男爲是女耶彼愚癡不達不善曉解無有智慧欲求存命而反自害及腹中子當知蜱肆亦復如是愚癡不達不善曉解無有智慧欲求存命反作是念迦葉若知我知我親親妙行精進精勤不懈無有嫉妬亦不慳貪舒手庶幾開意放捨給諸孤窮常樂施與不著財物彼因緣此身壞命終必昇善處生天上者我今便應即行布施修諸福業奉齋守戒已以刀自殺或服毒藥或投坑井或自經死沙門鳩摩羅迦葉精進不應比我如彼盲人蜱肆若精進人長壽者便得大福若得大福者便得生天長壽蜱肆汝應如是觀於後世莫如肉眼之所見也蜱肆若有沙門梵志斷絶離欲趣向離欲斷絶離恚趣向離恚斷絶離癡趣向離癡彼以清淨天眼出過於人見此衆生死時生時好色惡色或妙不妙往來善處及不善處隨此衆生之所作業見其如眞蜱肆王復言沙門鳩摩羅迦葉雖作是說但我如是見如是說無有後世無衆生生尊者鳩摩羅迦葉告曰蜱肆復更有惡而過此耶蜱肆答曰如是迦葉復更有惡迦葉我有親親疾病困篤我往彼所慰勞看彼彼亦慰勞視我彼若命終我復詣彼慰勞看彼彼亦不復慰勞視我我亦不復慰勞看彼迦葉以此事故我作是念無衆生生尊者鳩摩羅迦葉告曰

蜱肆復聽我說喻慧者聞喻則解其義蜱肆猶如有人善能吹螺若彼方土未曾聞螺聲便往彼方於夜闇中昇高山上盡力吹螺彼衆多人未曾聞螺聲聞已便念此爲何聲如是極妙爲甚奇特實可愛樂好可觀聽令心歡悅時彼衆人便共往詣善吹螺人所到已問曰此是何聲如是極妙爲甚奇特實可愛樂好可觀聽令心歡悅善吹螺人以螺投地語衆人曰諸君當知即此螺聲於是衆人以足蹴螺而作是語螺可出聲螺可出聲寂無音響善吹螺人便作是念今此衆人愚癡不達不善曉解無有智慧所以者何乃從無知之物欲求音聲是時善吹螺人還取彼螺以水淨洗便舉向口盡力吹之時彼衆人聞已作是念螺甚奇妙所以者何謂因手因水因口風吹便生好聲周滿四方如是蜱肆若人活命存者則能言語共相慰勞若其命終便不能言共相慰勞蜱肆汝若如是觀衆生生莫如肉眼之所見也蜱肆若有沙門梵志斷絕離欲趣向離欲斷絕離恚趣向離恚斷絕離癡趣向離癡彼以清淨天眼出過於人見此衆生死時生時好色惡色或妙不妙往來善處及不善處隨此衆生之所作業見其如眞蜱肆王復言沙門鳩摩羅迦葉雖作是說但我如是見如是說無衆生生尊者鳩摩羅迦葉告曰蜱肆復更有惡而過此耶蜱肆答曰如是迦葉復更有惡迦葉我有有司收捕罪人送詣我所到已白曰天王此人有罪願王治之我語彼曰取此罪人可生稱之生稱之已還下著地以繩絞殺殺已復稱我欲得

知此人爲何時極輕柔軟色悅澤好爲死時耶爲活時耶彼受我教取此罪人活稱之已還下著地以繩絞殺殺已復稱彼罪人活時極輕柔軟色悅澤好彼人死已皮轉厚重堅不柔軟色不悅澤迦葉因此事故我作是念無衆生生尊者鳩摩羅迦葉告曰蜱肆復聽我說喻慧者聞喻則解其義蜱肆猶如鐵丸或鐵犁鑱竟日火燒彼當爾時極輕柔軟色悅澤好若火滅已漸漸就冷漸凝厚重堅不柔軟色不悅澤如是蜱肆若人活時身體極輕柔軟色悅澤好若彼死已便轉厚重堅不柔軟色不悅澤蜱肆汝應如是觀衆生生莫如肉眼之所見也蜱肆若有沙門梵志斷絕離欲趣向離欲斷絕離恚趣向離恚斷絕離癡趣向離癡彼以清淨天眼出過於人見衆生死時生時好色惡色或妙不妙往來善處及不善處隨此衆生之所作業見其如眞蜱肆王復言沙門鳩摩羅迦葉雖作是說但我如是見如是說無衆生生尊者鳩摩羅迦葉告曰蜱肆復更有惡而過此耶蜱肆答曰如是迦葉復更有惡迦葉我有有司收捕罪人送詣我所到已白曰天王此人有罪願王治之我語彼曰取此罪人倒著鐵釜中或著銅釜中密蓋其口於下然火下然火已觀視衆生入時出時往來周旋彼受我教取此罪人倒著鐵釜中或著銅釜中密蓋其口於下然火下然火已觀視衆生入時出時往來周旋迦葉我作如是方便不見衆生生迦葉因此事故我作是念無衆生生尊者鳩摩羅迦葉告曰蜱肆我今問汝隨所解答於意云何若

汝食好極美上饌晝寢於牀汝頗曾憶於夢中見園觀浴池林木華果清泉長流極意遊戲周旋往來耶蜱肆答曰曾憶有之迦葉復問若汝食好極美上饌晝寢於牀爾時頗有直侍人不答曰有也迦葉復問若汝食好極美上饌晝寢於牀當爾之時左右直侍頗有見汝出入周旋往來時耶蜱肆答曰正使異人亦不能見況復左右直侍人耶蜱肆汝應如是觀衆生生莫如肉眼之所見也蜱肆若有沙門梵志斷絕離欲趣向離欲斷絕離恚趣向離恚斷絕離癡趣向離癡彼以清淨天眼出過於人見此衆生死時生時好色惡色或妙不妙往來善處及不善處隨此衆生之所作業見其如眞蜱肆王復言沙門鳩摩羅迦葉雖作是說但我如是見如是說無衆生生尊者鳩摩羅迦葉告曰蜱肆復更有惡而過此耶蜱肆答曰如是迦葉復更有惡迦葉我有有司收捕罪人送詣我所到已白曰天王此人有罪願王治之我語彼曰取此罪人剝皮剔肉截筋破骨乃至於髓求衆生生彼受我教取此罪人剝皮剔肉截筋破骨乃至於髓求衆生生迦葉我作如是方便求衆生生竟不能得見衆生生迦葉因此事故我作是念無衆生生尊者鳩摩羅迦葉告曰蜱肆復聽我說喻慧者聞喻則解其義蜱肆猶如事火編髮梵志居近道邊去彼不遠有商人宿時商人過夜平旦忽忽發去忘一小兒於是事火編髮梵志早起案行商人宿處見一小兒獨住失主見已念曰今此小兒無所依怙我不養者必死無疑便抱持去還至本處

而養長之此兒轉大諸根成就爾時事火編髮梵志彼於人間有小事緣於是事火編髮梵志勑年少曰我有小事暫出人間汝當種火慎莫令滅若火滅者汝可取此火鑽求之爾時事火編髮梵志善教勑已即至人間於後年少便出遊戲火遂滅盡彼還求火即取火鑽以用打地而作是語火出火出火竟不出復於石上加力打之火出火出火亦不出火既不出便破火鑽十片百片棄去坐地愁惱而言不能得火當如之何是時事火編髮梵志彼於人間所作已訖還歸本處到已問曰年少汝不遊戲隨視種火不令滅耶年少白曰尊者我出遊戲火後遂滅我還求火即取火鑽以用打地而作是語火出火出火竟不出復於石上加力打之火出火出火亦不出火既不出便破火鑽十片百片棄去坐地尊者我如是求不能得火當如之何爾時事火編髮梵志便作是念今此年少甚癡不達不善曉解無有智慧所以者何從無知火鑽作如是意求索火耶於是事火編髮梵志取燥火鑽火母著地而以鑽之即便火出轉轉熾盛語年少曰年少求火法應如是不應如汝愚癡不達無有智慧從無知火鑽作如是意求索於火當知蜱肆亦復如是愚癡不達不善曉解無有智慧於無知死肉乃至骨髓求衆生生蜱肆汝應如是觀衆生生莫如肉眼之所見也蜱肆若有沙門梵志斷絕離欲趣向離欲斷絕離恚趣向離恚斷絕離癡趣向離癡彼以清淨天眼出過於人見此衆生死時生時好色惡色或妙不妙往來善處及

不善處隨此衆生之所作業見其如眞蜱肆王復言沙門鳩摩羅迦葉雖作是說但我此見欲取恚取怖取癡取終不能捨所以者何若有他國異人聞之便作是說蜱肆王有見長夜受持彼爲沙門鳩摩羅迦葉之所降伏所治斷捨迦葉是故我此見欲取恚取怖取癡取終不能捨尊者鳩摩羅迦葉告曰蜱肆復聽我說喻慧者聞喻則解其義蜱肆猶如朋友二人捨家治生彼行道時初見有麻甚多無主一人見已便語伴曰汝當知之今此有麻甚多無主我欲與汝共取自重而擔還歸可得資用便取重擔彼於道路復見多有劫貝紗縷及劫貝衣甚多無主復見多銀亦無有主一人見已便棄麻擔取銀自重復於道路見多金聚而無有主時擔銀人語擔麻者汝今當知此金極多而無有主汝可捨麻我捨銀擔我欲與汝共取此金重擔而歸可得供用彼擔麻者語擔銀人我此麻擔已好裝治縛束已堅從遠擔來我不能捨汝且自知勿憂我也於是擔銀人強奪麻擔撲著於地而挽壞之彼擔麻者語擔銀人汝已如是挽壞我擔我此麻擔縛束已堅所來處遠我要自欲擔此麻歸終不捨之汝且自知勿憂我也彼擔銀人即捨銀擔便自取金重擔而還擔金人歸父母遥見擔金來歸見已嘆曰善來賢子快來賢子汝因是金快得生活供養父母供給妻子奴婢使人復可布施沙門梵志作福昇上善果善報生天長壽彼擔麻者還歸其家父母遥見擔麻來歸見已駡曰汝罪人來無德人來汝因此麻不得生活供

養父母供給妻子奴婢使人又亦不得布施沙門及諸梵志作福昇上善果善報生天壽長當知蜱肆亦復如是若汝此見欲取恚取怖取癡取終不捨者汝便當受無量之惡亦爲衆人之所憎惡蜱肆王復言沙門鳩摩羅迦葉雖作是說但我此見欲取恚取怖取癡取終不能捨所以者何若有他國異人聞之便作是說蜱肆王有見長夜受持彼爲沙門鳩摩羅迦葉之所降伏所治斷捨迦葉是故我此見欲取恚取怖取癡取終不能捨尊者鳩摩羅迦葉告曰蜱肆復聽我說喻慧者聞喻則解其義蜱肆猶如商人與其大衆有千乘車行飢儉道此大衆中而有兩主彼作是念我等何因得脱此難復作是念我此大衆應分爲兩部部各五百彼商人衆便分爲兩部部各五百於是一商人主將五百乘至飢儉道彼商人主常在前導見有一人從傍道來衣服盡濕身黑頭黄兩眼極赤著蘅華鬘而乘驢車泥著兩轂彼商人主見便問曰飢儉道中有天雨不彼有新水樵及草耶彼人答曰飢儉道中天適大雨極有新水乃饒樵草諸賢汝等可捨故水樵草莫令乘之汝等不久當得新水及好樵草彼商人主聞巳即還詣諸商人而告之曰我在前行見有一人從傍道來衣服盡濕身黑頭黄兩眼極赤著蘅華鬘而乘驢車泥著兩轂我問彼曰飢儉道中有天雨不彼有新水樵及草耶彼答我曰飢儉道中天適大雨極有新水乃饒樵草諸賢汝等可捨故水樵草莫令乘之汝等不久當得新水及好樵草諸商人我等可捨故

水樵草如是不久當得新水樵草莫令乘之彼商人等即便棄捨故水樵草一日行道不得新水樵草二日三日乃至七日行道猶故不得新水樵草過七日已爲食人鬼之所殺害第二商人主便作是念前商人主已過嶮難我等今當以何方便復得脫難第二商人主作是念已與五百車即便俱進至飢儉道第二商人主自在前道見有一人從傍道來衣服盡濕身黑頭黃兩眼極赤著蘅華鬘而乘驢車泥著兩轂第二商人主見便問曰飢儉道中有天雨不彼有新水樵及草耶彼人答曰飢儉道中天降大雨極有新水乃饒樵草諸賢汝等可捨故水樵草莫令乘之汝等不久當得新水及好樵草第二商人主聞已即還詣諸商人而告之曰我在前行見有一人從傍道來衣服盡濕身黑頭黃兩眼極赤著蘅華鬘而乘驢車泥著兩轂我問彼曰飢儉道中有天雨不彼有新水樵及草耶彼答我曰飢儉道中天適大雨極有新水乃饒樵草諸賢汝等可捨故水樵草莫令乘之汝等不久當得新水及好樵草諸商人我等未可捨故水樵草若得新水樵草然後當棄彼不捨故水樵草一日行道不得新水樵草二日三日乃至七日行道猶故不得新水樵草第二商人主在前行時見前第一商人主及諸商人爲食人鬼之所殺害第二商人主見已語諸商人汝等看前商人主愚癡不達不善曉解無有智慧旣自殺身復殺諸人汝等商人若欲取前諸商人物自恣取之當知蜱肆亦復如是若汝此見欲取恚取怖取癡取終

不捨者汝便當受無量之惡亦爲衆人之所憎惡猶前第一商人之主及諸商人蜱肆王復言沙門鳩摩羅迦葉雖作是説但我此見欲取恚取怖取癡取終不能捨所以者何若有他國異人聞之便作是説蜱肆王有見長夜受持彼爲沙門鳩摩羅迦葉之所降伏所治斷捨迦葉是故我此見欲取恚取怖取癡取終不能捨尊者鳩摩羅迦葉告曰蜱肆復聽我説喻慧者聞喻則解其義蜱肆猶如二人數數賭䴵第一戲者竝竊食之食一二三或至衆多第二戲者便作是念共此人戲數數欺我而偷䴵食或一二三或至衆多見如是已語彼伴曰我今欲息後當更戲於是第二戲者離於彼處便以毒藥用塗其䴵塗已即還語其伴曰可來共戲即來共戲第一戲者復竊䴵食或一二三或至衆多旣食䴵已即便戴眼吐沫欲死於是第二戲者向第一戲人即説頌曰

此䴵毒藥塗　汝貪食不覺　坐爲䴵欺我
後必致苦患

當知蜱肆亦復如是若汝此見欲取恚取怖取癡取終不捨者汝便當受無量之惡亦爲衆人之所憎惡猶如戲人爲䴵欺他還自得殃蜱肆王復言沙門鳩摩羅迦葉雖作是説但我此見欲取恚取怖取癡取終不能捨所以者何若有他國異人聞之便作是説蜱肆王有見長夜受持彼爲沙門鳩摩羅迦葉之所降伏所治斷捨迦葉是故我此見欲取恚取怖取癡取終不能捨尊者鳩摩羅迦葉告曰蜱肆復聽我説喻慧者聞喻則解其義蜱

肆猶養猪人彼行路時見有熇糞甚多無主便作是念此糞可以養飽多猪我寧可取自重而去即取負去彼於中道遇天大雨糞釋流漫澆汙其身故負持去終不棄捨彼則自受無量之惡亦爲衆人之所憎惡當知蜱肆亦復如是若汝此見欲取恚取怖取癡取終不捨者汝便當受無量之惡亦爲衆人之所憎惡猶養猪人蜱肆王復言沙門鳩摩羅迦葉雖作是說但我此見欲取恚取怖取癡取終不能捨所以者何若有他國異人聞之便作是說蜱肆王有見長夜受持彼爲沙門鳩摩羅迦葉之所降伏所治斷捨迦葉是故我此見欲取恚取怖取癡取終不能捨尊者鳩摩羅迦葉告曰蜱肆復聽我說最後譬喻若汝知者善若不知者我不復說法蜱肆猶如大猪爲五百猪王行嶮難道彼於中道遇見一虎猪見虎已便作是念若與鬬者虎必殺我若畏走者然諸親族便輕慢我不知今當以何方便得脫此難作是念已而語虎曰若欲鬬者便可共鬬若不爾者借我道過彼虎聞已便語猪曰聽汝共鬬不借汝道猪復語曰虎汝小住待我被著祖父時鎧還當共戰彼虎聞已而作是念彼非我敵況祖父鎧耶便語猪曰隨汝所欲猪即還至本廁處所宛轉糞中塗身至眼已便往至虎所語曰汝欲鬬者便可共鬬若不爾者借我道過虎見猪已復作是念我常不食雜小蟲者以惜牙故況復當近此臭猪耶虎念是已便語猪曰我借汝道不與汝鬬猪得過已則還向虎而說頌曰

虎汝有四足　我亦有四足　汝來共我鬬
何意怖而走
時虎聞已亦復説頌而答猪曰
汝毛竪森森　諸畜中下極　猪汝可速去
糞臭不可堪
時猪自誇復説頌曰
摩竭鴦二國　聞我共汝鬬　汝來共我戰
何以怖而走
虎聞此已復説頌答
舉身毛皆汙　猪汝臭熏我　汝鬬欲求勝
我今與汝勝
尊者鳩摩羅迦葉告曰蜱肆我亦如是若汝此見欲取恚取怖取癡取終不捨者汝便自受無量之惡亦爲衆人之所憎惡猶如彼虎與猪勝也蜱肆王聞已白曰尊者初説日月喻時我聞即解歡喜奉受然我欲從尊者鳩摩羅迦葉求上復上妙智所説是故我向問復問耳我今日歸尊者鳩摩羅迦葉尊者鳩摩羅迦葉告曰蜱肆汝莫歸我我所歸佛汝亦應歸蜱肆王白曰尊者我今自歸於佛法及比丘衆願尊者鳩摩羅迦葉爲佛受我爲優婆塞從今日始終身自歸乃至命盡尊者鳩摩羅迦葉我從今日始行布施修福尊者鳩摩羅迦葉問曰蜱肆汝欲行施修福施與幾人能至幾時蜱肆王白曰布施百人或至千人一日二日或至七日尊者鳩摩羅迦葉告曰若王行施修福布施百人或至千人一日二日或至七日者諸方沙門梵志盡聞蜱肆王有見長夜受持彼爲沙門鳩摩羅迦葉之所降伏所治斷捨諸方聞已盡當遠來七

日之中不及王施若不得食王信施者王便無福不得長夜受其安樂蜱肆王猶如種子不碎不壞不剖不梤非風非日非水中傷秋時好藏若彼居士深耕良田極治地巳隨時下種然雨澤不適者於蜱肆意云何彼種可得生增長不答曰不也尊者鳩摩羅迦葉告曰蜱肆汝亦如是若行施修福布施百人或至千人一日二日或至七日者諸方沙門梵志盡聞蜱肆王有見長夜受持彼爲沙門鳩摩羅迦葉之所降伏所治斷捨諸方聞巳盡當遠來七日之中不及王施若不得食王信施者王便無福不得長夜受其安樂蜱肆王復問曰尊者我當云何尊者鳩摩羅迦葉答曰蜱肆汝當行施修福常供長齋若蜱肆王行施修福常供長齋者諸方沙門梵志聞蜱肆王有見長夜受持彼爲沙門鳩摩羅迦葉之所降伏所治斷捨諸方聞巳盡當遠來彼皆可得及王信施王便有福而得長夜受其安樂蜱肆猶如種子不碎不壞不剖不梤非風非日非水中傷秋時好藏若彼居士深耕良田極治地巳隨時下種雨澤適者於蜱肆意云何彼種可得生增長不答曰生也尊者鳩摩羅迦葉告曰蜱肆汝亦如是若當行施修福常供長齋者諸方沙門梵志聞蜱肆王有見長夜受持彼爲沙門鳩摩羅迦葉之所降伏所治斷捨諸方聞巳盡當遠來彼皆可得及王信施王便有福而得長夜受其安樂於是蜱肆王白曰尊者我從今始行施修福常供長齋爾時尊者鳩摩羅迦葉爲蜱肆王及斯和提梵志居士說法勸發渴仰成就歡

喜無量方便爲彼說法勸發渴仰成就歡喜已嘿然而住於是蜱肆王及斯和提梵志居士尊者鳩摩羅迦葉爲其說法勸發渴仰成就歡喜已即從座起稽首尊者鳩摩羅迦葉足遶三帀而去彼蜱肆王雖行施修福然極惡麤弊豆羹菜茹唯一片薑又復施以麤弊布衣時監廚者名優多羅彼行施修福時爲蜱肆王囑語上座呪願此施若有福報者莫令蜱肆王今世後世受蜱肆王聞優多羅行施修福時常爲囑上座呪願此施若有福報者莫令蜱肆王今世後世受聞已即呼問曰優多羅汝實行施修福時爲我囑上座呪願此施若有福報者莫令蜱肆王今世後世受爲如是耶優多羅白曰實爾天王所以者何天王雖行施修福然極惡麤弊豆羹菜茹唯一片薑天王此食尚不可以手觸況復自食耶天王施以麤弊布衣天王此衣尚不以脚躡況復自著耶我敬天王不重所施是故天王我不願此弊布施報令王受也蜱肆王聞已告曰優多羅汝從今始如我所食當以飯食如我著衣當以布施於是優多羅從是已後如王所食便以飯食如王所衣便以布施爾時優多羅因爲蜱肆王監行布施故身壞命終生四王天中彼蜱肆王以不至心行布施故身壞命終生叢樹林宮殿中尊者橋𢾾鉢帝數往遊行彼叢樹林空宮殿中尊者橋𢾾鉢帝遥見蜱肆王即便問曰汝是誰耶蜱肆王答曰尊者橋𢾾鉢帝頗聞閻浮洲中有斯和提王名蜱肆耶尊者橋𢾾鉢帝答曰我聞閻浮洲中斯和提有王名蜱肆蜱肆王白

曰尊者橋𤏸鉢帝我即是也本名蜱肆王尊者橋𤏸鉢帝復問曰蜱肆王如是見如是說無有後世無衆生生彼何由生此住四王天小叢樹林空宮殿中蜱肆王白曰尊者橋𤏸鉢帝我本實有是見然爲尊者沙門鳩摩羅迦葉之所降伏所治斷捨若尊者橋𤏸鉢帝還下閻浮洲者願遍告語閻浮洲中若行施修福時當至心與自手與自往與至信與知有業有業報與所以者何莫令以是受布施報如斯和提蜱肆王也蜱肆王者是布施主以不至心行施與故生依四王天小叢樹林空宮殿中爾時尊者橋𤏸鉢帝嘿然而受於是尊者橋𤏸鉢帝有時來下至閻浮洲則遍告語閻浮洲人至心施與自手與自往與至信與知有業有業報與所以者何莫令以是受布施報如斯和提蜱肆王也蜱肆王者是布施主以不至心行施與故生依四王天小叢樹林空宮殿中尊者鳩摩羅迦葉所說如是蜱肆王斯和提梵志居士及諸比丘聞尊者鳩摩羅迦葉所說歡喜奉行

王相應品第六竟

中阿含經卷第十六

音釋

輙 陟葉切專也　圊 七情切圂廁也　刮 古滑切削也　礐 丑恕切聲礐也　蹴 子六切蹋也　絞 古巧切縊也　鐃 鋤衡切　鑽 子筭切錐也　蘅 户庚切香草也　𨎪 倉紅切𨎪車也　賭𨿽 賭當古切博也𨿽必郢切　熇 呼木呼各二切熱貌　澆 古堯切沃也　剖 普后切判也　柝 先擊切破也

中阿含經卷第十七

東晉罽賓三藏瞿曇僧伽提婆譯

長壽王品第七 有十五經 第二小土城誦

長壽天八念　淨不移動道　郁迦支羅說
娑雞三族姓　梵天請迎佛　勝天迦絺那
念身支離彌　上尊長老眠　無刺及眞人
說處最在後

長壽王品長壽王本起經第一

我聞如是一時佛遊拘舍彌在瞿師羅園爾時拘舍彌諸比丘數共鬪諍於是世尊告拘舍彌諸比丘曰比丘汝等莫共鬪諍所以者何若以諍止諍至竟不見止唯忍能止諍是法可尊貴所以者何昔過去時有拘娑羅國王名曰長壽復有加赦國王名梵摩達哆彼二國王常共戰諍於是加赦國王梵摩達哆興四種軍象軍馬軍車軍步軍興四種軍已加赦國王梵摩達哆自引軍往欲與拘娑羅國王長壽共戰拘娑羅國王長壽聞加赦國王梵摩達哆興四種軍象軍馬軍車軍步軍興四種軍已來與我戰拘娑羅國王長壽聞已亦興四種軍象軍馬軍車軍步軍興四種軍已拘娑羅國王長壽自引軍出往至界上列陣共戰即摧破之於是拘娑羅國王長壽盡奪取彼梵摩達哆四種軍衆象軍馬軍車軍步軍乃復生擒加赦國王梵摩達哆身得已即放而語彼曰汝窮厄人今原赦汝後莫復作加赦國王梵摩達哆復再三興四種軍象軍馬軍車軍步軍興四種軍已復自引軍往與拘娑羅國王長壽共戰拘娑羅國王長壽聞加赦國王梵摩達哆復與四種軍象軍

馬軍車軍步軍與四種軍已來與我戰拘娑羅國王長壽聞已便作是念我已克彼何須復克我已伏彼何足更伏我已害彼何須復害但以空弓足能伏彼拘娑羅國王長壽作是念已宴然不復興四種軍象軍馬軍車軍步軍亦不自往於是加赦國王梵摩達哆得來破之盡奪取拘娑羅國王長壽四種軍衆象軍馬軍車軍步軍於是拘娑羅國王長壽聞加赦國王梵摩達哆來盡奪取我四種軍衆象軍馬軍車軍步軍已復作是念鬬爲甚奇鬬爲甚惡所以者何克當復克伏當復伏害當復害我今寧可獨將一妻共乘一車走至波羅㮈於是拘娑羅國王長壽即獨將妻共乘一車走至波羅㮈拘娑羅國王長壽復作是念我今寧可至村村邑邑受學博聞拘娑羅國王長壽作是念已即便往至村村邑邑受學博聞以博聞故即轉名爲長壽博士長壽博士復作是念所爲學者我今已得我寧可往波羅㮈都邑中住街街巷巷以歡悅顏色作妙音妓如是波羅㮈諸貴豪族聞已當極歡喜而自娛樂長壽博士作是念已便往波羅奈都邑中住街街巷巷以歡悅顏色作妙音妓如是波羅㮈諸貴豪族聞已極大歡喜而自娛樂於是加赦國王梵摩達哆外眷屬聞中眷屬內眷屬及梵志國師展轉悉聞梵志國師聞已便呼見之於是長壽博士往詣梵志國師所向彼而立以歡悅顏色作妙音妓梵志國師聞已極大歡喜而自娛樂於是梵志國師告長壽博士汝從今日可依我住當相供給長壽博士白曰尊者我有一

妻當如之何梵志國師報曰博士汝可將來依我家住當供給之於是長壽博士即將其妻依梵志國師家住梵志國師即便供給彼於後時長壽博士妻心懷憂慼作如是念欲令四種軍陣列鹵簿拔白露刃徐詳而過我欲遍觀亦復欲得磨刀水飲長壽博士妻作是念已便白長壽博士我心懷憂慼作如是念欲令四種軍陣列鹵簿拔白露刃徐詳而過我欲遍觀亦復欲得磨刀水飲長壽博士即告妻曰卿莫作是念所以者何我等今為梵摩達哆王所破壞卿當何由得見四種軍陣列鹵簿拔白露刃徐詳而過我欲遍觀亦復欲得磨刀水飲耶妻復白曰尊若能得者我有活望若不得者必死無疑長壽博士即便往詣梵志國師所向彼而立顏色愁慘以惡微聲作諸音妓梵志國師聞已不得歡喜於是梵志國師問曰博士汝本向我立以歡悅顏色作妙音妓我聞已極大歡喜而自娛樂汝今何以向我立顏色愁慘以惡微聲作諸音妓我聞已不得歡喜長壽博士汝身無疾患意無憂慼耶長壽博士白曰尊者我身無患但意有憂慼耳尊者我妻心懷憂慼作如是念我欲得四種軍陣列鹵簿拔白露刃徐詳而過我欲遍觀亦復欲得磨刀水飲我即報妻曰卿莫作是念所以者何我今如此卿當何由得四種軍陣列鹵簿拔白露刃徐詳而過我欲遍觀亦復欲得磨刀水飲耶妻復白我曰尊若能得者我有活望若不得者必死無疑尊者若妻不全我亦無理梵志國師問曰博士汝妻可得見不白曰尊者可得

見耳於是梵志國師將長壽博士往至妻所是時長壽博士妻懷有德子梵志國師見長壽博士妻懷有德子故便以右膝跪地叉手向長壽博士妻再三稱說生拘娑羅國王生拘娑羅國王教勑左右曰莫令人知梵志國師告曰博士汝勿憂慼我能令汝妻得見四種軍陣列鹵簿拔白露刃徐詳而過亦能令得磨刀水飲於是梵志國師往詣加赦國王梵摩達哆所到已白曰天王當知有德星現唯願天王嚴四種軍陣列鹵簿拔白露刃徐詳導引出曜軍威以水磨刀唯願天王自出觀視天王若作是者必有吉應加赦國王梵摩達哆即勑主兵臣卿今當知有德星現卿宜速嚴四種之軍陣列鹵簿拔白露刃徐詳導引出曜軍威以水磨刀我自出觀若作是者必有吉應時主兵臣即受王教嚴四種軍陣列鹵簿拔白露刃徐詳導引出曜軍威以水磨刀梵摩達哆即自出觀因是長壽博士妻得見四種軍陣列鹵簿拔白露刃徐詳導引出曜軍威幷亦復得磨刀水飲飲磨刀水已憂慼即除尋生德子便爲作字名長生童子寄人密養漸已長大長生童子若諸刹利頂生王者整御天下得大國土種種技藝乘象騎馬調御馳驟射戲手搏擲衘擲鉤乘載坐輦如是種種諸妙技藝皆善知之若干種妙觸事殊勝猛毅超世聰明挺出幽微隱遠無不博達於是梵摩達哆聞拘娑羅國王長壽彼作博士轉名在此波羅㮈城中梵摩達哆即勑左右卿等速往收拘娑羅國王長壽反縛兩手令彼騎驢打破敗鼓聲如驢鳴遍

宣令已從城南門出坐高標下詰問其辭左右受教即便往收拘娑羅國王長壽反縛兩手令彼騎驢打破敗鼓聲如驢鳴遍宣令已從城南門出坐高標下詰問其辭是時長生童子尋隨父後或在左右而白父曰天王勿怖天王勿怖我即於此必能拔濟必能拔濟拘娑羅王長壽告曰童子可忍童子可忍莫起怨結但當行慈衆人聞長壽王而作此語便問於王所道何等王答衆人曰此童子聰明必解我語爾時長生童子勸波羅柰城中諸貴豪族諸君行施修福爲拘娑羅國王長壽呪願以此施福願拘娑羅國王長壽令安隱得解脫於是波羅柰城中諸貴豪族爲長生童子所勸行施修福爲拘娑羅國王長壽呪願以此施福願拘娑羅國王長壽令安隱得解脫加赦國王梵摩達哆聞此波羅柰諸貴豪族行施修福爲拘娑羅國王長壽呪願以此施福願拘娑羅國王長壽令安隱得解脫聞即大怖身毛皆竪莫令此波羅柰城中諸貴豪族反於我耶且置彼事我今急當先滅此事於是加赦國王梵摩達哆教勑左右汝等速去殺拘娑羅國王長壽斬作七段左右受教即便速往殺長壽王斬作七段於是長生童子勸波羅柰城中諸貴豪族而作是語諸君看此加赦國王梵摩達哆酷暴無道彼取我父拘娑羅國王長壽無過之人奪取其國倉庫財物怨酷枉殺斬作七段諸君可往以新繒氎收斂我父取七段屍以一切香香木積聚而闍維之立於廟堂爲我作書與梵摩達哆言拘娑羅國王長生童子彼作是

語汝不畏後爲子孫作患耶於是波羅㮈諸貴豪族爲長生童子所勸以新繒氎即往斂取彼七段屍以一切香香木積聚而闍維之爲立廟堂亦爲作書與梵摩達哆言拘娑羅國王長生童子彼作是語汝不畏後爲子孫作患耶於是長壽王妻告長生童子曰汝當知此加赦國王梵摩達哆酷暴無道彼取汝父拘娑羅國王長壽無過之人奪取其國倉庫財物怨酷枉殺斬作七段童子汝來共乘一車走出波羅㮈若不去者禍將及汝於是長壽王妻與長生童子共乘一車走出波羅㮈爾時長生童子作如是念我寧可往至村村邑邑受學博聞長生童子作是念已便往至村村邑邑受學博聞以博聞故即轉名爲長生博士長生博士復作是念所爲學者我今已得我寧可往波羅㮈都邑中住街街巷巷以歡悅顏色作妙音妓如是波羅㮈諸貴豪族聞已當大歡喜而自娛樂長生博士作是念已便往至波羅㮈都邑中住街街巷巷歡悅顏色作妙音妓如是波羅㮈諸貴豪族聞已極大歡悅而自娛樂於是加赦國王梵摩達哆外眷屬聞中眷屬內眷屬梵志國師展轉乃至加赦國王梵摩達哆聞便呼見於是長生博士即往詣加赦國王梵摩達哆所向彼而立以歡悅顏色作妙音妓如是加赦國王梵摩達哆聞已極大歡喜而自娛樂於是加赦國王梵摩達哆告曰博士汝從今日可依我住當相供給於是長生博士即依彼住加赦國王梵摩達哆即供給之後遂信任一以委付即持衛身刀劒授與長生博士爾

時加赦國王梵摩達哆便勑御者汝可嚴駕我欲出獵御者受教即便嚴駕訖還白曰嚴駕已辦隨天王意於是加赦國王梵摩達哆便與長生博士共乘車出長生博士即作是念此加赦國王梵摩達哆酷暴無道彼取我父拘娑羅國王長壽無過之人奪取其國倉庫財物怨酷枉殺斬作七段我今寧可御車使離四種軍衆各在異處長生博士作是念已即便御車離四種軍各在異處彼時加赦國王梵摩達哆冒涉塗路風熱所逼煩悶渴乏疲極欲卧即便下車枕長生博士膝眠於是長生博士復作是念此加赦國王梵摩達哆酷暴無道彼取我父無過之人奪取其國倉庫財物怨酷枉殺斬作七段然子今日已在我手但當報怨長生博士作是念已即拔利刀著加赦國王梵摩達哆頸上而作是語我今殺汝我今殺汝長生博士復作是念我爲不是所以者何憶父昔日在標下時臨終語我童子可忍童子可忍莫起怨結但當行慈憶已舉刀還内鞘中彼時加赦國王梵摩達哆夢見拘娑羅國王長壽兒長生童子手拔利刀著我頸上而作是語我今殺汝我今殺汝見已恐怖身毛皆竪便疾驚覺起語長生博士汝今當知我於夢中見拘娑羅國王長壽兒長生童子手拔利刀著我頸上而作是語我今殺汝我今殺汝長生博士聞已白曰天王勿怖天王勿怖所以者何彼拘娑羅國王長壽兒長生童子者即我身是天王我作是念加赦國王梵摩達哆酷暴無道彼取我父無過之人奪取其國倉庫財物怨酷枉

殺斬作七段而子今日已在我手但當報怨天王我拔利刀著王頸上而作是語我今殺汝我今殺汝天王我復作是念我爲不是所以者何憶父昔日在標下時臨終語我童子可忍童子可忍莫起怨結但當行慈憶已舉刀還内鞘中加赦國王梵摩達哆語曰童子汝作是說童子可忍童子可忍我已知此義童子又言莫起怨結但當行慈者此謂何義長生童子答曰天王莫起怨結但當行慈者即謂此也加赦國王梵摩達哆聞已語曰童子從今日始我所領國盡以相與汝父本國還持付卿所以者何汝所作甚難乃惠我命長生童子聞已白曰天王本國自屬天王我父本國可以見還於是加赦國王梵摩達哆與長生童子共載還歸入波羅奈城坐正殿上告諸臣曰卿等若見拘娑羅國王長壽兒長生童子者當云何耶諸臣聞已或有白曰天王若見彼者當截其手或復作是語天王若見彼者當截其足或復作是語當斷其命加赦國王梵摩達哆告諸臣曰卿等欲知拘娑羅國王長壽兒長生童子者即此是也汝等莫起惡意向此童子所以者何此童子所作甚難惠與我命於是加赦國王梵摩達哆以王沐浴浴長生童子塗以王香衣以王服令坐金御牀以女妻之還其本國比丘彼諸國王刹利頂生王爲大國主整御天下自行忍辱復稱歎忍自行慈心復稱歎慈自行恩惠復稱恩惠諸比丘汝亦應如是至信捨家無家學道當行忍辱復稱歎忍自行慈心復稱歎慈自行恩惠復稱恩惠於是諸比丘聞

佛所說有作是言世尊法王今且住也彼道說我我那得不道說彼於是世尊不悅可拘舍彌諸比丘所行威儀禮節所學所習即從座起而說頌曰

以若干言語　破壞最尊衆　破壞聖衆時
無有能訶止　碎身至斷命　奪象牛馬財
破國滅亡盡　彼猶故和解　況汝小言罵
不能制和合　若不思眞義　怨結焉得息
罵詈責數說　而能制和合　若思眞實義
怨結必得息　若以諍止諍　至竟不見止
唯忍能止諍　是法可尊貴　瞋向慧眞人
口說無賴言　誹謗牟尼聖　是下賤非智
他人不解義　唯我獨能知　若有能解義
彼恚便得息　若得定爲侶　慧者共修善
捨本所執意　歡喜常相隨　若不得定伴
慧者獨修善　如王嚴治國　如象獨在野
獨行莫爲惡　如象獨在野　獨行爲善勝
勿與惡共會　學不得善友　不與已等者
當堅意獨住　勿與惡共會

爾時世尊說此頌已即以如意足乘虛而去至婆羅樓羅村於是婆羅樓羅村有尊者婆咎釋家子晝夜不眠精勤行道志行常定住道品法尊者釋家子遥見佛來見已往迎攝佛衣鉢爲佛敷牀汲水洗足佛洗足已坐尊者釋家子婆咎座坐已告曰婆咎比丘汝常安隱無所乏耶尊者釋家子婆咎白曰世尊我常安隱無有所乏世尊復問婆咎比丘云何安隱無所乏耶尊者婆咎白曰世尊我晝夜不眠精勤行道志行常定定住道品法世尊如是我常安隱無有所乏世尊復念此族

姓子遊行安樂我今寧可爲彼說法作是念已便爲尊者婆咎說法勸發渴仰成就歡喜無量方便爲彼說法勸發渴仰成就歡喜已從座起去往至護寺林入護寺林中至一樹下敷尼師壇結跏趺坐世尊復念我已得脫彼拘舍彌諸比丘輩數數鬬訟相伏相憎相瞋共諍我不喜念彼方謂拘舍彌諸比丘輩所住處也當爾之時有一大象爲衆象王彼離象衆而獨遊行亦至護寺林入護寺林中至賢娑羅樹倚賢娑羅樹立爾時大象而作是念我已得脫彼群象輩牝象牡象大小象子彼群象輩常在前行草爲之蹋水爲之渾我於爾時食被蹋草飲渾濁水我今飲食新草清水於是世尊以他心智知彼大象心之所念即說頌曰

一象與象等　成身具足牙　以心與心等
若樂獨住林

於是世尊從護寺林攝衣持鉢往至般那蔓闍寺林爾時般那蔓闍寺林有三族姓子共在中住尊者阿那律陀尊者難提尊者金毗羅彼尊者等所行如是若彼乞食有前還者便敷牀汲水出洗足器安洗足凳及拭脚巾水瓶澡罐若所乞食能盡食者便盡食之若有餘者器盛覆舉食訖收鉢澡洗手足以尼師壇著於肩上入室宴坐若彼乞食有後還者能盡食者亦盡食之若不足者取前餘食足而食之若有餘者便寫著淨地及無蟲水中取彼食器淨洗拭已舉著一面收捲牀蓆斂洗足凳收拭脚巾舉洗足器及水瓶澡罐掃灑食堂糞除淨已收舉衣鉢澡洗手足以

尼師壇著於肩上入室宴坐彼尊者等至於晡時若有先從宴坐起者見水瓶澡罐空無有水便持行取若能勝者便舉持來安著一面若不能勝則便以手招一比丘兩人共舉持著一面各不相語各不相問彼尊者等五日一集或共說法或聖默然於是守林人遥見世尊來逆訶止曰沙門沙門莫入此林所以者何今此林中有三族姓子尊者阿那律陀尊者難提尊者金毗羅彼若見汝或有不可世尊告曰汝守林人彼若見我必可無不可於是尊者阿那律陀遥見世尊來即訶彼曰汝守林人莫訶世尊汝守林人莫止善逝所以者何是我尊來我善逝來尊者阿那律陀出迎世尊攝佛衣鉢尊者難提爲佛敷牀尊者金毗羅爲佛取水爾時世尊洗手足已

坐彼尊者所敷之座坐已問曰阿那律陀汝常安隱無所乏耶尊者阿那律陀白曰世尊我常安隱無有所乏世尊復問阿那律陀云何安隱無所乏耶尊者阿那律陀白曰世尊我作是念我有善利有大功德謂我與如是梵行共行世尊我常向彼梵行行慈身業見與不見等無有異行慈口業行慈意業見與不見等無有異世尊我作是念我今寧可自捨已心隨彼諸賢心世尊我便自捨已心隨彼諸賢心世尊我未曾有一不可心世尊如是我常安隱無有所乏問尊者難提答亦如是復問尊者金毗羅曰汝常安隱無所乏耶尊者金毗羅白曰世尊我常安隱無有所乏問曰金毗羅云何安隱無所乏耶尊者金毗羅白曰世尊我作是念我有善利有大功德

謂我與如是梵行共行世尊我常向彼梵行行慈身業見與不見等無有異行慈口業行慈意業見與不見等無有異世尊我作是念我今寧可自捨己心隨彼諸賢心世尊我便自捨己心隨彼諸賢心世尊我未曾有一不可心世尊如是我常安隱無有所乏世尊歎曰善哉善哉阿那律陀如是汝等常共和合安樂無諍一心一師合一水乳頗得人上之法而有差降安樂住止耶尊者阿那律陀白曰世尊如是我等常共和合安樂無諍一心一師合一水乳得人上之法而有差降安樂住止世尊我等得光明便見色彼見色光明尋復滅世尊告曰阿那律陀汝等不達此相謂相得光明而見色者彼見色光明尋復滅阿那律陀我本未得覺無上正真道時亦得光明而見色彼見色光明尋復滅阿那律陀我作是念我心中有何患令我失定而滅眼眼滅已我本所得光明而見色彼見色光明尋復滅阿那律陀我行精勤無懈怠身止住有正念正智無有愚癡得定一心阿那律陀我作是念我行精勤無懈怠身止住有正念正智無有愚癡得定一心若世中無是我可見可知彼耶我心中生此疑患因此疑患故便失定而滅眼眼滅已我本可得光明而見色彼見色光明尋復滅阿那律陀我今要當作是念我心中不生疑患阿那律陀我欲不起此患故便在遠離獨住心無放逸修行精勤因在遠離獨住心無放逸修行精勤故便得光明而見色彼見色光明尋復滅阿那律陀我復作是念我心中有何患令我失定而

滅眼眼滅已我本所得光明而見色彼見色光明尋復滅阿那律陀我復作是念我心中生無念患因此無念患故便失定而滅眼眼滅已我本所得光明而見色光彼見色光明尋復滅阿那律陀我今要當作是念我心中不生疑患亦不生無念患阿那律陀我欲不起此患故便在遠離獨住心無放逸修行精勤因在遠離獨住心無放逸修行精勤故便得光明而見色彼見色光明尋復滅阿那律陀我復作是念我心中有何患令我失定而滅眼眼滅已我本所得光明而見色彼見色光明尋復滅阿那律陀我復作是念我心中生身病想患因此身病想患故便失定而滅眼眼滅已我本所得光明而見色彼見色光明尋復滅阿那律陀我今要當作是念我心中不生疑患不生無念患亦不生身病想患阿那律陀我欲不起此患故便在遠離獨住心無放逸修行精勤因在遠離獨住心無放逸修行精勤故便得光明而見色彼見色光明尋復滅阿那律陀我復作是念我心中有何患令我失定而滅眼眼滅已我本所得光明而見色彼見色光明尋復滅阿那律陀我復作是念我心中生睡眠患因此睡眠患故便失定而滅眼眼滅已我本所得光明而見色彼見色光明尋復滅阿那律陀我今要當作是念我心中不生疑患不生無念患不生身病想患亦不生睡眠患阿那律陀我欲不起此患故便在遠離獨住心無放逸修行精勤因在遠離獨住心無放逸修行精勤故便得光明而見色彼見色光明尋復滅阿那律

陀我復作是念我心中有何患令我失定而滅眼眼滅已我本所得光明而見色彼見色光明尋復滅阿那律陀我復作是念我心中生過精勤患因此過精勤患故便失定而滅眼眼滅已我本所得光明而見色彼見色光明尋復滅阿那律陀猶如力士捉蠅太急蠅即便死如是阿那律陀我心中生過精勤患因此過精勤患故便失定而滅眼眼滅已我本所得光明而見色彼見色光明尋復滅阿那律陀我今要當作是念我心中不生疑患不生無念患不生身病想患不生睡眠患亦不生過精勤患阿那律陀我欲不起此患故便在遠離獨住心無放逸修行精勤因在遠離獨住心無放逸修行精勤故便得光明而見色彼見色光明尋復滅阿那律陀我復作

是念我心中有何患令我失定而滅眼眼滅已我本所得光明而見色彼見色光明尋復滅阿那律陀我復作是念我心中生太懈怠患因此太懈怠患故便失定而滅眼眼滅已我本所得光明而見色彼見色光明尋復滅阿那律陀猶如力士捉蠅太緩蠅便飛去阿那律陀我心中生太懈怠患因此太懈怠患故便失定而滅眼眼滅已我本所得光明而見色彼見色光明尋復滅阿那律陀我今要當作是念我心中不生疑患不生無念患不生身病想患不生睡眠患不生太精勤患亦不生太懈怠患阿那律陀我欲不起此患故便在遠離獨住心無放逸修行精勤因在遠離獨住心無放逸修行精勤故便得光明而見色彼見色光明尋復滅阿那律陀我復作

是念我心中有何患令我失定而滅眼眼滅已我本所得光明而見色彼見色光明尋復滅阿那律陀我復作是念我心中生恐怖患因此恐怖患故便失定而滅眼眼滅已我本所得光明而見色彼見色光明尋復滅阿那律陀猶如人行道四方有怨賊來彼人見已畏懼恐怖舉身毛竪如是阿那律陀我心中生恐怖患因此恐怖患故便失定而滅眼眼滅已我本所得光明而見色彼見色光明尋復滅阿那律陀我今要當作是念我心中不生疑患不生無念患不生身病想患不生睡眠患不生太精勤患不生太懈怠患亦不生恐怖患阿那律陀我欲不起此患故便在遠離獨住心無放逸修行精勤因在遠離獨住心無放逸修行精勤故便得光明而見色彼見色光明尋復滅阿那律陀我復作是念我心中有何患令我失定而滅眼眼滅已我本所得光明而見色彼見色光明尋復滅阿那律陀我復作是念我心中生喜悅患因此喜悅患故便失定而滅眼眼滅已我本所得光明而見色彼見色光明尋復滅阿那律陀猶若如人本求一寶藏頓得四寶藏彼見已便生悅歡喜如是阿那律陀我心中生喜悅患因此喜悅患故便失定而滅眼眼滅已我本所得光明而見色彼見色光明尋復滅阿那律陀我今要當作是念我心中不生疑患不生無念患不生身病想患不生睡眠患不生太精勤患不生太懈怠患不生恐怖患亦不生喜悅患阿那律陀我欲不起此患故便在遠離獨住心無放逸修行精勤因在遠離獨

住心無放逸修行精勤故便得光明而見色彼見色光明尋復滅阿那律陀我復作是念我心中有何患令我失定而滅眼眼滅已我本所得光明而見色彼見色光明尋復滅阿那律陀我復作是念我心中生自高心患因此自高心患故便失定而滅眼眼滅已我本所得光明而見色彼見色光明尋復滅阿那律陀我今要當作是念我心中不生疑患不生無念患不生身病想患不生睡眠患不生太精勤患不生太懈怠患不生恐怖患不生喜悅患亦不生自高心患阿那律陀我欲不起此患故便在遠離獨住心無放逸修行精勤因在遠離獨住心無放逸修行精勤故便得光明而見色彼見色光明尋復滅阿那律陀我復作是念我心中有何患令我失定而滅眼眼滅已我本所得光明而見色彼見色光明尋復滅阿那律陀我復作是念我心中生若干想患因此若干想患故便失定而滅眼眼滅已我本所得光明而見色彼見色光明尋復滅阿那律陀我今要當作是念我心中不生疑患不生無念患不生身病想患不生睡眠患不生太精勤患不生太懈怠患不生恐怖患不生喜悅患不生自高心患亦不生若干想患阿那律陀我欲不起此患故便在遠離獨住心無放逸修行精勤因在遠離獨住心無放逸修行精勤故便得光明而見色彼見色光明尋復滅阿那律陀我復作是念我心中有何患令我失定而滅眼眼滅已我本所得光明而見色彼見色光明尋復滅阿那律陀我復作是念我心中生不觀色患

因此不觀色患故便失定而滅眼眼滅已我本所得光明而見色彼見色光明尋復滅阿那律陀我今要當作是念我心中不生疑患不生無念患不生身病想患不生睡眠患不生太精勤患不生太懈怠患不生恐怖患不生喜悅患不生自高心患不生若干想患亦不生不觀色患阿那律陀我欲不起此患故便在遠離獨住心無放逸修行精勤因在遠離獨住心無放逸修行精勤故便得光明而見色阿那律陀若我心生疑患彼得心清淨無念身病想睡眠太精勤太懈怠恐怖喜悅高心生若干想不觀色心患彼得心清淨阿那律陀我復作是念我當修學三定修學有覺有觀定修學無覺少觀定修學無覺無觀定阿那律陀我便修學三定修學有覺有觀

定修學無覺少觀定修學無覺無觀定若我修學有覺有觀定者心便順向無覺少觀定如是我必不失此知見阿那律陀如是我知如是已竟日竟夜竟日夜修學有覺有觀定阿那律陀我爾時行此住止行若我修學有覺有觀定者心便順向無覺無觀定如是我必不失此知見阿那律陀如是我知如是已竟日竟夜竟日夜修學有覺有觀定阿那律陀我爾時行此住止行阿那律陀若我修學無覺少觀定者心便順向有覺有觀定阿那律陀我爾時行此住止行阿那律陀若我修學無覺少觀定者心便順向有覺有觀定如是我必不失此知見阿那律陀如是我知如是已竟日竟夜竟日夜修學無覺少觀定阿那律陀我爾時行此住止行阿那律陀若我

修學無覺少觀定者心便順向無覺無觀定如是我必不失此知見阿那律陀如是我知如是已竟日竟夜竟日夜修學無覺少觀定阿那律陀我爾時行此住止行阿那律陀若我修學無覺無觀定者心便順向有覺有觀定如是我必不失此知見阿那律陀如是我知如是已竟日竟夜竟日夜修學無覺無觀定阿那律陀我爾時行此住止行若我修學無覺無觀定者心便順向無覺少觀定如是我不失此知見阿那律陀如是我知如是已竟日竟夜竟日夜修學無覺無觀定阿那律陀我爾時行此住止行阿那律陀有時我知光明而不見色阿那律陀我作是念何因何緣知光明而不見色阿那律陀我復作是念若我念光明相不念色相者爾時我知光明

而不見色阿那律陀如是我知如是已竟日竟夜竟日夜知光明而不見色阿那律陀我爾時行此住止行阿那律陀有時我見色而不知光明阿那律陀我作是念何因何緣我見色而不知光明阿那律陀我復作是念若我念色相不念光明相者爾時我知色而不知光明阿那律陀如是我知如是已竟日竟夜竟日夜知色而不知光明阿那律陀我爾時行此住止行阿那律陀有時我少知光明亦少見色阿那律陀我作是念何因何緣我少知光明亦少見色阿那律陀我復作是念若我少入定少入定故少眼清淨少眼清淨故我少知光明亦少見色阿那律陀如是我知如是已竟日竟夜竟日夜少知光明亦少見色阿那律陀爾時我行此住止行阿那律

陀有時我廣知光明亦廣見色阿那律陀我作是念何因何緣我廣知光明亦廣見色阿那律陀我復作是念若我廣入定廣入定故廣眼清淨廣眼清淨故我廣知光明亦廣見色阿那律陀如是我知如是已竟日竟夜竟日夜廣知光明亦廣見色阿那律陀爾時我行此住止行阿那律陀若我心中生疑患彼得心清淨無念身病想睡眠太精勤太懈怠恐怖喜悅高心生若干想不觀色心患彼得心清淨有覺有觀定修學極修學無覺少觀定修學極修學無覺無觀定修學極修學一向定修學極修學雜定修學極修學少定修學極修學廣無量定修學極修學我生知見極明淨趣向定住精勤修道品生已盡梵行已立所作已辦不更受有知如真阿那律陀爾時我行此住止行佛說如是尊者阿那律陀尊者難提尊者金毗羅聞佛所說歡喜奉行

中阿含經卷第十七

音釋

鹵（郎古切鹵簿也）衒（黃絹切）毅（魚旣切剛也果也）繒（疾陵切帛也）斂（良冉切收也）鞘（私妙切刀室也）詈（力智切）牝（毗忍切畜母也）蹋（徒合切踐也）凳（都鄧切）鑵（古玩切汲水器也）

中阿含經卷第十八

東晋罽賔三藏瞿曇僧伽提婆譯

長壽王品天經第二

我聞如是一時佛遊枝提瘦在水渚林中爾時世尊告諸比丘我本未得覺無上正眞道時而作是念我寧可得生其光明因其光明而見形色如是我知見極大明淨我爲知見極明淨故便在遠離獨住心無放逸修行精勤我因在遠離獨住心無放逸修行精勤故即得光明便見形色也然我未與彼天共同集會未相慰勞未有所論說未有所答對我復作是念我寧可得生其光明因其光明而見形色及與彼天共同集會共相慰勞有所論說有所答對如是我知見極大明淨我爲知見極明淨故便在遠離獨住心無放逸修行精勤我因在遠離獨住心無放逸修行精勤故即得光明便見形色及與彼天共同集會共相慰勞有所論說有所答對也然我不知彼天如是姓如是字如是生我復作是念我寧可得生其光明因其光明而見形色及與彼天共同集會共相慰勞有所論說有所答對亦知彼天如是姓如是字如是生如是我知見極大明淨我爲知見極明淨故便在遠離獨住心無放逸修行精勤我因在遠離獨住心無放逸修行精勤故即得光明便見形色及與彼天共同集會共相慰勞有所論說有所答對亦知彼天如是姓如是字如是生也然我不知彼天如是食如是受苦樂我復作是念我寧可得生其光明因其光明而見形色及與彼天共同集會共相慰勞有所

論說有所答對亦知彼天如是姓如是字如是生亦知彼天如是食如是受苦樂如是我知見極大明淨我爲知見極明淨故便在遠離獨住心無放逸修行精勤我因在遠離獨住心無放逸修行精勤故即得光明便見形色及與彼天共同集會共相慰勞有所論說有所答對亦知彼天如是姓如是字如是生亦知彼天如是食如是受苦樂也然我不知彼天如是長壽如是久住如是命盡我復作是念我寧可得生其光明因其光明而見形色及與彼天共同集會共相慰勞有所論說有所答對亦知彼天如是姓如是字如是生亦知彼天如是食如是受苦樂亦知彼天如是長壽如是久住如是命盡如是我知見極大明淨我爲知見極明淨故便在遠離獨住心無放逸修行精勤我因在遠離獨住心無放逸修行精勤故即得光明便見形色及與彼天共同集會共相慰勞有所論說有所答對亦知彼天如是姓如是字如是生亦知彼天如是食如是受苦樂亦知彼天如是長壽如是久住如是命盡也然我不知彼天作如是如是業已死此生彼我復作是念我寧可得生其光明因其光明而見形色及與彼天共同集會共相慰勞有所論說有所答對亦知彼天如是姓如是字如是生亦知彼天如是食如是受苦樂亦知彼天如是長壽如是久住如是命盡亦知彼天作如是如是業已死此生彼如是我知見極大明淨我爲知見極明淨故便在遠離獨住心無放逸修行精勤我因在遠離獨住心無放逸修行精勤故

即得光明便見形色及與彼天共同集會共相慰勞有所論說有所答對亦知彼天如是姓如是字如是生亦知彼天如是食如是受苦樂亦知彼天如是長壽如是久住如是命盡亦知彼天作如是如是業已死此生彼也然我不知彼天彼彼天中我復作是念我寧可得生其光明因其光明而見形色及與彼天共同集會共相慰勞有所論說有所答對亦知彼天如是姓如是字如是生亦知彼天如是食如是受苦樂亦知彼天如是長壽如是久住如是命盡亦知彼天作如是如是業已死此生彼亦知彼天彼彼天中如是我知見極大明淨我為知見極明淨故便在遠離獨住心無放逸修行精勤我因在遠離獨住心無放逸修行精勤故即得光明便見形色

及與彼天共同集會共相慰勞有所論說有所答對亦知彼天如是姓如是字如是生亦知彼天如是食如是受苦樂亦知彼天如是長壽如是久住如是命盡亦知彼天作如是如是業已死此生彼亦知彼天彼彼天中也然我不知彼天上我曾生中未曾生中我復作是念我寧可得生其光明因其光明而見形色及與彼天共同集會共相慰勞有所論說有所答對亦知彼天如是姓如是字如是生亦知彼天如是食如是受苦樂亦知彼天如是長壽如是久住如是命盡亦知彼天作如是如是業已死此生彼亦知彼天彼彼天中亦知彼天上我曾生中未曾生中如是我知見極大明淨我為知見極明淨故便在遠離獨住心無放逸修行精勤我因在遠離獨

住心無放逸修行精勤故即得光明便見形色及與彼天共同集會共相慰勞有所論說有所答對亦知彼天如是姓如是字如是生亦知彼天如是食如是受苦樂亦知彼天如是長壽如是久住如是命盡亦知彼天作如是如是業已死此生彼亦知彼天彼彼天中亦知彼天上我曾生中未曾生中也若我不正知得此八行者便不可一向說得亦不知我得覺無上正真之道我亦於此世間諸天魔梵沙門梵志不能出過其上我亦不得解脫種種解脫我亦未離諸顛倒未生已盡梵行已立所作已辦不更受有知如真若我正知得此八行者便可一向說得亦知我得覺無上正真之道我亦於此世間諸天魔梵沙門梵志出過其上我亦得解脫種種解脫我心已離諸顛倒生已盡梵行已立所作已辦不更受有知如真佛說如是彼諸比丘聞佛所說歡喜奉行

長壽王品八念經第三

我聞如是一時佛遊婆奇瘦在鼉山怖林鹿野園中爾時尊者阿那律陀在枝提瘦水渚林中彼時尊者阿那律陀在安靜處宴坐思惟心作是念道從無欲非有欲得道從知足非無猒得道從遠離非樂聚會非住聚會非合聚會得道從精勤非懈怠得道從正念非邪念得道從定意非亂意得道從智慧非愚癡得於是世尊以他心智知尊者阿那律陀心中所念所思所行世尊知已即入如其像定以如其像定猶若力士屈伸臂頃如是世尊從婆奇瘦鼉山怖林鹿野園中忽沒不現

住枝提瘦水渚林中尊者阿那律陀前是時世尊便從定覺嘆尊者阿那律陀曰善哉善哉阿那律陀謂汝在安靜處燕坐思惟心作是念道從無欲非有欲得道從知足非無猒得道從遠離非樂聚會非住聚會非合聚會得道從精勤非懈怠得道從正念非邪念得道從定意非亂意得道從智慧非愚癡得阿那律陀汝從如來更受第八大人之念受已便思道從不戲樂不戲行不戲非戲非樂戲非行戲得阿那律陀若汝成就此大人八念者汝必能離欲離惡不善之法至得第四禪成就遊阿那律陀若汝成就大人八念而復得此四增上心現法樂居易不難得者如王王臣有好箱篋盛滿種種衣中前欲著便取著之中時中後若欲著衣便取著之隨意自在阿那律陀汝亦如是得糞掃衣爲第一服汝心無欲行此住止行阿那律陀若汝成就大人八念而復得此四增上心現法樂居易不難得者如王王臣有好廚宰種種淨妙甘美餚饌阿那律陀汝亦如是常行乞食爲第一饌汝心無欲行此住止行阿那律陀若汝成就大人八念而復得此四增上心現法樂居易不難得者如王王臣有好屋舍或樓閣宮殿阿那律陀汝亦如是依樹下止爲第一舍汝心無欲行此住止行阿那律陀若汝成就大人八念而復得此四增上心現法樂居易不難得者如王王臣有好牀座敷以氍氀毾㲪覆以錦綺羅穀有襯體被兩頭安枕加陵伽波惒邏波遮悉哆羅那阿那律陀汝亦如是草座葉座爲第一座汝心無欲行此住

止行阿那律陀若汝成就大人八念而復得此四增上心現法樂居易不難得者如是汝若遊東方必得安樂無衆苦患若遊南方西方北方者必得安樂無衆苦患阿那律陀若汝成就大人八念而復得此四增上心現法樂居易不難得者我向不說汝諸善法住況說衰退但當晝夜增長善法而不衰退阿那律陀若汝成就大人八念而復得此四增上心現法樂居易不難得者汝於二果必得其一或於現世得究竟智或復有餘得阿那舍阿那律陀汝當成就此大人八念亦應得此四增上心現法樂居易不難得已然後於枝提瘦水渚林中受夏坐也爾時世尊爲尊者阿那律陀說法勸發渴仰成就歡喜無量方便爲彼說法勸發渴仰成就歡喜已入如其像定以如其像定猶若力士屈伸臂頃如是世尊從枝提瘦水渚林中忽沒不見住婆奇瘦鼉山怖林鹿野園中彼時尊者阿難執拂侍佛於是世尊便從定覺迴顧告曰阿難若有比丘遊鼉山怖林鹿野園中者令彼一切皆集講堂集講堂已還來白我尊者阿難受佛教已稽首禮足即行宣勑諸有比丘遊鼉山怖林鹿野園中者令彼一切皆集講堂集講堂已還詣佛所頭面禮足却住一面白曰世尊諸有比丘遊鼉山怖林鹿野園中者已令一切皆集講堂唯願世尊自當知時於是世尊將尊者阿難往詣講堂於比丘衆前敷座而坐坐已告曰諸比丘我今爲汝說大人八念汝等諦聽善思念之時諸比丘受教而聽佛言大人八念者謂道從無欲非有欲得

道從知足非無猒得道從遠離非樂聚會非住聚會非合聚會得道從精勤非懈怠得道從正念非邪念得道從定意非亂意得道從智慧非愚癡得道從不戲樂不戲行不戲非戲非樂戲非行戲得云何道從無欲非有欲得謂比丘得無欲自知得無欲不令他人知我無欲得知足得遠離得精勤得正念得定意得智慧得不戲自知得不戲不欲令他知我無欲是謂道從無欲非有欲得云何道從知足非無猒得謂比丘行知足衣取覆形食取充軀是謂道從知足非無猒得云何道從遠離非樂聚會非住聚會非合聚會得謂比丘行遠離成就三遠離身及心俱遠離是謂道從遠離非樂聚會非住聚會非合聚會得云何道從精勤非懈怠得謂比丘常行精進

斷惡不善修諸善法恒自起意專一堅固爲諸善本不捨方便是謂道從精勤非懈怠得云何道從正念非邪念得謂比丘觀内身如身觀内覺心法如法是謂道從正念非邪念得云何道從定意非亂意得謂比丘離欲離惡不善之法至得第四禪成就遊是謂道從定意非亂意得云何道從智慧非愚癡得謂比丘修行智慧觀興衰法得如是智聖慧明達分别曉了以正盡苦是謂道從智慧非愚癡得云何道從不戲樂不戲行不戲非戲非樂戲非行戲得謂比丘意常滅戲樂住無餘涅槃心恒樂住歡喜意解是謂道從不戲樂不戲行不戲非戲非樂戲非行戲得諸比丘阿那律陀比丘成就此大人八念已然後枝提瘦水渚林中受夏坐也我以此教彼在遠

離獨住心無放逸修行精勤彼在遠離獨住心無放逸修行精勤已族姓子所爲剃除鬚髮著袈裟衣至信捨家無家學道者唯無上梵行訖於現法中自知自覺自作證成就遊生已盡梵行已立所作已辦不更受有知如眞是時尊者阿那律陀得阿羅訶心正解脫得長老上尊則於爾時而說頌曰

遥知我思念　無上世間師　正身心入定
乘虛忽來到　如我心所念　爲說而復過
諸佛樂不戲　遠離一切戲　旣從彼知法
樂住正法中　逮得三昧達　佛法作已辦
我不樂於死　亦不願於生　隨時任所適
立正念正智　鞞耶離竹林　我壽在彼盡
當在竹林下　無餘般涅槃

佛說如是尊者阿那律陀及諸比丘聞佛所說歡喜奉行

長壽王品淨不動道經第四

我聞如是一時佛遊拘樓瘦在劒磨瑟曇拘樓都邑爾時世尊告諸比丘欲者無常虛僞妄言是妄言法則是幻化欺誑愚癡若現世欲及後世欲若現世色及後世色彼一切是魔境界則是魔餌因此令心生無量惡不善之法增伺瞋恚及鬭諍等謂聖弟子學時爲作障礙多聞聖弟子作如是觀世尊所說欲者無常虛僞妄言是妄言法則是幻化欺誑愚癡若現世欲及後世欲若現世色及後世色彼一切是魔境界則是魔餌因此令心生無量惡不善之法增伺瞋恚及鬭諍等謂聖弟子學時爲作障礙彼作是念我可得大心成就遊掩伏世間攝持其心若我得大心成

就遊掩伏世間攝持其心者如是心便不生無量惡不善之法增伺瞋恚及鬭諍等謂聖弟子學時爲作障礙彼以是行以是學如是修習而廣布便於處得心淨於處得心淨已比丘者或於此得入不動或以慧爲解彼於後時身壞命終因本意故必至不動是謂第一說淨不動道復次多聞聖弟子作如是觀若有色者彼一切四大及四大造四大者是無常法是苦是滅彼如是行如是學如是修習而廣布便於處得心淨於處得心淨已比丘者或於此得入不動或以慧爲解彼於後時身壞命終因本意故必至不動是謂第二說淨不動道復次多聞聖弟子作如是觀若現世欲及後世欲若現世色及後世色若現世欲想後世欲想若現世色想後世色想彼一切想是無常法是苦是滅彼於爾時必得不動想彼如是行如是學如是修習而廣布便於處得心淨於處得心淨已比丘者或於此得入不動或以慧爲解彼於後時身壞命終因本意故必至不動是謂第三說淨不動道復次多聞聖弟子作如是觀若現世欲想後世欲想若現世色想後世色想及不動想彼一切想是無常法是苦是滅彼於爾時得無所有處想彼如是行如是學如是修習而廣布便於處得心淨於處得心淨已比丘者或於此得入不動或以慧爲解彼於後時身壞命終因本意故必至不動是謂第一說淨無所有處道復次多聞聖弟子作如是觀此世空空於神神所有空有常空有恒空長存空不變易彼如是行如是學如是修習而廣

布便於處得心淨於處得心淨已比丘者或於此得入無所有處或以慧爲解彼於後時身壞命終因本意故必至無所有處是謂第二說淨無所有處道復次多聞聖弟子作如是觀我非爲他而有所爲亦非自爲而有所爲彼如是行如是學如是修習而廣布便於處得心淨於處得心淨已比丘者或於此得入無所有處或以慧爲解彼於後時身壞命終因本意故必至無所有處是謂第三說淨無所有處道復次多聞聖弟子作如是觀若現世欲及後世欲若現世色及後世色若現世欲想後世欲想若現世色想後世色想及不動想無所有處想彼一切想是無常法是苦是滅彼於爾時而得無想彼如是行如是學如是修習而廣布便於處得心淨於處得心淨已比丘者或於此得入無想或以慧爲解彼於後時身壞命終因本意故必至無想處是謂說淨無想道是時尊者阿難執拂侍佛於是尊者阿難叉手向佛白曰世尊若有比丘如是行無我無我所我當不有我所當不有若本有者便盡得捨世尊比丘行如是彼爲盡得般涅槃耶世尊告曰阿難此事不定或有得者或有不得尊者阿難白曰世尊比丘云何行不得般涅槃世尊告曰阿難若比丘如是行無我無我所我當不有我所當不有若本有者便盡得捨阿難若比丘樂彼捨著彼捨住彼捨者阿難比丘行如是必不得般涅槃尊者阿難白曰世尊比丘若有所受不得般涅槃耶世尊告曰阿難若比丘有所受者彼必不得般涅槃也尊者阿難白曰

世尊彼比丘爲何所受世尊告曰阿難行中有餘謂有想無想處於有中第一彼比丘受尊者阿難白曰世尊彼比丘受餘行耶世尊告曰阿難如是比丘受餘行也尊者阿難白曰世尊比丘云何行必得般涅槃世尊告曰阿難若比丘如是行無我無我所我當不有我所當不有若本有者便盡得捨阿難若比丘不樂彼捨不著彼捨不住彼捨者阿難比丘行如是必得般涅槃尊者阿難白曰世尊比丘若無所受必得般涅槃耶世尊告曰阿難若比丘無所受必得般涅槃爾時尊者阿難叉手向佛白曰世尊已說淨不動道已說淨無所有處道已說淨無想道已說無餘涅槃世尊云何聖解脫耶世尊告曰阿難多聞聖弟子作如是觀若現世欲及後世欲若現世色及後世色若現世欲想後世欲想若現世色想後世色想及不動想無所有處想無想想彼一切想是無常法是苦是滅是謂自已有若自已有者是生是老是病是死阿難若有此法一切盡滅無餘不復有者彼則無生無老病死聖如是觀若有者必是解脫法若有無餘涅槃者是名甘露彼如是觀如是見必得欲漏心解脫有漏無明漏心解脫解脫已便知解脫生已盡梵行已立所作已辦不更受有知如真阿難我今爲汝已說淨不動道已說淨無所有處道已說淨無想道已說無餘涅槃已說聖解脫如尊師所爲弟子起大慈哀憐念愍傷求義及饒益求安隱快樂者我今已作汝等當復自作至無事處至林樹下空安靜處燕坐思惟勿得放逸勤加

精進莫令後悔此是我之教勑是我訓誨佛說如是尊者阿難及諸比丘聞佛所說歡喜奉行

長壽王品郁伽支羅經第五

我聞如是一時佛遊郁伽支羅在恒水池岸爾時一比丘則於晡時從燕坐起往詣佛所稽首佛足却坐一面白曰世尊唯願爲我善略說法從世尊聞已在遠離獨住心無放逸修行精勤因在遠離獨住心無放逸修行精勤故族姓子所爲剃除鬚髮著袈裟衣至信捨家無家學道者唯無上梵行訖於現法中自知自覺自作證成就遊生已盡梵行已立所作已辦不更受有知如眞世尊告曰比丘當如是學令心得住在內不動無量善修復觀內身如身行極精勤立正念正智善自御心令離慳貪意無憂慼復觀外身如身行極精勤立正念正智善自御心令離慳貪意無憂慼復觀內外身如身行極精勤立正念正智善自御心令離慳貪意無憂慼比丘如是之定去時來時當善修習住時坐時臥時眠時覺時眠覺時亦當修習復次亦當修習有覺有觀定無覺少觀定修習無覺無觀定亦當修習喜共俱定樂共俱定定共俱定修習捨共俱定比丘若修此定極善修者比丘當復更修觀內覺如覺行極精勤立正念正智善自御心令離慳貪意無憂慼復觀外覺如覺行極精勤立正念正智善自御心令離慳貪意無憂慼復觀內外覺如覺行極精勤立正念正智善自御心令離慳貪意無憂慼比丘如此之定去時來時當善修習住時坐時

臥時眠時覺時眠覺時亦當修習復次亦當修習有覺有觀定無覺少觀定修習無覺無觀定亦當修習喜共俱定樂共俱定定共俱定修習捨共俱定比丘若修此定極善修者比丘當復更修觀內心如心行極精勤立正念正智善自御心令離慳貪意無憂慼復觀外心如心行極精勤立正念正智善自御心令離慳貪意無憂慼復觀內外心如心行極精勤立正念正智善自御心令離慳貪意無憂慼比丘如此之定去時來時當善修習住時坐時臥時眠時覺時眠覺時亦當修習復次亦當修習有覺有觀定無覺少觀定修習無覺無觀定亦當修習喜共俱定樂共俱定定共俱定修習捨共俱定比丘若修此定極善修習者比丘當復更修觀內法如法行極精勤立正念正智善自御心令離慳貪意無憂慼復觀外法如法行極精勤立正念正智善自御心令離慳貪意無憂慼復觀內外法如法行極精勤立正念正智善自御心令離慳貪意無憂慼比丘如此之定去時來時當善修習住時坐時臥時眠時覺時眠覺時亦當修習復次亦當修習有覺有觀定無覺少觀定修習無覺無觀定亦當修習喜共俱定樂共俱定定共俱定修習捨共俱定比丘若修此定極善修者比丘心當與慈俱遍滿一方成就遊如是二三四方四維上下普周一切心與慈俱無結無怨無恚無諍極廣甚大無量善修遍滿一切世間成就遊如是悲喜心與捨俱無結無怨無恚無諍極廣甚大無量善修遍滿一切世間成就遊比丘若汝修

習此定極善修者若遊東方必得安樂無衆苦患若遊南方西方北方者必得安樂無衆苦患比丘若汝修習此定極善修者我尚不說汝諸善法住況說衰退但當晝夜增長善法而不衰退比丘若汝修習此定極善修者汝於二果必得其一或於現世得究竟智或復有餘得阿那含於是彼比丘聞佛所說善受善持即從座起稽首佛足遶三帀而去受持佛教在遠離獨住心無放逸修行精勤因在遠離獨住心無放逸修行精勤故族姓子所為剃除鬚髮著袈裟衣至信捨家無家學道者唯無上梵行訖於現法中自知自覺自作證成就遊生已盡梵行已立所作已辦不更受有知如真彼尊者知法已至得阿羅訶

佛說如是彼諸比丘聞佛所說歡喜奉行

長壽王品娑雞帝三族姓子經第六

我聞如是一時佛遊娑雞帝在青林中爾時娑雞帝有三族姓子尊者阿那律陀尊者難提尊者金毗羅並皆年少新出家學共來入此正法不久爾時世尊問諸比丘此三族姓子並皆年少新出家學共來入此正法不久此三族姓子頗樂於此正法律中行梵行耶時諸比丘嘿然不答世尊復再三問諸比丘此三族姓子並皆年少新出家學共來入此正法不久此三族姓子頗樂於此正法律中行梵行耶時諸比丘亦復再三嘿然不答於是世尊自問三族姓子告尊者阿那律陀汝等三族姓子並皆年少新出家學共來入此正法不久阿那律陀汝等頗樂此正法律中行梵行耶尊者阿那律陀白曰世尊如是我

等樂此正法修行梵行世尊問曰阿那律陀汝等小時年幼童子清淨黑髮身體盛壯樂於遊戲樂數澡浴嚴愛其身於後親親及其父母共相愛戀悲泣啼哭不欲令汝出家學道汝等故能剃除鬚髮著袈裟衣至信捨家無家學道阿那律陀汝等不畏王而行學道亦不畏賊不畏負債不畏恐怖不畏貧窮不得活故而行學道但猒生老病死啼哭憂苦或復欲得大苦聚邊阿那律陀汝等不以如是心故出家學道耶答曰如是阿那律陀若族姓子以如是心出家學道者爲知所由得無量善法耶尊者阿那律陀白世尊曰世尊爲法本世尊爲法主法由世尊唯願說之我等聞已得廣知義佛便告曰阿那律陀汝等諦聽善思念之我當爲汝分別其義阿那律陀等受教而聽世尊告曰阿那律陀若爲欲所覆惡法所纏者不得捨樂無上止息彼心生增伺瞋恚睡眠心生不樂身生頻呻多食心憂彼比丘便不能忍飢渴寒熱蚊虻蠅蚤風日所逼惡聲捶杖亦不能忍身遇諸疾極爲苦痛至命欲絕諸不可樂皆不堪耐所以者何以爲欲所覆惡法所纏不得捨樂無上止息故若有離欲非爲惡法之所纏者必得捨樂及無上止息彼心不生增伺瞋恚睡眠心不生不樂身不生頻呻亦不多食心不愁憂彼比丘便能忍飢渴寒熱蚊虻蠅蚤風日所逼惡聲捶杖亦能忍之身遇諸疾極爲苦痛至命欲絕諸不可樂皆能堪耐所以者何以非爲欲所覆故不爲惡法之所纏故又得捨樂無上止息故世尊問曰阿那律陀如來

以何義故或有所除或有所用或有所堪或有所止或有所吐耶阿那律陀白世尊曰世尊爲法本世尊爲法主法由世尊唯願説之我等聞已得廣知義佛便告曰阿那律陀汝等諦聽善思念之我當爲汝分別其義阿那律陀等受教而聽世尊告曰阿那律陀諸漏穢汙爲當來有本煩熱苦報生老病死因如來非不盡非不知故或有所除或有所用或有所堪或有所止或有所吐阿那律陀如來但因此身故因六處故因壽命故或有所除或有所用或有所堪或有所止或有所吐阿那律陀如來以此義故或有所除或有所用或有所堪或有所止或有所吐世尊問曰阿那律陀如來以何義故住無事處山林樹下樂居高巖寂無音聲遠離無惡無有人民隨順燕坐耶尊者阿那律陀白世尊曰世尊爲法本世尊爲法主法由世尊唯願説之我等聞已得廣知義佛便告曰阿那律陀汝等諦聽善思念之我當爲汝分別其義阿那律陀等受教而聽世尊告曰阿那律陀如來非爲未得欲得未獲欲獲未證欲證故住無事處山林樹下樂居高巖寂無音聲遠離無惡無有人民隨順燕坐阿那律陀如來但以二義故住無事處山林樹下樂居高巖寂無音聲遠離無惡無有人民隨順燕坐一者爲自現法樂居故二者爲慈愍後生人故或有後生人效如是住無事處山林樹下樂居高巖寂無音聲遠離無惡無有人民隨順燕坐阿那律陀如來以此義故住無事處山林樹下樂居高巖寂無音聲遠離無惡無有人民隨順

燕坐世尊問曰阿那律陀如來以何義故弟子命終記說某生某處某生某處尊者阿那律陀白世尊曰世尊爲法本世尊爲法主法由世尊唯願說之我等聞已得廣知義佛便告曰阿那律陀汝等諦聽善思念之我當爲汝分別其義阿那律陀等受教而聽世尊告曰阿那律陀如來非爲趣爲人說亦不欺誑人亦不欲得人歡樂故弟子命終記說某生某處某生某處阿那律陀如來但爲清信族姓男族姓女極信極愛極生喜悅聞此正法律已或心願效如是如是故弟子命終記說某生某處某生某處若比丘聞某尊者於某處命終彼爲佛所記得究竟智生已盡梵行已立所作已辦不更受有知如真或自見彼尊者或復從他數數聞之彼尊者如是有信如是持戒如是博聞如是惠施如是智慧其人聞已憶彼尊者有信持戒博聞惠施智慧聞此正法律已或心願效如是如是阿那律陀如是比丘必得差降安樂住止阿那律陀復次比丘聞某尊者於某處命終彼爲佛所記五下分結已盡生於彼間而般涅槃得不退法不還此世或自見彼尊者或復從他數數聞之彼尊者如是有信如是持戒如是博聞如是惠施如是智慧其人聞已憶彼尊者有信持戒博聞惠施智慧聞此正法律已或心願效如是如是阿那律陀如是比丘必得差降安樂住止阿那律陀復次比丘聞某尊者於某處命終彼爲佛所記三結已盡婬怒癡薄得一往來天上人間一往來已而得苦際或自見彼尊者或復從他數數聞之彼尊

者如是有信如是持戒如是博聞如是惠施如是智慧其人聞已憶彼尊者有信持戒博聞惠施智慧聞此正法律已或心願效如是如是阿那律陀如是比丘必得差降安樂住止阿那律陀復次比丘聞某尊者於某處命終彼爲佛所記三結已盡得須陀洹不墮惡法定趣正覺極受七有天上人間七往來已而得苦際或自見彼尊者或復從他數數聞之彼尊者如是有信如是持戒如是博聞如是惠施如是智慧其人聞已憶彼尊者有信持戒博聞惠施智慧聞此正法律已或心願效如是如是阿那律陀如是比丘必得差降安樂住止阿那律陀若比丘尼聞某比丘尼於某處命終彼爲佛所記得究竟智生已盡梵行已立所作已辦不更受有知如眞或自見彼比丘尼或復從他數數聞之彼比丘尼如是有信如是持戒如是博聞如是惠施如是智慧其人聞已憶彼比丘尼有信持戒博聞惠施智慧聞此正法律已或心願效如是如是阿那律陀如是比丘尼必得差降安樂住止阿那律陀復次比丘尼聞某比丘尼於某處命終彼爲佛所記五下分結已盡生於彼間而般涅槃得不退法不還此世或自見彼比丘尼或復從他數數聞之彼比丘尼如是有信如是持戒如是博聞如是惠施如是智慧其人聞已憶彼比丘尼有信持戒博聞惠施智慧聞此正法律已或心願效如是如是阿那律陀如是比丘尼必得差降安樂住止阿那律陀復次比丘尼聞某比丘尼於某處命終彼爲佛所記三結已盡婬怒癡薄得

一往來天上人間一往來已而得苦際或自見彼比丘尼或復從他數數聞之彼比丘尼如是有信如是持戒如是博聞如是惠施如是智慧其人聞已憶彼比丘尼有信持戒博聞惠施智慧聞此正法律已或心願效如是如是阿那律陀如是比丘尼必得差降安樂住止阿那律陀復次比丘尼聞某比丘尼於某處命終彼爲佛所記三結已盡得須陀洹不墮惡法定趣正覺極受七有天上人間七往來已而得苦際或自見彼比丘尼或復從他數數聞之彼比丘尼如是有信如是持戒如是博聞如是惠施如是智慧其人聞已憶彼比丘尼有信持戒博聞惠施智慧聞此正法律已或心願效如是如是阿那律陀如是比丘尼必得差降安樂住止阿那律陀若優婆塞聞某優婆塞於某村命終彼爲佛所記五下分結已盡生於彼間而般涅槃得不退法不還此世或自見彼優婆塞或復從他數數聞之彼優婆塞如是有信如是持戒如是博聞如是惠施如是智慧其人聞已憶彼優婆塞有信持戒博聞惠施智慧聞此正法律已或心願效如是如是阿那律陀如是彼優婆塞必得差降安樂住止阿那律陀復次優婆塞聞某優婆塞於某村命終彼爲佛所記三結已盡婬怒癡薄得一往來天上人間一往來已而得苦際或自見彼優婆塞或復從他數數聞之彼處優婆塞如是有信如是持戒如是博聞如是惠施如是智慧其人聞已憶彼優婆塞有信持戒博聞惠施智慧聞此正法律已或心願效如是如是阿那律陀如

是彼優婆塞必得差降安樂住止阿那律陀
復次優婆塞聞其優婆塞於其村命終彼爲
佛所記三結已盡得須陀洹不墮惡法定趣
正覺極受七有天上人間七往來已而得苦
際或自見彼優婆塞或復從他數數聞之彼
優婆塞如是有信如是持戒如是博聞如是
惠施如是智慧其人聞已憶彼優婆塞有信
持戒博聞惠施智慧聞此正法律已或心願
效如是如是阿那律陀如是優婆塞必得差
降安樂住止阿那律陀若優婆私聞其優婆
私於其村命終彼爲佛所記五下分結已盡
生於彼間而般涅槃得不退法不還此世或
自見彼優婆私或復從他數數聞之彼優婆
私如是有信如是持戒如是博聞如是惠施
如是智慧其人聞已憶彼優婆私有信持戒

博聞惠施智慧聞此正法律已或心願效如
是如是阿那律陀如是優婆私必得差降安
樂住止阿那律陀復次優婆私聞其優婆私
於其村命終彼爲佛所記三結已盡婬怒癡
薄得一往來天上人間一往來已而得苦際
或自見彼優婆私或復從他數數聞之彼優
婆私如是有信如是持戒如是博聞如是惠
施如是智慧其人聞已憶彼優婆私有信持
戒博聞惠施智慧聞此正法律已或心願效
如是如是阿那律陀如是優婆私必得差降
安樂住止阿那律陀復次優婆私聞其優婆
私於其村命終彼爲佛所記三結已盡得須
陀洹不墮惡法定趣正覺極受七有天上人
間七往來已而得苦際或自見彼優婆私或
復從他數數聞之彼處優婆私如是有信如

是持戒如是博聞如是惠施如是智慧其人聞已憶彼優婆私有信持戒博聞惠施智慧聞此正法律已或心願效如是如是阿那律陀如是優婆私必得差降安樂住止阿那律陀如來以此義故弟子命終記說某生某處某生某處佛說如是尊者阿那律陀及諸比丘聞佛所說歡喜奉行

中阿含經卷第十八

音釋

械籠 械古咸切籠盧谷切並篋也 餚饌 餚胡交切凡非穀而食曰餚饌士戀切具食也 縠 胡谷切縐紗也

中阿含經卷第十九

東晉罽賓三藏瞿曇僧伽提婆譯

長壽王品梵天請佛經第七

我聞如是。一時佛遊舍衛國，在勝林給孤獨園。爾時有一梵天住梵天上，生如是邪見：此處有常，此處恒有，此處長存，此處是要，此處不終法，此處出要，此出要更無出要過其上，有勝有妙有最者。於是世尊以他心智知彼梵天心之所念，即入如其像定，以如其像定，猶若力士屈伸臂頃，於舍衛國勝林給孤獨園忽沒不現，往梵天上。時彼梵天見世尊來，即請世尊：善來大仙人！此處有常，此處恒有，此處長存，此處是要，此處不終法，此處出要，此出要更無出要過其上，有勝有妙有最者。於是世尊告曰：梵天！汝無常稱說常，不恒稱說恒，不存稱說存，不要稱說要，終法稱說不終法，非出要稱說出要，此出要更無出要過其上，有勝有妙有最者。梵天！汝有是無明，梵天！汝有是無明。時魔波旬在彼衆中，於是魔波旬語世尊曰：比丘！莫違此梵天所說，莫逆此梵天所說。比丘！若汝違此梵天所說，逆此梵天所說者，是爲比丘猶如有人吉祥事來而排却之。比丘所說亦復如是。是故比丘我語汝：莫違此梵天所說，莫逆此梵天所說。比丘！若汝違此梵天所說，逆此梵天所說者，是爲比丘猶如有人從山上墮，雖以手足捫摸於空而無所得。比丘所說亦復如是。是故比丘我語汝：莫違此梵天所說，莫逆此梵天所說。比丘！若汝違此梵天所說，逆此梵天所說者，是爲比丘猶如有人從樹上墮，雖以手足

捫摸枝葉而無所得比丘所說亦復如是是故比丘我語汝莫違此梵天所說莫逆此梵天所說所以者何此梵天梵福祐能化最尊能作能造是父已有當有一切衆生皆從是生此所知盡知所見盡見大仙人若有沙門梵志憎惡他毀呰他者彼身壞命終必生餘下賤妓樂神中如是水火風神天生主憎惡梵天毀呰梵天者彼身壞命終必生餘下賤妓樂神中大仙人若有沙門梵志愛樂他稱漢他者彼身壞命終必生最上尊梵天中如是水火風神天生主愛樂梵天稱嘆梵天者彼身壞命終必生最上尊梵天中大仙人汝不見此梵天大眷屬坐如我輩耶彼魔波旬非是梵天亦非梵天眷屬然自稱說我是梵天爾時世尊便作是念此魔波旬非是梵天亦非梵天眷屬然自稱說我是梵天若說有魔波旬者此即是魔波旬世尊知已告曰魔波旬汝非梵天亦非梵天眷屬然汝自稱說我是梵天若說有魔波旬者汝即是魔波旬於是魔波旬而作是念世尊知我善逝見我知已愁憂即於彼處忽沒不現時彼梵天至再三請世尊善來大仙人此處有常此處恒有此處長存此處是要此處不終法此處出要此出要更無出要過其上有勝有妙有最者世尊亦至再三告曰梵天汝無常稱說常不恒稱說恒不存稱說存不要稱說要終法稱說不終法非出要稱說出要此出要更無出要過其上有勝有妙有最者梵天汝有是無明梵天汝有是無明於是梵天白世尊曰大仙人昔有沙門梵志壽命極長存住極久

大仙人汝壽至短不如彼沙門梵志一燕坐頃所以者何彼所知盡知所見盡見若實有出要者更無餘出要過其上有勝有妙有最者若無有實出要者更無餘出要過其上有勝有妙有最者大仙人汝於出要不出要想不出要出要想如是汝不得出要便成大癡所以者何以無境界故大仙人若有沙門梵志愛樂他稱嘆他者彼爲我自在爲隨我所欲爲隨我所使如是水火風神天生主愛樂梵天稱嘆梵天者彼爲我自在爲隨我所欲爲隨我所使大仙人若汝愛樂他稱嘆他者汝亦爲我自在爲隨我所欲爲隨我所使如是水火風神天生主愛樂梵天稱嘆梵天者汝亦爲我自在爲隨我所欲爲隨我所使於是世尊告曰梵天如是梵天所說眞諦若有沙門梵志愛樂他稱嘆他者彼爲汝自在爲隨汝所欲爲隨汝所使如是水火風神天生主愛樂梵天稱嘆梵天者彼爲汝自在爲隨汝所欲爲隨汝所使梵天若我愛樂他稱嘆他者我亦爲汝自在爲隨汝所欲爲隨汝所使如是水火風神天生主愛樂梵天稱嘆梵天者我亦爲汝自在爲隨汝所欲爲隨汝所使梵天若此八事我隨其事愛樂稱嘆者彼亦有如是梵天我知汝所從來處所往至處隨所住隨所終隨所生若有梵天有大如意足有大威德有大福祐有大威神於是梵天白世尊曰大仙人汝云何知我所知見我所見云何悉識我如日自在明照諸方是爲千世界於千世界中汝得自在耶知彼彼處無有晝夜大仙人曾經歷彼數經歷彼耶世尊

告曰梵天知曰自在明照諸方是爲千世界於千世界中我得自在亦知彼彼處無有晝夜梵天我曾經歷彼我數經歷彼梵天有三種天光天淨光天遍淨光天梵天若彼三種天有知有見者我亦有彼知見梵天若彼三種天無知無見者我亦自有知見梵天若彼三種天及眷屬有知有見者我亦有彼知見梵天若彼三種天及眷屬無知無見者我亦自有知見梵天若汝有知有見者我亦有此知見梵天若汝無知見者我亦自有知見梵天若汝及眷屬有知有見者我亦有此知見梵天若汝及眷屬無知無見者我亦自有知見梵天汝不與我一切等不與我盡等但我於汝最勝最上於是梵天白世尊曰大仙人何由得彼三種天有知有見者汝亦有彼知見若彼三種天無知無見者汝亦自有知見若彼三種天及眷屬有知有見者汝亦有彼知見若彼三種天及眷屬無知無見者汝亦自有知見若我有知有見者汝亦有此知見若我無知無見者汝亦自有知見若我及眷屬有知有見者汝亦有此知見若我及眷屬無知無見者汝亦自有知見大仙人非爲愛言耶問已不知增益愚癡所以者何以識無量境界故無量知無量見無量種別我各各知別是地知地水火風神天生主是梵天知梵天於是世尊告曰梵天若有沙門梵志於地有地想地是我地是我所我是地所彼計地是我已便不知地如是於水火風神天生主梵天無煩無熱於淨有淨想淨是我淨是我所我是淨所彼計淨是我已便不知淨梵

天若有沙門梵志地則知地地非是我地非我所我非地所彼不計地是我已彼便知地如是水火風神大生主梵天無煩無熱淨則知淨淨非是我淨非我所我非淨所彼不計淨是我已彼便知淨梵天我於地則知地地非是我地非我所我非地所我不計地是我已我便知地如是水火風神天生主梵天無煩無熱淨則知淨淨非是我淨非我所我非淨所我不計淨是我已我便知淨於是梵天白世尊曰大仙人此衆生愛有樂有習有汝已拔有根本所以者何謂如來無所著等正覺故便說頌曰

於有見恐怖　無有見不懼　是故莫樂有
有何可不斷

大仙人我今欲自隱形世尊告曰梵天汝若欲自隱形者便隨所欲於是梵天即隨所處自隱其形世尊即知梵天汝在彼汝在此汝在中於是梵天盡現如意欲自隱形而不能隱還住梵天中於是世尊告曰梵天我今亦欲自隱其形梵天白世尊曰大仙人若欲自隱形者便隨所欲於是世尊而作是念我今寧可現如其像如意足放極妙光明照一切梵天而自隱住使諸梵天及梵天眷屬但聞我聲而不見形於是世尊即現如其像如意足放極妙光明照一切梵天便自隱住使諸梵天及梵天眷屬但聞其聲而不見其形於是梵天及梵天眷屬各作是念沙門瞿曇甚奇甚特有大如意足有大威德有大福祐有大威神所以者何謂放極妙光明照一切梵天而自隱住使我等及眷屬但聞彼聲而不

見形於是世尊復作是念我已化此梵天及梵天眷屬我今寧可攝如意足世尊便攝如意足還住梵天中於是魔王亦至再三在彼衆中爾時魔王白世尊曰大仙人善見善知善達然莫訓誨教呵弟子亦莫爲弟子說法莫著弟子莫爲著弟子故身壞命終生餘下賤妓樂神中行無爲於現世受安樂所以者何大仙人此唐自煩勞大仙人昔有沙門梵志訓誨弟子教呵弟子亦爲弟子說法樂著弟子彼以著弟子故身壞命終生餘下賤妓樂神中大仙人是故我語汝莫得訓誨教呵弟子亦莫爲弟子說法莫著弟子莫爲著弟子故身壞命終生餘下賤妓樂神中行無爲於現世受安樂所以者何大仙人汝唐自煩勞於是世尊告曰魔波旬汝不爲我求義故說非爲饒益故非爲樂故非爲安隱故莫得訓誨教呵弟子莫爲弟子說法莫著弟子莫爲著弟子故身壞命終生餘下賤妓樂神中行無爲於現世受安樂所以者何大仙人汝唐自煩勞魔波旬汝作是念此沙門瞿曇爲弟子說法彼弟子聞法已出我境界魔波旬是故汝今語我莫得訓誨教呵弟子亦莫爲弟子說法莫著弟子莫爲著弟子故身壞命終生餘下賤妓樂神中行無爲於現世受安樂所以者何大仙人汝唐自煩勞魔波旬若有沙門梵志訓誨弟子教呵弟子爲弟子說法樂著弟子爲著弟子故身壞命終生餘下賤妓樂神中彼沙門梵志彼非沙門稱說沙門非梵志稱說梵志非阿羅訶稱說阿羅訶非等正覺稱說等正覺魔波旬我實沙門稱

說沙門實梵志稱說梵志實阿羅訶稱說阿羅訶實等正覺稱說等正覺魔波旬若我爲弟子說法若不說者汝且自去我今自知應爲弟子說法不應爲弟子說法是爲梵天請魔波旬違逆世尊隨順說是故此經名梵天請佛佛說如是梵天及梵天眷屬聞佛所說歡喜奉行

長壽王品有勝天經第八

我聞如是一時佛遊舍衛國在勝林給孤獨園於是仙餘財主告一使人汝往詣佛爲我稽首禮世尊足問訊世尊聖體康强安快無病起居輕便氣力如常耶作如是語仙餘財住稽首佛足問訊世尊聖體康强安快無病起居輕便氣力如常耶汝既爲我問訊佛已往詣尊者阿那律陀所爲我稽首禮彼足已問訊尊者聖體康强安快無病起居輕便氣力如常不作如是語仙餘財主稽首尊者阿那律陀足問訊尊者聖體康强安快無病起居輕便氣力如常不仙餘財主請尊者阿那律陀四人俱共明日食若受請者復作是語尊者阿那律陀仙餘財主多事多爲爲王衆事料理臣佐唯願尊者阿那律陀爲慈愍故與四人俱明日早來至仙餘財主家於是使人受仙餘財主教已往詣佛所稽首禮足却住一面白曰世尊仙餘財主稽首佛足問訊世尊聖體康强安快無病起居輕便氣力如常耶爾時世尊告使人曰令仙餘財主安隱快樂令天及人阿修羅揵塔和羅刹及餘種種身安隱快樂於是使人聞佛所說善受善持稽首佛足遶三帀而去往詣尊者阿那律

陀所稽首禮足却坐一面白曰尊者阿那律陀仙餘財主稽首尊者阿那律陀足問訊尊者聖體康强安快無病起居輕便氣力如常不仙餘財主請尊者阿那律陀四人俱共明日食是時尊者眞迦旃延去尊者阿那律陀不遠而燕坐也於是尊者阿那律陀告曰賢者迦旃延我向所道明日我等爲乞食故入舍衛國正謂此也今仙餘財主遣人請我等四人共明日食尊者眞迦旃延即時白曰願尊者阿那律陀爲彼人故嘿然受請我等明日出此闇林爲乞食故入舍衛國尊者阿那律陀爲彼人故嘿然而受於是使人知尊者阿那律陀嘿然受已尋復白曰仙餘財主白尊者阿那律陀仙餘財主多事多爲爲王衆事料理臣佐願尊者阿那律陀爲慈愍故與四人俱明日早來至仙餘財主家尊者阿那律陀告使人曰汝便還去我自知時於是使人即從坐起稽首作禮遶三帀而去於是尊者阿那律陀過夜平旦著衣持鉢四人共俱往詣仙餘財主家爾時仙餘財主婇女圍遶住中門下待尊者阿那律陀仙餘財主遥見尊者阿那律陀來見已叉手向尊者阿那律陀讚曰善來尊者阿那律陀尊者阿那律陀久不來此於是仙餘財主敬心扶抱尊者阿那律陀將入家中爲敷好牀請使令坐尊者阿那律陀即坐其牀仙餘財主稽首尊者阿那律陀足却坐一面坐已白曰尊者阿那律陀欲有所問唯願見聽尊者阿那律陀告曰財主隨汝所問聞已當思仙餘財主便問尊者阿那律陀或有沙門梵志來至我所語我

財主汝當修大心解脫尊者阿那律陀復有沙門梵志來至我所語我財主汝當修無量心解脫尊者阿那律陀大心解脫無量心解脫此二解脫爲文異義異耶爲一義文異耶尊者阿那律陀告曰財主汝前問此事先自答我當後答仙餘財主白曰尊者阿那律陀大心解脫無量心解脫此二解脫一義文異仙餘財主不能答此事尊者阿那律陀告曰財主當聽我爲汝說大心解脫無量心解脫大心解脫者若有沙門梵志在無事處或至樹下空安靜處依一樹意解大心解脫遍滿成就遊彼齊限是心解脫不過是若不依一樹者當依二三樹意解大心解脫遍滿成就遊彼齊限是心解脫不過是若不依二三樹者當依一林若不依一林當依二三林若不依二三林者當依一村若不依一村者當依二三村若不依二三村者當依一國若不依一國者當依二三國若不依二三國者當依此大地乃至大海意解大心解脫遍滿成就遊彼齊限是心解脫不過是是謂大心解脫財主云何無量心解脫若有沙門梵志在無事處或至樹下空安靜處心與慈俱遍滿一方成就遊如是二三四方四維上下普周一切心與慈俱無結無怨無恚無諍極廣甚大無量善修遍滿一切世間成就遊如是悲喜心與捨俱無結無怨無恚無諍極廣甚大無量善修遍滿一切世間成就遊是謂無量心解脫財主大心解脫無量心解脫此二解脫爲義異文異爲一義文異耶仙餘財主白尊者阿那律陀曰如我從尊聞則解其義此二

解脱義既異文亦異尊者阿那律陀告曰財主有三種天光天淨光天遍淨光天於中光天者彼生在一處不作是念此我所有彼我所有但光天隨其所往即樂彼中財主猶如蠅在肉段不作是念此我所有彼我所有但蠅隨肉段去即樂彼中如是彼光天不作是念此我所有彼我所有但光天隨其所往即樂彼中有時光天集在一處雖身有異而光不異財主猶如有人然無量燈著一室中彼燈雖異而光不異如是彼光天集在一處雖身有異而光不異有時光天各自散去彼各散去時其身既異光明亦異財主猶如有人從一室中出衆多燈分著諸室彼燈即異光明亦異如是彼光天各自散去彼各散去時其身既異光明亦異於是尊者眞迦旃延白曰尊者阿那律陀彼光天生在一處可知有勝如妙不妙耶尊者阿那律陀答曰賢者迦旃延可説彼光天生在一處知有勝如妙與不妙尊者眞迦旃延復問曰尊者阿那律陀彼光天生在一處何因何緣知有勝如妙與不妙耶尊者阿那律陀答曰賢者迦旃延若有沙門梵志在無事處或至樹下空安靜處依一樹意解作光天想成就遊心作光明想極盛彼齊限是心解脱不過是若不依一樹者或依二三樹意解作光天想成就遊心作光明想極盛彼齊限是心解脱不過是賢者迦旃延此二心解脱何解脱爲上爲勝爲妙爲最耶尊者眞迦旃延答曰尊者阿那律陀若有沙門梵志不依一樹者或依二三樹意解作光天想成就遊心作光明想極盛彼齊

限是心解脱不過是尊者阿那律陀二解脱中此解脱爲上爲勝爲妙爲最尊者阿那律陀復問曰賢者迦旃延若不依二三樹者或依一林若不依一林者或依二三林若不依二三林者或依一村若不依一村者或依二三村若不依二三村者或依一國若不依一國者或依二三國若不依二三國者或依此大地乃至大海意解作光天想成就遊心作光明想極盛彼齊限是心解脱不過是賢者迦旃延此二解脱何解脱爲上爲勝爲妙爲最尊者眞迦旃延答曰尊者阿那律陀若有沙門梵志不依二三樹者或依一林若不依一林者或依二三林若不依二三林者或依一村若不依一村者或依二三村若不依二三村者或依一國若不依一國者或依二三國若不依二三國者或依此大地乃至大海意解作光天想成就遊心作光明想極盛彼齊限是心解脱不過是尊者阿那律陀二解脱中此解脱爲上爲勝爲妙爲最尊者阿那律陀告曰迦旃延因是緣是彼光天生在一處知有勝如妙與不妙所以者何因人心勝如故修便有精麤因修有精麤故得人則有勝如賢者迦旃延世尊亦如是說人有勝如尊者眞迦旃延復問曰尊者阿那律陀彼淨光天生在一處可知有勝如妙與不妙耶尊者阿那律陀答曰賢者迦旃延可說彼淨光天生在一處知有勝如妙與不妙尊者眞迦旃延復問曰尊者阿那律陀彼淨光天生在一處何因何緣知有勝如妙與不妙耶尊者阿那律陀答曰賢者迦旃延若有沙門梵志

在無事處或至樹下空安靜處意解淨光天遍滿成就遊彼此定不修不習不廣不極成就彼於後時身壞命終生淨光天中彼生已不得止息不得極寂靜亦不得盡壽訖賢者迦旃延猶青蓮華紅赤白蓮水生水長在水底時爾時根莖葉華彼一切水漬水澆水所潤無處不漬賢者迦旃延若有沙門梵志在無事處或至樹下空安靜處意解淨光天遍滿成就遊彼此定不修不習不廣不極成就彼身壞命終生淨光天中彼生天已不得止息不得極寂靜亦不得盡壽訖賢者迦旃延復有沙門梵志意解淨光天遍滿成就遊彼此定數修數習數廣極成就彼身壞命終生淨光天中彼生已得極止息得極寂靜亦得壽盡訖賢者迦旃延猶青蓮華紅赤白蓮

水生水長出水上住水所不汙賢者迦旃延如是復有沙門梵志在無事處或至樹下空安靜處意解淨光天遍滿成就遊彼此定數修數習數廣極成就彼身壞命終生淨光天中彼生已得極止息得極寂靜亦得壽盡訖賢者迦旃延因是緣是彼淨光天生在一處知有勝如妙與不妙所以者何因人心勝如故修便有精麤因修有精麤故得人則有勝如賢者迦旃延世尊亦如是說人有勝如尊者眞迦旃延復問曰尊者阿那律陀彼遍淨光天生在一處可知有勝如妙與不妙耶尊者阿那律陀答曰賢者迦旃延可說彼遍淨光天生在一處知有勝如妙與不妙尊者眞迦旃延復問曰尊者阿那律陀彼遍淨光天生在一處何因何緣知有勝如妙與不妙耶

尊者阿那律陀答曰賢者迦旃延若有沙門梵志在無事處或至樹下空安靜處意解遍淨光天遍滿成就遊彼不極止睡眠不善息掉悔彼於後時身壞命終生遍淨光天中彼生已光不極淨賢者迦旃延譬如然燈因緣油炷若油有滓炷復不淨因是燈光生不明淨賢者迦旃延如是若有沙門梵志在無事處或至樹下空安靜處意解遍淨光天遍滿成就遊彼不極止睡眠不善息掉悔彼身壞命終生遍淨光天中彼生已光不極淨賢者迦旃延復有沙門梵志在無事處或至樹下空安靜處意解遍淨光天遍滿成就遊彼極止睡眠善息掉悔彼身壞命終生遍淨光天中彼生已光極明淨賢者迦旃延譬如然燈因緣油炷若油無滓炷復極淨因是燈光生

極明淨賢者迦旃延如是復有沙門梵志在無事處或至樹下空安靜處意解遍淨光天遍滿成就遊彼極止睡眠善息掉悔彼身壞命終生遍淨光天中彼生已光極明淨賢者迦旃延因是緣是彼遍淨光天生在一處知有勝如妙與不妙所以者何因人心勝如故修便有精麤因修有精麤故得人則有勝如賢者迦旃延世尊亦如是說人有勝如於是尊者真迦旃延歎仙餘財主曰善哉善哉財主汝爲我等多所饒益所以者何初問尊者阿那律陀有勝天我等未曾從尊者阿那律陀聞如是義是謂彼天有彼天如是彼天於是尊者阿那律陀告曰賢者迦旃延多有彼天謂此日月如是有大如意足有大威德有大福祐有大威神以光不及光彼與我集共

相慰勞有所論說有所答對然我不如是說是謂彼天有彼天如是彼天爾時仙餘財主知彼尊者所說已訖即從座起自行澡水以極淨美種種豐饒食噉含消手自斟酌令得飽滿食訖舉器行澡水已取一小牀別坐聽法仙餘財主坐已尊者阿那律陀而爲說法勸發渴仰成就歡喜無量方便爲彼說法勸發渴仰成就歡喜已從座起去尊者阿那律陀所說如是仙餘財主及諸比丘聞尊者阿那律陀所說歡喜奉行

長壽王品迦絺那經第九

我聞如是一時佛遊舍衛國在勝林給孤獨園爾時尊者阿那律陀亦在舍衛國住娑羅邏巖山中於是尊者阿那律陀過夜平旦著衣持鉢入舍衛乞食尊者阿難亦復平旦著衣持鉢入舍衛乞食尊者阿那律陀見尊者阿難亦行乞食見已語曰賢者阿難當知我三衣麤素壞盡賢者今可倩諸比丘爲我作衣尊者阿難爲尊者阿那律陀嘿然許倩於是尊者阿難舍衛乞食訖食訖中後收舉衣鉢澡洗手足以尼師壇著於肩上手執戶鑰遍諸房房見諸比丘便語之曰諸尊今往詣娑羅邏巖山中爲尊者阿那律陀作衣於是諸比丘聞尊者阿難語皆往詣娑羅邏巖山中爲尊者阿那律陀作衣於是世尊見尊者阿難手執戶鑰遍詣房房見已問曰阿難汝以何事手執戶鑰遍詣房房尊者阿難白曰世尊我今倩諸比丘爲尊者阿那律陀作衣世尊告曰阿難汝何以故不倩如來爲阿那律陀比丘作衣於是尊者阿難即叉手向佛

白世尊曰唯願世尊往詣娑羅邏巖山中爲尊者阿那律陀作衣世尊爲尊者阿難嘿然而許於是世尊將尊者阿難往詣娑羅邏巖山中比丘衆前敷座而坐爾時娑羅邏巖山中有八百比丘及世尊共集坐爲尊者阿那律陀作衣彼時尊者大目揵連亦在衆中於是世尊告曰目揵連我能爲阿那律陀舒張衣裁割截連綴而縫合之爾時尊者大目揵連即從座起偏袒著衣叉手向佛白世尊曰唯願世尊爲賢者阿那律陀舒張衣裁諸比丘當共割截連綴縫合於是世尊即爲尊者阿那律陀舒張衣裁諸比丘便共割截連綴縫合即彼一日爲尊者阿那律陀成三衣訖爾時世尊知尊者阿那律陀三衣已成則便告曰阿那律陀汝爲諸比丘說迦絺那法我

今腰痛欲小自息尊者阿那律陀白曰唯然世尊於是世尊四疊優多羅僧以敷牀上襞僧伽梨作枕右脇而卧足足相累作光明想立正念正智常作起想彼時尊者阿那律陀告諸比丘諸賢我本未出家學道時猒生老病死啼哭懊惱悲泣憂慼欲斷此大苦聚諸賢我猒已而作是觀居家至狹塵勞之處出家學道發露曠大我今在家爲鎖所鎖不得盡形壽修諸梵行我寧可捨少財物及多財物捨少親族及多親族剃除鬚髮著袈裟衣至信捨家無家學道諸賢我於後時捨少財物及多財物捨少親族及多親族剃除鬚髮著袈裟衣至信捨家無家學道諸賢我出家學道捨族姓已受比丘學修行禁戒守護從解脫又復善攝威儀禮節見纖芥罪常懷畏

怖受持學戒諸賢我離殺斷殺棄捨刀杖有慙有愧有慈悲心饒益一切乃至蜫蟲我於殺生淨除其心諸賢我離不與取斷不與取與而後取樂於與取常好布施歡喜無悋不望其報我於不與取淨除其心諸賢我離非梵行斷非梵行勤修梵行精勤妙行清淨無穢離欲斷婬我於非梵行淨除其心諸賢我離妄言斷妄言眞諦言樂眞諦住眞諦不移動一切可信不欺世間我於妄言淨除其心諸賢我離兩舌斷兩舌行不兩舌不破壞他不聞此語彼欲破壞此不聞彼語此欲破壞彼離者欲合合者歡喜不作群黨不樂群黨不稱說群黨我於兩舌淨除其心諸賢我離麤言斷麤言若有所言辭氣麤獷惡聲逆耳衆所不喜衆所不愛使他苦惱令不得定斷如是言若有所說清和柔潤順耳入心可喜可愛使他安樂言聲具了不使人畏令他得定說如是言我於麤言淨除其心諸賢我離綺語斷綺語時說眞說法說義說止息說樂止息說事順時得宜善教善訶我於綺語淨除其心諸賢我離治生斷治生棄捨稱量及斗斛不受財貨不縛束人不望折斗量不以小利侵欺於人我於治生淨除其心諸賢我離受寡婦童女斷受寡婦童女我於受寡婦童女淨除其心諸賢我離受奴婢斷受奴婢我於受奴婢淨除其心諸賢我離受象馬牛羊斷受象馬牛羊我於受象馬牛羊淨除其心諸賢我離受雞猪斷受雞猪我於受雞猪淨除其心諸賢我離受田業店肆斷受田業店肆我於受田業店肆淨除其心諸賢我離

受生稻麥豆斷受生稻麥豆我於受生稻麥豆淨除其心諸賢我離酒斷酒我於飲酒淨除其心諸賢我離高廣大牀斷高廣大牀我於高廣大牀淨除其心諸賢我離華鬘瓔珞塗香脂粉斷華鬘瓔珞塗香脂粉我於華鬘瓔珞塗香脂粉淨除其心諸賢我離歌舞倡妓及往觀聽斷歌舞倡妓及往觀聽我於歌舞倡妓及往觀聽淨除其心諸賢我離受生色像寶斷受生色像寶我於受生色像寶淨除其心諸賢我離過中食斷過中食一食不夜食學時食我於過中食淨除其心諸賢我已成就此聖戒聚當復學極知足衣取覆形食取充軀隨所遊至與衣鉢俱行無顧戀猶如鷹鳥與兩翅俱飛翔空中諸賢我亦如是隨所遊至與衣鉢俱行無顧戀諸賢我已成就此聖戒聚及極知足當復學守護諸根常念閉塞念欲明達守護念心而得成就恒起正知若眼見色然不受相亦不味色謂忿諍故守護眼根心中不生貪伺憂慼惡不善法趣向彼故守護眼根如是耳鼻舌身若意知法然不受相不味法謂忿諍故守護意根心中不生貪伺憂慼惡不善法趣向彼故守護意根諸賢我已成就此聖戒聚及極知足守護諸根當復學正知出入善觀分别屈伸低仰儀容庠序善著僧伽黎及諸衣鉢行住坐卧眠覺語嘿皆正知之諸賢我已成就此聖戒聚及極知足守護諸根正知出入當復學獨住遠離在無事處或至樹下空安靜處山巖石室露地穰積或至林中或在塚間諸賢我已在無事處或至樹下空安靜處敷尼師

壇結跏趺坐正身正願反念不向斷除貪伺心無有諍見他財物諸生活具不起貪伺欲令我得我於貪伺淨除其心如是瞋恚睡眠掉悔斷疑度惑於諸善法無有猶豫我於疑惑淨除其心諸賢我已斷此五蓋心穢慧羸離欲離惡不善之法至得第四禪成就遊諸賢我已得如是定心清淨無穢無煩柔輭善住得不動心學如意足智通作證諸賢我得無量如意足謂分一爲衆合衆爲一一則住一有知有見不礙石壁猶如行空沒地如水履水如地結跏趺坐上昇虛空猶如鳥翔今此日月有大如意足有大威德有大福祐有大威神以手捫摸身至梵天諸賢我已得如是定心清淨無穢無煩柔輭善住得不動心學天耳智通作證諸賢我以天耳聞人非人音聲近遠妙與不妙諸賢我以得如是定心清淨無穢無煩柔輭善住得不動心學他心智通作證諸賢我爲他衆生所念所思所爲所行以他心智知他心如眞有欲心知有欲心如眞無欲心知無欲心如眞有恚無恚有癡無癡有穢無穢合散高下小大修不修定不定不解脫心知不解脫心如眞解脫心知解脫心如眞諸賢我以得如是定心清淨無穢無煩柔輭善住得不動心學憶宿命智通作證諸賢有行有相貌憶本無量昔所經歷謂一生二生百生千生成劫敗劫無量成敗劫彼衆生名其彼昔更歷我曾生彼如是姓如是字如是生如是飲食如是受苦樂如是長壽如是久住如是壽命訖此死生彼彼死生此我生在此如是姓如是字如是生如是

飲食如是受苦樂如是長壽如是久住如是壽命訖諸賢我已得如是定心清淨無穢無煩柔輭善住得不動心學生死智通作證諸賢我已清淨天眼出過於人見此衆生死時生時好色惡色妙與不妙往來善處及不善處隨此衆生之所作業見其如眞若此衆生成就身惡行口意惡行誹謗聖人邪見成就邪見業彼因緣此身壞命終必至惡處生地獄中若此衆生成就身妙行口意妙行不誹謗聖人正見成就正見業彼因緣此身壞命終必昇善處上生天中諸賢我已得如是定心清淨無穢無煩柔輭善住得不動心學漏盡智通作證諸賢我知此苦如眞知此苦集知此苦滅知此苦滅道如眞知此漏知此漏集知此漏滅知此漏滅道如眞彼如是知如是見欲漏心解脱有漏無明漏心解脱解脱已便知解脱生已盡梵行已立所作已辦不更受有知如眞諸賢若有比丘犯戒破戒缺戒穿戒穢戒黑戒者欲依戒立戒以戒爲梯昇無上慧堂正法閣者終無是處諸賢猶去村不遠有樓觀堂閣其中安梯或施十隥或十二隥若有人來求願欲得昇彼堂閣若不登此梯第一隥上欲登第二隥者終無是處若不登第二隥欲登第三四至昇堂閣者終無是處諸賢如是若有比丘犯戒破戒缺戒穿戒穢戒黑戒者欲依戒立戒以戒爲梯昇無上慧堂正法閣者終無是處諸賢若有比丘不犯戒破戒缺戒穿戒穢戒黑戒者欲依戒立戒以戒爲梯昇無上慧堂正法閣者必有是處諸賢猶去村不遠有樓觀堂閣其中

安梯或施十隥或十二隥若有人來求願欲得昇彼堂閣若登此梯第一隥上欲登第二隥者必有是處若登第二隥欲登第三四至昇堂閣者必有是處諸賢如是若有比丘不犯戒破戒缺戒穿戒穢戒黑戒者欲依戒立戒以戒爲梯昇無上慧堂正法閣者必有是處諸賢我依戒立戒以戒爲梯昇無上慧堂正法之閣以小方便觀千世界諸賢猶有目人住高樓上以小方便觀下露地見千土墩諸賢我亦如是依戒立戒以戒爲梯昇無上慧堂正法之閣以小方便觀千世界諸賢若王大象或有七寶或復減八以多羅葉覆之如我覆藏於此六通諸賢若於我如意足智通作證有疑惑者彼應問我我當答之諸賢若於我天耳智通作證有疑惑者彼應問我我當答之諸賢若於我他心智通作證有疑惑者彼應問我我當答之諸賢若於我宿命智通作證有疑惑者彼應問我我當答之諸賢若於我生死智通作證有疑惑者彼應問我我當答之諸賢若於我漏盡智通作證有疑惑者彼應問我我當答之於是尊者阿難白曰尊者阿那律陀今娑羅邏巖山集坐八百比丘及世尊在中爲尊者阿那律陀作衣若於尊者阿那律陀如意足智通作證有疑惑者彼當問之尊者阿那律陀答若於尊者阿那律陀天耳智通作證有疑惑者彼當問之尊者阿那律陀答若於尊者阿那律陀他心智通作證有疑惑者彼當問之尊者阿那律陀答若於尊者阿那律陀宿命智通作證有疑惑者彼當問之尊者阿那律陀答若於

尊者阿那律陀生死智通作證有疑惑者彼當問之尊者阿那律陀答若於尊者阿那律陀漏盡智通作證有疑惑者彼當問之尊者阿那律陀答但我等長夜以心識尊者阿那律陀心如尊者阿那律陀有大如意足有大威德有大福祐有大威神於是世尊所患已除而得安隱即時便起結跏趺坐世尊坐已歎尊者阿那律陀曰善哉善哉阿那律陀極善阿那律陀謂汝爲諸比丘說迦絺那法阿那律陀汝復爲諸比丘說迦絺那法阿那律陀汝爲諸比丘數數說迦絺那法於是世尊告諸比丘比丘汝等受迦絺那法誦習迦絺那法善持迦絺那法所以者何迦絺那法與法相應爲梵行本致通致覺亦致涅槃若族姓子剃除鬚髮著袈裟衣至信捨家無家學道者應當至心受迦絺那法善受善持迦絺那法所以者何我不見過去時諸比丘作如是衣如阿那律陀比丘不見未來現在諸比丘作如是衣如阿那律陀比丘所以者何謂今娑羅邏巖山集坐八百比丘及世尊在中爲阿那律陀比丘作衣如是阿那律陀比丘有大如意足有大威德有大福祐有大威神佛說如是尊者阿那律陀及諸比丘聞佛所說歡喜奉行

中阿含經卷第十九

音釋

漬疾二切浸也　掉徒弔切搖也　滓側氏切濁也　斟酌斟職深切酌之若切　倩七政切假借使人也　鑰以灼切關下牡也　邏郎佐切　綴竹芮切聯也　疊徒協切重也　纖息廉切細也　蜫古渾切　獷古猛切麤也　貨呼卧切財賄也　寡古瓦切女無夫曰寡　穰積穰汝羊切禾莖也積子智切聚也　羸力追切劣也　墩都昆切高土堆也

中阿含經卷第二十

東晉罽賓三藏瞿曇僧伽提婆譯

長壽王品念身經第十

我聞如是一時佛遊鴦祇國中與大比丘衆俱往詣阿和那揵尼住處爾時世尊過夜平旦著衣持鉢入阿和那而行乞食食訖中後收舉衣鉢澡洗手足以尼師壇著於肩上往詣一林入彼林中至一樹下敷尼師壇結跏趺坐爾時衆多比丘於中食後集坐講堂共論此事諸賢世尊甚奇甚特修習念身分別廣布極知極觀極修習極護治善具善行在一心中佛說念身有大果報得眼有目見第一義爾時世尊在於燕坐以淨天耳出過於人聞諸比丘於中食後集坐講堂共論此事諸賢世尊甚奇甚特修習念身分別廣布極知極觀極修習極護治善具善行在一心中佛說念身有大果報得眼有目見第一義世尊聞已則於晡時從燕坐起往詣講堂比丘衆前敷座而坐爾時世尊告諸比丘汝等向共論何事耶以何事故集坐講堂時諸比丘白曰世尊我等諸比丘於中食後集坐講堂共論此事諸賢世尊甚奇甚特修習念身分別廣布極知極觀極修習極護治善具善行在一心中佛說念身有大果報得眼有目見第一義世尊我等向共論如此事以此事故集坐講堂世尊復告諸比丘曰云何我說修習念身分別廣布得大果報時諸比丘白世尊曰世尊爲法本世尊爲法主法由世尊唯願說之我等聞已得廣知義佛便告曰汝等諦聽善思念之我當爲汝分別其義時諸比

丘受教而聽佛言云何比丘修習念身比丘者行則知行住則知住坐則知坐卧則知卧眠則知眠覺則知覺眠覺則知眠覺如是比丘隨其身行便知上如眞彼若如是在遠離獨住心無放逸修行精勤斷心諸患而得定心得定心已則知上如眞是謂比丘修習念身復次比丘修習念身比丘者正知出入善觀分別屈伸低仰儀容庠序善著僧伽棃及諸衣鉢行住坐卧眠覺語嘿皆正知之如是比丘隨其身行便知上如眞彼若如是在遠離獨住心無放逸修行精勤斷心諸患而得定心得定心已則知上如眞是謂比丘修習念身復次比丘修習念身比丘者生惡不善念以善法念治斷滅止猶木工師木工弟子彼持墨繩用絣於木則以利斧斫治令直如是比丘生惡不善念以善法念治斷滅止如是比丘隨其身行便知上如眞彼若如是在遠離獨住心無放逸修行精勤斷心諸患而得定心得定心已則知上如眞是謂比丘修習念身復次比丘修習念身比丘者齒齒相著舌逼上齶以心治心治斷滅止猶二力士捉一羸人處處執捉自在打鍛如是比丘齒齒相著舌逼上齶以心治心治斷滅止如是比丘隨其身行便知上如眞彼若如是在遠離獨住心無放逸修行精勤斷心諸患而得定心得定心已則知上如眞是謂比丘修習念身復次比丘修習念身比丘者念入息即知念入息念出息即知念出息入息長即知入息長出息長即知出息長入息短即知入息短出息短即知出息短學一切身息入學

一切身息出學止身行息入學止口行息出如是比丘隨其身行便知上如眞彼若如是在遠離獨住心無放逸修行精勤斷心諸患而得定心得定心已則知上如眞是謂比丘修習念身復次比丘修習念身比丘者離生喜樂漬身潤澤普遍充滿於此身中離生喜樂無處不遍猶工浴人器盛澡豆水和成摶水漬潤澤普遍充滿無處不周如是比丘離生喜樂漬身潤澤普遍充滿於此身中離生喜樂無處不遍如是比丘隨其身行便知上如眞彼若如是在遠離獨住心無放逸修行精勤斷心諸患而得定心得定心已則知上如眞是謂比丘修習念身復次比丘修習念身比丘者定生喜樂漬身潤澤普遍充滿於此身中定生喜樂無處不遍猶如山泉極淨

澄清充滿盈流四方水來無緣得入即彼泉底水自涌出盈流於外漬山潤澤普遍充滿無處不周如是比丘定生喜樂漬身潤澤普遍充滿於此身中定生喜樂無處不遍如是比丘隨其身行便知上如眞彼若如是在遠離獨住心無放逸修行精勤斷心諸患而得定心得定心已則知上如眞是謂比丘修習念身復次比丘修習念身比丘者無喜生樂漬身潤澤普遍充滿於此身中無喜生樂無處不遍猶青蓮華紅赤白蓮水生水長在於水底根莖華葉悉漬潤澤普遍充滿無處不周如是比丘無喜生樂漬身潤澤普遍充滿於此身中無喜生樂無處不遍如是比丘隨其身行便知上如眞彼若如是在遠離獨住心無放逸修行精勤斷心諸患而得定心得

定心已則知上如眞是謂比丘修習念身復次比丘修習念身比丘者於此身中以清淨心意解遍滿成就遊於此身中以清淨心無處不遍猶有一人被七肘衣或八肘衣從頭至足於此身體無處不覆如是比丘於此身中以清淨心意解遍滿成就遊於此身中以清淨心無處不遍如是比丘隨其身行便知上如眞彼若如是在遠離獨住心無放逸修行精勤斷心諸患而得定心得定心已則知上如眞是謂比丘修習念身復次比丘修習念身比丘者念光明想善受善持善意所念如前後亦然如後前亦然如晝夜亦然如夜晝亦然如上下亦然如下上亦然如是不顛倒心無有纏修光明心心終不爲闇之所覆如是比丘隨其身行便知上如眞彼若如是在遠離獨住心無放逸修行精勤斷心諸患而得定心得定心已則知上如眞是謂比丘修習念身復次比丘修習念身比丘者觀相善受善持善意所念猶如有人坐觀卧人卧觀坐人如是比丘觀相善受善持善意所念如是比丘隨其身行便知上如眞彼若如是在遠離獨住心無放逸修行精勤斷心諸患而得定心得定心已則知上如眞是謂比丘修習念身復次比丘修習念身比丘者此身隨住隨其好惡從頭至足觀見種種不淨充滿謂此身中有髮毛爪齒麤細薄膚皮肉筋骨心腎肝肺大腸小腸脾胃摶糞腦及腦根淚汗涕唾膿血肪髓涎痰小便猶以器盛若干種子有目之士悉見分明謂稻粟種大麥小麥大小麻豆蔓菁芥子如是比丘此身隨

住隨其好惡從頭至足觀見種種不淨充滿謂此身中有髮毛爪齒塵䴲薄膚皮肉筋骨心腎肝肺大腸小腸脾胃摶糞腦及腦根淚汗涕唾膿血肪髓涎痰小便如是比丘隨其身行便知上如眞彼若如是在遠離獨住心無放逸修行精勤斷心諸患而得定心得定心已則知上如眞是謂比丘修習念身復次比丘修習念身比丘者觀身諸界我此身中有地界水界火界風界空界識界猶如屠兒殺牛剥皮布地於上分作六段如是比丘觀身諸界我此身中地界水界火界風界空界識界如是比丘隨其身行便知上如眞彼若如是在遠離獨住心無放逸修行精勤斷心諸患而得定心得定心已則知上如眞是謂比丘修習念身復次比丘修習念身比丘者觀彼死屍或一二日至六七日烏鵄所啄犲狗所食火燒埋地悉腐爛壞見已自比今我此身亦復如是俱有此法終不得離如是比丘隨其身行便知上如眞彼若如是在遠離獨住心無放逸修行精勤斷心諸患而得定心得定心已則知上如眞是謂比丘修習念身復次比丘修習念身比丘者如本見息道骸骨青色腐爛食半骨鎖在地見已自比今我此身亦復如是俱有此法終不得離如是比丘隨其身行便知上如眞彼若如是在遠離獨住心無放逸修行精勤斷心諸患而得定心得定心已則知上如眞是謂比丘修習念身復次比丘修習念身比丘者如本見息道離皮肉血唯筋相連見已自比今我此身亦復如是俱有此法終不得離如是比丘隨

其身行便知上如眞彼若如是在遠離獨住心無放逸修行精勤斷心諸患而得定心得定心已則知上如眞是謂比丘修習念身復次比丘修習念身比丘者如本見息道骨節解散散在諸方足骨踹骨髀骨髖骨脊骨肩骨頸骨髑髏骨各在異處見已自比今我此身亦復如是俱有此法終不得離如是比丘隨其身行便知上如眞彼若如是在遠離獨住心無放逸修行精勤斷心諸患而得定心得定心已則知上如眞是謂比丘修習念身復次比丘修習念身比丘者如本見息道骨白如螺青猶鴿色赤若血塗腐壞碎末見已自比今我此身亦復如是俱有此法終不得離如是比丘隨其身行便知上如眞彼若如是在遠離獨住心無放逸修行精勤斷心諸患而得定心得定心已則知上如眞是謂比丘修習念身若有如是修習念身如是廣布者彼諸善法盡在其中謂道品法也若彼有心意解遍滿猶如大海彼諸小河盡在海中若有如是修習念身如是廣布者彼諸善法盡在其中謂道品法也若有沙門梵志不正立念身遊行少心者彼爲魔波旬伺求其便必能得也所以者何彼沙門梵志空無念身故猶如有瓶中空無水正安著地若人持水來瀉瓶中於比丘意云何彼瓶如是當受水不比丘答曰受也世尊所以者何彼空無水正安著地是故必受如是若有沙門梵志不正立念身遊行少心者彼爲魔波旬伺求其便必能得也所以者何彼沙門梵志空無念身故若有沙門梵志正立念身遊行無量心

者彼爲魔波旬伺求其便終不能得所以者何彼沙門梵志不空有念身故猶如有瓶水滿其中正安著地若人持水來瀉瓶中於比丘意云何彼瓶如是復受水不比丘答曰不也世尊所以者何彼瓶水滿正安著地是故不受如是若有沙門梵志有正立念身遊行無量心者彼爲魔波旬伺求其便終不能得所以者何彼沙門梵志不空有念身故若有沙門梵志不正立念身遊行少心者彼爲魔波旬伺求其便必能得也所以者何彼沙門梵志空無念身故猶如力士以大重石擲淖泥中於比丘意云何泥爲受不比丘答曰受也世尊所以者何泥淖石重是故必受如是若有沙門梵志不正立念身遊行少心者彼爲魔波旬伺求其便必能得也所以者何彼

沙門梵志空無念身故若有沙門梵志正立念身遊行無量心者彼爲魔波旬伺求其便終不能得所以者何彼沙門梵志不空有念身故猶如力士以輕毛毱擲平户扇於比丘意云何彼爲受不比丘答曰不也世尊所以者何毛毱輕摶户扇平竪是故不受如是若有沙門梵志正立念身遊行無量心者彼爲魔波旬伺求其便終不能得所以者何彼沙門梵志不空有念身故若有沙門梵志不正立念身遊行少心者彼爲魔波旬伺求其便必能得也所以者何彼沙門梵志空無念身故猶人求火以槁木爲母以燥鑽鑽於比丘意云何彼人如是爲得火不比丘答曰得也世尊所以者何彼以燥鑽鑽於槁木是故必得如是若有沙門梵志不正立念身遊行少

心者彼爲魔波旬伺求其便必能得也所以者何彼沙門梵志空無念身故若有沙門梵志正立念身遊行無量心者彼爲魔波旬伺求其便終不能得所以者何彼沙門梵志不空有念身故猶人求火以濕木爲母以濕鑚鑚於比丘意云何彼人如是爲得火不比丘答曰不也世尊所以者何彼以濕鑚鑚於濕木是故不得如是若有沙門梵志正立念身遊行無量心者彼爲魔波旬伺求其便終不能得所以者何彼沙門梵志不空有念身故如是修習念身如是廣布者當知有十八德云何十八比丘者能忍飢渴寒熱蚊虻蠅蚤風日所逼惡聲捶杖亦能忍之身遇諸疾極爲苦痛至命欲絶諸不可樂皆能堪耐如是修習念身如是廣布者是謂第一德復次比丘堪耐不樂若生不樂心終不著如是修習念身如是廣布者是謂第二德復次比丘堪耐恐怖若生恐怖心終不著如是修習念身如是廣布者是謂第三德復次比丘生三惡念欲念恚念害念若生三惡念心終不著如是修習念身如是廣布者是謂第四德復次比丘離欲離惡不善之法至得第四禪成就遊如是修習念身如是廣布者是謂第五至第八德復次比丘三結已盡得須陀洹不墮惡法定趣正覺極受七有天上人間七往來已而得苦際如是修習念身如是廣布者是謂第九德復次比丘三結已盡婬怒癡薄得一往來天上人間一往來已而得苦際如是修習念身如是廣布者是謂第十德復次比丘五下分結盡生於彼間便般涅槃得不退

法不還此世如是修習念身如是廣布者是謂第十一德復次比丘若有息解脱離色得無色如其像定身作證成就遊而以慧觀知漏斷漏如是修習念身如是廣布者是謂第十二德復次比丘如意足天耳他心智宿命智生死智諸漏已盡得無漏心解脱慧解脱於現法中自知自覺自作證成就遊生已盡梵行已立所作已辦不更受有知如眞如是修習念身如是廣布者是謂第十三至第十八德如是修習念身如是廣布者當知有此十八功德佛說如是彼諸比丘聞佛所說歡喜奉行

長壽王品支離彌梨經第十一

我聞如是一時佛遊王舍城在竹林加蘭哆園爾時衆多比丘於中食後少有所爲集坐講堂欲斷諍事謂論此法律此佛之教彼時質多羅象子比丘亦在衆中於是質多羅象子比丘衆多比丘論此法律此佛教時於其中間競有所說不待諸比丘說法訖竟又不以恭敬不以善觀問諸上尊長老比丘是時尊者大拘絺羅在彼衆中於是尊者大拘絺羅告質多羅象子比丘曰賢者當知衆多比丘說此法律此佛教時汝莫於中競有所說若諸比丘所說竟已然後可說汝當以恭敬當以善觀問諸上尊長老比丘莫不恭敬莫不善觀問諸上尊長老比丘爾時質多羅象子比丘諸親朋友悉在衆中於是質多羅象子比丘諸親朋友語尊者大拘絺羅曰賢者大拘絺羅汝莫大責數質多羅象子比丘所以者何質多羅象子比丘戒德多聞似如懈

急然不貢高賢者大拘絺羅質多羅象子比丘諸比丘隨所爲時而能佐助於是尊者大拘絺羅語質多羅象子比丘諸親朋友曰諸賢不知他心者不得妄說稱不稱所以者何或有一人在世尊前時及諸上尊長老梵行可慚可愧可愛可敬前彼便善守善護若於後時離世尊前及離諸上尊長老梵行可慚可愧可愛可敬前彼便數與白衣共會調笑貢高種種談譁彼數與白衣共會調笑貢高種種談譁已心便生欲彼心生欲已便身熱心熱彼身心熱已便捨戒罷道諸賢猶若如牛入他田中守田人捉或以繩繫或著欄中諸賢若有作是說此牛不復入他田中如是彼爲正說耶答曰不也所以者何謂彼牛者爲繩所繫或斷或解爲欄所遮或破或跳出

復入他田如前無異諸賢或有一人在世尊前時及諸上尊長老梵行可慚可愧可愛可敬前彼便善守善護若於後時離世尊前及離諸梵行可慚可愧可愛可敬前彼便數與白衣共會調笑貢高種種談譁彼數與白衣共會調笑貢高種種談譁已心便生欲彼心生欲已便身熱心熱彼身心熱已便捨戒罷道諸賢是謂有一人復次諸賢或有一人逮得初禪彼得初禪已便自安住不復更求未得欲得不獲欲獲不作證欲作證彼於後時便數與白衣共會調笑貢高種種談譁彼數與白衣共會調笑貢高種種談譁已心便生欲彼心生欲已便身熱心熱彼身心熱已便捨戒罷道諸賢猶大雨時村間湖池水滿其中彼若本時所見沙石草木甲蟲魚鼈蝦蟆

及諸水性去時來時走時住時後水滿已盡不復見諸賢若有作是說彼湖池中終不復見沙石草木甲蟲魚鼈蝦蟆及諸水性去時來時走時住時如是彼爲正說耶答曰不也所以者何彼湖池水或象飲馬飲駱駝牛驢猪鹿水牛飲或人取用風吹日炙彼若本時不見沙石草木甲蟲魚鼈蝦蟆及諸水性去時來時走時住時後水減已還見如故如是賢者或有一人逮得初禪彼得初禪已便自安住不復更求未得欲得不獲欲獲不作證欲作證彼於後時便數與白衣共會調笑貢高種種談譁彼數與白衣共會調笑貢高種種談譁已心便生欲彼心生欲已便身熱心熱彼身心熱已便捨戒罷道諸賢是謂有一人復次諸賢或有一人得第二禪彼得第二禪已便自安住不復更求未得欲得不獲欲獲不作證欲作證彼於後時便數與白衣共會調笑貢高種種談譁彼數與白衣共會調笑貢高種種談譁已心便生欲彼心生欲已便身熱心熱彼身心熱已便捨戒罷道諸賢猶大雨時四衢道中塵咸作泥諸賢若有作是說此四衢道泥終不燥不復作塵如是彼爲正說耶答曰不也所以者何此四衢道或象行馬行駱駝牛驢猪鹿水牛及人民行風吹日炙彼四衢道泥乾燥已還復作塵如是諸賢或有一人得第二禪彼得第二禪已便自安住不復更求未得欲得不獲欲獲不作證欲作證彼於後時便數與白衣共會調笑貢高種種談譁彼數與白衣共會調笑貢高種種談譁已心便生欲彼心生欲已便身熱

心熱彼身心熱已便捨戒罷道諸賢是謂有一人復次諸賢或有一人得第三禪彼得第三禪已便自安住不復更求未得欲得不獲欲獲不作證欲作證彼於後時便數與白衣共會調笑貢高種種談譁彼數與白衣共會調笑貢高種種談譁已心便生欲彼心生欲已便身熱心熱彼身心熱已便捨戒罷道諸賢猶山泉湖水澄清平岸定不動搖亦無波浪諸賢若有作是說彼山泉湖水終不復動亦無波浪如是彼爲正說耶答曰不也所以者何或於東方大風卒來吹彼湖水動涌波浪如是南方西方北方大風卒來吹彼湖水動涌波浪如是諸賢或有一人得第三禪彼得第三禪已便自安住不復更求未得欲得不獲欲獲不作證欲作證彼於後時便數與白衣共會調笑貢高種種談譁彼數與白衣共會調笑貢高種種談譁已心便生欲彼心生欲已便身熱心熱彼身熱心熱已便捨戒罷道諸賢是謂有一人復次諸賢或有一人得第四禪彼得第四禪已便自安住不復更求未得欲得不獲欲獲不作證欲作證彼於後時便數與白衣共會調笑貢高種種談譁彼數與白衣共會調笑貢高種種談譁已心便生欲彼心生欲已便身熱心熱彼身心熱已便捨戒罷道諸賢猶如居士居士子食微妙食充足飽滿已本欲食者則不復欲諸賢若有作是說彼居士居士子終不復欲得食如是彼爲正說耶答曰不也所以者何彼居士居士子過夜飢已彼若本所不用食者還復欲得如是諸賢或有一人得第四禪彼得

第四禪已便自安住不復更求未得欲得不獲欲獲不作證欲作證彼於後時便數與白衣共會調笑貢高種種談譁彼數與白衣共會調笑貢高種種談譁已心便生欲彼心生欲已便身熱心熱彼身心熱已便捨戒罷道諸賢是謂有一人復次諸賢或有一人得無想心定彼得無想心定已便自安住不復更求未得欲得不獲欲獲不作證欲作證彼於後時便數與白衣共會調笑貢高種種談譁彼數與白衣共會調笑貢高種種談譁已心便生欲彼心生欲已便身熱心熱彼身心熱已便捨戒罷道諸賢猶如一無事處聞支離彌棃蟲聲彼無事處或王或王大臣夜止宿彼象聲馬聲車聲步聲螺聲鼓聲細腰鼓聲妓鼓聲舞聲歌聲琴聲飲食聲彼若本聞支離彌棃蟲聲便不復聞諸賢若有作是說彼無事處終不復聞支離彌棃蟲聲如是彼爲正說耶答曰不也所以者何彼王及王大臣過夜平旦各自還歸彼若聞象聲馬聲車聲步聲螺聲鼓聲細腰鼓聲妓鼓聲舞聲歌聲琴聲飲食聲故不聞支離彌棃蟲聲彼既去已還聞如故如是諸賢得無想心定得無想心定已便自安住不復更求未得欲得不獲欲獲不作證欲作證彼於後時便數與白衣共會調笑貢高種種談譁彼數與白衣共會調笑貢高種種談譁已便心生欲心生欲已便身熱心熱彼身心熱已便捨戒罷道諸賢是謂有一人爾時質多羅象子比丘尋於其後捨戒罷道質多羅象子比丘諸親朋友聞質多羅象子比丘捨戒罷道已往詣尊者大

拘絺羅所到已白曰尊者大拘絺羅爲知質多羅象子比丘心爲因餘事知所以者何今質多羅象子比丘已捨戒罷道尊者大拘絺羅告彼親朋友曰諸賢此事正應爾所以者何以不知如眞不見如眞所以者何因不知如眞不見如眞故尊者大拘絺羅所說如是彼諸比丘聞尊者大拘絺羅所說歡喜奉行

長壽王品長老上尊睡眠經第十二

我聞如是一時佛遊婆耆瘦在鼉山怖林鹿野園中爾時尊者大目揵連遊摩竭國在善知識村中於是尊者大目揵連獨安靜處宴坐思惟而便睡眠世尊遥知尊者大目揵連獨安靜處宴坐思惟而便睡眠世尊知已即入如其像定以如其像定猶若力士屈伸臂頃從婆耆瘦鼉山怖林鹿野園中忽沒不現住摩竭國善知識村尊者大目揵連前於是世尊從定而覺告曰大目揵連汝著睡眠大目揵連汝著睡眠尊者大目揵連白世尊曰唯然世尊佛復告曰大目揵連如所相著睡眠汝莫修彼相亦莫廣布如是睡眠便可得滅若汝睡眠故不滅者大目揵連當隨本所聞法隨而受持廣布誦習如是睡眠便可得滅若汝睡眠故不滅者大目揵連當隨本所聞法隨而受持爲他廣說如是睡眠便可得滅若汝睡眠故不滅者大目揵連當隨本所聞法隨而受持心念心思如是睡眠便可得滅若汝睡眠故不滅者大目揵連當以兩手捫摸於耳如是睡眠便可得滅若汝睡眠故不滅者大目揵連當以冷水澡洗面目及灑身體如是睡眠便可得滅若汝睡眠故不滅

者大目揵連當從室出外觀四方瞻視星宿如是睡眠便可得滅若汝睡眠故不滅者大目揵連當從室出而至屋頭露地經行守護諸根心安在内於後前想如是睡眠便可得滅若汝睡眠故不滅者大目揵連當捨經行道至經行道頭敷尼師壇結跏趺坐如是睡眠便可得滅若汝睡眠故不滅者大目揵連當還入室四疊優多羅僧以敷牀上襞僧伽棃作枕右脇而卧足足相累心作明想立正念正智常欲起想大目揵連莫計牀樂眠卧安快莫貪財利莫著名譽所以者何我說一切法不可與會亦說與會大目揵連我說何法不可與會大目揵連若道俗法共合會者我說此法不可與會大目揵連若道俗法共合會者便多有所說若多有所說者則便有調若有調者便心不息大目揵連若心不息者便心離定大目揵連是故我說不可與會大目揵連我說何法可與共會大目揵連彼無事處我說此法可與共會山林樹下空安靜處高巖石室寂無音聲遠離無惡無有人民隨順宴坐大目揵連我說此法可與共會大目揵連汝若入村行乞食者當以猒利猒供養恭敬汝若於利供養恭敬心作猒已便入村乞食大目揵連莫以高大意入村乞食所以者何或諸長者家有如是事比丘來乞食令長者不作意比丘便作是念誰壞我長者家所以者何我入長者家長者不作意因是生憂因憂生調因調生心不息因心不息心便離定大目揵連汝說法時莫以諍說若諍說者便多有所說因多說故則便生調因

生調故便心不息因心不息故便心離定大目揵連汝說法時莫強說法如師子大目揵連汝說法時下意說法捨力滅力破壞於力當以不強說法如師子大目揵連當學如是

爾時尊者大目揵連即從坐起偏袒著衣叉手向佛白曰世尊云何比丘得至究竟究竟白淨究竟梵行究竟梵行訖世尊告曰大目揵連比丘若覺樂覺苦覺不苦不樂者彼此覺觀無常觀興衰觀斷觀無欲觀滅觀捨彼此覺觀無常觀興衰觀斷觀無欲觀滅觀捨已不受此世因不受世已便不疲勞因不疲勞已便般涅槃生已盡梵行已立所作已辦不更受有知如真大目揵連如是比丘得至究竟究竟白淨究竟梵行究竟梵行訖佛說如是尊者大目揵連聞佛所說歡喜奉行

中阿含經卷第二十

音釋

絣 悲萌切振繩墨也　斫 之若切斬也　鍛 十貫切　摶 徒官切圓也　蔓菁 蔓母官切菁子盈切蔓菁菜名　淖 女教切婆也　毱 居六切皮毛之九也　槁 苦浩切枯也　譁 胡瓜切讙也　鼈 并列切介蟲也　衢 其居切道四達曰衢

中阿含經卷第二十一

東晉罽賓三藏瞿曇僧伽提婆譯

長壽王品無刺經第十三

我聞如是一時佛遊鞞舍離在獼猴江邊高樓臺觀此諸名德長老上尊大弟子等謂遮羅優簸遮羅賢善賢患無患耶舍上稱如是比諸名德長老上尊大弟子等亦遊鞞舍離獼猴江邊高樓臺觀並皆近佛葉屋邊住諸鞞舍離麗掣聞世尊遊鞞舍離獼猴江邊高樓臺觀便作是念我等寧可作大如意足作王威德高聲唱傳出鞞舍離往詣佛所供養禮事時諸名德長老上尊大弟子等聞諸鞞舍離麗掣作大如意足作王威德高聲唱傳出鞞舍離來詣佛所供養禮事便作是念禪以聲爲刺世尊亦說禪以聲爲刺我等寧可往詣牛角娑羅林在彼無亂遠離獨住閑居靖處宴坐思惟於是諸名德長老上尊大弟子等即便共往詣牛角娑羅林在彼無亂遠離獨住閑居靖處宴坐思惟爾時衆多鞞舍離麗掣作大如意足作王威德高聲唱傳出鞞舍離往詣佛所供養禮事或有鞞舍離麗掣稽首佛足却坐一面或有與佛共相問訊却坐一面或有叉手向佛却坐一面或有遙見佛已默然而坐彼時衆多鞞舍離麗掣各坐已定世尊爲彼說法勸發渴仰成就歡喜無量方便爲彼說法勸發渴仰成就歡喜已默然而住於是衆多鞞舍離麗掣世尊爲彼說法勸發渴仰成就歡喜已即從座起稽首佛足遶三帀而去鞞舍離麗掣去後不久於是世尊問諸比丘諸長老上尊大弟子等爲

至何許諸比丘白曰世尊諸長老上尊大弟子等聞諸鞞舍離麗掣作大如意足作王威德高聲唱傳出鞞舍離來詣佛所供養禮事便作是念禪以聲爲刺世尊亦說禪以聲爲刺我等寧可往詣牛角娑羅林在彼無亂遠離獨住閑居靖處宴坐思惟世尊諸長老上尊大弟子等共往詣彼於是世尊聞已嘆曰善哉善哉若長老上尊大弟子等應如是說禪以聲爲刺世尊亦說禪以聲爲刺所以者何我實如是說禪有刺持戒者以犯戒爲刺護諸根者以嚴飾身爲刺修習惡露者以淨相爲刺修習慈心者以恚爲刺離酒者以飲酒爲刺梵行者以見女色爲刺入初禪者以聲爲刺入第二禪者以覺觀爲刺入第三禪者以喜爲刺入第四禪者以入息出息爲刺入空處者以色想爲刺入識處者以空處想爲刺入無所有處者以識處想爲刺入無想處者以無所有處想爲刺入想知滅定者以想知爲刺復次有三刺欲刺恚刺愚癡之刺此三刺者漏盡阿羅訶已斷已知拔絶根本滅不復生是爲阿羅訶無刺阿羅訶離刺阿羅訶無刺離刺佛說如是彼諸比丘聞佛所說歡喜奉行

長壽王品眞人經第十四

我聞如是一時佛遊舍衛國在勝林給孤獨園爾時世尊告諸比丘我今爲汝說眞人法及不眞人法諦聽諦聽善思念之時諸比丘受敎而聽佛言云何不眞人法或有一人是豪貴族出家學道餘者不然彼因是豪貴族故自貴賤他是謂不眞人法眞人法者作如

是觀我不因此是豪貴族故斷婬恚癡或有一人不是豪貴出家學道彼行法如法隨順於法向法次法彼因此故得供養恭敬如是趣向得眞諦法者不自貴不賤他是謂眞人法復次或有一人端正可愛餘者不然彼因端正可愛故自貴賤他是謂不眞人法眞人法者作如是觀我不因此端正可愛故斷婬恚癡或有一人不端正可愛彼行法如法隨順於法向法次法彼因此故得供養恭敬如是趣向得眞諦法者不自貴不賤他是謂眞人法復次或有一人才辯工談餘者不然彼因才辯工談故自貴賤他是謂不眞人法眞人法者作如是觀我不因此才辯工談故斷婬恚癡或有一人無才辯工談彼行法如法隨順於法向法次法彼因此故得供養恭敬

如是趣向得眞諦法者不自貴不賤他是謂眞人法復次或有一人是長老爲王者所識及衆人所知而有大福餘者不然彼因是長老爲王者所識及衆人所知而有大福故自貴賤他是謂不眞人法眞人法者作如是觀我不因此是長老爲王者所識及衆人所知而有大福故斷婬恚癡或有一人非是長老不爲王者所識及衆人所知亦無大福彼行法如法隨順於法向法次法彼因此故得供養恭敬如是趣向得眞諦法者不自貴不賤他是謂眞人法復次或有一人誦經持律學阿毗曇諳阿鋡慕多學經書餘者不然彼因諳阿鋡慕多學經書故自貴賤他是謂不眞人法眞人法者作如是觀我不因此諳阿鋡慕多學經書故斷婬恚癡或有一人不諳阿

鋡慕亦不多學經書彼行法如法隨順於法向法次法彼因此故得供養恭敬如是趣向得眞諦法者不自貴不賤他是謂眞人法復次或有一人著糞掃衣攝三法服持不慢衣餘者不然彼因持不慢衣故自貴賤他是謂不眞人法眞人法者作如是觀我不因此持不慢衣故斷婬怒癡或有一人不持不慢衣彼行法如法隨順於法向法次法彼因此故得供養恭敬如是趣向得眞諦法者不自貴不賤他是謂眞人法復次或有一人常行乞食飯齊五升限七家食或復一食過中不飲漿餘者不然彼因過中不飲漿故自貴賤他是謂不眞人法眞人法者作如是觀我不因此過中不飲漿故斷婬怒癡或有一人不斷過中飲漿彼行法如法隨順於法向法次法彼因此故得供養恭敬如是趣向得眞諦法者不自貴不賤他是謂眞人法復次或有一人在無事處山林樹下或住高巖或止露地或處冢間或能知時餘者不然彼因此知時故自貴賤他是謂不眞人法眞人法者作如是觀我不因此知時故斷婬怒癡或有一人而不知時彼行法如法隨順於法向法次法彼因此故得供養恭敬如是趣向得眞諦法者不自貴不賤他是謂眞人法復次或有一人逮得初禪彼因得初禪故自貴賤他是謂不眞人法眞人法者作如是觀初禪者世尊說無量種若有計者是謂受也彼因此故得供養恭敬如是趣向得眞諦法者不自貴不賤他是謂眞人法復次或有一人得第二第三第四禪得空處識處無所有處非有想非

無想處餘者不然彼因得非有想非無想處故自貴賤他是謂不眞人法眞人法者作如是觀非有想非無想處世尊說無量種若有計者是謂受也彼因此故得供養恭敬如是趣向得眞諦法者不自貴不賤他是謂眞人法諸比丘是謂眞人法不眞人法汝等當知眞人法不眞人法知眞人法不眞人法已捨離不眞人法學眞人法汝等當學如是佛說如是彼諸比丘聞佛所說歡喜奉行

豪貴端正談　長老誦諸經　衣食無事禪

四無色在後

長壽王品說處經第十五

我聞如是一時佛遊舍衛國在勝林給孤獨園爾時尊者阿難則於晡時從宴坐起將諸年少比丘往詣佛所稽首佛足却住一面諸年少比丘亦稽首佛足却坐一面尊者阿難白曰世尊此諸年少比丘我當云何教訶云何訓誨云何爲彼而說法耶世尊告曰阿難汝當爲諸年少比丘說處及教處若爲諸年少比丘說處及教處者彼便得安隱得力得樂身心不煩熱終身行梵行尊者阿難叉手向佛白曰世尊今正是時善逝今正是時若世尊爲諸年少比丘說處及教處者我與諸年少比丘從世尊聞已當善受持世尊告曰阿難汝等諦聽善思念之我當爲汝及諸年少比丘廣分別說尊者阿難等受教而聽世尊告曰阿難我本爲汝說五盛陰色盛陰覺想行識盛陰阿難此五盛陰汝當爲諸年少比丘說以教彼若爲諸年少比丘說教此五盛陰者彼便得安隱得力得樂身心不煩熱

終身行梵行阿難我本爲汝說六内處眼處耳鼻舌身意處阿難此六内處汝當爲諸年少比丘說以教彼若爲諸年少比丘說教此六内處者彼便得安隱得力得樂身心不煩熱終身行梵行阿難我本爲汝說六外處色處聲香味觸法處阿難此六外處汝當爲諸年少比丘說以教彼若爲諸年少比丘說教此六外處者彼便得安隱得力得樂身心不煩熱終身行梵行阿難我本爲汝說六識身眼識耳鼻舌身意識阿難此六識身汝當爲諸年少比丘說以教彼若爲諸年少比丘說教此六識身者彼便得安隱得力得樂身心不煩熱終身行梵行阿難我本爲汝說六更樂身眼更樂耳鼻舌身意更樂阿難此六更樂身汝當爲諸年少比丘說以教彼若爲諸年少比丘說教此六更樂身者彼便得安隱得力得樂身心不煩熱終身行梵行阿難我本爲汝說六覺身眼覺耳鼻舌身意覺阿難此六覺身汝當爲諸年少比丘說以教彼若爲諸年少比丘說教此六覺身者彼便得安隱得力得樂身心不煩熱終身行梵行阿難我本爲汝說六想身眼想耳鼻舌身意想阿難此六想身汝當爲諸年少比丘說以教彼若爲諸年少比丘說教此六想身者彼便得安隱得力得樂身心不煩熱終身行梵行阿難我本爲汝說六思身眼思耳鼻舌身意思阿難此六思身汝當爲諸年少比丘說以教彼若爲諸年少比丘說教此六思身者彼便得安隱得力得樂身心不煩熱終身行梵行阿難我本爲汝說六愛身眼愛耳鼻舌身意

愛阿難此六愛身汝當爲諸年少比丘說以敎彼若爲諸年少比丘說敎此六愛身者彼便得安隱得力得樂身心不煩熱終身行梵行阿難我本爲汝說六界地界水火風空識界阿難此六界汝當爲諸年少比丘說以敎彼若爲諸年少比丘說敎此六界者彼便得安隱得力得樂身心不煩熱終身行梵行阿難我本爲汝說因緣起及因緣起所生法若有此則有彼若無此則無彼若生此則生彼若滅此則滅彼緣無明行緣行識緣識名色緣名色六處緣六處更樂緣更樂覺緣覺愛緣愛受緣受有緣有生緣生老死若無明滅則行滅行滅則識滅識滅則名色滅名色滅則六處滅六處滅則更樂滅更樂滅則覺滅覺滅則愛滅愛滅則受滅受滅則有滅有滅則生滅生滅則老死滅阿難此因緣起及因緣起所生法汝當爲諸年少比丘說以敎彼若爲諸年少比丘說敎此因緣起及因緣起所生法者彼便得安隱得力得樂身心不煩熱終身行梵行阿難我本爲汝說四念處觀身如身觀覺心法如法阿難此四念處汝當爲諸年少比丘說以敎彼若爲諸年少比丘說敎此四念處者彼便得安隱得力得樂身心不煩熱終身行梵行阿難我本爲汝說四正斷比丘者已生惡不善法爲斷故起欲求方便行精進舉心斷未生惡不善法爲不生故起欲求方便行精進舉心斷未生善法爲生故起欲求方便行精勤舉心斷已生善法爲住故不忘故不退故轉增多故廣布故滿具足故起欲求方便行精勤舉心斷阿難此

四正斷汝當爲諸年少比丘說以教彼若爲諸年少比丘說教此四正斷者彼便得安隱得力得樂身心不煩熱終身行梵行阿難我本爲汝說四如意足比丘者成就欲定燒諸行修習如意足依於無欲依離依滅願至非品如是精進定心定成就觀定燒諸行修習如意足依於無欲依離依滅願至非品阿難此四如意足汝當爲諸年少比丘說以教彼若爲諸年少比丘說教此四如意足者彼便得安隱得力得樂身心不煩熱終身行梵行阿難我本爲汝說四禪比丘者離欲離惡不善之法至得第四禪成就遊阿難此四禪汝當爲諸年少比丘說以教彼若爲諸年少比丘說教此四禪者彼便得安隱得力得樂身心不煩熱終身行梵行阿難我本爲汝說四聖諦苦聖諦苦集苦滅苦滅道聖諦阿難此四聖諦汝當爲諸年少比丘說以教彼若爲諸年少比丘說教此四聖諦者彼便得安隱得力得樂身心不煩熱終身行梵行阿難我本爲汝說四想比丘者有小想有大想有無量想有無所有想阿難此四想汝當爲諸年少比丘說以教彼若爲諸年少比丘說教此四想者彼便得安隱得力得樂身心不煩熱終身行梵行阿難我本爲汝說四無量比丘者心與慈俱遍滿一方成就遊如是二三四方四維上下普周一切心與慈俱無結無怨無恚無諍極廣甚大無量善修遍滿一切世間成就遊如是悲喜心與捨俱無結無怨無恚無諍極廣甚大無量善修遍滿一切世間成就遊阿難此四無量汝當爲諸年少比丘

說以教彼若爲諸年少比丘說教此四無量者彼便得安隱得力得樂身心不煩熱終身行梵行阿難我本爲汝說四無色比丘者斷一切色想乃至得非有想非無想處成就遊阿難此四無色汝當爲諸年少比丘說以教彼若爲諸年少比丘說教此四無色者彼便得安隱得力得樂身心不煩熱終身行梵行阿難我本爲汝說四聖種比丘比丘尼者得麤素衣而知止足非爲衣故求滿其意若未得衣不憂啼不啼泣不搥胷不癡惑若得衣者不染不著不欲不貪不觸不計見災患知出要而用衣如此事利不懈怠而正知者是謂比丘比丘尼止住舊聖種如是食住處欲斷樂斷欲修樂修彼因欲斷樂斷欲修樂修故不自貴不賤他如此事利不懈怠而正知者是謂比丘比丘尼止住舊聖種阿難此四聖種汝當爲諸年少比丘說以教彼若爲諸年少比丘說教此四聖種者彼便得安隱得力得樂身心不煩熱終身行梵行阿難我本爲汝說四沙門果須陁洹斯陁含阿那含最上阿羅訶果阿難此四沙門果汝當爲諸年少比丘說以教彼若爲諸年少比丘說教此四沙門果者彼便得安隱得力得樂身心不煩熱終身行梵行阿難我本爲汝說五熟解脫想無常想無常苦想苦無我想不淨惡露想一切世間不可樂想阿難此五熟解脫想汝當爲諸年少比丘說以教彼若爲諸年少比丘說教此五熟解脫想者彼便得安隱得力得樂身心不煩熱終身行梵行阿難我本爲汝說五解脫處若比丘比丘尼因此故未

解脫心得解脫未盡諸漏得盡無餘未得無上涅槃得無上涅槃云何爲五阿難世尊爲比丘比丘尼說法諸智梵行者亦爲比丘比丘尼說法阿難若世尊爲比丘比丘尼說法諸智梵行者亦爲比丘比丘尼說法彼聞法已便知法解義彼因知法解義故便得歡悅因歡悅故便得歡喜因歡喜故便得止身因止身故便得覺樂因覺樂故便得心定阿難比丘比丘尼因心定故便得見如實知如眞因見如實知如眞故便得猒因猒故便得無欲因無欲故便得解脫因解脫故便得知解脫生已盡梵行已立所作已辦不更受有知如眞阿難是謂第一解脫處因此故比丘比丘尼未解脫心得解脫未盡諸漏得盡無餘未得無上涅槃得無上涅槃復次阿難世尊不爲比丘比丘尼說法諸智梵行者亦不爲比丘比丘尼說法但如本所聞所誦習法而廣讀之若不廣讀本所聞所誦習法爲他廣說若不爲他廣說本所聞所誦習法者但隨本所聞所誦習法心思惟分別若心不思惟分別本所聞所誦習法者但善受持諸三昧相阿難若比丘比丘尼善受持諸三昧相者便知法解義彼因知法解義故便得歡悅因歡悅故便得歡喜因歡喜故便得止身因止身故便得覺樂因覺樂故便得心定阿難比丘比丘尼因心定故便得見如實知如眞因見如實知如眞故便得猒因猒故便得無欲因無欲故便得解脫因解脫故便得知解脫生已盡梵行已立所作已辦不更受有知如眞阿難是謂第五

解脱處因此故比丘比丘尼未解脱心得解脱未盡諸漏得盡無餘未得無上涅槃得無上涅槃阿難此五解脱處汝當爲諸年少比丘說以教彼若爲諸年少比丘說教此五解脱處者彼便得安隱得力得樂身心不煩熱終身行梵行阿難我本爲汝說五根信根精進念定慧根阿難此五根汝當爲諸年少比丘說以教彼若爲諸年少比丘說教此五根者彼便得安隱得力得樂身心不煩熱終身行梵行阿難我本爲汝說五力信力精進念定慧力阿難此五力汝當爲諸年少比丘說以教彼若爲諸年少比丘說教此五力者彼便得安隱得力得樂身心不煩熱終身行梵行阿難我本爲汝說五出要界云何爲五阿難多聞聖弟子極重善觀欲彼因極重善觀

欲故心便不向欲不樂欲不近欲不信解欲若欲心生即時融消燋縮轉還不得舒張捨離不住欲穢惡猒患欲阿難猶如雞毛及筋持著火中卽時融消燋縮轉還不得舒張阿難多聞聖弟子亦復如是極重善觀欲彼因極重善觀欲故心便不向欲不樂欲不近欲不信解欲若欲心生即時融消燋縮轉還不得舒張捨離不住欲穢惡猒患欲觀無欲心向無欲樂無欲近無欲信解無欲心無礙心無濁心得樂能致樂遠離一切欲及因欲生諸漏煩熱憂慼解彼脱彼復解脱彼彼不復受此覺謂覺因欲生如是欲出要阿難是謂第一出要界復次阿難多聞聖弟子極重善觀恚彼因極重善觀恚故心便不向恚不樂恚不近恚不信解恚若恚心生即時融消燋

縮轉還不得舒張捨離不住恚穢惡猒患恚阿難猶如雞毛及筋持著火中即時融消燋縮轉還不得舒張阿難多聞聖弟子亦復如是極重善觀恚彼因極重善觀恚故心便不向恚不樂恚不近恚不信解恚若恚心生即時融消燋縮轉還不得舒張捨離不住恚穢惡猒患恚觀無恚心向無恚樂無恚近無恚信解無恚心無礙心無濁心得樂能致樂遠離一切恚及因恚生諸漏煩熱憂感解彼脫彼復解脫彼彼不復受此覺謂覺因恚生如是恚出要阿難是謂第二出要界復次阿難多聞聖弟子極重善觀害彼因極重善觀害故心便不向害不樂害不近害不信解害若害心生即時融消燋縮轉還不得舒張捨離不住害穢惡猒患害阿難猶如雞毛及筋持著火中即時融消燋縮轉還不得舒張阿難多聞聖弟子亦復如是極重善觀害彼因極重善觀害故心便不向害不樂害不近害不信解害若害心生即時融消燋縮轉還不得舒張捨離不住害穢惡猒患害觀無害心向無害樂無害近無害信解無害心無礙心無濁心得樂能致樂遠離一切害及因害生諸漏煩熱憂感解彼脫彼復解脫彼彼不復受此覺謂覺因害生如是害出要阿難是謂第三出要界復次阿難多聞聖弟子極重善觀色彼因極重善觀色故心便不向色不樂色不近色不信解色若色心生即時融消燋縮轉還不得舒張捨離不住色穢惡猒患色阿難猶如雞毛及筋持著火中即時融消燋縮轉還不得舒張阿難多聞聖弟子亦復如是

極重善觀色彼因極重善觀色故心便不向色不樂色不近色不信解色若色心生即時融消燋縮轉還不得舒張捨離不住色穢惡猒患色觀無色心向無色樂無色近無色信解無色心無礙心無濁心得樂能致樂遠離一切色及因色生諸漏煩熱憂慼解彼脫彼復解脫彼彼不復受此覺謂覺因色生如是色出要阿難是謂第四出要界復次阿難多聞聖弟子極重善觀已身彼因極重善觀已身故心便不向已身不樂已身不近已身不信解已身若已身心生即時融消燋縮轉還不得舒張捨離不住已身穢惡猒患已身阿難猶如雞毛及筋持著火中即時融消燋縮轉還不得舒張阿難多聞聖弟子亦復如是極重善觀已身彼因極重善觀已身故心便不向已身不樂已身不近已身不信解已身若已身心生即時融消燋縮轉還不得舒張捨離不住已身穢惡猒患猒患已身觀無已身心向無已身樂無已身近無已身信解無已身心無礙心無濁心得樂能致樂遠離一切已身及因已身生諸漏煩熱憂慼解彼脫彼復解脫彼彼不復受此覺謂覺因已身生如是已身出要阿難是謂第五出要界阿難此五出要界汝當爲諸年少比丘說以教彼若爲諸年少比丘說教此五出要界者彼便得安隱得力得樂身心不煩熱終身行梵行阿難我本爲汝說七財信財戒財慙愧聞施慧財阿難此七財汝當爲諸年少比丘說以教彼若爲諸年少比丘說教此七財者彼便得安隱得力得樂身心不煩熱終身行梵行阿

難我本爲汝說七力信力精進慙愧念定慧力阿難此七力汝當爲諸年少比丘說以教彼若爲諸年少比丘說教此七力者彼便得安隱得力得樂身心不煩熱終身行梵行阿難我本爲汝說七覺支念覺支擇法精進喜息定捨覺支阿難此七覺支汝當爲諸年少比丘說以教彼若爲諸年少比丘說教此七覺支者彼便得安隱得力得樂身心不煩熱終身行梵行阿難我本爲汝說八支聖道正見正思正語正業正命正方便正念正定是謂爲八阿難此八支聖道汝當爲諸年少比丘說以教彼若爲諸年少比丘說教此八支聖道者彼便得安隱得力得樂身心不煩熱終身行梵行於是尊者阿難叉手向佛白曰世尊甚奇甚特世尊爲諸年少比丘說處及教處世尊告曰阿難如是如是甚奇甚特我爲諸年少比丘說處及教處阿難若汝從如來復問頂法及頂法退者汝便於如來極信歡喜於是尊者阿難叉手向佛白曰世尊今正是時善逝今正是時若世尊爲諸年少比丘說頂法及頂法退說及教者我及諸少年比丘從世尊聞已當善受持世尊告曰阿難汝等諦聽善思念之我當爲汝及諸年少比丘說頂法及頂法退尊者阿難等受教而聽世尊告曰阿難多聞聖弟子眞實因心思念稱量善觀分別無常苦空非我彼如是思念如是稱量如是善觀分別便生忍生樂生欲欲聞欲念欲觀阿難是謂頂法阿難若得此頂法復失衰退不修守護不習精勤阿難是謂頂法退如是內外識更樂覺想思愛界因

緣起阿難多聞聖弟子此因緣起及因緣起法思念稱量善觀分別無常苦空非我彼如是思念如是稱量如是善觀分別便生忍生樂生欲欲聞欲念欲觀阿難是謂頂法阿難若得此頂法復失衰退不修守護不習精勤阿難是謂頂法退阿難此頂法及頂法退汝當爲諸年少比丘說以教彼若爲諸年少比丘說教此頂法及頂法退者彼便得安隱得力得樂身心不煩熱終身行梵行阿難我爲汝等說處及教處頂法及頂法退如尊師所爲弟子起大慈哀憐念愍傷求義及饒益求安隱快樂者我今已作汝等當復自作至無事處山林樹下空安靖處宴坐思惟勿得放逸勤加精進莫令後悔此是我之教勑是我訓誨佛說如是尊者阿難及諸年少比丘聞佛所說歡喜奉行

陰內外識更　覺想思愛界　因緣念正斷
如意禪諦想　無量無色種　沙門果解脫
處根力出要　財力覺道頂

長壽王品第七竟

中阿含經卷第二十一

音釋

鞞舍離 梵語也亦云毗耶離此云廣嚴鞞駢迷切 簸遮 梵語也佛弟子名簸補過切 掣 昌列切 阿鋡 梵語也亦云阿笈多此云無比法鋡胡男切 晡 博胡切申時也 燋縮 燋茲消切縮所六切燋縮謂物傷火而變縮也

中阿含經卷第二十二

東晉罽賓三藏瞿曇僧伽提婆譯

穢品第八有十經 第二小土城誦

穢求比丘請 智周那問見 華喻水淨梵
黒住無在後

穢品穢經第一

我聞如是一時佛遊婆奇瘦在鼉山怖林鹿野園中爾時尊者舍梨子告諸比丘諸賢世有四種人云何爲四或有一人内實有穢不自知内有穢不知如真或有一人内實有穢自知内有穢知如真或有一人内實無穢不自知内無穢不知如真或有一人内實無穢自知内無穢知如真諸賢若有一人内實有穢不自知内有穢不知如真者此人於諸人中爲最下賤若有一人内實有穢自知内有穢知如真者此人於諸人中爲最勝也若有一人内實無穢不自知内無穢不知如真者此人於諸人中爲最下賤若有一人内實無穢自知内無穢知如真者此人於諸人中爲最勝也於是有一比丘即從座起偏袒著衣叉手向尊者舍梨子白曰尊者舍梨子何因何緣說前二人俱有穢穢汙心一者下賤一者最勝復何因緣說後二人俱無穢不穢汙心一者下賤一者最勝於是尊者舍梨子答彼比丘曰賢者若有一人内實有穢不自知内有穢不知如真者當知彼人不欲斷穢不求方便不精勤學彼便有穢穢汙心命終彼因有穢穢汙心命終故便不賢死生不善處所以者何彼因有穢穢汙心命終故賢者猶如有人或從市肆或從銅作家買銅槃來塵

垢所汙彼持來已不數洗磨不數揩拭亦不日炙又著饒塵處如是銅槃增受塵垢賢者如是若有一人內實有穢不自知內有穢不知如真者當知彼人不欲斷穢不求方便不精勤學彼便有穢穢汙心命終彼因有穢穢汙心命終故便不賢死生不善處所以者何彼因有穢穢汙心命終故賢者若有一人我內有穢我內實有此穢知如真者當知彼人欲斷此穢求方便精勤學彼便無穢不穢汙心命終彼因無穢不穢汙心命終故便賢死生善處所以者何彼因無穢不穢汙心命終故賢者猶如有人或從市肆或從銅作家買銅槃來塵垢所汙彼持來已數數洗磨數數揩拭數數日炙不著饒塵處如是銅槃便極淨潔賢者如是若有一人我內有穢我內實有此穢知如真者當知彼人欲斷此穢求方便精勤學彼便無穢不穢汙心命終彼因無穢不穢汙心命終故便賢死生善處所以者何彼因無穢不穢汙心命終故賢者若有一人我內無穢我內實無此穢不知如真者當知彼人不護由眼耳所知法彼因不護由眼耳所知法故則爲欲心纏彼便有欲有穢穢汙心命終彼因有欲有穢穢汙心命終故便不賢死生不善處所以者何彼因有欲有穢穢汙心命終故賢者猶如有人或從市肆或從銅作家買銅槃來無垢淨潔彼持來已不數洗磨不數揩拭不數日炙著饒塵處如是銅槃必受塵垢賢者如是若有一人我內無穢我內實無此穢不知如真者當知彼人不護由眼耳所知法彼因不護由眼耳所知法

故則爲欲心纏彼便有欲有穢穢汙心命終彼因有欲有穢穢汙心命終故便不賢死生不善處所以者何彼因有欲有穢穢汙心命終故賢者若有一人我內無穢我內實無此穢知如眞者當知彼人護由眼耳所知法彼因護由眼耳所知法故則不爲欲心纏彼便無欲無穢不穢汙心命終彼因無欲無穢不穢汙心命終故便賢死生善處所以者何彼因無欲無穢不穢汙心命終故賢者猶如有人或從市肆或從銅作家買銅槃來無垢淨潔彼持來已數數洗磨數數揩拭數數日炙不著饒塵處如是銅槃便極淨潔賢者如是若有一人我內無穢我內實無此穢知如眞者當知彼人護由眼耳所知法彼因護由眼耳所知法故則不爲欲心纏彼便無欲無穢不穢汙心命終彼因無欲無穢不穢汙心命終故便賢死生善處所以者何彼因無欲無穢不穢汙心命終故賢者因是緣是說前二人俱有穢穢汙心一者下賤一者最勝因是緣是說後二人俱無穢穢汙心一者下賤一者最勝於是復有比丘即從座起偏袒著衣叉手向尊者舍梨子白曰尊者舍梨子所說穢者何等爲穢尊者舍梨子答比丘曰賢者無量惡不善法從欲生謂之穢所以者何或有一人心生如是欲我所犯戒莫令他人知我犯戒賢者或有他人知彼犯戒彼因他人知犯戒故心便生惡若彼心生惡及心生欲者俱是不善賢者或有一人心生如是欲我所犯戒當令他人於屏處訶莫令在衆訶我犯戒賢者或有他人於衆中訶不在屏處彼

因他人在衆中訶不在屏處故心便生惡若彼心生惡及心生欲者俱是不善賢者或有一人心生如是欲我所犯戒令勝人訶莫令不如人訶我犯戒賢者或有不如人訶彼犯戒非是勝人彼因不如人訶非勝人故心便生惡若彼心生惡及心生欲者俱是不善賢者或有一人心生如是欲令我在佛前坐問世尊法爲諸比丘說莫令餘比丘在佛前坐問世尊法爲諸比丘說賢者或有餘比丘在佛前坐問世尊法爲諸比丘說彼因餘比丘在佛前坐問世尊法爲諸比丘說故心便生惡若彼心生惡及心生欲者俱是不善賢者或有一人心生如是欲諸比丘入内時令我最在其前諸比丘侍從我將入内莫令餘比丘諸比丘入内時最在其前諸比丘侍從將彼入内賢者或有餘比丘諸比丘入内時最在其前諸比丘侍從彼將入内彼因餘比丘諸比丘入内時最在其前諸比丘侍從彼將入内故心便生惡若彼心生惡及心生欲者俱是不善賢者或有一人心生如是欲諸比丘已入内時令我最在上坐得第一坐第一澡水得第一食莫令餘比丘諸比丘已入内時最在上坐得第一坐第一澡水得第一食賢者或有餘比丘諸比丘已入内時最在上坐得第一坐第一澡水得第一食彼因餘比丘諸比丘已入内時最在上坐得第一坐第一澡水得第一食故心便生惡若彼心生惡及心生欲者俱是不善賢者或有一人心生如是欲諸比丘食竟收攝食器行澡水已令我爲諸居士說法勸發渴仰成就歡喜莫令

餘比丘諸比丘食竟收攝食器行澡水已爲諸居士說法勸發渴仰成就歡喜賢者或有餘比丘諸比丘食竟收攝食器行澡水已爲諸居士說法勸發渴仰成就歡喜彼因餘比丘諸比丘食竟收攝食器行澡水已爲諸居士說法勸發渴仰成就歡喜故心便生惡若彼心生惡及心生欲者俱是不善賢者或有一人心生如是欲諸居士往詣衆園時令我與共會共集共坐共論莫令餘比丘諸居士往詣衆園時與共會共集共坐共論賢者或有餘比丘諸居士往詣衆園時與共會共集共坐共論彼因餘比丘諸居士往詣衆園時與共會共集共坐共論故心便生惡若彼心生惡及心生欲者俱是不善賢者或有一人心生如是欲令我爲王者所識及王大臣梵志居士國中人民所知重莫令餘比丘爲王者所識及王大臣梵志居士國中人民所知重賢者或有餘比丘爲王者所識及王大臣梵志居士國中人民所知重彼因餘比丘爲王者所識及王大臣梵志居士國中人民所知重故心便生惡若彼心生惡及心生欲者俱是不善賢者或有一人心生如是欲令我爲四衆比丘比丘尼優婆塞優婆私所敬重莫令餘比丘爲四衆比丘比丘尼優婆塞優婆私所敬重賢者或有餘比丘爲四衆比丘比丘尼優婆塞優婆私所敬重彼因餘比丘爲四衆比丘比丘尼優婆塞優婆私所敬重故心便生惡若彼心生惡及心生欲者俱是不善賢者或有一人心生如是欲令我得衣被飲食牀薦湯藥諸生活具莫令餘比丘得

衣被飲食牀蓐湯藥諸生活具賢者或有餘比丘得衣被飲食牀蓐湯藥諸生活具彼因餘比丘得衣被飲食牀蓐湯藥諸生活具故心便生惡若彼心生惡及心生欲者俱是不善賢者如是彼人若有諸智梵行者不知彼生如是無量惡不善心欲者如是彼非沙門沙門想非智沙門智沙門想非正智正智想非正念正念想非清淨清淨想賢者如是彼人若有諸智梵行者知彼生如是無量惡不善心欲者如是彼非沙門非沙門想非智沙門非智沙門想非正智非正智想非正念非正念想非清淨非清淨想賢者猶如有人或從市肆或從銅作家買銅合槃來盛滿中糞蓋覆其上便持而去經過店肆近衆人行彼衆見已皆欲得食意甚愛樂而不憎惡則生淨想彼持去已住在一處便開示之衆人見已皆不欲食無愛樂意甚憎惡之生不淨想若欲食者則不復用況其本自不欲食耶賢者如是彼人若有諸智梵行者不知彼生如是無量惡不善心欲者如是彼非沙門沙門想非智沙門智沙門想非正智正智想非正念正念想非清淨清淨想賢者如是彼人若有諸智梵行者知彼生如是無量惡不善心欲者如是彼非沙門非沙門想非智沙門非智沙門想非正智非正智想非正念非正念想非清淨非清淨想賢者當知如是人莫得親近莫恭敬禮事若比丘不應親近便親近不應恭敬禮事便恭敬禮事者如是彼便長夜得無利無誼則不饒益不安隱快樂生苦憂慼賢者或有一人心不生如是欲我所犯

戒莫令他人知我犯戒賢者或有他人知彼犯戒彼因他人知犯戒故心不生惡若彼心無惡心不生欲者是二俱善賢者或有一人心不生如是欲我所犯戒當令他人於屏處訶莫令在衆訶我犯戒賢者或有他人於衆中訶不在屏處彼因在衆中訶不在屏處故心不生惡若彼心無惡心不生欲者是二俱善賢者或有一人心不生如是欲我所犯戒令勝人訶莫令不如人訶我犯戒賢者或有不如人訶彼犯戒非是勝人彼因不如人訶非勝人故心不生惡若彼心無惡心不生欲者是二俱善賢者或有一人心不生如是欲令我在佛前坐問世尊法爲諸比丘說莫令餘比丘在佛前坐問世尊法爲諸比丘說賢者或有餘比丘在佛前坐問世尊法爲諸比丘說彼因餘比丘在佛前坐問世尊法爲諸比丘說故心不生惡若彼心無惡心不生欲者是二俱善賢者或有一人心不生如是欲諸比丘入內時令我最在其前諸比丘侍從我將入內莫令餘比丘諸比丘入內時最在其前諸比丘侍從彼將入內賢者或有餘比丘諸比丘入內時最在其前諸比丘侍從彼將入內彼因餘比丘諸比丘入內時最在其前諸比丘侍從將入內故心不生惡若彼心無惡心不生欲者是二俱善賢者或有一人心不生如是欲諸比丘已入內時令我最在上坐得第一坐第一澡水得第一食莫令餘比丘諸比丘已入內時最在上坐得第一坐第一澡水得第一食賢者或有餘比丘諸比丘已入內時最在上坐得第一坐第一澡水

得第一食彼因餘比丘諸比丘巳入內時最在上坐得第一坐第一澡水得第一食故心不生惡若彼心無惡心不生欲者是二俱善賢者或有一人心不生如是欲諸比丘食竟收攝食器行澡水巳我爲諸居士說法勸發渴仰成就歡喜莫令餘比丘諸比丘食竟收攝食器行澡水巳爲諸居士說法勸發渴仰成就歡喜賢者或有餘比丘諸比丘食竟收攝食器行澡水巳爲諸居士說法勸發渴仰成就歡喜彼因餘比丘諸比丘食竟收攝食器行澡水巳爲諸居士說法勸發渴仰成就歡喜故心不生惡若彼心無惡心不生欲者是二俱善賢者或有一人心不生如是欲諸居士往詣衆園時令我與共會共集共坐共論莫令餘比丘諸居士往詣衆園時與共會共集共坐共論賢者或有餘比丘諸居士往詣衆園時與共會共集共坐共論彼因餘比丘諸居士往詣衆園時與共會共集共坐共論故心不生惡若彼心無惡心不生欲者是二俱善賢者或有一人心不生如是欲令我爲王者所識及王大臣梵志居士國中人民所知重莫令餘比丘爲王者所識及王大臣梵志居士國中人民所知重賢者或有餘比丘爲王者所識及王大臣梵志居士國中人民所知重彼因餘比丘爲王者所識及王大臣梵志居士國中人民所知重故心不生惡若彼心無惡心不生欲者是二俱善賢者或有一人心不生如是欲令我爲四衆比丘比丘尼優婆塞優婆私所敬重莫令餘比丘爲四衆比丘比丘尼優婆塞優婆私所敬重賢

者或有餘比丘爲四衆比丘比丘尼優婆塞優婆私所敬重彼因餘比丘爲四衆比丘比丘尼優婆塞優婆私所敬重故心不生惡若彼心無惡心不生欲者是二俱善賢者或有一人心不生如是欲令我得衣被飲食牀蓐湯藥諸生活具莫令餘比丘得衣被飲食牀蓐湯藥諸生活具賢者或餘比丘得衣被飲食牀蓐湯藥諸生活具彼因餘比丘得衣被飲食牀蓐湯藥諸生活具故心不生惡若彼心無惡心不生欲者是二俱善賢者如是彼人若有諸智梵行者不知彼生如是無量善心欲者如是彼沙門非沙門想智沙門非智沙門想正智非正智想正念非正念想清淨非清淨想賢者如是彼人若有諸智梵行者知彼生如是無量善心欲者如是彼沙門沙門想智沙門智沙門想正智正智想正念正念想清淨清淨想賢者猶如有人或從市肆或從銅作家買銅合槃來盛滿種種淨美飲食蓋覆其上便持而去經過店肆近衆人行彼衆見已皆不欲食無愛樂意甚憎惡之生不淨想便作是說即彼糞去即彼糞去彼持去已住在一處便開示之衆人見已則皆欲食意甚愛樂而不憎惡則生淨想彼若本不用食者見已欲食況復其本欲得食耶賢者如是彼人若有諸智梵行者不知彼生如是無量善心欲者如是彼沙門非沙門想智沙門非智沙門想正智非正智想正念非正念想清淨非清淨想賢者如是彼人若有諸智梵行者知彼生如是無量善心欲者如是彼沙門沙門想智沙門智沙門想正智正智想

正念正念想清淨清淨想賢者當知如是人應親近之恭敬禮事若比丘應親近者便親近應恭敬禮事者便恭敬禮事如是彼便長夜得利得誼則得饒益安隱快樂亦得無苦無憂愁慼爾時尊者大目揵連在彼衆中於是尊者大目揵連白曰尊者舍梨子我今欲爲此事說喻聽我說耶尊者舍梨子告曰尊者大目揵連欲說喻者便可說之尊者大目揵連則便白曰尊者舍梨子我憶一時遊王舍城在巖山中我於爾時過夜平旦著衣持鉢入王舍城而行乞食詣舊車師無衣滿子家時彼家比舍更有車師斫治車軸是時舊車師無衣滿子徃至彼家於是舊車師無衣滿子見彼治軸心生是念若彼車師執斧治軸斫彼彼惡處者如是彼軸便當極好時彼

車師即如舊車師無衣滿子心中所念便持斧斫彼彼惡處於是舊車師無衣滿子極大歡喜而作是說車師子汝心如是則知我心所以者何以汝持斧斫治車軸彼彼惡處如我意故如是尊者舍梨子若有諛諂欺誑嫉妬無信懈怠無正念正智無定無慧其心狂惑不護諸根不修沙門無所分別尊者舍梨子心爲知彼心故而說此法尊者舍梨子若有人不諛諂不欺誑無嫉妬有信精進而無懈怠有正念正智修定修慧心不狂惑守護諸根廣修沙門而善分別彼聞尊者舍梨子所說法者猶飢欲食渴欲得飲口及意也尊者舍梨子猶刹利女梵志居士工師女端正姝好極淨沐浴以香塗身著明淨衣種種瓔珞嚴飾其容或復有人爲念彼女求利及饒

益求安隱快樂以青蓮華鬘或薝蔔華鬘或修摩那華鬘或婆師華鬘或阿提牟哆華鬘持與彼女彼女歡喜兩手受之以嚴其頭尊者舍梨子如是若有人不諛諂不欺誑無嫉妬有信精進而無懈怠有正念正智修定修慧心不狂惑守護諸根廣修沙門而善分別彼聞尊者舍梨子所說法者猶飢欲食渴欲得飲口及意也尊者舍梨子所奇甚特尊者舍梨子常拔濟諸梵行者令離不善安立善處如是二尊更相稱說從座起去尊者舍梨子所說如是尊者大目揵連及諸比丘聞尊者舍梨子所說歡喜奉行

穢品求法經第二

我聞如是一時佛遊拘婆羅國與大比丘衆俱往詣五娑羅村北尸攝恕林中及諸名德上尊長老大弟子等謂尊者舍梨子尊者大目揵連尊者大迦葉尊者大迦旃延尊者阿那律陀尊者麗越尊者阿難如是比餘名德上尊長老大弟子等亦在五娑羅村並皆近佛葉屋邊住爾時世尊告諸比丘汝等當行求法莫行求飲食所以者何我慈愍弟子故欲令行求法不行求飲食若汝等行求飲食不行求法者汝等既自惡我亦無名稱若汝遵行求法不行求飲食者汝等既自好我亦有名稱云何諸弟子爲求飲食故而依佛行非爲求法我飽食訖食事已辦猶有殘食於後有二比丘來飢渴力羸我語彼曰我飽食訖食事已辦猶有殘食汝等欲食者便取食之若汝不取者我便取以瀉著淨地或復瀉著無蟲水中彼二比丘第一比丘便作是念

世尊食訖食事已辦猶有殘食若我不取者世尊必取瀉著淨地或復瀉著無蟲水中我今寧可取而食之即便取食彼比丘取此食已雖一日一夜樂而得安隱但彼比丘因取此食故不可佛意所以者何彼比丘因取此食故不得少欲不知猒足不得易養不得易滿不得知時不知節限不得精進不得宴坐不得淨行不得遠離不得一心不得精勤亦不得涅槃是以彼比丘因取此食故不可佛意是謂諸弟子爲行求飲食故而依佛行非爲求法云何諸弟子行求法不行求飲食彼二比丘第二比丘便作是念世尊食訖食事已辦猶有殘食若我不取者世尊必取瀉著淨地或復瀉著無蟲水中又世尊說食中之下極者謂殘餘食也我今寧可不取此食作是念已即便不取彼比丘不取此食已雖一日一夜苦而不安隱但彼比丘因不取此食故得可佛意所以者何彼比丘因不取此食故得少欲得知足得易養得易滿得知時得節限得精進得宴坐得淨行得遠離得一心得精勤亦得涅槃是以彼比丘因不取此食故得可佛意是謂諸弟子爲行求法故而依佛行非爲求飲食於是世尊告諸弟子若有法律尊師樂住遠離上弟子不樂住遠離者彼法律不饒益多人多人不得樂非爲愍傷世間亦非爲天爲人求義及饒益求安隱快樂若有法律尊師樂住遠離中下弟子不樂住遠離者彼法律不饒益多人多人不得樂非爲愍傷世間亦非爲天爲人求義及饒益求安隱快樂若有法律尊師樂住遠離上弟

子亦樂住遠離者彼法律饒益多人多人得樂爲愍傷世間亦爲天爲人求義及饒益求安隱快樂若有法律尊師樂住遠離中下弟子亦樂住遠離者彼法律饒益多人多人得樂爲愍傷世間亦爲天爲人求義及饒益求安隱快樂是時尊者舍梨子亦在衆中彼時世尊告曰舍梨子汝爲諸比丘說法如法我患背痛今欲小息尊者舍梨子即受佛教唯然世尊於是世尊四疊優多羅僧以敷牀上卷僧伽梨作枕右脅而臥足足相累作光明想正念正智常念欲起是時尊者舍梨子告諸比丘諸賢當知世尊向略說法若有法律尊師樂住遠離上弟子不樂住遠離者彼法律不饒益多人多人不得樂不爲愍傷世間亦非爲天爲人求義及饒益求安隱快樂若有法律尊師樂住遠離中下弟子不樂住遠離者彼法律不饒益多人多人不得樂不爲愍傷世間亦非爲天爲人求義及饒益求安隱快樂若有法律尊師樂住遠離上弟子亦樂住遠離者彼法律饒益多人多人得樂爲愍傷世間亦爲天爲人求義及饒益求安隱快樂若有法律尊師樂住遠離中下弟子亦樂住遠離者彼法律饒益多人多人得樂爲愍傷世間亦爲天爲人求義及饒益求安隱快樂然世尊說此法極略汝等云何解義云何廣分別彼時衆中或有比丘作如是說尊者舍梨子若諸長老上尊自說我得究竟智我生已盡梵行已立所作已辦不更受有知如眞諸梵行者聞彼比丘自說我得究竟智便得歡喜復有比丘作如是說尊者舍梨子

若中下弟子求願無上涅槃諸梵行者見彼行已便得歡喜如是彼比丘而說此義不可尊者舍梨子意尊者舍梨子告彼比丘諸賢等聽我爲汝說諸賢若有法律尊師樂住遠離上弟子不樂住遠離者上弟子有三事可毀云何爲三尊師樂住遠離上弟子不學捨離上弟子以此可毀尊師若說可斷法上弟子不斷彼法上弟子以此可毀所可受證上弟子而捨方便上弟子以此可毀若有法律尊師樂住遠離上弟子不樂住遠離者上弟子有此三事可毀諸賢若有法律尊師樂住遠離中下弟子不樂住遠離者中下弟子有三事可毀云何爲三尊師樂住遠離中下弟子不學捨離中下弟子以此可毀尊師若說可斷法中下弟子不斷彼法中下弟子以此可毀所可受證中下弟子而捨方便中下弟子以此可毀若有法律尊師樂住遠離者中下弟子有此三事可毀諸賢若有法律尊師樂住遠離上弟子亦樂住遠離者上弟子有三事可稱云何爲三尊師樂住遠離上弟子亦學捨離上弟子以此可稱尊師若說可斷法上弟子便斷彼法上弟子以此可稱所可受證上弟子精進勤學不捨方便上弟子以此可稱諸賢若有法律尊師樂住遠離上弟子亦樂住遠離者上弟子有此三事可稱諸賢若有法律尊師樂住遠離中下弟子亦樂住遠離者中下弟子有三事可稱云何爲三尊師樂住遠離中下弟子亦學捨離中下弟子以此可稱尊師若說可斷法中下弟子便斷彼法中下弟子以

此可稱所可受證中下弟子精進勤學不捨方便中下弟子以此可稱諸賢若有法律尊師樂住遠離中下弟子亦樂住遠離者中下弟子有此三事可稱尊者舍梨子復告諸比丘諸賢有中道能得心住得定得樂順法次法得通得覺亦得涅槃諸賢云何有中道能得心住得定得樂順法次法得通得覺亦得涅槃諸賢念欲惡惡念欲亦惡彼斷念欲亦斷惡念欲如是恚怨結慳嫉欺誑諛諂無慙無愧慢最上慢貢高放逸豪貴憎諍諸賢貪亦惡著亦惡彼斷貪亦斷著諸賢是謂中道能得心住得定得樂順法次法得通得覺亦得涅槃諸賢復有中道能得心住得定得樂順法次法得通得覺亦得涅槃諸賢云何復有中道能得心住得定得樂順法次法得通得覺亦得涅槃謂八支聖道正見乃至正定是爲八諸賢是謂復有中道能得心住得定得樂順法次法得通得覺亦得涅槃於是世尊所患即除而得安隱從臥寤起結跏趺坐歎尊者舍梨子善哉善哉舍梨子爲諸比丘說法如法舍梨子汝當復爲諸比丘說法如法舍梨子汝當數數爲諸比丘說法如法爾時世尊告諸比丘汝等當共受法如法誦習執持所以者何此法如法有法有義爲梵行本得通得覺亦得涅槃諸族姓子剃除鬚髮著袈裟衣至信捨家無家學道者此法如法當善受持佛說如是尊者舍梨子及諸比丘聞佛所說歡喜奉行

中阿含經卷第二十二

音釋

鼉山 鼉唐何切水蟲似蜥蜴而長大山因之為名 揩拭 揩丘皆切拭施隻切揩拭謂揩摸拭拭也 屏處 屏補求切屏處謂隱蔽處也 牀蓐 牀仕莊切卧榻也蓐而六切草薦也 諛諂 諛容朱切面從也諂丑琰切佞言也 嫉妬 嫉昨悉切害賢曰嫉妬都故切害色曰妬 鬘 莫班切 羸 倫為切瘦也 脅 虛業切脇下曰脅 寤 五故切寐覺也

中阿含經卷第二十三

東晉罽賓三藏瞿曇僧伽提婆譯

穢品比丘請經第三

我聞如是一時佛遊王舍城在竹林迦蘭哆園與大比丘衆俱受夏坐爾時尊者大目揵連告諸比丘諸賢若有比丘請諸比丘諸尊語我教我訶我莫難於我所以者何諸賢或有一人戾語成就戾語法成就戾語法故令諸梵行者不語彼不教不訶而難彼人諸賢何者戾語法若有成就戾語法者諸梵行者不語彼不教不訶而難彼人諸賢或有一人惡欲念欲諸賢若有人惡欲念欲者是謂戾語法如是染行染不語結住欺誑諛諂慳貪嫉妒無慙無愧瞋弊惡意瞋瞋語言訶比丘訶訶比丘輕慢訶比丘發露更互相避而說外事不語瞋恚憎嫉熾盛惡朋友惡伴侶無恩不知恩諸賢若有人無恩不知恩者是謂戾語法諸賢是謂諸戾語法若有成就戾語法者諸梵行者不語彼不教不訶而難彼人諸賢比丘者當自思量諸賢若有人惡欲念欲者我不愛彼若我惡欲念欲者彼亦不愛我比丘如是觀不行惡欲不念欲者當學如是如是染行染不語結住欺誑諛諂慳貪嫉妒無慙無愧瞋弊惡意瞋瞋語言訶比丘訶訶比丘輕慢訶比丘發露更互相避而說外事不語瞋恚憎嫉熾盛惡朋友惡伴侶無恩不知恩諸賢若有人無恩不知恩者我不愛彼若我無恩不知恩者彼亦不愛我若比丘如是觀不行無恩不知恩者當學如是諸賢若比丘不請諸比丘諸尊語我教我訶我莫

難於我所以者何諸賢或有一人善語成就善語法成就善語法故諸梵行者善語彼善教善訶不難彼人諸賢何者善語法若有成就善語法者諸梵行者善語彼善教善訶不難彼人諸賢或有一人不惡欲不念欲諸賢若有人不惡欲不念欲者是謂善語法如是不染行染不不語結住不欺誑諛諂不慳貪嫉妒不無慙無愧不瞋弊惡意不瞋瞋語言不訶比丘訶不訶比丘輕慢不訶比丘發露不更互相避而說外事不不語瞋恚憎嫉熾盛不惡朋友惡伴侶不無恩不知恩諸賢若有人不無恩不知恩者是謂善語法諸賢是謂善語法若有成就善語法者諸梵行者善語教善教善訶不難彼人諸賢比丘者當自思量諸賢若有人不惡欲不念欲者我愛彼人若我不惡欲不念欲者彼亦愛我比丘如是觀不行惡欲不念欲者當學如是如是不染行染不不語結住不欺誑諛諂不慳貪嫉妒不無慙無愧不瞋弊惡意不瞋瞋語言不訶比丘訶不訶比丘輕慢不訶比丘發露不更互相避而說外事不不語瞋恚憎嫉熾盛不惡朋友惡伴侶不無恩不知恩諸賢若有人不無恩不知恩者我愛彼人若我不無恩不知恩者彼亦愛我比丘如是觀不無恩不知恩者當學如是諸賢若比丘如是觀者必多所饒益我為惡欲念欲為不惡欲念欲耶諸賢若比丘觀時則知我是惡欲念欲者則不歡悅便求欲斷諸賢若比丘觀時則知我無惡欲不念欲者即便歡悅我自清淨求學尊法是故歡悅諸賢猶有目人以鏡自照則

見其面淨及不淨諸賢若有目人見面有垢者則不歡悅便求欲洗諸賢若有目人見面無垢者即便歡悅我面清淨是故歡悅諸賢若比丘觀時則知我行惡欲念欲者則不歡悅便求欲斷諸賢若比丘觀時則知我不行惡欲不念欲者即便歡悅我自清淨求學尊法是故歡悅如是我爲染行染爲不染行染爲不語結住爲不不語結住爲欺誑諛諂爲不欺誑諛諂爲慳貪嫉妒爲不慳貪嫉妒爲無慙無愧爲不無慙無愧爲瞋弊惡意爲不瞋弊惡意爲瞋瞋語言爲不瞋瞋語言爲訶比丘訶爲不訶比丘訶爲訶比丘輕慢爲不訶比丘輕慢爲訶比丘發露爲不訶比丘發露爲更互相避爲不更互相避爲說外事爲不說外事爲不語瞋恚憎嫉熾盛爲不不語瞋恚憎嫉熾盛爲惡朋友惡伴侶爲不惡朋友惡伴侶爲無恩不知恩爲不無恩不知恩耶諸賢若比丘觀時則知我無恩不知恩者則不歡悅便求欲斷諸賢若比丘觀時則知我不無恩不知恩者即便歡悅我自清淨求學尊法是故歡悅諸賢猶有目人以鏡自照則見其面淨及不淨諸賢若有目人見面有垢者則不歡悅便求欲洗諸賢若有目人見面無垢者即便歡悅我面清淨是故歡悅諸賢如是若比丘觀時則知我無恩不知恩者則不歡悅便求欲斷諸賢若比丘觀時則知我不無恩不知恩者即便歡悅我自清淨求學尊法是故歡悅因歡悅故便得歡喜因歡喜故便得止身止身故便得覺樂因覺樂故便得定心諸賢多聞聖弟子因定心故便見

如實知如眞因見如實知如眞故便得猒因猒故便得無欲因無欲故便得解脫因解脫故便得知解脫生已盡梵行已立所作已辦不更受有知如眞尊者大目揵連所說如是彼諸比丘聞尊者大目揵連所說歡喜奉行

穢品知法經第四

我聞如是一時佛遊拘舍彌在瞿師羅園爾時尊者周那告諸比丘若有比丘作如是說我知諸法所可知法而無增伺然彼賢者心生惡增伺而住如是諍訟恚恨瞋纏不語結慳嫉欺誑諛諂無慙無愧無惡欲惡見然彼賢者心生惡欲惡見而住諸梵行人知彼賢者不知諸法所可知法而無增伺所以者何以彼賢者心生增伺而住如是諍訟恚恨瞋纏不語結慳嫉欺誑諛諂無慙無愧無惡欲惡見所以者何以彼賢者心生惡欲惡見而住諸賢猶人不富自稱說富亦無國封說有國封又無畜牧說有畜牧若欲用時則無金銀眞珠瑠璃水精琥珀無畜牧米穀亦無奴婢諸親朋友往詣彼所而作是說汝實不富自稱說富亦無國封說有國封又無畜牧說有畜牧然欲用時則無金銀眞珠瑠璃水精琥珀無畜牧米穀亦無奴婢如是諸賢若有比丘作如是說我知諸法所可知法而無增伺然彼賢者心生惡增伺而住如是諍訟恚恨瞋纏不語結慳嫉欺誑諛諂無慙無愧無惡欲惡見然彼賢者心生惡欲惡見而住諸梵行人知彼賢者不知諸法所可知法而無增伺所以者何以彼賢者心不向增伺盡無餘涅槃如是諍訟恚恨瞋纏不語結慳嫉欺

誑諛諂無慚無愧無惡欲惡見所以者何以彼賢者心不向惡見法盡無餘涅槃諸賢或有比丘不作是說我知諸法所可知法而無增伺然彼賢者心不生惡增伺而住如是諍訟恚恨瞋纏不語結慳嫉欺誑諛諂無慚無愧無惡欲惡見然彼賢者心不生惡欲惡見而住諸梵行人知彼賢者實知諸法所可知法而無增伺所以者何以彼賢者心不生惡增伺而住如是諍訟恚恨瞋纏不語結慳嫉欺誑諛諂無慚無愧無惡欲惡見所以者何以彼賢者心不生惡欲惡見而住諸賢猶人大富自說不富亦有國封說無國封又有畜牧說無畜牧若欲用時則有金銀真珠瑠璃水精琥珀有畜牧米穀亦有奴婢諸親朋友往詣彼所作如是說汝實大富自說不富亦有國封說無國封又有畜牧說無畜牧然欲用時則有金銀真珠瑠璃水精琥珀有畜牧米穀亦有奴婢如是諸賢若比丘不作是說我知諸法所可知法而無增伺然彼賢者心不生惡增伺而住如是諍訟恚恨瞋纏不語結慳嫉欺誑諛諂無慚無愧無惡欲惡見然彼賢者心不生惡欲惡見而住諸梵行人知彼賢者知諸法所可知法而無增伺所以者何以彼賢者心向增伺盡無餘涅槃如是諍訟恚恨瞋纏不語結慳嫉欺誑諛諂無慚無愧無惡欲惡見所以者何以彼賢者心向惡見法盡無餘涅槃尊者周那所說如是彼諸比丘聞尊者周那所說歡喜奉行

穢品周那問見經第五

我聞如是一時佛遊拘舍彌在瞿師羅園於

是尊者大周那則於晡時從宴坐起往詣佛所稽首佛足却坐一面白曰世尊世中諸見生而生謂計有神計有衆生有人有壽有命有世世尊云何知云何見令此見得滅得捨離而令餘見不續不受耶彼時世尊告曰周那世中諸見生而生謂計有神計有衆生有人有壽有命有世周那若使諸法滅盡無餘者如是知如是見令此見得滅得捨離而令餘見不續不受當學漸損周那於聖法律中何者漸損比丘者離欲離惡不善之法至得第四禪成就遊彼作是念我行漸損周那於聖法律中不但是漸損有四增上心現法樂居行者從是起而復還入彼作是念我行漸損周那於聖法律中不但是漸損比丘者度一切色想至得非有想非無想處成就遊彼作是念我行漸損周那於聖法律中不但是漸損有四息解脫離色得無色行者從是起當爲他說彼作是念我行漸損周那於聖法律中不但是漸損周那他有惡欲念欲我無惡欲念欲當學漸損周那他有害意瞋我無害意瞋當學漸損周那他有殺生不與取非梵行我無非梵行當學漸損周那他有增伺諍意睡眠所纏掉貢高而有疑惑我無疑惑當學漸損周那他有瞋結諛諂欺誑無慚無愧我有慚愧當學漸損周那他有慢我無慢當學漸損周那他有增慢我無增慢當學漸損周那他不多聞我有多聞當學漸損周那他不觀諸善法我觀諸善法當學漸損周那他行非法惡行我行是法妙行當學漸損周那他有妄言兩舌麤言綺語惡戒我無惡戒

當學漸損周那他有不信懈怠無念無定而有惡慧我無惡慧當學漸損周那若但發心念欲求學諸善法者則多所饒益況復身口行善法耶周那他有惡欲念欲我無惡欲念欲當發心周那他有害意瞋我無害意瞋當發心周那他有殺生不與取非梵行我無非梵行當發心周那他有增伺諍意睡眠所纏掉貢高而有疑惑我無疑惑當發心周那他有瞋結諛諂欺誑無慚無愧我有慚愧當發心周那他有慢我無慢當發心周那他有增慢我無增慢當發心周那他不多聞我有多聞當發心周那他不觀諸善法我觀諸善法當發心周那他行非法惡行我行是法妙行當發心周那他有妄言兩舌麤言綺語惡戒我無惡戒當發心周那他有不信懈怠無念無定而有惡慧我無惡慧當發心周那猶如惡道與正道對猶如惡度與正度對如是周那惡欲者與非惡欲爲對害意瞋者與不害意瞋爲對殺生不與取非梵行者與梵行爲對增伺諍意睡眠掉貢高疑惑者與不疑惑爲對瞋結諛諂欺誑無慚無愧者與慚愧爲對慢者與不慢爲對增慢者與不增慢爲對不多聞者與多聞爲對不觀諸善法者與觀諸善法爲對行非法惡行者與行是法妙行爲對妄言兩舌麤言綺語惡戒者與善戒爲對不信懈怠無念無定惡慧者與善慧爲對周那或有法黑有黑報趣至惡處或有法白有白報而得昇上如是周那惡欲者以非惡欲爲昇上害意瞋者以不害意瞋爲昇上殺生不與取非梵行者以梵行爲昇上增伺諍

意睡眠掉貢高疑惑者以不疑惑爲昇上瞋結諛諂欺誑無慙無愧者以慙愧爲昇上慢者以不慢爲昇上增慢者以不增慢爲昇上不多聞者以多聞爲昇上不觀諸善法者以觀諸善法爲昇上行非法惡行者以行是法妙行爲昇上妄言兩舌麤言綺語惡戒者以善戒爲昇上不信懈怠無念無定惡慧者以善慧爲昇上周那若有不自調御他不調御欲調御者終無是處自没溺他没溺欲拔出者終無是處自不般涅槃他不般涅槃令般涅槃者終無是處周那若有自調御他不調御欲調御者必有是處自不没溺他没溺欲拔出者必有是處自般涅槃他不般涅槃令般涅槃者必有是處如是周那惡欲者以非惡欲爲般涅槃害意瞋者以不害意瞋爲般

涅槃殺生不與取非梵行者以梵行爲般涅槃增伺諍意睡眠掉貢高疑惑者以不疑惑爲般涅槃瞋結諛諂欺誑無慙無愧者以慙愧爲般涅槃慢者以不慢爲般涅槃增慢者以不增慢爲般涅槃不多聞者以多聞爲般涅槃不觀諸善法者以觀諸善法爲般涅槃行非法惡行者以行是法妙行爲般涅槃妄言兩舌麤言綺語惡戒者以善戒爲般涅槃不信懈怠無念無定惡慧者以善慧爲般涅槃是爲周那我已爲汝說漸損法已說發心法已說對法已說昇上法已說般涅槃法如尊師所爲弟子起大慈哀憐念愍傷求義及饒益求安隱快樂者我今已作汝等亦當復自作至無事處山林樹下空安靜處坐禪思惟勿得放逸勤加精進莫令後悔此是我之

敎勑是我訓誨佛說如是尊者大周那及諸比丘聞佛所說歡喜奉行

穢品青白蓮華喻經第六

我聞如是一時佛遊舍衞國在勝林給孤獨園爾時世尊告諸比丘或有法從身滅不從口滅或有法從口滅不從身滅或有法不從身口滅但以慧見滅云何法從身滅不從口滅比丘者有不善身行充滿具足受持著身諸比丘見已訶彼比丘賢者不善身行充滿具足受持何爲著身賢者可捨不善身行修習善身彼行於後時捨不善身行修習善身行是謂法從身滅不從口滅云何法從口滅不從身滅比丘者不善口行充滿具足受持著口諸比丘見已訶彼比丘賢者不善口行充滿具足受持何爲著口賢者可捨不善口行修習善口行彼於後時捨不善口行修習善口行是謂法從口滅不從身滅云何法不從身口滅但以慧見滅增伺不從身口滅但以善見滅如是諍訟恚恨瞋纏不語結慳嫉欺誑諛諂無慙無愧惡欲惡見不從身口滅但以慧見滅是謂法不從身口滅但以慧見滅如來或有觀觀他人心知此人不如是修身修戒修心修慧如修身修戒修心修慧得滅增伺所以者何以此人心生惡增伺而住如是諍訟恚恨瞋纏不語結慳嫉欺誑諛諂無慙無愧得滅惡欲惡見所以者何以此人心生惡欲惡見而住知此人如是修身修戒修心修慧如修身修戒修心修慧得滅增伺所以者何以此人心不生惡增伺而住如是諍訟恚恨瞋纏不語結慳嫉欺誑諛諂無慙

無愧得滅惡欲惡見所以者何以此人心不生惡欲惡見而住猶如青蓮華紅赤白蓮華水生水長出水上不著水如是如來世間生世間長出世間行不著世間法所以者何如來無所著等正覺出一切世間爾時尊者阿難執拂侍佛於是尊者阿難叉手向佛白曰世尊此經當名何云何受持於是世尊告曰阿難此經名爲青白蓮華喻汝當如是善受持誦爾時世尊告諸比丘汝等當共受此青白蓮華喻經誦習守持所以者何此青白蓮華喻經如法有義是梵行本致通致覺亦致涅槃若族姓子剃除鬚髮著袈裟衣至信捨家無家學道者應當受此青白蓮華喻經善諷誦持佛說如是尊者阿難及諸比丘聞佛所說歡喜奉行

穢品水淨梵志經第七

我聞如是一時佛遊鬱鞞羅尼連然河岸在阿耶和羅尼拘類樹下初得道時於是有一水淨梵志中後彷徉往詣佛世尊世尊遙見水淨梵志來因水淨梵志故告諸比丘若有二十一穢汙於心者必至惡處生地獄中云何二十一穢邪見心穢非法欲心穢惡貪心穢邪法心穢貪心穢恚心穢睡眠心穢掉悔心穢疑惑心穢瞋纏心穢不語結心穢慳心穢嫉心穢欺誑心穢諛諂心穢無慙心穢無愧心穢慢心穢大慢心穢憍慠心穢放逸心穢若有此二十一穢汙於心者必至惡處生地獄中猶垢膩衣持與染家彼染家得或以淳灰或以澡豆或以土漬極浣令淨此垢膩衣染家雖治或以淳灰或以澡豆或以土漬

極浣令淨然此汙衣故有穢色如是若有二十一穢汙於心者必至惡處生地獄中云何二十一穢邪見心穢非法欲心穢惡貪心穢邪法心穢貪心穢恚心穢睡眠心穢掉悔心穢疑惑心穢瞋纏心穢不語結心穢慳心穢嫉心穢欺誑心穢諛諂心穢無慚心穢無愧心穢慢心穢大慢心穢憍傲心穢放逸心穢若有此二十一穢汙於心者必至惡處生地獄中若有二十一穢不汙心者必至善處生於天上云何二十一穢邪見心穢非法欲心穢惡貪心穢邪法心穢貪心穢恚心穢睡眠心穢掉悔心穢疑惑心穢瞋纏心穢不語結心穢慳心穢嫉心穢欺誑心穢諛諂心穢無慚心穢無愧心穢慢心穢大慢心穢憍傲心穢放逸心穢若有此二十一穢不汙心者必至善處生於天上猶如白淨波羅㮈衣持與染家彼染家得或以淳灰或以澡豆或以土漬極浣令淨此白淨波羅㮈衣染家雖治或以淳灰或以澡豆或以土漬極浣令淨然此白淨波羅㮈衣本已淨而復淨如是若有二十一穢不汙心者必至善處生於天上云何二十一穢邪見心穢非法欲心穢惡貪心穢邪法心穢貪心穢恚心穢睡眠心穢掉悔心穢疑惑心穢瞋纏心穢不語結心穢慳心穢嫉心穢欺誑心穢諛諂心穢無慚心穢無愧心穢慢心穢大慢心穢憍傲心穢放逸心穢若有此二十一穢不汙心者必至善處生於天上若知邪見是心穢者知已便斷如是非法欲心穢惡貪心穢邪法心穢貪心穢恚心穢睡眠心穢掉悔心穢疑惑心穢瞋纏心穢

不語結心穢慳心穢嫉心穢欺誑心穢諛諂心穢無慙心穢無愧心穢慢心穢大慢心穢憍傲心穢若知放逸是心穢者知已便斷彼心與慈俱遍滿一方成就遊如是二三四方四維上下普周一切心與慈俱無結無怨無恚無諍極廣甚大無量善修遍滿一切世間成就遊如是悲喜心與捨俱無結無怨無恚無諍極廣甚大無量善修遍滿一切世間成就遊梵志是謂洗浴内心非浴外身爾時梵志語世尊曰瞿曇可詣多水河浴世尊問曰梵志若詣多水河浴者彼得何等梵志答曰瞿曇彼多水河浴者此是世間齋潔之想度想福想瞿曇若詣多水河浴者彼則淨除於一切惡爾時世尊爲彼梵志而說頌曰

妙好首梵志　若入多水河　是愚常遊戲　不能淨黑業

好首何往泉　何義多水河　人作不善業　清水何所益

淨者無垢穢　淨者常說戒　淨者清白業　常得清淨行

若汝不殺生　常不不與取　真諦不妄言　常正念正知

梵志如是學　一切衆生安　梵志何還家　家泉無所淨

梵志汝當學　淨洗以善法　何須弊惡水　但去身體垢

梵志白佛曰　我亦作是念　淨洗以善法　何須弊惡水

梵志聞佛教　心中大歡喜　即時禮佛足　歸依佛法衆

梵志白曰世尊我已知善逝我已解我今自歸佛法及比丘衆唯願世尊受我爲優婆塞從今日始終身自歸乃至命盡佛說如是好首水淨梵志及諸比丘聞佛所說歡喜奉行

穢品黑比丘經第八

我聞如是一時佛遊舍衛國在東園鹿母堂是時黑比丘鹿母子常喜鬬諍往詣佛所世尊遥見黑比丘來因黑比丘故告諸比丘或有一人常喜鬬諍不稱止諍若有一人常喜鬬諍不稱止諍者此法不可樂不可愛喜不能令愛念不能令敬重不能令修習不能令攝持不能令得沙門不能令得一意不能令得涅槃或有一人惡欲不稱止惡欲若有一人惡欲不稱止惡欲者此法不可樂不可愛喜不能令愛念不能令敬重不能令修習不能令攝持不能令得沙門不能令得一意不能令得涅槃或有一人犯戒越戒缺戒穿戒汙戒不稱持戒若有一人犯戒越戒缺戒穿戒汙戒不稱持戒者此法不可樂不可愛喜不能令愛念不能令敬重不能令修習不能令攝持不能令得沙門不能令得一意不能令得涅槃或有一人有瞋纏有不語結有慳嫉有諛諂欺誑有無慙無愧不稱慙愧若有一人有瞋纏有不語結有慳嫉有諛諂欺誑有無慙無愧不稱慙愧者此法不可樂不可愛喜不能令愛念不能令敬重不能令修習不能令攝持不能令得沙門不能令得一意不能令得涅槃或有一人不經勞諸梵行不稱經勞諸梵行若有一人不經勞諸梵行不稱經勞諸梵行者此法不可樂不可愛喜不能令愛念不能令敬重不能令修習不能令攝持不能令得沙門不能令得一意不能令得涅槃或有一人不觀諸法不稱觀諸法若有一人不觀諸法不稱觀諸法者此法不可樂不可愛喜不能令愛念不能令敬重不能

令修習不能令攝持不能令得沙門不能令得一意不能令得涅槃或有一人不宴坐不稱宴坐若有一人不宴坐不稱宴坐者此法不可樂不可愛喜不能令愛念不能令敬重不能令修習不能令攝持不能令得沙門不能令得一意不能令得涅槃此人雖作是念令諸梵行者供養恭敬禮事於我然諸梵行者不供養恭敬禮事於彼所以者何彼人有此無量惡法因彼有此無量惡法故令諸梵行者不供養恭敬禮事於彼猶如惡馬繫在櫪養雖作是念令人繫我著安隱處與我好飲食好看視我然人不繫著安隱處不與好飲食不好看視所以者何彼馬有惡法謂極麤弊不溫良故令人不繫著安隱處不與好飲食不好看視如是此人雖作是念令諸梵行者供養恭敬禮事於我然諸梵行者不供養恭敬禮事於彼所以者何彼人有此無量惡法因彼有此無量惡法故令諸梵行者不供養恭敬禮事於彼或有一人不喜鬬諍稱譽止諍若有一人不喜鬬諍稱譽止諍者此法可樂可愛可喜能令愛念能令敬重能令修習能令攝持能令得沙門能令得一意能令得涅槃或有一人不惡欲稱譽止惡欲若有一人不惡欲稱譽止惡欲者此法可樂可愛可喜能令愛念能令敬重能令修習能令攝持能令得沙門能令得一意能令得涅槃或有一人不犯戒不越戒不缺戒不穿戒不汙戒稱譽持戒若有一人不犯戒不越戒不缺戒不穿戒不汙戒稱譽持戒者此法可樂可愛可喜能令愛念能令敬重能令修習能

令攝持能令得沙門能令得一意能令得涅槃或有一人無瞋纏無不語結無慳嫉無諛諂欺誑無慙無愧稱譽慙愧若有一人無瞋纏無不語結無慳嫉無諛諂欺誑無慙無愧稱譽慙愧者此法可樂可愛可喜能令愛念能令敬重能令修習能令攝持能令得沙門能令得一意能令得涅槃或有一人經勞諸梵行稱譽經勞諸梵行若有一人經勞諸梵行稱譽經勞諸梵行者此法可樂可愛可喜能令愛念能令敬重能令修習能令攝持能令得沙門能令得一意能令得涅槃或有一人觀諸法稱譽觀諸法若有一人觀諸法稱譽觀諸法者此法可樂可愛可喜能令愛念能令敬重能令修習能令攝持能令得沙門能令得一意能令得涅槃或有一人宴坐稱譽宴坐若有一人宴坐稱譽宴坐者此法可樂可愛可喜能令愛念能令敬重能令修習能令攝持能令得沙門能令得一意能令得涅槃此人雖不作是念令諸梵行者供養恭敬禮事於我然諸梵行者供養恭敬禮事於彼所以者何彼人有此無量善法因彼有此無量善法故令諸梵行者供養恭敬禮事於彼猶如良馬繫在櫪養雖不作是念令人繫我著安隱處與我好飲食好看視我然人繫彼著安隱處與好飲食好看視之所以者何彼馬有善法謂輭調好極温良故令人繫著於安隱處與好飲食好看視之如是此人雖不作是念令諸梵行者供養恭敬禮事於我然諸梵行者供養恭敬禮事於彼佛說如是彼諸比丘聞佛所說歡喜奉行

穢品住法經第九

我聞如是一時佛遊舍衛國在勝林給孤獨園爾時世尊告諸比丘我說退善法不住不增我說住善法不退不增我說增善法不退不住云何退善法不住不增比丘者若有篤信禁戒博聞布施智慧辯才阿含及其所得彼人於此法退不住不增是謂退善法不住不增云何住善法不退不增比丘者若有篤信禁戒博聞布施智慧辯才阿含及其所得彼人於此法住不退不增是謂住善法不退不增云何增善法不退不住比丘者若有篤信禁戒博聞布施智慧辯才阿含及其所得彼人於此法增不退不住是謂增善法不退不住比丘者作如是觀必多所饒益我爲多行增伺爲多行無增伺我爲多行瞋恚心爲多行無瞋恚心我爲多行睡眠纏爲多行無睡眠纏我爲多行掉貢高爲多行無掉貢高我爲多行疑惑爲多行無疑惑我爲多行身諍爲多行無身諍我爲多行穢汙心爲多行無穢汙心我爲多行信爲多行不信我爲多行精進爲多行懈怠我爲多行念爲多行無念我爲多行定爲多行無定我爲多行惡慧爲多行無惡慧若比丘觀時則知我多行增伺瞋恚心睡眠纏掉貢高疑惑身諍穢汙心不信懈怠無念無定多行惡慧者彼比丘欲滅此惡不善法故便以速求方便學極精勤正念正智忍不令退猶人爲火燒頭燒衣急求方便救頭救衣如是比丘欲滅此惡不善法故便以速求方便學極精勤正念正智忍不令退若比丘觀時則知我多行無增伺無

瞋恚心無睡眠纏無掉貢高無疑惑無身諍無穢汙心有信有進有念有定多行無惡慧者彼比丘欲住此善法不忘不退修行廣布故便以速求方便學精勤正念正智忍不令退猶人爲火燒頭燒衣急求方便救頭救衣如是比丘欲住此善法不忘不退修行廣布方便以速求方便學極精勤正念正智忍不令退佛說如是彼諸比丘聞佛所說歡喜奉行

穢品無經第十

我聞如是一時佛遊舍衛國在勝林給孤獨園爾時尊者舍梨子告諸比丘諸賢若有比丘比丘尼未聞法者不得聞已聞法者便忘失若使有法本所修行廣布誦習慧之所解彼不復憶知而不知諸賢是謂比丘比丘尼淨法衰退諸賢若有比丘比丘尼未聞法者便得聞已聞法者不忘失若使有法本所修行廣布誦習慧之所解彼常憶念知而復知是謂比丘比丘尼淨法轉增諸賢比丘者當作如是觀我爲有增伺爲無有增伺我爲有瞋恚心爲無有瞋恚心我爲有睡眠纏爲無有睡眠纏我爲有掉貢高爲無有掉貢高我爲有疑惑爲無有疑惑我爲有身諍爲無有身諍我爲有穢汙心爲無有穢汙心我爲有信爲無有信我爲有進爲無有進我爲有念爲無有念我爲有定爲無有定我爲有惡慧爲無有惡慧諸賢若比丘觀時則知我有增伺有瞋恚心有睡眠纏有掉貢高有疑惑有身諍有穢汙心無信無進無念無定有惡慧者諸賢彼比丘欲滅此惡不善法故便以速

求方便學極精勤正念正智忍不令退諸賢猶人爲火燒頭燒衣急求方便救頭救衣諸賢如是比丘欲滅此惡不善法故便以速求方便學極精勤正念正智忍不令退諸賢若比丘觀時則知我無增伺無瞋恚心無睡眠纏無掉貢高無有疑惑無有身諍無穢汙心有信有進有念有定無惡慧者彼比丘欲住此善法不忘不退修行廣布故便以速求方便學極精勤正念正智忍不令退猶人爲火燒頭燒衣急求方便救頭救衣諸賢如是比丘欲住此善法不忘不退修行廣布故便以求方便學極精勤正念正智忍不令退尊者舍梨子所説如是彼諸比丘聞尊者舍梨子所説歡喜奉行

穢品第八竟

中阿含經卷第二十三

音釋

戾郎計切惡也曲也 弊毗祭切弊惡也 掉徒弔切謂沉掉也 溺女的切沉也 彷徉彷蒲光切徉音羊彷徉徘徊也 憍慠憍居遥切恣也自矜也慠五告切慢也倨也 澡豆澡子皓切澡豆或謂皂莢也 膩尼二切垢膩也 漬疾智切浸漬也 浣五管切洗濯也 㮈奴代切 櫪養櫪音曆馬槽也養于亮切

中阿含經卷第二十四

東晉罽賓三藏瞿曇僧伽提婆譯

因品第九有十經 第二小土城誦

因止處二陰 增上心及念 師子吼優曇
願想最在後

因品大因經第一

我聞如是一時佛遊拘樓瘦在劒磨瑟曇拘樓都邑爾時尊者阿難閑居獨處宴坐思惟心作是念此緣起甚奇極甚深明亦甚深然我觀見至淺至淺於是尊者阿難則於晡時從宴坐起往詣佛所稽首佛足卻住一面白曰世尊我今閑居獨處宴坐思惟心作是念此緣起甚奇極甚深明亦甚深然我觀見至淺至淺世尊告曰阿難汝莫作是念此緣起至淺至淺所以者何此緣起極甚深明亦甚深阿難於此緣起不知如真不見如實不覺不達故令彼衆生如織機相鎖如蔓草多有稠亂怱怱喧鬧從此世至彼世從彼世至此世往來不能出過生死阿難是故知此緣起極甚深明亦甚深阿難若有問者老死有緣耶當如是答老死有緣若有問者老死有何緣當如是答緣於生也阿難若有問者生有緣耶當如是答生亦有緣若有問者生有何緣當如是答緣於有也阿難若有問者有有緣耶當如是答有亦有緣若有問者有有何緣當如是答緣於受也阿難若有問者受有緣耶當如是答受亦有緣若有問者受有何緣當如是答緣於愛也阿難是爲緣愛有受緣受有有緣有有生緣生有老死緣老死有愁慼啼哭憂苦懊惱皆緣老死有如此具足

純生大苦陰阿難緣生有老死者此説緣生有老死當知所謂緣生有老死阿難若無生魚魚種鳥鳥種蛟蛟種龍龍種神神種鬼鬼種天天種人人種阿難彼彼衆生隨彼彼處若無生各各無生者設使離生當有老死耶答曰無也阿難是故當知是老死因老死習老死本老死緣者謂此生也所以者何緣生故則有老死阿難緣有有生者此説緣有有生當知所謂緣有有生阿難若無有魚魚種鳥鳥種蛟蛟種龍龍種神神種鬼鬼種天天種人人種阿難彼彼衆生隨彼彼處無有各各無有者設使離有當有生耶答曰無也阿難是故當知是生因生習生本生緣者謂此有也所以者何緣有故則有生阿難緣受有有者此説緣受有有當知所謂緣受有有阿難若無受各各無受者設使離受當復有有施設有有耶答曰無也阿難是故當知是有因有習有本有緣者謂此受也所以者何緣受故則有有阿難緣愛有受者此説緣愛有受當知所謂緣愛有受阿難若無愛各各無愛者設使離愛當復有受立於受耶答曰無也阿難是故當知是受因受習受本受緣者謂此愛也所以者何緣愛故則有受阿難是爲緣愛有求緣求有利緣利有分緣分有染欲緣染欲有著緣著有慳緣慳有家緣家有守阿難緣守故便有刀杖鬪諍諛諂欺誑妄言兩舌起無量惡不善之法有如此具足純生大苦陰阿難若無守各各無守者設使離守當有刀杖鬪諍諛諂欺誑妄言兩舌起無量惡不善之法耶答曰無也阿難是故當知

是刀杖鬭諍諛諂欺誑妄言兩舌起無量惡不善之法因是習是本是緣者謂此守也所以者何緣守故則有刀杖鬭諍諛諂欺誑妄言兩舌起無量惡不善之法有如此具足純生大苦陰阿難緣家有守者此說緣家有守當知所謂緣家有守阿難若無家各各無家者設使離家當有守耶答曰無也阿難是故當知是守因守習守本守緣者謂此家也所以者何緣家故則有守阿難緣慳有家者此說緣慳有家當知所謂緣慳有家阿難若無慳各各無慳者設使離慳當有家耶答曰無也阿難是故當知是家因家習家本家緣者謂此慳也所以者何緣慳故則有家阿難緣著有慳者此說緣著有慳當知所謂緣著有慳阿難若無著各各無著者設使離著當有慳耶答曰無也阿難是故當知是慳因慳習慳本慳緣者謂此著也所以者何緣著故則有慳阿難緣欲有著者此說緣欲有著當知所謂緣欲有著阿難若無欲各各無欲者設使離欲當有著耶答曰無也阿難是故當知是著因著習著本著緣者謂此欲也所以者何緣欲故則有著阿難緣分有染欲者此說緣分有染欲當知所謂緣分有染欲阿難若無分各各無分者設使離分當有染欲耶答曰無也阿難是故當知是染欲因染欲習染欲本染欲緣者謂此分也所以者何緣分故則有染欲阿難緣利有分者此說緣利有分當知所謂緣利有分阿難若無利各各無利者設使離利當有分耶答曰無也阿難是故當知是分因分習分本分緣者謂此利也所

以者何緣利故則有分阿難緣求有利者此說緣求有利當知所謂緣求有利阿難若無求各各無求者設使離求當有利耶答曰無也阿難是故當知是利因利習利本利緣者謂此求也所以者何緣求故則有利阿難緣愛有求者此說緣愛有求當知所謂緣愛有求阿難若無愛各各無愛者設使離愛當有求耶答曰無也阿難是故當知是求因求習求本求緣者謂此愛也所以者何緣愛故則有求阿難欲愛及有愛此二法因覺緣覺致來阿難若有問者覺有緣耶當如是答覺亦有緣若有問者覺有何緣當如是答緣更樂也當知所謂緣更樂有覺阿難若無有眼更樂各各無眼更樂者設使離眼更樂當有緣眼更樂生樂覺苦覺不苦不樂覺耶答曰無也阿難若無耳鼻舌身意更樂各各無意更樂者設使離意更樂當有緣意更樂生樂覺苦覺不苦不樂覺耶答曰無也阿難是故當知是覺因覺習覺本覺緣者謂此更樂也所以者何緣更樂故則有覺阿難若有問者更樂有緣耶當如是答更樂有緣若有問者更樂有何緣當如是答緣名色也當知所謂緣名色有更樂阿難所行所緣有名身離此行離此緣有有對更樂耶答曰無也阿難所行所緣有色身離此行離此緣有增語更樂耶答曰無也設使離名身及色身當有更樂施設更樂耶答曰無也阿難是故當知是更樂因更樂習更樂本更樂緣者謂此名色也所以者何緣名色故則有更樂阿難若有問者名色有緣耶當如是答名色有緣若有問者

名色有何緣當如是答緣於識也當知所謂緣識有名色阿難若識不入母胎者有名色成此身耶答曰無也阿難若識入胎即出者名色會精耶答曰不會阿難若幼童男童女識初斷壞不有者名色轉增長耶答曰不也阿難是故當知是名色因名色習名色本名色緣者謂此識也所以者何緣識故則有名色阿難若有問者識有緣耶當如是答識亦有緣若有問者識有何緣當如是答緣名色也當知所謂緣名色有識阿難若識不得名色若識不立不倚名色者識寧有生有老有病有死有苦耶答曰無也阿難是故當知是識因識習識本識緣者謂此名色也所以者何緣名色故則有識阿難是爲緣名色有識緣識亦有名色由是增語增語說傳傳說可施設有謂識名色共俱也阿難云何有一見有神耶尊者阿難白世尊曰世尊爲法本世尊爲法主法由世尊唯願說之我今聞已得廣知義佛便告曰阿難諦聽善思念之我當爲汝分別其義尊者阿難受教而聽佛言阿難或有一見覺是神或復有一不見覺是神見神能覺然神法能覺或復有一不見覺是神亦不見神能覺然神法能覺但見神無所覺阿難若有一見覺是神者應當問彼汝有三覺樂覺苦覺不苦不樂覺汝此三覺爲見何覺是神耶阿難當復語彼若有覺樂覺者彼於爾時二覺滅苦覺不苦不樂覺彼於爾時唯覺樂覺樂覺者是無常法苦法滅法若樂覺已滅彼不作是念非爲神滅耶阿難若復有一覺苦覺者彼於爾時二覺滅樂覺不

苦不樂覺彼於爾時唯覺苦覺苦覺者是無常法苦法滅法若苦覺已滅彼不作是念非爲神滅耶阿難若復有一覺不苦不樂覺者彼於爾時二覺滅樂覺苦覺彼於爾時唯覺不苦不樂覺不苦不樂覺者是無常法苦法滅法若不苦不樂覺已滅彼不作是念非爲神滅耶阿難彼如是無常法但雜苦樂當復見覺是神耶答曰不也阿難是故彼如是無常法但雜苦樂不應復見覺是神也阿難若復有一不見覺是神然神能覺見神法能覺者應當語彼汝若無覺者不可得不應說是我所有阿難彼當復如是見覺不是神然神能覺見神法能覺耶答曰不也阿難是故彼不應如是見覺非神神能覺見神法能覺阿難若復有一不見覺是神亦不見神能覺然神法能覺但見神無所覺者應當語彼汝若無覺都不可得神離覺者不應神清淨阿難彼當復見覺非神亦不見神能覺神法能覺但見神無所覺耶答曰不也阿難是故彼不應如是見覺非神亦不見神能覺神法能覺但見神無所覺是謂有一見有神也阿難云何有一不見有神耶尊者阿難白世尊曰世尊爲法本世尊爲法主法由世尊唯願說之我今聞已得廣知義佛便告曰阿難諦聽善思念之我當爲汝分別其義尊者阿難受教而聽佛言阿難或有一不見覺是神亦不見神能覺然神法能覺亦不見神無所覺彼如是不見已則不受此世間彼不受已則不疲勞不疲勞已便般涅槃我生已盡梵行已立所作已辦不更受有知如眞阿難是謂增語

增語說傳傳說可施設有知是者則無所受阿難若比丘如是正解脫者此不復有見如來終見如來不終見如來終不終見如來亦非終亦非不終是謂有一不見有神也阿難云何有一有神施設而施設耶尊者阿難白世尊曰世尊爲法本世尊爲法主法由世尊唯願說之我今聞已得廣知義佛便告曰阿難諦聽善思念之我當爲汝分別其義尊者阿難受教而聽佛言阿難或有一少色是神施設而施設或復有一非少色是神施設而施設無量色是神施設而施設或復有一非少色是神施設而施設亦非無量色是神施設而施設少無色是神施設而施設或復有一非少色是神施設而施設亦非無量色是神施設而施設亦非少無色是神施設而施設無量無色是神施設而施設阿難若有一少色是神施設而施設者彼今少色是神施設而施設身壞命終亦如是說亦如是見有神若離少色時亦如是如是思彼作如是念阿難如是有一少色是神施設而施設如是有一少色是神見著而著阿難若復有一非少色是神施設而施設無量色是神施設而施設者彼今無量色是神施設而施設身壞命終亦如是說亦如是見有神若離無量色時亦如是如是思彼作如是念阿難如是有一無量色是神施設而施設如是無量色是神見著而著阿難若復有一非少色是神施設而施設亦非無量色是神施設而施設少無色是神施設而施設者彼今少無色是神施設而施設身壞命終亦如是說亦如是見

有神若離少無色時亦如是如是思彼作如是念阿難如是有一少無色是神施設而施設如是有一少無色是神見著而著阿難若復有一非少色是神施設而施設亦非無量色是神施設而施設亦非少無色是神施設而施設無量無色是神施設而施設者彼今無量無色是神施設而施設身壞命終亦如是說亦如是見有神若離無量無色時亦如是如是思彼作如是念阿難如是有一無量無色是神施設而施設如是有一無量無色是神見著而著是謂有一有神施設而施設也阿難云何有一無神施設而施設耶尊者阿難白世尊曰世尊爲法本世尊爲法主法由世尊唯願說之我今聞已得廣知義佛便告曰阿難諦聽善思念之我當爲汝分別其義尊者阿難受教而聽佛言阿難或有一非少色是神施設而施設亦非無量色是神施設而施設亦非少無色是神施設而施設亦非無量無色是神施設而施設阿難若有一非少色是神施設而施設者彼非今少色是神施設而施設身壞命終亦不如是說亦不如是見有神若離少色時亦不如是如是思亦不作如是念阿難如是有一非少色是神施設而施設如是有一非少色是神不見著而著阿難若復有一非無量色是神施設而施設者彼非今無量色是神施設而施設身壞命終亦不如是說亦不如是見有神若離無量色時亦不如是如是思亦不作如是念阿難如是有一非無量色是神施設而施設如是有一非無量色是神不見著而著阿難

若復有一非少無色是神施設而施設者彼非今少無色是神施設而施設身壞命終亦不如是說亦不如是見有神若離少無色時亦不如是如是思亦不作如是念阿難如是有一非少無色是神施設而施設如是有一非少無色是神不見著而著阿難若復有一非無量無色是神施設而施設者彼非今無量無色是神施設而施設身壞命終亦不如是說亦不如是見有神若離無量無色時亦不如是如是思亦不如是作念阿難如是有一非無量無色是神施設而施設如是有一非無量無色是神不見著而著阿難是謂有一無神施設而施設也復次阿難有七識住及二處云何七識住有色衆生若干身若干想謂人及欲天是謂第一識住復次阿難有色衆生若干身一想謂梵天初生不夭壽是謂第二識住復次阿難有色衆生一身若干想謂晃昱天是謂第三識住復次阿難有色衆生一身一想謂遍淨天是謂第四識住復次阿難有無色衆生度一切色想滅有對想不念若干想無量空處是無量空處成就遊謂無量空處天是謂第五識住復次阿難有無色衆生度一切無量空處無量識處是無量識處成就遊謂無量識處天是謂第六識住復次阿難有無色衆生度一切無量識處無所有處是無所有處成就遊謂無所有處天是謂第七識住阿難云何有二處有色衆生無想無覺謂無想天是謂第一處復次阿難有無色衆生度一切無所有處非有想非無想處是非有想非無想處成就遊謂非有

想非無想處天是謂第二處阿難第一識住者有色衆生若干身若干想謂人及欲天若有比丘知彼識住知識住集知滅知味知患知出要如眞阿難此比丘寧可樂彼識住計著住彼識住耶答曰不也阿難第二識住者有色衆生若干身一想謂梵天初生不夭壽若有比丘知彼識住知識住集知滅知味知患知出要如眞阿難此比丘寧可樂彼識住計著住彼識住耶答曰不也阿難第三識住者有色衆生一身若干想謂晃昱天若有比丘知彼識住知識住集知滅知味知患知出要如眞阿難此比丘寧可樂彼識住計著住彼識住耶答曰不也阿難第四識住者有色衆生一身一想謂遍淨天若有比丘知彼識住知識住集知滅知味知患知出要如眞阿難此比丘寧可樂彼識住計著住彼識住耶答曰不也阿難第五識住者無色衆生度一切色想滅有對想不念若干想無量空處是無量空處成就遊謂無量空處天若有比丘知彼識住知識住集知滅知味知患知出要如眞阿難此比丘寧可樂彼識住計著住彼識住耶答曰不也阿難第六識住者無色衆生度一切無量空處無量識處是無量識處成就遊謂無量識處天若有比丘知彼識住知識住集知滅知味知患知出要如眞阿難此比丘寧可樂彼識住計著住彼識住耶答曰不也阿難第七識住者無色衆生度一切無量識處無所有處是無所有處成就遊謂無所有處天若有比丘知彼識住知識住集知滅知味知患知出要如眞阿難此比丘寧

可樂彼識住計著住彼識住耶答曰不也阿難第一處者有色衆生無想無覺謂無想天若有比丘知彼處知彼處集知滅知味知患知出要如眞阿難此比丘寧可樂彼處計著住彼處耶答曰不也阿難第二處者無色衆生度一切無所有處非有想非無想處是非有想非無想處成就遊謂非有想非無想處天若有比丘知彼處知彼處集知滅知味知患知出要如眞阿難此比丘寧可樂彼處計著住彼處耶答曰不也阿難若有比丘彼七識住及二處知如眞心不染著得解脫者是謂比丘阿羅訶名慧解脫復次阿難有八解脫云何爲八色觀色是謂第一解脫復次内無色想外觀色是謂第二解脫復次淨解脫身作證成就遊是謂第三解脫復次度一切色想滅有對想不念若干想無量空處是無量空處成就遊是謂第四解脫復次度一切無量空處無量識處是無量識處成就遊是謂第五解脫復次度一切無量識處無所有處是無所有處成就遊是謂第六解脫復次度一切無所有處非有想非無想處是非有想非無想處成就遊是謂第七解脫復次度一切非有想非無想處想知滅解脫身作證成就遊及慧觀諸漏盡知是謂第八解脫阿難若有比丘彼七識住及二處知如眞心不染著得解脫及此八解脫順逆身作證成就遊亦慧觀諸漏盡者是謂比丘阿羅訶名俱解脫佛說如是尊者阿難及諸比丘聞佛所說歡喜奉行

因品念處經第二

我聞如是一時佛遊拘樓瘦在劒磨瑟曇拘樓都邑爾時世尊告諸比丘有一道淨衆生度憂畏滅苦惱斷啼哭得正法謂四念處若有過去諸如來無所著等正覺悉斷五蓋心穢慧羸立心正住於四念處修七覺支得覺無上正盡之覺若有未來諸如來無所著等正覺悉斷五蓋心穢慧羸立心正住於四念處修七覺支得覺無上正盡之覺我今現在如來無所著等正覺我亦斷五蓋心穢慧羸立心正住於四念處修七覺支得覺無上正盡之覺云何爲四觀身如身念處觀覺如覺念處觀心如心念處觀法如法念處云何觀身如身念處比丘者行則知行住則知住坐則知坐臥則知臥眠則知眠寤則知寤眠寤則知眠寤如是比丘觀內身如身觀外身如身立念在身有知有見有明有達是謂比丘觀身如身復次比丘觀身如身比丘者正知出入善觀分別屈伸低仰儀容庠序善著僧伽梨及諸衣鉢行住坐臥眠寤語默皆正知之如是比丘觀內身如身觀外身如身立念在身有知有見有明有達是謂比丘觀身如身復次比丘觀身如身比丘者生惡不善念以善法念治斷滅止猶木工師木工弟子彼持墨繩用絣於木則以利斧斫治令直如是比丘生惡不善念以善法念治斷滅止如是比丘觀內身如身觀外身如身立念在身有知有見有明有達是謂比丘觀身如身復次比丘觀身如身比丘者齒齒相著舌逼上齶以心治心治斷滅止猶二力士捉一羸人處處旋捉自在打鍛如是比丘齒齒相著舌逼

上齒以心治心治斷滅止如是比丘觀內身如身觀外身如身立念在身有知有見有明有達是謂比丘觀身如身復次比丘觀身如身比丘者念入息即知念入息念出息即知念出息入息長即知入息長出息長即知出息長入息短即知入息短出息短即知出息短覺一切身息入覺一切身息出覺止身行息入覺止口行息出如是比丘觀內身如身觀外身如身立念在身有知有見有明有達是謂比丘觀身如身復次比丘觀身如身比丘者離生喜樂漬身潤澤普遍充滿於此身中離生喜樂無處不遍猶工浴人器盛澡豆水和成團水漬潤澤普遍充滿無處不周如是比丘離生喜樂漬身潤澤普遍充滿於此身中離生喜樂無處不遍如是比丘觀內身如身觀外身如身立念在身有知有見有明有達是謂比丘觀身如身復次比丘觀身如身比丘者定生喜樂漬身潤澤普遍充滿於此身中定生喜樂無處不遍猶如山泉清淨不濁充滿流溢四方水來無緣得入即彼泉底水自涌出流溢於外漬山潤澤普遍充滿無處不周如是比丘定生喜樂漬身潤澤普遍充滿於此身中定生喜樂無處不遍如是比丘觀內身如身觀外身如身立念在身有知有見有明有達是謂比丘觀身如身復次比丘觀身如身比丘者無喜生樂漬身潤澤普遍充滿於此身中無喜生樂無處不遍猶青蓮華紅赤白蓮水生水長在於水底彼根莖華葉悉漬潤澤普遍充滿無處不周如是比丘無喜生樂漬身潤澤普遍充滿於此身

中無喜生樂無處不遍如是比丘觀內身如身觀外身如身立念在身有知有見有明有達是謂比丘觀身如身復次比丘觀身如身比丘者於此身中以清淨心意解遍滿成就遊於此身中以清淨心無處不遍猶有一人被七肘衣或八肘衣從頭至足於其身體無處不覆如是比丘於此身中以清淨心無處不遍如是比丘觀內身如身觀外身如身立念在身有知有見有明有達是謂比丘觀身如身復次比丘觀身如身比丘者念光明想善受善持善憶所念如前後亦然如後前亦然如晝夜亦然如夜晝亦然如下上亦然如上下亦然如是不顛倒心無有纏修光明心心終不爲闇之所覆如是比丘觀內身如身觀外身如身立念在身有知有見有明有達是謂比丘觀身如身復次比丘觀身如身比丘者善受觀相善憶所念猶如有人坐觀卧人卧觀坐人如是比丘善受觀相善憶所念如是比丘觀內身如身觀外身如身立念在身有知有見有明有達是謂比丘觀身如身復次比丘觀身如身比丘者此身隨住隨其好惡從頭至足觀見種種不淨充滿我此身中有髮毛爪齒麤細薄膚皮肉筋骨心腎肝肺大腸小腸脾胃摶糞腦及腦根淚汗涕唾膿血肪髓涎痰小便猶如器盛若干種子有目之士悉見分明謂稻粟種菘菁芥子如是比丘此身隨住隨其好惡從頭至足觀見種種不淨充滿我此身中有髮毛爪齒麤細薄膚皮肉筋骨心腎肝肺大腸小腸脾胃摶糞腦及腦根淚汗涕唾膿血肪髓涎痰小便如

是比丘觀内身如身觀外身如身立念在身有知有見有明有達是謂比丘觀身如身復次比丘觀身如身比丘者觀身諸界我此身中有地界水界火界風界空界識界猶如屠兒殺牛剥皮布於地上分作六段如是比丘觀身諸界我此身中地界水界火界風界空界識界如是比丘觀内身如身觀外身如身立念在身有知有見有明有達是謂比丘觀身如身復次比丘觀身如身比丘者觀彼死屍或一二日至六七日烏鵄所啄豺狼所食火燒埋地悉腐爛壞見已自比今我此身亦復如是俱有此法終不得離如是比丘觀内身如身觀外身如身立念在身有知有見有明有達是謂比丘觀身如身復次比丘觀身如身比丘者如本見息道骸骨青色爛腐餘半骨鎖在地見已自比今我此身亦復如是俱有此法終不得離如是比丘觀内身如身觀外身如身立念在身有知有見有明有達是謂比丘觀身如身復次比丘觀身如身比丘者如本見息道離皮肉血唯筋相連見已自比今我此身亦復如是俱有此法終不得離如是比丘觀内身如身觀外身如身立念在身有知有見有明有達是謂比丘觀身如身復次比丘觀身如身比丘者如本見息道骨節解散散在諸方足骨膞骨髀骨髖骨脊骨肩骨頸骨髑髏骨各在異處見已自比今我此身亦復如是俱有此法終不得離如是比丘觀内身如身觀外身如身立念在身有知有見有明有達是謂比丘觀身如身復次比丘觀身如身比丘者如本見息道骨白如

螺青猶鴿色赤若血塗腐壞碎末見已自比我今此身亦復如是俱有此法終不得離如是比丘觀内身如身觀外身如身立念在身有知有見有明有達是謂比丘觀身如身若比丘比丘尼如是少少觀身如身者是謂觀身如身念處云何觀覺如覺念處比丘者覺樂覺時便知覺樂覺覺苦覺時便知覺苦覺覺不苦不樂覺時便知覺不苦不樂覺覺樂身苦身不苦不樂身樂心苦心不苦不樂心樂食苦食不苦不樂食樂無食苦無食不苦不樂無食樂欲苦欲不苦不樂欲樂無欲覺苦無欲覺不苦不樂無欲覺時便知覺不苦不樂無欲覺如是比丘觀内覺如覺觀外覺如覺立念在覺有知有見有明有達是謂比丘觀覺如覺若比丘比丘尼如是少少觀覺

如覺者是謂觀覺如覺念處云何觀心如心念處比丘者有欲心知有欲心如眞無欲心知無欲心如眞有恚無恚有癡無癡有穢汙無穢汙有合有散有下有高有小有大修不修定不定有不解脫心知不解脫心如眞有解脫心知解脫心如眞如是比丘觀内心如心觀外心如心立念在心有知有見有明有達是謂比丘觀心如心若有比丘比丘尼如是少少觀心如心者是謂觀心如心念處云何觀法如法念處眼緣色生内結比丘者内實有結知内有結如眞内實無結知内無結如眞若未生内結而生者知如眞若已生内結滅不復生者知如眞如是耳鼻舌身意緣法生内結比丘者内實有結知内有結如眞内實無結知内無結如眞若未生内結而生

者知如真若已生內結滅不復生者知如真如是比丘觀內法如法觀外法如法立念在法有知有見有明有達是謂比丘觀法如法謂內六處復次比丘觀法如法比丘者內實有欲知有欲如真內實無欲知無欲如真若未生欲而生者知如真若已生欲滅不復生者知如真如是瞋恚睡眠掉悔內實有疑知有疑如真內實無疑知無疑如真若未生疑而生者知如真若已生疑滅不復生者知如真如是比丘觀內法如法觀外法如法立念在法有知有見有明有達是謂比丘觀法如法謂五蓋也復次比丘觀法如法比丘者內實有念覺支知有念覺支如真內實無念覺支知無念覺支如真若未生念覺支而生者知如真若已生念覺支便住不忘而不衰退轉修增廣者知如真如是擇法精進喜息定比丘者內實有捨覺支知有捨覺支如真內實無捨覺支知無捨覺支如真若未生捨覺支而生者知如真若已生捨覺支便住不忘而不衰退轉修增廣者知如真如是比丘觀內法如法觀外法如法立念在法有知有見有明有達是謂比丘觀法如法謂七覺支若有比丘比丘尼如是少少觀法如法者是謂觀法如法念處若有比丘比丘尼七年立心正住四念處者彼必得二果或現法得究竟智或有餘得阿那含置七年六五四三二一年若有比丘比丘尼七月立心正住四念處者彼必得二果或現法得究竟智或有餘得阿那含置七月六五四三二一月若有比丘比丘尼七日七夜立心正住四念處者彼必

得二果或現法得究竟智或有餘得阿那含置七日七夜六五四三二置一日一夜若有比丘比丘尼少少須臾頃立心正住四念處者彼朝行如是暮必得昇進暮行如是朝必得昇進佛說如是彼諸比丘聞佛所說歡喜奉行

中阿含經卷第二十四

音釋

絣補耕切謂以墨繩牽絣而直物也　斫之若切斷也削也　齶五各切齒齗也謂齒內上下肉也　鍛丁貫切鎚擊也　肘陟柳切數也二尺為一肘　膚甫無切肌膚也　筋舉欣切骨絡也　腎時忍切水藏也　涎夕連切口液也　菘菁菘思融切菁子丁切菘菁菜名也　剝北角切割也　鵄赤脂切鳶屬怪鳥也　腨市兗切腓腸也　髀部禮切股骨也　髖苦官切尻也髀上曰髖

中阿含經卷第二十五

東晋罽賓三藏瞿曇僧伽提婆譯

因品苦陰經上第三

我聞如是一時佛遊舍衛國在勝林給孤獨園爾時諸比丘於中食後少有所爲集坐講堂於是衆多異學中後彷徉往詣諸比丘所共相問訊却坐一面語諸比丘諸賢沙門瞿曇施設知斷欲施設知斷色施設知斷覺諸賢我等亦施設知斷欲施設知斷色施設知斷覺沙門瞿曇及我等此二知二斷爲有何勝有何差別於是諸比丘聞彼衆多異學所說不是亦不非默然起去並作是念如此所說我等當從世尊得知便詣佛所稽首作禮却坐一面謂與衆多異學所可共論盡向佛說彼時世尊告諸比丘汝等即時應如是問衆多異學諸賢云何欲味云何欲患云何欲出要云何色味云何色患云何色出要云何覺味云何覺患云何覺出要諸比丘若汝等作如是問者彼得聞已便更互相難說外餘事瞋諍轉增必從座起默然而退所以者何我不見此世天及魔梵沙門梵志一切餘衆能知此義而發遣者唯有如來如來弟子或從此聞佛言云何欲味謂因五欲功德生樂生喜極是欲味無復過是所患甚多云何欲患族姓子者隨其技術以自存活或作田業或行治生或以學書或明筭術或知工數或巧刻印或作文章或造手筆或曉經書或作勇將或奉事王彼寒時則寒熱時則熱飢渴疲勞蚊䖟所蜇作如是業求圖錢財彼族姓子如是方便作如是行作如是求若不得錢

財者便生憂苦愁慼懊惱心則生癡作如是說唐作唐苦所求無果彼族姓子如是方便作如是行作如是求若得錢財者彼便愛惜守護密藏所以者何我此財物莫令王奪賊劫火燒腐壞亡失出財無利或作諸業而不成就彼作如是守護密藏若有王奪賊劫火燒腐壞亡失便生憂苦愁慼懊惱心則生癡作如是說若有長夜所可愛念者彼則亡失是謂現法苦陰因欲緣欲以欲爲本復次衆生因欲緣欲以欲爲本故母共子諍子共母諍父子兄弟姊妹親族展轉共諍彼旣如是共鬬諍已母說子惡子說母惡父子兄弟姊妹親族更相說惡況復他人是謂現法苦陰因欲緣欲以欲爲本復次衆生因欲緣欲以欲爲本故王王共諍梵志梵志共諍居士居士共諍民民共諍國國共諍彼因鬬諍共相憎故以種種器仗轉相加害或以拳扠石擲或以杖打刀斫彼當鬬時或死或怖受極重苦是謂現法苦陰因欲緣欲以欲爲本復次衆生因欲緣欲以欲爲本故著鎧被袍持矟弓箭或執刀盾入在軍陣或以象鬬或馬或車或以步軍或以男女鬬彼當鬬時或死或怖受極重苦是謂現法苦陰因欲緣欲以欲爲本復次衆生因欲緣欲以欲爲本故著鎧被袍持矟弓箭或執刀盾往奪他國攻城破塢共相格戰打鼓吹角高聲喚呼或以椎打或以鉾戟或以利輪或以箭射或亂下石或以大弩或以融銅珠子灑之彼當鬬時或死或怖受極重苦是謂現法苦陰因欲緣欲以欲爲本復次衆生因欲緣欲以欲爲本故著

鎧被袍持矟弓箭或執刀盾入村入邑入國入城穿牆發藏劫奪財物斷截王路或至他巷壞村害邑滅國破城於中或爲王人所捉種種拷治截手截足或截手足截耳截鼻或截耳鼻或臠臠割拔鬚拔髮或拔鬚髮或著檻中衣裹火燒或以沙壅草纏火焫或內鐵驢腹中或著鐵猪口中或置鐵虎口中燒或安銅釜中或著鐵釜中煑或段段截或利叉刺或鐵鉤鉤或臥鐵牀以沸油澆或坐鐵臼以鐵杵擣或龍蛇蛪或以鞭鞭或以杖撾或以棒打或生貫高標上或梟其首彼在其中或死或怖受極重苦是謂現法苦陰因欲緣欲以欲爲本復次衆生因欲緣欲以欲爲本故行身惡行行口意惡行彼於後時疾病著牀或坐臥地以苦逼身受極重苦不可愛樂彼若有身惡行口意惡行彼臨終時在前覆障猶日將没大山崗側影障覆地如是彼若有身惡行口意惡行在前覆障彼作是念我本惡行在前覆我我本不作福業多作惡業若使有人作惡凶暴唯爲罪不作福不行善無所畏無所依無所歸隨生處者我必生彼從是有悔悔者不善死無福命終是謂現法苦陰因欲緣欲以欲爲本復次衆生因欲緣欲以欲爲本故行身惡行行口意惡行彼因身口意惡行故因此緣此身壞命終必至惡處生地獄中是謂後世苦陰因欲緣欲以欲爲本是謂欲患云何欲出要若斷陰欲捨離於欲滅欲欲盡度欲出要是謂欲出要若有沙門梵志欲味欲患欲出要不知如真者彼終不能自斷其欲況復能斷於他欲耶若有

沙門梵志欲味欲患欲出要知如眞者彼旣自能除亦能斷他欲云何色味若剎利女梵志居士工師女年十四五彼於爾時美色最妙若因彼美色緣彼美色故生樂生喜極是色味無復過是所患甚多云何色患若見彼姝而於後時極大衰老頭白齒落背僂脚戾拄杖而行盛壯日衰壽命垂盡身體震動諸根毁熟於汝等意云何若本有美色彼滅生患耶答曰如是復次若見彼姝疾病著牀或生臥地以苦逼身受極重苦於汝等意云何若本有美色彼滅生患耶答曰如是復次若見彼姝死或一二日至六七日烏鵄所啄犲狼所食火燒埋地悉爛腐壞於汝等意云何若本有美色彼滅生患耶答曰如是復次若見彼姝息道骸骨青色爛腐餘半骨鎖在地於汝等意云何若本有美色彼滅生患耶答曰如是復次若見彼姝息道離皮肉血唯筋相連於汝等意云何若本有美色彼滅生患耶答曰如是復次若見彼姝息道骨節解散散在諸方足骨膊骨髀骨髖骨脊骨肩骨頸骨髑髏骨各在異處於汝等意云何若本有美色彼滅生患耶答曰如是復次若見彼姝息道骨白如螺青猶鴿色赤若血塗腐壞碎末於汝等意云何若本有美色彼滅生患耶答曰如是是謂色患云何色出要若斷除色捨離於色滅色色盡度色出要是謂色出要若有沙門梵志色味色患色出要不知如眞者彼終不能自斷其色況復能斷於他色耶若有沙門梵志色味色患色出要知如眞者彼旣自能除亦能斷他色云何覺味比丘者

離欲離惡不善之法至得第四禪成就遊彼於爾時不念自害亦不念害他若不念害者是謂覺樂味所以者何不念害者我謂是樂是謂覺味云何覺患覺者是無常法苦法滅法是謂覺患云何覺出要若斷除覺捨離於覺滅覺覺盡度覺出要是謂覺出要若有沙門梵志覺味覺患覺出要不知如真者彼終不能自斷其覺況復能斷於他覺耶若有沙門梵志覺味覺患覺出要知如真者彼既自能除亦能斷他覺佛說如是彼諸比丘聞佛所說歡喜奉行

因品苦陰經下第四

我聞如是一時佛遊釋羇瘦在加維羅衞尼拘類園爾時釋摩訶男中後彷徉往詣佛所稽首佛足却坐一面白曰世尊我如是知世尊法令我心中得滅三穢染心穢恚心穢癡心穢世尊我如是知此法然我心中復生染法恚法癡法世尊我作是念我有何法不滅令我心中復生染法恚法癡法耶世尊告曰摩訶男汝有一法不滅謂汝住在家不至信捨家無家學道摩訶男若汝滅此一法者汝必不住在家必至信捨家無家學道汝因一法不滅故住在家不至信捨家無家學道於是釋摩訶男即從座起偏袒著衣叉手向佛白世尊曰唯願世尊爲我說法令我心淨除疑得道世尊告曰摩訶男有五欲功德可愛可念歡喜欲相應而使人樂云何爲五謂眼知色耳知聲鼻知香舌知味身知觸由此令王及王眷屬得安樂歡喜摩訶男極是欲味無復過是所患甚多摩訶男云何欲患摩訶

男族姓子者隨其技術以自存活或作田業或行治生或以學書或明算術或知工數或巧刻印或作文章或造手筆或曉經書或作勇將或奉事王彼寒時則寒熱時則熱飢渴疲勞蚊虻所蜇作如是業求圖錢財摩訶男此族姓子如是方便作如是行作如是求若不得錢財者便生憂苦愁感懊惱心則生癡作如是說唐作唐苦所求無果摩訶男彼族姓子如是方便作如是行作如是求若得錢財者彼便愛惜守護密藏所以者何我此財物莫令王奪賊劫火燒腐壞亡失出財無利或作諸業而不成就彼作如是守護密藏若使王奪賊劫火燒腐壞亡失彼便生憂苦愁慼懊惱心則生癡作如是說若有長夜所可愛念者彼則亡失摩訶男如是現法苦陰因

欲緣欲以欲爲本摩訶男復次衆生因欲緣欲以欲爲本故母共子諍子共母諍父子兄弟姊妹親族展轉共諍彼既如是共鬭諍已母說子惡子說母惡父子兄弟姊妹親族更相說惡况復他人摩訶男是謂現法苦陰因欲緣欲以欲爲本摩訶男復次衆生因欲緣欲以欲爲本故王王共諍梵志梵志共諍居士居士共諍民民共諍國國共諍彼因鬭諍共相憎故以種種器仗轉相加害或以拳扠石擲或以杖打刀斫彼當鬭時或死或怖受極重苦摩訶男是謂現法苦陰因欲緣欲以欲爲本摩訶男復次衆生因欲緣欲以欲爲本故著鎧被袍持矟弓箭或執刀盾入在軍陣或以象鬭或馬或車或以步軍或以男女鬭彼當鬭時或死或怖受極重苦摩訶男是

謂現法苦陰因欲緣欲以欲爲本摩訶男復次衆生因欲緣欲以欲爲本故著鎧被袍持矟弓箭或執刀楯往奪他國攻城破塢共相格戰打鼓吹角高聲喚呼或以椎打或以鉾戟或以利輪或以箭射或亂下石或以大弩或以融銅珠子灑之彼當鬪時或死或怖受極重苦摩訶男是謂現法苦陰因欲緣欲以欲爲本摩訶男復次衆生因欲緣欲以欲爲本故著鎧被袍持矟弓箭或執刀楯入村入邑入國入城穿牆發藏劫奪財物斷截王路或至他巷壞村害邑滅國破城於中或爲王人所捉種種拷治截手截足或截手足截耳截鼻或截耳鼻或臠臠割拔鬚拔髮或拔鬚髮或著檻中衣裹火燒或以沙壅草纏火焫或內鐵驢腹中或著鐵猪口中或置鐵虎口中燒或安銅釜中或著鐵釜中煑或段段截或利叉刺或鐵鉤鉤或臥鐵牀以沸油澆或坐鐵臼以鐵杵擣或龍蛇蜇或以鞭鞭或以杖撾或以棒打或生貫高標上或梟其首彼在其中或死或怖受極重苦摩訶男是謂現法苦陰因欲緣欲以欲爲本摩訶男復次衆生因欲緣欲以欲爲本故行身惡行行口意惡行彼於後時疾病著牀或坐臥地以苦逼身受極重苦不可愛樂彼若有身惡行口意惡行彼臨終時在前覆障猶日將没大山崗側影障覆地如是彼若有身惡行口意惡行在前覆障彼作是念我本惡行在前覆我我本不作福業多作惡業若使有人作惡凶暴唯爲罪不作福不行善無所畏無所依無所歸隨生處者我必生彼從是有悔悔者不善

死無福命終摩訶男是謂現法苦陰因欲緣欲以欲爲本摩訶男復次衆生因欲緣欲以欲爲本故行身惡行行口意惡行彼因身口意惡行故因此緣此身壞命終必至惡處生地獄中摩訶男是謂後世苦陰因欲緣欲以欲爲本摩訶男是故當知欲一向無樂無量苦患多聞聖弟子不見如真者彼爲欲所覆不得捨樂及無上息摩訶男如是彼多聞聖弟子因欲退轉摩訶男我知欲無樂無量苦患我知如真已摩訶男不爲欲所覆亦不爲惡所纏便得捨樂及無上息摩訶男是故我不因欲退轉摩訶男一時我遊王舍城住鞞多羅山仙人七葉屋摩訶男我於晡時從宴坐起往至廣山則於彼中見衆多尼揵行不坐行常立不坐受極重苦我往問曰諸尼揵汝等何故行此不坐行常立不坐受如是苦彼如是説瞿曇我有尊師尼揵名曰親子彼則教我作如是説諸尼揵等汝若宿命有不善業因此苦行故必當得盡若今身妙行護口意妙行護因緣此故不復作惡不善之業摩訶男我復問曰諸尼揵汝等信尊師無有疑耶彼復答我如是瞿曇我等信尊師無有疑惑摩訶男我復問曰尼揵若爾者汝等尊師尼揵本重作惡不善之業彼本作尼揵死今生人間出家作尼揵行不坐行常立不坐受如是苦如汝等輩及弟子也彼復語我曰瞿曇樂不因樂要因苦得如頻鞞娑羅王樂沙門瞿曇不如也我復語曰汝等癡狂所説無義所以者何汝等不善無所曉了而不知時謂汝作是説如頻鞞娑羅王樂沙門瞿曇

不如也尼揵汝等本應如是問誰樂勝爲頻鞞娑羅王爲沙門瞿曇耶尼揵若我如是說我樂勝頻鞞娑羅王不如者尼揵汝等可得作是語如頻鞞娑羅王樂沙門瞿曇不如也彼諸尼揵即如是說瞿曇我等今問沙門瞿曇誰樂勝爲頻鞞娑羅王爲沙門瞿曇耶我復語曰尼揵我今問汝隨所解答諸尼揵等於意云何頻鞞娑羅王可得如意靖默無言因是七日七夜得歡喜快樂耶尼揵答曰不也瞿曇六五四三二一日一夜得歡喜快樂耶尼揵答曰不也瞿曇復問曰尼揵我可得如意靜默無言因是一日一夜得歡喜快樂耶尼揵答曰如是瞿曇二三四五六七日七夜得歡喜快樂耶尼揵答曰如是瞿曇我復問曰諸尼揵等於意云何誰樂勝爲頻鞞娑羅王爲是我耶尼揵答曰瞿曇如我等受解沙門瞿曇所說瞿曇樂勝頻鞞娑羅王不如也摩訶男因此故知欲無樂有無量苦患若多聞聖弟子不見如真者彼爲欲所覆惡不善所纏不得捨樂及無上息摩訶男如是彼多聞聖弟子爲欲退轉摩訶男我知欲無樂有無量苦患我知如真已不爲欲所覆亦不爲惡不善法所纏便得捨樂及無上息摩訶男是故我不爲欲退轉佛說如是釋摩訶男及諸比丘聞佛所說歡喜奉行

因品增上心經第五

我聞如是一時佛遊舍衛國在勝林給孤獨園爾時世尊告諸比丘若比丘欲得增上心者當以數數念於五相數念五相已生不善念即便得滅惡念滅已心便常住在内止息

一意得定云何爲五比丘者念相善相應若生不善念者彼因此相復更念異相善相應令不生惡不善之念彼因此相更念異相善相應已生不善念即便得滅惡念滅已心便常住在內止息一意得定猶木工師木工弟子彼持墨繩用絣於木則以利斧斫治令直如是比丘因此相復更念異相善相應令不生惡不善之念彼因此相更念異相善相應已生不善念即便得滅惡念滅已心便常住在內止息一意得定若比丘欲得增上心者當以數數念此第一相念此相已生不善念即便得滅惡念滅已心便常住在內止息一意得定復次比丘念相善相應若生不善念者彼觀此念惡有災患此念不善此念是惡此念智者所惡此念若滿具者則不得通不得覺道不得涅槃令生惡不善念故彼如是觀惡已生不善念即便得滅惡念滅已心便常住在內止息一意得定猶人年少端正可愛沐浴澡洗著明淨衣以香塗身修治鬚髮極令淨潔或以死蛇死狗死人餘半青色脬脹臭爛不淨流出繫著彼頸彼便惡穢不喜不樂如是比丘彼觀此念惡有災患此念不善此念是惡此念智者所惡此念若滿具者則不得通不得覺道不得涅槃令生惡不善念故彼如是觀惡已生不善念即便得滅惡念滅已心便常住在內止息一意得定若比丘欲得增上心者當以數數念此第二相念此相已生不善念即便得滅惡念滅已心便常住在內止息一意得定復次比丘念相善相應時生不善念觀念惡患時復生不善念

者彼比丘不應念此念令生惡不善念故彼不念此念已生不善念即便得滅惡念滅已心便常住在内止息一意得定猶有目人色在光明而不用見彼或閉目或身避去於汝等意云何色在光明彼人可得受色相耶答曰不也如是比丘不應念此念令生惡不善念故彼不念此念已生不善念即便得滅惡念滅已心便常住在内止息一意得定若比丘欲得增上心者當以數數念此第三相念此相已生不善念即便得滅惡念滅已心便常住在内止息一意得定復次比丘念相善相應時生不善念觀念惡患時亦生不善念不念念時復生不善念者彼比丘爲此念當以思行漸減其念令不生惡不善之念彼爲此念當以思行漸減念已生不善念即便得滅惡念滅已心便常住在内止息一意得定猶人行道進路急速彼作是念我何爲速我今寧可徐徐行耶彼即徐行復作是念我何爲徐行寧可住耶彼即便住復作是念我何爲住寧可坐耶彼即便坐復作是念我何爲坐寧可臥耶彼即便臥如是彼人漸漸息身麤行當知比丘亦復如是彼爲此念當以思行漸減其念令不生惡不善之念彼爲此念當以思行漸減念已生不善念即便得滅惡念滅已心便常住在内止息一意得定若比丘欲得增上心者當以數數念此第四相念此相已生不善念即便得滅惡念滅已心便常住在内止息一意得定復次比丘念相善相應時生不善念觀念惡患時亦生不善念不念念時亦生不善念當以思行漸減念時

復生不善念者彼比丘應如是觀比丘者因此念故生不善念彼比丘便齒齒相著舌逼上齶以心修心受持降伏令不生惡不善之念彼以心修心受持降伏已生不善念即便得滅惡念滅已心便常住在內止息一意得定猶二力士捉一羸人受持降伏如是比丘齒齒相著舌逼上齶以心修心受持降伏令不生惡不善之念彼以心修心受持降伏已生不善念即便得滅惡念滅已心便常住在內止息一意得定若比丘欲得增上心者當以數數念此第五相念此相已生不善念即便得滅惡念滅已心便常住在內止息一意得定若比丘欲得增上心者當以數數念此五相數念五相已生不善念即便得滅惡念滅已心便常住在內止息一意得定若比丘念相善相應時不生惡念觀念惡患時亦不生惡念不念念時亦不生惡念若以思行漸減念時亦不生惡念以心修心受持降伏時亦不生惡念者便得自在欲念則念不念則不念若比丘欲念則念不欲念則不念者是謂比丘隨意諸念自在諸念跡佛說如是彼諸比丘聞佛所說歡喜奉行

因品念經第六

我聞如是一時佛遊舍衛國在勝林給孤獨園爾時世尊告諸比丘我本未覺無上正真覺時作如是念我寧可別諸念作二分欲念恚念害念作一分無欲念無恚念無害念復作一分我於後時便別諸念作二分欲念恚念害念作一分無欲念無恚念無害念復作一分我如是行在遠離獨住心無放逸修行

精勤生欲念我即覺生欲念自害害他二俱害滅慧多煩勞不得涅槃覺自害害他二俱害滅慧多煩勞不得涅槃便速滅復生恚念害念我即覺生恚念害念自害害他二俱害滅慧多煩勞不得涅槃覺自害害他二俱害滅慧多煩勞不得涅槃便速滅我生欲念不受斷除吐生恚念害念不受斷除吐所以者何我見因此故必生無量惡不善之法猶如春後月以種田故放牧地則不廣牧牛兒放牛野澤牛入他田牧牛兒即執杖往遮所以者何牧牛兒知因此故必當有罵有打有縛有過失也是故牧牛兒執杖往遮我亦如是生欲念不受斷除吐生恚念害念不受斷除吐所以者何我見因此故必生無量惡不善之法比丘者隨所思隨所念心便樂中若比丘多念欲念者則捨無欲念以多念欲念故心便樂中若比丘多念恚念害念者則捨無恚念無害念以多念恚念害念故心便樂中如是比丘不離欲念不離恚念不離害念者則不能脫生老病死愁憂啼哭亦復不能離一切苦我如是行在遠離獨住心無放逸修行精勤生無欲念我即覺生無欲念不自害不害他亦不俱害修慧不煩勞而得涅槃覺不自害不害他亦不俱害修慧不煩勞而得涅槃便速修習廣布復生無恚念無害念我即覺生無恚念無害念不自害不害他亦不俱害修慧不煩勞而得涅槃覺不自害不害他亦不俱害修慧不煩勞而得涅槃便速修習廣布我生無欲念多思念生無恚念無害念多思念我復作是念多思念者身之喜忘

則便損心我寧可治內心常住在內止息一意得定令不損心我於後時便治內心常住在內止息一意得定而不損心我生無欲念已復生念向法次法生無恚念無害念已復生念向法次法所以者何我不見因此生無量惡不善之法猶如秋後月收一切穀訖牧牛兒放牛野田時作是念我牛在羣中所以者何牧牛兒不見因此故當得罵詈得打得縛有過失也是故彼作是念我牛在羣中我亦如是生無欲念已復生念向法次法生無恚念無害念已復生念向法次法所以者何我不見因此生無量惡不善之法比丘者隨所思隨所念心便樂中若比丘多念無欲念者則捨欲念以多念無欲念故心便樂中若比丘多念無恚念無害念者則捨恚念害念以多念無恚念無害念故心便樂中彼覺觀已息內靖一心無覺無觀定生喜樂得第二禪成就遊彼離喜欲捨無求遊正念正智而身覺樂謂聖所說聖所捨念樂住定得第三禪成就遊彼樂滅苦滅喜憂本已滅不苦不樂捨念清淨得第四禪成就遊彼如是定心清淨無穢無煩柔輭善住得不動心趣向漏盡通智作證便知此苦如真知此苦集知此苦滅知此苦滅道如真亦知此漏如真知此漏集知此漏滅知此漏滅道如真彼如是知如是見已則欲漏心解脫有漏無明漏心解脫解脫已便知解脫生已盡梵行已立所作已辦不更受有知如真此比丘離欲念離恚念離害念則得解脫生老病死愁憂啼哭離一切苦猶如一無事處有大泉水彼有羣鹿

遊住其中有一人來不爲彼羣鹿求義及饒益求安隱快樂塞平正路開一惡道作大坑塹使人守視如是羣鹿一切死盡復有一人來爲彼羣鹿求義及饒益求安隱快樂開平正路閉塞惡道却守視人如是羣鹿普得安濟比丘當知我說此喻欲令知義慧者聞喻則解其趣此說有義大泉水者謂是五欲愛念歡樂云何爲五眼知色耳知聲鼻知香舌知味身知觸大泉水者當知是五欲也大羣鹿者當知是沙門梵志也有一人來不爲彼求義及饒益求安隱快樂者當知是魔波旬也塞平正路開一惡道者是三惡不善念欲念恚念害念也惡道者當知是三惡不善念復更有惡道謂八邪道邪見乃至邪定是爲八作大坑塹者當知是無明也使人守者當知是魔波旬眷屬也復有一人來爲彼求義及饒益求安隱快樂者當知是如來無所著等正覺也閉塞惡道開平正路者是三善念無欲念無恚念無害念也道者當知是三善念復更有道謂八正道正見乃至正定是爲八比丘我爲汝等開平正路閉塞惡道填平坑塹除却守人如尊師所爲弟子起大慈哀憐念愍傷求義及饒益求安隱快樂者我今已作汝等亦當復自作至無事處山林樹下空安靜處宴坐思惟勿得放逸勤加精進無令後悔此是我之教勑是我訓誨佛說如是彼比丘聞佛所說歡喜奉行

中阿含經卷第二十五

音釋

蚑蝱蚑無分切蝱莫耕切蚑蝱並齧人飛蟲也

蜇陟列切螫也

姊將几切女兄也

拳扠扠丑皆切以拳加人也

鎧可亥切鉀也

矟所角切矛屬長一丈八尺者曰矟

盾食尹切兵器干櫓之屬所以蔽目扞身者也

鉾戟鉾莫浮切句兵也長二丈曰鉾戟訖逆切枝兵也長一丈六人雙枝爲戟單枝爲戈也

臠力兖切切肉也

焫儒劣切燒也

擣都皓切舂也

撾陟瓜切搥也

梟堅堯切斬首懸之木上曰梟

僂力主切背曲也

羈居宜切

胖脹胖匹絳切胖臭也脹知亮切脹滿也

坑塹坑苦耕切塹七豔切坑塹謂陷阱也

中阿含經卷第二十六

東晋罽賓三藏瞿曇僧伽提婆譯

因品師子吼經第七

我聞如是一時佛遊拘樓瘦在劒磨瑟曇拘樓都邑爾時世尊告諸比丘此中有第一沙門第二第三第四沙門此外更無沙門梵志異道一切空無沙門梵志汝等隨在衆中作如是正師子吼比丘或有異學來問汝等諸賢汝有何行有何力有何智令汝等作如是說此有第一沙門第二第三第四沙門此外更無沙門梵志異道一切空無沙門梵志汝等隨在衆中作如是正師子吼比丘汝等應如是答異學諸賢我世尊有知有見如來無所著等正覺說四法因此四法故令我等作如是說此有第一沙門第二第三第四沙門此外更無沙門梵志異道一切空無沙門梵志我等隨在衆中作如是正師子吼云何爲四諸賢我等信尊師信法信戒德具足愛敬同道恭恪奉事諸賢我世尊有知有見如來無所著等正覺說此四法因此四法故令我等作如是說此有第一沙門第二第三第四沙門此外更無沙門梵志異道一切空無沙門梵志我等隨在衆中作如是正師子吼比丘異學或復作是說諸賢我等亦信尊師謂我尊師也信法謂我法也戒德具足謂我戒也愛敬同道恭恪奉事謂我同道出家及在家者也諸賢沙門瞿曇及我等此二種說有何勝有何意有何差别耶比丘汝等應如是問異學諸賢爲一究竟爲衆多究竟耶比丘若異學如是答諸賢有一究竟無衆多究竟

比丘汝等復問異學諸賢爲有欲者得究竟是耶爲無欲者得究竟是耶比丘若異學如是答無欲者得究竟是非有欲者得究竟是比丘汝等復問異學諸賢爲有恚者得究竟是耶爲無恚者得究竟是耶比丘若異學如是答無恚者得究竟是非有恚者得究竟是比丘汝等復問異學諸賢爲有癡者得究竟是耶爲無癡者得究竟是耶比丘若異學如是答諸賢無癡者得究竟是非有癡者得究竟是比丘汝等復問異學諸賢爲有愛有受者得究竟是耶爲無愛無受者得究竟是耶比丘若異學如是答諸賢無愛無受者得究竟是非有愛有受者得究竟是比丘汝等復問異學諸賢爲無慧不說慧者得究竟是耶爲有慧說慧者得究竟是耶比丘若異學如是答諸賢有慧說慧者得究竟是非無慧不說慧者得究竟是比丘汝等復問異學諸賢爲有憎有諍者得究竟是耶爲無憎無諍者得究竟是耶比丘若異學如是答諸賢無憎無諍者得究竟是非有憎有諍者得究竟是比丘汝等爲異學應如是說諸賢是爲如汝等說有一究竟非衆多究竟是無欲者得究竟是非有欲者得究竟是無恚者得究竟是非有恚者得究竟是無癡者得究竟是非有癡者得究竟是無愛無受者得究竟是非有愛有受者得究竟是有慧說慧者得究竟是非無慧不說慧者得究竟是無憎無諍者得究竟是非有憎有諍者得究竟是若有沙門梵志依無量見彼一切依倚二見有見及無見也若依有見者彼便著有見依倚有見

依倚住有見憎諍無見若依無見者彼便著無見依倚無見倚住無見憎諍有見若有沙門梵志不知因不知集不知滅不知盡不知味不知患不知出要如真者彼一切有欲有恚有癡有愛有受無慧非說慧有憎有諍彼則不離生老病死亦不能脫愁慼啼哭憂苦懊惱不得苦邊若有沙門梵志於此二見知因知集知滅知盡知味知患知出要如真者彼一切無欲無恚無癡無愛無受有慧說慧無憎無諍彼則得離生老病死亦能得脫愁慼啼哭憂苦懊惱則得苦邊或有沙門梵志施設斷受然不施設斷一切受施設斷欲受不施設斷戒受見受我受所以者何彼沙門梵志不知三處如真是故彼雖施設斷受然不施設斷一切受復有沙門梵志施設斷受然不施設斷一切受施設斷欲受戒受不施設斷見受我受所以者何彼沙門梵志不知二處如真是故彼雖施設斷受然不施設斷一切受復有沙門梵志施設斷受然不施設斷一切受施設斷欲受戒受見受不施設斷我受所以者何彼沙門梵志不知一處如真是故彼雖施設斷受然不施設斷一切受如是法律若信尊師者彼非正非第一若信法者亦非正非第一若具足戒德者亦非正非第一若愛敬同道恭恪奉事者亦非正非第一若有如來出世無所著等正覺明行成爲善逝世間解無上士道法御天人師號佛衆祐彼施設斷受於現法中施設斷一切受施設斷欲受戒受見受我受此四受何因何習從何而生以何爲本此四受因無明習無明

從無明生以無明爲本若有比丘無明已盡明已生者彼便從是不復更受欲受戒受見受我受彼不受已則不恐怖不恐怖已便斷因緣必般涅槃生已盡梵行已立所作已辦不更受有知如真如是正法律若信尊師者是正是第一若信法者是正是第一若戒德具足者是正是第一若愛敬同道恭恪奉事者是正是第一諸賢我等有是行有是力有是智因此故令我等作如是說此有第一沙門第二第三第四沙門此外更無沙門梵志異道一切空無沙門梵志以是故我等隨在衆中作如是正師子吼佛說如是彼諸比丘聞佛所說歡喜奉行

因品優曇婆羅經第八

我聞如是一時佛遊王舍城在竹林迦蘭哆園爾時有一居士名曰實意彼於平旦從王舍城出欲往詣佛供養禮事於是實意居士作如是念且置詣佛世尊或能宴坐及諸尊比丘我寧可往優曇婆羅林詣異學園於是實意居士即往優曇婆羅林詣異學園彼時優曇婆羅林異學園中有一異學名曰無恚在彼中尊爲異學師衆人所敬多所降伏爲五百異學之所推宗在衆調亂音聲高大說種種鳥論語論王論賊論鬪諍論飲食論衣被論婦女論童女論婬女論世俗論非道論海論國論如是比說種種鳥論比集在彼坐於是異學無恚遥見實意居士來即勑己衆皆令嘿然諸賢汝等莫語嘿然樂嘿然各自斂攝所以者何實意居士來是沙門瞿曇弟子若有沙門瞿曇弟子名德高遠所可宗重

在家住止居王舍城者彼爲第一彼不語樂嘿然自收斂若彼知此衆嘿然住者彼或能來於是異學無恚令衆嘿然自亦嘿然於是實意居士往詣異學無恚所共相問訊却坐一面實意居士語曰無恚我佛世尊若在無事處山林樹下或住高巖寂無音聲遠離無惡無有人民隨順宴坐是佛世尊如斯之比在無事處山林樹下或住高巖寂無音聲遠離無惡無有人民隨順宴坐彼在遠離處常樂宴坐安隱快樂彼佛世尊初不一日一夜共聚集會如汝今日及眷屬也於是異學無恚語曰居士止止汝何由得知沙門瞿曇空慧解脫此不足說或相應或不相應或順或不順彼沙門瞿曇行邊至邊樂邊至邊住邊至邊猶如瞎牛在邊地食行邊至邊樂邊至邊住邊至邊彼沙門瞿曇亦復如是居士若彼沙門瞿曇來此衆者我以一論滅彼如弄空瓶亦當爲彼說瞎牛喻於是異學無恚告已衆曰諸賢沙門瞿曇儻至此衆若必來者汝等莫敬從座而起叉手向彼莫請令坐預留一座彼到此已作如是語瞿曇有座欲坐隨意爾時世尊在於宴坐以淨天耳出過於人聞實意居士與異學無恚共論如是則於晡時從宴坐起往詣優曇婆羅林異學園中異學無恚遥見世尊來即從座起偏袒著衣叉手向佛讃曰善來沙門瞿曇久不來此願坐此座彼時世尊作如是念此愚癡人自違其要世尊知已即坐其牀異學無恚便與世尊共相問訊却坐一面世尊問曰無恚向與實意居士共論何事以何等故集在此坐異

學無恚答曰瞿曇我等作是念沙門瞿曇有何等法謂教訓弟子弟子受教訓已令得安隱盡其形壽淨修梵行及爲他說瞿曇向與實意居士共論如是以是之故集在此坐實意居士聞彼語已便作是念此異學無恚異哉妄語所以者何在佛面前欺誑世尊世尊知已語曰無恚我法甚深甚奇甚特難覺難知難見難得謂我教訓弟子弟子受教訓已盡其形壽淨修梵行亦爲他說無恚若汝師宗所可不了憎惡行者汝以問我我必能答令可汝意於是調亂異學衆等同音共唱高大聲曰沙門瞿曇甚奇甚特有大如意足有大威德有大福祐有大威神所以者何乃能自捨己宗而以他宗隨人所問於是異學無恚自勑己衆令嘿然已問曰瞿曇不了可憎

行云何得具足云何不得具足於是世尊答曰無恚或有沙門梵志倮形無衣或以手爲衣或以葉爲衣或以珠爲衣或不以瓶取水或不以櫆取水不食刀杖劫抄之食不食欺妄食不自往不遣信不求來尊不善尊不住尊若有二人食不在中食不懷妊家食不畜狗家食設使家有糞蠅飛來便不食也不噉魚不食肉不飲酒不飲惡水或都無所飲學無飲行或噉一口以一口爲足或二三四乃至七口以七口爲足或食一得以一得爲足或二三四乃至七得以七得爲足或日一食以一食爲足或二三四五六七日半月一月一食以一食爲足或食菜茹或食稗子或食穄米或食雜𪍿或食頭頭羅食或食麤食或至無事處依於無事或食根或食果或食自

落果或持連合衣或持毛衣或持頭舍衣或持毛頭舍衣或持全皮或持穿皮或持全穿皮或持散髮或持編髮或持散編髮或有剃髮或有剃鬚或剃鬚髮或有拔鬚或有拔髮或拔鬚髮或住立斷坐或修蹲行或有臥刺以刺爲牀或有臥果以果爲牀或有事水晝夜手抒或有事火竟宿然之或事日月尊祐大德叉手向彼如此之比受無量苦學煩熱行無恚於意云何不了可憎行如是爲具足爲不具足異學無恚答曰瞿曇如是不了可憎行爲具足非不具足世尊復語曰無恚我爲汝說此不了可憎具足行爲無量穢所汙異學無恚問曰瞿曇云何爲我說此不了可憎具足行爲無量穢所汙耶世尊答曰無恚或有一精苦行苦行因此精苦行苦行惡欲念欲無恚若有一精苦行苦行因此精苦行苦行惡欲念欲者是謂無恚行苦行者穢復次無恚或有一精苦行苦行因此精苦行苦行仰視日光吸服日氣無恚若有一精苦行苦行因此精苦行苦行仰視日光吸服日氣者是謂無恚行苦行者穢復次無恚或有一精苦行苦行因此精苦行苦行而自貢高得精苦行苦行已心便繫著無恚若有一精苦行苦行因此精苦行苦行而自貢高得精苦行苦行已心便繫著者是謂無恚行苦行者穢復次無恚或有一精苦行苦行因此精苦行苦行自貴賤他無恚若有一精苦行苦行因此精苦行苦行自貴賤他者是謂無恚行苦行者穢復次無恚或有一精苦行苦行因此精苦行苦行往至家家而自稱說我行精

苦我行甚難無恚若有一精苦行苦行因此精苦行苦行往至家家而自稱說我行精苦我行甚難者是謂無恚行苦行者穢復次無恚或有一精苦行苦行因此精苦行苦行若見沙門梵志爲他所敬重供養禮事者便起嫉妬言何爲敬重供養禮事彼沙門梵志應敬重供養禮事於我所以者何我行苦行無恚若有一精苦行苦行因此精苦行苦行若見沙門梵志爲他所敬重供養禮事者便起嫉妬言何爲敬重供養禮事彼沙門梵志應敬重供養禮事於我所以者何我行苦行者是謂無恚行苦行者穢復次無恚或有一精苦行苦行因此精苦行苦行若見沙門梵志爲他所敬重供養禮事者便面訶此沙門梵志言何爲敬重供食禮事汝多欲多求常食食根種子樹種子果種子節種子子種子爲五猶如暴雨多所傷害五穀種子嬈亂畜生及於人民如是彼沙門梵志數入他家亦復如是無恚若有一精苦行苦行因此精苦行苦行若見沙門梵志爲他所敬重供養禮事者便面訶此沙門梵志言何爲敬重供養禮事汝多欲多求常食食根種子樹種子果種子節種子子種子爲五猶如暴雨多所傷害五穀種子嬈亂畜生及於人民如是彼沙門梵志數入他家亦復如是者是謂無恚行苦行者穢復次無恚或有一精苦行苦行因此精苦行苦行有愁癡恐怖恐懼密行疑恐失名增伺放逸無恚若有一精苦行苦行因此精苦行苦行有愁癡恐怖恐懼密行疑恐失名增伺放逸者是謂無恚行苦行者穢復次

無恚或有一精苦行苦行因此精苦行苦行生身見邊見邪見見取難爲意無節限爲諸沙門梵志可通法而不通無恚若有一精苦行苦行因此精苦行苦行生身見邊見邪見見取難爲意無節限爲沙門梵志可通法而不通者是謂無恚行苦行者穢復次無恚或有一精苦行苦行因此精苦行苦行瞋纏不語結慳嫉諛諂欺誑無慙無愧無恚若有一精苦行苦行因此精苦行苦行瞋纏不語結慳嫉諛諂欺誑無慙無愧者是謂無恚行苦行者穢復次無恚或有一精苦行苦行因此精苦行苦行妄言兩舌麤言綺語具惡戒無恚若有一精苦行苦行因此精苦行苦行妄言兩舌麤言綺語具惡戒者是謂無恚行苦行者穢復次無恚或有一精苦行苦行因此

精苦行苦行不信懈怠無正念正智有惡慧無恚若有一精苦行苦行因此精苦行苦行不信懈怠無正念正智有惡慧者是謂無恚行苦行者穢無恚我不爲汝說此不了可憎具足行無量穢所汙耶異學無恚答曰如是瞿曇爲我說此不了可憎具足行無量穢所汙無恚我復爲汝說此不了可憎具足行不爲無量穢所汙異學無恚復問曰云何瞿曇爲我說此不了可憎具足行不爲無量穢所汙耶世尊答曰無恚或有一精苦行苦行因此精苦行苦行不惡欲不念欲無恚若有一精苦行苦行因此精苦行苦行不惡欲不念欲者是謂無恚行苦行者無穢復次無恚或有一精苦行苦行因此精苦行苦行不視日光不服日氣無恚若有一精苦行苦行因此

精苦行苦行不視日光不服日氣者是謂無恚行苦行者無穢復次無恚或有一精苦行苦行因此精苦行苦行而不貢高得精苦行苦行已心不繫著無恚若有一精苦行苦行因此精苦行苦行而不貢高得精苦行苦行已心不繫著者是謂無恚行苦行者無穢復次無恚或有一精苦行苦行因此精苦行苦行不自貴不賤他無恚若一精苦行苦行因此精苦行苦行不自貴不賤他者是謂無恚行苦行者無穢復次無恚或有一精苦行苦行因此精苦行苦行不至家家而自稱說我行精苦行我行甚難無恚若有一精苦行苦行因此精苦行苦行不至家家而自稱說我行精苦我行甚難者是謂無恚行苦行者無穢復次無恚或有一精苦行苦行因此精苦

行苦行若見沙門梵志爲他所敬重供養禮事者不起嫉妬言何爲敬重供養禮事彼沙門梵志應敬重供養禮事於我所以者何我行苦行無恚若有一精苦行苦行因此精苦行苦行若見沙門梵志爲他所敬重供養禮事者不起嫉妬言何爲敬重供養禮事彼沙門梵志應敬重供養禮事於我所以者何我行苦行者是謂無恚行苦行者無穢復次無恚或有一精苦行苦行因此精苦行苦行若見沙門梵志爲他所敬重供養禮事者不面訶此沙門梵志言何爲敬重供養禮事汝多欲多求常食食根種子樹種子果種子節種子子種子爲五猶如暴雨多所傷害五穀種子嬈亂畜生及於人民如是彼沙門梵志數入他家亦復如是無恚若有一精苦行苦行

因此精苦行苦行若見沙門梵志爲他所敬重供養禮事者不面訶此沙門梵志言何爲敬重供養禮事汝多欲多求常食食根種子樹種子果種子節種子子種子爲五猶如暴雨多所傷害五穀種子嬈亂畜生及於人民如是彼沙門梵志數入他家亦復如是者是謂無恚行苦行者無穢復次無恚或有一精苦行苦行因此精苦行苦行不愁癡恐怖不恐懼密行不疑恐失名不增伺放逸無恚若有一精苦行苦行因此精苦行苦行不愁癡恐怖不恐懼密行不疑恐失名不增伺放逸者是謂無恚行苦行者無穢復次無恚或有一精苦行苦行因此精苦行苦行不生身見邊見邪見見取不難爲意無節限爲諸沙門梵志可通法而通無恚若有一精苦行苦行

因此精苦行苦行不生身見邊見邪見見取不難爲意無節限爲諸沙門梵志可通法而通者是謂無恚行苦行者無穢復次無恚或有一精苦行苦行因此精苦行苦行無瞋纏不語結慳嫉諛諂欺誑無慙無愧無恚若有一精苦行苦行因此精苦行苦行無瞋纏不語結慳嫉諛諂欺誑無慙無愧者是謂無恚行苦行者無穢復次無恚或有一精苦行苦行因此精苦行苦行不妄言兩舌麤言綺語不具惡戒無恚若有一精苦行苦行因此精苦行苦行不妄言兩舌麤言綺語不具惡戒者是謂無恚行苦行者無穢復次無恚或有一精苦行苦行因此精苦行苦行無不信懈怠有正念正智無有惡慧無恚若有一精苦行苦行因此精苦行苦行無不信懈怠有正

念正智無惡慧者是謂無恚行苦行者無穢無恚我不為汝說此不了可憎具足行不為無量穢所汙耶異學無恚答曰如是瞿曇為我說此不了可憎具足行不為無量穢所汙異學無恚問曰瞿曇此不了可憎行是得第一得真實耶世尊答曰無恚此不了可憎行不得第一不得真實然有二種得皮得節異學無恚復問曰瞿曇云何此不了可憎行得表皮耶世尊答曰無恚此或有一沙門梵志行四行不殺生不教殺不同殺不偷不教偷不同偷不取他女不教取他女不同取他女不妄言不教妄言不同妄言彼行此四行樂而不進心與慈俱遍滿一方成就遊如是二三四方四維上下普周一切心與慈俱無結無怨無恚無諍極廣甚大無量善修遍滿一切世間成就遊如是悲喜心與捨俱無結無怨無恚無諍極廣甚大無量善修遍滿一切世間成就遊無恚於意云何如是此不了可憎行得表皮耶無恚答曰瞿曇如是此不了可憎行得表皮也瞿曇云何此不了可憎行得節耶世尊答曰無恚或有一沙門梵志行四行不殺生不教殺不同殺不偷不教偷不同偷不取他女不教取他女不同取他女不妄言不教妄言不同妄言彼行此四行樂而不進彼有行有相貌憶本無量昔所經歷或一生二生百生千生成劫敗劫無量成敗劫彼眾生名其彼昔更歷我曾生彼如是姓如是字如是生如是飲食如是受苦樂如是長壽如是久住如是壽命訖此死生彼彼死生此我生在此如是姓如是字如是生如是飲

食如是受苦樂如是長壽如是久住如是壽命訖無恚於意云何如是此不了可憎行得節耶無恚答曰瞿曇如是此不了可憎行得節也瞿曇云何此不了可憎行得第一得眞實耶世尊答曰無恚或有一沙門梵志行四行不殺生不教殺不同殺不偷不教偷不同偷不取他女不教取他女不同取他女不妄言不教妄言不同妄言彼行此四行樂而不進彼以清淨天眼出過於人見此衆生死時生時好色惡色妙與不妙往來善處及不善處隨此衆生之所作業見其如眞若此衆生成就身惡行口意惡行誹謗聖人邪見成就邪見業彼因緣此身壞命終必至惡處生地獄中若此衆生成就身妙行口意妙行不誹謗聖人正見成就正見業彼因緣此身壞命終必昇善處乃至天上無恚於意云何如是此不了可憎行得第一得眞實耶無恚答曰瞿曇如是此不了可憎行得第一得眞實也瞿曇云何此不了可憎行作證故沙門瞿曇弟子依沙門行梵行耶世尊答曰無恚非因此不了可憎行作證故我弟子依我行梵行也無恚更有異最上最妙最勝爲彼證故我弟子依我行梵行於是調亂異學衆等發高大聲如是如是爲彼證故沙門瞿曇弟子依沙門瞿曇行梵行於是異學無恚自勑已衆令嘿然已白曰瞿曇何者更有異最上最妙最勝爲彼證故沙門瞿曇弟子依沙門瞿曇行梵行耶於是世尊答曰無恚若如來無所著等正覺明行成爲善逝世間解無上士道法御天人師號佛衆祐出於世間彼捨五蓋

心穢慧羸離欲離惡不善之法至得第四禪成就遊彼已如是定心清淨無穢無煩柔輭善住得不動心趣向漏盡智通作證彼知此苦如眞知此苦集知此苦滅知此苦滅道如眞亦知此漏知此漏集知此漏滅知此漏滅道如眞彼如是知如是見欲漏心解脱有漏無明漏心解脱解脱已便知解脱生已盡梵行已立所作已辦不更受有知如眞無恚是謂更有異最上最妙最勝爲彼證故我弟子依我行梵行於是實意居士語曰無恚世尊在此汝今可以一論滅如弄空瓶說如瞎牛在邊地食世尊聞已語異學無恚曰汝實如是說耶異學無恚答曰實如是瞿曇世尊復問曰無恚汝頗曾從長老舊學所聞如是過去如來無所著等正覺若有無事處山林樹

下或有高巖寂無音聲遠離無惡無有人民隨順宴坐諸佛世尊在無事處山林樹下或住高巖寂無音聲遠離無惡無有人民隨順宴坐彼在遠離處常樂宴坐安隱快樂彼初不一日一夜共聚集會如汝今日及眷屬耶異學無恚答曰瞿曇我曾從長老舊學所聞如是過去如來無所著等正覺若有無事處山林樹下或有高巖寂無音聲遠離無惡無有人民隨順宴坐諸佛世尊在無事處山林樹下或住高巖寂無音聲遠離無惡無有人民隨順宴坐彼在遠離處常樂宴坐安隱快樂初不一日一夜共聚集會如我今日及眷屬也無恚汝不作是念如彼世尊在無事處山林樹下或住高巖寂無音聲遠離無惡無有人民隨順宴坐彼在遠離處常樂宴坐安

隱快樂彼沙門瞿曇學正覺道耶異學無恚答曰瞿曇我若知者何由當復作如是說一論便滅如弄空瓶說瞎牛在邊地食耶世尊語曰無恚我今有法善善相應彼彼解脫向能以作證如來以此自稱無畏諸比丘我弟子來無諛諂不欺誑質直無虛我訓隨教已必得究竟智無恚若汝作是念沙門瞿曇貪師故說法汝莫作是念以師還汝我其為汝說法無恚若汝作是念沙門瞿曇貪弟子故說法汝莫作是念弟子還汝我其為汝說法無恚若汝作是念沙門瞿曇貪供養故說法汝莫作是念供養還汝我其為汝說法無恚若汝作是念沙門瞿曇貪稱譽故說法汝莫作是念稱譽還汝我其為汝說法無恚若汝作是念我若有法善善相應彼彼解脫向能以作證彼沙門瞿曇奪我滅我者汝莫作是念以法還汝我其為汝說法於是大衆默然而住所以者何彼為魔王所制持故彼時世尊告實意居士曰汝看此大衆默然而住所以者何彼為魔王所制持故彼令異學衆無有異學作是念我試於沙門瞿曇所修行梵行世尊知已為實意居士說法勸發渴仰成就歡喜無量方便為彼說法勸發渴仰成就歡喜已即從座起便接實意居士臂以神足飛乘虛而去佛說如是實意居士聞佛所說歡喜奉行

因品願經第九

我聞如是一時佛遊舍衛國在勝林給孤獨園爾時有一比丘在遠離獨住閑居靜處宴坐思惟心作是念世尊慰勞共我語言為我

說法得具足戒而不廢禪成就觀行於空靜處於是比丘作是念已則於晡時從宴坐起往詣佛所世尊遥見彼比丘來因彼比丘故告諸比丘汝等當願世尊慰勞共我語言爲我說法得具足戒而不廢禪成就觀行於空靜處比丘當願我有親族令彼因我身壞命終必昇善處乃生天上得具足戒而不廢禪成就觀行於空靜處比丘當願諸施我衣被飲食牀榻湯藥諸生活具令彼此施有大功德有大光明獲大果報得具足戒而不廢禪成就觀行於空靜處比丘當願我能忍飢渴寒熱蚊䖟蠅蚤風日所逼惡聲捶杖亦能忍之身遇諸疾極爲苦痛至命欲絶諸不可樂皆能堪耐得具足戒而不廢禪成就觀行於空靜處比丘當願我堪耐不樂若生不樂心終不著得具足戒而不廢禪成就觀行於空靜處比丘當願我堪耐恐怖若生恐怖心終不著得具足戒而不廢禪成就觀行於空靜處比丘當願我若生三惡不善之念欲念恚念害念爲此三惡不善之念心終不著得具足戒而不廢禪成就觀行於空靜處比丘當願我離欲離惡不善之法至得第四禪成就遊得具足戒而不廢禪成就觀行於空靜處比丘當願我三結已盡得須陁洹不墮惡法定趣正覺極受七有天上人間七往來已便得苦邊得具足戒而不廢禪成就觀行於空靜處比丘當願我三結已盡婬怒癡薄得一往來天上人間一往來已便得苦邊得具足戒而不廢禪成就觀行於空靜處比丘當願我五下分結盡生於彼間便般涅槃得不退

法不還此世得具足戒而不廢禪成就觀行於空靜處比丘當願我息解脫離色得無色如其像定身作證成就遊以慧而觀斷漏知漏得具足戒而不廢禪成就觀行於空靜處比丘當願我如意足天耳智他心智宿命智生死智諸漏已盡而得無漏心解脫慧解脫於現法中自知自覺自作證成就遊生已盡梵行已立所作已辦不更受有知如眞得具足戒而不廢禪成就觀行於空靜處於是彼比丘聞佛所説善受善持即從座起稽首佛足遶三帀而去彼比丘受佛此放閑居靜處宴坐思惟修行精勤心無放逸因閑居靜處宴坐思惟修行精勤心無放逸故若族姓子所爲剃除鬚髮著袈裟衣至信捨家無家學道者唯無上梵行訖於現法中自知自覺自作證成就遊生已盡梵行已立所作已辦不更受有知如眞彼尊者知法已至得阿羅訶佛説如是彼諸比丘聞佛所説歡喜奉行

因品想經第十

我聞如是一時佛遊舍衛國在勝林給孤獨園爾時世尊告諸比丘若有沙門梵志於地有地想地即是神地是神所神是地所彼計地即是神已便不知地如是水火風神天王主梵天無煩無熱彼於淨有淨想淨即是神淨是神所神是淨所彼計淨即是神已便不知淨無量空處無量識處無所有處非有想非無想處一別若干見聞識知得觀意所念意所思從此世至彼世從彼世至此世彼於一切有一切想一切即是神一切是神所神是一切所彼計一切即是神已便不知一切

若有沙門梵志於地則知地地非是神地非神所神非地所彼不計地即是神已彼便知地如是水火風神天王主梵天無煩無熱彼於淨則知淨淨非是神淨非神所神非淨所彼不計淨即是神已彼便知淨無量空處無量識處無所有處非有想非無想處一別若干見聞識知得觀意所念意所思從此世至彼世從彼世至此世彼於一切則知一切一切非是神一切非神所神非一切所彼不計一切即是神已彼便知一切我於地則知地地非是神地非神所神非地所我不計地即是神已我便知地如是水火風神天王主梵天無煩無熱我於淨則知淨淨非是神淨非神所神非淨所我不計淨即是神已我便知淨無量空處無量識處無所有處非有想非無想處一別若干見聞識知得觀意所念意所思從此世至彼世從彼世至此世我於一切則知一切一切非是神一切非神所神非一切所我不計一切即是神已我便知一切

佛說如是彼諸比丘聞佛所說歡喜奉行

因品第九竟

中阿含經卷第二十六

音釋

恪苦各切謹也　瞎許鎋切目盲也　倮郎果切赤體也　魁苦回切羹斗也　穄子例切粟名穈也　穬古猛切麥也　蹲組尊切踞也　抒神與切挹也　蠅餘輕切青蠅也　蚤子皓切齧人跳蟲也　耐奴代切任也

中阿含經卷第二十七

東晋罽賓三藏瞿曇僧伽提婆譯

林品第十有十經

二林觀心二　達奴波法本　優陀羅蜜丸　第二小土城誦

瞿曇彌在後

林品林經上第一

我聞如是。一時佛遊舍衛國。在勝林給孤獨園。爾時世尊告諸比丘。比丘者依一林住。我依此林住。或無正念便得正念。其心不定而得定心。若不解脫便得解脫。諸漏不盡而得漏盡。不得無上安隱涅槃則得涅槃。學道者所須衣被飲食牀榻湯藥諸生活具。彼一切求索易不難得。彼比丘依此林住。依此林住已。若無正念不得正念。其心不定不得定心。若不解脫不得解脫。諸漏不盡不得漏盡。不修無上安隱涅槃。然不得涅槃。學道者所須衣被飲食牀榻湯藥諸生活具。彼一切求索易不難得。彼比丘應作是觀。我出家學道。不爲衣被故。不爲飲食牀榻湯藥故。亦不爲諸生活具故。然我依此林住。或無正念不得正念。其心不定不得定心。若不解脫不得解脫。諸漏不盡不得漏盡。不得無上安隱涅槃。然不得涅槃。學道者所須衣被飲食牀榻湯藥諸生活具。彼一切求索易不難得。彼比丘如是觀已。可捨此林去。比丘者依一林住。我依此林住。或無正念便得正念。其心不定而得定心。若不解脫便得解脫。諸漏不盡而得漏盡。不得無上安隱涅槃則得涅槃。學道者所須衣被飲食牀榻湯藥諸生活具。彼一切求索易不難得。彼比丘依此林住。依此林住已

或無正念便得正念其心不定而得定心若不解脫便得解脫諸漏不盡而得漏盡不得無上安隱涅槃則得涅槃學道者所須衣被飲食牀榻湯藥諸生活具彼一切求索甚難可得彼比丘應作是觀我出家學道不爲衣被故不爲飲食牀榻湯藥故亦不爲諸生活具故然依此林住或無正念便得正念其心不定而得定心若不解脫便得解脫諸漏不盡而得漏盡不得無上安隱涅槃則得涅槃學道者所須衣被飲食牀榻湯藥諸生活具彼一切求索甚難可得彼比丘如是觀已可住此林比丘者依一林住我依此林住或無正念便得正念其心不定而得定心若不解脫便得解脫諸漏不盡而得漏盡不得無上安隱涅槃則得涅槃學道者所須衣被飲食牀榻湯藥諸生活具彼一切求索易不難得彼比丘依此林住依此林住已或無正念不得正念其心不定不得定心若不解脫不得解脫諸漏不盡不得漏盡不得無上安隱涅槃然不得涅槃學道者所須衣被飲食牀榻湯藥諸生活具彼一切求索甚難可得彼比丘應作是觀我依此林住或無正念不得正念其心不定不得定心若不解脫不得解脫諸漏不盡不得漏盡不得無上安隱涅槃然不得涅槃學道者所須衣被飲食牀榻湯藥諸生活具彼一切求索甚難可得彼比丘如是觀已即捨此林夜半而去莫與彼別比丘者依一林住我依此林住或無正念便得正念其心不定而得定心若不解脫便得解脫諸漏不盡而得漏盡不得無上安隱涅槃則

得涅槃學道者所須衣被飲食牀榻湯藥諸生活具彼一切求索易不難得彼比丘依此林住依此林住已或無正念便得正念其心不定而得定心若不解脱便得解脱諸漏不盡而得漏盡不得無上安隱涅槃則得涅槃學道者所須衣被飲食牀榻湯藥諸生活具彼一切求索易不難得彼比丘應作是觀我依此林住或無正念便得正念其心不定而得定心若不解脱便得解脱諸漏不盡而得漏盡不得無上安隱涅槃則得涅槃學道者所須衣被飲食牀榻湯藥諸生活具彼一切求索易不難得彼比丘如是觀已依此林住乃可終身至其命盡如依林住冢間村邑依於人住亦復如是佛説如是彼諸比丘聞佛所説歡喜奉行

林品林經下第二

我聞如是一時佛遊舍衛國在勝林給孤獨園爾時世尊告諸比丘比丘者依一林住我依此林住或所爲出家學道欲得沙門義此義於我得學道者所須衣被飲食牀榻湯藥諸生活具彼一切求索易不難得彼比丘依此林住依此林住已所爲出家學道欲得沙門義此義於我不得學道者所須衣被飲食牀榻湯藥諸生活具彼一切求索易不難得彼比丘應作是觀我出家學道不爲衣被故不爲飲食牀榻湯藥故亦不爲諸生活具故然我依此林住所爲出家學道欲得沙門義此義於我不得學道者所須衣被飲食牀榻湯藥諸生活具彼一切求索易不難得彼比丘如是觀已可捨此林去比丘者依一林住

我依此林住或所爲出家學道欲得沙門義此義於我得學道者所須衣被飲食牀榻湯藥諸生活具彼一切求索易不難得彼比丘依此林住依此林住已所爲出家學道欲得沙門義此義於我得學道者所須衣被飲食牀榻湯藥諸生活具彼一切求索甚難可得彼比丘應作是觀我出家學道不爲衣被故不爲飲食牀榻湯藥故亦不爲諸生活具故然我依此林住所爲出家學道欲得沙門義此義於我得學道者所須衣被飲食牀榻湯藥諸生活具彼一切求索甚難可得彼比丘如是觀已可住此林比丘者依一林住我依此林住或所爲出家學道欲得沙門義此義於我得學道者所須衣被飲食牀榻湯藥諸生活具彼一切求索易不難得彼比丘依此林住依此林住已所爲出家學道欲得沙門義此義於我不得學道者所須衣被飲食牀榻湯藥諸生活具彼一切求索甚難可得彼比丘應作是觀我依此林住所爲出家學道欲得沙門義此義於我不得學道者所須衣被飲食牀榻湯藥諸生活具彼一切求索甚難可得彼比丘如是觀已即捨此林夜半而去莫與彼別比丘者依一林住我依此林住或所爲出家學道欲得沙門義此義於我得學道者所須衣被飲食牀榻湯藥諸生活具彼一切求索易不難得彼比丘依此林住依此林住已所爲出家學道欲得沙門義此義於我得學道者所須衣被飲食牀榻湯藥諸生活具彼一切求索易不難得彼比丘應作是觀我依此林住所爲出家學道欲得沙門

義此義於我得學道者所須衣被飲食牀榻湯藥諸生活具彼一切求索易不難得彼比丘如是觀已依此林住乃可終身至其命盡如依林住冢間村邑依於人住亦復如是佛說如是彼諸比丘聞佛所說歡喜奉行

林品自觀心經上第三

我聞如是一時佛遊舍衛國在勝林給孤獨園爾時世尊告諸比丘若有比丘不能善觀於他心者當自善觀察於己心應學如是云何比丘善自觀心比丘者若有此觀必多所饒益我爲得內止不得最上慧觀法耶我爲得最上慧觀法不得內止耶我爲不得內止亦不得最上慧觀法耶我爲得內止亦得最上慧觀法耶若比丘觀已則知我得內止不得最上慧觀法者彼比丘得內止已當求最上慧觀法彼於後時得內止亦得最上慧觀法若比丘觀已則知我得最上慧觀法不得內止者彼比丘住最上慧觀法已當求內止彼於後時得最上慧觀法亦得內止若比丘觀已則知我不得內止亦不得最上慧觀法者如是比丘不得此善法爲欲得故便以速求方便學極精勤正念正智忍不令退猶人爲火燒頭燒衣急求方便救頭救衣如是比丘不得此善法爲欲得故便以速求方便學極精勤正念正智忍不令退彼於後時即得內止亦得最上慧觀法若比丘觀已則知我得內止亦得最上慧觀法彼比丘住此善法已當求漏盡智通作證所以者何我說不得畜一切衣亦說得畜一切衣云何衣我說不得畜若畜衣便增長惡不善法衰退善法者

如是衣我說不得畜云何衣我說得畜若畜衣便增長善法衰退惡不善法者如是衣我說得畜如衣飲食牀榻村邑亦復如是我說不得狎習一切人亦說得狎習一切人云何人我說不得狎習若狎習人便增長惡不善法衰退善法者如是人我說不得狎習云何人我說得與狎習若狎習人便增長善法衰退惡不善法者如是人我說得與狎習彼可習法知如真不可習法亦知如真彼可習法不可習法知如真已不可習法便不習可習法便習彼不可習法不習可習法習已便增長善法衰退惡不善法是謂比丘善自觀心善自知心善取善捨佛說如是彼諸比丘聞佛所說歡喜奉行

林品自觀心經下第四

我聞如是一時佛遊舍衛國在勝林給孤獨園爾時世尊告諸比丘若有比丘不能善觀於他心者當自善觀察於己心應學如是云何比丘善自觀心比丘者若有此觀必多所饒益我爲多行增伺爲多行無增伺我爲多行瞋恚心爲多行無瞋恚心我爲多行睡眠纏爲多行無睡眠纏我爲多行掉貢高爲多行無掉貢高我爲多行疑惑爲多行無疑惑我爲多行身諍爲多行無身諍我爲多行穢汙心爲多行無穢汙心我爲多行信爲多行不信我爲多行精進爲多行懈怠我爲多行念爲多行無念我爲多行定爲多行無定我爲多行惡慧爲多行無惡慧若比丘觀時則知我多行增伺瞋恚心睡眠纏掉貢高疑惑身諍穢汙心不信懈怠無念無定多行惡慧

者彼比丘欲滅此惡不善法故便以速求方便學極精勤正念正智忍不令退猶人爲火燒頭燒衣急求方便救頭救衣如是比丘欲滅此惡不善法故便以速求方便學極精勤正念正智忍不令退若比丘觀時則知我多行無增伺無瞋恚心無睡眠纏無掉貢高無疑惑無身諍無穢汙心有信有進有念有定多行無惡慧者彼比丘住此善法已當求漏盡智通作證所以者何我說不得畜一切衣亦說得畜一切衣云何衣我說不得畜若畜衣便增長惡不善法衰退善法者如是衣我說不得畜云何衣我說得畜若畜衣便增長善法衰退惡不善法者如是衣我說得畜如衣飲食牀榻村邑亦復如是我說不得狎習一切人亦說得狎習一切人云何人我說不得狎習若狎習人便增長惡不善法衰退善法者如是人我說不得狎習云何人我說得與狎習若狎習人便增長善法衰退惡不善法者如是人我說得與狎習彼可習法知如眞不可習法亦知如眞彼可習法不可習法知如眞已不可習法便不習可習法便習彼不可習法不習可習法習已便增長善法衰退惡不善法是謂比丘善自觀心善自知心善取善捨佛說如是彼諸比丘聞佛所說歡喜奉行

林品達梵行經第五

我聞如是一時佛遊拘樓瘦在劒磨瑟曇拘樓都邑爾時世尊告諸比丘我當爲汝說法初妙中妙竟亦妙有文有義具足清淨顯現梵行謂名達梵行能盡諸漏汝等諦聽善思

念之時諸比丘受教而聽世尊告曰汝等當知漏知漏所因生知漏有報知漏勝如知漏滅盡知漏滅道汝等當知覺知覺所因生知覺有報知覺勝如知覺滅盡知覺滅道汝等當知想知想所因生知想有報知想勝如知想滅盡知想滅道汝等當知欲知欲所因生知欲有報知欲勝如知欲滅盡知欲滅道汝等當知業知業所因生知業有報知業勝如知業滅盡知業滅道汝等當知苦知苦所因生知苦有報知苦勝如知苦滅盡知苦滅道云何知漏謂有三漏欲漏有漏無明漏是謂知漏云何知漏所因生謂無明也因無明則便有漏是謂知漏所因生云何知漏有報謂無明纏者爲諸漏所漬彼因此受報或得善處或得惡處是謂知漏有報云何知漏勝如謂或有漏生地獄中或有漏生畜生中或有漏生餓鬼中或有漏生天上或有漏生人間是謂知漏勝如云何知漏滅盡謂無明滅漏便滅是謂知漏滅盡云何知漏滅道謂八支聖道正見乃至正定爲八是謂知漏滅道若比丘如是知漏知漏所因生知漏受報知漏勝如知漏滅盡知漏滅道者是謂達梵行能盡一切漏云何知覺謂有三覺樂覺苦覺不苦不樂覺是謂知覺云何知覺所因生謂更樂也因更樂則便有覺是謂知覺所因生云何知覺有報謂愛也愛爲覺報是謂知覺有報云何知覺勝如謂比丘者覺樂覺時便知覺樂覺覺苦覺時便知覺苦覺覺不苦不樂覺時便知覺不苦不樂覺樂身苦身不苦不樂身樂心苦心不苦不樂心樂食苦食不苦

不樂食樂無食苦無食不苦不樂無食樂欲苦欲不苦不樂欲樂無欲苦無欲覺不苦不樂無欲覺時便知覺不苦不樂無欲覺是謂知覺勝如云何知覺滅盡謂更樂滅覺便滅是謂知覺滅盡云何知覺滅道謂八支聖道正見乃至正定爲八是謂知覺滅道若比丘如是知覺知覺所因生知覺有報知覺勝如知覺滅盡知覺滅道者是謂達梵行能盡一切覺云何知想謂有四想比丘者小想亦知大想亦知無量想亦知無所有處想亦知是謂知想云何知想所因生謂更樂也因更樂則便有想是謂知想所因生云何知想有報謂說也隨其想便說是謂知想有報云何知想勝如謂或有想想色或有想想聲或有想想香或有想想味或有想想觸是謂知想勝如云何知想滅盡謂更樂滅想便滅是謂知想滅盡云何知想滅道謂八支聖道正見乃至正定爲八是謂知想滅道若比丘如是知想知想所因生知想有報知想勝如知想滅盡知想滅道者是謂達梵行能盡一切想云何知欲謂有五欲功德可愛可喜美色欲想應甚可樂云何爲五眼知色耳知聲鼻知香舌知味身知觸是謂知欲云何知欲所因生謂更樂也因更樂則便有欲是謂知欲所因生云何知欲有報謂隨欲種愛樂著而住彼因此受報有福處無福處不動處是謂知欲有報云何知欲勝如謂或有欲欲色或有欲欲聲或有欲欲香或有欲欲味或有欲欲觸是謂知欲勝如云何知欲滅盡謂更樂滅欲便滅是謂知欲滅盡云何知欲滅道謂八支

聖道正見乃至正定爲八是謂知欲滅道若比丘如是知欲知欲所因生知欲受報知欲勝如知欲滅盡知欲滅道者是謂達梵行能盡一切欲云何知業謂有二業思已思業是謂知業云何知業所因生謂更樂也因更樂則便有業是謂知業所因生云何知業有報謂或有業黑有黑報或有業白有白報或有業黑白黑白報或有業不黑不白無報業業盡是謂知業有報云何知業勝如謂或有業生地獄中或有業生畜生中或有業生餓鬼中或有業生天上或有業生人間是謂知業勝如云何知業滅盡謂更樂滅業便滅是謂知業滅盡云何知業滅道謂八支聖道正見乃至正定爲八是謂知業滅道若比丘如是知業知業所因生知業有報知業勝如知業

滅盡知業滅道者是謂達梵行能盡一切業云何知苦謂生苦老苦病苦死苦怨憎會苦愛別離苦所求不得苦略五盛陰苦是謂知苦云何知苦所因生謂愛也因愛生苦是謂知苦所因生云何知苦有報謂或有苦微遲滅或有苦微疾滅或有苦盛遲滅或有苦盛疾滅苦苦盡是謂知苦有報云何知苦勝如謂不多聞愚癡凡夫不遇善知識不御聖法身生覺極苦甚重苦命將欲絶出此從外更求於彼或有沙門梵志持一句呪或二三四多句呪或持百句呪彼治我苦如是因求生苦因集生苦苦滅是謂知苦勝如云何知苦滅盡謂愛滅苦便滅是謂知苦滅盡云何知苦滅道謂八支聖道正見乃至正定爲八是謂知苦滅道若比丘如是知苦知苦所因生

知苦有報知苦勝如知苦滅盡知苦滅道者是謂達梵行能盡一切苦佛說如是彼諸比丘聞佛所說歡喜奉行

林品阿奴波經第六

我聞如是一時佛遊跋耆瘦在阿奴波跋耆都邑爾時世尊則於晡時從宴坐起堂上來下告曰阿難共汝往至阿夷羅和帝河浴尊者阿難白曰唯然於是世尊將尊者阿難往至阿夷羅和帝河脫衣岸上便入水浴浴已還出拭體著衣爾時尊者阿難執扇扇佛於是世尊廻顧告曰阿難提和達哆以放逸故墮極苦難必至惡處生地獄中住至一劫不可救濟阿難汝不曾從諸比丘聞謂我一向記提和達哆必至惡處生地獄中住至一劫不可救濟耶尊者阿難白曰唯然爾時有一比丘語尊者阿難世尊以他心智知提和達哆心故一向記提和達哆必至惡處生地獄中住至一劫不可救濟耶世尊告曰阿難彼比丘或有小或有中或有大或年少不自知所以者何如來已一向記彼故有疑惑阿難我不見此世天及魔梵沙門梵志從人至天謂我一向記如提和達哆所以者何阿難我一向記提和達哆必至惡處生地獄中住至一劫不可救濟阿難若我見提和達哆有白淨法如一毛許我便不一向記提和達哆必至惡處生地獄中住至一劫不可救濟阿難我以不見提和達哆有白淨法如一毛許是故我一向記提和達哆必至惡處生地獄中住至一劫不可救濟阿難猶去村不遠有大深厠或人墮中沒在其底若人來爲起大慈

哀憐念愍傷求義及饒益求安隱快樂彼人來已旋轉視之而作是說此人可得一處如毛髮許糞所不汙令我得捉挽出之耶彼遍觀視不見此人有一淨處如毛髮許糞所不汙可得手捉挽出之也如是阿難若我見提和達哆有白淨法如一毛者我不一向記提和達哆必至惡處生地獄中住至一劫不可救濟阿難以我不見提和達哆有白淨法如一毛許是故我一向記提和達哆必至惡處生地獄中住至一劫不可救濟於是尊者阿難啼泣以手抆淚白曰世尊甚奇甚特謂世尊一向記提和達哆必至惡處生地獄中住至一劫不可救濟世尊告曰如是阿難如是阿難我一向記提和達哆必至惡處生地獄中住至一劫不可救濟阿難若汝從如來聞

大人根智分別者必得上信如來而懷歡喜於是尊者阿難叉手向佛白曰世尊今正是時善逝今正是時若世尊爲諸比丘說大人根智分別者諸比丘從世尊聞當善受持世尊告曰阿難諦聽善思念之我今爲汝說大人根智分別尊者阿難受教而聽世尊告曰阿難如來以他心智觀他人心知此人成就善法亦成就不善法如來後時以他心智復觀此人心知此人滅善法生不善法此人善法已滅不善法已生餘有善根而不斷絕從此善根當復更生善如是此人得清淨法阿難猶如平旦日初出時闇滅明生阿難於意云何日轉昇上至于食時闇已滅明已生耶尊者阿難白曰爾也世尊如是阿難如來以他心智觀他人心知此人成就善法亦成就

不善法如來後時以他心智復觀此人心知此人滅善法生不善法此人善法已滅不善法已生餘有善根而不斷絕從是善根當復更生善如是此人得清淨法阿難猶如穀種不壞不破不腐不剖不爲風熱所傷秋時密藏若彼居士善治良田以種灑中隨時雨漑阿難於意云何此種寧得轉增長不尊者阿難白曰爾也世尊如是阿難如來以他心智觀他人心知此人成就善法亦成就不善法如來後時以他心智復觀此人心知此人滅善法生不善法此人善法已滅不善法已生餘有善根而不斷絕從是善根當復更生善如是此人得清淨法阿難是謂如來大人根智如是如來正知諸法本復次阿難如來以他心智觀他人心知此人成就善法亦成就不善法如來後時以他心智復觀此人心知此人滅善法生不善法此人善法已滅不善法已生餘有善根而未斷絕必當斷絕如是此人得衰退法阿難猶如下晡日垂沒時明滅闇生阿難於意云何彼日已沒明已滅闇已生耶尊者阿難白曰爾也世尊如是阿難如來以他心智觀他人心知此人成就善法亦成就不善法如來後時以他心智復觀此人心知此人滅善法生不善法此人善法已滅不善法已生餘有善根而未斷絕必當斷絕如是此人得衰退法阿難猶如穀種不壞不破不腐不剖不爲風熱所傷秋時密藏若使居士善治良田以種灑中雨不隨時阿難於意云何此種寧得轉增長耶尊者阿難白曰不也世尊如是阿難如來以他心智觀他

人心知此人成就善法亦成就不善法如來後時以他心智復觀此人心知此人滅善法生不善法此人善法已滅不善法已生餘有善根而未斷絶必當斷絶如是此人得衰退法阿難是謂如來大人根智如是如來正知諸法本復次阿難如來以他心智觀他人心我不見此人有白淨法如一毛許此人惡不善法一向充滿穢汙爲當來有本煩熱苦報生老病死因如是此人身壞命終必至惡處生地獄中阿難猶如種子腐壞破剖爲風熱所傷秋時不密藏若彼居士非是良田又不善治便下種子雨不隨時阿難於意云何此種寧得轉增長耶尊者阿難白曰不也世尊如是阿難如來以他心智觀他人心我不見此人有白淨法如一毛許此人惡不善法一向充滿穢汙爲當來有本煩熱苦報生老病死因如是此人身壞命終必至惡處生地獄中阿難是謂如來大人根智如是如來正知諸法本於是尊者阿難叉手向佛白曰世尊已說如此三種之人寧可更說異三種人耶世尊告曰可說也阿難如來以他心智觀他人心知此人成就善法亦成就不善法如來後時以他心智復觀此人心知此人滅不善法而生善法此人不善法已滅善法已生餘有不善根而不斷絶從是不善根當復更生不善如是此人得衰退法阿難猶如然火始然之時盡然一焰彼或有人益以燥草足以槁木阿難於意云何彼火寧轉增熾盛耶尊者阿難白曰爾也世尊如是阿難如來以他心智觀他人心知此人成就不善法亦成就

善法如來後時以他心智復觀此人心知此人滅不善法而生善法此人不善法已滅善法已生餘有不善根而不斷絕從是不善根當復更生不善如是此人得衰退法阿難是謂如來大人根智如是如來正知諸法本復次阿難如來以他心智觀他人心成就不善法亦成就善法如來後時以他心智復觀此人心知此人滅不善法而生善法此人不善法已滅善法已生餘有不善根而未斷絕必當斷絕如是此人得清淨法阿難猶如然火熾然之時盡然一焰彼或有人從此盛火置平淨地或著石上阿難於意云何彼火寧轉增熾盛耶尊者阿難白曰不也世尊如是阿難如來以他心智觀他人心知此人成就不善法亦成就善法如來後時以他心智復觀此人心知此人滅不善法而生善法此人不善法已滅善法已生餘有不善根而未斷絕必當斷絕如是此人得清淨法阿難是謂如來大人根智如是如來正知諸法本復次阿難如來以他心智觀他人心我不見此人有黑業如一毛許此人善法一向充滿與樂樂報必生樂處而得長壽如是此人即於現世必得般涅槃阿難猶如火炭久滅已冷彼或有人雖益以燥草足以槁木阿難於意云何彼死火炭寧可復得熾然之耶尊者阿難白曰不也世尊如是阿難如來以他心智觀他人心我不見此人有黑業如一毛許此人善法一向充滿與樂樂報必生樂處而得長壽如是此人即於現世必得般涅槃阿難是謂如來大人根智如是如來正知諸法本阿難

前說三人者第一人得清淨法第二人得衰退法第三人身壞命終必至惡處生地獄中後說三人者第一人得衰退法第二人得清淨法第三人即於現世得般涅槃阿難我已爲汝說大人根智如尊師所爲弟子起大慈哀憐念愍傷求義及饒益求安隱快樂我今已作汝等當復自作至無事處山林樹下空安靜處宴坐思惟勿得放逸勤加精進莫令後悔此是我之教勑是我訓誨佛說如是彼諸比丘聞佛所說歡喜奉行

中阿含經卷第二十七

音釋

狎（胡甲切近也）廁（初吏切溷也）抆淚（抆武粉切拭也淚郎計切目液也）溉（古代切灌溉也）剖（普后切剖析也）燥（蘇到切乾也）槁（苦浩切木枯也）

中阿含經卷第二十八

東晉罽賓三藏瞿曇僧伽提婆譯

林品諸法本經第七

我聞如是一時佛遊舍衛國在勝林給孤獨園爾時世尊告諸比丘若諸異學來問汝等一切諸法以何爲本汝等應當如是答彼一切諸法以欲爲本彼若復問以何爲和當如是答以更樂爲和彼若復問以何爲來當如是答以覺爲來彼若復問以何爲有當如是答以思想爲有彼若復問以何爲上主當如是答以念爲上主彼若復問以何爲前當如是答以定爲前彼若復問以何爲上當如是答以慧爲上彼若復問以何爲眞當如是答以解脫爲眞彼若復問以何爲訖當如是答以涅槃爲訖是爲比丘欲爲諸法本更樂爲諸法和覺爲諸法來思想爲諸法有念爲諸法上主定爲諸法前慧爲諸法上解脫爲諸法眞涅槃爲諸法訖是故比丘當如是學習出家學道心習無常想習無常苦想習苦無我想習不淨想習惡食想習一切世間不可樂想習死想知世間好惡習如是想心知世間習有習如是想心知世間習滅味患出要如眞習如是想心若比丘得習出家學道心者得習無常想得習無常苦想得習苦無我想得習不淨想得習惡食想得習一切世間不可樂想得習死想知世間好惡得習如是想心知世間習有得習如是想心知世間習滅味患出要如眞得習如是想心者是謂比丘斷愛除結正知正觀諸法已便得苦邊佛說如是彼諸比丘聞佛所說歡喜奉行

林品優陀羅經第八

我聞如是一時佛遊舍衛國在勝林給孤獨園爾時世尊告諸比丘優陀羅羅摩子彼在衆中數如是說於此生中觀此覺此不知癰本然後具知癰本優陀羅羅摩子無一切知自稱一切知實無所覺自稱有覺優陀羅羅摩子如是見如是說有者是病是癰是刺設無想者是愚癡也若有所覺是止息是最妙謂乃至非有想非無想處彼自樂身自受於身自著身已修習乃至非有想非無想處身壞命終生非有想非無想天中彼壽盡已復來此間生於狸中此比丘正說者於此生中觀此覺此不知癰本然後具知癰本云何比丘正觀耶比丘者知六更觸知習知滅知味知患知出要以慧知如真是謂比丘正觀也

云何比丘覺比丘者知三覺知習知滅知味知患知出要以慧知如真是謂比丘覺云何比丘不知癰本然後具知癰本比丘者知有愛滅拔其根本至竟不復生是謂比丘不知癰本然後具知癰本癰者謂此身也色麤四大從父母生飲食長養衣被按摩澡浴強忍是無常法壞法散法是謂癰也癰本者謂三愛也欲愛色愛無色愛是謂癰本癰一切漏者謂六更觸處也眼漏視色耳漏聞聲鼻漏嗅香舌漏嘗味身漏覺觸意漏知諸法是謂癰一切漏比丘我已爲汝說癰說癰本如尊師所爲弟子起大慈哀憐念愍傷求義及饒益求安隱快樂者我今已作汝等亦當復自作至無事處山林樹下空安靜處宴坐思惟勿得放逸勤加精進莫令後悔此是我之教

勑是我訓誨佛說如是彼諸比丘聞佛所說歡喜奉行

林品蜜丸喻經第九

我聞如是一時佛遊釋羇瘦在加維羅衛爾時世尊過夜平旦著衣持鉢爲乞食故入加維羅衛食訖中後收舉衣鉢澡洗手足以尼師壇著於肩上往詣竹林釋迦寺中入彼大林至一樹下敷尼師壇結跏趺坐於是執杖釋拄杖而行中後彷徉往詣佛所共相問訊拄杖立佛前問世尊曰沙門瞿曇以何爲宗本說何等法世尊答曰釋若一切世間天及魔梵沙門梵志從人至天使不鬬諍修習離欲清淨梵行捨離諂曲除悔不著有非有亦無想是我宗本說亦如是於是執杖釋聞佛所說不是不非執杖釋奮頭而去於是世尊執杖釋去後不久則於晡時從宴坐起往詣講堂比丘衆前敷座而坐告諸比丘我今平旦著衣持鉢爲乞食故入加維羅衛食訖中後收舉衣鉢澡洗手足以尼師壇著於肩上往詣竹林釋迦寺中入彼大林至一樹下敷尼師壇結跏趺坐於是執杖釋拄杖而行中後彷徉來詣我所共相問訊拄杖立我前問我曰沙門瞿曇以何爲宗本說何等法我答曰釋若一切世間天及魔梵沙門梵志從人至天使不鬬諍修習離欲清淨梵行捨離諂曲除悔不著有非有亦無想是我宗本說亦如是彼執杖釋聞我所說不是不非執杖釋奮頭而去於是有一比丘即從座起偏袒著衣叉手向佛白曰世尊云何一切世間天及魔梵沙門梵志從人至天使不鬬諍云何修

習離欲得清淨梵行云何捨離諂曲除悔不著有非有亦無想耶世尊告曰比丘若人所因念出家學道思想修習及過去未來今現在法不愛不樂不著不住是說苦邊欲使恚使有使慢使無明使見使疑使鬬諍憎嫉諛諂欺誑妄言兩舌及無量惡不善之法是說苦邊佛說如是即從座起入室宴坐於是諸比丘便作是念諸賢當知世尊略說此義不廣分別即從座起入室宴坐若人所因念出家學道思想修習及過去未來今現在法不愛不樂不著不住是說苦邊欲使恚使有使慢使無明使見使疑使鬬諍憎嫉諛諂欺誑妄言兩舌及無量惡不善之法是說苦邊彼復作是念諸賢誰能廣分別世尊向所略說義彼復作是念尊者大迦旃延常爲世尊之所稱譽及諸智梵行人尊者大迦旃延能廣分別世尊向所略說義諸賢共往詣尊者大迦旃延所請說此義若尊者大迦旃延爲分別者我等當善受持於是諸比丘往詣尊者大迦旃延所共相問訊却坐一面白曰尊者大迦旃延當知世尊略說此義不廣分別即從座起入室宴坐比丘若人所因念出家學道思想修習及過去未來今現在法不愛不樂不著不住是說苦邊欲使恚使有使慢使無明使見使疑使鬬諍憎嫉諛諂欺誑妄言兩舌及無量惡不善之法是說苦邊我等便作是念諸賢誰能廣分別世尊向所略說義我等復作是念尊者大迦旃延常爲世尊之所稱譽及諸智梵行人尊者大迦旃延能廣分別世尊向所略說義唯願尊者大迦旃延

爲慈愍故而廣說之爾時尊者大迦旃延告曰諸賢聽我說喻慧者聞喻則解其義諸賢猶如有人欲得求實爲求實故持斧入林彼見大樹成根莖節枝葉華實彼人不觸根莖節實但觸枝葉諸賢所說亦復如是世尊現在捨來就我而問此義所以者何諸賢當知世尊是眼是智是義是法法主法將說眞諦義現一切義由彼世尊諸賢應往詣世尊所而問此義世尊此云何此何義如世尊說者諸賢等當善受持時諸比丘白曰唯然尊者大迦旃延世尊是眼是智是義是法法主法將說眞諦義現一切義由彼世尊我等應往詣世尊所而問此義世尊此云何此何義如世尊說者我等當善受持然尊者大迦旃延常爲世尊之所稱譽及諸智梵行人尊者大迦旃延能廣分別世尊向所略說義唯願尊者大迦旃延爲慈愍故而廣說之尊者大迦旃延告諸比丘諸賢等共聽我所說諸賢緣眼及色生眼識三事共會便有更觸緣更觸便有所覺若所覺便想若所想便思若所思便念若所念便分別比丘者因是念出家學道思想修習此中過去未來今現在法不愛不樂不著不住是說苦邊欲使恚使有使慢使無明使見使疑使鬬諍憎嫉諛諂欺誑妄言兩舌及無量惡不善之法是說苦邊如是耳鼻舌身緣意及法生意識三事共會便有更觸緣更觸便有所覺若所覺便想若所想便思若所思便念若所念便分別比丘者因是念出家學道思想修習此中過去未來今現在法不愛不樂不著不住是說苦邊欲使

恚使有使慢使無明使見使疑使鬪諍憎嫉諛諂欺誑妄言兩舌及無量惡不善之法是說苦邊諸賢比丘者除眼除色除眼識有更觸施設更觸者是處不然若不施設更觸有覺施設覺者是處不然若不施設覺有施設念出家學道思想修習者是處不然如是耳鼻舌身除意除法除意識有更觸施設更觸者是處不然若不施設更觸有覺施設覺者是處不然若不施設覺有施設念出家學道思想修習者是處不然諸賢比丘者因眼因色因眼識有更觸施設更觸者必有此處因施設更觸有覺施設覺者必有此處因施設覺有施設念出家學道思想修習者必有此處如是耳鼻舌身因意因法因意識有更觸施設更觸者必有此處因施設更觸有覺施設覺者必有此處因施設覺有施設念出家學道思想修習者必有此處諸賢謂世尊略說此義不廣分別即從座起入室宴坐比丘若人所因念出家學道思想修習及過去未來今現在法不愛不樂不著不住是說苦邊欲使恚使有使慢使無明使見使疑使鬪諍憎嫉諛諂欺誑妄言兩舌及無量惡不善之法是說苦邊此世尊略說不廣分別義我以此句以此文廣說如是諸賢可往向佛具陳若如世尊所說義者諸賢等便可受持於是諸比丘聞尊者大迦旃延所說善受持誦即從座起遶尊者大迦旃延三帀而去往詣佛所稽首作禮却坐一面白曰世尊向世尊略說此義不廣分別即從座起入室宴坐尊者大迦旃延以此句以此文而廣說之世尊聞

已歎曰善哉善哉我弟子中有眼有智有法有義所以者何謂師爲弟子略說此義不廣分別彼弟子以此句以此文而廣說之如迦旃延比丘所說汝等應當如是受持所以者何以說觀義應如是也比丘猶如有人因行無事處山林樹間忽得蜜丸隨彼所食而得其味如是族姓子於我此正法律隨彼所觀而得其味觀眼得味觀耳鼻舌身意得味爾時尊者阿難執拂侍佛於是尊者阿難叉手向佛白曰世尊此法名何等我當云何奉持世尊告曰阿難此法名爲蜜丸喻汝當受持於是世尊告諸比丘汝等受此蜜丸喻法當諷誦讀所以者何比丘此蜜丸喻有法有義梵行之本趣道趣覺趣於涅槃若族姓子剃除鬚髮著袈裟衣至信捨家無家學道者當善受持此蜜丸喻佛說如是尊者阿難及諸比丘聞佛所說歡喜奉行

林品瞿曇彌經第十

我聞如是一時佛遊釋羇瘦在加維羅衛尼拘類樹園與大比丘衆俱受夏坐爾時瞿曇彌大愛道往詣佛所稽首佛足却住一面白曰世尊女人可得第四沙門果耶因此故女人於此正法律中至信捨家無家學道耶世尊告曰止止瞿曇彌汝莫作是念女人於此正法律中至信捨家無家學道瞿曇彌如是汝剃除頭髮著袈裟衣盡其形壽淨修梵行於是瞿曇彌大愛道爲佛所制稽首佛足繞三帀而去爾時諸比丘爲佛治衣世尊不久於釋羇瘦受夏坐竟補治衣訖過三月已攝衣持鉢當遊人間瞿曇彌大愛道聞諸比丘

爲佛治衣世尊不久於釋羇瘦受夏坐竟補治衣訖過三月已攝衣持鉢當遊人間瞿曇彌大愛道聞已復詣佛所稽首佛足却住一面白曰世尊女人可得第四沙門果耶因此故女人於此正法律中至信捨家無家學道耶世尊亦再告曰止止瞿曇彌汝莫作是念女人於此正法律中至信捨家無家學道瞿曇彌如是汝剃除頭髮著袈裟衣盡其形壽淨修梵行於是瞿曇彌大愛道再爲佛所制稽首佛足繞三帀而去彼時世尊於釋羇瘦受夏坐竟補治衣訖過三月已攝衣持鉢遊行人間瞿曇彌大愛道聞世尊於釋羇瘦受夏坐竟補治衣訖過三月已攝衣持鉢遊行人間瞿曇彌大愛道即與舍夷諸老母俱隨逐佛後展轉往至那摩提住那摩提揵尼精

舍於是瞿曇彌大愛道復詣佛所稽首佛足却住一面白曰世尊女人可得第四沙門果耶因此故女人於此正法律中至信捨家無家學道耶世尊至三告曰止止瞿曇彌汝莫作是念女人於此正法律中至信捨家無家學道瞿曇彌大愛道如是汝剃除頭髮著袈裟衣盡其形壽淨修梵行於是瞿曇彌大愛道三爲世尊所制稽首佛足繞三帀而去彼時瞿曇彌大愛道塗跣汙足塵土坌體疲極悲泣住立門外尊者阿難見瞿曇彌大愛道塗跣汙足塵土坌體疲極悲泣住立門外見已問曰瞿曇彌以何等故塗跣汙足塵土坌體疲極悲泣住立門外瞿曇彌大愛道答曰尊者阿難女人不得於此正法律中至信捨家無家學道尊者阿難語曰瞿曇彌今且住

此我往詣佛白如是事瞿曇彌大愛道白曰唯然尊者阿難於是尊者阿難往詣佛所稽首佛足叉手向佛白曰世尊女人可得第四沙門果耶因此故女人得於此正法律中至信捨家無家學道耶世尊告曰止止阿難汝莫作是念女人得於此正法律中至信捨家無家學道阿難若使女人得於此正法律中至信捨家無家學道者令此梵行便不得久住阿難猶如人家多女少男者此家爲得轉興盛耶尊者阿難白曰不也世尊如是阿難若使女人得於此正法律中至信捨家無家學道者令此梵行不得久住阿難猶如稻田及麥田中有穢生者必壞彼田如是阿難若使女人得於此正法律中至信捨家無家學道者令此梵行不得久住尊者阿難復白曰世尊瞿曇彌大愛道爲世尊多所饒益所以者何世尊母亡後瞿曇彌大愛道鞠養世尊世尊告曰如是阿難如是阿難瞿曇彌大愛道多饒益我謂母亡後鞠養於我阿難我亦多饒益於瞿曇彌大愛道所以者何阿難瞿曇彌大愛道因我故得歸佛歸法歸比丘衆不疑三尊及苦集滅道成就於信奉持禁戒修學博聞成就布施而得智慧離殺斷殺離不與取斷不與取離邪婬斷邪婬離妄言斷妄言離酒斷酒阿難若使有人因人故得歸佛歸法歸比丘衆不疑三尊及苦集滅道成就於信奉持禁戒修學博聞成就布施而得智慧離殺斷殺離不與取斷不與取離邪婬斷邪婬離妄言斷妄言離酒斷酒阿難設使此人爲供養彼人衣被飲食臥具湯藥諸生

活具至盡形壽不得報恩阿難我令爲女人施設八尊師法謂女人不當犯女人奉持盡其形壽阿難猶如魚師及魚師弟子深水作塢爲守護水不令流出如是阿難我令爲女人說八尊師法謂女人不當犯女人奉持盡其形壽云何爲八阿難比丘尼當從比丘求受具足阿難我爲女人施設此第一尊師法謂女人不當犯女人奉持盡其形壽阿難比丘尼半月半月往從比丘受教阿難我爲女人施設此第二尊師法謂女人不當犯女人奉持盡其形壽阿難若住止處設無比丘者比丘尼便不得受夏坐阿難我爲女人施設此第三尊師法謂女人不當犯女人奉持盡其形壽阿難比丘尼受夏坐訖於兩部衆中當請三事求見聞疑阿難我爲女人施設此

第四尊師法謂女人不當犯女人奉持盡其形壽阿難若比丘不聽比丘尼問者比丘尼則不得問比丘經律阿毗曇若聽問者比丘尼得問經律阿毗曇阿難我爲女人施設此第五尊師法謂女人不當犯女人奉持盡其形壽阿難比丘尼不得說比丘所犯比丘得說比丘尼所犯阿難我爲女人施設此第六尊師法謂女人不當犯女人奉持盡其形壽阿難比丘尼若犯僧伽婆尸沙當於兩部衆中十五日行不慢阿難我爲女人施設此第七尊師法謂女人不當犯女人奉持盡其形壽阿難比丘尼受具足雖至百歲故當向始受具足比丘極下意稽首作禮恭敬承事叉手問訊阿難我爲女人施設此第八尊師法謂女人不當犯女人奉持盡其形壽阿難我

爲女人施設此八尊師法謂女人不當犯女人奉持盡其形壽阿難若瞿曇彌大愛道奉持此八尊師法者是此正法律中出家學道得受具足作比丘尼於是尊者阿難聞佛所說善受善持稽首佛足繞三帀而去往詣瞿曇彌大愛道所語曰瞿曇彌女人得於此正法律中至信捨家無家學道瞿曇彌大愛道世尊爲女人施設此八尊師法謂女人不當犯女人奉持盡其形壽云何爲八瞿曇彌比丘尼當從比丘求受具足瞿曇彌世尊爲女人施設此第一尊師法謂女人不當犯女人奉持盡其形壽瞿曇彌比丘尼半月半月往從比丘受教瞿曇彌世尊爲女人施設此第二尊師法謂女人不當犯女人奉持盡其形壽瞿曇彌若住止處無比丘者比丘尼不得受夏坐瞿曇彌世尊爲女人施設此第三尊師法謂女人不當犯女人奉持盡其形壽瞿曇彌比丘尼受夏坐訖於兩部衆中當請三事求見聞疑瞿曇彌世尊爲女人施設此第四尊師法謂女人不當犯女人奉持盡其形壽瞿曇彌若比丘不聽比丘尼問者比丘尼不得問比丘經律阿毗曇若聽問者比丘尼得問經律阿毗曇瞿曇彌世尊爲女人施設此第五尊師法謂女人不當犯女人奉持盡其形壽瞿曇彌比丘尼不得說比丘所犯比丘得說比丘尼所犯瞿曇彌世尊爲女人施設此第六尊師法謂女人不當犯女人奉持盡其形壽瞿曇彌比丘尼若犯僧伽婆尸沙當於兩部衆中十五日行不慢瞿曇彌世尊爲女人施設此第七尊師法謂女人不當犯

女人奉持盡其形壽瞿曇彌比丘尼受具足雖至百歲故當向始受具足比丘極下意稽首作禮恭敬承事叉手問訊瞿曇彌世尊爲女人施設此第八尊師法謂女人不當犯女人奉持盡其形壽瞿曇彌世尊爲女人施設此八尊師法謂女人不當犯女人奉持盡其形壽瞿曇彌世尊如是說若瞿曇彌大愛道奉持此八尊師法者此是正法律中出家學道得受具足作比丘尼於是瞿曇彌大愛道白曰尊者阿難聽我說喻智者聞喻則解其義尊者阿難猶刹利女梵志居士工師女端正姝好極淨沐浴以香塗身著明淨衣種種瓔珞嚴飾其容或復有人爲念彼女求利及饒益求安隱快樂以青蓮華鬘或薝蔔華鬘或修摩那華鬘或婆師華鬘或阿提牟多華鬘持與彼女彼女歡喜兩手受之以嚴其頭如是尊者阿難世尊爲女人施設此八尊師法我盡形壽頂受奉持爾時瞿曇彌大愛道於正法律中出家學道得受具足作比丘尼彼時瞿曇彌大愛道於後轉成大比丘尼衆與諸長老上尊比丘尼爲王者所識久修梵行共俱往詣尊者阿難所稽首作禮却住一面白曰尊者阿難當知此諸比丘尼長老上尊爲王者所識久修梵行彼諸比丘年少新學晚後出家入此正法律甫爾不久願令此諸比丘爲諸比丘尼隨其大小稽首作禮恭敬承事叉手問訊於是尊者阿難語曰瞿曇彌令且住此我往詣佛白如是事瞿曇彌大愛道白曰唯然尊者阿難於是尊者阿難往詣佛所稽首佛足却住一面叉手向佛白曰

世尊今日瞿曇彌大愛道與諸比丘尼長老上尊爲王者所識久修梵行俱來詣我所稽首我足却住一面叉手語我曰尊者阿難此諸比丘尼長老上尊爲王者所識久修梵行彼諸比丘年少新學晚後出家入此正法律甫爾不久願令此諸比丘爲諸比丘尼隨其大小稽首作禮恭敬承事叉手問訊世尊告曰止止阿難守護此言慎莫說是阿難若使汝知如我知者不應說一句況復如是說阿難若使女人不得於此正法律中至信捨家無家學道者諸梵志居士當以衣布地而作是說精進沙門可於上行精進沙門難行而行令我長夜得利饒益安隱快樂阿難若女人不得於此正法律中至信捨家無家學道者諸梵志居士當以頭髮布地而作是說精進沙門可於上行精進沙門難行而行令我長夜得利饒益安隱快樂阿難若女人不得於此正法律中至信捨家無家學道者諸梵志居士若見沙門當以手奉種種飲食住道邊待而作是說諸尊受是食是可持是去隨意所用令我長夜得利饒益安隱快樂阿難若女人不得於此正法律中至信捨家無家學道者諸信梵志見精進沙門敬心扶抱將入於內持種種財物與精進沙門而作是說諸尊受是可持是去隨意所用令我長夜得利饒益安隱快樂阿難若女人不得於此正法律中至信捨家無家學道者此日月有大如意足有大威德有大福祐有大威神然於精進沙門威神之德猶不相及況復死瘦異學耶阿難若女人不得於此正法律中至信

捨家無家學道者正法當住千年今失五百歲餘有五百年阿難當知女人不得行五事若女人作如來無所著等正覺及轉輪王天帝釋魔王大梵天者終無是處當知男子得行五事若男子作如來無所著等正覺及轉輪王天帝釋魔王大梵天者必有是處佛說如是尊者阿難及諸比丘聞佛所說歡喜奉行

林品第十竟第二小土城誦訖

中阿含經卷第二十八

中阿含經卷第二十九

東晋罽賓三藏瞿曇僧伽提婆譯

大品第十一 有二十五經 第三念誦

柔輭龍象處 無常請瞻波 二十億八難
貧窮欲福田 優婆塞怨家 教曇彌降魔
賴吒優婆離 釋問及善生 商人世間福
息止至邊喩

大品柔輭經第一

我聞如是一時佛遊舍衛國在勝林給孤獨園爾時世尊告諸比丘自我昔日出家學道爲從優遊從容閑樂極柔輭來我在父王悅頭檀家時爲我造作種種宫殿春殿夏殿及以冬殿爲我好遊戲故去殿不遠復造種種若干華池青蓮華池紅蓮華池赤蓮華池白蓮華池於彼池中植種種水華青蓮華紅蓮華赤蓮華白蓮華常水常華使人守護不通一切爲我好遊戲故於其池岸植種種陸華修摩那華婆師華瞻蔔華修揵提華摩頭揵提華阿提牟多華波羅賴華爲我好遊戲故而使四人沐浴於我沐浴我已赤栴檀香用塗我身香塗身已著新繒衣上下内外表裏皆新晝夜常以繖蓋覆我莫令太子夜爲露所沾晝爲日所炙如常他家麤䴸麥飯豆羹薑菜爲第一食如是我父悅頭檀家最下使人粳粮餚饌爲第一食復次若有野田禽獸最美禽獸提帝邏和吒劫賓闍邏奚米何犂泥奢拖羅米如是野田禽獸最美禽獸常爲我設如是之食我憶昔時父悅頭檀家於夏四月昇正殿上無有男子唯有女妓而自娛樂初不來下我欲出至園觀之時三十名騎

揀選上乘鹵簿前後侍從導引況復其餘我有是如意足此最柔軟我復憶昔時看田作人止息田上往詣閻浮樹下結跏趺坐離欲離惡不善之法有覺有觀離生喜樂得初禪成就遊我作是念不多聞愚癡凡夫自有病法不離於病見他人病憎惡薄賤不愛不喜不自觀已我復作是念我自有病法不離於病若我見他病而憎惡薄賤不愛不喜者我不宜然我亦有是法故如是觀已因不病起貢高者即便自滅我復作是念不多聞愚癡凡夫自有老法不離於老見他人老憎惡薄賤不愛不喜不自觀已我復作是念我自有老法不離於老若我見他老而憎惡薄賤不愛不喜者我不宜然我亦有是法故如是觀已若因壽起貢高者即便自滅不多聞愚癡凡夫爲不病貢高豪貴放逸因欲生癡不行梵行不多聞愚癡凡夫爲少壯貢高豪貴放逸因欲生癡不行梵行不多聞愚癡凡夫爲壽貢高豪貴放逸因欲生癡不行梵行於是世尊即說頌曰

病法老法　及死亡法　如法自有　凡夫見惡
若我憎惡　不度此法　我不宜然　亦有是法
彼如是行　知法離生　無病少壯　爲壽貢高
斷諸貢高　見無欲安　彼如是覺　無怖於欲
得無有想　行淨梵行

佛說如是彼諸比丘聞佛所說歡喜奉行

大品龍象經第二

我聞如是一時佛遊舍衛國在東園鹿子母堂爾時世尊則於晡時從宴坐起堂上來下告曰烏陀夷共汝往至東河澡浴尊者烏陀

夷白曰唯然於是世尊將尊者烏陀夷往至東河脱衣岸上便入水浴浴已還出拭體著衣爾時波斯匿王有龍象名曰念作一切妓樂歷渡東河衆人見已便作是説是龍中龍爲大龍王爲是誰耶尊者烏陀夷叉手向佛白曰世尊象受大身衆人見已便作是説是龍中龍爲大龍王爲是誰耶世尊告曰如是烏陀夷如是烏陀夷象受大身衆人見已便作是説是龍中龍爲大龍王爲是誰耶烏陀夷馬駱駝牛驢胷行人樹生大形衆人見已便作是説是龍中龍爲大龍王爲是誰耶烏陀夷若有世間天及魔梵沙門梵志從人至天不以身口意害者我説彼是龍烏陀夷如來於世間天及魔梵沙門梵志從人至天不以身口意害是故我名龍於是尊者烏陀夷叉手向佛白曰世尊唯願世尊加我威力善逝加我威力令我在佛前以龍相應頌頌讃世尊世尊告曰隨汝所欲於是尊者烏陀夷在於佛前以龍相應頌讃世尊曰

正覺生人間　自御得正定　修習行梵跡
息意能自樂　人之所敬重　超越一切法
亦爲天所敬　無著至眞人　越度一切結
於林離林去　捨欲樂無欲　如石出眞金
普聞正盡覺　如日昇虚空　一切龍中高
如衆山有嶽　稱説名大龍　而無所傷害
一切龍中龍　眞諦無上龍　温潤無有害
此二是龍足　苦行及梵行　是謂龍所行
大龍信爲手　二功德爲牙　念項智慧頭
思惟分別法　受持諸法腹　樂遠離雙臂
住善息出入　内心至善定　龍行止俱定

坐定臥亦定　龍一切時定　是謂龍常法
無穢家受食　有穢則不受　得惡不淨食
捨之如師子　所得供養者　爲他慈愍受
龍食他信施　存命無所著　斷除大小結
解脫一切縛　隨彼所遊行　心無有繫著
猶如白蓮華　水生水長養　泥水不能著
妙音愛樂色　如是最上覺　世生行世間
不爲欲所染　如華水不著　猶如然火熾
不益薪則止　無薪火不傳　此火謂之滅
慧者說此喻　欲令解其義　是龍之所知
龍中龍所說　遠離淫欲恚　斷癡得無漏
龍捨離其身　此龍謂之滅

佛說如是尊者烏陀夷聞佛所說歡喜奉行

大品說處經第三

我聞如是一時佛遊舍衛國在勝林給孤獨園爾時世尊告諸比丘此有三說處無四無五若比丘見已因彼故說而說我見聞識知比丘說而說是我所知云何爲三比丘因過去世說而說如是過去世時有比丘因未來世說而說如是未來世時有比丘因現在世說而說如是現在世時有是謂三說處無四無五若比丘見已因彼故說而說我見聞識知比丘說而說是我所知因所說善習得義因不說不善習得義賢聖弟子兩耳一心聽法彼兩耳一心聽法已斷一法修一法一法作證彼斷一法修一法一法作證已便得正定賢聖弟子心得正定已便斷一切婬怒癡賢聖弟子如是得心解脫解脫已便知解脫我生已盡梵行已立所作已辦不更受有知如眞因其所說有四處當以觀人此賢者可

共說不可共說若使此賢者一向論不一向答者分別論不分別答者詰論不詰答者止論不止答者如是此賢者不得共說亦不得共論若使此賢者一向論便一向答者分別論分別答者詰論詰答者止論止答者如是此賢者得共說亦得共論復次因其所說更有四處當以觀人此賢者可共說不可共說若使此賢者於處非處不住者所知不住者說喻不住者道跡不住者如是此賢者不可共說亦不可共論若此賢者於處非處住者所知住者說喻住者道跡住者如是此賢者可得共說亦可得共論因所說時止息口行捨已所見捨怨結意捨欲捨恚捨癡捨慢捨不語捨慳嫉不求勝不伏他莫取所失說義說法說義說法已教復教止自歡喜令彼歡喜如是說義如是說事是聖說義是聖說事謂至竟漏盡於是世尊說此頌曰

若有諍論議　雜意懷貢高　非聖毀呰德
各各相求便　但求他過失　意欲降伏彼
更互而求勝　聖不如是說　若欲得論議
慧者當知時　有法亦有義　諸聖論如是
慧者如是說　無諍無貢高　意無有猒足
無結無有漏　隨順不顛倒　正知而爲說
善說則然可　自終不說惡　不以諍論議
亦不受他諍　知處及說處　是彼之所論
如是聖人說　慧者俱得義　爲現法得樂
亦爲後世安　當知聰達者　非倒非常說

佛說如是彼諸比丘聞佛所說歡喜奉行

大品說無常經第四

我聞如是一時佛遊舍衛國在勝林給孤獨

園爾時世尊告諸比丘色者無常無常則苦苦則非神覺亦無常無常則苦苦則非神想亦無常無常則苦苦則非神行亦無常無常則苦苦則非神識亦無常無常則苦苦則非神是爲色無常覺想行識無常無常則苦苦則非神多聞聖弟子作如是觀修習三十七道品無礙正思正念彼如是知如是見欲漏心解脫有漏無明漏心解脫解脫已便知解脫生已盡梵行已立所作已辦不更受有知如眞若有衆生及九衆生居乃至有想無想處行餘第一有於其中間是第一是大是勝是最是尊是妙謂世中阿羅訶所以者何世中阿羅訶得安隱快樂於是世尊說此頌曰

無著第一樂　斷欲無有愛　永捨離我慢
裂壞無明網　彼得不移動　心中無穢濁
不染著世間　梵行得無漏　了知於五陰
境界七善法　大雄遊行處　離一切恐怖
成就七覺寶　具學三種學　妙稱上朋友
佛最上尊子　成就十支道　大龍極定心
是世中第一　彼則無有愛　衆事不移動
解脫當來有　斷生老病死　所作辦滅漏
興起無學智　得身最後邊　梵行第一具
彼必不由他　上下及諸方　彼無有喜樂
能爲師子吼　世間無上覺

佛說如是彼諸比丘聞佛所說歡喜奉行

大品請請經第五（下一請字慈井切）

我聞如是一時佛遊王舍城在竹林加蘭哆園與大比丘衆五百人俱共受夏坐爾時世尊月十五日說從解脫相請請時在比丘衆前敷座而坐告諸比丘我是梵志而得滅訖

無上醫王我今受身最是後邊我是梵志得滅訖後無上醫王我今受身最是後邊謂汝等輩是我真子從口而生法法所化謂汝等輩是我真子從口而生法法所化汝當教化轉相教訶爾時尊者舍梨子亦在衆中於是尊者舍梨子即從座起偏袒著衣叉手向佛白曰世尊屬之所說我是梵志而得滅訖無上醫王我今受身最是後邊我是梵志得滅訖後無上醫王我今受身最是後邊謂汝等輩是我真子從口而生法法所化謂汝等輩是我真子從口而生法法所化汝當教化轉相教訶世尊諸不調者令得調御諸不息者令得止息諸不度者而令得度諸不解脫者令得解脫諸不滅訖者令得滅訖未得道者令其得道不施設梵行者令施設梵行知道覺道識道說道世尊弟子於後得法受教受訶受教訶已隨世尊語即便趣行得如其意善知正法唯然世尊不嫌我身口意行耶彼時世尊告曰舍梨子我不嫌汝身口意行所以者何舍梨子汝有聰慧大慧速慧捷慧利慧廣慧深慧出要慧明達慧舍梨子汝成就實慧舍梨子猶轉輪王而有太子不越教已則便受拜父王所傳而能復傳如是舍梨子我所轉法輪汝復能轉舍梨子是故我不嫌汝身口意行尊者舍梨子復再叉手向佛白曰唯然世尊不嫌我身口意行世尊不嫌此五百比丘身口意行耶世尊告曰舍梨子我亦不嫌此五百比丘身口意行所以者何舍梨子此五百比丘盡得無著諸漏已盡梵行已立所作已辦重擔已捨有結已盡而得善

義正智正解脫唯除一比丘我亦本已記於現法中得究竟智生已盡梵行已立所作已辦不更受有知如真舍梨子是故我不嫌此五百比丘身口意行尊者舍梨子復三叉手向佛白曰唯然世尊不嫌我身口意行亦不嫌此五百比丘身口意行世尊此五百比丘幾比丘得三明達幾比丘得俱解脫幾比丘得慧解脫耶世尊告曰舍梨子此五百比丘九十比丘得三明達九十比丘得俱解脫餘比丘得慧解脫舍梨子此衆無枝無葉亦無節類清淨眞實得正住立爾時尊者傍耆舍亦在衆中於是尊者傍耆舍卽從座起偏袒著衣叉手向佛白曰唯然世尊加我威力唯願善逝加我威力令我在佛及比丘衆前以如義相應而作讚頌世尊告曰傍耆舍隨汝所欲於是尊者傍耆舍在佛及比丘衆前以如義相應而讚頌曰

今十五請日　集坐五百衆　斷除諸結縛
無礙有盡仙　清淨光明照　解脫一切有
生老病死盡　漏滅所作辦　掉悔及疑結
慢縛漏已盡　拔斷愛結刺　上醫無復有
勇猛如師子　一切恐畏除　已度於生死
諸漏已滅訖　猶如轉輪王　羣臣所圍繞
悉領一切地　乃至於大海　如是勇猛伏
無上商人主　弟子樂恭敬　三達離死怖
一切是佛子　永除枝葉節　轉無上法輪
稽首第一尊

佛說如是彼諸比丘聞佛所說歡喜奉行

大品瞻波經第六

我聞如是一時佛遊瞻波在恒伽池邊爾時

世尊月十五日說從解脫時於比丘衆前敷座而坐世尊坐已即便入定以他心智觀察衆心觀衆心已至初夜竟默然而坐於是有一比丘即從座起偏袒著衣叉手向佛白曰世尊初夜已訖佛及比丘衆集坐來久唯願世尊說從解脫爾時世尊默然不答於是世尊復至中夜默然而坐彼一比丘再從座起偏袒著衣叉手向佛白曰世尊初夜已過中夜將訖佛及比丘衆集坐來久唯願世尊說從解脫世尊亦再默然不答於是世尊復至後夜默然而坐彼一比丘三從座起偏袒著衣叉手向佛白曰世尊初夜既過中夜又訖後夜垂盡將向欲明明出不久佛及比丘衆集坐極久唯願世尊說從解脫爾時世尊告彼比丘於此衆中有一比丘已爲不淨彼時尊者大目揵連亦在衆中於是尊者大目揵連便作是念世尊爲何比丘而說此衆中有一比丘已爲不淨我寧可入如其像定以如其像定他心之智觀察衆心尊者大目揵連即入如其像定以如其像定他心之智觀察衆心尊者大目揵連便知世尊所爲比丘說此衆中有一比丘已爲不淨於是尊者大目揵連即從定起至彼比丘前牽臂將出開門置外癡人遠去莫於此住不復得與比丘衆會從今已去非是比丘閉門下鑰還詣佛所稽首佛足却坐一面白曰世尊所爲比丘說此衆中有一比丘已爲不淨者我已逐出世尊初夜既過中夜復訖後夜垂盡將向欲明明出不久佛及比丘衆集坐極久唯願世尊說從解脫世尊告曰大目揵連彼愚癡人當

得大罪觸嬈世尊及比丘衆大目揵連若使如來在不淨衆説從解脱者彼人則便頭破七分是故大目揵連汝等從今已後説從解脱如來不復説從解脱所以者何如是大目揵連或有癡人正知出入善觀分別屈伸低仰儀容庠序善著僧伽梨及諸衣鉢行住坐卧眠覺語默皆正知之似如眞梵行至諸眞梵行所彼或不知大目揵連若諸梵行知者便作是念是沙門汙是沙門辱是沙門憎是沙門刺知已便當共擯棄之所以者何莫令汙染諸梵行者大目揵連猶如居士有良稻田或有麥田生草名穢麥其根相似莖節葉華皆亦似麥後生實已居士見之便作是念是麥汙辱是麥憎刺知已便拔擲棄於外所以者何莫令汙穢餘眞好麥如是大目揵連或有癡人正知出入善觀分別屈伸低仰儀容庠序善著僧伽梨及諸衣鉢行住坐卧眠覺語默皆正知之似如眞梵行至諸眞梵行所彼或不知大目揵連若諸梵行知者便作是念是沙門汙是沙門辱是沙門憎是沙門刺知已便當共擯棄之所以者何莫令汙染諸梵行者大目揵連猶如居士秋時颺穀穀聚之中若有成實者颺便止住若不成實及粃糠者便隨風去居士見已即持掃箒掃治令淨所以者何莫令汙雜餘淨好稻如是大目揵連或有癡人正知出入善觀分別屈伸低仰儀容庠序善著僧伽梨及諸衣鉢行住坐卧眠覺語默皆正知之似如眞梵行至諸眞梵行所彼或不知大目揵連若諸梵行知者便作是念是沙門汙是沙門辱是沙門憎

是沙門刺知已便當共擯棄之所以者何莫令汙染諸梵行者大目揵連猶如居士爲過泉水故作通水槽持斧入林扣打諸樹若堅實者其聲便小若空中者其聲便大居士知已便斫治節擬作通水槽如是大目揵連或有癡人正知出入善觀分别屈伸低仰儀容庠序善著僧伽梨及諸衣鉢行住坐臥眠覺語默皆正知之似如眞梵行至諸眞梵行所彼或不知大目揵連若諸梵行知者便作是念是沙門汙是沙門辱是沙門憎是沙門刺知已便當共擯棄之所以者何莫令汙染諸梵行者於是世尊說此頌曰

共會集當知　惡欲憎恚疾　不語結恨慳
嫉妬諂欺誑　在衆詐言息　屏處稱沙門
陰作諸惡行　惡見不守護　欺誑妄語言
如是當知彼　徃集不與會　擯棄不共止
欺詐誑說多　非息稱說息　知時具淨行
擯棄遠離彼　清淨共清淨　常當共和合
和合得安隱　如是得苦邊

佛說如是彼諸比丘聞佛所說歡喜奉行

大品沙門二十億經第七

我聞如是一時佛遊舍衛國在勝林給孤獨園爾時尊者沙門二十億亦遊舍衛國在闇林中前夜後夜學習不眠精勤正住修習道品於是尊者沙門二十億安靜獨住宴坐思惟心作是念若有世尊弟子精勤學習正法律者我爲第一然諸漏心不得解脫我父母家極大富樂多有錢財我今寧可捨戒罷道行欲布施修諸福業耶爾時世尊以他心智知尊者沙門二十億心之所念便告一比丘

汝往至彼呼沙門二十億來於是一比丘白曰唯然即從座起稽首禮足遶三帀而去往至尊者沙門二十億所而語彼曰世尊呼汝尊者沙門二十億聞比丘語即詣佛所稽首作禮却坐一面世尊告曰沙門汝實安靜獨住宴坐思惟心作是念若有世尊弟子精勤學習正法律者我爲第一然諸漏心不得解脫我父母家極大富樂多有錢財我今寧可捨戒罷道行欲布施修諸福業耶彼時尊者沙門二十億羞恥慙愧則無無畏世尊知我心之所念叉手向佛白曰實爾世尊告曰沙門我今問汝隨所解答於意云何汝在家時善調彈琴琴隨歌音歌隨琴音耶尊者沙門二十億白曰如是世尊復問於意云何若彈琴弦急爲有和音可愛樂耶沙門答曰不也世尊世尊復問於意云何若彈琴弦緩爲有和音可愛樂耶沙門答曰不也世尊世尊復問於意云何若彈琴調弦不急不緩適得其中爲有和音可愛樂耶沙門答曰如是世尊世尊告曰如是沙門極大精進令心掉亂不極精進令心懈怠是故汝當分別此時觀察此相莫得放逸爾時尊者沙門二十億聞佛所說善受善持即從座起稽首佛足繞三帀而去受佛彈琴喻教在遠離獨住心無放逸修行精勤彼在遠離獨住心無放逸修行精勤已族姓子所爲剃除鬚髮著袈裟衣至信捨家無家學道者唯無上梵行訖於現法中自知自覺自作證成就遊生已盡梵行已立所作已辦不更受有知如真尊者沙門二十億知法已至得阿羅訶彼時尊者沙門二十

億得阿羅訶已而作是念今正是時我寧可往詣世尊所說得究竟智耶於是尊者沙門二十億往詣佛所稽首作禮却坐一面白曰世尊若有比丘得無所著諸漏已盡梵行已立所作已辦重擔已捨有結已解自得善義正智解脫者彼於爾時樂此六處樂於無欲樂於遠離樂於無諍樂於愛盡樂於受盡樂心不移動世尊或有一人而作是念此賢者以依信故樂於無欲者不應如是觀但欲盡恚盡癡盡是樂於無欲世尊或有一人而作是念此賢者以貪利稱譽求供養故樂於遠離者不應如是觀但欲盡恚盡癡盡是樂於遠離世尊或有一人而作是念此賢者以依戒故樂於無諍者不應如是觀但欲盡恚盡癡盡是樂於無諍樂於愛盡樂於受盡樂心不移動世尊若有比丘得無所著諸漏已盡梵行已立所作已辦重擔已捨有結已解自得善義正智正解脫者彼於爾時樂此六處世尊若有比丘學未得意求願無上安隱涅槃者彼於爾時成就學根及學戒彼於後時諸漏已盡而得無漏心解脫慧解脫於現法中自知自覺自作證成就遊生已盡梵行已立所作已辦不更受有知如真者彼於爾時成就無學根及無學戒世尊猶幼少童子彼於爾時成就小根及小戒彼於後時具足學根者彼於爾時成就學根及學戒如是世尊若有比丘學未得意求願無上安隱涅槃者彼於爾時成就學根及學戒彼於後時諸漏已盡而得無漏心解脫慧解脫於現法中自知自覺自作證成就遊生已盡梵行已立所

作已辦不更受有知如眞者彼於爾時成就無學根及無學戒彼若有眼所知色與眼對者不能令失此心解脱慧解脱心在内住善制守持觀興衰法若有耳所知聲鼻所知香舌所知味身所知觸意所知法與對意者不能令失此心解脱慧解脱心在内住善制守持觀興衰法世尊猶去村不遠有大石山不破不缺不脆堅住不空合一若東方有大風雨來不能令揺不動轉移亦非東方風移至南方若南方有大風雨來不能令揺不動轉移亦非南方風移至西方若西方有大風雨來不能令揺不動轉移亦非西方風移至北方若北方有大風雨來不能令揺不動轉移亦非北方風移至諸方如是彼若有眼所知色與對眼者不能令失此心解脱慧解脱心在内住善制守持觀興衰法若有耳所知聲鼻所知香舌所知味身所知觸意所知法與對意者不能令失此心解脱慧解脱心在内住善制守持觀興衰法於是尊者沙門二十億說此頌曰

樂在無欲　心存遠離　喜於無諍　受盡欣悦
亦樂受盡　心不移動　得知如眞　從是心解
得心解已　比丘息根　作已不觀　無所求作
猶如石山　風不能動　色聲香味　身觸亦然
愛不愛法　不能動心

尊者沙門二十億於佛前說得究竟智已即從座起稽首佛足繞三帀而去爾時世尊尊者沙門二十億去後不久告諸比丘諸族姓子應如是來於我前說得究竟智如沙門二十億來於我前說得究竟智不自譽不慢他

說義現法隨諸處也莫令如癡增上慢所纏來於我前說得究竟智彼不得義但大煩勞沙門二十億來於我前說得究竟智不自譽不慢他說義現法隨諸處也佛說如是彼諸比丘聞佛所說歡喜奉行

大品八難經第八

我聞如是一時佛遊舍衛國在勝林給孤獨園爾時世尊告諸比丘人行梵行而有八難八非時也云何爲八若時如來無所著等正覺明行成爲善逝世間解無上士道法御天人師號佛衆祐出世說法趣向止息趣向滅訖趣向覺道爲善逝所演彼人爾時生地獄中是謂人行梵行第一難第一非時復次若時如來無所著等正覺明行成爲善逝世間解無上士道法御天人師號佛衆祐出世說法趣向止息趣向滅訖趣向覺道爲善逝所演彼人爾時生畜生中生餓鬼中生長壽天中生在邊國夷狄之中無信無恩無有反復若無比丘比丘尼優婆塞優婆夷是謂人行梵行第五難第五非時復次若時如來無所著等正覺明行成爲善逝世間解無上士道法御天人師號佛衆祐出世說法趣向止息趣向滅訖趣向覺道爲善逝所演彼人爾時雖生中國而聾瘂如羊鳴常以手語不能知說善惡之義是謂人行梵行第六難第六非時復次若時如來無所著等正覺明行成爲善逝世間解無上士道法御天人師號佛衆祐出世說法趣向止息趣向滅訖趣向覺道爲善逝所演彼人爾時雖生中國不聾不瘂如羊鳴不以手語又能知說善惡之義然有

邪見及顛倒見如是見如是說無施無齋無有呪說無善惡業無善惡業報無此世彼世無父無母世無眞人往至善處善去善向此世彼世自知自覺自作證成就遊是謂人行梵行第七難第七非時復次若時如來無所著等正覺明行成爲善逝世間解無上士道法御天人師號佛衆祐不出於世亦不說法趣向止息趣向滅訖趣向覺道爲善逝所演彼人爾時生於中國不聾不瘂不如羊鳴不以手語又能知說善惡之義而有正見不顛倒見如是見如是說有施有齋亦有呪說有善惡業有善惡業報有此世彼世有父有母世有眞人往至善處善去善向此世彼世自知自覺自作證成就遊是謂人行梵行第八難第八非時人行梵行有一不難有一是時

云何人行梵行有一不難有一是時若時如來無所著等正覺明行成爲善逝世間解無上士道法御天人師號佛衆祐出世說法趣向止息趣向滅訖趣向覺道爲善逝所演彼人爾時生於中國不聾不瘂不如羊鳴不以手語又能知說善惡之義而有正見不顛倒見如是見如是說有施有齋亦有呪說有善惡業有善惡業報有此世彼世有父有母世有眞人往至善處善去善向此世彼世自知自覺自作證成就遊是謂人行梵行有一不難有一是時於是世尊說此頌曰

若得人身者　說最微妙法　若有不得遇
必不遇其時　多說梵行難　人在於後世
若得遇其時　是世中甚難　欲得復人身
及聞微妙法　當以精勤學　人自哀愍故

談說聞善法　莫令失其時　若失此時者
必憂墮地獄　若不遇其時　不聞說善法
如商人失財　受生死無量　若有得人身
聞說正善法　遵奉世尊教　必遭遇其時
若遭遇此時　堪任正梵行　成就無上眼
日親之所說　彼爲常自護　進行離諸使
斷滅一切結　降魔魔眷屬　彼度於世間
謂得盡諸漏

佛說如是彼諸比丘聞佛所說歡喜奉行

大品貧窮經第九

我聞如是一時佛遊舍衛國在勝林給孤獨園爾時世尊告諸比丘世有欲人貧窮爲大苦耶諸比丘白曰爾也世尊世尊復告諸比丘曰若有欲人貧窮舉貸他家財物爲大苦耶諸比丘白曰爾也世尊世尊復告諸比丘曰若有欲人舉貸財物不得時還白曰長息世中長息爲大苦耶諸比丘白曰爾也世尊世尊復告諸比丘曰若有欲人長息不還財主責索世中財主責索爲大苦耶諸比丘白曰爾也世尊世尊復告諸比丘曰若有欲人財主責索不能得償財主數往至彼求索世中財主數往至彼求索爲大苦耶諸比丘白曰爾也世尊世尊復告諸比丘曰若有欲人財主數往至彼求索彼故不還便爲財主之所收縛世中爲財主收縛爲大苦耶諸比丘白曰爾也世尊是爲世中有欲人貧窮是大苦世中有欲人舉貸財物是大苦世中有欲人舉貸長息是大苦世中有欲人財主責索是大苦世中有欲人財主數往至彼求索是大苦世中有欲人爲財

主收縛是大苦如是若有於此聖法之中無信於善法無禁戒無博聞無布施無智慧於善法彼雖多有金銀瑠璃水精摩尼白珂螺璧珊瑚琥珀碼碯蝳蝐硨磲碧玉赤石琁珠然彼故貧窮無有力勢是我聖法中說不善貧窮也彼身惡行口意惡行是我聖法中說不善舉貸也彼欲覆藏身之惡行不自發露不欲道說不欲令人訶責意不順求欲覆藏口意惡行不自發露不欲道說不欲令人訶責意不順求是我聖法中說不善長息也彼或行村邑及村邑外諸梵行者見已便作是說諸賢此人如是作如是行如是惡如是不淨是村邑刺彼作是說諸賢我不如是作不如是行不如是惡不如是不淨亦非村邑刺是我聖法中說不善責索也彼或在無事處或在山林樹下或在空閑居念三不善念欲念恚念害念是我聖法中說不善數往求索也彼作身惡行口意惡行彼作身惡行口意惡行已因此緣此身壞命終必至惡處生地獄中是我聖法中說不善收縛也我不見縛更有如是苦如是重如是麤如是不可樂如地獄畜生餓鬼縛也此三苦縛漏盡阿羅訶比丘已知滅盡拔其根本永無來生於是世尊說此頌曰

世間貧窮苦　舉貸他錢財　舉貸錢財已
他責爲苦惱　財主往求索　因此收繫縛
此縛甚重苦　世間樂於欲　於聖法亦然
若無有正信　無慙及無愧　作惡不善行
身作不善行　口意俱亦然　覆藏不欲說
不樂正教訶　若有數數行　意念則爲苦

或村或靜處　因是必有悔　身口習諸行
及意之所念　惡業轉增多　數數作復作
彼惡業無慧　多作不善已　隨所生畢訖
必往地獄縛　此縛最甚苦　雄猛之所離
如法得財利　不負得安隱　施與得歡喜
二俱皆獲利　如是諸居士　因施福增多
如是聖法律　若有好誠信　具足成慙愧
庶幾無慳貪　已捨離五蓋　常樂行精進
成就諸禪定　滿具常安樂　已得無食樂
猶如水浴淨　不動心解脫　一切有結盡
無病為涅槃　謂之無上燈　無憂無塵妄
是說不移動
佛說如是彼諸比丘聞佛所說歡喜奉行

中阿含經卷第二十九

音釋

繖蘇旱切蓋也又繖絲綾為蓋也　詰苦吉切問也　纇盧對切疵也　鑰以灼切關下牡也以鐵為之摺鑲內以搏取其鍵曰鑰鍵鑲須也也　擯必刃切斥也　颺餘亮切歎颺也　粃糠粃卑履切不成粟也糠苦岡切穀皮也　箒之九切篲也　脆七芮切小輭而易斷曰脆　聾瘂聾盧紅切瘂烏下切　蝳蝐蝳徒耐切蝐莫佩切蝳蝐龜屬

中阿含經卷第三十

東晋罽賓三藏瞿曇僧伽提婆譯

大品行欲經第十

我聞如是一時佛遊舍衛國在勝林給孤獨園爾時給孤獨居士往詣佛所稽首佛足却坐一面白曰世尊世中爲有幾人行欲世尊告曰居士世中凡有十人行欲云何爲十居士有一行欲人非法無道求索財物彼非法無道求財物已不自養安隱及父母妻子奴婢作使亦不供養沙門梵志令昇上與樂俱而受樂報生天長壽如是有一行欲人也復次居士有一行欲人非法無道求索財物彼非法無道求財物已能自養安隱及父母妻子奴婢作使而不供養沙門梵志令昇上與樂俱而受樂報生天長壽如是有一行欲人也復次居士有一行欲人非法無道求索財物彼非法無道求財物已能自養安隱及父母妻子奴婢作使亦供養沙門梵志令昇上與樂俱而受樂報生天長壽如是有一行欲人也復次居士有一行欲人法非法求索財物彼法非法求財物已不自養安隱及父母妻子奴婢作使亦不供養沙門梵志令昇上與樂俱而受樂報生天長壽如是有一行欲人也復次居士有一行欲人法非法求索財物彼法非法求財物已能自養安隱及父母妻子奴婢作使而不供養沙門梵志令昇上與樂俱而受樂報生天長壽如是有一行欲人也復次居士有一行欲人法非法求索財物彼法非法求財物已能自養安隱及父母妻子奴婢作使亦供養沙門梵志令昇上與

樂俱而受樂報生天長壽如是有一行欲人也復次居士有一行欲人如法以道求索財物彼如法以道求財物已不自養安隱及父母妻子奴婢作使亦不供養沙門梵志令昇上與樂俱而受樂報生天長壽如是有一行欲人也復次居士有一行欲人如法以道求索財物彼如法以道求財物已能自養安隱及父母妻子奴婢作使而不供養沙門梵志令昇上與樂俱而受樂報生天長壽如是有一行欲行人也復次居士有一行欲人如法以道求索財物彼如法以道求財物已能自養安隱及父母妻子奴婢作使亦供養沙門梵志令昇上與樂俱而受樂報生天長壽得財物已染著縛繳繳已染著不見災患不知出要而用如是有一行欲人也復次居士有一行欲人如法以道求索財物彼如法以道求財物已能自養安隱及父母妻子奴婢作使亦供養沙門梵志令昇上與樂俱而受樂報生天長壽得財物已不染不著不縛不繳不繳已染著見災患知出要而用如是有一行欲人也居士若有一行欲人非法無道求索財物彼非法無道求財物已不自養安隱及父母妻子奴婢作使亦不供養沙門梵志令昇上與樂俱而受樂報生天長壽者此行欲人於諸行欲人爲最下也居士若有一行欲人法非法求索財物彼法非法求財物已自養安隱及父母妻子奴婢作使亦供養沙門梵志令昇上與樂俱而受樂報生天長壽者此行欲人於諸行欲人爲最上也居士若有一行欲人如法以道求索財物彼如法以

道求財物已自養安隱及父母妻子奴婢作使亦供養沙門梵志令昇上與樂俱而受樂報生天長壽得財物已不染不著不縛不繳不繳已染著見災患知出要而用者此行欲人於諸行欲人爲最第一最大最上最勝最尊爲最妙也猶如因牛有乳因乳有酪因酪有生酥因生酥有熟酥因熟酥有酥精酥精者爲最第一最大最上最勝最尊爲精妙也如是居士此行欲人於諸行欲人爲最第一最大最上最勝最尊爲最妙也於是世尊說此頌曰

若非法求財　及法非法求　不供不自用
亦不施爲福　二俱皆有惡　於行欲最下
若如法求財　自身勤所得　供他及自用
亦以施爲福　二俱皆有德　於行欲最上
若得出惡慧　行欲住在家　見災患知足
節儉用財物　彼得出欲慧　於行欲最上

佛說如是給孤獨居士及諸比丘聞佛所說歡喜奉行

大品福田經第十一

我聞如是一時佛遊舍衛國在勝林給孤獨園爾時給孤獨居士往詣佛所稽首佛足却坐一面白曰世尊世中爲有幾福田人世尊告曰居士世中凡有二種福田人云何爲二一者學人二者無學人學人有十八無學人有九居士云何十八學人信行法行信解見到身證家家一種向須陀洹得須陀洹向斯陀含得斯陀含向阿那含得阿那含中般涅槃生般涅槃行般涅槃無行般涅槃上流色究竟是謂十八學人居士云何九無學人

思法昇進法不動法退法不退法護法護則不退不護則退實住法慧解脫俱解脫是謂九無學人於是世尊說此頌曰

世中學無學　可尊可奉敬　彼能正其身
口意亦復然　居士是良田　施彼得大福

佛說如是給孤獨居士及諸比丘聞佛所說歡喜奉行

大品優婆塞經第十二

我聞如是一時佛遊舍衛國在勝林給孤獨園爾時給孤獨居士與大優婆塞衆五百人俱往詣尊者舍梨子所稽首作禮却坐一面五百優婆塞亦爲作禮却坐一面給孤獨居士及五百優婆塞坐一面已尊者舍梨子爲彼說法勸發渴仰成就歡喜無量方便爲彼說法勸發渴仰成就歡喜已即從座起往詣佛所稽首佛足却坐一面尊者舍梨子去後不久給孤獨居士及五百優婆塞亦詣佛所稽首佛足却坐一面尊者舍梨子及衆坐已定世尊告曰舍梨子若汝知白衣聖弟子善護行五法及得四增上心現法樂居易不難得舍梨子汝當記莂聖弟子地獄盡畜生餓鬼及諸惡處亦盡得須陀洹不墮惡法定趣正覺極受七有天上人間七往來已而得苦邊舍梨子云何白衣聖弟子善護行五法白衣聖弟子者離殺斷殺棄捨刀杖有慙有愧有慈悲心饒益一切乃至蜫蟲彼於殺生淨除其心白衣聖弟子善護行此第一法復次舍梨子白衣聖弟子離不與取斷不與取與而後取樂於與取常好布施歡喜無悋不望其報不以偷所覆常自護已彼於不與取淨

除其心白衣聖弟子善護行此第二法復次舍梨子白衣聖弟子離邪婬斷邪婬彼或有父所護或母所護或父母所護或兄弟所護或姊妹所護或婦父母所護或親親所護或同姓所護或爲他婦女有鞭罰恐怖及有名雇債至華鬘親不犯如是女彼於邪淫淨除其心白衣聖弟子善護行此第三法復次舍梨子白衣聖弟子離妄言斷妄言眞諦言樂眞諦住眞諦不移動一切可信不欺世間彼於妄言淨除其心白衣聖弟子善護行此第四法復次舍梨子白衣聖弟子離酒斷酒彼於飲酒淨除其心白衣聖弟子善護行此第五法舍梨子白衣聖弟子云何得四增上心現法樂居易不難得白衣聖弟子念如來彼如來無所著等正覺明行成爲善逝世間解無上士道法御天人師號佛衆祐如是念如來已若有惡欲即便得滅心中有不善穢汙愁苦憂慼亦復得滅白衣聖弟子攀緣如來心靖得喜若有惡欲即便得滅心中有不善穢汙愁苦憂慼亦復得滅白衣聖弟子得第一增上心現法樂居易不難得復次舍梨子白衣聖弟子念法世尊善說法必至究竟無煩無熱常有不移動如是觀如是覺如是知如是念法已若有惡欲即便得滅心中有不善穢汙愁苦憂慼亦復得滅白衣聖弟子攀緣法心靖得喜若有惡欲即便得滅心中有不善穢汙愁苦憂慼亦復得滅白衣聖弟子得此第二增上心復次舍梨子白衣聖弟子念衆如來聖衆善趣正趣向法次法順行如法彼衆實有阿羅訶趣阿羅訶有阿那含趣

阿那含有斯陀含趣斯陀含有須陀洹趣須陀洹是謂四雙八輩謂如來衆成就尸賴成就三昧成就般若成就解脫成就解脫知見可敬可重可奉可供世良福田彼如是念如來衆若有惡欲即便得滅心中有不善穢汙愁苦憂慼亦復得滅白衣聖弟子攀緣如來衆心靖得喜若有惡欲即便得滅心中有不善穢汙愁苦憂慼亦復得滅白衣聖弟子是謂得第三增上心現法樂居易不難得復次舍梨子白衣聖弟子息念尸賴此尸賴不缺不穿無穢無濁住如地不虛妄聖所稱譽具善受持彼如是自念尸賴若有惡欲即便得滅心中有不善穢汙愁苦憂慼亦復得滅白衣聖弟子攀緣尸賴心靖得喜若有惡欲即便得滅心中有不善穢汙愁苦憂慼亦復得滅白衣聖弟子是謂得第四增上心現法樂居易不難得舍梨子若汝知白衣聖弟子善護行此五法得此四增上心現法樂居易不難得者舍梨子汝記莂白衣聖弟子地獄盡畜生餓鬼及諸惡處亦盡得須陀洹不墮惡法定趣正覺極受七有天上人間七往來已而得苦邊於是世尊說此頌曰

慧者住在家　見地獄恐怖　因受持聖法
除去一切惡　不殺害衆生　知而能捨離
眞諦不妄言　不盜他財物　自有婦知足
不樂求他妻　捨離斷飲酒　心亂狂癡本
常當念正覺　思惟諸善法　念衆觀尸賴
從是得歡喜　欲行其布施　當以望其福
先施於息心　如是成果報　我今說息心
舍梨子善聽　若有黑及白　赤色之與黃

犛色愛樂色　牛及諸鴿鳥　隨彼所生處
良御牛在前　身力成具足　善速往來快
取彼之所能　莫以色爲非　如是此人間
若有所生處　刹帝利梵志　居士本工師
隨彼所生處　長老淨持戒　世無著善逝
施彼得大果　愚癡無所知　無慧無所聞
施彼得果少　無光無所照　若光有所照
有慧佛弟子　信向善逝者　根生善堅住
彼是生善處　如意往入家　最後得涅槃
如是各有緣

佛說如是尊者舍梨子及諸比丘給孤獨居士五百優婆塞聞佛所說歡喜奉行

大品怨家經第十三

我聞如是一時佛遊舍衛國在勝林給孤獨園爾時世尊告諸比丘有七怨家法而作怨家謂男女輩瞋恚時來云何爲七怨家者不欲令怨家有好色所以者何怨家者不樂怨家有好色人有瞋恚習瞋恚瞋恚所覆心不捨瞋恚彼雖好沐浴名香塗身然色故惡所以者何因瞋恚所覆心不捨瞋恚故是謂第一怨家法而作怨家謂男女輩瞋恚時來復次怨家者不欲令怨家安隱眠所以者何怨家者不樂怨家安隱眠人有瞋恚習瞋恚瞋恚所覆心不捨瞋恚彼雖臥以御牀敷以氍氀毾㲪覆以錦綺羅穀有襯體被兩頭安枕迦陵伽波和羅波遮悉多羅那然故憂苦眠所以者何因瞋恚所覆心不捨瞋恚故是謂第二怨家法而作怨家謂男女輩瞋恚時來復次怨家者不欲令怨家得大利所以者何怨家者不樂怨家得大利人有瞋恚習瞋恚

瞋恚所覆心不捨瞋恚彼應得利而不得利應不得利而得利彼此二法更互相違大得不利所以者何因瞋恚所覆心不捨瞋恚故是謂第三怨家法而作怨家謂男女輩瞋恚時來復次怨家者不欲令怨家有朋友所以者何怨家者不樂怨家有朋友人有瞋恚習瞋恚瞋恚所覆心不捨瞋恚彼若有親朋友捨離避去所以者何因瞋恚所覆心不捨瞋恚故是謂第四怨家法而作怨家謂男女輩瞋恚時來復次怨家者不欲令怨家有稱譽所以者何怨家者不樂怨家有名稱人有瞋恚習瞋恚瞋恚所覆心不捨瞋恚彼惡名醜聲周聞諸方所以者何因瞋恚所覆心不捨瞋恚故是謂第五怨家法而作怨家謂男女輩瞋恚時來復次怨家者不欲令怨家極大富所以者何怨家者不樂怨家極大富人有瞋恚習瞋恚瞋恚所覆心不捨瞋恚彼作如是身口意行使彼大失財物所以者何因瞋恚所覆心不捨瞋恚故是謂第六怨家法而作怨家謂男女輩瞋恚時來復次怨家者不欲令怨家身壞命終必至善處生於天上所以者何怨家者不樂怨家往至善處人有瞋恚習瞋恚瞋恚所覆心不捨瞋恚身口意惡行彼身口意惡行已身壞命終必至惡處生地獄中所以者何因瞋恚所覆心不捨瞋恚故是謂第七怨家法而作怨家謂男女輩瞋恚時來此七怨家法而作怨家謂男女輩瞋恚時來於是世尊說此頌曰

瞋者得惡色　眠臥苦不安　應獲得大財
反更得不利　親親善朋友　遠離瞋恚人

數數習瞋恚　惡名流諸方　瞋作身口業
恚纏行意業　人爲恚所覆　失一切財物
瞋恚生不利　瞋恚生心穢　恐怖生於内
人所不能覺　瞋者不知義　瞋者不曉法
無目盲闇塞　謂樂瞋恚人　恚初發惡色
猶火始起煙　從是生憎嫉　緣是諸人瞋
若瞋者所作　善行及不善　於後瞋恚盛
煩熱如火燒　所謂煩熱業　及諸法所纏
彼彼我今說　汝等善心聽　瞋者逆害父
及於諸兄弟　亦殺姊與妹　瞋者多所殘
所生及長養　得見此世間　因彼得存命
此母瞋亦害　無羞無慚愧　瞋纏無所言
人爲恚所覆　口無所不說　造作癡罪業
而自夭其命　作時不自覺　因瞋生恐怖
繫著自己身　愛樂無極已　雖愛念己身
瞋者亦自害　以刀而自刺　或從巖自投
或以繩自絞　及服諸毒藥　如是像瞋恚
是死依於恚　彼彼一切斷　用慧能覺了
小小不善業　慧者了能除　當堪耐是行
欲令無惡色　無恚亦無憂　除煙無貢高
調御斷瞋恚　滅訖無有漏

佛說如是彼諸比丘聞佛所說歡喜奉行

大品教曇彌經第十四

我聞如是一時佛遊舍衛國在勝林給孤獨園爾時尊者曇彌爲生地尊者作佛圖主爲人所宗凶暴急弊極爲麤惡罵詈責數於諸比丘因此故生地諸比丘皆捨離去不樂住此於是生地諸優婆塞見生地諸比丘皆捨離去不樂住此便作是念此生地諸比丘以何意故皆捨離去不樂住此生地諸優婆塞

聞此生地尊者曇彌生地尊長作佛圖主爲人所宗凶暴急弊極爲麤惡罵詈責數於諸比丘因此故生地諸比丘皆捨離去不樂住此生地諸優婆塞聞已即共往詣尊者曇彌所驅逐曇彌令出生地諸寺中去於是尊者曇彌爲生地諸優婆塞所驅令出生地諸寺中去即攝衣持鉢遊行往詣舍衛國展轉進至舍衛國住勝林給孤獨園於是尊者曇彌往詣佛所稽首佛足却坐一面白曰世尊我於生地諸優婆塞無所汙無所說無所犯然生地諸優婆塞橫驅逐我令出生地諸寺中去彼時世尊告曰止止曇彌何須說此尊者曇彌叉手向佛再白曰世尊我於生地諸優婆塞無所汙無所說無所犯然生地諸優婆塞橫驅逐我令出生地諸寺中去世尊亦再告曰曇彌往昔之時此閻浮洲有諸商人乘船入海持視岸鷹行彼入大海不遠便放視岸鷹若視岸鷹得至大海岸者終不還船若視岸鷹不得至大海岸者便來還船如是曇彌爲生地優婆塞所驅逐令出生地諸寺故便還至我所止止曇彌何須復說此尊者曇彌復三白曰世尊我於生地諸優婆塞無所汙無所說無所犯然生地諸優婆塞橫驅逐我令出生地諸寺中去世尊亦復三告曰曇彌汝住沙門法爲生地諸優婆塞所驅逐令出生地諸寺耶於是尊者曇彌即從座起叉手向佛白曰世尊云何沙門住沙門法世尊告曰曇彌昔時有人壽八萬歲曇彌人壽八萬歲時此閻浮洲極大富樂多有人民村邑相近如雞一飛曇彌人壽八萬歲時女年五

百歲乃嫁曇彌人壽八萬歲時有如是病大便小便欲不食老曇彌人壽八萬歲時有王名高羅婆聰明智慧爲轉輪王有四種軍整御天下如法法王成就七寶彼七寶者輪寶象寶馬寶珠寶女寶居士寶主兵臣寶是爲七具足千子顏貌端正勇猛無畏能伏他衆故必統領此一切地乃至大海不以刀杖以法治化令得安隱曇彌高羅婆王有樹名善住尼拘類樹王曇彌善住尼拘類樹王而有五枝第一枝者王所食及皇后第二枝者太子食及諸臣第三枝者國人民食第四枝者沙門梵志食第五枝者禽獸所食曇彌善住尼拘類樹王果大如二斗瓶味如淳蜜丸曇彌善住尼拘類樹王果無有護者亦無更相偷有一人來飢渴極羸顏色憔悴欲得食果

往至善住尼拘類樹王所飽噉果已毀折其枝持果歸去善住尼拘類樹王有一天依而居之彼作是念閻浮洲人異哉無恩無有反復所以者何從善住尼拘類樹王飽噉果已毀折其枝持果歸去寧令善住尼拘類樹王無果不生果善住尼拘類樹王即無果亦不生果復有一人來飢渴極羸顏色憔悴欲得噉果往詣善住尼拘類樹王所見善住尼拘類樹王無果亦不生果即便往詣高羅婆王所白曰天王當知善住尼拘類樹王無果亦不生果高羅婆王聞已猶如力士屈伸臂頃如是高羅婆王於拘樓瘦沒至三十三天住天帝釋前白曰拘翼當知善住尼拘類樹王無果亦不生果於是天帝釋及高羅婆王猶如力士屈伸臂頃如是天帝釋及高羅婆王

於三十三天中没至拘樓瘦去善住尼拘類樹王不遠住天帝釋作如其像如意足以如其像如意足化作大水暴風雨作大水暴風雨已善住尼拘類樹王拔根倒竪於是善住尼拘類樹王居止諸天因此故憂苦愁慼啼泣垂淚在天帝釋前立天帝釋問曰天汝何意憂苦愁慼啼泣垂淚在我前立耶彼天白曰拘翼當知大水暴風雨善住尼拘類樹王拔根倒竪時天帝釋告彼樹天曰天汝樹天住樹天法大水暴風雨善住尼拘類樹王拔根倒竪耶樹天白曰拘翼云何樹天住樹天法耶天帝釋告曰天若使人欲得樹根持樹根去欲得樹莖樹枝樹葉樹華樹果持去樹天不應瞋恚不應憎嫉心不應恨樹天捨意而住樹王如是樹天住樹天法天復白曰拘翼我樹天不住樹天法從今日始樹天住樹天法願善住尼拘類樹王還復如本於是天帝釋作如其像如意足作如其像如意足已復化作大水暴風雨化作大水暴風雨已善住尼拘類樹王即復如是如是曇彌若有比丘罵者不罵瞋者不瞋破者不破打者不打如是曇彌沙門住沙門法於是尊者曇彌即從座起偏袒著衣叉手向佛啼泣垂淚白曰世尊我非沙門住沙門法從今日始沙門住沙門法世尊告曰曇彌昔有大師名曰善眼爲外道仙人之所師宗捨離欲愛得如意足曇彌善眼大師有無量百千弟子曇彌善眼大師爲諸弟子說梵世法曇彌若善眼大師爲說梵世法時諸弟子等有不具足奉行法者彼命終已或生四王天或生三十三天或

生焰摩天或生兜率哆天或生化樂天或生他化樂天曇彌若善眼大師爲說梵世法時諸弟子等設有具足奉行法者彼修四梵室捨離於欲彼命終已得生梵天曇彌彼時善眼大師而作是念我不應與弟子等同俱至後世共生一處我今寧可更修增上慈修增上慈已命終得生晃昱天中曇彌彼時善眼大師則於後時更修增上慈修增上慈已命終得生晃昱天中曇彌善眼大師及諸弟子學道不虛得大果報如善眼大師如是牟梨破羣那阿羅那遮婆羅門瞿陀梨舍哆害提婆羅摩納儲提摩麗橋鞞陀羅及薩哆富樓奚哆曇彌七富樓奚哆師亦有無量百千弟子曇彌七富樓奚哆師爲諸弟子說梵世法若七富樓奚哆師爲說梵世法時諸弟子等有不具足奉行法者彼命終已或生四王天或生三十三天或生焰摩天或生兜率哆天或生化樂天或生他化樂天若七富樓奚哆師爲說梵世法時諸弟子等設有具足奉行法者彼修四梵室捨離於欲彼命終已得生梵天曇彌七富樓奚哆師而作是念我不應與弟子等同俱至後世共生一處我今寧可更修增上慈修增上慈已命終得生晃昱天中曇彌彼時七富樓奚多師則於後時更修增上慈修增上慈已命終得生晃昱天中曇彌七富樓奚哆師及諸弟子學道不虛得大果報曇彌若有罵彼七師及無量百千眷屬打破瞋恚責數者必受無量罪若有一成就正見佛弟子比丘得小果罵詈打破瞋恚責數者此受罪多於彼是故曇彌汝等各各更

迭相護所以者何離此過已更無有失於是世尊說此頌曰

須涅牟梨破羣那　阿羅那遮婆羅門　瞿陀梨舍哆　害提婆羅摩納　儲提摩麗橋鞞陀羅　薩哆富樓奚哆

此在過去世　七師有名德　無愛縛樂悲
欲結盡過去　彼有諸弟子　無量百千數
彼亦離欲結　須臾不究竟　若彼外仙人
善護行苦行　心中懷憎嫉　罵者受罪多
若一得正見　佛子住小果　罵詈責打破
受罪多於彼　是故汝曇彌　各各更相護
所以更相護　重罪無過是　如是甚重苦
亦爲聖所惡　必得受惡色　莫取邪見處
此是最下人　聖法之所說　謂未離婬欲
得微微五根　信精進念慧　正定及正觀
如是得此苦　前所受其殃　自受其殃已
於後便害他　若能自護者　彼爲能護外
是故當自護　慧者無殃樂

佛說如是尊者曇彌及諸比丘聞佛所說歡喜奉行

大品降魔經第十五

我聞如是一時佛遊婆奇瘦在鼉山怖林鹿野園中爾時尊者大目揵連教授爲佛而作禪屋露地經行彼時魔王化作細形入尊者大目揵連腹中於是尊者大目揵連即作是念我今腹重猶如食豆我寧可入如其像定以如其像定自觀其腹是時尊者大目揵連至經行道頭敷尼師壇結跏趺坐入如其像定以其像定自觀其腹尊者大目揵連便知魔王在其腹中尊者大目揵連即從定覺語

魔王曰汝波旬出汝波旬出莫觸嬈如來亦莫觸嬈如來弟子莫於長夜無義無饒益必生惡處受無量苦彼時魔王便作是念此沙門不見不知而作是說汝波旬出汝波旬出莫觸嬈如來亦莫觸嬈如來弟子莫於長夜無義無饒益必生惡處受無量苦汝之尊師有大如意足有大威德有大福祐有大威神彼猶不能速知速見況復弟子能知見耶尊者大目揵連復語魔王我復知汝意汝作是念此沙門不知不見而作是說汝波旬出汝波旬出汝莫觸嬈如來亦莫觸嬈如來弟子莫於長夜無義無饒益必生惡處受無量苦汝之尊師有大如意足有大威德有大福祐有大威神彼猶不能如是速知速見況復弟子能知見耶彼魔波旬復作是念今此沙門知見我故而作是說耳於是魔波旬化作細形從口中出出在尊者大目揵連前立尊者大目揵連告曰波旬昔有如來名覺礫拘荀大無所著等正覺我時作魔名曰惡我有妹名黑汝是彼子波旬因此事故汝是我外甥波旬覺礫拘荀大如來無所著等正覺有二大弟子一者名音二者名想波旬以何義故尊者音名音耶波旬尊者音住梵天上以常音聲滿千世界更無有弟子音聲與彼等者相似者勝者波旬以是義故尊者音名音也波旬復以何義尊者想名想耶波旬尊者想所依遊行村邑過夜平旦著衣持鉢入村乞食善護其身善攝諸根立於正念彼乞食已食訖中後收舉衣鉢澡洗手足以尼師壇著於肩上至無事處或至山林樹下或至閑居

靜處敷尼師壇結跏趺坐速入想知滅定彼時若有放牛羊人取樵草人或行路人入彼山林人見入想知滅定便作是念今此沙門於無事處坐而命終我等寧可以燥樵草拾已積聚覆其身上而耶維之即拾樵草積覆其身以火然之便捨而去彼尊者想過夜平旦從定覺起抖擻衣服所依村邑遊行如常著衣持鉢入村乞食善護其身善攝諸根立於正念彼放牛羊人取樵草人或行路人入彼山林人先見者便作是念今此沙門在無事處坐而命終我等昨已拾燥樵草積覆其身以火燒之然已而去然此賢者更復想也波旬以是義故尊者想名想也波旬彼時惡魔便作是念此禿沙門以黑所縛斷種無子彼學禪伺增伺數數伺猶若如驢竟日負重

繫在櫪上不得麥食爲彼麥故伺增伺數數伺如是此禿沙門爲黑所縛斷種無子學禪伺增伺數數伺猶如猫子在鼠穴邊欲捕鼠故伺增伺數數伺如是此禿沙門爲黑所縛斷種無子彼學禪伺增伺數數伺猶如鵂狐在燥樵積間爲捕鼠故伺增伺數數伺如是此禿沙門爲黑所縛斷種無子學禪伺增伺數數伺猶如鶴鳥在水岸邊爲捕魚故伺增伺數數伺如是此禿沙門爲黑所縛斷種無子學禪伺增伺數數伺彼何所伺爲何義伺求何等伺彼調亂狂發敗壞我不知彼何所從來亦不知彼何所從去亦不知住止不知死不知生我寧可教勅梵志居士汝等共來罵詈精進沙門打破責數所以者何或罵打破責數時儻能起惡心令我得其便波旬彼

時惡魔便教勑梵志居士彼梵志居士罵詈精進沙門打破責數彼梵志居士或以木打或以石擲或以杖撾或傷精進沙門頭或裂壞衣或破應器爾時梵志居士若有死者因此緣此身壞命終必至惡處生地獄中彼生已作是念我應受此苦當復更受極苦過是所以者何以我等向精進沙門行惡行故波旬覺礫拘荀大如來無所著等正覺弟子用傷其頭裂壞其衣破其應器已往詣覺礫拘荀大如來無所著等正覺所爾時覺礫拘荀大如來無所著等正覺無量百千眷屬圍遶而爲說法覺礫拘荀大如來無所著等正覺遥見弟子頭傷衣裂鉢破而來見已告諸比丘汝等見不惡魔教勑梵志居士汝等共來罵詈精進沙門打破責數所以者何或罵打破責數時儻能起惡心令我得其便比丘汝等當以心與慈俱遍滿一方成就遊如是二三四方四維上下普周一切心與慈俱無結無怨無恚無諍極廣甚大無量善修遍滿一切世間成就遊如是悲喜心與捨俱無結無怨無恚無諍極廣甚大無量善修遍滿一切世間成就遊令惡魔求便不能得便波旬覺礫拘荀大如來無所著等正覺以此教諸弟子彼即受教心與慈俱遍滿一方成就遊如是二三四方四維上下普周一切心與慈俱無結無怨無恚無諍極廣甚大無量善修遍滿一切世間成就遊如是悲喜心與捨俱無結無怨無恚無諍極廣甚大無量善修遍滿一切世間成就遊以此故彼惡魔求便不能得便波旬彼時惡魔復作是念我以此事求

精進沙門便而不能得我寧可教勑梵志居士汝等共來奉敬供養禮事精進沙門或以奉敬供養禮事精進沙門儻能起惡心令我得其便波旬彼梵志居士爲惡魔所教勑已即共奉敬供養禮事精進沙門以衣敷地而作是說精進沙門可於上行精進沙門難行而行令我長夜得利饒益安隱快樂梵志居士以髮布地而作是說精進沙門可於上行精進沙門難行而行令我長夜得利饒益安隱快樂梵志居士以手捧持種種飲食住道邊待而作是說精進沙門受是食是可持是去隨意所用令我長夜得利饒益安隱快樂諸信梵志居士見精進沙門敬心扶抱將入於內持種種財物與精進沙門作如是說受是用是可持是去隨意所用爾時梵志居士若有死者因此緣此身壞命終必至善處生於天上生已作是念我應受是樂當復更受極樂勝是所以者何以我等向精進沙門行善行故波旬覺礫拘荀大如來無所著等正覺弟子得奉敬供養禮事已往詣覺礫拘荀大如來無所著等正覺所是時覺礫拘荀大如來無所著等正覺無量百千眷屬圍遶而爲說法覺礫拘荀大如來無所著等正覺遥見弟子得奉敬供養禮事而來見已告諸比丘汝等見不惡魔教勑梵志居士汝等共來奉敬供養禮事精進沙門或以奉敬供養禮事精進沙門儻能起惡心令我得其便比丘汝等當觀諸行無常觀興衰法觀無欲觀捨離觀滅觀斷令惡魔求便而不能得波旬覺礫拘荀大如來無所著等正覺以此教教諸

弟子彼即受教觀一切行無常觀興衰法觀無欲觀捨離觀滅觀斷令惡魔求便而不能得波旬彼時惡魔復作是念我以此事求精進沙門便而不能得我寧可化作年少形手執大杖住在道邊打尊者音頭令破血流面波旬覺礫拘荀大如來無所著等正覺於後所依村邑遊行彼於平旦著衣持鉢入村乞食尊者音在後侍從波旬爾時惡魔化作年少形手執大杖住在道邊擊尊者音頭破血流面波旬尊者音破頭流血已隨從覺礫拘荀大如來無所著等正覺後猶影不離波旬覺礫拘荀大如來無所著等正覺至村邑已極其身力右旋顧視猶如龍視不恐不怖不驚不懼而觀諸方波旬覺礫拘荀大如來無所著等正覺見尊者音頭破血流于面隨佛後行如影不離便作是說此惡魔凶暴大有威力此惡魔不知猒足波旬覺礫拘荀大如來無所著等正覺說語未訖彼時惡魔便於彼處其身即墮無缺大地獄波旬此大地獄而有四名一者無缺二者百釘三者逆刺四者六更彼大地獄其中有卒往至惡魔所語惡魔曰汝今當知若釘釘等共合者當知滿百年於是魔波旬聞說此已即便心悸恐怖驚懼身毛皆竪向尊者大目揵連即說頌曰

云何彼地獄　惡魔昔在中　嬈害佛梵行
及犯彼比丘

尊者大目揵連即時以偈答魔波旬曰

地獄名無缺　惡魔曾在中　嬈害佛梵行
及犯彼比丘　彼鐵釘有百　一切各逆刺
地獄名無缺　惡魔昔在中　若有不知者

比丘佛弟子　必得如是苦　受黑業之報
若干種園觀　人者在於地　食自然粳米
居止在北洲　大須彌山巖　善修之所熏
修習於解脫　受持最後身　跱立在大衆
宮殿住至劫　金色可愛樂　猶火燄晃昱
作諸衆妓樂　往詣帝釋所　本以一屋舍
善覺了爲施　若釋在前行　昇毗闍延殿
見釋大歡喜　天女各各舞　若見比丘來
還顧有慙愧　若毗闍延殿　見比丘問義
大仙頗能知　愛盡得解脫　比丘即爲答
問者如其義　拘翼我能知　愛盡得解脫
聞彼之所答　釋得歡喜樂　比丘多饒益
所說如其義　若毗闍延殿　問帝釋天王
此殿名何等　汝釋攝持城　釋答大仙人
名毗闍延哆　是謂千世界　於千世界中

無有勝此殿　如毗闍延哆　天王天帝釋
自在隨所遊　受樂那遊哆　化作一行百
毗闍延殿內　釋得自在遊　毗闍延大殿
足指能振動　天王眼所觀　釋得自在遊
若鹿子母堂　築基極深堅　難動不可振
如意足能搖　彼有瑠璃地　聖人之所履
滑澤樂更觸　布柔軟綿縟　愛語共和合
天王常歡喜　善能作妓樂　音節善諧和
諸天來會聚　而說須陀洹　若干無量千
及百諸那術　至三十三天　慧眼者說法
聞彼所說法　歡喜而奉行　我亦有是法
如仙人所說　謂至梵天上　問彼梵天事
梵故有此見　謂見昔時有　我住有常存
恒有不變易　梵天爲答彼　大仙我無見
謂見昔時有　我恒常不變　我見此境界

諸梵皆過去　我今何由說　恒常不變易
我見此世間　正覺之所說　隨所因緣生
所往而轉還　火無有思念　我燒愚癡人
火然若愚觸　必自然得燒　如是汝波旬
觸嬈於如來　久作不善行　受報亦當久
魔汝莫厭佛　莫嬈害比丘　一比丘降魔
住在於怖林　彼鬼愁憂慼　目連之所訶
恐怖無智慧　即於彼處沒

尊者大目揵連所說如是彼魔波旬聞尊者大目揵連所說歡喜奉行

中阿含經卷第三十

音釋

繳（苦了切繚繳也）　牻（莫江切白黑相雜曰牻）　氍毹（氍強魚切毛席也毹力朱切毛布也）　毾㲪（毾吐盍切㲪都滕切毾㲪罽屬毛毲也）　羅縠（縠胡谷切縐紗曰縠）　襯（初覲切近身衣也）　絞（古巧切縊也）　礫（郎擊切）　抖擻（抖當口切擻蘇后切抖擻振舉貌）　鵂（許尤切角鴟也）　樵積（樵慈消切柴也積子智切聚也）　爓（羊瞻切火光也）　縟（正作褥如欲切裀褥也）

中阿含經卷第三十一

東晉罽賓三藏瞿曇僧伽提婆譯

大品賴吒和羅經第十六

我聞如是。一時佛遊拘樓瘦，與大比丘衆俱，往至鍮蘆吒，住鍮蘆吒村北尸攝和園中。爾時鍮蘆吒梵志居士聞：沙門瞿曇釋種子，捨釋宗族，出家學道，遊拘樓瘦，與大比丘衆俱，來至此鍮蘆吒，住鍮蘆吒村北尸攝和園中。彼沙門瞿曇有大名稱，周聞十方：沙門瞿曇如來、無所著、等正覺、明行成爲、善逝、世間解、無上士、道法御、天人師，號佛、衆祐。彼於此世，天及魔、梵、沙門、梵志，從人至天，自知自覺，自作證成就遊。彼若說法，初妙、中妙、竟亦妙，有義有文，具足清淨，顯現梵行。若見如來、無所著、等正覺，尊重禮拜，供養承事者，快得善利。我等應共往見沙門瞿曇，禮拜供養。鍮蘆吒梵志居士聞已，各與等類眷屬相隨，從鍮蘆吒出，北行至尸攝和園，欲見世尊，禮拜供養。往詣佛已，彼鍮蘆吒梵志居士，或稽首佛足，却坐一面；或問訊佛，却坐一面；或叉手向佛，却坐一面；或遙見佛已，默然而坐。彼時鍮蘆吒梵志居士各坐已定，佛爲說法，勸發渴仰，成就歡喜。無量方便爲彼說法，勸發渴仰，成就歡喜已，默然而住。時鍮蘆吒梵志居士，佛爲說法，勸發渴仰，成就歡喜已，各從坐起，稽首佛足，繞佛三帀而去。彼時賴吒和羅居士子故坐不起，於是賴吒和羅居士子，鍮蘆吒梵志居士去後不久，即從坐起，偏袒著衣，叉手向佛，白曰：世尊！如我知佛所說法者，若我在家爲鎖所鎖，不得盡形壽清淨行梵行。世

尊願我得從世尊出家學道而受具足得作比丘淨修梵行世尊問曰居士子父母聽汝於正法律中至信捨家無家學道耶賴吒和羅居士子白曰世尊父母未聽我於正法律中至信捨家無家學道世尊告曰居士子若父母不聽汝於正法律中至信捨家無家學道者我不得度汝出家學道亦不得授具足賴吒和羅居士子白曰世尊我當方便從父母求必令聽我於正法律中至信捨家無家學道世尊告曰居士子隨汝所欲於是賴吒和羅居士子聞佛所說善受善持稽首佛足繞三帀還歸白曰二尊如我知佛所說法者若我在家爲鎻所鎻不得盡形壽清淨行梵行唯願二尊聽我於正法律中至信捨家無家學道賴吒和羅父母告曰賴吒和羅我今唯有汝一子極愛憐念意常愛樂見無猒足若汝命終我尚不欲相棄捨也況生别離不見汝耶賴吒和羅居士子復至再三白曰二尊如我知佛所說法者若我在家爲鎻所鎻不得盡形壽清淨行梵行唯願二尊聽我於正法律中至信捨家無家學道賴吒和羅居士子父母亦至再三告曰賴吒和羅我今唯有汝一子極愛憐念意常愛樂見無猒足若汝命終我尚不欲相棄捨也況生别離不見汝耶於是賴吒和羅居士子即時臥地從今不起不飲不食乃至父母聽我於正法律中至信捨家無家學道於是賴吒和羅居士子一日不食至二三四多日不食於是賴吒和羅居士子父母往至子所告曰賴吒和羅汝至柔輭身體極好常坐臥好牀汝今不知苦

耶賴吒和羅汝可速起行欲布施快修福業所以者何賴吒和羅世尊境界甚難甚難出家學道亦復甚難爾時賴吒和羅居士子默然不答於是賴吒和羅居士子父母往至賴吒和羅親親及諸臣所而作是語汝等共來至賴吒和羅所勸令從地起賴吒和羅居士子親親及諸臣等即便共至賴吒和羅所語曰賴吒和羅汝至柔軟身體極好常坐卧好牀汝今不知苦耶賴吒和羅汝可速起行欲布施快修福業所以者何世尊境界甚難甚難出家學道亦復甚難彼時賴吒和羅居士子默然不答於是賴吒和羅居士子父母至賴吒和羅居士子善知識同伴同時所而作是語汝等共來至賴吒和羅所勸令從地起於是賴吒和羅居士子善知識同伴同時即共往詣賴吒和羅居士子所而作是語賴吒和羅汝至柔軟身體極好常坐卧好牀汝今不知苦耶賴吒和羅汝可速起行欲布施快修福業所以者何賴吒和羅世尊境界甚難甚難出家學道亦復甚難彼時賴吒和羅居士子默然不答於是賴吒和羅居士子善知識同伴同時往至賴吒和羅居士子父母所作如是語可聽賴吒和羅於正法律中至信捨家無家學道若其樂者於此生中故可相見若不樂者必自來還歸父母所今若不聽定死無疑當何所益於是賴吒和羅居士子父母聞已語賴吒和羅居士子善知識同伴同時曰我今聽賴吒和羅於正法律中至信捨家無家學道若學道來還故可見也賴吒和羅居士子善知識同伴同時即共往詣賴

吒和羅所便作是語居士子父母聽汝於正法律中至信捨家無家學道若學道已還見父母賴吒和羅居士子聞是語已便大歡喜生愛生樂從地而起漸養其身身平復已從鍮蘆吒出往詣佛所稽首佛足白曰世尊父母聽我於正法律中至信捨家無家學道唯願世尊聽從世尊出家學道而受具足得作比丘於是世尊度賴吒和羅居士子出家學道授其具足授具足已於鍮蘆吒隨住數時於後則便攝衣持鉢遊行展轉往至舍衛國住勝林給孤獨園尊者賴吒和羅出家學道受具足已在遠離獨住心無放逸修行精勤彼在遠離獨住心無放逸修行精勤已族姓子所爲剃除鬚髮著袈裟衣至信捨家無家學道者唯無上梵行訖於現法中自知自覺自作證成就遊生已盡梵行已立所作已辦不更受有知如眞尊者賴吒和羅知法已至得阿羅訶於是尊者賴吒和羅得阿羅訶已後或九年十年而作是念我本已許出家學道還見父母我今寧可還赴本要於是尊者賴吒和羅往詣佛所稽首佛足却坐一面白曰世尊我本有要出家學道已還見父母世尊我今辭行往見父母赴其本要爾時世尊便作是念此賴吒和羅族姓子若使捨戒罷道行欲如本者必無是處世尊知已告曰汝去未度者度未解脫者令得解脫未滅訖者令得滅訖賴吒和羅今隨汝意彼時尊者賴吒和羅聞佛所說善受善持即從坐起稽首佛足繞三帀而去至已房中收舉卧具著衣持鉢遊行展轉往至鍮蘆吒住鍮蘆吒村北

尸攝和園於是尊者賴吒和羅過夜平旦著衣持鉢入鍮蘆吒而行乞食尊者賴吒和羅作如是念世尊稱歎次第乞食我今寧可於此鍮蘆吒次第乞食尊者賴吒和羅便於鍮蘆吒次第乞食展轉至本家彼時尊者賴吒和羅父在中門住修理鬚髮尊者賴吒和羅父遥見尊者賴吒和羅來便作是語此禿沙門爲黒所縛斷種無子破壞我家我有一子極愛憐念意常忍樂見無猒足彼將去度當莫與食尊者賴吒和羅自於父家不得布施但得責數此禿沙門爲黒所縛斷種無子破壞我家我有一子極愛憐念意常忍樂見無猒足彼將去度當莫與食尊者賴吒和羅知已便速出去彼時尊者賴吒和羅父家婢使以箕盛臭爛飲食欲棄著糞聚中尊者賴吒和羅見父婢使以箕盛臭爛飲食欲棄著糞聚中便作是語汝妹若此臭爛飲食法應棄者可著我鉢中我當食之彼時尊者賴吒和羅父家婢使以箕中臭爛飲食寫著鉢中寫著鉢中時取其二相識其音聲及其手足取二相已即往至尊者賴吒和羅父所而作是語尊今當知尊子賴吒和羅還來至此鍮蘆吒可往見之尊者賴吒和羅父聞已大歡喜踊躍左手攝衣右手摩抆鬚髮疾往詣尊者賴吒和羅所彼時尊者賴吒和羅向壁食此臭爛食尊者賴吒和羅父見尊者賴吒和羅向壁食此臭爛食作如是説汝賴吒和羅汝至柔輭身體極好常食好食賴吒和羅汝云何乃食此臭爛食耶賴吒和羅汝以何意來此鍮蘆吒而不能還至父母家耶尊者賴吒

和羅白曰居士我入父家不得布施但得責數此禿沙門爲黒所縛斷種無子破壞我家我唯有一子至愛憐念意常愛樂見無猒足彼將去度當莫與食我聞此已便速出去尊者賴吒和羅父即辭謝曰賴吒和羅可忍賴吒和羅可忍我實不知賴吒和羅還入父家於是尊者賴吒和羅父敬心扶抱尊者賴吒和羅將入於内敷座令坐尊者賴吒和羅即便就坐於是其父見尊者賴吒和羅坐已往至婦所而作是語卿今當知賴吒和羅族姓子今來還家可速辦飲食尊者賴吒和羅母聞已大歡喜踊躍速辦飲食辦飲食已疾輦錢出著中庭地聚作大積彼大錢積一面立人一面坐人各不相見作大錢積已往詣尊者賴吒和羅所作如是語賴吒和羅是汝母分所有錢財汝父錢財無量百千不可復計今盡付汝賴吒和羅汝可捨戒罷道行欲布施快修福業所以者何世尊境界甚難甚難出家學道亦復甚難尊者賴吒和羅白其母曰我今欲有所說能見聽不尊者賴吒和羅母語曰居士子汝有所說我當聽之尊者賴吒和羅白其母曰當作新布囊用盛滿錢以車載之至恒伽江寫著深處所以者何因此錢故令人憂苦愁慼啼哭不得快樂於是尊者賴吒和羅母而作是念以此方便不能令子賴吒和羅捨戒罷道我寧可至其本婦所作如是語諸新婦等汝可以先所著瓔珞嚴飾其身賴吒和羅族姓子本在家時極所愛念以此瓔珞速嚴身已汝等共往至賴吒和羅族姓子所各抱一足而作是説不審賢郎

有何天女勝於我者而令賢郎捨我爲彼修梵行耶於是其母即至尊者賴吒和羅其本婦所作如是語諸新婦等汝可以先所著瓔珞嚴飾其身賴吒和羅族姓子本在家時極所愛念以此瓔珞速嚴身已汝等共往至賴吒和羅族姓子所各抱一足而作是說不審賢郎有何天女勝於我者而令賢郎捨我爲彼修梵行耶彼時尊者賴吒和羅其本婦等即各以先所著瓔珞嚴飾其身尊者賴吒和羅本在家時極所愛念以此瓔珞嚴飾身已往詣尊者賴吒和羅所各抱一足而作是說不審賢郎有何天女勝於我者而令賢郎捨我爲彼修梵行耶尊者賴吒和羅語本婦曰諸妹當知我不爲天女故修於梵行所爲修梵行者彼義已得佛教所作今已成辦尊者賴吒和羅諸婦等却住一面啼泣垂淚而作是語我非賢郎妹然賢郎喚我爲妹於是尊者賴吒和羅迴還顧視白父母曰居士若施食者便以時施何爲相嬈爾時父母即從坐起自行澡水以上味餚饍種種豐饒食噉含消手自斟酌極令飽滿食訖收器行澡水竟取一小牀別坐聽法尊者賴吒和羅爲父母說法勸發渴仰成就歡喜無量方便爲彼說法勸發渴仰成就歡喜已即從座起立說頌曰

觀此嚴飾形　珍寶瓔珞等　右槃縈其髮
紺黛畫眉目　此欺愚癡人　不誑度彼岸
以衆好綵色　莊嚴臭穢身　此欺愚癡人
不誑度彼岸　衆香遍塗體　雌黃黃其足
此欺愚癡人　不誑度彼岸　身服淨妙好

莊嚴猶幻化　此欺愚癡人　不誑度彼岸
斷絶鹿羂繩　及破壞鹿門　我捨離餌去
誰樂於鹿縛

尊者賴吒和羅說此頌已以如意足乘虛而去至鍮蘆吒林入彼林中於鞞醯勒樹下敷尼師壇結跏趺坐爾時拘牢婆王及諸羣臣前後圍繞坐於正殿咨嗟稱歎尊者賴吒和羅若我聞賴吒和羅族姓子來此鍮蘆吒者我必往見於是拘牢婆王告獵師曰汝去按行鍮蘆吒林我欲出獵獵師受教即便按行鍮蘆吒林於是獵師按行鍮蘆吒林見尊者賴吒和羅在鞞醯勒樹下敷尼師壇結跏趺坐便作是念所爲拘牢婆王及諸羣臣共坐正殿咨嗟稱歎者今已在此爾時獵師按行鍮蘆吒林已還詣拘牢婆王所白曰天王當知我已按行鍮蘆吒林隨天王意天王本所爲與諸羣臣共坐正殿咨嗟稱歎尊者賴吒和羅若我聞賴吒和羅族姓子來此鍮蘆吒林者我必往見尊者賴吒和羅族姓子今在鍮蘆吒林中鞞醯勒樹下敷尼師壇結跏趺坐天王欲見者便可往也拘牢婆王聞已告御者曰汝速嚴駕我今欲往見賴吒和羅御者受教即速嚴駕訖還白曰天王當知嚴駕已辦隨天王意於是拘牢婆王即乘車出往至鍮蘆吒林遥見尊者賴吒和羅即便下車步進往至尊者賴吒和羅所尊者賴吒和羅見拘牢婆王來而作是說大王今來欲自坐耶拘牢婆王曰今我雖到自已境界然我意欲令賴吒和羅族姓子請我令坐尊者賴吒和羅即請拘牢婆王曰今有別座大王可坐

於是拘牢婆王與尊者賴吒和羅共相問訊却坐一面語賴吒和羅若爲家衰故出家學道耶若爲無財物故行學道者賴吒和羅拘牢婆王家多有財物我出財物與賴吒和羅勸賴吒和羅捨戒罷道行欲布施快修福業所以者何賴吒和羅師教甚難出家學道亦復甚難尊者賴吒和羅聞已語曰大王今以不淨請我非清淨請拘牢婆王聞已問曰我當云何以清淨請賴吒和羅非以不淨耶尊者賴吒和羅語曰大王應如是語賴吒和羅我國人民安隱快樂無恐怖無鬬諍亦無棘刺無苦使役米穀豐饒乞食易得賴吒和羅住我國中我當護如法大王如是以淨請我非以不淨拘牢婆王聞已語曰我今以淨請賴吒和羅非以不淨我國人民安隱快樂無恐怖無鬬諍亦無棘刺無苦使役米穀豐饒乞食易得賴吒和羅住我國中我當護如法

復次賴吒和羅有四種衰謂衰衰故剃除鬚髮著袈裟衣至信捨家無家學道云何爲四病衰老衰財衰親衰賴吒和羅云何病衰或有一人長病疾患極重甚苦彼作是念我長病疾患極重甚苦我實有欲不能行欲我今寧可剃除鬚髮著袈裟衣至信捨家無家學道彼於後時以病衰故剃除鬚髮著袈裟衣至信捨家無家學道是謂病衰賴吒和羅云何老衰或有一人年耆根熟壽過垂訖彼作是念我年耆根熟壽過垂訖我實有欲不能行欲我今寧可剃除鬚髮著袈裟衣至信捨家無家學道彼於後時以老衰故剃除鬚髮著袈裟衣至信捨家無家學道是謂老衰賴

吒和羅云何財衰或有一人貧窮無力彼作是念我貧窮無力我今寧可剃除鬚髮著袈裟衣至信捨家無家學道彼於後時以財衰故剃除鬚髮著袈裟衣至信捨家無家學道是謂財衰賴吒和羅云何親衰或有一人親里斷種死亡沒盡彼作是念我親里斷種死亡沒盡我今寧可剃除鬚髮著袈裟衣至信捨家無家學道彼於後時以親衰故剃除鬚髮著袈裟衣至信捨家無家學道是謂親衰賴吒和羅昔時無病安隱成就平等食道不冷不熱平正安樂順次不諍由是之故食噉含消安隱得化賴吒和羅非以病衰故剃除鬚髮著袈裟衣至信捨家無家學道賴吒和羅往昔之時年幼童子髮黑清淨身體盛壯爾時作倡妓樂極以自娛莊嚴其身常喜遊戲彼時親屬皆不欲使令其學道父母啼泣憂慼懊惱亦不聽汝出家學道然汝剃除鬚髮著袈裟衣至信捨家無家學道賴吒和羅不以老衰故剃除鬚髮著袈裟衣至信捨家無家學道賴吒和羅此鍮蘆吒第一家最大家最勝家最上家謂財物也賴吒和羅不以財衰故剃除鬚髮著袈裟衣至信捨家無家學道賴吒和羅此鍮蘆吒林間大豪親族親皆存在賴吒和羅不以親衰故剃除鬚髮著袈裟衣至信捨家無家學道賴吒和羅此四種衰或有衰者剃除鬚髮著袈裟衣至信捨家無家學道我見賴吒和羅都無此衰可使賴吒和羅剃除鬚髮著袈裟衣至信捨家無家學道賴吒和羅知見何等為聞何等剃除鬚髮著袈裟衣至信捨家無家學道尊者賴

吒和羅答曰大王世尊知見如來無所著等正覺爲說四事我欲忍樂是我知見聞是是故剃除鬚髮著袈裟衣至信捨家無家學道云何爲四大王此世無護無可依恃此世一切趣向老法此世非常要當捨去此世無滿無有猒足爲愛走使拘牢婆王問曰賴吒和羅屬之所說大王此世無護無可依恃賴吒和羅我有兒孫兄弟枝黨象軍馬軍車軍步軍皆能射御嚴毅勇猛王子力士鉢羅鶱提摩訶能伽有占相有策慮有計筭有善知書有善談論有君臣有眷屬持呪知呪彼隨諸方有恐怖者能制止之若賴吒和羅所說大王此世無護無可依恃賴吒和羅向所說此有何義耶尊者賴吒和羅答曰大王我今問王隨所解答大王此身頗有病耶拘牢婆王答曰賴吒和羅今我此身常有風病尊者賴吒和羅問曰大王風病發時生極重甚苦者大王爾時可得語彼兒孫兄弟象軍馬軍車軍步軍能皆射御嚴毅勇猛王子力士鉢羅鶱提摩訶能伽占相策慮筭計知書善能談論君臣眷屬持呪知呪汝等共來槩代我受極重甚苦令我無病得安樂耶拘牢婆王答曰不也所以者何我自作業因業緣業獨受極苦甚重苦也尊者賴吒和羅語曰大王以是故世尊說此世無護無可依恃我欲忍樂是我知見聞是是故剃除鬚髮著袈裟衣至信捨家無家學道拘牢婆王語曰若賴吒和羅所說大王此世無護無可依恃賴吒和羅我亦欲是忍樂於是所以者何此世眞實無護無可依恃拘牢婆王復問曰若賴吒和羅

所說大王此世一切趣向老法賴吒和羅向所說此復有何義尊者賴吒和羅答曰大王我今問王隨所解答若大王年或二十四或二十五者於意云何爾時速疾何如於今爾時筋力形體顏色何如於今拘牢婆王答曰賴吒和羅若我時年或二十四或二十五自憶爾時速疾筋力形體顏色無勝我者賴吒和羅我今極老諸根衰熟壽過垂訖年滿八十不復能起尊者賴吒和羅語曰大王以是故世尊說此世一切趣向老法我欲忍樂是我知見聞是是故剃除鬚髮著袈裟衣至信捨家無家學道拘牢婆王語曰若賴吒和羅所說大王此世一切趣向老法我亦欲是忍樂於是所以者何此世眞實一切趣向老法拘牢婆王復問曰若賴吒和羅所說大王此世無常要當捨去賴吒和羅向所說此復有何義尊者賴吒和羅語曰大王我今問王隨所解答大王有豐拘樓國及豐後宮豐倉庫耶拘牢婆王答曰如是尊者賴吒和羅復問曰大王有豐拘樓國及豐後宮豐倉庫者若時有法來不可依忍樂破壞一切世無不歸死者爾時豐拘樓國及豐後宮豐倉庫者可得從此世持至後世耶拘牢婆王答曰不也所以者何我獨無二亦無伴侶從此世至後世也尊者賴吒和羅語曰大王以是故世尊說此世無常要當捨去我欲忍樂是我知見聞是是故剃除鬚髮著袈裟衣至信捨家無家學道拘牢婆王語曰若賴吒和羅所說大王此世無常要當捨去者我亦欲是忍樂於是所以者何此世眞實無常要當捨去拘牢

婆王復問曰若賴吒和羅所說大王此世無滿無有猒足爲愛走使賴吒和羅向所說此復有何義尊者賴吒和羅答曰大王我今問王隨所解答大王有豐拘樓國及豐後宮豐倉庫耶拘牢婆王答曰如是尊者賴吒和羅復問曰大王有豐拘樓國及豐後宮豐倉庫者若於東方有一人來可信可任不欺誑世來語王言我從東方來見彼國土極大富樂多有人民大王可得彼國爾所財物人民力役欲得彼國整御之耶拘牢婆王答曰賴吒和羅若我知有如是豐國爾所財物人民力役得彼人民整御治者我必取之如是南方西方北方從大海彼岸若有人來可信可任不欺誑世來語王言我從大海彼岸來見彼國土極大富樂多有人民大王可得彼國爾所財物人民力役欲得彼國整御之耶拘牢婆王答曰賴吒和羅若我知有如是豐國爾所財物人民力役得彼人民整御治者我必取之尊者賴吒和羅語曰大王以是故世尊說此世無滿無有猒足爲愛走使我欲忍樂是我知見聞是是故剃除鬚髮著袈裟衣至信捨家無家學道拘牢婆王語曰若賴吒和羅所說大王此世無滿無有猒足爲愛走使我亦欲是忍樂於是所以者何此世眞實無滿無有猒足爲愛走使尊者賴吒和羅語曰大王世尊知見如來無所著等正覺爲我說此四事我欲忍樂是我知見聞是是故剃除鬚髮著袈裟衣至信捨家無家學道於是尊者賴吒和羅說此頌曰

我見世間人　有財癡不施　得財復更求

慳貪積聚物　王者得天下　整御隨其力
海內無猒足　復求於海外　王及諸人民
未離欲命盡　散髮妻子哭　嗚呼若難伏
衣被而埋藏　或積薪火燒　緣行至後世
燒已無慧念　死後財不隨　妻子及奴婢
貧富俱共同　愚智亦復然　智者不懷憂
唯愚抱悒慼　是故智慧勝　逮得正覺道
深著於有有　愚癡作惡行　於法非法行
以力强奪他　少智習效他　愚多作惡行
趣胎至後世　數數受生死　已受出生世
獨作衆惡事　如賊他所縛　自作惡所害
如是此衆生　至到於後世　爲已所作業
自作惡所害　如果熟自墮　老少亦如斯
欲莊美愛樂　心趣好惡色　爲欲所縛害
因欲恐怖生　王我見此覺　知是沙門妙

尊者賴吒和羅所說如是拘牢婆王聞尊者賴吒和羅所說歡喜奉行

中阿含經卷第三十一

音釋

鍮蘆吒（梵語村名也鍮他侯切蘆音盧吒陟嫁切）箕歛（箕居宜切竹器箕帚也歛時征切歛貯也）摩抆（摩眉波切撫也抆武粉切拭也）積（正作積子智切聚也積也凡所聚之物皆曰積）紺黛（紺古暗切含也謂青而含赤色也黛徒耐切畫眉墨也）罥縕（罥姑泫切網也縕居兩切索也）餌（而志切凡釣弶禽魚啗引之物皆曰餌）鞞醯勒樹（梵語樹名也鞞駢迷切醯馨兮切）毅（魚既切果敢也）

中阿含經卷第三十二

東晋罽賓三藏瞿曇僧伽提婆譯

大品優婆離經第十七

我聞如是一時佛遊那難陀在波婆離㮈林爾時長苦行尼揵中後彷徉往詣佛所共相問訊却坐一面於是世尊問曰苦行尼揵親子施設幾行令不行惡業不作惡業長苦行尼揵答曰瞿曇我尊師尼揵親子不爲我等施設於行令不行惡業不作惡業但爲我等施設於罰令不行惡業不作惡業世尊又復問曰苦行尼揵親子施設幾罰令不行惡業不作惡業長苦行尼揵答曰瞿曇我尊師尼揵親子爲我等輩施設三罰令不行惡業不作惡業云何爲三身罰口罰及意罰也世尊又復問曰苦行云何身罰異口罰異意罰異耶長苦行尼揵答曰瞿曇我等身罰異口罰異意罰異也世尊又復問曰苦行此三罰如是相似尼揵親子施設何罰爲最重令不行惡業不作惡業爲身罰口罰爲意罰耶長苦行尼揵答曰瞿曇此三罰如是相似我尊師尼揵親子施設身罰爲最重令不行惡業不作惡業口罰不然意罰最下不及身罰極大甚重世尊又復問曰苦行汝說身罰爲最重耶長苦行尼揵答曰瞿曇身罰最重世尊復再三問曰苦行汝說身罰爲最重耶長苦行尼揵亦再三答曰瞿曇身罰最重於是世尊再三審定長苦行尼揵如此事已便默然住長苦行尼揵問曰沙門瞿曇施設幾罰令不行惡業不作惡業爾時世尊答曰苦行我不施設罰令不行惡業不作惡業我但施設業

令不行惡業不作惡業長苦行尼揵問曰瞿曇施設幾業令不行惡業不作惡業世尊又復答曰苦行我施設三業令不行惡業不作惡業云何爲三身業口業及意業也長苦行尼揵問曰瞿曇身業異口業異意業異耶世尊又復答曰苦行我身業異口業異意業異也長苦行尼揵問曰瞿曇此三業如是相似施設何業爲最重令不行惡業不作惡業爲身業口業爲意業耶世尊又復答曰苦行此三業如是相似我施設意業爲最重令不行惡業不作惡業身業口業則不然也長苦行尼揵問曰瞿曇施設意業爲最重耶世尊又復答曰苦行我施設意業爲最重也長苦行尼揵亦再三問曰瞿曇施設意業爲最重耶世尊亦再三答曰苦行我施設意業爲最重也於是長苦行尼揵再三審定世尊如此事已即從座起繞世尊三帀而退還去往詣尼揵親子所尼揵親子遥見長苦行尼揵來即便問曰苦行從何處來長苦行尼揵答曰我從那難陀波婆離㮈林沙門瞿曇處來尼揵親子問曰苦行頗共沙門瞿曇有所論耶長苦行尼揵答曰共論尼揵親子告曰苦行若共沙門瞿曇有所論者盡爲我說我或能知彼之所論於是長苦行尼揵共世尊有所論者盡向彼說尼揵親子聞便歎曰善哉苦行謂汝於師行弟子法所作智辯聰明決定安隱無畏成就調御逮大辯才得甘露幢於甘露界自作證成就遊所以者何謂汝向沙門瞿曇施設身罰爲最重令不行惡業不作惡業口罰不然意罰最下不及身罰極大甚重

是時優婆離居士與五百居士俱集在衆中叉手向尼揵親子於是優婆離居士語長苦行尼揵曰尊已再三審定沙門瞿曇如此事耶長苦行尼揵答曰居士我已再三審定沙門瞿曇如此事也優婆離居士語長苦行尼揵曰我亦能至再三審定沙門瞿曇如此事已隨所牽挽猶如力士執長髦羊隨所牽挽我亦如是能至再三審定沙門瞿曇如此事已隨所牽挽猶如力士手執毛衣抖擻去塵我亦如是能至再三審定沙門瞿曇如此事已隨所牽挽猶如酤酒師酤酒弟子取漉酒囊著深水中隨意所欲隨所牽挽我亦如是能至再三審定沙門瞿曇如此事已隨所牽挽猶龍象王年滿六十而以憍傲摩訶能伽牙足體具筋力熾盛力士將去以水洗髀洗脊洗脇洗腹洗牙洗頭及水中戲我亦如是能至再三審定沙門瞿曇如此事已隨其所洗我往詣沙門瞿曇所共彼談論降伏已還尼揵親子語優婆離居士曰我亦可伏沙門瞿曇汝亦可也長苦行尼揵亦可也於是長苦行尼揵白尼揵親子曰我不欲令優婆離居士往詣沙門瞿曇所所以者何沙門瞿曇知幻化呪能呪化作弟子比丘比丘尼優婆塞優婆夷恐優婆離居士受沙門瞿曇化化作弟子尼揵親子語曰苦行若優婆離居士受沙門瞿曇化作弟子者終無是處若沙門瞿曇受優婆離居士化作弟子者必有是處優婆離居士再三白尼揵親子曰我今往詣沙門瞿曇所共彼談論降伏已還尼揵親子亦再三答曰汝可速往我亦可伏沙門瞿曇

汝亦可也長苦行尼揵亦可也長苦行尼揵復再三白曰我不欲令優婆離居士往詣沙門瞿曇所所以者何沙門瞿曇知幻化呪能呪化作弟子比丘比丘尼優婆塞優婆夷恐優婆離居士受沙門瞿曇化化作弟子尼揵親子語曰苦行若優婆離居士受沙門瞿曇化作弟子者終無是處若沙門瞿曇受優婆離居士化作弟子者必有是處優婆離居士汝去隨意於是優婆離居士稽首尼揵親子足繞三帀而去往詣佛所共相問訊却坐一面問曰瞿曇今日長苦行尼揵來至此耶世尊答曰來也居士優婆離居士問曰瞿曇頗共長苦行尼揵有所論耶世尊答曰有所論也優婆離居士語曰瞿曇若共長苦行尼揵有所論者盡爲我說若我聞已或能知之於

是世尊共長苦行尼揵有所論者盡向彼說爾時優婆離居士聞便歎曰善哉苦行謂於尊師行弟子法所作智辯聰明決定安隱無畏成就調御逮大辯才得甘露幢於甘露界自作證成就遊所以者何謂向沙門瞿曇施設身罰最重令不行惡業不作惡業口罰不然意罰最下不及身罰極大甚重彼時世尊告曰居士我欲與汝共論此事汝若住眞諦者以眞諦答優婆離居士報曰瞿曇我住眞諦以眞諦答沙門瞿曇但當與我共論此事世尊問曰居士於意云何若有尼揵來好喜於布施樂行於布施無戲樂不戲爲極清淨極行呪也若彼行來時多殺大小蟲云何居士尼揵親子於此殺生施設報耶優婆離居士答曰瞿曇若思者有大罪若無思者無大

罪也世尊問曰居士汝說思爲何等耶優婆離居士答曰瞿曇意業是也世尊告曰居士汝當思量而後答也汝之所說前與後違後與前違則不相應居士汝在此衆自說瞿曇我住眞諦以眞諦答沙門瞿曇但當與我共論此事居士於意云何若有尼揵來飲湯斷冷水彼後無湯時便欲飲冷水不得冷水彼便命終居士尼揵親子云何說彼尼揵所生耶優婆離居士答曰瞿曇有天名意著彼尼揵命終若意著死者必生彼處世尊告曰居士汝當思量而後答也汝之所說前與後違後與前違則不相應汝在此衆自說瞿曇我住眞諦以眞諦答沙門瞿曇但當與我共論此事居士於意云何若使有人持利刀來彼作是說我於此那難陀內一切衆生於一日中斫剉斬截剥裂㓟割作一肉聚作一肉積居士於意云何彼人寧能於此那難陀內一切衆生於一日中斫剉斬截剥裂㓟割作一肉聚作一肉積耶優婆離居士答曰不也所以者何此那難陀內極大富樂多有人民是故彼人於此那難陀內一切衆生必不能得於一日中斫剉斬截剥裂㓟割作一肉聚作一肉積瞿曇彼人唐大煩勞居士於意云何若有沙門梵志來有大如意足有大威德有大福祐有大威神心得自在彼作是說我以發一瞋念令此一切那難陀肉燒使成灰居士於意云何彼沙門梵志寧能令此一切那難陀肉燒成灰耶優婆離居士答曰瞿曇何但一那難陀何但二三四瞿曇彼沙門梵志有大如意足有大威德有大福祐有大威神

心得自在若發一瞋念能令一切國一切人民燒使成灰況一那難陀耶世尊告曰居士汝當思量而後答也汝之所說前與後違後與前違則不相應汝在此衆自說瞿曇我住眞諦以眞諦答沙門瞿曇但當與我共論此事世尊問曰居士汝頗曾聞大澤無事麒麟無事麋鹿無事靖寂無事空野無事無事即無事耶優婆離居士答曰瞿曇我聞有也居士於意云何彼爲誰大澤無事麒麟無事麋鹿無事靖寂無事空野無事無事即無事耶優婆離居士默然不答世尊告曰居士速答居士速答今非默然時居士在此衆自說瞿曇我住眞諦以眞諦答沙門瞿曇但當與我共論此事於是優婆離居士須臾默然已語曰瞿曇我不默然我但思惟於此義耳瞿曇彼愚癡尼揵不善曉了不能解知不識良田而不自審長夜欺我爲彼所誤謂向沙門瞿曇施設身罰最重令不行惡業不作惡業口罰意罰而不如也如我從沙門瞿曇所說知義仙人發一瞋念能令大澤無事麒麟無事麋鹿無事靖寂無事空野無事無事即無事世尊我已知善逝我已解我今自歸於佛法及比丘衆唯願世尊受我爲優婆塞從今日始終身自歸乃至命盡世尊告曰居士汝默然行勿得宣言如是勝人默然爲善優婆離居士白曰世尊我以是故復於世尊重加歡喜所以者何謂世尊作如是說居士汝默然行勿得宣言如是勝人默然爲善世尊若我更爲餘沙門梵志作弟子者彼等便當持幢幡蓋遍行宣令於那難陀作如是說優婆離

居士爲我作弟子優婆離居士爲我作弟子然世尊作是說居士汝默然行勿得宣言如是勝人默然爲善優婆離居士白曰世尊從今日始不聽諸尼揵入我家門唯聽世尊四衆弟子比丘比丘尼優婆塞優婆夷入世尊告曰居士彼尼揵等汝家長夜所共尊敬若其來者汝當隨力供養於彼優婆離白曰世尊我以是故復於世尊倍加歡喜所以者何謂世尊作如是說居士彼尼揵等汝家長夜所共尊敬若其來者汝當隨力供養於彼世尊我本聞世尊作如是說當施與我莫施與他當施與我弟子莫施與他弟子若施與我者當得大福若施與他不得大福施與我弟子當得大福施與他弟子不得大福世尊告曰居士我不如是說當施與我莫施與他施與我弟子莫施與他弟子若施與我者當得大福若施與他不得大福施與我弟子當得大福若施與他弟子不得大福居士我說如是施與一切隨心歡喜但施與不精進者不得大福施與精進者當得大福優婆離居士白曰世尊願無爲也我自知施與尼揵不施與尼揵世尊我今再自歸佛法及比丘衆唯願世尊受我爲優婆塞從今日始終身自歸乃至命盡於是世尊爲優婆離居士說法勸發渴仰成就歡喜無量方便爲彼說法勸發渴仰成就歡喜已如諸佛法先說端正法聞者歡悅謂說施說戒說生天法毀呰欲爲災患生死爲穢稱歎無欲爲妙道品白淨世尊爲彼說如是法已佛知彼有歡喜心具足心柔輭心堪耐心昇上心一向心無疑心無蓋

心有能有力堪受正法謂如諸佛所說正要世尊便為彼說苦集滅道優婆離居士即於坐中見四聖諦苦集滅道猶如白素易染為色如是優婆離居士即於坐中見四聖諦苦集滅道於是優婆離居士見法得法覺白淨法斷疑度惑更無餘尊不復從他無有猶豫已住果證於世尊法得無所畏即從座起為佛作禮世尊我今三自歸佛法及比丘衆唯願世尊受我為優婆塞從今日始終身自歸乃至命盡於是優婆離居士聞佛所說善受善持稽首佛足繞三帀而歸勑守門者汝等當知我今則為世尊弟子從今日始諸尼揵來莫聽入門唯聽世尊四衆弟子比丘比丘尼優婆塞優婆夷入若尼揵來者當語彼言尊者優婆離居士今受佛化化作弟子則不聽諸尼揵入門唯聽世尊四衆弟子比丘比丘尼優婆塞優婆夷入若須食者便可住此當出食與於是長苦行尼揵聞優婆離居士受沙門瞿曇化化作弟子則不聽諸尼揵入門唯聽沙門瞿曇弟子比丘比丘尼優婆塞優婆夷入長苦行尼揵聞已往詣尼揵親子所白曰尊此是我本所說尼揵親子問曰苦行何者是汝本所說耶長苦行尼揵答曰尊我本所說不欲令優婆離居士往詣沙門瞿曇所所以者何沙門瞿曇知幻化呪能呪化作弟子比丘比丘尼優婆塞優婆夷恐優婆離居士受沙門瞿曇化化作弟子尊優婆離居士今已受沙門瞿曇化化作弟子已不聽諸尼揵入門唯聽沙門瞿曇弟子比丘比丘尼優婆塞優婆夷入尼揵親子語曰苦行若

優婆離居士受沙門瞿曇化作弟子者終無是處若沙門瞿曇受優婆離居士化作弟子者必有是處長苦行尼揵復白曰尊若不信我所說者尊自可往亦可遣使於是尼揵親子告曰苦行汝可自往詣彼看之爲優婆離居士受沙門瞿曇化作弟子耶爲沙門瞿曇受優婆離居士化作弟子耶長苦行尼揵受尼揵親子教已往詣優婆離居士家守門人遥見長苦行尼揵來而作是說尊者優婆離居士今受佛化化作弟子則不聽諸尼揵入門唯聽世尊四衆弟子比丘比丘尼優婆塞優婆夷入若欲得食者便可住此當出食與長苦行尼揵語曰守門人我不用食長苦行尼揵知此事已奮頭而去往詣尼揵親子所白曰尊此是如我本所說尼揵親子問曰苦行何者是汝本所說耶長苦行尼揵答曰尊我本所說不欲令優婆離居士往詣沙門瞿曇所所以者何沙門瞿曇知幻化呪能呪化作弟子比丘比丘尼優婆塞優婆夷恐優婆離居士受沙門瞿曇化化作弟子尊優婆離居士今已受沙門瞿曇化化作弟子已不聽諸尼揵入門唯聽沙門瞿曇弟子比丘比丘尼優婆塞優婆夷入尼揵親子告曰苦行若優婆離居士受沙門瞿曇化作弟子者終無是處若沙門瞿曇受優婆離居士化作弟子者必有是處長苦行尼揵白曰尊若不信我所說者願尊自往於是尼揵親子與大尼揵衆五百人俱往詣優婆離居士家守門人遥見尼揵親子與大尼揵衆五百人俱來而作是說尊者優婆離居士今受佛化化作弟子

則不聽諸尼揵入門唯聽世尊四衆弟子比丘比丘尼優婆塞優婆夷入若欲得食者便可住此當出食與尼揵親子語曰守門人我不用食但欲得見優婆離居士守門人語曰願尊住此我今入白尊者優婆離居士彼守門人即入白曰居士當知尼揵親子與大尼揵衆五百人俱住在門外作如是語我欲得見優婆離居士優婆離居士告守門人汝至中門敷設牀座設訖還白我守門人受教往至中門敷設牀座訖還白曰居士當知敷牀已訖唯願居士自當知時優婆離居士將守門人往至中門若有牀座極高廣大極淨好敷謂優婆離居士本施尼揵親子所令坐者優婆離居士自處其上結跏趺坐告守門人汝出往至尼揵親子所作如是語尊人優婆離居士言尊人欲入者自可隨意彼守門人受教即出至尼揵親子所作如是語尊人優婆離居士言尊人欲入者自可隨意於是尼揵親子與大尼揵衆五百人俱入至中門優婆離居士遥見尼揵親子與大尼揵衆五百人俱入而作是語尊人有座欲坐隨意尼揵親子語曰居士汝應爾耶自上高座結跏趺坐與人共語如出家者學道無異優婆離居士語曰尊人我自有物欲與便與不與便不與此座我有是故我言有座欲坐隨意尼揵親子敷座而坐語曰居士何以故爾欲降伏沙門瞿曇而反自降伏來猶如有人求眼入林而失眼還如是居士欲往降伏沙門瞿曇反爲沙門瞿曇所降伏來猶如有人以渴入池而反渴還居士亦然欲往降伏沙門瞿曇

而反自降伏還居士何以故爾優婆離居士語曰尊人聽我說喻慧者聞喻則解其義尊人譬一梵志有年少婦彼婦懷妊語其夫曰我今懷妊君去至市可爲兒買好戲具來時彼梵志語其婦曰但令卿得安隱產已何憂無耶若生男者當爲卿買男戲具來若生女者亦當爲買女戲具來婦至再三語其夫曰我今懷妊君去至市速爲兒買好戲具來梵志亦至再三語其婦曰但令卿得安隱產已何憂無耶若生男者當爲卿買男戲具來若生女者亦當爲買女戲具來彼梵志者極憐念婦即便問曰卿欲爲兒買何戲具婦報之曰君去爲兒買獼猴子好戲具來梵志聞已往至市中買獼猴子戲具持還語其婦曰我已爲兒買獼猴子戲具來還其婦見已嫌色不好即語夫曰君可持此獼猴戲具往至染家染作黃色令極可愛擣使光生梵志聞已即時持此獼猴戲具往至染家而語之曰爲我染此獼猴戲具作好黃色令極可愛擣使光生爾時染家便語梵志獼猴戲具染作黃色令極可愛此可爾也然不可擣使光澤生於是染家說此頌曰

獼猴忍受色　不能堪忍擣　若擣則命終
終不可椎打　此是臭穢囊　獼猴滿不淨

尊人當知尼揵所說亦復如是不能堪忍受他難問亦不可得思惟觀察唯但染愚不染慧也尊人復聽猶如清淨波羅㮈衣主持往至於彼染家而語之曰爲染此衣作極好色令可愛也亦爲極擣使光澤生彼時染家語衣主曰此衣可染作極好色令可愛也亦可

極擣使光澤生於是染家說此頌曰
如波羅㮈衣　白淨忍受色　擣已則柔輭
光色增益好
尊人當知諸如來無所著等正覺所說亦復
如是極能堪忍受他難問亦快可得思惟觀
察唯但染慧不染愚也尼揵親子語曰居士
爲沙門瞿曇幻呪所化優婆離居士語曰尊
人善幻化呪極善幻化呪尊人彼幻化呪令
我父母長夜得利饒益安隱快樂及其妻子
奴婢作使那難陀國王及一切世天及魔梵
沙門梵志從人至天令彼長夜得利饒益安
隱快樂尼揵親子語曰居士舉那難陀知優
婆離居士是尼揵弟子今者竟爲誰弟子耶
於是優婆離居士即從坐起右膝著地若方
有佛叉手向彼語曰尊人聽我所說

雄猛離愚癡　斷穢整降伏　無敵微妙思
學戒禪智慧　安隱無有垢　佛弟子婆離
大聖修習已　得德說自在　善念妙正觀
不高亦不下　不動常自在　佛弟子婆離
無曲常知足　捨離慳得滿　作沙門成覺
後身尊大士　無比無有塵　佛弟子婆離
無疾不可量　甚深得牟尼　常安隱勇猛
住法微妙思　調御樂不戲　佛弟子婆離
大龍樂住高　結盡得解脫　應辯才清淨
慧生離憂慼　不還有釋迦　佛弟子婆離
正法禪思惟　無有嬈清淨　常笑無有恚
樂離得第一　無畏常專精　佛弟子婆離
七仙無與等　三達逮得梵　淨浴如明燈
得息止怨結　勇猛極清澄　佛弟子婆離
得息慧如地　大慧除世貪　可祠無上眼

上士無與等　御者無有恚　佛弟子婆離
斷望無上善　善調無比御　無常上歡喜
無疑有光明　斷慢無上覺　佛弟子婆離
斷愛無比覺　無煙無有燄　如去爲善逝
無比無與等　名稱已逮正　佛弟子婆離
此是百歎佛　本末曾思惟　優婆離所說
諸天來至彼　善助加識辯　如法如其父
尼揵親子問　佛十力弟子

尼揵親子問曰居士汝以何意稱歎沙門瞿曇耶優婆離居士報曰尊人聽我說喻慧者聞喻則解其義猶善鬘師鬘師弟子採種種華以長綖結作種種鬘如是尊人如來無所著等正覺有無量稱歎我之所尊以故稱歎說此法時優婆離居士遠塵離垢諸法法眼生尼揵親子即吐熱血至婆和國以此惡患尋使命終佛說如是優婆離居士聞佛所說歡喜奉行

中阿含經卷第三十二

音釋

牽挽牽苦堅切引也挽武遠切拽也拖也　髦謨袍切長毛也　裘巨鳩切皮衣也　抖擻抖當口切擻蘇后切抖擻舉振之貌　漉酒囊漉盧谷切濾漉也謂漉去滓也囊奴當切袋也　髀部禮切股也　脊資昔切背呂也　脇虛業切腋下也　剉千卧切剉斫也　剬割剬旨究切截也割居曷切斷也切也　燄以贍切與燄同

中阿含經卷第三十三

東晉罽賓三藏瞿曇僧伽提婆譯

大品釋問經第十八

我聞如是一時佛遊摩竭陀國在王舍城東㮈林村北鞞陀提山因陀羅石室爾時天王釋聞佛遊摩竭陀國在王舍城東㮈林村北鞞陀提山因陀羅石室時天王釋告五結樂子我聞世尊遊摩竭陀國在王舍城東㮈林村北鞞陀提山因陀羅石室五結汝來共往見佛五結樂子白曰唯然於是五結樂子挾瑠璃琴從天王釋行三十三天聞天王釋其意至重欲往見佛三十三天亦復侍從天王釋行於是天王釋及三十三天五結樂子猶如力士屈申臂頃於三十三天忽沒不現已住摩竭陀國王舍城東㮈林村北鞞陀提山去石室不遠爾時鞞陀提山光耀極照明如火燄彼山左右居民見之便作是念鞞陀提山火燒普燃時天王釋住一處已告曰五結世尊如是住無事處山林樹下樂居高巖寂無音聲遠離無惡無有人民隨順宴坐有大威德諸天共俱樂彼遠離宴坐安隱快樂遊行我等未通不應便前五結汝往先通我等然後當進五結樂子白曰唯然於是五結樂子受天王釋教已挾瑠璃琴即先往至因陀羅石室便作是念知此處離佛不近不遠令佛知我聞我音聲住彼處已調瑠璃琴作欲相應偈龍相應偈沙門相應偈阿羅訶相應偈而歌頌曰

賢禮汝父母　月及耽浮樓　謂生汝殊妙
令我發歡心　煩熱求涼風　渴欲飲冷水

如是我愛汝　猶羅訶愛法　如收水甚難
著欲亦復然　無量生共會　如施與無著
池水清且涼　底有金粟沙　如龍象熱逼
入此池水浴　猶如鉤牽象　我意爲汝伏
所行汝不覺　窈窕未得汝　我意極著汝
煩冤燒我心　是故我不樂　如人入虎口
如釋子思禪　常樂在於一　如牟尼得覺
得汝妙淨然　如牟尼所樂　無上正盡覺
如是我所樂　常求欲得汝　如病欲得藥
如飢欲求食　賢汝止我心　猶如水滅火
若我所作福　供養諸無著　彼是志淨妙
我共汝受報　願我共汝終　不離汝獨活
我寧共汝死　不用相離生　釋爲與我願
三十三天尊　汝人無上尊　是我願最堅
是故禮大雄　稽首人最上　斷絶諸愛刺
我禮日之親

於是世尊從三昧起讚歎五結樂子曰善哉善哉五結汝歌音與琴聲相應琴聲與歌音相應歌音不出琴聲外琴聲不出歌音外五結汝頗憶昔時歌頌此欲相應偈龍相應偈沙門相應偈阿羅訶相應偈耶五結樂子白曰世尊唯大仙人自當知之大仙人昔時世尊初得覺道遊鬱鞞羅尼連然河岸阿闍和羅尼拘類樹下爾時耽浮樓樂王女名賢月色有天名結摩兜麗御車子求欲彼女大仙人彼當求欲於彼女時我亦復求欲得彼女然大仙人求彼女時竟不能得我於爾時住彼女後便歌頌此欲相應偈龍相應偈沙門相應偈阿羅訶相應偈大仙人我歌頌此偈時彼女迴顧怡然含笑而語我曰五結我未

曾見彼佛世尊然我已從三十三天聞彼世尊如來無所著等正覺明行成爲善逝世間解無上士道法御天人師號佛衆祐五結若汝能數稱歎世尊者可與汝共事大仙人我唯一共會自後不復見於是天王釋而作是念五結樂子已令世尊從定覺起已通我於善逝彼時天王釋告曰五結汝即住彼爲我稽首佛足問訊世尊聖體康强安快無病起居輕便氣力如常耶作如是語大仙人天王釋稽首佛足問訊世尊聖體康强安快無病起居輕便氣力如常耶大仙人天王釋及三十三天欲見世尊五結樂子白曰唯然於是五結樂子捨瑠璃琴叉手向佛白曰世尊唯大仙人天王釋稽首佛足問訊世尊聖體康强安快無病起居輕便氣力如常耶大仙人天王釋及三十三天欲見世尊爾時世尊告曰五結樂子天王釋安隱快樂及諸天人阿修羅揵沓和羅刹及餘種種身安隱快樂五結天王釋欲見我者隨其所欲於是五結樂子聞佛所説善受善持稽首佛足繞三帀而去往詣天王釋所白曰天王我已爲白世尊世尊今待天王唯願天王自當知時於是天王釋及三十三天五結樂子往詣佛所時天王釋稽首佛足再三自稱名姓言唯大仙人我是天王釋我是天王釋世尊告曰如是如是拘翼汝是天王釋時天王釋再三自稱名姓稽首佛足却住一面三十三天及五結樂子亦稽首佛足却住一面時天王釋白曰唯大仙人我去世尊近遠坐耶世尊告曰汝近我坐所以者何汝有大天眷屬於是天王釋

稽首佛足却坐一面三十三天及五結樂子亦稽首佛足却坐一面爾時因陀羅石室忽然廣大所以者何佛之威神及諸天威德時天王釋坐已白曰唯大仙人我於長夜欲見世尊欲請問法大仙人往昔一時世尊遊舍衛國住石巖中大仙人我爾時自爲及爲三十三天乘千象車往至鞞沙門大王家爾時鞞沙門大王家有妾名槃闍那爾時世尊入定寂然彼妾叉手禮世尊足大仙人我語彼曰妹我今非往見世尊時世尊入定若世尊從定覺者妹便爲我稽首佛足問訊世尊聖體康强安快無病起居輕便氣力如常耶作如是說唯大仙人天王釋稽首佛足問訊世尊聖體康强安快無病起居輕便氣力如常耶大仙人彼妹爲我稽首佛足問訊世尊世尊爲憶不耶世尊告曰拘翼彼妹爲汝稽首我足具宣汝意問訊於我我亦憶拘翼當汝去時聞此音聲便從定覺大仙人昔時我聞若如來無所著等正覺明行成爲善逝世間解無上士道法御天人師號佛衆祐出於世時增諸天衆減阿修羅大仙人我自眼見世尊弟子比丘從世尊修習梵行捨欲離欲身壞命終得至善處生於天中大仙人瞿毗釋女是世尊弟子亦從世尊修習梵行憎惡女身愛樂男形轉女人身得男子形捨欲離欲身壞命終得生妙處三十三天爲我作子彼既生已諸天悉知瞿婆天子有大如意足有大威德有大福祐有大威神大仙人我復見有世尊弟子三比丘等亦從世尊修習梵行不捨離欲身壞命終生餘下賤妓樂宫中彼

既生已日日來至三十三天供事諸天奉侍瞿婆天子天子見彼已而說頌曰

與眼優婆私　我字名瞿毗　奉敬佛及法
淨意供養衆　我已蒙佛恩　釋子大祐德
妙生三十三　彼知祐天子　見彼本比丘
受生妓樂神　叉手面前立　瞿婆爲說偈
是本瞿曇子　我本爲人時　來至到我家
飲食好供養　汝本與聖等　行無上梵行
今爲他所使　日來奉事天　我本承事汝
聞聖善說法　得信成就戒　妙生三十三
汝本受奉事　行無上梵行　今爲他所使
日來奉事天　以汝何爲面　受持佛法已
反背不向法　是眼覺善說　我昔見汝等
今生下妓樂　自行非法行　自生於非法
我本在居家　觀我今勝德　轉女成天子
自在五欲樂　彼訶瞿曇子　猒已歎瞿曇
我今當進行　天子眞諦說　二於彼勤行
憶瞿曇法律　知欲有災患　即彼捨離欲
彼爲欲結縛　即得捨遠離　如象斷羇絆
度三十三天　因陀羅天梵　一切皆來集
即彼座上去　雄猛捨塵欲　帝釋見已猒
勝天天中天　彼本生下賤　度三十三天
猒已妙息言　瞿婆後說曰　人中有佛勝
釋牟尼知欲　彼子中失念　我訶更復得
於三中之一　則生妓樂中　二成等正道
在天定根樂　汝說如是法　弟子無有惑
度漏斷邪疑　禮佛勝伏根　若彼覺諸法
二得昇進處　彼得昇進已　生於梵天中
我等知彼法　大仙來至此

爾時世尊便作是念此鬼長夜無有諛諂亦

無欺誑無幻質直若有問者盡欲知故不欲觸嬈彼之所問亦復如是我寧可說甚深阿毗曇世尊知已爲天王釋說此頌曰

於現法樂故　亦爲後世樂　拘翼自恣問
隨意之所樂　彼彼之所問　盡當爲決斷
世尊已見聽　曰天求見義　在摩竭陀國
賢婆娑婆問

於是天王釋白曰世尊天人阿修羅揵沓和羅刹及餘種種身各各有幾結耶世尊聞已答曰拘翼天人阿修羅揵沓和羅刹及餘種種身各各有二結慳及嫉也彼各各作是念令我無杖無結無怨無恚無諍無鬬無苦安樂遊行彼雖作是念然故有杖有結有怨有恚有諍有鬬有苦無安樂遊行時天王釋聞已白曰唯然世尊唯然善逝唯然大仙人天人阿修羅揵沓和羅刹及餘種種身各各有二結彼作是念令我無杖無結無怨無恚無諍無鬬無苦安樂遊行彼雖作是念然故有杖有結有怨有恚有諍有鬬有苦無安樂遊行唯然世尊唯然善逝唯然大仙人如佛所說法我悉知之我斷疑度惑無有猶豫聞佛所說故時天王釋聞佛所說歡喜奉行復問曰大仙人慳嫉者何因何緣爲從何生由何而有復何因由無慳嫉耶世尊聞已答曰拘翼慳嫉者因愛不愛緣愛不愛從愛不愛生由愛不愛有若無愛不愛者則無慳嫉也時天王釋聞已白曰唯然世尊唯然善逝唯然大仙人慳嫉者因愛不愛緣愛不愛從愛不愛生由愛不愛有若無愛不愛者則無慳嫉也唯然世尊唯然善逝唯然大仙人如佛所

說法我悉知之我斷疑度惑無有猶豫聞佛所說故時天王釋聞佛所說歡喜奉行復問曰大仙人愛不愛者何因何緣爲從何生由何而有復何因由無愛不愛耶世尊聞已答曰拘翼愛不愛者因欲緣欲從欲而生由欲故有若無欲者則無愛不愛時天王釋聞已白曰唯然世尊唯然善逝唯然大仙人愛不愛者因欲緣欲從欲而生由欲故有若無欲者則無愛不愛唯然世尊唯然善逝唯然大仙人如佛所說法我悉知之我斷疑度惑無有猶豫聞佛所說故時天王釋聞佛所說歡喜奉行復問曰大仙人欲者何因何緣爲從何生由何而有復何因由無有欲耶世尊聞已答曰拘翼欲者因念緣念從念而生由念故有若無念者則無有欲時天王釋聞已白

曰唯然世尊唯然善逝唯然大仙人欲者因念緣念從念而生由念故有若無念者則無有欲唯然世尊唯然善逝唯然大仙人如佛所說法我悉知之我斷疑度惑無有猶豫聞佛所說故時天王釋聞佛所說歡喜奉行復問曰大仙人念者何因何緣爲從何生由何而有復何因由無有念耶世尊聞已答曰拘翼念者因思緣思從思而生由思故有若無思者則無有念由念故有欲由欲故有愛不愛由愛不愛故有慳嫉由慳嫉故有刀杖鬬諍憎嫉諛諂欺誑妄言兩舌心中生無量惡不善之法如是此純大苦陰生若無思者則無有念若無念者則無有欲若無欲者則無愛不愛若無愛不愛者則無慳嫉若無慳嫉者則無刀杖鬬諍慳嫉諛諂欺誑妄言兩舌

心中不生無量惡不善之法如是此純大苦陰滅時天王釋聞已白曰唯然世尊唯然善逝唯然大仙人念者因思緣思從思而生由思故有若無思者則無有念由念故有欲由欲故有愛不愛由愛不愛故有慳嫉由慳嫉故有刀杖鬬諍憎嫉諛諂欺誑妄言兩舌心中生無量惡不善之法如是此純大苦陰生若無思者則無有念若無念者則無有欲若無欲者則無愛不愛若無愛不愛者則無慳嫉若無慳嫉者則無刀杖鬬諍憎嫉諛諂欺誑妄言兩舌心中不生無量惡不善之法如是此純大苦陰滅唯然世尊唯然善逝唯然大仙人如佛所說法我悉知之我斷疑度惑無有猶豫聞佛所說故時天王釋聞佛所說歡喜奉行復問曰大仙人何者滅戲道跡比丘何行趣向滅戲道跡耶世尊聞已答曰拘翼滅戲道跡者謂八支聖道正見乃至正定爲八拘翼是謂滅戲道跡比丘者行此趣向滅戲道跡時天王釋聞已白曰唯然世尊唯然善逝唯然大仙人滅戲道跡者謂八支聖道正見乃至正定爲八大仙人是爲滅戲道跡比丘者行此趣向滅戲道跡唯然世尊唯然善逝唯然大仙人如佛所說法我悉知之我斷疑度惑無有猶豫聞佛所說故時天王釋聞佛所說歡喜奉行復問曰大仙人比丘者趣向滅戲道跡斷幾法行幾法耶世尊聞已答曰拘翼比丘者趣向滅戲道跡斷三法修行三法云何爲三一曰念二曰言三曰求拘翼念者我說有二種可行不可行若念不可行者我即斷彼若念可行者我爲彼知時

有念有智爲成就彼念故言亦如是拘翼求者我說亦有二種可行不可行若求不可行者我即斷彼若求可行者我爲彼知時有念有智成就彼求故時天王釋聞已白曰唯然世尊唯然善逝唯然大仙人比丘者趣向滅戲道跡斷三法修行三法云何爲三一曰念二曰言三曰求大仙人說念有二種可行不可行若念增長惡不善法減損善法者大仙人便斷彼若念減損惡不善法增長善法者大仙人爲彼知時有念有智成就彼念故言亦如是大仙人說求亦有二種可行不可行若求增長惡不善法減損善法者大仙人便斷彼若求減損惡不善法增長善法者大仙人爲彼知時有念有智成就彼求故唯然世尊唯然善逝唯然大仙人如佛所說法我悉

知之我斷疑度惑無有猶豫聞佛所說故時天王釋聞佛所說歡喜奉行復問曰大仙人比丘者趣向滅戲道跡有幾法護從解脫行幾法耶世尊聞已答曰拘翼比丘者趣向滅戲道跡有六法護從解脫行六法也云何爲六眼視色耳聞聲鼻嗅香舌嘗味身覺觸意知法拘翼眼視色者我說有二種可行不可行若眼視色不可行者我即斷彼若眼視色可行者我爲彼知時有念有智成就彼故如是耳聞聲鼻嗅香舌嘗味身覺觸意知法者我說亦有二種可行不可行若意知法不可行者我即斷彼若意知法可行者我爲彼知時有念有智成就彼故時天王釋聞已白曰唯然世尊唯然善逝唯然大仙人比丘者趣向滅戲道跡者有六法護從解脫行六法云

何爲六眼視色耳聞聲鼻嗅香舌嘗味身覺觸意知法大仙人說眼視色者有二種可行不可行若眼視色增長惡不善法減損善法者大仙人即斷彼若眼視色減損惡不善法增長善法者大仙人爲彼知時有念有智成就彼故如是耳聞聲鼻嗅香舌嘗味身覺觸大仙人說意知法者亦有二種可行不可行若意知法增長惡不善法減損善法者大仙人即斷彼若意知法減損惡不善法增長善法者大仙人爲彼知時有念有智成就彼故唯然世尊唯然善逝唯然大仙人如佛所說法我悉知之我斷疑度惑無有猶豫聞佛所說故時天王釋聞佛所說歡喜奉行復問曰大仙人比丘者趣向滅戲道跡命存一時頃復斷幾法行幾法耶世尊聞已答曰拘翼比丘者趣向滅戲道跡命存一時頃復斷三法行三法云何爲三一曰喜二曰憂三曰捨拘翼喜者我說有二種可行不可行若喜不可行者我即斷彼若喜可行者我爲彼知時有念有智成就彼故憂亦如是拘翼捨者我說亦有二種可行不可行若捨不可行者我即斷彼若捨可行者我爲彼知時有念有智成就彼故時天王釋聞已白曰唯然世尊唯然善逝唯然大仙人比丘者趣向滅戲道跡命存一時頃斷三法行三法云何爲三一曰喜二曰憂三曰捨大仙人說喜者有二種可行不可行若喜增長惡不善法減損善法者大仙人即斷彼若喜減損惡不善法增長善法者大仙人爲彼知時有念有智成就彼故憂亦如是大仙人說捨者亦有二種可行不可

行若捨增長惡不善法減損善法者大仙人即斷彼若捨減損惡不善法增長善法者大仙人爲彼知時有念有智成就彼故唯然世尊唯然善逝唯然大仙人如佛所説法我悉知之我斷疑度惑無有猶豫聞佛所説故時天王釋聞佛所説歡喜奉行復問曰大仙人一切沙門梵志同一説一欲一愛一樂一意耶世尊聞已答曰拘翼一切沙門梵志不同一説一欲一愛一樂一意也時天王釋復問曰大仙人一切沙門梵志以何等故不同一説一欲一愛一樂一意耶世尊聞已答曰拘翼此世有若干種界有無量界彼隨所知界即彼界隨其力隨其方便一向説此爲眞諦餘者虛妄拘翼是故一切沙門梵志不同一説一欲一愛一樂一意耳時天王釋聞已白曰唯然世尊唯然善逝唯然大仙人此世有若干種界有無量界隨彼所知界即彼界隨其力隨其方便一向説此爲眞諦餘者虛妄大仙人以是故一切沙門梵志不同一説一欲一愛一樂一意耳唯然世尊唯然善逝唯然大仙人如佛所説法我悉知之我斷疑度惑無有猶豫聞佛所説故時天王釋聞佛所説歡喜奉行復問曰大仙人一切沙門梵志得至究竟究竟白淨究竟梵行究竟梵行訖耶世尊聞已答曰拘翼不必一切沙門梵志得至究竟究竟白淨究竟梵行究竟梵行訖時天王釋復問曰大仙人以何等故不必一切沙門梵志得至究竟究竟白淨究竟梵行究竟梵行訖耶世尊聞已答曰拘翼若有沙門梵志於無上愛盡不正善心解脱者彼不

至究竟不究竟白淨不究竟梵行不究竟梵行訖拘翼若有沙門梵志於無上愛盡正善心解脫者彼至究竟究竟白淨究竟梵行究竟梵行訖時天王釋聞已白曰唯然世尊唯然善逝唯然大仙人若有沙門梵志於無上愛盡不正善心解脫者彼不至究竟不究竟白淨不究竟梵行不究竟梵行訖大仙人若有沙門梵志於無上愛盡正善心解脫者彼至究竟究竟白淨究竟梵行究竟梵行訖唯然世尊唯然善逝唯然大仙人如佛所說法我悉知之我斷疑度惑無有猶豫聞佛所說故時天王釋聞佛所說善受善持白曰大仙人我於長夜有疑惑刺世尊今日而拔出之所以者何謂如來無所著等正覺故世尊問曰拘翼汝頗憶昔時曾問餘沙門梵志如此事耶時天王釋答曰世尊唯大仙人自當知之大仙人三十三天集在法堂各懷愁慼數數歎說我等若值如來無所著等正覺者必當往見大仙人然我等不得值如來無所著等正覺已便行具足五欲功德大仙人我等放逸行放逸已大威德天子於極妙處即便命終大仙人我見大威德天子於極妙處即命終時便生極猒身毛皆竪莫令我於此處速命終大仙人我因此猒因此憂慼故若見餘沙門梵志在無事處山林樹下樂居高巖寂無音聲遠離無惡無有人民隨順宴坐彼樂遠離宴坐安隱快樂遊行我見彼已便謂是如來無所著等正覺即往奉見彼不識我而問我言汝爲是誰我時答彼大仙人我是天王釋大仙人我是天王釋彼復問我我曾

見釋亦見釋種姓以何等故名爲釋以何等故爲釋種姓我便答彼大仙人若有來問我事者我便隨所能隨其力而答彼是故我名爲釋彼作是說我等若隨其事以問釋者釋亦隨其事答我彼問我事我不問彼彼歸命我我不歸命彼大仙人從彼沙門梵志竟不得威儀法教況復得如是問耶時天王釋而說頌曰

釋往釋迮已　釋今作是說　遠離意所念
除疑諸猶豫　久遠行於世　推求索如來
見沙門梵志　在遠離宴坐　謂是正盡覺
往奉敬禮事　云何得昇進　如是我問彼
問已不能知　聖道及道跡　世尊今爲我
若意有所疑　所念及所思　其意之所行
知心隱及現　明者爲我說　尊佛尊爲師
尊無著牟尼　尊斷諸結使　自度度衆生
覺者第一覺　御者最上御　息者尊妙息
大仙自度度　故我禮大雄　稽首人最上
斷絶諸愛刺　我禮日之親

於是世尊問曰拘翼汝頗憶昔時得如是離得如是歡喜謂於我得法喜耶時天王釋答曰世尊唯大仙人自當知之大仙人昔一時天及阿修羅而共鬭戰大仙人天及阿修羅共鬭戰時我作是念令天得勝破阿修羅諸天食及阿修羅食盡令三十三天食大仙人天及阿修羅共鬭戰時天便得勝破阿修羅諸天食及阿修羅食盡令三十三天食大仙人爾時有離有喜雜刀杖結怨鬭諍憎嫉不得神通不得覺道不得涅槃大仙人今日得離得喜不雜刀杖結怨鬭諍憎嫉得通得覺

亦得涅槃世尊問曰拘翼汝何因得離得喜謂於我得法喜耶時天王釋答曰大仙人我作是念我於此命終生於人間彼若有族極大富樂資財無量畜牧產業不可稱計封戶食邑種種具足謂剎利長者族梵志長者族居士長者族及餘族極大富樂資財無量畜牧產業不可稱計封戶食邑種種具足生如是族已成就諸根如來所說法律有得信者得信已剃除鬚髮著袈裟衣至信捨家無家學道學智學智已若得智者便得究竟智得究竟邊學智學智已若得智不得究竟智者若有諸天有大福祐色像巍巍光曜暐曄極有盛力安隱快樂長住宮殿生於最上我生彼中於是天王釋說此頌曰

捨離於天身　來下生人間　不愚癡入胎　隨我意所樂　得身具足已　遠質直正道　行具足梵行　常樂於乞食

學智學智已若得智者便得究竟智得究竟邊學智學智已若得智不得究竟智者當作最上妙天諸天聞名色究竟天往生彼中大仙人願當得阿那含大仙人我今定得須陀洹世尊問曰拘翼汝何因得此極好極高極廣差降而自稱說得須陀洹耶時天王釋以偈答曰

不更有餘尊　唯世尊境界　得最上差降　未曾有此處　大仙我此坐　即於此天身　我更得增壽　如是自眼見

說此法時天王釋遠塵離垢諸法法眼生及八萬諸天亦遠塵離垢諸法法眼生於是天王釋見法得法覺白淨法斷疑度惑更無餘

尊不復從他無有猶豫已住果證於世尊法得無所畏即從座起稽首佛足白曰世尊我今自歸佛法及比丘衆唯願世尊受我爲優婆塞從今日始終身自歸乃至命盡於是天王釋稱歎五結樂子曰善哉善哉汝五結大益於我所以者何由汝故佛從定覺以汝先使世尊從定覺故令我等後得見佛五結我從此歸以耽浮樓妓樂王女賢月色嫁與汝作婦及其父樂王本國拜與汝作妓樂王於是天王釋告三十三天曰汝等共來若我等本爲梵天住梵天上再三恭敬禮事者彼今盡爲世尊恭敬禮事所以者何世尊梵天梵天當造化最尊生衆生有及當有彼所可知盡知可見盡見於是天王釋及三十三天五結樂子若本爲梵天住梵天上再三恭敬禮事者彼盡爲世尊恭敬禮事稽首如來無所著等正覺於是天王釋及三十三天五結樂子再三爲世尊恭敬禮事稽首佛足繞三帀已即於彼處忽沒不現爾時梵天色像巍巍光曜暐曄夜將向旦往詣佛所稽首佛足却住一面即時以偈白世尊曰

為多饒益義　見利義曰天　賢住摩竭國
婆娑婆問事

大仙人說此法時天王釋遠塵離垢諸法法眼生及八萬諸天亦遠塵離垢諸法法眼生於是世尊告梵天曰如是如是如梵天所說

爲多饒益義　見利義曰天　賢住摩竭國
婆娑婆問事

梵天我說法時天王釋遠塵離垢諸法法眼生及八萬諸天亦遠塵離垢諸法法眼生佛

說如是時天王釋及三十三天五結樂子并大梵天聞佛所說歡喜奉行

大品善生經第十九

我聞如是一時佛遊王舍城在饒蝦蟆林爾時善生居士子父臨終時因六方故遺勑其子善教善訶曰善生我命終後汝當叉手向六方禮東方若有衆生者我盡恭敬供養禮事彼我盡恭敬供養禮事彼已彼亦當恭敬供養禮事我如是南方西方北方下方上方若有衆生者我盡恭敬供養禮事彼我盡恭敬供養禮事彼已彼亦當恭敬供養禮事我善生居士子聞父教已白父曰唯當如尊勑於是善生居士子父命終後平旦沐浴著新芻摩衣手執生拘舍葉往至水邊叉手向六方禮東方若有衆生者我盡恭敬供養禮事彼我盡恭敬供養禮事彼已彼亦當恭敬供養禮事我如是南方西方北方下方上方若有衆生者我盡恭敬供養禮事彼我盡恭敬供養禮事彼已彼亦當恭敬供養禮事我彼時世尊過夜平旦著衣持鉢入王舍城而行乞食世尊入王舍城乞食時遥見善生居士子平旦沐浴著新芻摩衣手執生拘舍葉往至水邊叉手向六方禮東方若有衆生者我盡恭敬供養禮事彼我盡恭敬供養禮事彼已彼亦當恭敬供養禮事我如是南方西方北方下方上方若有衆生者我盡恭敬供養禮事彼我盡恭敬供養禮事彼已彼亦當恭敬供養禮事我世尊見已往至善生居士子所問曰居士子受何沙門梵志教教汝恭敬供養禮事平旦沐浴著新芻摩衣手執生拘

舍葉往至水邊叉手向六方禮東方若有衆生者我盡恭敬供養禮事彼我盡恭敬供養禮事彼已彼亦當恭敬供養禮事我如是南方西方北方下方上方若有衆生者我盡恭敬供養禮事彼我盡恭敬供養禮事彼已彼亦當恭敬供養禮事我耶善生居士子答曰世尊我不受餘沙門梵志教也世尊我父臨命終時因六方故遺勑於我善教善訶曰善生我命終後汝當叉手向六方禮東方若有衆生者我盡恭敬供養禮事彼我盡恭敬供養禮事彼已彼亦當恭敬供養禮事我如是南方西方北方下方上方若有衆生者我盡恭敬供養禮事彼我盡恭敬供養禮事彼已彼亦當恭敬供養禮事我世尊我受父遺教恭敬供養禮事故平旦沐浴著新芻摩衣手執生拘舍葉往至水邊叉手向六方禮東方若有衆生者我盡恭敬供養禮事彼我盡恭敬供養禮事彼已彼亦當恭敬供養禮事我如是南方西方北方下方上方若有衆生者我盡恭敬供養禮事彼我盡恭敬供養禮事彼已彼亦當恭敬供養禮事我世尊聞已告曰居士子我說有六方不說無也居士子若有人善別六方離四方惡不善業垢彼於現法可敬可重身壞命終必至善處上生天中居士子衆生有四種業四種穢云何爲四居士子殺生者是衆生業種穢種不與取邪婬妄言者是衆生業種穢種於是世尊說此頌曰

殺生不與取　邪婬犯他妻　所言不眞實
慧者不稱譽

居士子人因四事故便得多罪云何爲四行欲行恚行怖行癡於是世尊説此頌曰

欲恚怖及癡　行惡非法行　彼必滅名稱
如月向盡没

居士子人因四事故便得多福云何爲四不行欲不行恚不行怖不行癡於是世尊説此頌曰

斷欲無恚怖　無癡行法行　彼名稱普聞
如月漸盛滿

居士子求財物者當知有六非道云何爲六一曰種種戲求財物者爲非道二曰非時行求財物者爲非道三曰飲酒放逸求財物者爲非道四曰親近惡知識求財物者爲非道五曰常喜妓樂求財物者爲非道六曰懶墯求財物者爲非道居士子若人種種戲者當知有六災患云何爲六一者負則生怨二者失則生恥三者負則眠不安四者令怨家懷喜五者使宗親懷憂六者在衆所説人不信用居士子人博戲者不經營作事作事不營則功業不成未得財物則不能得本有財物便轉消耗居士子人非時行者當知有六災患云何爲六一者不自護二者不護財物三者不護妻子四者爲人所疑五者多生苦患六者爲人所謗居士子人非時行者不經營作事作事不營則功業不成未得財物則不能得本有財物便轉消耗居士子若人飲酒放逸者當知有六災患一者現財物失二者多有疾患三者增諸鬬諍四者隱藏發露五者不稱不護六者滅慧生癡居士子人飲酒放逸者不經營作事作事不營則功業不成

未得財物則不能得本有財物便轉消耗居士子若人親近惡知識者當知有六災患云何爲六一者親近賊二者親近欺誑三者親近狂醉四者親近放恣五者逐會嬉戲六者以此爲親友以此爲伴侣居士子若人親近惡知識者不經營作事作事不營則功業不成未得財物則不能得本有財物便轉消耗居士子若人喜妓樂者當知有六災患云何爲六一者喜聞歌二者喜見儛三者喜往作樂四者喜見弄鈴五者喜拍兩手六者喜大聚會居士子若人喜妓樂者不經營作事作事不營則功業不成未得財物則不能得本有財物便轉消耗居士子若有懶惰者當知有六災患云何爲六一者大早不作業二者大晚不作業三者大寒不作業四者大熱不作業五者大飽不作業六者大饑不作業居士子若人懶惰者不經營作事作事不營則功業不成未得財物則不能得本有財物便轉消耗於是世尊說此頌曰

種種戲逐色　嗜酒喜作樂　親近惡知識
懶惰不作業　於恣不自護　此處壞敗人
行來不防護　邪婬犯他妻　心中常結怨
求願無有利　飲酒念女色　此處壞敗人
重作不善行　很戾不受教　罵沙門梵志
顛倒有邪見　兇暴行黑業　此處壞敗人
自乏無財物　飲酒失衣被　負債如涌泉
彼必壞門族　數往至酒鑪　親近惡朋友
應得財不得　是伴黨爲樂　多有惡朋友
常隨不善伴　今世及後世　二俱得敗壞
人習惡轉減　習善轉興盛　習勝者轉增

是故當習勝　習昇則得昇　常逮智慧昇
轉獲清淨戒　及與微妙止　晝則喜睡卧
夜則好遊行　放逸常飲酒　居家安得成
大寒及大熱　謂有懶墯人　至竟不成業
終不獲財利　若寒及大熱　不計猶如草
若人作是業　彼終不失樂

居士子有四不親而似親云何爲四一者知事非親似如親二者面前愛言非親似如親三者言語非親似如親四者惡趣伴非親似如親居士子因四事故知事非親似如親云何爲四一者以知事奪財二者以少取多三者或以恐怖四者或爲利狎習於是世尊說此頌曰

人以知爲事　言語至柔輭　怖爲利狎習
知非親如親　常當遠離彼　如道有恐怖

居士子因四事故面前愛言非親似如親云何爲四一者制妙事二者教作惡三者面前稱譽四者背說其惡於是世尊說此頌曰

若制妙善法　教作惡不善　對面前稱譽
背後說其惡　若知妙及惡　亦復覺二說
是親不可親　知彼人如是　常當遠離彼
如道有恐怖

居士子因四事故言語非親似如親云何爲四一者認過去事二者必辯當來事三者虛不眞說四者現事必滅我當作不作認說於是世尊說此頌曰

認過及未來　虛論現滅事　當作不作說
知非親如親　常當遠離彼　如道有恐怖

居七子因四事故惡趣伴非親似如親云何爲四一者教種種戲二者教非時行三者教

令飲酒四者教親近惡知識於是世尊說此頌曰

教若干種戲　飲酒犯他妻　習下不習勝
彼滅如月盡　常當遠離彼　如道有恐怖

居士子善親當知有四種云何爲四一者同苦樂當知是善親二者愍念當知是善親三者求利當知是善親四者饒益當知是善親居士子因四事故同苦樂當知是善親云何爲四一者爲彼捨已二者爲彼捨財三者爲彼捨妻子四者所說堪忍於是世尊說此頌曰

捨欲財妻子　所說能堪忍　知親同苦樂
慧者當狎習

居士子因四事故愍念當知是善親云何爲四一者教妙法二者制惡法三者面前稱說四者却怨家於是世尊說此頌曰

教妙善制惡　面稱却怨家　知善親愍念
慧者當狎習

居士子因四事故求利當知是善親云何爲四一者密事發露二者密不覆藏三者得利爲喜四者不得利不憂於是世尊說此頌曰

密事露不藏　利喜無不憂　知善親求利
慧者當狎習

居士子因四事故饒益當知是善親云何爲四一者知財物盡二者知財物盡已便給與物三者見放逸教訶四者常以愍念於是世尊說此頌曰

知財盡與物　放逸教愍念　知善親饒益
慧者當狎習

居士子聖法律中有六方東方南方西方北

方下方上方居士子如東方者如是子觀父母子當以五事奉敬供養父母云何爲五一者增益財物二者備辦衆事三者所欲則奉四者自恣不違五者所有私物盡以奉上子以此五事奉敬供養父母父母亦以五事善念其子云何爲五一者愛念兒子二者供給無乏三者令子不負債四者婚娶稱可五者父母可意所有財物盡以付子父母以此五事善念其子居士子如是東方二俱分別居士子聖法律中東方者謂子父母也居士子若人慈孝父母者必有增益則無衰耗居士子如南方者如是弟子觀師弟子當以五事恭敬供養於師云何爲五一者善恭順二者善承事三者速起四者所作業善五者能奉敬師弟子以此五事恭敬供養於師師亦以五事善念弟子云何爲五一者教技術二者速教三者盡教所知四者安處善方五者付囑善知識師以此五事善念弟子居士子如是南方二俱分別居士子聖法律中南方者謂弟子師也居士子若人慈順於師者必有增益則無衰耗居士子如西方者如是夫觀妻子夫當以五事愛敬供給妻子云何爲五一者憐念妻子二者不輕慢三者爲作瓔珞嚴具四者於家中得自在五者念妻親親夫以此五事愛敬供給妻子妻子當以十三事善敬順夫云何十三一者重愛敬夫二者重供養夫三者善念其夫四者攝持作業五者善攝眷屬六者前以瞻侍七者後以愛行八者言以誠實九者不禁制門十者見來讚善十一者敷設牀待十二者施設淨美豐饒飲

食十三者供養沙門梵志妻子以此十三事善敬順夫居士子如是西方二俱分别居士子聖法律中西方者謂夫妻子也居士子若人慈愍妻子者必有增益則無衰耗居士子如北方者如是大家觀奴婢使人大家當以五事愍念給恤奴婢使人云何爲五一者隨其力而作業二者隨時食之三者隨時飲之四者及日休息五者病給湯藥大家以此五事愍念給恤奴婢使人奴婢使人當以九事善奉大家云何爲九一者隨時作業二者專心作業三者一切作業四者前以瞻侍五者後以愛行六者言以誠實七者急時不遠離八者行他方時則便讚歎九者稱大家庶幾奴婢使人以此九事善奉大家居士子如是北方二俱分别居士子聖法律中北方者謂大家奴婢使人也居士子若有人慈愍奴婢使人者必有增益則無衰耗居士子如下方者如是親友觀親友臣親友當以五事愛敬供給親友臣云何爲五一者愛敬二者不輕慢三者不欺誑四者施與珍寶五者極念親友臣親友以此五事愛敬供給親友臣親友臣亦以五事善念親友云何爲五一者知財物盡二者知財物盡已供給財物三者見放逸教訶四者愛念五者急時可歸依親友臣以此五事善念親友居士子如是下方二俱分别居士子聖法律中下方者謂親友親友臣也居士子若人慈愍親友臣者必有增益則無衰耗居士子如上方者如是施主觀沙門梵志施主當以五事尊敬供養沙門梵志云何爲五一者不禁制門二者見來讚善三

者敷設牀待四者施設淨美豐饒飲食五者擁護如法施主以此五事尊敬供養沙門梵志沙門梵志亦以五事善念施主云何爲五一者教信行信念信二者教禁戒三者教博聞四者教布施五者教慧行慧立慧沙門梵志以此五事善念施主居士子如是上方二俱分別居士子聖法律中上方者謂施主沙門梵志也居士子若人尊奉沙門梵志者必有增益則無衰耗居士子有四攝事云何爲四一者惠施二者愛言三者行利四者等利於是世尊說此頌曰

惠施及愛言　常爲他行利　衆生等同利
名稱普遠至　此則攝持世　猶如御車人
若無攝持者　母不因其子　得供養恭敬
父因子亦然　若有此法攝　故得大福祐
照遠於日光　速利翻捷疾　不麤說聰明
如是得名稱　定護無貢高　速利翻捷疾
成就信尸賴　如是得名稱　常起不懶憜
喜施人飲食　將去調御正　如是得名稱
親友臣同恤　愛樂有齊限　謂攝在親中
殊妙如師子　初當學技術　於後求財物
後求財物已　分別作四分　一分作飲食
一分作田業　一分舉藏置　急時赴所須
拼作商人給　一分出息利　第五爲取婦
第六作屋宅　家若具六事　不增快得樂
彼必饒錢財　如海中水流　彼如是求財
猶如蜂採華　長夜求錢財　當自受快樂
出財莫令遠　亦勿令普漫　不可以財與
兇暴及豪强　東方爲父母　南方爲師尊
西方爲妻子　北方奴婢使　下方親友臣

上沙門梵志　願禮此諸方　二俱得大稱
禮此諸方已　施主得生天

佛說如是善生居士子聞佛所說歡喜奉行

中阿含經卷第三十三

音釋

棕如帶切棕林村名也　鞞陀提梵語山名也鞞騈迷切　窈窕窈烏皎切窕徒了切窈窕謂女德深厚沉密不輕薄也　羈絆羈居宜切絡首曰羈絆博慢切繫足曰絆　諛諂諛羊朱切面從曰諛諂丑琰切佞言曰諂　暐曄暐于鬼切曄域輒切暐曄光盛貌　蝦蟆蝦胡加切蟆莫加切蝦蟆蛙屬　拼伯薪切與伻同使也

中阿含經卷第三十四

東晉罽賓三藏瞿曇僧伽提婆譯

大品商人求財經第二十

我聞如是一時佛遊舍衛國在勝林給孤獨園爾時世尊告諸比丘乃往昔時閻浮洲中諸商人等皆共集會在賈客堂而作是念我等寧可乘海裝船入大海中取財寶來以供家用復作是念諸賢入海不可豫知安隱不安隱我等寧可各各備辦浮海之具謂羖羊皮囊大瓠簿栰彼於後時各各備辦浮海之具羖羊皮囊大瓠簿栰便入大海彼在海中爲摩竭魚王破壞其船彼商人等各各自乘浮海之具羖羊皮囊大瓠簿栰浮向諸方爾時海東大風卒起吹諸商人至海西岸彼中逢見諸女人輩極妙端正一切嚴具以飾其身彼女見已便作是語善來諸賢快來諸賢此間極樂最妙好處園觀浴池坐臥處所林木蓊鬱多有錢財金銀水精瑠璃摩尼眞珠碧玉白珂硨磲珊瑚琥珀碼碯瑇瑁赤石琁珠盡與諸賢當與我等共相娛樂莫令閻浮洲商人南行乃至於夢彼商人等皆與婦人共相娛樂彼商人等因共婦人合會生男或復生女彼於後時閻浮洲有一智慧商人獨住靜處而作是念以何等故此婦人輩制於我等不令南行耶我寧可伺共居婦人知彼眠已安徐而起當竊南行彼閻浮洲一智慧商人則於後伺共居婦人知彼眠已安徐而起即竊南行彼閻浮洲一智慧商人既南行已遙聞大音高聲喚呼衆多人聲啼哭懊惱喚父呼母呼喚妻子及諸愛念親親朋友好

閻浮洲安隱快樂不復得見彼商人聞已極大恐怖身毛皆竪莫令人及非人觸嬈我者於是閻浮洲一智慧商人自制恐怖復進南行彼閻浮洲一智慧商人進行南已忽見東邊有大鐵城見已遍觀不見其門乃至可容猫子出處彼閻浮洲一智慧商人見鐵城北有大叢樹即往至彼大叢樹所安徐緣上上已問彼大衆人曰諸賢汝等何故啼哭懊惱喚父呼母呼喚妻子及諸愛念親親朋友好閻浮洲安隱快樂不復得見耶時大衆人便答彼曰賢者我等是閻浮洲諸商人也皆共集會在賈客堂而作是念我等寧可乘海裝船入大海中取財寶來以供家用賢者我等復作是念諸賢我等入海不可豫知安隱不安隱我等寧可各各備辦浮海之具謂羖羊皮囊大瓠䉘栰賢者我於後時各各備辦浮海之具謂羖羊皮囊大瓠䉘栰便入大海賢者我等在海中爲摩竭魚王破壞其船賢者我等商人各各自乘浮海之具羖羊皮囊大瓠䉘栰浮向諸方爾時海東大風卒起吹我等商人至海西岸彼中逢見諸女人輩極妙端正一切嚴具以飾其身彼女見已便作是語善來諸賢快來諸賢此間極樂最妙好處園觀浴池坐卧處所林木蓊鬱多有錢財金銀水精瑠璃摩尼眞珠碧玉白珂硨磲珊瑚琥珀碼碯瑇瑁赤石琁珠盡與諸賢當與我等共相娛樂莫令閻浮洲商人南行乃至於夢賢者我等與彼婦人共相娛樂我等因共婦人合會生男或復生女賢者若彼婦人不聞閻浮洲餘諸商人在於海中爲摩竭魚王

破壞船者則與我等共相娛樂賢者若彼婦人聞閻浮洲有諸商人在於海中爲摩竭魚王破壞船者便食我等極遭逼迫若食人時有餘髮毛及爪齒者彼婦人等盡取食之若食人時有血滴地彼婦人等便以手爪掘地深四寸取而食之賢者當知我等閻浮洲商人本有五百人於中已噉二百五十餘有二百五十今皆在此大鐵城中賢者汝莫信彼婦人語彼非眞人是羅刹鬼耳於是閻浮洲一智慧商人於太叢樹安徐下已復道而還彼婦人所本共居處知彼婦人故眠未覺即於其夜彼閻浮洲一智慧商人速往至彼閻浮洲諸商人所便作是語汝等共來當至靜處汝各獨往勿將兒去當共在彼密有所論彼閻浮洲諸商人等共至靜處各自獨去不將兒息於是閻浮洲一智慧商人語曰諸商人我則獨住於安靜處而作是念以何等故此婦人輩制於我等不令南行耶我寧可伺共居婦人知彼眠已安徐而起當竊南行於是我便伺共居婦人知彼眠已我安徐起即竊南行我南行已遥聞大音高聲喚呌衆多人聲啼哭懊惱喚父呼母呼喚妻子及諸愛念親親朋友好閻浮洲安隱快樂不復得見我聞是已極大恐怖身毛皆豎莫令人及非人觸嬈我者於是我便自制恐怖復進南行進南行已忽見東邊有大鐵城見已遍觀不見其門乃至可容猫子出處我復見於大鐵城北有大叢樹即往至彼大叢樹所安徐緣上上已問彼大衆人曰諸賢汝等何故啼哭懊惱喚父呼母呼喚妻子及諸愛念親親朋

友好閻浮洲安隱快樂不復得見耶彼大衆人而答我曰賢者我等是閻浮洲諸商人皆共集會在賈客堂而作是念我等寧可乘海裝船入大海中取財寶來以供家用賢者我等復作是念諸賢我等入海不可豫知安隱不安隱我等寧可各各備辦浮海之具謂羖羊皮囊大瓠簰栰賢者我等後時各各備辦浮海之具謂羖羊皮囊大瓠簰栰便入大海賢者我等在海中爲摩竭魚王破壞其船賢者我等商人各各自乘浮海之具羖羊皮囊大瓠簰栰浮向諸方爾時海東大風卒起吹我等商人至海西岸彼中逢見諸女人輩極妙端正一切嚴具以飾其身彼女見已便作是語善來諸賢快來諸賢此間極樂最妙好處園觀浴池坐卧處所林木翳鬱多有錢財金銀水精瑠璃摩尼眞珠碧玉白珂硨磲珊瑚琥珀碼碯瑇瑁赤石琁珠盡與諸賢當與我等共相娛樂莫令閻浮洲商人南行乃至於夢賢者我等與彼婦人共相娛樂我等因共婦人合會生男或復生女賢者若彼婦人不聞閻浮洲更有商人在於海中爲摩竭魚王破壞船者則與我等共相娛樂賢者若彼婦人聞閻浮洲更有商人在於海中爲摩竭魚王破壞船者便食我等極遭逼迫若食人時有餘髮毛及爪齒者彼婦人等盡取食之若食人時有血滴地彼婦人等便以手爪掘地深四寸取而食之賢者當知我等閻浮洲商人本有五百人於中已噉二百五十餘有二百五十今皆在此大鐵城中賢者汝莫信彼婦人語彼非眞人是羅剎鬼耳於是閻浮

洲諸商人問彼閻浮洲一智慧商人曰賢者不問彼大衆人諸賢頗有方便令我等及汝等從此安隱度至閻浮洲耶閻浮洲一智慧商人答曰諸賢我時脫不如是問也於是閻浮洲諸商人語曰賢者還去至本共居婦人處已伺彼眠時安徐而起更竊南行復往至彼大衆人所問曰諸賢頗有方便令我等及汝等從此安隱度至閻浮洲耶於是閻浮洲一智慧商人爲諸商人嘿然而受是時閻浮洲一智慧商人還至共居婦人處已伺彼眠時安徐而起即竊南行復往至彼大衆人所問曰諸賢頗有方便令我等及汝等從此安隱度至閻浮洲耶彼大衆人答曰賢者更無方便令我等從此安隱度至閻浮洲賢者我作是念我等當共破掘此墻還歸本所適發心已此墻轉更倍高於常賢者是謂方便令我等不得從此安隱度至閻浮洲賢者別有方便可令汝等從此安隱度至閻浮洲我等求無方便諸賢我等聞天於空中唱曰閻浮洲諸商人愚癡不定亦不善解所以者何不能令十五日說從解脫時而南行彼有駈馬王食自然秔米安隱快樂充滿諸根再三唱曰誰欲度彼岸誰欲使我脫誰欲使我將從此安隱度至閻浮洲耶汝等可共詣駈馬王而作是語我等欲得度至彼岸願脫我等願將我等從此安隱度至閻浮洲賢者是謂方便令汝等從此安隱度至閻浮洲商人汝來可往至彼駈馬王所而作是語我等欲得度至彼岸願脫我等願將我等從此安隱度至閻浮洲於是閻浮洲有一智慧商人語曰諸商

人今時往詣髦馬王所而作是語我等欲得度至彼岸願脱我等願將我等從此安隱度至閻浮洲諸商人隨諸天意諸商人若使十五日説從解脱時髦馬王食自然秔米安隱快樂充滿諸根再三唱曰誰欲度彼岸誰欲使我脱誰欲使我將從此安隱度至閻浮洲我等爾時即往彼所而作是語我等欲得度至彼岸願脱我等願將我等從此安隱度至閻浮洲於是髦馬王後十五日説從解脱時食自然秔米安隱快樂充滿諸根再三唱曰誰欲得度彼岸我當脱彼我當將彼從此安隱度至閻浮洲時閻浮洲諸商人聞已即便往詣髦馬王所而作是語我等欲得度至彼岸願脱我等願將我等從此安隱度至閻浮洲時髦馬王語曰商人彼婦人等必當抱兒共相將來而作是語諸賢善來還此此間極樂最妙好處園觀浴池坐卧處所林木蓊鬱多有錢財金銀水精瑠璃摩尼真珠碧玉白珂硨磲珊瑚琥珀碼碯瑇瑁赤石琁珠盡與諸賢當與我等共相娛樂設不用我者當憐念兒子若彼商人而作是念我有男女我有極樂最妙好處園觀浴池坐卧處所林木蓊鬱我多有錢財金銀水精瑠璃摩尼真珠碧玉白珂硨磲珊瑚琥珀碼碯瑇瑁赤石琁珠者彼雖騎我正當背中彼必顛倒落墮於水便當爲彼婦人所食當遭逼迫若食人時有餘髮髦及爪齒者彼婦便當盡取食之復次若食人時有血滯地彼婦人等便以手爪掘地深四寸取而食之若彼商人不作是念我有男女我有極樂最妙好處園觀浴池坐卧

處所林木蓊鬱我多有錢財金銀水精瑠璃摩尼真珠碧玉白珂硨磲珊瑚琥珀碼碯瑇瑁赤石琁珠者彼雖持我身上一毛彼必安隱度至閻浮洲於是世尊告諸比丘彼婦人等抱兒子來而作是語諸賢善來還此此間極樂最妙好處園觀浴池坐卧處所林木蓊鬱多有錢財金銀水精瑠璃摩尼真珠碧玉白珂硨磲珊瑚琥珀碼碯瑇瑁赤石琁珠盡與諸賢當與我等共相娛樂若彼商人而作是念我有男女我有極樂最妙好處園觀浴池坐卧處所林木蓊鬱我多有錢財金銀水精瑠璃摩尼真珠碧玉白珂硨磲珊瑚琥珀碼碯瑇瑁赤石琁珠者彼雖得騎駈馬王脊正當背中彼必顛倒落墮於水便當爲彼婦人所食當遭逼迫若食人時有餘髮髦及爪齒者彼婦人等盡取食之復次食彼人時有血滴地彼婦人等便以手爪掘地深四寸取而食之若彼商人不作是念我有男女我有極樂最妙好處園觀浴池坐卧處所林木蓊鬱我多有錢財金銀水精瑠璃摩尼真珠碧玉白珂硨磲珊瑚琥珀碼碯瑇瑁赤石琁珠者彼雖持駈馬王一毛者彼必安隱度至閻浮洲諸比丘我說此喻欲令知義此說是義我法善說發露極廣善護無有空缺如橋栰浮具遍滿流布乃至天人如是我法善說發露極廣善護無有空缺如橋栰浮具遍滿流布乃至天人若有比丘作如是念眼是我我有眼耳鼻舌身意是我我有意者彼比丘必被害猶如商人爲羅刹所食我法善說發露極廣善護無有空缺如橋栰浮具遍滿流布

乃至天人如是我法善説發露極廣善護無有空缺如橋栰浮具遍滿流布乃至天人若有比丘作如是念眼非是我我非有眼耳鼻舌身意非是我我無有意者彼比丘得安隱去猶如商人乘駈馬王安隱得度我法善説發露極廣善護無有空缺如橋栰浮具遍滿流布乃至天人如是我法善説發露極廣善護無有空缺如橋栰浮具遍滿流布乃至天人若有比丘作如是念色是我我有色聲香味觸法是我我有法者彼比丘必被害猶如商人爲羅刹所食我法善説發露極廣善護無有空缺如橋栰浮具遍滿流布乃至天人如是我法善説發露極廣善護無有空缺如橋栰浮具遍滿流布乃至天人若有比丘作如是念色非是我我無有色聲香味觸法非

是我我無有法者彼比丘得安隱去猶如商人乘駈馬王安隱得度我法善説發露極廣善護無有空缺如橋栰浮具遍滿流布乃至天人如是我法善説發露極廣善護無有空缺如橋栰浮具遍滿流布乃至天人若有比丘作如是念色陰是我我有色陰覺想行識陰是我我有識陰者彼比丘必被害猶如商人爲羅刹所食我法善説發露極廣善護無有空缺如橋栰浮具遍滿流布乃至天人如是我法善説發露極廣善護無有空缺如橋栰浮具遍滿流布乃至天人若有比丘作如是念色陰非是我我無有色陰覺想行識陰非是我我無有識陰者彼比丘得安隱去猶如商人乘駈馬王安隱得度我法善説發露極廣善護無有空缺如橋栰浮具遍滿流布

乃至天人如是我法善說發露極廣善護無有空鈌如橋栰浮具遍滿流布乃至天人若有比丘作如是念地是我我有地水火風空識是我我有識者彼比丘必被害猶如商人爲羅剎所食我法善說發露極廣善護無有空鈌如橋栰浮具遍滿流布乃至天人如是我法善說發露極廣善護無有空鈌如橋栰浮具遍滿流布乃至天人若有比丘作如是念地非是我我無有地水火風空識非是我我無有識者彼比丘得安隱去猶如商人乘駃馬王安隱得度於是世尊說此頌曰

若有不信於　佛說正法律　彼人必被害
如爲羅剎食　若人有信於　佛說正法律
彼得安隱度　如乘駃馬王

佛說如是彼諸比丘聞佛所說歡喜奉行

大品世間經第二十一

我聞如是一時佛遊舍衛國在勝林給孤獨園爾時世尊告諸比丘如來自覺世間亦爲他說如來知世間如來自覺世間集亦爲他說如來斷世間習如來自覺世間滅亦爲他說如來世間滅作證如來自覺世間道跡亦爲他說如來修世間道跡若有一切盡普正有彼一切如來知見覺得所以者何如來從昔夜覺無上正盡之覺至于今日夜於無餘涅槃界當取滅訖於其中間若如來口有所言說有所應對者彼一切是眞諦不虛不離於如亦非顛倒眞諦審實若說師子者當知說如來所以者何如來在衆有所講說謂師子吼一切世間天及魔梵沙門梵志從人至天如來是梵有如來至冷有無煩亦無熱有

諦不虛有於是世尊說此頌曰
知一切世間　出一切世間　說一切世間
一切世如眞　彼最上尊雄　能解一切縛
得盡一切業　生死悉解脱　是天亦是人
若有歸命佛　稽首禮如來　甚深極大海
知已爲修敬　諸天香音神　彼亦稽首禮
謂隨於死者　稽首禮智士　歸命人之上
無憂離塵安　無礙諸解脱　是故常樂禪
住遠離極定　當自作燈明　無我必失時
失時有憂感　謂墮地獄中
佛說如是彼諸比丘聞佛所說歡喜奉行

大品福經第二十二

我聞如是一時佛遊舍衛國在勝林給孤獨
園爾時世尊告諸比丘莫畏於福愛樂意所
念所以者何福者是說樂畏於福不愛樂意
所念所以者何非福者是說苦何以故我憶
往昔長夜作福長夜受報愛樂意所念我往
昔時七年行慈七反成敗不來此世世敗壞
時生晃昱天世成立時來下生空梵宮殿中
於彼梵中作大梵天餘處千反作自在天王
三十六反作天帝釋復無量反作刹利頂生
王比丘我作刹利頂生王時有八萬四千大
象被好乘具衆寶校飾白珠珞覆于娑賀象
王爲首比丘我作刹利頂生王時有八萬四
千馬被好乘具衆寶嚴飾金銀交絡駃馬王
爲首比丘我作刹利頂生王時有八萬四千
車四種校飾莊以衆好師子虎豹斑文之皮
織成雜色種種校飾極利疾名樂聲車爲首
比丘我作刹利頂生王時有八萬四千大城
極大富樂多有人民拘舍和提王城爲首比

丘我作刹利頂生王時有八萬四千樓四種寶樓金銀瑠璃及水精正法殿爲首比丘我作刹利頂生王時有八萬四千御座四種寶座金銀瑠璃及水精敷以氍氀毾㲪覆以錦綺羅縠有襯體被兩頭安枕加陵伽波和羅波遮悉哆羅那比丘我作刹利頂生王時有八萬四千雙衣有芻摩衣有錦繒衣有劫貝衣有加陵伽波和羅衣比丘我作刹利頂生王時有八萬四千女身體光澤皦潔明淨美色過人小不及天姿容端正覩者歡悅衆寶瓔珞嚴飾具足盡刹利種女餘族無量比丘我作刹利頂生王時有八萬四千種食晝夜常供爲我故設欲令我食比丘彼八萬四千種食中有一種食極美淨潔無量種味是我常所食比丘彼八萬四千女中有一刹利女

最端正姝好常奉侍我比丘彼八萬四千雙衣中有一雙衣或芻摩衣或錦繒衣或劫貝衣或加陵伽波和羅衣是我常所著比丘彼八萬四千御座中有一御座或金或銀或瑠璃或水精敷以氍氀毾㲪覆以錦綺羅縠有襯體被兩頭安枕加陵伽波和羅波遮悉哆羅那是我常所卧比丘彼八萬四千樓觀中有一樓觀或金或銀或瑠璃或水精名正法殿是我常所住比丘彼八萬四千大城中有一城極大富樂多有人民名拘舍和提是我常所居比丘彼八萬四千車中而有一車莊以衆好師子虎豹斑文之皮織成雜色種種莊飾極利疾名樂聲車是我常所載至觀望園觀比丘彼八萬四千馬中而有一馬體紺青色頭像如烏名駃馬王是我常所騎至觀

望園觀比丘彼八萬四千大象中而有一象舉體極白七支盡正名于娑賀象王是我常所乘至觀望園觀比丘我作此念是何業果爲何業報令我今曰有大如意足有大威德有大福祐有大威神比丘我復作此念是三業果爲三業報令我今日有大如意足有大威德有大福祐有大威神一者布施二者調御三者守護於是世尊說此頌曰

觀此福之報　妙善多饒益　比丘我在昔
七年修慈心　七反成敗劫　不來還此世
世間敗壞時　生於晃昱天　世間轉成時
生於梵天中　在梵爲大梵　千生自在天
二十六爲釋　無量百頂王　刹利頂生王
爲人之最尊　如法非刀杖　政御於天下
如法不如枉　正安樂教授　如法轉相傳
遍一切大地　大富多錢財　生於如是族
財穀具滿足　成就七寶珍　因此大福祐
所生得自在　諸佛御於世　彼佛之所說
知此甚奇特　見神通不少　誰知而不信
如是生於冥　是故當自爲　欲求大福祐
當恭敬於法　常念佛法律

佛說如是彼諸比丘聞佛所說歡喜奉行

大品息止道經第二十三

我聞如是一時佛遊舍衛國在勝林給孤獨園爾時世尊告諸比丘年少比丘始成就戒當以數數詣息止道觀相骨相青相腐相食相骨鏁相彼善受善持此相已還至住處澡洗手足敷尼師壇在於牀上結跏趺坐即念此相骨相青相腐相食相骨鏁相所以者何若彼比丘修習此相速除心中欲恚之病於

是世尊說此頌曰

若年少比丘　學未得止意　當諳息止道
欲除其婬欲　心中無恚諍　慈愍於衆生
遍滿一切方　往至觀諸身　當觀於青相
及以爛腐壞　觀烏蟲所食　骨骨節相連
修習如是相　還歸至本處　澡洗於手足
敷牀正基坐　當以觀真實　內身及外身
盛滿大小便　心腎肝肺等　若欲分衛食
到人村邑間　如將鎧纏絡　常正念在前
若見色可愛　清淨欲相應　見已觀如真
正念佛法律　此中無骨筋　無肉亦無血
無腎心肝肺　無有涕唾腦　一切地皆空
水種亦復然　空一切火種　風種亦復空
若所有諸覺　清淨欲相應　彼一切息止
如慧之所觀　如是行精勤　常念不淨想
永斷婬怒癡　除一切無明　興起清淨明
比丘得苦邊

佛說如是彼諸比丘聞佛所說歡喜奉行

大品至邊經第二十四

我聞如是一時佛遊舍衛國在勝林給孤獨園爾時世尊告諸比丘於生活中下極至邊謂行乞食世間大諱謂爲禿頭手擎鉢行彼族姓子爲義故受所以者何以猒患生老病死愁慼啼哭憂苦懊惱或得此淳具足大苦陰邊汝等非如是心出家學道耶時諸比丘白曰如是世尊復告諸比丘曰彼愚癡人以如是心出家學道而行伺欲染著至重濁纏心中憎嫉無信懈怠失正念無正定惡慧心狂掉亂諸根持戒極寬不修沙門不增廣行猶人以墨浣墨所汙以血除血以垢除垢以

濁除濁以廁除廁但增其穢從冥入冥從闇入闇我說彼愚癡人持沙門亦復如是謂彼人行伺欲涤著至重濁纏心中憎嫉無信懈怠失正念無正定惡慧心狂掉亂諸根持戒極寬不修沙門不增廣行猶無事處燒人殘木彼火燼者非無事所用亦非村邑所用我說彼愚癡人持沙門亦復如是謂彼人行伺欲涤著至重濁纏心中憎嫉無信懈怠失正念無正定惡慧心狂掉亂諸根持戒極寬不修沙門不增廣行於是世尊說此頌曰

愚癡失欲樂　復失沙門義　俱忘失二邊　猶燒殘火燼

猶如無事處　燒人殘火燼　無事村不用　人著欲亦然

猶燒殘火燼　俱忘失二邊

佛說如是彼諸比丘聞佛所說歡喜奉行

大品喻經第二十五

我聞如是一時佛遊舍衛國在勝林給孤獨園爾時世尊告諸比丘若有無量善法可得彼一切以不放逸爲本不放逸爲習因不放逸生不放逸爲首不放逸者於諸善法爲最第一猶作田業彼一切因地依地立地得作田業如是若有無量善法可得彼一切以不放逸爲本不放逸爲習因不放逸生不放逸爲首不放逸者於諸善法爲最第一猶種子村及與鬼村百穀藥木得生長養彼一切因地依地立地得生長養如是若有無量善法可得彼一切以不放逸爲本不放逸爲習因不放逸生不放逸爲首不放逸者於諸善法爲最第一猶諸根香沉香爲第一猶諸樹香赤栴檀爲第一猶諸水華青蓮華爲第一猶

諸陸華須摩那華爲第一猶諸獸跡彼一切悉入象跡中象跡盡攝彼象跡者爲最第一謂廣大故如是若有無量善法可得彼一切以不放逸爲本不放逸爲習因不放逸生不放逸爲首不放逸者於諸善法爲最第一猶諸獸中彼師子王爲最第一猶如列陣共鬭戰時唯要誓爲第一猶樓觀椽彼一切皆依承椽梁立承椽梁承椽梁皆攝持之承椽梁者爲最第一謂盡攝故如是若有無量善法可得彼一切以不放逸爲本不放逸爲習因不放逸生不放逸爲首不放逸者於諸善法爲最第一猶如諸山須彌山王爲第一猶如諸泉大海攝水大海爲第一猶諸大身阿須羅王爲第一猶諸瞻侍魔王爲第一猶諸行欲頂生王爲第一猶如諸小王轉輪王爲第一猶如虛空諸星宿月殿爲第一猶諸綵衣白練爲第一猶諸光明慧光明爲第一猶如諸衆如來弟子衆爲第一猶如諸法有爲及無爲愛盡無欲滅盡涅槃爲第一猶諸衆生無足二足四足多足色無色有想無想乃至非有想非無想如來於彼爲極第一爲大爲上爲最爲勝爲尊爲妙猶如因牛有乳因乳有酪因酪有生酥因生酥有熟酥因熟酥有酥精酥精爲第一爲大爲上爲最爲勝爲尊爲妙如是若有諸衆生無足二足四足多足色無色有想無想乃至非有想非無想如來於彼爲極第一爲大爲上爲最爲勝爲尊爲妙於是世尊說此頌曰

若有求財物　極好轉增多　稱譽不放逸
事無事慧說　有不放逸者　必取二俱義

即此世能獲　後世亦復得　雄猛觀諸義

慧者必解脫

佛說如是彼諸比丘聞佛所說歡喜奉行

大品第十一竟

中阿含經卷第三十四

音釋

羖羊 羖公户切牡羊曰羖　大瓠 瓠洪孤切瓜之可爲壺者性善浮南人謂之要舟故鶡冠子云中流失船一壺千金即此瓠也　簰栰 簰步皆切木栰也栰房越切海中大船也　珂 若何切螺屬貝之大者爲珂　瑇瑁 瑇徒耐切瑁莫佩切瑇瑁龜屬　璇 旬宣切美玉也與璿同　馲 莫袍切長毛馬也　秔 古行切稻之不粘者曰秔　髦 莫高切亦毛髮也　氍毹 氍強魚切毛席也毹力朱切毛布也　毾毲 毾吐盍切毲都滕切毾毲繝毾也　曒 吉了切明也　繒 疾陵切帛也　縠 胡谷切綃紗也紡絲而織之爲縠　襯 初覲切近身衣也　鎧 可亥切甲也　浣 胡管切浣濯也　燼 除刃切火餘也

中阿含經卷第三十五

東晉罽賓三藏瞿曇僧伽提婆譯

梵志品第十二 有二十經 第三念誦

雨勢歌羅數 瞿默象跡喻 聞德何苦欲
鬱瘦阿攝和

梵志品雨勢經第一

我聞如是。一時佛遊王舍城，在鷲巖山中。爾時摩竭陀王未生怨鞞陀提子與跋耆相憎，常在眷屬數作是說：跋耆國人有大如意足，有大威德，有大福祐，有大威神，我當斷滅跋耆人種，破壞跋耆，令跋耆人遭無量厄。於是摩竭陀王未生怨鞞陀提子聞世尊遊王舍城，在鷲巖山中，便告大臣雨勢曰：我聞沙門瞿曇遊王舍城，在鷲巖山中。雨勢，汝往至沙門瞿曇所，汝持我名問訊聖體，安快無病，氣力如常耶？當作是語：瞿曇，摩竭陀王未生怨鞞陀提子問訊聖體，安快無病，氣力如常耶？瞿曇，摩竭陀王未生怨鞞陀提子與跋耆相憎，常在眷屬數作是說：跋耆國人有大如意足，有大威德，有大福祐，有大威神，我當斷滅跋耆人種，破壞跋耆，令跋耆人遭無量厄。沙門瞿曇當何所說？雨勢，若沙門瞿曇有所說者，汝善受持。所以者何？如是之人終不妄說。大臣雨勢受王敎已，乘最好乘，與五百乘俱，出王舍城，即便往詣鷲巖山中，登鷲巖山，下車步進，往詣佛所，便與世尊共相問訊，却坐一面，白曰：瞿曇，摩竭陀王未生怨鞞陀提子問訊聖體，安快無病，氣力如常耶？瞿曇，摩竭陀王未生怨鞞陀提子與跋耆相憎，常在眷屬數作是說：跋耆國人有大如意足，有大威

德有大福祐有大威神我當斷滅跋耆人種破壞跋耆令跋耆人遭無量厄沙門瞿曇當何所說世尊聞已告曰雨勢我昔曾遊於跋耆國彼國有寺名遮和羅雨勢爾時我爲跋耆國人說七不衰法跋耆國人則能受行七不衰法雨勢若跋耆國人行七不衰法而不犯者跋耆必勝則爲不衰大臣雨勢白世尊曰沙門瞿曇略說此事不廣分別我等不能得解此義願沙門瞿曇廣分別說當令我等得知此義世尊告曰雨勢諦聽善思念之我當爲汝廣說此義大臣雨勢受教而聽是時尊者阿難執拂侍佛世尊迴顧問曰阿難頗聞跋耆數數集會多聚集耶尊者阿難白曰世尊我聞跋耆數數集會多聚集也世尊即告大臣雨勢若彼跋耆數數集會多聚集者跋耆必勝則爲不衰世尊復問尊者阿難頗聞跋耆共俱集會俱作跋耆事共俱起耶尊者阿難白曰世尊我聞跋耆共俱集會俱作跋耆事共俱起也世尊復告大臣雨勢若彼跋耆共俱集會俱作跋耆事共俱起者跋耆必勝則爲不衰世尊復問尊者阿難頗聞跋耆未施設者不更施設本所施設而不改易舊跋耆法善奉行耶尊者阿難白曰世尊我聞跋耆未施設者不更施設本所施設而不改易舊跋耆法善奉行也世尊復告大臣雨勢若彼跋耆未施設者不更施設本所施設而不改易舊跋耆法善奉行者跋耆必勝則爲不衰世尊復問尊者阿難頗聞跋耆不以力勢而犯他婦他童女耶尊者阿難白曰世尊我聞跋耆不以力勢而犯他婦他童女也

世尊復告大臣雨勢若彼跋耆不以力勢而犯他婦他童女者跋耆必勝則爲不衰世尊復問尊者阿難頗聞跋耆有名德尊重者跋耆悉共宗敬恭奉供養於彼聞教則受耶尊者阿難白曰世尊我聞跋耆有名德尊重者跋耆悉共宗敬恭奉供養於彼聞教則受世尊復告大臣雨勢若彼跋耆有名德尊重跋耆悉共宗敬恭奉供養於彼聞教則受者跋耆必勝則爲不衰世尊復問尊者阿難頗聞跋耆所有舊寺跋耆悉共修飾遵奉供養禮事本之所施常作不廢本之所爲不減損耶尊者阿難白曰世尊我聞跋耆所有舊寺跋耆悉共修飾遵奉供養禮事本之所施常作不廢本之所爲不減損也世尊復告大臣雨勢若彼跋耆所有舊寺跋耆悉共修飾遵奉供養禮事本之所施常作不廢本之所爲不減損者跋耆必勝則爲不衰世尊復問尊者阿難頗聞跋耆悉共擁護諸阿羅訶極大愛敬常願未來阿羅訶者而欲令來既已來者樂恒久住常使不乏衣被飲食床榻湯藥諸生活具耶尊者阿難白曰世尊我聞跋耆悉共擁護諸阿羅訶極大愛敬常願未來阿羅訶者而欲令來既已來者樂恒久住常使不乏衣被飲食床榻湯藥諸生活具世尊復告大臣雨勢若彼跋耆悉共擁護諸阿羅訶極大愛敬常願未來阿羅訶者而欲令來既已來者樂恒久住常使不乏衣被飲食床榻湯藥諸生活具者跋耆必勝則爲不衰雨勢跋耆行此七不衰法諸受持此七不衰法者跋者必勝則爲不衰於是大臣雨勢即從坐起

偏袒著衣叉手向佛白曰瞿曇設彼跋耆成就七不衰法者摩竭陀王未生怨鞞陀提子不能伏彼況復具七不衰法耶瞿曇我國事多請退還歸世尊報曰欲去隨意於是大臣雨勢聞佛所說則善受持起繞世尊三匝而去大臣雨勢去後不久於是世尊迴顧告曰阿難若有比丘依鷲巖山處處住者宣令一切盡集講堂一切集已便來白我尊者阿難即受佛教唯然世尊是時尊者阿難便行宣令若有比丘依鷲巖山處處住者令令一切盡集講堂一切集已還詣佛所稽首作禮却住一面白曰世尊我已宣令若有比丘依鷲巖山處處住者悉令一切盡集講堂今皆已集唯願世尊自知其時於是世尊將尊者阿難往詣講堂於比丘衆前敷座而坐告諸比丘今爲汝說七不衰法汝等諦聽善思念之時諸比丘白曰唯然佛言云何爲七若比丘數數集會多聚集者比丘必勝則法不衰若比丘共齊集會俱作衆事共俱起者比丘必勝則法不衰若比丘未施設事不更施設本所施設而不改易我所說戒善奉行者比丘必勝則法不衰若比丘此未來有愛喜欲共俱愛樂彼彼有起不隨者比丘必勝則法不衰若比丘有長老上尊俱學梵行比丘悉共宗敬恭奉供養於彼聞教則受者比丘必勝則法不衰若比丘有無事處山林高巖閑居靜處寂無音聲遠離無惡無有人民隨順宴坐樂住不離者比丘必勝則法不衰若比丘悉共擁護諸梵行者至重愛敬常願未來諸梵行者而欲令來既已來者樂恒久住常使

不乏衣被飲食床榻湯藥諸生活具者比丘必勝則法不衰若比丘行此七不衰法受持不犯者比丘必勝則法不衰於是世尊復告諸比丘曰我爲汝等更說七不衰法汝等諦聽善思念之時諸比丘白曰唯然佛言云何爲七若比丘尊師恭敬極重供養奉事者比丘必勝則法不衰若比丘法衆戒不放逸供給定恭敬極重供養奉事者比丘必勝則法不衰若比丘行此七不衰法受持不犯者比丘必勝則法不衰世尊復告諸比丘曰我爲汝等更說七不衰法汝等諦聽善思念之時諸比丘白曰唯然佛言云何爲七若比丘不行於業不樂於業不習業者比丘必勝則法不衰不行讙說不樂讙說不習讙說者不行聚會不樂聚會不習聚會者不行雜合不樂雜合不習雜合者不行睡眠不樂睡眠不習睡眠者不爲利不爲譽不爲他人行梵行者不爲暫爾不爲德勝於其中間捨方便令德勝者比丘必勝則法不衰若比丘行此七不衰法受持不犯者比丘必勝則法不衰世尊復告諸比丘曰我爲汝等更說七不衰法汝等諦聽善思念之時諸比丘白曰唯然佛言云何爲七若比丘成就信財戒財慚財愧財博聞財施財成就慧財者比丘必勝則法不衰若比丘行此七不衰法受持不犯者比丘必勝則法不衰世尊復告諸比丘曰我爲汝等更說七不衰法汝等諦聽善思念之時諸比丘白曰唯然佛言云何爲七若比丘成就信力進力慚力愧力念力定力成就慧力者比丘必勝則法不衰若比丘行此七不衰法

受持不犯者比丘必勝則法不衰世尊復告諸比丘曰我爲汝等更說七不衰法汝等諦聽善思念之時諸比丘白曰唯然佛言云何爲七若比丘修念覺支依捨離依無欲依滅盡趣向出要擇法精進喜息定修捨覺支依捨離依無欲依滅盡趣向出要法者比丘必勝則法不衰若比丘行此七不衰法受持不犯者比丘必勝則法不衰世尊復告諸比丘曰我爲汝等更說七不衰法汝等諦聽善思念之時諸比丘白曰唯然佛言云何爲七若比丘應與面前律與面前律應與憶律與憶律應與不癡律與不癡律應與自發露與自發露應與居與居應與展轉與展轉衆中起諍當以如棄糞掃止諍法止之者比丘必勝則法不衰若比丘行此七不衰法受持不犯

者比丘必勝則法不衰世尊復告諸比丘曰令爲汝等說六慰勞法汝等諦聽善思念之時諸比丘白曰唯然佛言云何爲六以慈身業向諸梵行是慰勞法愛法樂法令愛令重令奉令敬令修令攝得沙門得一心得精進得涅槃如是慈口業慈意業若有法利如法得利自所飯食至在鉢中如是利分布施諸梵行是慰勞法愛法樂法令愛令重令奉令敬令修令攝得沙門得一心得精進得涅槃若有戒不缺不穿無穢無黑如地不隨他聖所稱譽具善受持如是戒分布施諸梵行是慰勞法愛法樂法令愛令重令奉令敬令修令攝得沙門得一心得精進得涅槃若有見是聖出要明了深達能正盡苦如是見分布施諸梵行是慰勞法愛法樂法令愛令重令

奉令敬令修令攝得沙門得一心得精進得
涅槃我向所言六慰勞法者因此故說佛說
如是彼諸比丘聞佛所說歡喜奉行

梵志品傷歌羅經第二

我聞如是一時佛遊舍衛國在勝林給孤獨
園爾時傷歌羅摩納中後彷徉往詣佛所共
相問訊却坐一面白曰瞿曇我欲有所問聽
乃敢陳世尊告曰摩納若有疑者恣汝所問
傷歌羅摩納即便問曰瞿曇梵志如法行乞
財物或自作齋或教作齋瞿曇若自作齋教
作齋者彼一切行無量福迹以因齋故沙門
瞿曇弟子隨族剃除鬚髮著袈裟衣至信捨
家無家學道自調御自息止自滅訖如是沙
門瞿曇弟子隨族行一福迹不行無量福迹
因學道故爾時尊者阿難執拂侍佛於是尊
者阿難問曰摩納此二道迹何者最上最妙
最勝耶傷歌羅摩納語曰阿難沙門瞿曇及
阿難我俱恭敬尊重奉祠尊者阿難復語曰
摩納我不問汝恭敬尊重奉祠誰我但問汝
此二道迹何者最上最妙最勝耶尊者阿難
至再三問曰摩納此二道迹何者最上最妙
最勝耶傷歌羅摩納亦再三語曰阿難沙門
瞿曇及阿難我俱恭敬尊重奉祠尊者阿難
復語曰摩納我不問汝恭敬尊重奉祠誰我
但問汝此二道迹何者最上最妙最勝耶於
是世尊便作是念此傷歌羅摩納爲阿難所
屈我寧可救彼世尊知已告曰摩納昔日王
及羣臣普集大會共論何事以何事故共集
會耶傷歌羅摩納答曰瞿曇昔日王及羣臣
普集大會共論如此事何因何緣昔沙門瞿

曇施設少戒然諸比丘多得道者何因何緣今沙門瞿曇施設多戒然諸比丘少得道耶瞿曇昔日王及羣臣普集大會共論此事以此事故共集會耳爾時世尊告曰摩納我今問汝隨所解答於意云何若使有一沙門梵志自行如是道如是迹行此道行此迹已諸漏已盡得無漏心解脱慧解脱自知自覺自作證成就遊生已盡梵行已立所作已辦不更受有知如眞彼爲他説我自行如是道如是迹行此道行此迹已諸漏已盡得無漏心解脱慧解脱自知自覺自作證成就遊生已盡梵行已立所作已辦不更受有知如眞汝等共來亦自行如是道如是迹行此道行此迹已諸漏已盡得無漏心解脱慧解脱自知自覺自作證成就遊生已盡梵行已立所作已辦不更受有知如眞彼亦自行如是道如是迹行此道行此迹已諸漏已盡得無漏心解脱慧解脱自知自覺自作證成就遊生已盡梵行已立所作已辦不更受有知如眞彼爲他説他爲彼説如是展轉無量百千於摩納意云何我弟子隨族剃除鬚髮著袈裟衣至信捨家無家學道行一福迹不行無量福迹因學道故耶傷歌羅摩納答曰瞿曇如我解沙門瞿曇所説義彼沙門瞿曇弟子隨族剃除鬚髮著袈裟衣至信捨家無家學道行無量福迹不行一福迹因學道故世尊復告傷歌羅曰有三示現如意足示現占念示現教訓示現摩納云何如意足示現有一沙門梵志有大如意足有大威德有大福祐有大威神於如意足心得自在行無量如意足之

功德謂分一爲衆合衆爲一一則住一有知有見不礙石壁猶如行空没地如水履水如地結跏趺坐上昇虚空猶如鳥翔今此日月有大如意足有大威德有大福祐有大威神以手捫摸身至梵天摩納是謂如意足示現摩納云何占念示現有一沙門梵志以他相占他意有是意如是意實有是意無量占不少占彼一切眞諦而無有虚設不以他相占他意者但以聞天聲及非人聲而占他意有是意如是意實有是意無量占不少占彼一切眞諦而無有虚設不以他相占他意亦不以聞天聲及非人聲占他意者但以他念他思他說聞聲已占他意有是意如是意實有是意無量占不少占彼一切眞諦而無有虚設不以他相占他意亦不以聞天聲及非人聲占他意亦不以他念他思他說聞聲已占他意者但以見他入無覺無觀定見已作是念如此賢者不念不思如意所願彼賢者從此定覺如是念彼從此定覺即如是如是念彼亦占過去亦占未來亦占現在久所作久所說亦占安靜處住安靜處亦占至心心所有法摩納是謂占念示現摩納云何教訓示現有一沙門梵志自行如是道如是迹行此道行此迹已諸漏已盡得無漏心解脱慧解脱自知自覺自作證成就遊生已盡梵行已立所作已辦不更受有知如眞彼爲他說我自行如是道如是迹行此道行此迹已諸漏已盡得無漏心解脱慧解脱自知自覺自作證成就遊生已盡梵行已立所作已辦不更受有知如眞汝等共來亦自行如是道如是迹

行此道行此迹已諸漏已盡得無漏心解脱慧解脱自知自覺自作證成就遊生已盡梵行已立所作已辦不更受有知如眞彼亦自行如是道如是迹行此道行此迹已諸漏已盡得無漏心解脱慧解脱自知自覺自作證成就遊生已盡梵行已立所作已辦不更受有知如眞彼爲他説他爲彼説如是展轉無量百千摩納是謂教訓示現此三示現何者示現最上最妙最勝耶傷歌羅摩納答曰瞿曇若有沙門梵志有大如意足有大威德有大福祐有大威神於如意足心得自在乃及身至梵天者瞿曇此自作自有自受其報瞿曇於諸示現此示現大法瞿曇若有沙門梵志以他相占他意乃至占心心所有法者瞿曇此亦自作自有自受其報瞿曇於諸示現

此亦示現大法瞿曇若有沙門梵志自行如是道如是迹行此道行此迹已諸漏已盡得無漏心解脱慧解脱自知自覺自作證成就遊生已盡梵行已立所作已辦不更受有知如眞彼爲他説他爲彼説如是展轉無量百千者瞿曇於三示現此示現最上最妙最勝世尊復問傷歌羅曰於三示現稱歎何示現傷歌羅摩納答曰瞿曇於三示現我稱説沙門瞿曇所以者何沙門瞿曇有大如意足有大威德有大福祐有大威神心得自在乃及身至梵天沙門瞿曇以他相占他意乃至占心心所有法沙門瞿曇示現如是道如是迹行此道行此迹已諸漏已盡得無漏心解脱慧解脱自知自覺自作證成就遊生已盡梵行已立所作已辦不更受有知如眞沙門瞿

曇爲他說他爲彼說如是展轉無量百千瞿曇是故於三示現我稱歎沙門瞿曇於是世尊告曰摩納汝善達此論所以者何我有大如意足有大威德有大福祐有大威神於如意足心得自在乃及身至梵天摩納我以他相占他意乃至占心心所有法摩納我自行如是道如是迹行此道行此迹已諸漏已盡得無漏心解脫慧解脫自知自覺自作證成就遊生已盡梵行已立所作已辦不更受有知如眞我爲他說他爲彼說如是展轉無量百千摩納是故汝善達此論汝當如是善受善受所以者何此所說義應當如是於是傷歌羅摩納白曰世尊我已知善逝我已解世尊我今自歸於佛法及比丘衆惟願世尊受我爲優婆塞從今日始終身自歸乃至命盡

佛說如是傷歌羅摩納尊者阿難及諸比丘聞佛所說歡喜奉行

梵志品算數目揵連經第三

我聞如是一時佛遊舍衛國在東園鹿子母堂爾時算數梵志目揵連中後彷徉往詣佛所共相問訊却坐一面白曰瞿曇我欲有所問聽乃敢陳世尊告曰目揵連恣汝所問莫自疑難算數目揵連則便問曰瞿曇此鹿子母堂漸次第作轉後成訖瞿曇此鹿子母堂隥梯初昇一隥後二三四瞿曇如是此鹿子母堂漸次第上瞿曇此御象者亦漸次第調御成訖謂因鉤故瞿曇此御馬者亦漸次第調御成訖謂因鞁故瞿曇此刹利亦漸次第至成就訖謂因捉弓箭故瞿曇此諸梵志亦漸次第至成就訖謂因學經書故瞿曇我等

學筭數以筭數存命亦漸次第至成就訖若有弟子或男或女始教一一數二二三三十百千萬次第至上瞿曇如是我等學筭數以筭數存命漸次至成就訖沙門瞿曇此法律中云何漸次第作至成就訖世尊告曰目揵連若有正說漸次第作乃至成就訖目揵連我法律中謂正說所以者何目揵連我於此法律漸次第作至成就訖目揵連若年少比丘初來學道始入法律者如來先教比丘汝來身護命清淨口意護命清淨目揵連若比丘身護命清淨口意護命清淨者如來復上教比丘汝來觀內身如身至觀覺心法如法目揵連若比丘觀內身如身至觀覺心法如法者如來復上教比丘汝來觀內身如身莫念欲相應念至觀覺心法如法莫念非法相應念目揵連若比丘觀內身如身不念欲相應念至觀覺心法如法不念非法相應念者如來復上教比丘汝來守護諸根常念閉塞念欲明達守護念心而得成就恒起正知若眼見色然不受相亦不味色謂忿諍故守護眼根心中不生貪伺憂慼惡不善法趣向彼故守護眼根如是耳鼻舌身若意知法然不受相亦不味法謂忿諍故守護意根心中不生貪伺憂慼惡不善法趣向彼故守護意根目揵連若比丘守護諸根常念閉塞念欲明達守護念心而得成就恒起正知若眼見色然不受相亦不味色謂忿諍故守護眼根心中不生貪伺憂慼惡不善法趣向彼故守護眼根如是耳鼻舌身若意知法然不受相亦不味法謂忿諍故守護意根心中不生貪伺

憂慼惡不善法趣向彼故守護意根者如來復上教比丘汝來正知出入善觀分別屈申低仰儀容庠序善著僧伽梨及諸衣鉢行住坐卧眠覺語默皆正知之目揵連若比丘正知出入善觀分別屈申低仰儀容庠序善著僧伽梨及諸衣鉢行住坐卧眠覺語默皆正知者如來復上教比丘汝來獨住遠離在無事處或至樹下空安靖處山巖石室露地穰積或至林中或在塚間汝已在無事處或至樹下空安靖處敷尼師壇結跏趺坐正身正願反念不向斷除貪伺心無有諍見他財物諸生活具莫起貪伺欲令我得汝於貪伺淨除其心如是瞋恚睡眠掉悔斷疑度惑於諸善法無有猶豫汝於疑惑淨除其心汝斷此五蓋心穢慧羸離欲離惡不善之法至得第四禪成就遊目揵連若比丘離欲離惡不善之法至得第四禪成就遊者目揵連如來爲諸年少比丘多有所益謂訓誨教訶目揵連若有比丘長老上尊舊學梵行如來復上教謂究竟訖一切漏盡筭數目揵連即復問曰沙門瞿曇一切弟子如是訓誨如是教訶盡得究竟智必涅槃耶世尊答曰目揵連不一向得或有得者或不得者筭數目揵連復更問曰瞿曇此中何因何緣有涅槃有涅槃道沙門瞿曇現在導師或有比丘如是訓誨如是教訶得究竟涅槃或復不得耶世尊告曰目揵連我還問汝隨所解答目揵連於意云何汝知王舍城處諳彼道耶筭數目揵連答曰唯然我知王舍城處亦諳彼道世尊問曰目揵連若有人來欲見彼王至王舍城其人

問汝我欲見王至王舍城筭數目揵連知王舍城處諳彼道徑可示語我耶汝告彼人曰從此東行至彼某村從某村去當至某邑如是展轉至王舍城若王舍城外有好園林其地平正樓觀浴池若干華樹挾長流河又有清泉盡見盡知彼人聞汝語受汝教已從此東行須臾不久便捨正道從惡道還若王舍城外有好園林其地平正樓觀浴池若干華樹挾長流河又有清泉彼盡不見亦不知也復有人來欲見彼王至王舍城其人問汝我欲見王至王舍城筭數目揵連知王舍城處諳彼道徑可示語我耶汝告彼人曰從此東行至彼某村從某村去當至某邑如是展轉至王舍城若王舍城外有好園林其地平正樓觀浴池若干華樹挾長流河又有清泉盡見盡知彼人聞汝語受汝教已即從此東行至彼某村從某村去得至某邑如是展轉至王舍城若王舍城外有好園林其地平正樓觀浴池若干華樹挾長流河又有清泉盡見盡知目揵連此中何因何緣有彼王舍城有王舍城道汝現在導師彼第一人隨受汝教於後不久捨平正道從惡道還若王舍城外有好園林其地平正樓觀浴池若干華樹挾長流河又有清泉彼盡不見亦不知耶彼第二人隨受汝教從平正道展轉得至於王舍城若王舍城外有好園林其地平正樓觀浴池若干華樹挾長流河又有清泉彼盡見盡知耶筭數目揵連答曰瞿曇我都無事有彼王舍城有王舍城道我現在導師彼第一人不隨我教捨平正道從惡道還若王舍城外

有好園林其地平正樓觀浴池若干華樹挾長流河又有清泉彼盡不見亦不知耳彼第二人隨順我教從平正道展轉得至於王舍城若王舍城外有好園林其地平正樓觀浴池若干華樹挾長流河又有清泉彼盡見盡知耳世尊告曰如是目揵連我亦無事有彼涅槃有涅槃道我爲導師爲諸比丘如是訓誨如是教訶得究竟涅槃或有不得目揵連但各自隨比丘所行爾時世尊便記彼行謂究竟漏盡耳筭數目揵連白曰瞿曇我已知瞿曇我已解瞿曇猶如良地有娑羅林彼中有守娑羅林人明健不懈諸娑羅根以時鋤掘平高填下糞沃溉灌不失其時若其邊有穢惡草生長盡拔棄之若有横曲不調直者盡剗治之若有極好中直樹者便擁護養隨時鋤掘糞沃溉灌不失其時如是良地娑羅樹林轉茂盛好瞿曇如是有人諛諂欺誑極不庶幾無信懈怠無念無定惡慧心狂諸根掉亂持戒寛緩不廣修沙門瞿曇如是之人不能共事所以者何瞿曇如是人者穢汙梵行瞿曇若復有人不有諛諂亦不欺誑庶幾有信精進不懈有念有定亦有智慧極恭敬戒廣修沙門瞿曇如是之人能共事也所以者何瞿曇如是人者清淨梵行瞿曇猶諸根香沉香爲第一所以者何瞿曇彼沉香者於諸根香爲最上故瞿曇猶諸娑羅樹香赤栴檀爲第一所以者何瞿曇赤栴檀者於諸娑羅樹香爲最上故瞿曇猶諸水華青蓮華爲第一所以者何瞿曇青蓮華者於諸水華爲最上故瞿曇猶諸陸華修摩那華爲第一所

以者何瞿曇修摩那華者於諸陸華爲最上故瞿曇猶如世中諸有論士沙門瞿曇爲最第一所以者何沙門瞿曇論士能伏一切外道異學故世尊我今自歸於佛法及比丘衆唯願世尊受我爲優婆塞從今日始終身自歸乃至命盡佛說如是箏數目揵連及諸比丘聞佛所說歡喜奉行

中阿含經卷第三十五

音釋

譁户花切讙也　譽羊茹切稱美也　捫摸捫莫奔切摸莫各切捫摸謂捫搎摸捺也　隥梯隥都亘切登陟之道也梯天黎切木階也　[革玄]胡犬切與鞙同大車縛軛䡇也　僧伽梨梵語正云僧迦胝此云重複衣亦名大衣　穰汝陽切已治稻稈也　積子智切聚也　掉悔掉徒弔切　羸倫爲切瘦弱也　諳

烏舍切悉也記也　挾胡頰切挾也相夾也　鋤掘鋤士魚切田器立耨所用也掘巨物切穿也　漑灌漑古代切注也灌古玩切澆也　[各刂]力各切剝也

中阿含經卷第三十六

東晋罽賓三藏瞿曇僧伽提婆譯

梵志品瞿默目揵連經第四

我聞如是一時佛般涅槃後不久尊者阿難遊王舍城爾時摩竭陀大臣雨勢治王舍城爲防跋耆故於是摩竭陀大臣雨勢遣瞿默目揵連田作人往至竹林加蘭哆園爾時尊者阿難過夜平旦著衣持鉢爲乞食故欲入王舍城於是尊者阿難作是念且置王舍城乞食我寧可往詣瞿默目揵連田作人所於是尊者阿難往詣瞿默目揵連田作人所梵志瞿默目揵連遥見尊者阿難來即從座起偏袒著衣叉手向尊者阿難白曰善來阿難久不來此可坐此座尊者阿難即坐彼座梵志瞿默目揵連與尊者阿難共相問訊却坐一面白曰阿難欲有所問聽我問耶尊者阿難報曰目揵連汝便可問我聞當思則便問曰阿難頗有一比丘與沙門瞿曇等耶尊者阿難與梵志瞿默目揵連共論此事時爾時摩竭陀大臣雨勢慰勞田作人往詣梵志瞿默目揵連田作人所摩竭陀大臣雨勢遥見尊者阿難坐在梵志瞿默目揵連田作人中往詣尊者阿難所共相問訊却坐一面問曰阿難與梵志瞿默目揵連共論何事以何事故共會此耶尊者阿難答曰雨勢梵志瞿默目揵連問我阿難頗有一比丘與沙門瞿曇等耶摩竭陀大臣雨勢復問曰阿難云何答彼尊者阿難答曰雨勢都無一比丘與世尊等等摩竭陀大臣雨勢復問曰唯然阿難無一比丘與世尊等等頗有一比丘爲沙門瞿

曇在時所立此比丘我般涅槃後爲諸比丘所依謂令汝等今所依耶尊者阿難答曰雨勢都無一比丘爲世尊所知見如來無所著等正覺在時所立此比丘我般涅槃後爲諸比丘所依謂令我等今所依者摩竭陀大臣雨勢復問曰阿難唯然無一比丘與沙門瞿曇等等亦無一比丘爲沙門瞿曇在時所立此比丘我般涅槃後爲諸比丘所依謂令汝等今所依者頗有一比丘與衆共和集拜此比丘世尊般涅槃後爲諸比丘所依謂令汝等今所依耶尊者阿難答曰雨勢亦無一比丘與衆共和集拜此比丘世尊般涅槃後爲諸比丘所依謂令我等今所依者摩竭陀大臣雨勢復問曰阿難唯然無一比丘與沙門瞿曇等等亦無一比丘爲沙門瞿曇在時所立此比丘我般涅槃後爲諸比丘所依謂令汝等今所依者亦無一比丘與衆共和集拜此比丘世尊般涅槃後爲諸比丘所依謂令汝等今所依者阿難若爾者汝等無所依共和合不諍安隱同一一教合一水乳快樂遊行如沙門瞿曇在時耶尊者阿難告曰雨勢汝莫作是說言我等無所依所以者何我等有所依耳摩竭陀大臣雨勢白曰阿難前後所說何不相應阿難向如是說無一比丘與世尊等等亦無一比丘爲世尊所知見如來無所著等正覺在時所立此比丘我般涅槃後爲諸比丘所依謂令我等今所依者亦無一比丘與衆共和集拜此比丘世尊般涅槃後爲諸比丘所依謂令我等今所依者阿難何因何緣今說我有所依耶尊者阿難答曰

雨勢我等不依於人而依於法雨勢我等若依村邑遊行十五日說誦解脫時集坐一處若有比丘知法者我等請彼比丘爲我等說法若彼衆清淨者我等一切歡喜奉行彼比丘所說若彼衆不清淨者隨法所說我等教作是摩竭陀大臣雨勢白曰阿難非汝等教作是但法教作是阿難如是少法多法可得久住者如是阿難等共和合不諍安隱同一一教合一水乳快樂遊行如沙門瞿曇在時摩竭陀大臣雨勢復問曰阿難頗有可尊敬耶尊者阿難答曰雨勢有可尊敬雨勢白曰阿難前後所說何不相應阿難向如是說無一比丘與世尊等等亦無一比丘爲世尊在時所立此比丘我般涅槃後爲諸比丘所依謂令我等今所依者亦無一比丘與衆共和集拜此比丘世尊般涅槃後爲諸比丘所依謂令我等今所依者阿難汝何因何緣今說有可尊敬耶尊者阿難答曰雨勢世尊知見如來無所著等正覺說有十法而可尊敬我等若見比丘有此十法者則共愛敬尊重供養宗奉禮事於彼比丘云何爲十雨勢比丘修習禁戒守護從解脫又復善攝威儀禮節見纖芥罪常懷畏怖受持學戒雨勢我等若見比丘極行增上戒者則共愛敬尊重供養宗奉禮事於彼比丘復次雨勢比丘廣學多聞守持不忘積聚博聞所謂法者初妙中妙竟亦妙有義有文具足清淨顯現梵行如是諸法廣學多聞誦習至于意所推觀明見深達雨勢我等若見比丘極多聞者則共愛敬尊重供養宗奉禮事於彼比丘復次雨勢比

丘作善知識作善朋友作善伴黨雨勢我等若見比丘極善知識者則共愛敬尊重供養宗奉禮事於彼比丘復次雨勢比丘樂住遠離成就二遠離身及心也雨勢我等若見比丘極樂住遠離者則共愛敬尊重供養宗奉禮事於彼比丘復次雨勢比丘樂於宴坐內行正止亦不離伺成就於觀增長空行雨勢我等若見比丘極樂宴坐者則共愛敬尊重供養宗奉禮事於彼比丘復次雨勢比丘知足衣取覆形食取充軀隨所遊至與衣鉢俱行無顧戀猶如鷹鳥與兩翅俱飛翔空中如是比丘知足衣取覆形食取充軀隨所遊至與衣鉢俱行無顧戀雨勢我等若見比丘極知足者則共愛敬尊重供養宗奉禮事於彼比丘復次雨勢比丘常行於念成就正念久所曾習久所曾聞恒憶不忘雨勢我等若見比丘極有正念者則共愛敬尊重供養宗奉禮事於彼比丘復次雨勢比丘常行精進斷惡不善修諸善法恒自起意專一堅固爲諸善本不捨方便雨勢我等若見比丘極精勤者則共愛敬尊重供養宗奉禮事於彼比丘復次雨勢比丘修行智慧觀興衰法得如此智聖慧明達分別曉了以正盡苦雨勢我等若見比丘極行慧者則共愛敬尊重供養宗奉禮事於彼比丘復次雨勢比丘諸漏已盡而得無漏心解脫慧解脫自知自覺自作證成就遊生已盡梵行已立所作已辦不更受有知如真雨勢我等若見比丘諸漏盡者則共愛敬尊重供養宗奉禮事於彼比丘雨勢世尊知見如來無所著等正覺說此十法而

可尊敬雨勢我等若見比丘行此十法者則共愛敬尊重供養宗奉禮事於彼比丘於是彼大衆放高大音聲可修直道非不可修若修直道非不可修者隨世中阿羅訶愛敬尊重供養禮事若諸尊可修直道而能修者是故世中阿羅訶愛敬尊重供養禮事於是摩竭陀大臣雨勢及其眷屬問曰阿難今遊何處尊者阿難答曰我今遊行此王舍城竹林加蘭哆園阿難竹林加蘭哆園至可愛樂整頓可喜晝不喧鬧夜則靖寂無有蚊虻亦無蠅蚤不寒不熱阿難樂住竹林加蘭哆園耶尊者阿難答曰如是雨勢如是雨勢竹林加蘭哆園至可愛樂整頓可喜晝不喧鬧夜則靖寂無有蚊虻亦無蠅蚤不寒不熱雨勢我樂住竹林加蘭哆園中所以者何以世尊擁護故是時婆難大將在彼衆中婆難大將白曰如是雨勢如是雨勢竹林加蘭哆園至可愛樂整頓可喜晝不喧鬧夜則靖寂無有蚊虻亦無蠅蚤不寒不熱彼尊者樂住竹林加蘭哆園所以者何此尊者行伺樂伺故摩竭陀大臣雨勢聞已語曰婆難大將沙門瞿曇昔時遊行金鞞羅樂園中婆難大將爾時我數往詣彼見沙門瞿曇所以者何沙門瞿曇行伺樂伺稱歎一切伺尊者阿難聞已告曰雨勢莫作是說沙門瞿曇稱說一切伺所以者何世尊或稱說伺或不稱說摩竭陀大臣雨勢復問曰阿難沙門瞿曇不稱說伺不稱說何等伺尊者阿難答曰雨勢或有一貪欲所纏而起貪欲不知出要如眞彼爲貪欲所障礙故伺增伺而重伺雨勢是謂第一伺世

尊不稱説復次雨勢或有一瞋恚所纏而起瞋恚不知出要如眞彼爲瞋恚所障礙故伺增伺而重伺雨勢是謂第二伺世尊不稱説復次雨勢睡眠所纏而起睡眠不知出要如眞彼爲睡眠所障礙故伺增伺而重伺雨勢是謂第三伺世尊不稱説復次雨勢疑惑所纏而起疑惑不知出要如眞彼爲疑惑所障礙故伺增伺而重伺雨勢是謂第四伺世尊不稱説雨勢世尊不稱説此四伺摩竭陀大臣雨勢白曰阿難此四伺可憎可憎處沙門瞿曇不稱説所以者何正盡覺故摩竭陀大臣雨勢復問曰阿難何等伺沙門瞿曇所稱説尊者阿難答曰雨勢比丘者離欲離惡不善之法至得第四禪成就遊雨勢世尊稱説此四伺摩竭陀大臣雨勢白曰阿難此四伺

可稱可稱處沙門瞿曇所稱説所以者何以正盡覺故阿難我事煩猥請退還歸尊者阿難告曰欲還隨意於是摩竭陀大臣雨勢聞尊者阿難所説善受善持即從坐起繞尊者阿難三帀而去是時梵志瞿默目揵連於摩竭陀大臣雨勢去後不久白曰阿難我所問事都不答耶尊者阿難告曰目揵連我實不答梵志瞿默目揵連白曰阿難我更有所問聽我問耶尊者阿難答曰目揵連汝可便問我聞當思梵志瞿默目揵連即問曰阿難若如來無所著等正覺解脱及慧解脱阿羅訶解脱此三解脱有何差别有何勝如尊者阿難答曰目揵連若如來無所著等正覺解脱及慧解脱阿羅訶解脱此三解脱無有差别亦無勝如梵志瞿默目揵連白曰阿難可在

此食尊者阿難默然而受梵志瞿默目揵連知默然受已即從座起自行澡水極美淨妙種種豐饒食噉含消自手斟酌極令飽滿食訖舉器行澡水竟取一小牀別坐聽法尊者阿難爲彼說法勸發渴仰成就歡喜無量方便爲彼說法勸發渴仰成就歡喜尊者阿難所說如是摩竭陀大臣雨勢眷屬及梵志瞿默目揵連聞尊者阿難所說歡喜奉行

梵志品象跡喻經第五

我聞如是一時佛遊舍衛國在勝林給孤獨園爾時卑盧異學平旦則從舍衛國出往詣佛所稽首作禮却坐一面佛爲彼說法勸發渴仰成就歡喜無量方便爲彼說法勸發渴仰成就歡喜已默然而住卑盧異學佛爲說法勸發渴仰成就歡喜已即從座起稽首佛足繞三帀而去爾時生聞梵志乘極好白乘與五百弟子俱以平旦時從舍衛出至無事處欲教弟子諷讀經書生聞梵志遥見卑盧異學來便問婆蹉晨起從何處來卑盧異學答曰梵志我見世尊禮事供養來生聞梵志問曰婆蹉頗知沙門瞿曇空安靜處學智慧耶卑盧異學答曰梵志何等人可知世尊空安靜處學智慧耶梵志若知世尊空安靜處學智慧者亦當如彼但梵志我所讀書有四句義因四句義我必信世尊如來無所著等正覺所說法善如來弟子聖衆善趣梵志譬善象師遊無事處於樹林間見大象跡見已必信彼象極大而有此跡梵志我亦如是我所讀書有四句義因四句義我必信世尊如來無所著等正覺而說法善如來弟子聖衆

善趣云何四句義梵志智慧剎利論士多聞決定能伏世人無所不知則以諸見造作文章行於世間彼作是念我往沙門瞿曇所問如是如是事若能答者當復重問若不能答便伏捨去彼聞世尊遊某村邑便往彼所見世尊已尚不敢問況復能伏梵志我所讀書用得如此第一句義我因此義必信世尊如來無所著等正覺所說法善如來弟子聖衆善趣如是智慧梵志智慧居士智慧沙門論士多聞決定能伏世人無所不知則以諸見造作文章行於世間彼作是念我往沙門瞿曇所問如是如是事若能答者當復重問若不能答便伏捨去彼聞世尊遊某村邑便往彼所見世尊已尚不敢問況復能伏梵志我所讀書用得如此第四句義我因此義必信世尊如來無所著等正覺所說法善如來弟子聖衆善趣梵志我所讀書有此四句義我因此四句義故必信世尊如來無所著等正覺所說法善如來弟子聖衆善趣生聞梵志語曰婆蹉汝大供養沙門瞿曇所因所緣歡喜奉行卑盧異學答曰梵志如是如是我極供養於彼世尊亦極稱譽一切世間亦應供養彼時生聞梵志聞此義已即從乘下右膝著地叉手向於勝林給孤獨園再三作禮南無如來無所著等正覺如是至三已還乘極好白乘往詣勝林給孤獨園到彼乘地即便下乘步進詣佛共相問訊却坐一面生聞梵志向與卑盧異學共所論事盡向佛說世尊聞已告曰梵志卑盧異學說象跡喻猶不善作亦不具足如象跡喻善作具足者今爲汝

說當善聽之梵志譬善象師遊無事處於樹林間見大象跡見已必信彼象極大而有此跡梵志彼善象師或不信者於此林中復有母象名加梨㝹身極高大彼有此跡即尋此跡復見大象跡見已必信彼象極大而有此跡梵志彼善象師或復不信於此林中更有母象名加羅梨身極高大彼有此跡即尋此跡復見大象跡見已必信彼象極大而有此跡梵志彼善象師或復不信於此林中更有母象名婆和㝹身極高大彼有此跡即尋此跡復見大象跡見已必信彼象極大而有此跡彼尋此跡已見大象跡大象跡方極長極廣周帀遍著正深入地及見彼象或去或來或住或走或立或臥見彼象已便作是念若有此跡必是大象梵志如是若世中出如來無所著等正覺明行成爲善逝世間解無上士道法御天人師號佛衆祐彼於此世天及魔梵沙門梵志乃至天人自知自覺自作證成就遊生已盡梵行已立所作已辦不更受有知如眞彼說法初妙中妙竟亦妙有義有文具足清淨顯現梵行彼所說法或居士居士子聞已得信於如來正法律彼得信已便作是念在家至狹塵勞之處出家學道發露曠大我今在家爲鏁所鏁不得盡形壽淨修梵行我寧可捨於少財物及多財物捨少親族及多親族剃除鬚髮著袈裟衣至信捨家無家學道彼於後時捨少財物及多財物捨少親族及多親族剃除鬚髮著袈裟衣至信捨家無家學道彼出家已捨親族相受比丘要修習禁戒守護從解脫又復善攝威儀禮

節見纖芥罪常懷畏怖受持學戒彼離殺斷殺棄捨刀杖有慚有愧有慈悲心饒益一切乃至蜫蟲彼於殺生淨除其心彼離不與取斷不與取與而後取樂於與取常好布施歡喜無悋不望其報彼於不與取淨除其心彼離非梵行斷非梵行勤修梵行精勤妙行清淨無穢離欲斷婬彼於非梵行淨除其心彼離妄言斷妄言眞諦言樂眞諦住眞諦不移動一切可信不欺世間彼於妄言淨除其心彼離兩舌斷於兩舌行不兩舌不破壞他不聞此語彼欲破壞此不聞彼語此欲破壞彼離者欲合合者歡喜不作羣黨不樂羣黨不稱說羣黨事彼於兩舌淨除其心彼離麤言斷於麤言若有所言辭氣麤獷惡聲逆耳衆所不喜衆所不愛使他苦惱令不得定斷如是言若有所言清和柔潤順耳入心可喜可愛使他安隱言聲具了不使人畏令他得定說如是言彼於麤言淨除其心彼離綺語斷於綺語時說眞說法說義說止息說樂止息說事隨時得宜善教善訶彼於綺語淨除其心彼離治生斷於治生棄捨稱量及斗斛亦不受貨不縛束人不望折斗量不以小利侵欺於人彼於治生淨除其心彼離受寡婦童女斷受寡婦童女彼於受寡婦童女淨除其心彼離受奴婢斷受奴婢彼於受奴婢淨除其心彼離受象馬牛羊斷受象馬牛羊彼於受象馬牛羊淨除其心彼離受鷄猪斷受鷄猪彼於受鷄猪淨除其心彼離受田業店肆斷受田業店肆彼於受田業店肆淨除其心彼離受生稻麥豆斷受生稻麥豆彼於受生

稻麥豆淨除其心彼離酒斷酒彼於飲酒淨除其心彼離高廣大牀斷高廣大牀彼於高廣大牀淨除其心彼離華鬘瓔珞塗香脂粉斷華鬘瓔珞塗香脂粉彼於華鬘瓔珞塗香脂粉淨除其心彼離歌儛倡妓及往觀聽斷歌儛倡妓及往觀聽彼於歌儛倡妓及往觀聽淨除其心彼離受生色像寶斷受生色像寶彼於受生色像寶淨除其心彼離過中食斷過中食一食不夜食學時食彼於過中食淨除其心彼已成就此聖戒聚復行極知足衣取覆形食取充軀隨所遊至與衣鉢俱行無顧戀猶如鷹鳥與兩翅俱飛翔空中彼已成就此聖戒聚及極知足復守護諸根常念閉塞念欲明達守護念心而得成就恒起正知若眼見色然不受想亦不味色謂忿諍故守護眼根心中不生貪伺憂慼惡不善法趣向彼故守護眼根如是耳鼻舌身若意知法然不受想亦不味法謂忿諍故守護意根心中不生貪伺憂慼惡不善法趣向彼故守護意根彼已成就此聖戒聚及極知足守護諸根復正知出入善觀分別屈申低仰儀容庠序善著僧伽梨及諸衣鉢行住坐卧眠覺語默皆正知之彼已成就此聖戒聚及極知足守護諸根正知出入復獨住遠離在無事處或至樹下空安靖處山巖石室露地穰積或至林中或在冢間彼已在無事處或至樹下空安靖處敷尼師壇結跏趺坐正身正願反念不向斷除貪伺心無有諍見他財物諸生活具不起貪伺欲令我得彼於貪伺淨除其心如是瞋恚睡眠掉悔斷疑度惑於諸善法

無有猶豫彼於疑惑淨除其心彼斷此五蓋心穢慧羸離欲離惡不善之法有覺有觀離生喜樂逮初禪成就遊梵志是謂如來所掘如來所行如來所服然彼不以此爲訖世尊如來無所著等正覺所說法善如來弟子聖衆善趣彼覺觀已息內靖一心無覺無觀定生喜樂逮第二禪成就遊梵志是謂如來所掘如來所行如來所服然彼不以此爲訖世尊如來無所著等正覺所說法善如來弟子聖衆善趣彼離喜欲捨無求遊正念正智而身覺樂謂聖所說聖所捨念樂住室逮第三禪成就遊梵志是謂如來所掘如來所行如來所服然彼不以此爲訖世尊如來無所著等正覺所說法善如來弟子聖衆善趣彼樂滅苦滅喜憂本已滅不苦不樂捨念清淨逮第四禪成就遊梵志是謂如來所掘如來所行如來所服然彼不以此爲訖世尊如來無所著等正覺所說法善如來弟子聖衆善趣彼已得如是定心清淨無穢無煩柔輭善住得不動心趣向漏盡智通作證彼知此苦如眞知此苦集知此苦滅知此苦滅道如眞知此漏如眞知此漏集知此漏滅知此漏滅道如眞彼如是知如是見欲漏心解脫有漏無明漏心解脫解脫已便知解脫生已盡梵行已立所作已辦不更受有知如眞梵志是謂如來所掘如來所行如來所服彼以此爲訖世尊如來無所著等正覺所說法善如來弟子聖衆善趣梵志於意云何如是象跡喻善作具足耶生聞梵志答曰唯然瞿曇如是象跡喻善作具足生聞梵志白曰世尊我已知

善逝我已解世尊我今自歸於佛法及比丘衆唯願世尊受我爲優婆塞從今日始終身自歸乃至命盡佛說如是生聞梵志及卑盧異學聞佛所說歡喜奉行

梵志品聞德經第六

我聞如是一時佛遊舍衛國在勝林給孤獨園爾時生聞梵志中後彷徉往詣佛所共相問訊却坐一面白曰瞿曇我欲有所問聽乃敢陳世尊告曰梵志恣汝所問生聞梵志即便問曰沙門瞿曇弟子或有在家或有出家學道以何義故博聞誦習耶世尊答曰梵志我弟子或有在家或出家學道所以博聞誦習欲自調御欲自息止自求滅訖梵志我弟子或有在家或出家學道以此義故博聞誦習生聞梵志復問曰瞿曇博聞誦習有差別耶博聞誦習有功德耶世尊答曰梵志博聞誦習而有差別博聞誦習則有功德生聞梵志復問曰瞿曇博聞誦習有何差別有何功德耶世尊答曰梵志多聞聖弟子晝日作業欲得其利彼所作業敗壞不成彼所作業敗壞不成已然不憂慼愁煩啼哭不椎身懊惱亦不癡狂梵志若多聞聖弟子晝日作業欲得其利彼所作業敗壞不成彼所作業敗壞不成已然不憂慼愁煩啼哭不椎身懊惱亦不癡狂者梵志是謂博聞誦習而有差別有此功德復次梵志多聞聖弟子所有愛念異無散解不復相應與別離已然不憂慼愁煩啼哭不椎身懊惱亦不癡狂梵志若多聞聖弟子所有愛念異無散解不復相應與別離已然不憂慼愁煩啼哭不椎身懊惱亦不癡

狂者梵志是謂博聞誦習而有差別有此功德復次梵志多聞聖弟子知所有財物皆悉無常念出家學道梵志若多聞聖弟子知所有財物皆悉無常念出家學道者梵志是謂博聞誦習而有差別有此功德復次梵志多聞聖弟子知所有財物皆悉無常已剃除鬚髮著袈裟衣至信捨家無家學道梵志若多聞聖弟子知所有財物皆悉無常已剃除鬚髮著袈裟衣至信捨家無家學道者梵志是謂博聞誦習而有差別有此功德復次梵志多聞聖弟子能忍飢渴寒熱蚊虻蠅蚤風日所逼惡聲捶杖亦能忍之身遇諸疾極爲苦痛至命欲絶諸不可樂皆能堪耐梵志若多聞聖弟子能忍飢渴寒熱蚊虻蠅蚤風日所逼惡聲捶杖亦能忍之身遇諸疾極爲苦痛至命欲絶諸不可樂皆能堪耐者梵志是謂博聞誦習而有差別有此功德復次梵志多聞聖弟子堪耐不樂生不樂已心終不著梵志若多聞聖弟子堪耐不樂生不樂已心終不著者梵志是謂博聞誦習而有差別有此功德復次梵志多聞聖弟子堪耐恐怖生恐怖已心終不著梵志若多聞聖弟子堪耐恐怖生恐怖已心終不著梵志是謂博聞誦習而有差別有此功德復次梵志多聞聖弟子若生三惡不善之念欲念恚念及害念爲此三惡不善念已心終不著梵志若多聞聖弟子若生三惡不善之念欲念恚念及害念爲此三惡不善念已心終不著者梵志是謂博聞誦習而有差別有此功德復次梵志多聞聖弟子離欲離惡不善之法至得第四禪成

就遊梵志若多聞聖弟子離欲離惡不善之法至得第四禪成就遊者梵志是謂博聞誦習而有差别有此功德復次梵志多聞聖弟子三結已盡得須陀洹不墮惡法定趣正覺極受七有天上人間七往來已則得苦邊梵志若多聞聖弟子三結已盡得須陀洹不墮惡法定趣正覺極受七有天上人間七往來已則得苦邊者梵志是謂博聞誦習而有差别有此功德復次梵志多聞聖弟子三結已盡婬怒癡薄得一往來天上人間一往來已則得苦邊梵志若多聞聖弟子三結已盡婬怒癡薄得一往來天上人間一往來已則得苦邊者梵志是謂博聞誦習而有差别有比功德復次梵志多聞聖弟子五下分結盡生彼間已便般涅槃得不退法不還此世梵志若多聞聖弟子五下分結盡生彼間已便般涅槃得不退法不還此世者梵志是謂博聞誦習而有差别有此功德復次梵志多聞聖弟子有息解脱離色得無色如其像定身作證成就遊慧觀斷漏而知漏梵志若多聞聖弟子有息解脱離色得無色如其像定身作證成就遊慧觀斷漏而知漏者梵志是謂博聞誦習而有差别有此功德復次梵志多聞聖弟子如意足天耳他心智宿命智生死智諸漏已盡得無漏心解脱慧解脱於現法中自知自覺自作證成就遊生已盡梵行已立所作已辦不更受有知如眞梵志若多聞聖弟子如意足天耳他心智宿命智生死智諸漏已盡得無漏心解脱慧解脱於現法中自知自覺自作證成就遊生已盡梵行已立所

作已辦不更受有知如眞者梵志是謂博聞誦習而有差別有此功德生聞梵志復問世尊此博聞誦習有此差別有此功德頗更有差別更有功德最上最妙最勝耶世尊答曰梵志此博聞誦習有此差別有此功徳更無差別更無功徳最上最妙最勝者生聞梵志白曰世尊我已知善逝我已解世尊我今自歸於佛法及比丘衆唯願世尊受我爲優婆塞從今日始終身自歸乃至命盡佛說如是生聞梵志聞佛所說歡喜奉行

梵志品何苦經第七

我聞如是一時佛遊舍衛國在勝林給孤獨園爾時生聞梵志中後彷徉往詣佛所共相問訊却坐一面白曰瞿曇我欲有所問聽乃敢陳世尊告曰梵志恣汝所問生聞梵志即便問曰瞿曇在家者有何苦出家學道者有何苦耶世尊答曰梵志在家者以不自在爲苦出家學道者以自在爲苦生聞梵志復問曰瞿曇在家者云何以不自在爲苦出家學道者云何以自在爲苦耶世尊答曰梵志若在家者錢不增長金銀眞珠瑠璃水精悉不增長畜牧穀米及奴婢使亦不增長爾時在家憂苦愁慼因此故在家者多有憂苦多懷愁慼梵志若出家學道者行隨其欲行隨恚癡爾時出家學道憂苦愁慼因此故出家學道者多有憂苦多懷愁慼梵志如是在家者以不自在爲苦出家學道者以自在爲苦生聞梵志復問曰瞿曇在家者有何樂出家學道者有何樂耶世尊答曰梵志在家者以自在爲樂出家學道者以不自在爲樂生聞梵

志復問曰瞿曇在家者云何以自在爲樂出家學道者云何以不自在爲樂耶世尊答曰梵志若在家者錢得增長金銀真珠瑠璃水精皆得增長畜牧穀米及奴婢使亦得增長爾時在家快樂歡喜因此故在家者多快樂歡喜梵志出家學道者行不隨欲行不隨恚癡爾時出家學道快樂歡喜因此故出家學道者多快樂歡喜梵志如是在家者以自在爲樂出家學道者以不自在爲樂生聞梵志復問曰瞿曇以何事故令天及人必無利義以何事故令天及人必有利義世尊答曰梵志若天及人共諍者必無利義若天及人不諍者必有利義生聞梵志復問曰瞿曇云何天及人共諍者必無利義云何天及人不諍者必有利義耶世尊答曰梵志若時天及人鬬諍怨憎者爾時天及人憂苦愁慼因此故天及人多有憂苦多懷愁慼梵志若時天及人不鬬諍不怨憎者爾時天及人快樂歡喜因此故天及人多快樂多歡喜梵志如是天及人共諍者必無利義天及人不諍者必有利義生聞梵志復問曰瞿曇以何事故令天及人必不得饒益必得其苦以何事故令天及人必得饒益必得其樂世尊答曰梵志若天及人行於非法及行惡者必不得益必得其苦若天及人能行如法不行惡者必得饒益必得其樂生聞梵志復問曰瞿曇天及人云何行於非法及行惡者必不得益必得其苦天及人云何行如法不行惡者必得饒益必得其樂世尊答曰梵志天及人身行非法及行惡口意行非法及行惡者爾時天及人

必當減損阿脩羅必當興盛梵志若天及人身行如法守護其身口意行如法守護口意者爾時天及人必當興盛阿修羅必當減損梵志如是天及人行於非法及行惡者必不得益必得其苦梵志如是天及人能行如法不行惡者必得饒益必得其樂生聞梵志復問曰瞿曇云何觀惡知識世尊答曰梵志當觀惡知識猶如月也生聞梵志復問曰瞿曇云何當觀惡知識猶如月耶世尊答曰梵志如向盡月日日稍減宮殿亦減光明亦減形色亦減日日盡去梵志有時月乃至於盡都不復見梵志惡知識人於如來正法律亦得其信彼得信已則於後時而不孝順亦不恭敬所行不順不立正智不起向法次法彼便失信持戒博聞庶幾智慧亦復失之梵志有時此惡知識教滅善法猶如月盡梵志如是當觀惡知識猶如月也生聞梵志復問曰瞿曇云何觀善知識世尊答曰梵志當觀善知識猶如月也生聞梵志復問曰瞿曇云何當觀善知識猶如月耶世尊答曰梵志猶如月初生少壯明淨日日增長梵志或時月十五日其殿豐滿梵志如是善知識於如來正法律得信彼得信已而於後時孝順恭敬所行隨順立於正智趣向法次法彼增長信持戒博聞庶幾智慧亦復增長梵志有時彼善知識善法具足如十五日月梵志如是當觀善知識猶如月也於是世尊說此頌曰

譬如月無垢　遊於虛空界　一切世星宿
悉翳其光明　如是信博聞　庶幾無慳貪
世間一切慳　悉翳施光明　猶如有大龍

興起雲雷電　雨下極霶霈　充滿一切地
如是信博聞　庶幾無慳貪　施飲食豐足
樂歡增廣施　如是極雷震　如天降時雨
彼福雨廣大　施主之所雨　財物多名譽
得生於善處　彼當受於福　死巳生天上

佛說如是生聞梵志聞佛所說歡喜奉行

中阿含經卷第三十六

音釋

蚊虻（蚊無分切虻莫耕切並齧人之飛蟲也）蠅（余陵切蒼蠅）蚤（音早齧人跳蟲也）猥（烏賄切雜也）㝹（奴侯切）狹（胡夾切隘也）蜫蟲（蜫古渾切蟲之總名也）獷（古猛切麤惡也）脂粉（脂陟離切燕脂也粉方吻切燒鉛爲粉以妝飾其面也）倡妓（倡蚩良切妓奇寄切倡妓女樂也）懊惱（懊烏皓切懊惱恨痛也）霶霈（霶普郎切霈普貝切霶霈多澤也又水廣及貌）

中阿含經卷第三十七

東晋罽賓三藏瞿曇僧伽提婆譯

梵志品何欲經第八

我聞如是一時佛遊舍衛國在勝林給孤獨園爾時生聞梵志中後彷徉往詣佛所共相問訊却坐一面白曰瞿曇欲有所問聽乃敢陳世尊告曰恣汝所問梵志即便問曰瞿曇刹利何欲何行何立何依何訖耶世尊答曰刹利者欲得財物行於智慧所立以刀依於人民以自在爲訖生聞梵志問曰瞿曇居士何欲何行何立何依何訖耶世尊答曰居士者欲得財物行於智慧立以技術依於作業以作業竟爲訖生聞梵志問曰瞿曇婦人何欲何行何立何依何訖耶世尊答曰婦人者欲得男子行於嚴飾立以兒子依於無對以自在爲訖生聞梵志問曰瞿曇偷劫何欲何行何立何依何訖耶世尊答曰偷劫者欲不與取行隱藏處所立以刀依於闇冥以不見爲訖生聞梵志問曰瞿曇梵志何欲何行何立何依何訖耶世尊答曰梵志者欲得財物行於智慧立以經書依於齋戒以梵天爲訖生聞梵志問曰瞿曇沙門何欲何行何立何依何訖耶世尊答曰沙門者欲得眞諦行於智慧所立以戒依於無處以涅槃爲訖生聞梵志白曰世尊我已知善逝我已解世尊我今自歸於佛法及比丘衆唯願世尊受我爲優婆塞從今日始終身自歸乃至命盡佛說如是生聞梵志聞佛所說歡喜奉行

梵志品鬱瘦歌羅經第九

我聞如是一時佛遊王舍城在竹林加蘭哆

園爾時鬱瘦歌羅梵志中後彷徉往詣佛所共相問訊却坐一面白曰瞿曇欲有所問聽乃敢陳世尊告曰恣汝所問鬱瘦歌羅梵志即便問曰瞿曇梵志爲四種姓施設四種奉事爲梵志施設奉事爲剎利居士工師施設奉事瞿曇梵志爲梵志施設奉事梵志應奉事梵志剎利居士工師亦應奉事梵志瞿曇此四種姓應奉事梵志瞿曇梵志爲剎利施設奉事剎利應奉事剎利居士工師亦應奉事剎利瞿曇此三種姓應奉事剎利瞿曇梵志爲居士施設奉事居士應奉事居士工師亦應奉事居士瞿曇此二種姓應奉事居士瞿曇梵志爲工師施設奉事工師應奉事工師誰復下賤應施設奉事工師唯工師奉事工師世尊問曰梵志諸梵志頗自知爲四種姓施設四種奉事爲梵志施設奉事爲剎利居士工師施設奉事耶鬱瘦歌羅梵志答曰不知也瞿曇但諸梵志自作是說我於此世天及魔梵沙門梵志從人至天梵志不自知爲四種姓施設四種奉事爲梵志施設奉事爲剎利居士工師施設奉事世尊告曰梵志猶如有人强與他肉而作是說士夫可食當與我宜梵志汝爲諸梵志說亦復如是所以者何梵志不自知爲四種姓施設四種奉事爲梵志施設奉事爲剎利居士工師施設奉事世尊問曰梵志云何奉事若有奉事因奉事故有如無勝者爲是奉事耶若有奉事因奉事故有勝無如者爲是奉事耶梵志若奉事梵志因奉事故有如無勝者爲是奉事耶奉事剎利居士工師因奉事故有如無勝者

爲是奉事耶梵志若奉事梵志因奉事故有勝無如者爲是奉事耶奉事刹利居士工師因奉事故有勝無如者爲是奉事耶鬱瘦歌羅梵志答曰瞿曇若我奉事因奉事故有如無勝者我不應奉事彼若我奉事因奉事故有勝無如者我應奉事彼瞿曇若奉事梵志因奉事故有如無勝者我不應奉事彼奉事刹利居士工師因奉事故有如無勝者我不應奉事彼瞿曇若奉事梵志因奉事故勝無如者我應奉事彼奉事刹利居士工師因奉事故有勝無如者我應奉事彼世尊告曰梵志若更有梵志來非愚非癡亦非顚倒心無顚倒自由自在我問彼梵志於意云何若有奉事因奉事故有如無勝者爲是奉事耶若有奉事因奉事故有勝無如者爲是奉事耶梵志若奉事梵志因奉事故有如無勝者爲是奉事耶奉事刹利居士工師因奉事故有如無勝者爲是奉事耶梵志若奉事梵志因奉事故有勝無如者爲是奉事耶奉事刹利居士工師因奉事故有勝無如者爲是奉事耶梵志彼梵志非愚非癡亦非顚倒心無顚倒自由自在答我曰瞿曇若我奉事因奉事故有如無勝者我不應奉事彼若我奉事因奉事故有勝無如者我應奉事彼瞿曇若奉事梵志因奉事故有如無勝者我不應奉事彼奉事刹利居士工師因奉事故有如無勝者我不應奉事彼瞿曇若奉事梵志因奉事故有勝無如者我應奉事彼奉事刹利居士工師因奉事故有勝無如者我應奉事彼世尊問曰梵志於意云何若有奉事因奉事故

失信戒博聞庶幾智慧者爲是奉事耶若有奉事因奉事故增益信戒博聞庶幾智慧者爲是奉事耶梵志若奉事梵志因奉事故失信戒博聞庶幾智慧者爲是奉事耶奉事剎利居士上師因奉事故失信戒博聞庶幾智慧者爲是奉事耶梵志若奉事梵志因奉事故增益信戒博聞庶幾智慧者爲是奉事耶奉事剎利居士工師因奉事故增益信戒博聞庶幾智慧者爲是奉事耶鬱瘦歌羅梵志答曰瞿曇若我奉事因奉事故失信戒博聞庶幾智慧者我不應奉事彼若我奉事因奉事故增益信戒博聞庶幾智慧者我應奉事彼瞿曇若奉事梵志因奉事故失信戒博聞庶幾智慧者我不應奉事彼奉事剎利居士工師因奉事故失信戒博聞庶幾智慧者我不應奉事彼瞿曇若奉事梵志因奉事故增益信戒博聞庶幾智慧者我應奉事彼奉事剎利居士工師因奉事故增益信戒博聞庶幾智慧者我應奉事彼世尊告曰梵志若更有梵志來非愚非癡亦非顛倒心不顛倒自由自在我問彼梵志於意云何若有奉事因奉事故失信戒博聞庶幾智慧者爲是奉事耶若有奉事因奉事故增益信戒博聞庶幾智慧者爲是奉事耶梵志若奉事梵志因奉事故失信戒博聞庶幾智慧者爲是奉事耶奉事剎利居士工師因奉事故失信戒博聞庶幾智慧者爲是奉事耶梵志若奉事梵志因奉事故增益信戒博聞庶幾智慧者爲是奉事耶奉事剎利居士工師因奉事故增益信戒博聞庶幾智慧者爲是奉事耶梵志彼

梵志非愚非癡亦非顛倒心無顛倒自由自在亦如是答我曰瞿曇若我奉事因奉事故失信戒博聞庶幾智慧者我不應奉事彼若我奉事因奉事故增益信戒博聞庶幾智慧者我應奉事彼瞿曇若奉事梵志因奉事故失信戒博聞庶幾智慧者我不應奉事彼奉事刹利居士工師因奉事故失信戒博聞庶幾智慧者我不應奉事彼瞿曇若奉事梵志因奉事故增益信戒博聞庶幾智慧者我應奉事彼奉事刹利居士工師因奉事故增益信戒博聞庶幾智慧者我應奉事彼鬱瘦歌羅梵志白曰瞿曇梵志爲四種姓施設四種自有財物爲梵志施設自有財物爲刹利居士工師施設自有財物瞿曇梵志爲梵志施設自有財物者瞿曇梵志爲梵志施設乞求

自有財物若梵志輕慢乞求者則便輕慢自有財物輕慢自有財物已則便失利猶如放牛人不能看牛者則便失利如是瞿曇梵志爲梵志施設乞求自有財物若梵志輕慢乞求者則便輕慢自有財物輕慢自有財物已則便失利瞿曇梵志爲刹利施設自有財物若瞿曇梵志爲刹利施設弓箭自有財物若刹利輕慢弓箭者則便輕慢自有財物輕慢自有財物已則便失利猶如放牛人不能看牛者則便失利如是瞿曇梵志爲刹利施設弓箭自有財物若刹利輕慢弓箭者則便輕慢自有財物輕慢自有財物已則便失利瞿曇梵志爲居士施設自有財物者瞿曇梵志爲居士施設田作自有財物若居士輕慢田作者則便輕慢自有財物輕慢自有財物已

則便失利猶如放牛人不能看牛者則便失利如是瞿曇梵志爲居士施設田作自有財物若居士輕慢田作者則便輕慢自有財物輕慢自有財物已則便失利瞿曇梵志爲工師施設自有財物者瞿曇梵志爲工師施設麻自有財物若工師輕慢麻者則便輕慢自有財物輕慢自有財物已則便失利猶如放牛人不能看牛者則便失利如是瞿曇梵志爲工師施設麻自有財物若工師輕慢麻者則便輕慢自有財物輕慢自有財物已則便失利世尊問曰梵志諸梵志頗自知爲四種姓施設四種自有財物爲梵志施設自有財物爲剎利居士工師施設自有財物耶鬱瘦歌羅梵志答曰不知也瞿曇但諸梵志自說我於此世天及魔梵沙門梵志從人至天不自知爲四種姓施設四種自有財物爲梵志施設自有財物爲剎利居士工師施設自有財物世尊告曰梵志猶如有人强與他肉而作是說士夫可食當與我直梵志汝爲諸梵志說亦復如是所以者何梵志不自知爲四種姓施設四種自有財物爲梵志施設自有財物爲剎利居士工師施設自有財物如是梵志我自善解善知諸法爲人施設息止法滅訖法覺道法善趣法施設自有財物世尊問曰梵志於意云何頗有梵志於此虛空不著不縛不觸不礙剎利居士工師不然耶鬱瘦歌羅梵志答曰瞿曇梵志於此虛空不著不縛不觸不礙剎利居士工師亦然如是梵志我自善解善知諸法爲人施設息止法滅訖法覺道法善趣法施設自有財物世尊問

曰梵志於意云何頗有梵志能行慈心無結無怨無恚無諍剎利居士工師不然耶鬱瘦歌羅梵志答曰瞿曇梵志能行慈心無結無怨無恚無諍剎利居士工師亦然如是梵志我自善解善知諸法爲人施設息止法滅訖法覺道法善趣法施設自有財物世尊問曰梵志於意云何若百種人來或有一人而語彼曰汝等共來若有生剎利族梵志族者唯彼能持澡豆至水洗浴去垢極淨梵志於意云何爲剎利族梵志族者彼能持澡豆至水洗浴去垢極淨耶爲居士族工師族者彼不能持澡豆至水洗浴去垢極淨耶爲一切百種人皆能持澡豆至水洗浴去垢極淨耶鬱瘦歌羅梵志答曰瞿曇彼一切百種人皆能持澡豆至水洗浴去垢極淨如是梵志我自善解善知諸法爲人施設息止法滅訖法覺道法善趣法施設自有財物世尊問曰梵志於意云何若百種人來或有一人而語彼曰汝等共來若生剎利族梵志族者唯彼能以極燥娑羅及栴檀木用作火母以鑽鑽之生火長養梵志於意云何爲剎利族梵志族者彼能以極燥娑羅及栴檀木用作火母以鑽鑽之生火長養耶爲居士族工師族者彼當以燥猪狗槽伊蘭檀木及餘弊木用作火母以鑽鑽之生火長養耶爲一切百種人皆能以若干種木用作火母以鑽鑽之生火長養耶鬱瘦歌羅梵志答曰瞿曇彼一切百種人皆能以若干種木用作火母以鑽鑽之生火長養如是梵志我自善解善知諸法爲人施設息止法滅訖法覺道法善趣法施設自有

財物世尊問曰梵志於意云何若彼百種人皆以若干種木用作火母以鑽鑽之生火長養彼一切火皆有焰有色有熱有光皆能作火事爲彼火獨有焰有色有熱有光能作火事耶爲彼火獨無焰無色無熱無光不能作火事耶爲彼一切火皆有焰有色有熱有光皆能作火事耶鬱瘦歌羅梵志答曰瞿曇若百種人皆以若干種木用作火母以鑽鑽之生火長養者彼一切火皆有焰有色有熱有光皆能作火事若彼火獨有焰有色有熱有光能爲火事者終無是處若彼火獨無焰無色無熱無光不能爲火事者亦無是處但瞿曇彼一切火皆有焰有色有熱有光皆能作火事如是梵志我自善解善知諸法爲人施設息止法滅訖法覺道法善趣法施設自有

財物世尊問曰梵志於意云何若彼百種人皆以若干種木用作火母以鑽鑽之生火長養彼或有人以燥草木著其火中生焰生色生熱生煙頗有焰色熱煙焰色熱煙而差別耶鬱瘦歌羅梵志答曰瞿曇若彼百種人皆以若干種木用作火母以鑽鑽之生火長養彼若有人以燥草木著其火中生焰生色生熱生煙我於彼火焰色熱煙焰色熱煙不能施設有差別也世尊告曰梵志如是我所得火所得不放逸能滅放逸及貢高慢我於此火火亦不能施設有差別也鬱瘦歌羅梵志白曰世尊我已知善逝我已解世尊我今自歸於佛法及比丘衆唯願世尊受我爲優婆塞從今日始終身自歸乃至命盡佛說如是鬱瘦歌羅梵志聞佛所說歡喜奉行

梵志品阿攝和經第十

我聞如是一時佛遊舍衛國在勝林給孤獨園爾時衆多梵志於拘薩羅集在學堂共論此事梵志種勝餘者不如梵志種白餘者皆黑梵志得清淨非梵志不得清淨梵志梵天子從彼口生梵梵所化而沙門瞿曇說四種姓皆悉清淨施設顯示彼作是念諸賢為誰有力能至沙門瞿曇所則以此事如法難詰彼復作是念阿攝和羅延多那摩納為父母所舉受生清淨乃至七世父母不絕種族生生無惡博聞總持誦過四典經深達因緣正文戲五句說阿攝和羅延多那摩納有力能至沙門瞿曇所則以此事如法難詰諸賢可共詣阿攝和羅延多那摩納所向說此事隨阿攝和羅延多那摩納所說我等當受於是拘薩羅衆多梵志即詣阿攝和羅延多那摩納所共相問訊却坐一面語曰摩納我等衆多梵志於拘薩羅集在學堂共論此事梵志種勝餘者不如梵志種白餘者皆黑梵志得清淨非梵志不得清淨梵志梵天子從彼口生梵梵所化而沙門瞿曇說四種姓皆悉清淨施設顯示我等作是念諸賢為誰有力能至沙門瞿曇所則以此事如法難詰我等復作是念阿攝和羅延多那摩納為父母所舉受生清淨乃至七世父母不絕種族生生無惡博聞總持誦過四典經深達因緣正文戲五句說阿攝和羅延多那摩納有力能至沙門瞿曇所則以此事如法難詰願阿攝和羅延多那摩納往詣沙門瞿曇所則以此事如法難詰阿攝和羅延多那摩納語諸梵志曰

諸賢沙門瞿曇如法說法若如法說法者不可難詰也拘薩羅衆多梵志語曰摩納汝未有屈事未可豫自伏所以者何阿攝和羅延多那摩納爲父母所舉受生清淨乃至七世父母不絕種族生生無惡博聞總持誦過四典經深達因緣正文戲五句說阿攝和羅延多那摩納有力能至沙門瞿曇所則以此事如法難詰頗阿攝和羅延多那摩納往詣沙門瞿曇所則以此事如法難詰阿攝和羅延多那摩納爲拘薩羅衆多梵志默然而受於是阿攝和羅延多那摩納與彼拘薩羅衆多梵志往詣佛所共相問訊却坐一面白曰瞿曇欲有所問聽我問耶世尊告曰摩納恣汝所問阿攝和羅延多那便問曰瞿曇諸梵志等作如是說梵志種勝餘者不如梵志種白

餘者皆黑梵志得清淨非梵志不得清淨梵志梵天子從彼口生梵梵所化未知沙門瞿曇當云何說世尊告曰我今問汝隨所解答摩納頗聞餘尼及劒浮國有二種姓大家及奴大家作奴奴作大家耶阿攝和羅延多那摩納答曰瞿曇我聞餘尼及劒浮國有二種姓大家及奴大家作奴奴作大家也如是摩納梵志若正趣者彼得善解自知如法剎利居士工師若正趣者亦得善解自知如法阿攝和羅延多那摩納白曰瞿曇甚奇甚特快說此喻但諸梵志作如是說梵志種勝餘者不如梵志種白餘者皆黑梵志得清淨非梵志不得清淨梵志梵天子從彼口生梵梵所化世尊問曰摩納於意云何頗獨有梵志於此虛空不著不縛不觸不礙剎利居士工師

爲不然耶阿攝和羅延多那摩納答曰瞿曇梵志於此虛空不著不縛不觸不礙刹利居士工師亦然如是摩納梵志若正趣者彼得善解自知如法刹利居士工師若正趣者亦得善解自知如法阿攝和羅延多那摩納白曰瞿曇甚奇甚特快說此喻但諸梵志作如是說梵志種勝餘者不如梵志種白餘者皆黑梵志得清淨非梵志不得清淨梵志梵天子從彼口生梵梵所化世尊問曰摩納於意云何頗獨有梵志能行慈心無結無怨無恚無諍刹利居士工師不然耶阿攝和羅延多那摩納答曰瞿曇梵志能行慈心無結無怨無恚無諍刹利居士工師亦然如是摩納梵志若正趣者彼得善解自知如法刹利居士工師若正趣者亦得善解自知如法阿攝和

羅延多那摩納白曰瞿曇甚奇甚特快說此喻但諸梵志作如是說梵志種勝餘者不如梵志種白餘者皆黑梵志得清淨非梵志不得清淨梵志梵天子從彼口生梵梵所化世尊問曰摩納於意云何若百種人來或有一人而語彼曰汝等共來若生刹利族梵志族者唯彼能持澡豆至水洗浴去垢極淨摩納於意云何爲刹利族梵志族者彼能持澡豆至水洗浴去垢極淨耶爲居士族工師族者彼不能持澡豆至水洗浴去垢極淨耶爲一切百種人皆能持澡豆至水洗浴去垢極淨耶阿攝和羅延多那摩納答曰瞿曇彼一切百種人皆能持澡豆至水洗浴去垢極淨如是摩納梵志若正趣者彼得善解自知如法刹利居士工師若正趣者亦得善解自知如

法阿攝和羅延多那摩納白曰瞿曇甚奇甚特快說此喻但諸梵志作如是說梵志種勝餘者不如梵志種白餘者皆黑梵志得清淨非梵志不得清淨梵志梵天子從彼口生梵梵所化世尊問曰摩納於意云何若百種人來或有一人而語彼曰汝等共來若生剎利族梵志族者唯彼能以極燥娑羅及栴檀木用作火母以鑽鑽之生火長養摩納於意云何爲剎利族梵志族者彼能以極燥娑羅及栴檀木用作火母以鑽鑽之生火長養耶爲居士族工師族者彼當以燥猪狗槽伊蘭檀木及餘弊木用作火母以鑽鑽之生火長養耶爲一切百種人皆能以若干種木用作火母以鑽鑽之生火長養耶阿攝和羅延多那摩納答曰瞿曇彼一切百種人皆能以若干種木用作火母以鑽鑽之生火長養如是摩納梵志若正趣者彼得善解自知如法剎利居士工師若正趣者亦得善解自知如法阿攝和羅延多那摩納白曰瞿曇甚奇甚特快說此喻但諸梵志作如是說梵志種勝餘者不如梵志種白餘者皆黑梵志得清淨非梵志不得清淨梵志梵天子從彼口生梵梵所化世尊問曰摩納於意云何若彼百種人皆以若干種木用作火母以鑽鑽之生火長養彼一切火皆有燄有色有熱有光皆能作火事爲彼火獨有燄有色有熱有光能作火事耶爲彼火獨無燄無色無熱無光不能作火事耶爲彼一切火皆有燄有色有熱有光皆能作火事耶阿攝和羅延多那摩納白曰瞿曇若彼百種人皆以若干種木用作火母以

鑽鑽之生火長養者彼一切火皆有焰有色有熱有光皆能作火事若彼火獨有焰有色有熱有光能爲火事者終無是處若彼火獨無焰無色無熱無光不能爲火事者亦無是處瞿曇但彼一切火皆有焰有色有熱有光皆能作火事如是摩納梵志若正趣者彼得善解自知如法刹利居士工師若正趣者亦得善解自知如法阿攝和羅延多那摩納白曰瞿曇甚奇甚特快說此喻但諸梵志作如是說梵志種勝餘者不如梵志種白餘者皆黑梵志得清淨非梵志不得清淨梵志梵天子從彼口生梵梵所化世尊告曰摩納若此身隨所生者即彼之數若生梵志族者即梵志族數若生刹利居士工師族者即工師族數摩納猶若如火隨所生者即彼之數若因木生者即木火數若因草糞薪生者即薪火數如是摩納此身隨所生者即彼之數若生梵志族者即梵志族數若生刹利居士工師族者即工師族數世尊問曰摩納於意云何若刹利女與梵志男共合會者彼因合會後便生子或似父或似母或不似父母汝云何說彼爲刹利爲梵志耶阿攝和羅延多那摩納答曰瞿曇刹利女與梵志男共合會者彼因合會後便生子或似父或似母或不似父母我不說彼刹利亦不說梵志瞿曇我但說彼他身如是摩納此身隨所生者即彼之數若生梵志族者即梵志族數若生刹利居士工師族者即工師族數世尊問曰摩納若梵志女與刹利男共合會者彼因合會後便生子或似父或似母或不似父母汝云何說彼

爲梵志爲刹利耶阿攝和羅延多那摩納答曰瞿曇梵志女與刹利男共合會者彼因合會後便生子或似父或似母或不似父母我不說彼梵志亦不說刹利瞿曇我但說彼他身如是摩納此身隨所生者即彼之數若生梵志族者即梵志族數若生刹利居士工師族者即工師族數世尊問曰摩納於意云何若人有衆多草馬放一父驢於中一草馬與父驢共合會彼因合會後便生駒汝云何說彼爲驢爲馬耶阿攝和羅延多那摩納答曰瞿曇若有草馬與驢共合會彼因合會後便生駒我不說彼驢亦不說馬瞿曇我但說彼騾也如是摩納若此身隨所生者即彼之數若生梵志族者即梵志族數若生刹利居士工師族者即工師族數世尊告曰摩納乃往

昔時有衆多仙人共住無事高處生如是惡見梵志種勝餘者不如梵志種白餘者皆黑梵志得清淨非梵志不得清淨梵志梵天子從彼口生梵梵所化於是阿私羅仙人提鞞羅聞衆多仙人共住無事高處生如是惡見已著袈裟衣以袈裟巾裹頭拄杖持繖著白衣屧不從門入至仙人住處靜室經行於是共住無事高處有一仙人見阿私羅仙人提鞞羅著袈裟衣以袈裟巾裹頭拄杖持繖著白衣屧不從門入至仙人住處靜室經行見已往詣共住無事高處衆多仙人所便作是語諸賢今有一人著袈裟衣以袈裟巾裹頭拄杖持繖著白衣屧不從門入至仙人住處靜室經行我等寧可共往咒之汝作灰汝作灰耶於是共住無事高處衆多仙人即往詣

彼阿私羅仙人提鞞羅所到已共呪汝作灰汝作灰如其呪法呪之汝作灰汝作灰者如是如是光顏益好身體悅澤彼衆多仙人便作是念我等本呪汝作灰汝作灰者彼即作灰我今呪此人汝作灰汝作灰我等如其呪法呪此人此人光顏益好身體悅澤我寧可問即便問之汝爲是誰阿私羅仙人提鞞羅答曰諸賢汝等頗聞有阿私羅仙人提鞞羅耶答曰聞有阿私羅仙人提鞞羅復語曰我即是也彼衆多仙人即共辭謝阿私羅仙人提鞞羅曰願爲忍恕願爲忍恕我等不知尊是阿私羅仙人提鞞羅耳於是阿私羅仙人提鞞羅語諸仙人曰我已相恕汝等實生惡見梵志種勝餘者不如梵志種白餘者皆黑梵志得清淨非梵志不得清淨梵志梵天子從彼口生梵梵所化彼諸仙人答曰如是阿私羅復問諸仙人曰汝等爲自知已父耶彼諸仙人答曰知也彼梵志取梵志婦非非梵志彼父復父乃至七世父彼梵志取梵志婦非非梵志阿私羅復問諸仙人曰汝等爲自知已母耶彼諸仙人答曰知也彼梵志取梵志夫非非梵志彼母復母乃至七世母彼梵志取梵志夫非非梵志阿私羅復問諸仙人曰汝等頗自知受胎耶彼諸仙人答曰知也以三事等合會受胎父母合會無漏堪耐香陰已至阿私羅此事等會入於母胎阿私羅復問諸仙人曰頗知受生爲男爲女知所從來爲從剎利族來梵志居士工師族來耶爲從東方西方南方北方來耶彼諸仙人答曰不知阿私羅復語彼仙人曰諸賢不見不知

此者汝等不知受胎誰從何處來爲男爲女爲從剎利來梵志居士工師來爲從東方南西北方來然作是說梵志種勝餘者不如梵志種白餘者皆黑梵志得清淨非梵志不得清淨梵志梵天子從彼口生梵梵所化摩納彼住無事高處衆多仙人爲阿私羅仙人提鞞羅如是善教善訶不能施設清淨梵志況汝師徒著皮草衣於是阿攝和羅延多那摩納爲世尊面訶詰責內懷愁慼低頭默然失辯無言於是世尊面訶詰責阿攝和羅延多那摩納已復令歡悅即便告曰摩納有一梵志作齋行施彼有四兒二好學問二不學問於摩納意云何彼梵志爲先施誰第一坐第一澡水第一食耶阿攝和羅延多那摩納答曰瞿曇若彼梵志其有二兒好學問者必先施彼第一坐第一澡水第一食也世尊復問曰摩納復有一梵志作齋行施彼有四兒二好學問然不精進喜行惡法二不學問然好精進喜行妙法於摩納意云何彼梵志爲先施誰第一坐第一澡水第一食耶阿攝和羅延多那摩納答曰瞿曇若彼梵志其有二兒雖不學問而好精進喜行妙法者必先施彼第一坐第一澡水第一食也世尊告曰摩納汝先稱歎學問後稱歎持戒摩納我說四種姓皆悉清淨施設顯示汝亦說四種姓皆悉清淨施設顯示於是阿攝和羅延多那摩納即從座起欲稽首佛足爾時彼大衆唱高大音聲沙門瞿曇甚奇甚特有大如意足有大威德有大福祐有大威神所以者何如沙門瞿曇說四種姓皆悉清淨施設顯示令阿攝

和羅延多那摩納亦說四種姓皆悉清淨爾時世尊知彼大衆心之所念告曰止止阿攝和羅延多那但心喜足可還復坐我當爲汝說法阿攝和羅延多那摩納稽首佛足却坐一面世尊爲彼說法勸發渴仰成就歡喜無量方便爲彼說法勸發渴仰成就歡喜已默然而住於是阿攝和羅延多那摩納佛爲說法勸發渴仰成就歡喜已即從座起稽首佛足繞三帀而去是時拘薩羅衆多梵志還去不遠種種言語責數阿攝和羅延多那欲何等作欲伏沙門瞿曇而反爲沙門瞿曇所降伏還猶如有人爲眼入林中而反失眼還阿攝和羅延多那汝亦如是欲伏沙門瞿曇而反爲沙門瞿曇所降伏還猶如有人爲飲入池而反渴還阿攝和羅延多那汝亦如是欲伏沙門瞿曇而反爲沙門瞿曇所降伏還阿攝和羅延多那欲何等作於是阿攝和羅延多那摩納語拘薩羅衆多梵志曰諸賢我前已說沙門瞿曇如法說法若如法說法者不可難詰也佛說如是阿攝和羅延多那摩納聞佛所說歡喜奉行　第三念誦訖

中阿含經卷第三十七

音釋

澡豆澡子皓切澡豆或謂皂莢也　燥先到切乾燥也　以鑽鑽之上鑽祖貫切木鑽也下鑽祖官切穿也　⿰火僉正作燄以贍切火光也　詰去吉切責也問也　繖蘇旱切蓋也　屧蘇協切屐也

中阿含經卷第三十八

東晋罽賓三藏瞿曇僧伽提婆譯

鸚鵡鬚閑提　婆羅婆遊堂　須達梵波羅
黄蘆園頭那　阿伽羅訶那　阿蘭那梵摩

梵志品鸚鵡經第十一　第四分別誦

我聞如是一時佛遊王舍城在竹林加蘭哆園爾時鸚鵡摩納都題子少有所爲往至王舍城寄宿居士家於是鸚鵡摩納都題子問所寄宿居士曰頗有沙門梵志宗主衆師統領大衆爲人所尊令我隨時往見奉敬儻能因此敬奉之時得歡喜耶居士答曰有也天愛沙門瞿曇釋種子捨釋宗族剃除鬚髮著袈裟衣至信捨家無家學道覺無上正盡覺天愛自可隨時往見詣彼奉敬或能因此奉敬之時心得歡喜鸚鵡摩納即復問曰沙門瞿曇今在何處我欲見之居士答曰沙門瞿曇在此王舍城竹林加蘭哆園便可往見於是鸚鵡摩納從所寄宿居士家出往詣竹林加蘭哆園鸚鵡摩納遥見世尊在樹林間端正姝好猶星中月光曜暐曄晃若金山相好具足威神巍巍諸根寂定無有蔽礙成就調御息心靜默見已便前往詣佛所共相問訊却坐一面白曰瞿曇欲有所問聽乃敢陳世尊告曰恣汝所問鸚鵡摩納問曰瞿曇如我所聞若在家者便得善解則知如法出家學道者則不然也我問瞿曇此事云何世尊告曰此事不定鸚鵡摩納白曰瞿曇願今爲我分別此事世尊告曰摩納諦聽善思念之我當爲汝具分別說鸚鵡摩納受教而聽佛言摩納若有在家及出家學道行邪行者我不

稱彼所以者何若在家及出家學道行邪行者不得善解不知如法是故摩納若有在家及出家學道行邪行者我不稱彼摩納若有在家及出家學道行正行者我稱說彼所以者何若有在家及出家學道行正行者必得善解則知如法是故摩納若有在家及出家學道行正行者我稱說彼摩納我如是說說此二法如是分別如是顯示若有沙門梵志有力堅固深入一向專著而說此爲眞諦餘者虛妄鸚鵡摩納白曰瞿曇如我所聞若在家者便有大利有大功德出家學道者則不然也我問瞿曇此事云何世尊告曰此事不定鸚鵡摩納白曰瞿曇願復爲我分別此事世尊告曰摩納諦聽善思念之我當爲汝具分別說鸚鵡摩納受教而聽佛言摩納若在家者有大災患有大鬬諍有大怨憎行邪行者不得大果無大功德猶如田作有大災患有大鬬諍有大怨憎行邪行者不得大果無大功德如是摩納若在家者亦復如是摩納出家學道少有災患少有鬬諍少有怨憎行邪行者不得大果無大功德猶如治生少有災患少有鬬諍少有怨憎行邪行者不得大果無大功德如是摩納出家學道亦復如是摩納若在家者有大災患有大鬬諍有大怨憎行正行者得大果報有大功德猶如田作有大災患有大鬬諍有大怨憎行正行者得大果報有大功德如是摩納若在家者亦復如是摩納出家學道少有災患少有鬬諍少有怨憎行正行者得大果報有大功德猶如治生少有災患少有鬬諍少有怨憎行正行

者得大果報有大功德如是摩納出家學道亦復如是摩納我如是說說此二法如是分別如是顯示若有沙門梵志有力堅固深入一向專著而說此爲眞諦餘者虛妄鸚鵡摩納白曰瞿曇彼諸梵志施設五法有大果報有大功德作福得善世尊告曰若諸梵志施設五法有大果報有大功德作福得善汝在此衆今可說耶鸚鵡摩納白曰瞿曇我無不可所以者何瞿曇於今現在此衆世尊告曰汝便可說鸚鵡摩納白曰瞿曇善聽瞿曇梵志施設第一眞諦法有大果報有大功德作福得善第二誦習第三熱行第四苦行瞿曇梵志施設第五梵行有大果報有大功德作福得善世尊告曰若有梵志施設五法有大果報有大功德作福得善彼梵志中頗有一梵志作如是說我此五法於現法中自知自覺自作證已施設果耶鸚鵡摩納白世尊曰無也瞿曇世尊告曰頗有師及祖師至七世父母作如是說我此五法於現法中自知自覺自作證已施設果耶鸚鵡摩納白世尊曰無也瞿曇爾時世尊問曰摩納若昔有梵志壽終命過誦持經書流布經書誦習經典一曰夜吒二曰婆摩三曰婆摩提婆四曰毗奢蜜哆羅五曰夜婆陀揵尼六曰應疑羅婆七曰婆私吒八曰迦葉九曰婆羅婆十曰婆和謂今諸梵志即彼具經誦習持學彼頗作是說我此五法於現法中自知自覺自作證已施設果也鸚鵡摩納白世尊曰無也瞿曇但諸梵志因信受持世尊告曰若於諸梵志無一梵志而作是說我此五法於現法中自知

自覺自作證已設施果報亦無師及祖師乃至七世父母而作是說我此五法於現法中自知自覺自作證已施設果報若昔有梵志壽終命過誦持經書流布經書誦習經典一曰夜吒二曰婆摩三曰婆摩提婆四曰毗奢蜜哆羅五曰夜婆陀提尼六曰應疑羅婆七曰婆私吒八曰迦葉九曰婆羅婆十曰婆和謂今諸梵志即彼具經誦習持學彼無作是說我此五法於現法中自知自覺自作證已施設果報摩納彼諸梵志不以此故於信向中無根本耶鸚鵡摩納白曰瞿曇實無根本但諸梵志聞已受持世尊告曰猶衆盲兒各相扶持彼在前者不見於後亦不見中彼在中者不見於前亦不見後彼在後者不見於中亦不見前摩納所說諸梵志輩亦復如是

摩納前說信而後復說聞鸚鵡摩納瞋恚世尊憎嫉不悅誹謗世尊指擿世尊罵詈世尊應誹謗瞿曇應指瞿曇應墮瞿曇語世尊曰有一梵志名弗袈裟娑羅姓直清淨化彼作是說若有沙門梵志於人上法有知有見現我得者我聞是已便大笑之意不相可虛妄不眞亦不如法云何人生人中自說得人上法若於人上法言我知我見者此事不然於是世尊便作是念鸚鵡摩納都題子瞋恚於我憎嫉不悅誹謗於我指擿於我罵詈於我應誹謗瞿曇應指瞿曇應墮瞿曇而語我曰瞿曇有梵志名弗袈裟娑羅姓直清淨化彼作是說若有沙門梵志於人上法有知有見現我得者我聞是已便大笑之意不相可虛妄不眞亦不如法云何人生人中自說得人

上法若於人上法言我知我見者此事不然世尊知已告曰摩納梵志弗袈裟娑羅姓直清淨化彼知一切沙門梵志心之所念然後作是說若有沙門梵志於人上法有知有見現我得者我聞是已便大笑之意不相可虛妄不眞亦不如法云何人生人中自說得人上法若於人上法言我知我見者此事不然耶鸚鵡摩納答曰瞿曇梵志弗袈裟娑羅姓直清淨化自有一婢名曰不尼尚不能知心之所念況復欲知一切沙門梵志心之所念耶若使知者終無是處世尊告曰猶人生盲彼作是說無黑白色亦無見黑白色者無好惡色亦無見好惡色無長短色亦無見長短色無近遠色亦無見近遠色無麤細色亦無見麤細色我初不見不知是故無色彼生盲人作如是說爲眞實耶鸚鵡摩納答世尊曰不也瞿曇所以者何有黑白色亦有見黑白色者有好惡色亦有見好惡色有長短色亦有見長短色有近遠色亦有見近遠色有麤細色亦有見麤細色若言我初不見不知是故無色彼生盲人作是說者爲不眞實摩納梵志弗袈裟娑羅姓直清淨化彼所說者非如生盲無目人耶鸚鵡摩納答世尊曰如盲瞿曇世尊告曰摩納於意云何若昔有梵志壽終命過誦持經書流布經書誦習經典謂商伽梵志生聞梵志弗袈裟娑羅梵志及汝父都題若彼所說可不可有眞無眞有高有下耶鸚鵡摩納答世尊曰若昔有梵志壽終命過誦持經書流布經書誦習經典謂商伽梵志生聞梵志弗袈裟娑羅梵志及我父都

題彼所說者於我意者欲令可莫令不可欲令眞莫令不眞欲令高莫令下彼時世尊問曰摩納梵志弗袈裟娑羅姓直清淨化彼所說者非爲不可無有可耶非爲不眞無有眞耶非爲至下無有高耶鸚鵡摩納答世尊曰實爾瞿曇復次摩納有五法作障礙作覆蓋作盲無目能滅智慧唐自疲勞不得涅槃云何爲五摩納欲第一法作障礙作覆蓋作盲無目能滅智慧唐自疲勞不得涅槃摩納恚身見戒取疑第五法作障礙作覆蓋作盲無目能滅智慧唐自疲勞不得涅槃摩納於意云何爲此五法之所障礙覆蓋陰纏彼若欲觀自義觀他義觀俱義及知一切沙門梵志心之所念者終無是處摩納梵志弗袈裟娑羅姓直清淨化爲欲所染欲所穢染欲觸欲

倚著於欲入於欲中不見災患不知出要而行於欲彼爲此五法之所障礙覆蓋陰纏彼若欲觀自義觀他義觀俱義及知一切沙門梵志心之所念者終無是處復次摩納有五欲功德愛念意樂彼有愛色欲相應甚可於樂云何爲五目知色耳知聲鼻知香舌知味身知觸摩納於意云何衆生因此五欲功德故生樂生喜不復是過耶鸚鵡摩納白世尊曰如是瞿曇世尊問曰摩納於意云何若因草木而然火及離草木而然火何者光燄最上最妙最勝耶鸚鵡摩納白曰瞿曇若離草木而然火者終無此處唯有如意足力瞿曇若離草木而然火者彼光燄最上最妙最勝世尊告曰如是如是摩納若離草木而然火者終無是處唯有如意足力若離草木而然

火者彼光熖最上最妙最勝我今假說摩納如因草木而然火者如是衆生所生喜樂謂因欲惡不善之法不得捨樂及於止息摩納如離草木而然火者如是衆生所生捨樂謂因離欲從諸善法而得捨樂及於止息世尊告曰摩納於意云何有一梵志作齋行施或從東方有剎利童子來彼作是說我於其中得第一坐第一澡水第一飲食彼於其中不得第一坐第一澡水第一飲食便生怨恨而懷憎嫉或從南方有梵志童子來彼作是說我於其中得淨妙食彼於其中不得淨妙食便生怨恨而懷憎嫉或從西方有居士童子來彼作是說我於其中得豐饒食彼於其中不得豐饒食便生怨恨而懷憎嫉或從北方有工師童子來彼作是說我於其中得豐足食彼於其中不得豐足食便生怨恨而懷憎嫉摩納彼諸梵志行如是施施設何等報耶鸚䳇摩納白曰瞿曇梵志不如是心行於布施使他生怨恨而懷憎嫉瞿曇當知梵志以慈傷心而行於施以慈傷心而行施已便得大福世尊告曰摩納梵志非為施設第六法有大果報有大功德作福得善耶鸚䳇摩納答世尊曰如是瞿曇世尊問曰摩納若有梵志施設五法有大果報有大功德作福得善汝見此法多在何處為在家耶為出家學道耶鸚䳇摩納答曰瞿曇若有梵志施設五法有大果報有大功德作福得善我見此法多在出家學道非在家也所以者何在家者多事多有所作多有結恨多有憎諍彼不能得守護誠諦瞿曇出家學道者少事少有所作

少有結恨少有憎諍彼必能得守護誠諦瞿曇彼誠諦者我見多在出家學道非在家也所以者何在家者多事多有所作多有結恨多有憎諍彼不得行施不得誦習不得行苦行不得行梵行瞿曇出家學道者少事少有所作少有結恨少有憎諍彼得行施彼得誦習得行苦行得行梵行瞿曇行梵行者我見此法多在出家學道非在家也世尊告曰摩納若有梵志施設五法有大果報有大功德作福得善者我說是從心起云何爲心若心無結無怨無恚無諍爲修彼故摩納於意云何若有比丘守護誠諦者彼因守護誠諦故得喜得悅摩納若有喜及悅善善相應我說是從心起云何爲心若心無結無怨無恚無諍爲修彼故如是彼得行施彼得誦習得行苦行得行梵行彼因行梵行故得喜得悅摩納若有喜及悅善善相應我說是從心起云何爲心若心無結無怨無恚無諍彼心與慈俱遍滿一方成就遊如是二三四方四維上下普周一切心與慈俱無結無怨無恚無諍極廣甚大無量善修遍滿一切世間成就遊如是悲喜心與捨俱無結無怨無恚無諍極廣甚大無量善修遍滿一切世間成就遊摩納猶如有人善吹於螺彼若有方未曾聞者彼於夜半而登高山極力吹螺出微妙聲遍滿四方如是比丘心與慈俱遍滿一方成就遊如是二三四方四維上下普周一切心與慈俱無結無怨無恚無諍極廣甚大無量善修遍滿一切世間成就遊如是悲喜心與捨俱無結無怨無恚無諍極廣甚大無量善修

遍滿一切世間成就遊摩納於意云何若有求天要求天上故便行貪伺相應心令我作天及餘天若有求天要求天上故便無結無怨無恚無諍無量極廣善修心定意解遍滿成就遊令我作天及餘天汝觀於彼誰得作天及餘天耶鸚鵡摩納答曰瞿曇若此求天要求天上故便無結無怨無恚無諍無量極廣善修心定意解遍滿成就遊者我觀於彼必得作天或餘天也世尊問曰摩納於意云何若有求梵天要求梵天上故便行貪伺相應心令我作梵天及餘梵天若有求梵天要求梵天上故便無結無怨無恚無諍無量極廣善修心定意解遍滿成就遊令我作梵天及餘梵天汝觀於彼誰得作梵天及餘梵天耶鸚鵡摩納答曰瞿曇若此求梵天要求梵天上故便無結無怨無恚無諍無量極廣善修心定意解遍滿成就遊者我觀於彼得作梵天或餘梵天鸚鵡摩納問曰瞿曇知梵道跡耶世尊告曰摩納我今問汝隨所解答摩納於意云何那羅歌羅村去此衆不遠耶鸚鵡摩納答曰不遠世尊告曰摩納於意云何汝於此衆告一人曰汝往至彼那羅歌羅村到便即還彼受汝教速疾往至那羅歌羅村到便即還彼往反已汝問道路謂於那羅歌羅村往反出入事彼人寧住不能答耶鸚鵡摩納答世尊曰不也瞿曇世尊告曰摩納彼人往反於那羅歌羅村問道路事乃可得住而不能答若問如來無所著等正覺梵道跡者終不躄住而不能答鸚鵡摩納白世尊曰沙門瞿曇無著大伺此事具足謂問梵道跡

能速答故世尊我巳知善逝我巳解世尊我今自歸於佛法及比丘衆唯願世尊受我爲優婆塞從今日始終身自歸乃至命盡佛說如是鸚鵡摩納聞佛所說歡喜奉行

梵志品鬚閑提經第十二

我聞如是一時佛遊拘樓瘦在婆羅婆第一靜室坐於草座爾時世尊過夜平旦著衣持鉢入劒摩瑟曇次第乞食食訖中後還舉衣鉢澡洗手足以尼師壇著於肩上往詣一林至晝行處爾時世尊入於彼林至一樹下敷尼師壇結跏趺坐於是鬚閑提異學中後彷徉往詣婆羅婆第一靖室鬚閑提異學遥見婆羅婆第一靖室有布草座一脇臥處似師子臥似沙門臥似梵行臥鬚閑提異學見巳問曰婆羅婆第一靖室誰有此草座一脇臥處似師子臥似沙門臥似梵行臥婆羅婆梵志答曰鬚閑提有沙門瞿曇釋種子捨釋宗族剃除鬚髮著袈裟衣至信捨家無家學道覺無上正盡覺彼第一靖室有此草座一脇臥處似師子臥似沙門臥似梵行臥鬚閑提異學語曰婆羅婆我今不可見見不可聞聞謂我見沙門瞿曇臥處所以者何彼沙門瞿曇壞敗地壞敗地者無可用也婆羅婆語曰鬚閑提汝不應以此事罵彼沙門瞿曇所以者何彼沙門瞿曇多有慧刹利慧梵志慧居士慧沙門慧若說慧者皆得聖智鬚閑提我欲以此義向彼沙門瞿曇說爲可爾不鬚閑提語曰婆羅婆若欲說者則隨汝意我無所違婆羅婆若見沙門瞿曇者我亦說此義所以者何彼沙門瞿曇敗壞地敗壞地者無可

用也爾時世尊在晝行處以淨天耳出過於人聞婆羅婆梵志與鬚閑提異學共論此事世尊聞已則於晡時從宴坐起往詣婆羅婆梵志第一靖室於草座上敷尼師壇結跏趺坐婆羅婆梵志遥見世尊在樹林間端坐姝好猶星中月光曜暐曄晃若金山相好具足威神巍巍諸根寂定無有蔽礙成就調御息心靜默見已進前往詣佛所共相問訊却坐一面世尊問曰婆羅婆與鬚閑提異學共論此草座處耶婆羅婆梵志答世尊曰如是瞿曇我亦欲以此事向沙門瞿曇說然沙門瞿曇我未說已自知所以者何以如來無所著等正覺故世尊與婆羅婆梵志共論此事鬚閑提異學於後彷徉往詣婆羅婆第一靖室世尊遥見鬚閑提異學來已而作是說鬚閑提不調御眼根不密守護而不修者必受苦報彼於沙門瞿曇善自調御善密守護而善修者必得樂報鬚閑提汝因此故說沙門瞿曇敗壞地敗壞地者無可用耶鬚閑提異學答世尊曰如是瞿曇鬚閑提如是耳鼻舌身根不調御意根不密守護而不修者必受苦報彼於沙門瞿曇善自調御善密守護而善修者必得樂報鬚閑提汝因此故說沙門瞿曇敗壞地敗壞地者無可用耶鬚閑提異學答世尊曰如是瞿曇世尊問曰鬚閑提於意云何若人本末出家學道彼眼知色愛念意樂可欲相應彼於後時捨眼知色剃除鬚髮著袈裟衣至信捨家無家學道彼眼知色集滅味患出要見如眞內息心遊行彼若見人未離色欲爲色愛所食爲色熱所熱彼眼知

色愛念意樂可欲相應行時見已不稱彼不樂彼鬚閑提於意云何若有此樂因愛因色樂此樂時薄賤故不稱彼薄賤故不樂彼鬚閑提寧可於彼有所說耶答世尊曰不也瞿曇鬚閑提於意云何若人本未出家學道如是耳知聲鼻知香舌知味身知觸愛念意樂可欲相應彼於後時捨身知觸剃除鬚髮著袈裟衣至信捨家無家學道彼身知觸集滅味患出要見如真內息心遊行彼若見人未離觸欲爲觸愛所食爲觸熱所熱彼身知觸愛念意樂可欲相應行時見已不稱彼不樂彼鬚閑提於意云何若有見此樂因愛因觸樂此樂時薄賤故不稱彼薄賤故不樂彼鬚閑提寧可於彼有所說耶答世尊曰不也瞿曇世尊問曰鬚閑提於意云何若人本未出家學道五欲功德愛念意樂可欲相應彼於後時捨五欲功德剃除鬚髮著袈裟衣至信捨家無家學道彼五欲功德集滅味患出要見如真內息心遊行彼若見人未離欲爲欲愛所食爲欲熱所熱五欲功德愛念意樂可欲相應行時見已不稱彼不樂彼鬚閑提於意云何若有此樂因欲因欲愛樂此樂時薄賤故不稱彼薄賤故不樂彼鬚閑提寧可於彼有所說耶答世尊曰不也瞿曇鬚閑提我本未出家學道時得五欲功德易不難得愛念意樂可欲相應我於後時捨五欲功德剃除鬚髮著袈裟衣至信捨家無家學道彼五欲功德集滅味患出要見如真內息心遊行我見人未離欲爲欲愛所食爲欲熱所熱五欲功德愛念意樂可欲相應行時見已我不

稱彼我不樂彼鬚閑提於意云何若有此樂因欲因欲愛樂此樂時薄賤故我不稱彼薄賤故我不樂彼鬚閑提寧可於我有所說耶答世尊曰不也瞿曇世尊告曰鬚閑提猶如居士居士子極大富樂資財無量多諸畜牧封戶食邑諸生活具種種豐饒彼得五欲易不難得彼成就身妙行口意妙行臨死之時不樂捨五欲功德身壞命終復昇善處得生天上具足行五欲功德鬚閑提此天及天子寧當捨天五欲功德樂人間欲歡喜念耶答世尊曰不也瞿曇所以者何人間欲者臭處不淨意甚穢惡而不可向憎諍極苦瞿曇於人間欲天欲最上最妙最勝若彼天及天子捨於天上五欲功德樂人間欲歡喜念者終無是處如是鬚閑提我斷人間欲度於天欲

剃除鬚髮著袈裟衣至信捨家無家學道彼五欲功德集滅味患出要見如真內息心遊行我見人未離欲爲欲愛所食爲欲熱所熱五欲功德愛念意樂可欲相應行時見已我不稱彼我不樂彼鬚閑提於意云何若有此樂因欲因欲愛樂此樂時薄賤故我不稱彼薄賤故我不樂彼鬚閑提寧可於我有所說耶答世尊曰不也瞿曇世尊告曰鬚閑提猶人病癩身體爛熟爲蟲所食抓摑瘡開臨火坑炙鬚閑提於意云何若病癩人身體爛熟爲蟲所食抓摑瘡開臨火坑炙如是寧得除病有力不壞諸根爲脫癩病身體完健平復如故耶答世尊曰不也瞿曇所以者何若病癩人身體爛熟爲蟲所食抓摑瘡開臨火坑炙如是更生瘡轉增多本瘡轉大然彼反以

癩瘡爲樂鬚閑提如病癩人身體爛熟爲蟲所食抓擿瘡開臨火坑炙如是更生瘡轉增多本瘡轉大然彼反以癩瘡爲樂鬚閑提如是衆生未離欲爲欲愛所食爲欲熱所熱而行於欲鬚閑提如是衆生未離欲爲欲愛所食爲欲熱所熱而行於欲如是欲轉增多欲愛轉廣然彼反以欲愛爲樂彼若不斷欲不離欲愛內息心已行當行令行者終無是處所以者何此非道理斷欲離欲愛謂行於欲世尊告曰鬚閑提猶王及大臣得五所欲易不難得彼若不斷欲不離欲愛內息心已行當行令行者終無是處所以者何此非道理斷欲離欲愛謂行於欲如是鬚閑提衆生未離欲爲欲愛所食爲欲熱所熱而行於欲鬚閑提若衆生未離欲爲欲愛所食爲欲熱所熱而行欲者如是欲轉增多欲愛轉廣然彼反以欲愛爲樂彼若不斷欲不離欲愛內息心已行當行令行者終無是處所以者何此非道理斷欲離欲愛謂行於欲鬚閑提猶病癩人身體爛熟爲蟲所食抓擿瘡開臨火坑炙有人爲彼憐念愍傷求利及饒益求安隱快樂與如其像好藥與如其像好藥已除病得力不壞諸根已脫癩病身體完健平復如故更還本所彼若見人有癩病身體爛熟爲蟲所食抓擿瘡開臨火坑炙鬚閑提彼人見已寧復意樂稱譽喜耶答世尊曰不也瞿曇所以者何有病須藥無病不須鬚閑提於意云何若彼癩人除病得力不壞諸根已脫癩病身體完健平復如故有二力士强捉彼人臨火坑炙彼於其中幃惶迴避身生重熱鬚

閑提於意云何此火坑者於今更熱大苦可患甚於本耶答世尊曰不也瞿曇其本病癩身體爛熟爲蟲所食抓摘瘡開臨火坑炙彼於苦火樂更樂想其心迷亂有顛倒想瞿曇彼人於今除病得力不壞諸根已脱癩病身體完健平復如故彼於苦火苦更樂想其心泰然無顛倒想鬚閑提如病癩人身體爛熟爲蟲所食抓摘瘡開臨火坑炙彼於苦火樂更樂想其心迷亂有顛倒想如是鬚閑提衆生不離欲爲欲愛所食爲欲熱所熱而行於欲彼於苦欲有樂欲想其心迷亂有顛倒想鬚閑提猶如彼人除病得力不壞諸根已脱癩病身體完健平復如故彼於苦火苦更樂想其心泰然無顛倒想如是鬚閑提我於苦欲有苦欲想得如眞實無顛倒想所以者何鬚閑提過去時欲不淨臭處意甚穢惡而不可向憎諍苦更觸未來現在欲亦不淨臭處意甚穢惡而不可向憎諍苦更觸鬚閑提如來無所著等正覺説無病第一利涅槃第一樂鬚閑提異學白世尊曰瞿曇我亦曾從耆舊尊德長老久學梵行所聞無病第一利涅槃第一樂世尊問曰鬚閑提若汝曾從耆舊尊德長老久學梵行所聞無病第一利涅槃第一樂鬚閑提何者無病何者涅槃耶於是鬚閑提異學身即是病是癰是箭是蛇是無常是苦是空是非神以兩手捫摸而作是説瞿曇此是無病此是涅槃世尊語曰鬚閑提猶如生盲從有目人聞其所説白淨無垢白淨無垢彼聞此已便求白淨有諂誑人而不爲彼求利及饒益求安隱快樂則以垢膩不

淨之衣持往語曰汝當知之此是白淨無垢之衣汝以兩手敬受被身彼盲子喜即以兩手敬受被身而作是說白淨無垢白淨無垢鬚閑提彼人爲自知說爲不知說爲自見說爲不見說鬚閑提異學答曰瞿曇如是說者實不知見世尊語曰如是鬚閑提如盲無目身即是病是癰是箭是蛇是無常是苦是空是非神以兩手捫摸而作是說瞿曇此是無病此是涅槃鬚閑提汝尚不識於無病何況知見於涅槃耶言知見者終無是處鬚閑提如來無所著等正覺說

無病第一利　涅槃第一樂　諸道八正道
住安隱甘露

彼衆多人並共聞之衆多異學聞此偈已展轉相傳不能知義彼既聞已而欲求教彼並愚癡還相欺誑彼自現身四大之種從父母生飲食所長常覆按摩澡浴强忍破壞磨滅離散之法然見神受神緣受則有緣有則生緣生則老死緣老死則愁慼啼哭憂苦懊惱如是此生純大苦陰於是鬚閑提異學即從座起偏袒著衣叉手向佛白曰瞿曇我今極信沙門瞿曇唯願瞿曇善爲說法令我得知此是無病此是涅槃世尊告曰鬚閑提若汝聖慧眼未淨者我爲汝說無病涅槃終不能知唐煩勞我鬚閑提猶生盲人因他往語汝當知之此是青色黄赤白色鬚閑提彼生盲人頗因他說知是青色黄赤白色耶答世尊曰不也瞿曇如是鬚閑提若汝聖慧眼未淨者我爲汝說無病涅槃終不能知唐煩勞我鬚閑提我爲汝說如其像妙藥令未淨聖慧

眼而得清淨鬚閑提若汝聖慧眼得清淨者汝便自知此是無病此是涅槃鬚閑提猶生盲人有諸親親爲彼慈愍求利及饒益求安隱快樂故爲求眼醫彼眼醫者與種種治或吐或下或灌於鼻或復灌下或刺其脈或令淚出鬚閑提儻有此處得淨兩眼鬚閑提若彼兩眼得清淨者則便自見此是青色黃赤白色見彼垢膩不淨之衣便作是念彼卽怨家長夜則以垢膩之衣欺誑於我便有憎心鬚閑提此人儻能殺害於彼如是鬚閑提我爲汝說如其像妙藥令未淨聖慧眼而得清淨鬚閑提若汝聖慧眼得淨者汝便自知此是無病此是涅槃鬚閑提有四種法未淨聖慧眼而得清淨云何爲四親近善知識恭敬承事聞善法善思惟趣向法次法鬚閑提汝當如是學親近善知識恭敬承事聞善法善思惟趣向法次法鬚閑提當學如是鬚閑提汝親近善知識恭敬承事已便聞善法聞善法已便善思惟善思惟已便趣向法次法趣向法次法已便知此苦如眞知此苦集知此苦滅知此苦滅道如眞云何知苦如眞謂生苦老苦病苦死苦怨憎會苦愛別離苦所求不得苦略五盛陰苦如是知苦如眞云何知苦集如眞謂此愛當受未來有與喜欲俱願彼彼有如是知苦集如眞云何知苦滅如眞謂此愛當受未來有與喜欲俱願彼彼有滅無餘斷捨吐盡無欲沒息止如是知苦滅如眞云何知苦滅道如眞謂八支聖道正見乃至正定是謂爲八如是知苦滅道如眞說此法已鬚閑提異學遠塵離垢諸法法眼生於

是鬚閑提異學見法得法覺白淨法斷疑度惑更無餘尊不復從他無有猶豫已住果證於世尊法得無所畏即從座起稽首佛足白曰世尊願令我得出家學道受具足得比丘世尊告曰善來比丘修行梵行鬚閑提異學即是出家學道受具足得比丘鬚閑提出家學道受具足知法已至得阿羅訶佛說如是尊者鬚閑提聞佛所說歡喜奉行

中阿含經卷第三十八

音釋

姝 春朱切美好也　指摘 摘陟革切亦指也謂指數其非也　癩 落蓋切惡疾也　抓摘 抓側交切搔也摘他歷切挑也　灸 之石切近火曰灸　慞惶 慞諸良切惶胡光切慞惶懼怕也　癰 於容切疽也　膩 女利切肥垢也　刺 七賜切針刺也　脈 莫白切血理之分衺行體中者為脈又脈幕也謂幕絡體也

中阿含經卷第三十九

東晉罽賓三藏瞿曇僧伽提婆譯

梵志品婆羅婆堂經第十三

我聞如是一時佛遊舍衛國在東園鹿子母堂爾時有二人婆私吒及婆羅婆梵志族剃除鬚髮著袈裟衣至信捨家無家學道諸梵志見已極訶責數甚急至苦而語之曰梵志種勝餘者不如梵志種白餘者皆黒梵志得清淨非梵志不得清淨梵志梵天子從彼口生梵梵所化汝等捨勝從不如捨白從黒彼禿沙門爲黒所縛斷種無子是故汝等所作大惡極犯大過爾時世尊則於晡時從宴坐起堂上來下於堂影中露地經行爲諸比丘說甚深微妙法尊者婆私吒遥見世尊則於晡時從宴坐起堂上來下於堂影中露地經行爲諸比丘說甚深微妙法尊者婆私吒見已語曰賢者婆羅婆當知世尊則於晡時從宴坐起堂上來下於堂影中露地經行爲諸比丘說甚深微妙法賢者婆羅婆可共詣佛或能因此從佛聞法於是婆私吒及婆羅婆即詣佛所稽首作禮從後經行世尊迴顧告彼二人婆私吒汝等二梵志捨梵志族剃除鬚髮著袈裟衣至信捨家無家學道諸梵志見已不大責數耶彼即答曰唯然世尊諸梵志見已極訶責數甚急至苦世尊問曰婆私吒諸梵志見已云何極訶責數甚急至苦耶答曰世尊諸梵志見我等已而作是說梵志種勝餘者不如梵志種白餘者皆黒梵志得清淨非梵志不得清淨梵志梵天子從彼口生梵梵所化汝等捨勝從不如捨白從黒彼

禿沙門爲黑所縛斷種無子是故汝等所作大惡極犯大過世尊諸梵志見我等已如是極訶責數甚急至苦世尊告曰婆私吒彼諸梵志所說至惡困極無賴所以者何謂彼愚癡不善曉解不識良田不能自知作如是說我等梵志是梵天子從彼口生梵梵所化所以者何婆私吒我此無上明行作證不說生勝不說種姓不說憍慢彼可我意不可我意因坐因水所學經書婆私吒若有婚姻者彼應說生應說種姓應說憍慢彼可我意不可我意因坐因水所學經書婆私吒若有計生計姓計慢者彼極遠離於我無上明行作證婆私吒說生說姓說慢彼可我意不可我意因坐因水所學經書者於我無上明行作證別復次婆私吒謂有三種令非一切人人共諍雜善不善法彼則爲聖所稱不稱云何爲三剎利種梵志種居士種婆私吒於意云何剎利殺生不與取行邪婬妄言乃至邪見居士亦然非梵志耶答曰世尊剎利亦可殺生不與取行邪婬妄言乃至邪見梵志居士亦復如是世尊問曰婆私吒於意云何梵志離殺斷殺不與取行邪婬妄言乃至離邪見得正見剎利居士爲不然耶答曰世尊梵志亦可離殺斷殺不與取行邪婬妄言乃至離邪見得正見剎利居士亦復如是世尊問曰婆私吒於意云何若有無量惡不善法是剎利居士所行非梵志耶若有無量善法是梵志所行非剎利居士耶答曰世尊若有無量惡不善法彼剎利亦不可行梵志居士亦復如是若有無量善法彼梵志亦可行剎利居士

亦復如是婆私吒若有無量惡不善法一向剎利居士行非梵志者若有無量善法一向梵志行非剎利居士者彼諸梵志可作是說我等梵志是梵天子從彼口生梵梵所化所以者何婆私吒見梵志女始婚姻時婚姻已後見懷妊時懷妊已後見產生時或童男或童女婆私吒如是諸梵志亦如世法隨產道生然彼妄言誣謗梵天而作是說我等梵志是梵天子從彼口生梵梵所化婆私吒若族姓子若干種姓若干種名捨若干族剃除鬚髮著袈裟衣至信捨家無家從我學道應作是念我等梵志是梵天子從彼口生梵梵所化所以者何婆私吒彼族姓子入我正法律中受我正法律得至彼岸斷疑度惑無有猶豫於世尊法得無所畏是故彼應作是說我等梵志是梵天子從彼口生梵梵所化婆私吒彼梵天者是說如來無所著等正覺梵是如來今是如來無煩無熱不離如者是如來也婆私吒於意云何諸釋下意愛敬至重供養奉事於波斯匿拘娑羅王耶彼則答曰如是世尊世尊問曰婆私吒於意云何若諸釋下意愛敬至重供養奉事於波斯匿拘娑羅王如是波斯匿拘娑羅王則於我身下意愛敬至重供養奉事我耶答世尊曰諸釋下意愛敬至重供養奉事於波斯匿拘娑羅王者此無奇特若波斯匿拘娑羅王下意愛敬至重供養奉事於世尊者此甚奇特世尊告曰婆私吒波斯匿拘娑羅王不如是意而於我身下意愛敬至重供養奉事於我沙門瞿曇種族極高我種族下沙門瞿曇財寶甚多我

財寶少沙門瞿曇形色至妙我色不妙沙門瞿曇有大威神我威神小沙門瞿曇有善智慧我有惡智婆私吒但波斯匿拘娑羅王愛敬於法至重供養爲奉事故而於我身下意愛敬至重供養奉事於我爾時世尊告比丘曰婆私吒有時此世皆悉敗壞此世壞時若有衆生生晃昱天彼於其中妙色意生一切支節諸根具足以喜爲食自身光明昇於虛空淨色久住婆私吒有時此大地滿其中水彼大水上以風吹攪結構爲精合衆和合猶如熟酪以抨抨乳結構爲精合聚和合如是婆私吒有時此大地滿其中水彼大水上以風吹攪結構爲精合聚和合從是生地味有色香味云何爲色猶如生酥及熟酥色云何爲味如蜜丸味婆私吒有時此世還成復時若有衆生生晃昱天壽盡業盡福盡命終生此爲人生此間已妙色意生一切支節諸根具足以喜爲食自身光明昇於虛空淨色久住婆私吒爾時世中無有日月亦無星宿無有晝夜無月半月無時無歲婆私吒當爾之時無父無母無男無女又無大家復無奴婢唯等衆生於是有一衆生貪餮不廉便作是念云何地味我寧可以指抄此地味嘗彼時衆生便以指抄此地味嘗如是衆生既知地味復欲得食彼時衆生復作是念何故以指食此地味用自疲勞我今寧可以手撮此地味食之彼時衆生便以手撮此地味食於彼衆生中復有衆生見彼衆生各以手撮此地味食便作是念此實爲善此實爲快我等寧可亦以手撮此地味食時彼衆生即以手撮

此地味食若彼衆生以手撮此地味食已如是如是身生轉厚轉重轉堅若彼本時有清淨色於是便滅自然生闇婆私吒世間之法自然有是若生闇者必生日月生日月已便生星宿生星宿已便成晝夜成晝夜已便有月半月有時有歲彼食味在世久遠婆私吒若有衆生食地味多者便生惡色食地味少者便有妙色從是知色有勝有如因色勝如故衆生衆生共相輕慢言我色勝汝色不如因色勝如而生輕慢及惡法故地味便滅地味滅已彼衆生等便共聚集極悲啼泣而作是語奈何地味奈何地味猶如今人含消美物不說本字雖受持而不知義此說觀義亦復如是婆私吒地味滅後彼衆生生地肥有色香味云何爲色猶如生酥及熟酥色云何爲味如蜜丸味彼食此地肥住世久遠婆私吒若有衆生食地肥多者便生惡色食地肥少者便有妙色從是知色有勝有如因色勝如故衆生衆生共相輕慢言我色勝汝色不如因色勝如而生輕慢及惡法故地肥便滅地肥滅已彼衆生等便共聚集極悲啼泣而作是語奈何地肥奈何地肥猶如今人爲他所責不說本字雖受持而不知義此說觀義亦復如是婆私吒地肥滅後彼衆生生婆羅有色香味云何爲色猶如曇華色云何爲味如淳蜜丸味彼食此婆羅住世久遠婆私吒若有衆生食婆羅多者便生惡色食婆羅少者便有妙色從是知色有勝有如因色勝如故衆生衆生共相輕慢言我色勝汝色不如因色勝如而生輕慢及惡法故婆羅便滅婆

羅滅已彼衆生等便共聚集極悲啼泣而作是語奈何婆羅奈何婆羅猶如今人苦法所觸不說本字雖受持而不知義此說觀義亦復如是婆私吒婆羅滅後彼衆生生自然粳米白淨無皮亦無有穢蘖長四寸朝刈暮生暮刈朝生熟有鹽味無有生氣衆生食此自然粳米如彼衆生食此自然粳米已彼衆生等便生若干形或有衆生而生男形或有衆生而生女形若彼衆生生男女形者彼相見已便作是語惡衆生生惡衆生生婆私吒惡衆生生者謂說婦人也若彼衆生生於男形及女形者彼衆生等則更相伺更相伺已眼更相視更相視已則更相染更相染已便有煩熱有煩熱已便相愛著相愛著已便行於欲若見行欲時便以木石或以杖塊而擲打之便作是語咄咄弊惡衆生作非法事云何衆生共作是耶猶如今人迎新婦時則以幞華散或以華鬘垂作如是語新婦安隱新婦安隱本所可憎今所可愛婆私吒若有衆生惡不淨法憎惡羞恥懷慚愧者彼便離衆一日二日至六七日半月一月乃至一歲婆私吒若有衆生欲得行此不淨行者彼便作家而作是說此中作惡此中作惡婆私吒是謂初因初緣世中起家法舊第一智如法非不如法如法人尊於中有一懶惰衆生便作是念我今何爲日日常取自然粳米我寧可併取一日食直耶彼便併取一日食米於是有一衆生語彼衆生曰衆生汝來共行取米耶彼則答曰我已併取汝自取去彼衆生聞已便作是念此實爲善此實爲快我亦寧可併

取明日所食米耶彼便併取明日米來復有一衆生語彼衆生曰衆生汝來共行取米耶彼則答曰我已併取明日米來汝自取去彼衆生聞已便作是念此實爲善此實爲快我今寧可併取七日食米來耶時彼衆生即便併取七日米來如彼衆生自然粳米極取積聚彼宿粳米便生皮糩刈至七日亦生皮糩隨所刈處即不復生於是彼衆生便共聚集極悲啼泣作如是語我等生惡不善之法謂我曹等儲畜宿米所以者何我等本有妙色意生一切支節諸根具足以喜爲食自身光明昇於虚空淨色久住我等生地味有色香味云何爲色猶如生酥及熟酥色云何爲味如蜜丸味我等食地味住世久遠我等若食地味多者便生惡色食地味少者便有妙色

從是知色有勝有如因色勝如故我等各各共相輕慢言我色勝汝色不如因色勝如而生輕慢及惡法故地味便滅地味滅後我等生地肥有色香味云何爲色猶如生酥及熟酥色云何爲味如蜜丸味我等食地肥住世久遠我等若食地肥多者便生惡色食地肥少者便有妙色從是知色有勝有如因色勝如故我等各各共相輕慢言我色勝汝色不如因色勝如而生輕慢及惡法故地肥便滅地肥滅後我等生婆羅有色香味云何爲色猶如曇華色云何爲味如淖蜜丸味我等食婆羅住世久遠我等若食婆羅多者便生惡色食婆羅少者便有妙色從是知色有勝有如因色勝如故我等各各共相輕慢言我色勝汝色不如因色勝如而生輕慢及惡法故

婆羅便滅婆羅滅後我等生自然粳米白淨無皮亦無有穬藁長四寸朝刈暮生暮刈朝生熟有鹽味無有生氣我等食彼自然粳米如我等自然粳米極取積聚彼宿粳米便生皮穬割至七日亦生皮穬隨所刈處即不復生我等寧可造作田種立標牓耶於是彼衆生等造作田種豎立標牓於中有一衆生自有稻穀而入他田竊取他稻其主見已便作是語咄咄弊惡衆生云何作是汝自有稻而入他田竊取他稻汝今可去後莫復作然彼衆生復至再三竊取他稻其主亦至再三見已便以拳扠牽詣衆所語彼衆曰此一衆生自有稻穀而入我田竊取我稻然彼一衆生亦語衆曰此一衆生以拳扠我牽來詣衆於是彼諸衆生共聚集會極悲啼泣而作是語

我等生惡不善之法謂守田也所以者何因守田故便共諍訟有失有盡有相道說有拳相扠我等寧可於其衆中舉一端正形色極妙最第一者立爲田主若可訶者當令彼訶若可擯者當令彼擯若我曹等所得稻穀當以如法輸送與彼於是彼衆生中若有端正形色極妙最第一者衆便共舉立爲田主若可訶者彼便訶責若可擯者彼便擯棄若有稻者便以如法輸送與彼是田主是田主謂之刹利也令如法樂衆生密護行戒是王是王謂之王也婆私吒是謂初因初緣世中刹利種舊第一智如法非不如法如法人尊於是彼異衆生以守爲病以守爲癰以守爲箭剌便棄捨守依於無事作草葉屋而學禪也彼從無事朝朝平旦入村邑王城而行乞食

彼多衆生見便施與恭敬尊重而作是語此異衆生以守爲病以守爲癰以守爲箭刺便棄捨守依於無事作草葉屋而學禪也此諸尊捨害惡不善法是梵志是梵志謂之梵志也彼衆生學禪不得禪學苦行不得苦行學遠離不得遠離學一心不得一心學精進不得精進便捨無事還村邑王城作四柱屋造立經書彼多衆生見如是已便不復施與恭敬尊重而作是語此異衆生本以守爲病以守爲癰以守爲箭刺便棄捨守依於無事作草葉屋而學於禪不能得禪學苦行不得苦行學遠離不得遠離學一心不得一心學精進不得精進便捨無事還村邑王城作四柱屋造立經書此諸尊等更學博聞不復學禪是博聞是博聞謂之博聞婆私吒是謂初因初緣世中有梵志種舊第一智如法非不如法如法人尊於是彼異衆生各各諸方而作田業是各各諸方而作田業是各各諸方而作田業謂之鞞舍婆私吒是謂初因初緣世中有鞞舍種舊第一智如法非不如法如法人尊婆私吒世中起此三種姓已便知有第四沙門種也云何世中有此三種姓已便知有第四沙門種耶於刹利族族姓之子能自訶責惡不善法自厭憎惡惡不善法剃除鬚髮著袈裟衣至信捨家無家學道而作是念我當作沙門行於梵行便作沙門行於梵行如是梵志種族鞞舍種族族姓之子亦自訶責惡不善法自厭憎惡惡不善法剃除鬚髮著袈裟衣至信捨家無家學道亦作是念我當作沙門行於梵行便作沙門行於梵行婆

私吒如是世中起此三種姓已便知有第四沙門種也婆私吒我今廣說此三種姓云何廣有此三種耶剎利種族族姓之子身行不善法口意行不善法彼身壞命終一向受苦如是梵志種族鞞舍種族族姓之子身行不善法口意行不善法彼身壞命終一向受苦婆私吒剎利種族族姓之子身行善法口意行善法彼身壞命終一向受樂如是梵志種族鞞舍種族族姓之子身行善法口意行善法彼身壞命終一向受樂婆私吒剎利種族族姓之子身行二行及與護行口意行二行及與護行彼身壞命終受於苦樂如是梵志種族鞞舍種族族姓之子身行二行及與護行口意行二行及與護行彼身壞命終受於苦樂婆私吒剎利種族族姓之子修七覺法善思善觀彼如是知如是見欲漏心解脫有漏無明漏心解脫解脫已便知解脫生已盡梵行已立所作已辦不更受有知如眞如是梵志種族鞞舍種族族姓之子修七覺法善思善觀彼如是知如是見欲漏心解脫有漏無明漏心解脫解脫已便知解脫生已盡梵行已立所作已辦不更受有知如眞婆私吒如是此三種廣分別也梵天帝主說此偈曰

剎利二足尊　謂有種族姓　求學明及行
彼爲天人稱

婆私吒梵天帝主善說此偈非不善也善歌諷誦非不善也善詠語言非不善也謂如是說

剎利二足尊　謂有種族姓　求學明及行
彼爲天人稱

所以者何我亦如是說

剎利二足尊　謂有種族姓　求學明及行

彼爲天人稱

佛說如是尊者婆私吒婆羅婆等及諸比丘聞佛所說歡喜奉行

梵志品須達多經第十四

我聞如是一時佛遊舍衛國在勝林給孤獨園爾時須達多居士往詣佛所稽首作禮卻坐一面世尊問曰居士家頗行施耶須達多居士答曰唯然世尊家行布施但爲至麤不能好也糠飯麻羹薑菜一片世尊告曰居士若施麤食及施妙食俱得報耳居士若行麤施不信施不故施不自手施不自往施不思惟施不由信施不觀業果報施者當觀如是受報心不欲得好家不欲得好乘不欲得好衣被不欲得好飲食不欲得好五欲功德所以者何以不至心故行施也居士當知受報如是居士若行麤施信施故施自手施自往施思惟施由信施觀業果報施者當觀如是受報心欲得好家欲得好乘欲得好衣被欲得好飲食欲得好五欲功德所以者何以其至心故行施也居士當知受報如是居士若行妙施不信施不故施不自手施不自往施不思惟施不由信施不觀業果報施者當觀如是受報心不欲得好家不欲得好乘不欲得好衣被不欲得好飲食不欲得好五欲功德所以者何以不至心故行施也居士當知受報如是居士若行妙施信施故施自手施自往施思惟施由信施觀業果報施者當觀如是受報心欲得好家欲得好乘欲得好衣

被欲得好飲食欲得好五欲功德所以者何以其至心故行施也居士當知受報如是居士昔過去時有梵志大長者名曰隨藍極大富樂資財無量封戶食邑多諸珍寶畜牧產業不可稱計彼行布施其像如是八萬四千金鉢盛滿碎銀行如是大施八萬四千銀鉢盛滿碎金行如是大施八萬四千金鉢盛滿碎金行如是大施八萬四千銀鉢盛滿碎銀行如是大施八萬四千象莊校嚴飾白絡覆上行如是大施八萬四千馬莊校嚴飾白絡金合霏那行如是大施八萬四千牛衣繩衣覆構之皆得一斛乳汁行如是大施八萬四千女姿容端正觀者歡悅衆寶瓔珞嚴飾具足行如是大施況復其餘食噉含消居士若梵志隨藍行如是大施若復有施滿閻浮場凡夫食者此於彼施爲最勝也居士若梵志隨藍行如是大施及施滿閻浮場凡夫人食若復有施一須陀洹食者此於彼施爲最勝也居士若梵志隨藍行如是大施及施滿閻浮場凡夫人食施百須陀洹食若復有施一斯陀含食者此於彼施爲最勝也居士若梵志隨藍行如是大施及施滿閻浮場凡夫人食施百須陀洹百斯陀含食若復有施一阿那含食者此於彼施爲最勝也居士若梵志隨藍行如是大施及施滿閻浮場凡夫人食施百須陀洹百斯陀含百阿那含食若復有施一阿羅訶食者此於彼施爲最勝也居士若梵志隨藍行如是大施及施滿閻浮場凡夫人食施百須陀洹百斯陀含百阿那含百阿羅訶食若復有施一辟支佛食者此於彼

施爲最勝也居士若梵志隨藍行如是大施及施滿閻浮場凡夫人食施百須陀洹百斯陀含百阿那含百阿羅訶百辟支佛食若復有施一如來無所著等正覺食者此於彼施爲最勝也居士若梵志隨藍行如是大施及施滿閻浮場凡夫人食施百須陀洹百斯陀含百阿那含百阿羅訶百辟支佛食若有作房舍施四方比丘衆者此於彼施爲最勝也居士若梵志隨藍行如是大施及施滿閻浮場凡夫人食施百須陀洹百斯陀含百阿那含百阿羅訶百辟支佛食作房舍施四方比丘衆若有歡喜心歸命三尊佛法比丘衆及受戒者此於彼施爲最勝也居士若梵志隨藍行如是大施及施滿閻浮場凡夫人食施百須陀洹百斯陀含百阿那含百阿羅訶百辟支佛食作房舍施四方比丘衆歡喜心歸命三尊佛法比丘衆及受戒若有爲彼一切衆生行於慈心乃至𥊙牛頃者此於彼施爲最勝也居士若梵志隨藍行如是大施及施滿閻浮場凡夫人食施百須陀洹百斯陀含百阿那含百阿羅訶百辟支佛食作房舍施四方比丘衆歡喜心歸命三尊佛法比丘衆及受戒爲一切衆生行於慈心乃至𥊙牛頃若有能觀一切諸法無常苦空及非神者此於彼施爲最勝也於居士意云何昔時梵志大長者名隨藍者謂異人耶莫作斯念所以者何當知即是我也我昔爲梵志大長者名曰隨藍居士我於爾時爲自饒益亦饒益他饒益多人愍傷世間爲天爲人求義及饒益求安隱快樂爾時說法不至究竟不究竟白

淨不究竟梵行不究竟梵行訖爾時不離生老病死啼哭憂慼亦未能得脫一切苦居士我今出世如來無所著等正覺明行成爲善逝世間解無上士道法御天人師號佛衆祐我今自饒益亦饒益他饒益多人愍傷世間爲天爲人求義及饒益求安隱快樂我今說法得至究竟究竟白淨究竟梵行究竟梵行訖我今已離生老病死啼哭憂慼我今已得脫一切苦佛說如是須達多居士及諸比丘聞佛所說歡喜奉行

梵志品梵波羅延經第十五

我聞如是一時佛遊舍衛國在勝林給孤獨園爾時拘娑羅國衆多梵志中後彷徉往詣佛所共相問訊却坐一面白曰瞿曇欲有所問聽我問耶世尊告曰恣汝所問時諸梵志問曰瞿曇頗今有梵志學故梵志法爲越故梵志法耶世尊答曰今無梵志學故梵志法梵志久已越故梵志法時諸梵志問曰瞿曇云何今無梵志學故梵志法諸梵志等越故梵志法來爲幾時耶彼時世尊以偈答曰

所謂昔時有　自調御熱行　捨五欲功德
行清淨梵行　梵行及戒行　率至柔軟性
恕亮無害心　忍辱護其意　昔時有此法
梵志不護此　梵志不守護　所有錢財穀
誦習錢財穀　梵志守此藏　衣色若干種
屋舍及牀榻　豐城及諸國　梵志學如是
此梵志莫害　率守護諸法　往到他族門
無有拘制彼　發家乞求去　隨其食時到
梵志住在家　見者欲爲施　滿四十八年
行清淨梵行　求索明行成　昔時梵志行

彼不偷財物 亦無有恐怖 愛受攝相應
當以共和合 不爲煩惱故 怨婬相應法
諸有梵志者 無能行如是 若有第一行
梵志極堅求 彼諸婬欲法 不行乃至夢
彼因此梵行 自稱梵我梵 知彼有此行
慧者當知彼 牀薄衣極單 食酥乳命存
乞求皆如法 立齋行布施 齋時無異乞
自於已乞求 立齋行施時 彼不有殺牛
如父母兄弟 及餘有親親 人牛亦如是
彼因是生樂 飲食體有力 乘者安隱樂
知有此義理 莫樂殺於牛 柔軟身極大
精色名稱譽 慇懃自求利 昔時梵志行
梵志爲自利 專事及非事 彼當來此世
必度脫此世 彼月過於月 見意趣向彼
遊戲於夜中 嚴飾諸婦女 吉牛圍遶前
婦女極端正 人間微妙欲 梵志之常願
具足車乘具 善作縫治好 家居及婚姻
梵志之常願 彼造作此縛 我等從彼來
大王齋行施 莫失其財利 饒財物米穀
若有餘錢財 大王相應此 梵志及車乘
象齋及馬齋 烏齋不障門 聚集作齋施
財物施梵志 彼從得此利 愛樂惜財物
彼以起爲欲 數數增長愛 猶如廣池水
及無量財物 如是人有牛 於生生活具
彼造作此縛 我等從彼來 大王齋行施
莫失其財利 饒財物米穀 若汝多有牛
大王相應此 梵志及車乘 無量百千牛
因爲齋故殺 頭角無所嬈 牛猪昔時等
往至捉牛角 持利刀殺牛 喚牛及於父
羅殺名曰香 彼喚呼非法 以刀刺牛時

此法行於齋　越過最在前　無有事而殺
遠離衰退法　昔時有三病　欲不用食老
以憎嫉於牛　起病九十八　如是此憎諍
故爲智所惡　若人見如是　誰不有憎者
如是此世行　無智最下賤　各各爲欲憎
若婦誹謗夫　刹利梵志女　及守護於姓
若犯於生法　自在由於欲
如是梵志令無梵志學故梵志法梵志越故梵志法來爾許時也於是拘娑羅國衆多梵志白曰世尊我已知善逝我已解善逝我今自歸於佛法及比丘衆惟願世尊受我爲優婆塞從今日始終身自歸乃至命盡佛說如是彼拘娑羅國衆多梵志及諸比丘聞佛所說歡喜奉行

中阿含經卷第三十九

音釋

妊汝鴆切孕也　晃昱天晃胡廣切昱于六切晃昱天即光明天也　構古候切合集也　抨悲萌切彈也　攪古巧切亂之也擾也　貪餮餮他結切貪食曰餮　曇華梵語具云優曇鉢羅樹名也此樹有實無華如世有佛出興乃開金華以徵瑞應曇徒南切　淖女教切和也又濡也　穬藁穬古猛切穀芒也藁古老切禾稈也　刈魚肺切割也　塊苦怪切土塊也　擲打擲直炙切投也打音頂擊也　咄當没切呵也又咄咄驚怪聲也　幞房玉切帕也　扠丑皆切打也又以拳加物也　擯必刃切斥也棄也　𤛓古候切取牛羊乳也

中阿含經卷第四十

東晉罽賓三藏瞿曇僧伽提婆譯

梵志品黃蘆園經第十六

我聞如是一時佛遊鞞蘭若在黃蘆園中爾時鞞蘭若梵志年耆宿老壽將欲過命垂至盡年百二十拄杖而行中後彷徉往詣佛所共相問訊當在佛前倚杖而立白曰瞿曇我聞沙門瞿曇年幼極少新出家學若有名德沙門梵志親自來詣而不禮敬亦不尊重不從座起不請令坐瞿曇此事大爲不可世尊告曰梵志我初不見天及魔梵沙門梵志從人至天謂自來詣能令如來禮敬尊重而從坐起請令坐者梵志若有來詣欲令如來禮敬尊重而從坐起請令坐者彼人必當頭破七分梵志復曰瞿曇無味世尊告曰梵志有事令我無味然不如汝言若有色味聲味香味觸味者彼如來斷智絶滅拔根終不復生是謂有事令我無味然不如汝言梵志復曰瞿曇無恐怖世尊告曰梵志有事令我無恐怖然不如汝言若有色恐怖聲香味觸恐怖者彼如來斷智絶滅拔根終不復生是謂有事令我無恐怖然不如汝言梵志復曰瞿曇不入胎世尊告曰梵志有事令我不入胎然不如汝言若有沙門梵志當來胎牀斷智絶滅拔根終不復生者我說彼不入胎如來當來胎牀斷智絶滅拔根終不復生是故令我不入胎是謂有事令我不入胎然不如汝言梵志我於此衆生無明來無明樂無明覆無明卵之所裹我先觀法我於衆生爲最第一猶鷄生卵或十或十二隨時念隨時覆隨時

暖隨時擁護彼於其後鷄設放逸於中有鷄子或以口觜或以足爪啄破其卵安隱自出彼於鷄子爲最第一我亦如是於此衆生無明來無明樂無明覆無明卵之所裹我先觀法我於衆生爲最第一梵志我持蒿草往詣覺樹布草樹下敷尼師壇結跏趺坐不破正坐要至漏盡我不破正坐要至漏盡我正坐已離欲離惡不善之法有覺有觀離生喜樂逮初禪成就遊是謂我爾時獲第一增上心即於現法得安樂居易不難得樂住無怖安隱快樂令昇涅槃復次梵志我覺觀已息內靖一心無覺無觀定生喜樂逮第二禪成就遊是謂我爾時獲第二增上心即於現法得安樂居易不難得樂住無怖安隱快樂令昇涅槃復次梵志我離於喜欲捨無求遊正念正智而身覺樂謂聖所說聖所捨念樂住空逮第三禪成就遊是謂我爾時獲第三增上心即於現法得安樂居易不難得樂住無怖安隱快樂令昇涅槃復次梵志我樂滅苦滅喜憂本已滅不苦不樂捨念清淨逮第四禪成就遊是謂我爾時獲第四增上心即於現法得安樂居易不難得樂住無怖安隱快樂令昇涅槃復次梵志我已得如是定心清淨無穢無煩柔輭善住得不動心學憶宿命智通作證我有行有相貌憶本無量昔所經歷謂一生二生百生千生成劫敗劫無量成敗劫彼衆生名其彼昔更歷我曾生彼如是姓如是字如是生如是飲食如是受苦樂如是長壽如是久住如是壽訖此死生彼彼死生此我生在此如是姓如是字如是生如是飲

食如是受苦樂如是長壽如是久住如是壽訖是謂我爾時初夜得此第一明達以本無放逸樂住遠離修行精勤謂無智滅而智生闇壞而明成無明滅而明生謂憶宿命智作證明達復次梵志我已得如是定心清淨無穢無煩柔輭善住得不動心學於生死智通作證我以清淨天眼出過於人見此衆生死時生時好色惡色妙與不妙往來善處及不善處隨此衆生之所作業見其如眞若此衆生成就身惡行口意惡行誹謗聖人邪見成就邪見業彼因緣此身壞命終必至惡處生地獄中若此衆生成就身妙行口意妙行不誹謗聖人正見成就正見業彼因緣此身壞命終必昇善處上生天中是謂我爾時中夜得此第二明達以本無放逸樂住遠離修行精進謂無智滅而智生闇壞而明成無明滅而明生謂生死智作證明達復次梵志我已得如是定心清淨無穢無煩柔輭善住得不動心學於漏盡智通作證我知此苦如眞知此苦集知此苦滅知此苦滅道如眞知此漏如眞知此漏集知此漏滅知此漏滅道如眞我如是知如是見欲漏心解脫有漏無明漏心解脫解脫已便知解脫生已盡梵行已立所作已辦不更受有知如眞是謂我爾時後夜得此第三明達以本無放逸樂住遠離修行精勤謂無智滅而智生闇壞而明成無明滅而明生謂漏盡智作證明達復次梵志若有正說而說不癡法衆生生世一切衆生最勝不爲苦樂所覆當知正說者即是我也所以者何我說不癡法衆生生世一切衆生最

勝不爲苦樂所覆於是鞞蘭若梵志即便捨杖稽首佛足白世尊曰世尊爲第一世尊爲大世尊爲最世尊爲勝世尊爲等世尊爲不等世尊無與等等世尊無障世尊無障人世尊我今自歸於佛法及比丘衆唯願世尊受我爲優婆塞從今日始終身自歸乃至命盡

佛說如是鞞蘭若梵志及諸比丘聞佛所說歡喜奉行

梵志品頭那經第十七

我聞如是一時佛遊舍衛國在勝林給孤獨園爾時頭那梵志中後彷徉往詣佛所共相問訊却坐一面世尊問曰頭那若有問汝是梵志耶汝梵志汝自稱說梵志頭那答曰瞿曇若有正稱說梵志者爲父母所舉受生清淨乃至七世父母不絕種族生生無惡博聞總持誦過四典經深達因緣正文戲五句說瞿曇正稱說梵志者即是我也所以者何我爲父母所舉受生清淨乃至七世父母不絕種族生生無惡博聞總持誦過四典經深達因緣正文戲五句說世尊告曰頭那我今問汝隨所解答頭那於意云何若昔有梵志壽終命過誦持經書流布經書誦習典經所謂夜吒婆摩婆摩提婆毗奢蜜哆羅夜陀揵尼應疑羅娑婆私吒迦攝婆羅婆婆和謂此施設五種梵志有梵志猶如梵有梵志似如天有梵志不越界有梵志越界有梵志旃荼羅第五頭那此五種梵志汝爲似誰頭那白曰瞿曇略說此義不廣分別我不能知唯願沙門瞿曇善說令我知義世尊告曰頭那諦聽善思念之我當爲汝廣分別說頭那白曰唯

然瞿曇頭那梵志受教而聽佛言頭那云何梵志猶如梵耶若有梵志爲父母所舉受生清淨乃至七世父母不絕種族生生無惡彼四十八年行童子梵行欲得經書誦習典經彼得經書誦習典經已爲供養師求乞財物如法非不如法云何不如法非田作非治生非書非筭非數非印非手筆非文章非經非詩非以刀杖非王從事如法求乞求乞財物供養於師布施財物已心與慈俱遍滿一方成就遊如是二三四方四維上下普周一切心與慈俱無結無怨無恚無諍極廣甚大無量善修遍滿一切世間成就遊如是悲喜心與捨俱無結無怨無恚無諍極廣甚大無量善修遍滿一切世間成就遊頭那如是梵志猶如梵也頭那云何梵志似如天耶若有梵

志爲父母所舉受生清淨乃至七世父母不絕種族生生無惡彼四十八年行童子梵行欲得經書誦習典經彼得經書誦習典經已爲供養師求乞財物如法非不如法云何不如法非田作非治生非書非筭非數非印非手筆非文章非經非詩非以刀杖非王從事如法求乞求乞財物供養於師布施財物已行身妙行口意妙行行身妙行口意妙行已彼因緣此身壞命終必昇善處上生天中頭那如是梵志似如天也頭那云何梵志不越界耶若有梵志爲父母所舉受生清淨乃至七世父母不絕種族生生無惡彼四十八年行童子梵行欲得經書誦習典經彼得經書誦習典經已爲供養師求乞財物如法非不如法云何不如法非田作非治生非書非筭

非數非印非手筆非文章非經非詩非以刀杖非王從事如法求乞求乞財物供養於師布施財物已爲自求妻如法非不如法云何不如法梵志不如是意向梵志女令更相愛相攝合會彼趣梵志女非不梵志女亦非剎利女不懷妊不產生頭那以何等故梵志非趣懷妊莫令彼男子及以女人名不淨婬是故梵志非趣懷妊頭那以何等故梵志非趣產生莫令彼男及以女人名不淨恚是故梵志不趣產生頭那彼所趣向不爲財物不爲憍慠不爲莊嚴不爲校飾但爲子故彼生子已若有故梵志要誓處所界障住彼持彼不越於彼頭那如是梵志不越界也頭那云何梵志爲越界耶若有梵志爲父母所舉受生清淨乃至七世父母不絕種族生生無惡彼

四十八年行童子梵行欲得經書誦習典經彼得經書誦習典經已爲供養師求乞財物如法非不如法云何不如法非田作非治生非書非筭非數非印非手筆非文章非經非詩非以刀杖非王從事如法求乞求乞財物供養於師布施財物已爲自求妻如法非不如法云何不如法梵志不如是意向梵志女令更相愛相攝合會彼趣梵志女非不梵志女亦非剎利女不懷妊不產生頭那以何等故梵志不趣懷妊莫令彼男及以女人名不淨婬是故梵志不趣懷妊頭那以何等故梵志不趣產生莫令彼男及以女人名不淨恚是故梵志不趣產生頭那彼所趣向不爲財物不爲憍慠不爲莊嚴不爲校飾但生子故彼生子已若有故梵志要誓處所界障不住

止彼不受持彼便越於彼頭那如是梵志名越界也頭那云何梵志梵志旃荼羅若有梵志爲父母所舉受生清淨乃至七世父母不絶種族生生無惡彼四十八年行童子梵行欲得經書誦習典經彼得經書誦習典經已爲供養師求乞財物如法非不如法云何不如法非田作非治生非書非筭非數非印非手筆非文章非經非詩非以刀杖非王從事如法求乞求乞財物供養於師布施財物已爲自求妻如法非不如法云何不如法梵志不如是意向梵志女令更相愛相攝合會彼趣梵志女非不梵志女亦不剎利女不懷娠不產生頭那以何等故梵志不趣懷娠莫令彼男及以女人名不淨婬是故梵志不趣懷娠頭那以何等故梵志不趣產生莫令彼男及以女人名不淨恚是故梵志不趣產生頭那彼所趣向不爲財物不爲憍慠不爲莊嚴不爲校飾但爲子故彼生子已作王相應事賊相應事邪道相應事作如是說梵志應作一切事梵志不以此染著亦不穢汙猶若如火淨亦燒不淨亦燒梵志不應作一切事梵志不以此染著亦不穢汙頭那如是梵志梵志旃荼羅頭那此五種梵志汝爲似誰頭那白曰瞿曇說此最後梵志旃荼羅者我尚不及況復餘耶世尊我已知善逝我已解世尊我今自歸於佛法及比丘眾唯願世尊受我爲優婆塞從今日始終身自歸乃至命盡佛說如是頭那梵志聞佛所說歡喜奉行

梵志品阿伽羅訶那經第十八

我聞如是一時佛遊舍衛國在勝林給孤獨

園爾時阿伽羅訶那梵志中後彷徉往詣佛所共相問訊却坐一面白曰瞿曇欲有所問聽乃敢陳世尊告曰恣汝所問梵志即便問曰瞿曇梵志經典何所依住世尊答曰梵志經典依於人住梵志即復問曰瞿曇人何所依住世尊答曰人依稻麥住梵志即復問曰瞿曇稻麥何所依住世尊答曰稻麥依地住梵志即復問曰瞿曇地何所依住世尊答曰地依水住梵志即復問曰瞿曇水何所依住世尊答曰水依風住梵志即復問曰瞿曇風何所依住世尊答曰風依空住梵志即復問曰瞿曇空何所依住世尊答曰空無所依但因日月故有虛空梵志即復問曰瞿曇日月何所依住世尊答曰日月依於四王天住梵志即復問曰瞿曇四王天何所依住世尊答曰四王天依三十三天住梵志即復問曰瞿曇三十三天何所依住世尊答曰三十三天依燄摩天住梵志即復問曰瞿曇燄摩天何所依住世尊答曰燄摩天依兜瑟哆天住梵志即復問曰瞿曇兜瑟哆天何所依住世尊答曰兜瑟哆天依化樂天住梵志即復問曰瞿曇化樂天何所依住世尊答曰化樂天依他化樂天住梵志即復問曰瞿曇他化樂天何所依住世尊答曰他化樂天依梵世住梵志即復問曰瞿曇梵世何所依住世尊答曰梵世依於大梵住梵志即復問曰瞿曇大梵何所依住世尊答曰大梵依於忍辱溫良住梵志即復問曰瞿曇忍辱溫良何所依住世尊答曰忍辱溫良依涅槃住梵志即復問曰瞿曇涅槃何所依住世尊告曰梵志意欲依

無窮事汝今從我受問無邊然涅槃者無所依住但涅槃滅訖涅槃爲最梵志以此義故從我行梵行梵志白曰世尊我已知善逝我已解世尊我今自歸於佛法及比丘衆唯願世尊受我爲優婆塞從今日始終身自歸乃至命盡佛說如是阿伽羅訶那梵志聞佛所說歡喜奉行

梵志品阿蘭那經第十九

我聞如是一時佛遊舍衛國在勝林給孤獨園爾時諸比丘於中食後集坐講堂論如是事諸賢甚奇甚奇人命極少要至後世應作善事應行梵行生無不死然今世人於法行於義行於善行於妙行無爲無求彼時世尊在晝行處以淨天耳出過於人聞諸比丘於中食後集坐講堂論如是事諸賢甚奇甚奇人命極少要至後世應作善事應行梵行生無不死然今世人於法行於義行於善行於妙行無爲無求世尊聞已則於晡時從宴坐起往詣講堂在比丘衆前敷座而坐問諸比丘汝論何事以何等故集坐講堂時諸比丘白曰世尊我等衆比丘於中食後集坐講堂論如是事諸賢甚奇甚奇人命極少要至後世應作善事應行梵行生無不死然今世人於法行於義行於善行於妙行無爲無求世尊我等共論此事以此事故集坐講堂世尊歎曰善哉善哉比丘謂汝作是說諸賢甚奇甚奇人命極少要至後世應作善事應行梵行生無不死然今世人於法行於義行於善行於妙行無爲無求所以者何我亦如是說甚奇甚奇人命極少要至後世應作善事應

行梵行生無不死然今世人於法行於義行於善行於妙行無爲無求所以者何乃過去世時有衆生壽八萬歲比丘人壽八萬歲時此閻浮洲極大豐樂饒財珍寶村邑相近如鷄一飛比丘人壽八萬歲時女年五百乃當出嫁比丘人壽八萬歲時唯有如是病謂寒熱大小便欲不食老更無餘患比丘人壽八萬歲時有王名拘牢婆爲轉輪王聰明智慧有四種軍整御天下由己自在如法法王成就七寶彼七寶者輪寶象寶馬寶珠寶女寶居士寶主兵臣寶是謂爲七千子具足顏貌端正勇猛無畏能伏他衆必當統領此一切地乃至大海不以刀杖以法教令令得安隱比丘拘牢婆王有梵志名阿蘭那大長者爲父母所舉受生清淨乃至七世父母不絕種族生生無惡博聞總持誦過四典經深達因緣正文戲五句說比丘梵志阿蘭那有無量百千摩納摩梵志阿蘭那爲無量百千摩納摩住一無事處教學經書爾時梵志阿蘭那獨住靜處宴坐思惟心作是念甚奇甚奇人命極少要至後世應作善事應行梵行生無不死然今世人於法行於義行於善行於妙行無爲無求我寧可剃除鬚髮著袈裟衣至信捨家無家學道於是梵志阿蘭那往至若干國衆多摩納摩所而語彼曰諸摩納摩我獨住靖處宴坐思惟心作是念甚奇甚奇人命極少要至後世應作善事應行梵行生無不死然今世人於法行於義行於善行於妙行無爲無求我今寧可剃除鬚髮著袈裟衣至信捨家無家學道諸摩納摩我今欲剃除

鬚髮著袈裟衣至信捨家無家學道汝等當作何等彼若干國衆多摩納摩白曰尊師我等所知皆蒙師恩若尊師剃除鬚髮著袈裟衣至信捨家無家學道者我等亦當剃除鬚髮著袈裟衣至信捨家無家從彼尊師出家學道於是梵志阿蘭那則於後時剃除鬚髮著袈裟衣至信捨家無家學道彼若干國衆多摩納摩亦剃除鬚髮著袈裟衣至信捨家無家從彼尊師梵志阿蘭那出家學道是爲尊師阿蘭那是爲尊師阿蘭那弟子名號生也爾時尊師阿蘭那爲弟子說法諸摩納摩甚奇甚奇人命極少要至後世應作善事應行梵行生無不死然今世人於法行於義行於善行於妙行無爲無求爾時尊師阿蘭那爲弟子說法諸摩納摩甚奇甚奇人命極少

要至後世應作善事應行梵行生無不死然今世人於法行於義行於善行於妙行無爲無求如是尊師阿蘭那爲弟子說法復次尊師阿蘭那爲弟子說法摩納摩猶如朝露渧在草上日出則消暫有不久如是摩納摩人命如朝露甚爲難得至少少味大苦災患災患甚多如是尊師阿蘭那爲弟子說法復次尊師阿蘭那爲弟子說法摩納摩猶大雨時渧水成泡或生或滅如是摩納摩人命如泡甚爲難得至少少味大苦災患災患甚多如是尊師阿蘭那爲弟子說法復次尊師阿蘭那爲弟子說法摩納摩猶如以杖投著水中還出至速如是摩納摩人命如杖投水出速甚爲難得至少少味大苦災患災患甚多如是尊師阿蘭那爲弟子說法復次尊師阿蘭

那爲弟子說法摩納摩猶新瓦盂投水即出著風熱中乾燥至速如是摩納摩人命如新瓦盂水漬速燥甚爲難得至少少味大苦災患災患甚多如是尊師阿蘭那爲弟子說法復次尊師阿蘭那爲弟子說法摩納摩猶如小段肉著大釜水中下熾燃火速得消盡如是摩納摩人命如肉消甚爲難得至少少味大苦災患災患甚多如是尊師阿蘭那爲弟子說法復次尊師阿蘭那爲弟子說法摩納摩猶縛賊送至標下殺隨其舉足步步趣死步步趣命盡如是摩納摩人命如賊縛送標殺甚爲難得至少少味大苦災患災患甚多如是尊師阿蘭那爲弟子說法復次尊師阿蘭那爲弟子說法摩納摩猶如屠兒牽牛殺之隨其舉足步步趣死步步趣命盡如是摩納摩人命如牽牛殺甚爲難得至少少味大苦災患災患甚多如是尊師阿蘭那爲弟子說法復次尊師阿蘭那爲弟子說法摩納摩猶如機織隨其行緯近成近訖如是摩納摩人命如機織訖甚爲難得至少少味大苦災患災患甚多如是尊師阿蘭那爲弟子說法復次尊師阿蘭那爲弟子說法摩納摩猶如山水暴長流疾多有所漂水流速駛無須臾停如是摩納摩人壽行速去無一時住如是摩納摩人命如駛水流甚爲難得至少少味大苦災患災患甚多如是尊師阿蘭那爲弟子說法復次尊師阿蘭那爲弟子說法摩納摩猶如夜闇以杖投地或下頭墮地或上頭墮地或復卧墮或墮淨處或墮不淨處如是摩納摩衆生爲無明所覆爲愛所繫或生泥

犂或生畜生或生餓鬼或生天上或生人間如是摩納摩人命如閻杖投地甚爲難得至少少味大苦災患災患甚多如是尊師阿蘭那爲弟子說法復次尊師阿蘭那爲弟子說法摩納摩我於世斷除貪伺心無有諍見他財物諸生活具不起貪伺欲令我得我於貪伺淨除其心如是瞋恚睡眠掉悔我於世斷疑度惑於諸善法無有猶豫我於疑惑淨除其心摩納摩汝等於世亦當斷除貪伺心無有諍見他財物諸生活具不起貪伺欲令我得汝於貪伺淨除其心如是瞋恚睡眠掉悔汝於世斷疑度惑於諸善法無有猶豫如是尊師阿蘭那爲弟子說法復次尊師阿蘭那爲弟子說法摩納摩我心與慈俱遍滿一方成就遊如是二三四方四維上下普周一切心與慈俱無結無怨無恚無諍極廣甚大無量善修遍滿一切世間成就遊如是悲喜心與捨俱無結無怨無恚無諍極廣甚大無量善修遍滿一切世間成就遊摩納摩汝等亦當心與慈俱遍滿一方成就遊如是二三四方四維上下普周一切心與慈俱無結無怨無恚無諍極廣甚大無量善修遍滿一切世間成就遊如是悲喜心與捨俱無結無怨無恚無諍極廣甚大無量善修遍滿一切世間成就遊如是尊師阿蘭那爲弟子說法復次尊師阿蘭那爲弟子說梵世法若尊師阿蘭那爲說梵世法時諸弟子等有不具足奉行法者彼命終已或生四王天或生三十三天或生燄摩天或生兜率多天或生化樂天或生他化樂天若尊師阿蘭那爲說梵世法時

諸弟子等設有具足奉行法者修四梵室捨離於欲彼命終已得生梵天爾時尊師阿蘭那而作是念我不應與弟子等同俱至後世共生一處我今寧可更修增上慈修增上慈已命終得生晃昱天中尊師阿蘭那則於後時更修增上慈修增上慈已命終得生晃昱天中尊師阿蘭那及諸弟子學道不虛得大果報比丘於意云何昔時尊師阿蘭那者謂異人耶莫作斯念所以者何比丘當知即是我也我於爾時名尊師阿蘭那我於爾時有無量百千弟子我於爾時爲諸弟子說梵世法我說梵世法時諸弟子等有不具足奉行法者彼命終已或生四王天或生三十三天或生燄摩天或生兜率多天或生化樂天或生他化樂天我說梵世法時諸弟子等設有具足奉行法者修四梵室捨離於欲彼命終已得生梵天我於爾時而作是念我不應與弟子等同俱至後世共生一處我今寧可更修增上慈修增上慈已命終得生晃昱天中我於後時更修增上慈修增上慈已命終得生晃昱天中我於爾時及諸弟子學道不虛得大果報我於爾時自饒益亦饒益他饒益多人愍傷世間爲天爲人求義及饒益求安隱快樂我於爾時說法不至究竟不究竟白淨不究竟梵行不究竟梵行訖我於爾時不離生老病死啼哭憂慼亦未能得脫一切苦比丘我今出世如來無所著等正覺明行成爲善逝世間解無上士道法御天人師號佛衆祐我今自饒益亦饒益他饒益多人愍傷世間爲天爲人求義及饒益求安隱快樂我

令說法得至究竟究竟白淨究竟梵行究竟梵行訖我今已離生老病死啼哭憂慼我今已得脫一切苦比丘若有正說者人命極少要至後世應行善事應行梵行生無不死比丘今是正說所以者何今若有長壽遠至百歲或復小過者若有長壽者命存三百時春時百夏時百冬時百是命存千二百月春四百夏四百冬四百命存千二百月者命存二千四百半月春八百夏八百冬八百命存二千四百半月者三萬六千晝夜春萬千二夏萬千二冬萬千二命存三萬六千晝夜者七萬二千食及障礙及母乳於有障礙苦不食瞋不食病不食有事不食行來不食至王間不食齋日不食不得者不食是謂比丘二百歲命存百歲數時數歲時數月數半月數月半月數晝數夜數晝夜數食數障礙數食障礙數比丘若有尊師所為弟子起大慈哀憐念愍傷求義及饒益求安隱快樂者我今已作汝亦當復作至無事處山林樹下空安靜處宴坐思惟勿得放逸勤加精進莫令後悔此是我之教勑是我訓誨佛說如是彼諸比丘聞佛所說歡喜奉行

中阿含經卷第四十

音釋

鞞蘭若 梵語也鞞駢迷切若爾者切

尼師壇 梵語也此云坐具

憍慠 憍堅堯切憍恣也慠五到切倨慠也

旃荼羅 梵語也此云嚴熾荼音途

渧 丁歷切下也沾也

漬 疾智切浸也濶也

釜 扶雨切鍑屬

緯 于貴切織之橫絲也又經緯也從曰經橫曰緯